GOLDMANN

W0404263

Buch

New Orleans, 1855. Eleanora Villars, die stolze Schönheit mit dem flammendroten Haar und dem unzähmbaren Temperament, kehrt im Triumph in die Stadt zurück. Mit engelsgleicher Aufopferung hat sie die verwundeten amerikanischen Soldaten in Nicaragua gepflegt, sie hat die Wirren des Krieges in Zentralamerika mit heldenhafter Tapferkeit überstanden – und sie ist jetzt die reiche Witwe eines spanischen Edelmannes. Aus der Matrosendirne ist eine adlige Contessa geworden. Doch einer kennt ihre nicht ganz so blütenreine Vergangenheit: Colonel Grant Farrell. Ein Grund mehr für Eleanora, ihn zu hassen. Noch immer ist er von ihrer Schönheit besessen, und er hat sich geschworen, sie nicht in Ruhe zu lassen, bis sie vor Verlangen in seinen Armen bebt.

Autorin

Jennifer Blake wurde in der Nähe von Goldona, Louisiana, auf der Farm ihrer Großeltern geboren. Mit fünfzehn heiratete sie, mit zwanzig begann sie Romane zu schreiben. Seitdem hat sie weit über dreißig Bücher veröffentlicht und sich kontinuierlich in die Spitzenränge der amerikanischen Unterhaltungsliteratur emporgeschrieben.

Außerdem von Jennifer Blake bei Goldmann erschienen:

Bitteres Paradies. Roman (9812) · Brennende Glut (41446) · Ein Hauch von Paradies. Roman (9752) · Der Kreole. Roman (9463) · Feuerlilien. Roman (9997) · Im Sturm erobert. Roman (41281) · Mitternachtswalzer. Roman (9675) · Nacht über Louisiana. Roman (9684) · Serenade der Leidenschaft. Roman (9998) · Strom der Sehnsucht. Roman (9814) · Träume des Südens. Roman (9467) · Wie Feuer auf meiner Haut. Roman (41250) · Wie Feuer im Blut. Roman (9830) · Willkür meines Herzens. Roman (41366) · Zärtliche Betrügerin. Roman (42032) · Zur Liebe verdammt. Roman (41246) · Wilder Jasmin. Roman (42221) · Zigeunerprinz. Roman (41447)

JENNIFER BLAKE

Ruchloser Engel

ROMAN

Aus dem amerikanischen Englisch
von Uschi Gnade

GOLDMANN VERLAG

Deutsche Erstveröffentlichung

Die Originalausgabe erschien unter dem Titel »Notorious Angel«
bei Ballantine Books, New York

Umwelthinweis:
Alle bedruckten Materialien dieses Taschenbuches
sind chlorfrei und umweltschonend.
Das Papier enthält Recycling-Anteile.

Der Goldmann Verlag
ist ein Unternehmen der Verlagsgruppe Bertelsmann

Umschlaggestaltung: Design Team München
Umschlagillustration: Schlück/Daeni, Garbsen
Satz: IBV Satz- und Datentechnik GmbH, Berlin
Druck: Elsnerdruck, Berlin
Verlagsnummer: 42128
Redaktion: Angela Kupper
AK · Herstellung: Heidrun Nawrot
Made in Germany
ISBN 3-442-42128-4

3 5 7 9 10 8 6 4 2

Teil I

1. Kapitel

Der Lärm, der unter den Kolonnaden des Französischen Marktes widerhallte, war ohrenbetäubend. Verkäufer priesen ihre Waren an, Kinder, die von geplagten Kindermädchen gejagt wurden, rasten von einem Ende zum anderen, Pferde und Kutschen ratterten draußen auf dem Kopfsteinpflaster der Straße vorbei, Frauen mit Dienstboten im Gefolge, die Körbe trugen, plapperten, lachten und feilschten, Papageien krächzten in Käfigen aus Bambusrohr, Affen schnatterten, festgebundene Gänse zischten, Enten quakten und Hühner gackerten nervös, und das keineswegs grundlos. New Orleans war in Hochform, denn es bereitete sich auf eines seiner größten Vergnügen vor, die Abendmahlzeit.

Der kühle Wind des späten Novembertages, der durch die Arkaden peitschte, schien die Männer und Frauen nicht zu stören, die die Waren der Fischhändler und Fleischer befingerten, an den Birnen rochen und ihren Reifegrad prüften oder Kürbisse und Kartoffeln in den Händen wogen. Eleanora Colette Villars fröstelte jedoch in ihrem fadenscheinigen Umhang, und sie sehnte sich nach der Wärme des Polstermaterials einer Roßhaarkrinoline unter ihren unmodisch engen Röcken. Vom Stillstehen wurde ihr nicht gerade wärmer, aber ihr blieb nichts anderes übrig. Sie konnte es sich nicht leisten, die beste Ware auf den Tisch ihrer Pension zu bringen. Daher mußte sie zwangsläufig warten, bis alles befingert worden war und die Händler das Feilschen satt hatten. Dann konnte ein kläglicher Ausdruck in ihren goldgesprenkelten grünen Augen ihr unter Umständen nicht nur einen größeren Gegenwert für ihre spärlichen Münzen einbringen, sondern zudem ein außergewöhnlich großzügiges Trinkgeld.

»Mademoiselle! Mademoiselle Elaina!«

Beim Klang ihres Namens wandte sich Eleanora um und sah einen jungen Mann auf sich zukommen. Er hielt sich den seidenen Zylinder mit der Hand auf dem Kopf fest, sein schwarzes Seidenhalstuch war verrutscht, und die Rockschöße seines Gehrocks flatterten, als er einen Bogen um eine Indianerin herum machte, die ungerührt Körbe zum Verkauf flocht. Er stieß mit dem Fuß gegen eine Töpferschale, verbeugte sich und lief dann mit rotem Gesicht weiter.

Eleanoras feingeschwungene Lippen wurden schmaler. Kaum wahrnehmbar hob sie das Kinn. Der Mann war ein Freund ihres jüngeren Bruders, an dessen Namen sie sich im Moment nicht erinnern konnte. Jean-Pauls Freunde kamen und gingen auf dem Weg zu Hahnenkämpfen, Spielhöllen und Bärenjagden. Da ihre Ehelosigkeit ihnen peinlich war und sie den einst so stolzen Namen Villars derart tief hatte sinken lassen, aber auch wegen ihrer Unfähigkeit, ihr zu helfen, verweilten sie selten länger in ihrem schmuddeligen Salon. Sie hatte gelernt, die verstohlene Bewunderung und das verletzende Mitleid zu meiden, das sich hinter der aufgesetzten Lässigkeit dieser jungen Männer verbarg.

Als sie die ungewöhnliche Aufregung des Mannes bemerkte, schnürte sich ihr Herz schmerzhaft zusammen. »Was ist?« rief sie mit scharfer Stimme. »Ist etwas passiert?«

»Verzeihen Sie mir, wenn ich Sie erschreckt habe, Mademoiselle«, sagte der dunkelhaarige junge Kerl, der sich den Hut vom

Kopf riß, sich das Malakkastöckchen unter den Arm klemmte und den Oberkörper schnell zu einer respektvollen Verbeugung neigte. »Ich habe Sie schon überall gesucht. Es geht um Jean-Paul – nein, er ist nicht verletzt. Er sitzt in Bank's Arcade und redet mit einem von Walkers Agenten. Wenn ihn nicht jemand davon abhält, wird dieser wirre Schwachkopf – entschuldigen Sie – sich als Freibeuter verpflichten!«

Eleanoras Erleichterung darüber, daß Jean-Paul nicht tot in einer Bar oder auf dem Duellplatz unter den moosbewachsenen Eichen außerhalb der Stadt lag, war kurzlebig. Er wollte Freibeuter werden. Mit achtzehn, zwei Jahre jünger als sie, war ihr Bruder zu jung, um Soldat zu werden. Die Begeisterung der Stadtbewohner über die Heldentaten William Walkers in Zentralamerika, das glühende Mitgefühl mit den unterdrückten Menschen dort und die flammenden Anwerbungen in den Nachrichtenblättern, mit denen man Soldaten und Kolonisten anlokken wollte, hatten ihn diese Richtung einschlagen lassen. Wie sehr sie diese Männer doch verabscheute, die sich die Gefühle sensibler Knaben zunutze machten und ihnen in gewinnsüchtiger Absicht Abenteuer und Vermögen versprachen.

»Ich muß ihn davon abhalten«, sagte sie, mehr oder weniger zu sich selbst.

»Genau das dachte ich mir auch. Auf Sie wird er hören. Aber wir müssen uns beeilen, damit wir ihn davon abhalten können zu unterschreiben.« Der junge Mann nahm ihr den Einkaufskorb ab und fragte: »Wo ist Ihr Mädchen?«

Eleanora spürte, wie sie leicht errötete. »Sie liegt mit Rheumatismus darnieder. Ich mußte ohne sie weggehen. Bei diesem Wind hätte sie sich eine Lungenentzündung geholt.«

Er wirkte ratlos, und dann stellte er ihren Korb zwischen die Schalotten in einem nahen Trog. »Schon gut. Gehen wir.«

Er wurde Zébe genannt, doch mit diesem Namen konnte sie

ihn natürlich nicht ansprechen. »Es ist nett von Ihnen, daß Sie sich bemühen, M'sieur.«

Er wartete, bis eine Kutsche klappernd vorbeifuhr, ehe er ihren Ellbogen nahm und sie über die Straße führte. »Ich muß dem alten Jean-Paul doch helfen. *Mon père* sagt, die Männer, die in Scharen nach Nicaragua strömen, weil Walker eine Stadt wie Granada eingenommen hat, werden höchstwahrscheinlich vor einem Exekutionskommando enden. Jean-Paul hat keinen Vater, der ihm den Kopf zurechtrückt.«

Nein, und auch keine Mutter. Bis vor zwei Jahren hatten sie noch ihre Großmutter gehabt, die Jean-Paul verhätschelt und ihn als die vollkommene Verkörperung eines kreolischen Gentleman angebetet hatte, wie ihr Sohn einer gewesen war. Eleanora und Jean-Paul hatten ein angenehmes Leben geführt und die üblichen Erwartungen junger Menschen vornehmer Familien in New Orleans gehabt. Als ihre Großmutter gestorben war, hatte sich herausgestellt, daß sie schon seit Jahren von den Mieteinnahmen gelebt hatten, die ein kleines Anwesen neben ihrem Haus in der Royal Street abwarf. Andere Verwandte, insbesondere ein angeheirateter Onkel und sein Sohn, hatten ihren rechtmäßigen Anteil an dem Erbe gefordert, und sie hatten das Haus verkaufen müssen. Der Anteil des Verkaufspreises, der an Eleanora und ihren Bruder fiel, reichte kaum für den Lebensunterhalt von sechs Monaten aus.

Eleanora, deren Eheschließung bereits von ihrer Großmutter arrangiert worden war, hatte geglaubt, Jean-Paul ein gesichertes Zuhause bieten zu können. Als er dann festgestellt hatte, daß keine Aussteuer da war, erinnerte sich ihr Verlobter an die Mesalliance ihres Vaters mit der Tochter eines schottisch-irischen Arbeiters. Er hatte sich abschätzig zu ihrer Familie und zu ihrer Person geäußert, insbesondere über den für seinen Geschmack peinlich grellen Schein ihres roten Haars. Er mißbilligte bei jeder

Gelegenheit den mangelnden Geschäftssinn ihrer Großmutter und fand es unpassend, daß ihr Vater, ein Gentleman, Arzt geworden war und seinen Beruf unter den heruntergekommenen und erkrankten Immigranten aus Erie ausgeübt hatte, die in schäbigen Hütten am Stadtrand lebten. Er führte das frühe Ableben ihres Vaters und ihrer Mutter, die sich bei ihrer Arbeit mit Cholera infiziert hatten, auf ein Gottesurteil zurück, das über sie gefällt worden war, weil sie ihrer Gesellschaftsschicht abgeschworen hatten. Lange vor Ablauf des Trauerjahrs um ihre Großmutter hatte Eleanora die Verlobung gelöst.

Seitdem hatte sie schon oft ihre Impulsivität bereut. Die Pensionsgäste in den Räumen zu sehen, die einst nur Angehörige und geladene Gäste betreten hatten, war nicht leicht zu ertragen.

Eleanora und Zébe kamen an einer Straßenhändlerin vorbei, die heiße geröstete Erdnüsse feilbot. Der würzige Geruch der Nüsse vermengte sich mit Kaffeedüften, die aus den offenen Türen der Cafés drangen, und mit den Gerüchen von Pferdeäpfeln und Abwässern aus den offenen Abflußrinnen am Straßenrand.

Bank's Arcade stand in der Magazine Street. Als Treffpunkt für Geschäftsleute und Freibeuter konnte es sich mit drei Stockwerken brüsten, mit einem der längsten Tresen der Stadt in seiner Bar, mit dem beliebtesten Auktionsplatz und dem einzigen Innenhof, der mit Glas überdacht war. Ein Großteil der Planung des Krieges um die texanische Unabhängigkeit, des Mexikanischen Krieges und Lopez' Freibeuterexpeditionen nach Kuba fanden in den oberen Räumen dieses Gebäudes statt. Massenversammlungen, die im Auktionsraum abgehalten wurden, weiteten sich gewöhnlich auf den Hof aus. An den bier- und whiskeydurchtränkten Tischen der Bar waren viele Geschäfte abgeschlossen und Geheimnisse ausgetauscht worden. Jetzt, da dieser neue revolutionäre Geist die Stadt gepackt hatte, kamen und gingen Männer in Strömen.

Eleanora durfte das Gebäude nicht betreten, das war nur einer bestimmten Gruppe von Frauen erlaubt, die allerdings in dieser Einrichtung, die vorwiegend dem Abschluß von Geschäften vorbehalten war, auch nicht gern gesehen waren.

»Es wird nicht lange dauern.« Zébe runzelte die Stirn und blieb mit einer Hand auf der Tür zur Bar stehen. »Ohne Ihr Dienstmädchen sind Sie in einer peinlichen Lage, aber ich denke, es wird sich schon machen lassen. Aber bedecken Sie besser Ihr Haar.«

Mit einem Nicken nahm sie den Rat entgegen, zog ihre Kapuze über ihr goldrotes Haar, trat zurück und lehnte sich an die getünchte Backsteinmauer.

Das Licht wurde schwächer. Auf der anderen Straßenseite schlugen die obersten Zweige eines Bananenbaumes, die über einer Hofmauer gerade noch sichtbar waren, im zunehmenden Wind. Schmutz wehte über den erhöhten hölzernen Fußweg, auf dem sie stand, und bauschte ihre Röcke auf. Regen schien sich anzukündigen, und in dem Fall würden mehr Pensionsgäste als sonst zum Abendessen im Haus bleiben. Sie würde den Reistopf strecken müssen.

Als die Tür geöffnet und wieder geschlossen wurde, drangen Gesprächsfetzen zu ihr: Sklaverei, die Rechte der Einzelstaaten, die Sezession. Die Männer redeten derzeit kaum noch über etwas anderes. Sie verstand die unterschwellige Wut nicht, die überall brodelte. Die Abschaffung der Sklaverei würde keine großen Einbußen für sie bedeuten. Die Sklaven der Villars waren verkauft worden, um die Erbfolgerechte einzuhalten und die anderen Verwandten zu entschädigen, damit sie und Jean-Paul das Haus in der Royal Street behalten konnten. Die einzige Sklavin, die ihnen noch geblieben war, war die Frau, die sowohl ihren Vater als auch sie und Jean-Paul aufgezogen hatte. Sie liebten sie heiß und innig, aber sie war jetzt nur noch als Anstandsdame für

Eleanora zu gebrauchen, für alles andere war sie zu alt und zu schwach.

Sie nahm eine aufrechtere Haltung ein, als Zébe aus der Bar kam und auf sie zuging.

»Tut mir leid, Mademoiselle. Ich scheine Sie umsonst gestört zu haben. Jean-Paul weigert sich, mit Ihnen zu reden.«

»Er weigert sich?«

»Ich glaube, es verstößt gegen seinen Stolz. Ich konnte ihn nicht unter vier Augen sprechen, und er wollte wohl nicht, daß diejenigen, die zugegen waren, denken, er tanzt nach Ihrer Pfeife.«

»Sagen Sie ihm – sagen Sie ihm, es handelt sich um eine dringende Angelegenheit. Ich brauche seinen Rat.«

»Ich bitte um Verzeihung, Mademoiselle, aber dazu ist mir mein Leben zuviel wert. Jean-Paul – er ist nicht er selbst.«

»Sie meinen, er hat zu tief ins Glas geschaut?«

»Nein, nein. Er ist nur ein wenig pikiert.«

Ihre dunklen geschwungenen Augenbrauen zogen sich zusammen, und dann nickte sie. »Ich verstehe. Er hat Ihnen gedroht.«

»Jean-Paul hat einen scharfen Blick. Ich hätte selbst dann kein Verlangen danach, ihm auf einem Duellplatz gegenüberzutreten, wenn er nicht mein Freund wäre.«

»Ein kärglicher Lohn für Ihre Bemühungen, ihm zu helfen, meinen Sie nicht auch?« Sie stieß ihre Arme durch die Schlitze ihres Umhangs und preßte entschlossen die Hände zusammen. »Ich bezweifle, daß er mich zum Duell herausfordern wird.«

»Das soll doch nicht etwa heißen, daß Sie vorhaben, selbst hineinzugehen?«

»Ach nein?« fragte sie und ging an ihm vorbei.

»Es wäre wirklich am besten, wenn Sie tun, was Jean-Paul sagt, und wieder nach Hause gehen.«

»So? Sie scheinen Ihren Eifer, meinen Bruder vor sich selbst zu beschützen, sehr schnell verloren zu haben.«

»Sie verstehen das nicht...«

»Und Sie auch nicht«, unterbrach Eleanora zornig. »Mein Bruder tanzt vielleicht nicht nach meiner Pfeife, aber ich tanze auch nicht nach seiner.«

Der blaue Rauch edler Zigarren kräuselte sich um die Deckenbalken. Er wogte in Schwaden um sie herum, als sie zwischen den Tischen hindurch zu einem langen Tisch auf Böcken ging, der in der Ecke aufgebaut worden war. Auf der Mahagoniplatte waren Papiere ausgebreitet. Zwischen den Unterlagen standen Bierkrüge und Schnapsgläser.

Fünf Männer saßen am Tisch. Einer war ihr bereits als Walkers Agent in New Orleans bekannt, Thomas Fisher, einer war ihr Bruder. Die anderen trugen Uniformen, blutrote Jacken mit goldenen Litzen, weiße Rehlederhosen und schwarze Kavalleriestiefel.

Eleanora erwartete von ihnen, daß sie sich bei ihrem Näherkommen erheben würden. Das Unterlassen dieser respektvollen Geste und ihre Blicke, die sie kühl taxierten, beunruhigten sie.

Jean-Paul sah ihr verärgert entgegen, und unter Eleanoras vorwurfsvollen Blicken zog sich sein Mund vor Trotz zu einem schmalen Strich zusammen.

Fisher war ein unauffälliger Mann, der sich nur durch die fanatische Glut auszeichnete, die in den Tiefen seiner Augen brannte. Neben ihm lümmelte sich einer von Walkers Männern, ein schlachtvernarbter Veteran mit dem linken Arm in einer Schlinge. Zu seiner Linken, am Ende des Tischs, saß ein breitschultriger Mann mit rotblondem Haar, zwischen den Fingern hielt er eine Zigarre. Der dritte Soldat stand am gegenüberliegenden Ende des Tischs und hatte eine Hand flach auf die Tischplatte gepreßt. Er war ebenfalls groß und breitschultrig, hatte jedoch kupferbronzene Haut und glattes schwarzes Haar und schien ein angeheuerter Söldner einer anderen Nationalität zu sein.

»Verzeihen Sie die Störung, meine Herren«, sagte Eleanora mit gepreßter Stimme, »aber ich muß dringend draußen ein paar Worte mit meinem Bruder wechseln.«

»Ich habe nichts zu sagen«, murrte Jean-Paul.

»Ich habe aber eine ganze Menge zu sagen, und ich habe nicht die Absicht fortzugehen, solange du mich nicht angehört hast, Jean-Paul.«

Als ihr Bruder den Blick abwandte, ohne etwas darauf zu erwidern, räusperte sich Fisher. »Wir haben eine geschäftliche Angelegenheit besprochen...«

»Ich weiß, worum es sich dabei handelt.« Es war warm im Raum. Sie warf mit einer unwilligen Kopfbewegung die Kapuze ihres Umhangs zurück. Der Schein der Lampe ließ ihr Haar flammendrot so unerwartet aufleuchten, als striche jemand im Dunkeln ein Schwefelzündholz an.

»Sie werden Ihren Bruder entschuldigen müssen, bis dieses Geschäft abgeschlossen ist.«

»Das glaube ich nicht«, entgegnete sie mit ruhiger Stimme, aber ihre Augen blitzten smaragdgrün. »Jean-Paul«, sagte sie an ihren Bruder gewandt. »Das ist keine Möglichkeit, wieder zu Vermögen zu kommen. Du bist kein Soldat.«

»Ich habe auf dem Feld der Ehre vor Waffenläufen gestanden!«

»Ja, mit Knaben deines Alters und deiner Gesellschaftsschicht, die die Regeln kennen und die wissen, daß kein Risiko besteht, einander zu töten.«

»Ich bin kein Dummkopf, Eleanora«, sagte er würdevoll.

»Dann benimm dich auch nicht wie einer! Was erhoffst du dir denn davon?«

»Dort ist Land zu haben. Rekruten werden schon allein dafür, daß sie den Boden des Landes als Kolonisten betreten, zweihundertfünfzig Morgen Land versprochen. Und dort ist noch viel mehr zu haben, wenn Walker erst einmal seinen Stand gefestigt hat. Ganze Landgüter werden ihren Besitzer wechseln...«

»Und bezahlte Mörder werden um diese Ländereien kämpfen. Was glaubst du wohl, wie deine Chancen gegen die Diebe und Mörder stehen, die in Scharen nach Nicaragua strömen?«

»Sieh dich vor, Eleanora«, warnte sie ihr Bruder.

Sie sah sich am Tisch um und nahm die starren Gesichter der anderen Männer kaum wahr. »Warum? Ihnen kann meine Meinung doch egal sein.«

»Mir ist es aber nicht egal«, sagte Jean-Paul ruhig. »Es sind Falangisten, drei der sechsundfünfzig ›Unsterblichen‹, die im Mai dieses Jahres mit Walker losgefahren sind. Sie haben ihr Leben aufs Spiel gesetzt, um die unterdrückten Tagelöhner in Nicaragua im Namen der Demokratie zu befreien. Ich lasse nicht zu, daß du sie beleidigst.«

»Demokratie? Eher um ihres eigenen und um William Walkers Ruhmes willen!«

Der Mann, der am Tischende stand, nahm eine militärische Haltung ein, und seine blauen Augen blickten sie scharf an. »Sind Ihre Motive denn weniger egoistisch?« fragte er. Seine Stimme war hart, doch die Wortmelodie und der Akzent waren unbestreitbar amerikanisch. »Warum wollen Sie Ihren Bruder weiterhin an sich binden? Vielleicht befürchten Sie, daß Ihnen Ihre Sicherheit genommen wird oder daß er feststellen könnte, daß er blendend ohne Sie auskommt.«

Eleanora starrte ihn an. »Sir...«, setzte sie an, um Worte verlegen. Seine Einschätzung verfehlte die Wahrheit bei weitem, aber sie konnte ihn keines Besseren belehren, ohne ihren Bruder in Verlegenheit zu bringen.

»Colonel – Colonel Farrell«, half er ihr weiter.

»Colonel, Sie kennen meinen Bruder nicht persönlich. Er ist kein Soldat, er ist viel zu sensibel.«

»Als Soldat wird man nicht geboren, zum Soldaten wird man gemacht«, sagte er barsch.

»Im Schmelztiegel des Krieges geschmiedet?« zitierte sie ironisch. »Dazu braucht man zuerst einmal das richtige Metall.«

Jean-Paul sprang auf und stieß seinen Stuhl dabei so heftig zurück, daß er gegen die Wand prallte. »Jetzt reicht es aber. Geben Sie mir Stift und Papier. Wir werden ja sehen, ob ich minderwertiges Metall bin!«

»Das habe ich nicht gesagt, Jean-Paul. Ich habe nicht von minderwertig gesprochen!« protestierte Eleanora. »Nur von zu edlem.« Er hörte ihr nicht zu. Tinte spritzte, als er seine Unterschrift schwungvoll unter die Dienstverpflichtung setzte und seinen Bierkrug in die Hand nahm.

Fisher nahm das Blatt und schwenkte es durch die Luft, damit die Tinte schneller trocknete. »Eine Runde Getränke«, rief er, und er lächelte unangenehm, als er Eleanora ansah. »Eine Runde für alle!«

Ihren Impuls nicht unterdrücken könnend, riß Eleanora ihm das Papier aus der Hand.

Schnell packte er ihr Handgelenk und hielt es eisern fest. Ihr Atem stockte, und sie keuchte erschreckt, als sie in die wütenden blauen Augen des Colonels blickte.

»Das Papier gehört der amerikanischen Phalanx in Nicaragua. Lassen Sie es fallen!«

Die Finger, die sich in ihren Arm gruben, setzten sich dunkel gegen ihre blasse Haut ab. Aus dem Augenwinkel sah Eleanora, wie ihr Bruder kurz davorstand, ihr zu Hilfe zu kommen, doch ein Blick in die unbewegliche bronzene Maske des Mannes, der sein Vorgesetzter sein würde, hielt ihn zurück.

Eleanora hätte nicht willentlich kapituliert, aber es war keine Willensfrage. Ihre Hand wurde taub, und jedes Gefühl wich aus ihren Fingerspitzen. Der Papierbogen entglitt ihr und segelte auf den Tisch, und Fisher hieb mit der Faust darauf.

»Jemand sollte Ihnen beibringen, sich nicht in die Angelegenheiten von Männern einzumischen«, sagte er gereizt.

In dem Moment, in dem sie das Blatt losließ, löste der Colonel den Griff um ihr Handgelenk, trat zurück und schaute mit grimmiger und abfälliger Belustigung in ihr weißes Gesicht.

Ihr Handgelenk pochte, und ihre Hand kribbelte, doch Eleanora weigerte sich, den Männern ihr Unbehagen zu zeigen. Mit der allergrößten Anstrengung beherrschte sie ihre Stimme und sagte ruhig: »Ich habe kein Interesse an Ihrer Kriegshetze oder an Ihrer Suche nach Ruhm. Ich bin nur um das Wohlergehen meines Bruders besorgt, was ich durchaus als meine Sache ansehe. Scheinbar irre ich da. Ich wünsche Ihnen noch einen schönen Tag.«

Blind wandte sie sich ab und strebte zwischen den Tischen hindurch dem Ausgang zu. Als sie die Tür erreicht hatte, schwang sie auf, und ein Mann trat von einem Windstoß geschoben ein, der Regen mit sich trieb.

Sie stießen zusammen, und sie wurde fest an eine rote Uniformjacke gepreßt. Als sie diese verhaßte Farbe aufblitzen sah, wehrte sie sich heftig gegen die Umarmung, aber die Arme des Mannes schlossen sich enger um sie.

»Ah, was haben wir denn hier? Eine kleine *puta* mit flammendrotem Haar, eine der liebsten Mägde des Teufels, soviel steht fest.«

Sein melodiöses Spanisch hatte einen leichten kastilischen Akzent. Das dunkle Gesicht mit dem Schnurrbart strahlte vor ausgelassenem Gelächter.

»Nein…«, setzte Eleanora an.

Eine Stimme, die zwar gedehnt, aber dennoch schneidend war, ertönte unüberhörbar hinter ihr.

»Es ist mir verhaßt, deine Hoffnungen zunichte zu machen, Luis, aber die Frau in deinen Armen ist trotz des äußeren Anscheins eine Dame.«

»Es verdad?« fragte der Spanier und zog eine Augenbraue hoch, als er auf sie herunter schaute.

Eleanora nickte. Sie wurde augenblicklich losgelassen.

»Meine unterwürfigsten Entschuldigungen – wenn ich es auch bedaure.« Trotz der Gitarre, die er sich über den Rücken gehängt hatte, war seine Verbeugung der Inbegriff von Anmut und gutem Benehmen. »Ist es erlaubt, mich vorzustellen?«

Während er diese Worte sagte, schaute er über Eleanora hinweg. Als sie sich umdrehte, erkannte sie den rotblonden Riesen.

»An mich brauchen Sie sich nicht zu wenden«, sagte der Mann. »Ich habe nicht das Vergnügen, mit der Dame bekannt zu sein.«

»Dann finde ich Ihr Auftreten sehr verwirrend, Major. Wer hat Sie zum Beschützer der Dame ernannt?«

Die unterschwellige Spannung entging Eleanora nicht. Diese Männer mochten zwar dieselbe Uniform tragen, aber sie waren keineswegs miteinander befreundet.

»Ich bedaure jeden, der mit Colonel Farrell aneinandergerät und seine schlechte Laune zu spüren bekommt.«

»Insbesondere dann, wenn es sich um Frauen handelt, was?«

»Bitte«, sagte Eleanora. »Lassen Sie mich vorbei.«

»Sie werden klitschnaß, wenn Sie jetzt rausgehen«, wandte der Major ein. »Vielleicht möchten Sie im Innenhof warten. Das Glasdach ist durchlässig wie ein Sieb, aber immer noch besser als die Straße.«

»Nein, danke.«

»Dann gestatten Sie mir, Ihnen meine Begleitung anzubieten.«

»Ich … ich kann unmöglich …«

»Weil ich ein Fremder bin? Major Neville Crawford, zu Ihren Diensten, Mademoiselle.«

»Und ich bin Oberleutnant Luis Andres Charles Emmanuel de Laredo y Pacquero.«

»Das ist zu freundlich von Ihnen«, sagte Eleanora, die vor sich ihre Hände umklammert hielt, »aber trotzdem…«

»Sie können nicht allein gehen«, beharrte der Spanier.

Eleanoras Sinne, die umnebelt gewesen waren, machten jetzt eine klare schmerzliche Feststellung. Auf der roten Jacke des Oberleutnants waren dicke Regentropfen, die wie dunkles Blut aussahen. Die Lampe, die ihnen am nächsten war, flackerte im Wind, der durch die offene Tür hereinkam. In der Feuchtigkeit des Raums roch man den Schnaps noch stärker. An dem Tisch, der auf Böcken in der Ecke stand, rührten sich Männer, als der Colonel auf sie zukam.

Panik umwölkte Eleanoras Verstand. »Sie… Sie müssen mich jetzt entschuldigen«, sagte sie und lief an dem Spanier vorbei zur Tür hinaus.

Kalter Regen, der direkt auf ihr Gesicht traf, verschlug ihr den Atem. Sie konnte jedoch nicht wieder in die Bar gehen. Daher zog sie den Kopf ein und eilte über den Gehsteig, der vor Nässe glitschig war und glänzte. Sie hörte, wie ihr jemand etwas nachrief, doch sie achtete nicht darauf. Nur der dunkle Umriß einer Kutsche, die neben ihr zu erkennen war, zog ihre Aufmerksamkeit auf sich.

»Mademoiselle Eleanora!«

Es war Zébe, der die Tür einer Mietsdroschke weit aufhielt. »Steigen Sie ein. Machen Sie schnell, steigen Sie ein.«

Die Kutsche fuhr mit einem Satz los, und Pfützenwasser spritzte auf. Eleanora lehnte sich auf dem schäbigen Polstersitz zurück. Sie holte tief Atem und zwang sich, ruhiger zu werden.

Es war gut, daß sie entkommen war. Hoffentlich mußte sie diesen Ort nie wiedersehen, an dem sie dermaßen gedemütigt und beleidigt worden war. Ihr Leben in den letzten Jahren war keineswegs einfach gewesen, dennoch war sie bislang nie so behandelt worden.

»Sie sind zu spät gekommen?« fragte Zébe schließlich.

»Ich... ja. Jean-Paul hat unterschrieben.« Sie konnte ihm nicht erklären, was passiert war, da sie nicht mehr daran denken wollte.

»Zweifellos wollte er... feiern?«

Eleanora neigte den Kopf zu einem matten Nicken.

»Ich hätte Sie niemals allein diese Bar betreten lassen, wenn ich nicht sicher gewesen wäre, daß Jean-Paul Sie sofort persönlich aus dem Haus begleiten würde. Ich habe das Gefühl, Sie im Stich gelassen zu haben.«

»Jean-Paul war keineswegs erfreut, mich zu sehen. Es ist nichts Schlimmes passiert. Lassen Sie uns den Vorfall vergessen.«

»Aber Ihr guter Name? Was ist damit?«

»Das macht wohl kaum noch etwas aus, aber es ist trotzdem nett von Ihnen, sich deshalb Gedanken zu machen.«

»Falls Sie es mir gestatten, es wiedergutzumachen...«

»Sie wollen mir doch nicht etwa einen Antrag machen, oder?« fragte Eleanora und bemühte sich um einen unbeschwerten Tonfall, um die triste Stimmung aufzulockern.

»Es wäre mir eine große Ehre...«

»Nein, nein, lassen Sie das bleiben, M'sieur. Ich habe es nur im Scherz gesagt. Ich will lediglich so schnell wie möglich wieder nach Hause, damit ich mir in Ruhe überlegen kann, wie's jetzt weitergehen soll. Glauben Sie mir, Sie sind mir nichts schuldig.«

Jean-Paul anscheinend auch nicht, noch nicht einmal Loyalität.

Eleanora führte die Schwäche und Beeinflußbarkeit ihres Bruders auf das Verhalten ihrer Großmutter zurück, die ihn während der drei Jahre, die sie mit ihr verbracht hatten, verhätschelt und ihm jeden Wunsch erfüllt hatte. Mit dreizehn war Jean-Paul leicht zu beeinflussen gewesen. Er hatte es hingenommen, daß seine Großmutter seinen eigenen Wert so hoch einschätzte und jedem seiner Wünsche nachkam. Manchmal hatte es ihn bedrückt, mit anzusehen, wie seine Schwester derart in den Hintergrund gestoßen und ignoriert wurde, weil sie die alte Frau an die Schwiegertochter erinnerte, die sie verabscheut hatte, und weil sie nicht dem Bild einer schwarzhaarigen Schönheit entsprach, das zu der Zeit groß in Mode war. Es war schon schlimm genug, irisches Blut in den Adern zu haben, wenn es einem jedoch auch noch anzusehen war, dann war das eine Schande. Jean-Paul war anfangs zu jung, um seinen Unmut darüber zu zeigen, und mit der Zeit fiel ihm die Diskriminierung nicht mehr auf.

Eleanora war jedoch keineswegs schlecht behandelt worden; sie wurde ernährt und eingekleidet und zum entsprechenden Zeitpunkt in die Gesellschaft eingeführt. Ihre Großmutter hätte New Orleans niemals wissen lassen, wie unwillkommen ihr ihre Enkelin war, aber Eleanora spürte die Ablehnung und lernte früh, sich nur auf sich selbst zu verlassen.

Es war nur natürlich, daß ihr Bruder mehr vom Tod der alten Frau betroffen war als sie. Nicht nur sein Lebensstil veränderte sich, sondern es gab auch niemanden mehr, der seinem Ego schmeichelte. Es mißfiel ihm, sich von der Vorstellung zu lösen, die seine Großmutter ihm vermittelt hatte, ein gefeierter junger Lebemann zu sein, der aufgrund seiner Geburt und seines gesellschaftlichen Stands überall willkommen war. Er liebte seine Schwester, doch ihre Warnungen und kritischen Bemerkungen ignorierte er. Er befolgte keinen anderen Willen als seinen eigenen.

Das Abendessen wurde zu spät fertig und war auch nicht ganz

gelungen. Es war keine Zeit mehr geblieben, das Brot aufzubakken, und die Eiercreme hatte nicht die richtige Konsistenz. Auf diese Mängel wurde sie von den beiden altjüngferlichen Tanten, die das ehemalige Schlafzimmer ihrer Eltern gemietet hatten, umgehend bis in alle Einzelheiten hingewiesen. Der pensionierte Hauptmann aus Kentucky, ein Veteran des Semiolenkrieges, klagte nicht und aß alles, was ihm vorgesetzt wurde. Er schlief unten in dem Zimmer, das ihr Vater als Praxis benutzt hatte, weil es für ihn zu schwierig war, mit seinem Holzbein die Treppe hinaufzusteigen.

Um die Tiraden der Tanten zu beenden, brachte Eleanora das Gespräch auf William Walker.

»Den Mann habe ich gut gekannt«, sagte der Hauptmann und lehnte sich auf seinem Stuhl zurück. »Einer dieser verdammten – verzeihen Sie mir, meine Damen – Liberalen. Ist in seiner Zeitung, dem *New Orleans Crescent,* nie ganz mit seiner Einstellung gegen die Sklaverei rausgerückt, hatte aber doch ein paar harte Worte dazu zu sagen. Meiner Meinung nach war er ein guter Arzt, aber ein schlechter Zeitungsverleger. Ein merkwürdiger kleiner Mann, der im Sommer wie im Winter mit einem schwarzen Hut und Mantel rumgelaufen ist. Ewige Trauer um sein Schätzchen, haben manche behauptet, eine Schönheit aus New Orleans, die am Gelbfieber gestorben ist. Sie erinnern sich doch noch an ihn, nicht wahr, Miss Eleanora? Früher hat er doch öfter bei Ihrem Vater reingeschaut. Sie hatten beide in Deutschland studiert und viel miteinander gemein. Sie haben Ihrem Vater in seiner Praxis öfters geholfen, und Sie haben keine Angst vor Blut oder schwerer Arbeit gehabt im Gegensatz zu vielen von den feinen Damen heute.«

Wenn der Hauptmann redete, dann neigte er dazu, weitschweifig zu werden, aber er hatte den größten Teil der letzten zwanzig Jahre, seit er sein Bein verloren hatte, damit zugebracht, in der Stadt herumzusitzen und die Leute zu beobachten, die vorüberkamen. Zu Hause im Osten hatte er einen Sohn ›mit politischem Ehrgeiz‹, der in Virginia in die vornehme Tidewater-Sippe eingeheiratet hatte. Sein Sohn schickte ihm einen monatlichen Wechsel für seine Lebenshaltungskosten, aber nie eine Fahrkarte für das Dampfschiff.

»Ich glaube, mich an diesen Mann erinnern zu können, aber er kann nicht viel älter gewesen sein, als ich es heute bin.«

»Dreiundzwanzig, vierundzwanzig.«

»Somit wäre er jetzt kaum mehr als dreißig Jahre alt.«

»Nur ein junger Mann besitzt die Dreistigkeit auszuziehen, um die Welt zu erobern – und nur ein alter Mann kann ihn davon abhalten.«

»Was halten Sie von seinem Feldzug in Zentralamerika?«

»All dieses große Gerede darüber, die Unterdrückten zu befreien und die Demokratie einzuführen? Ich bin schon alt genug, um verdammt argwöhnisch – Verzeihung, die Damen – zu werden, wenn Männer solche Reden schwingen. Irgendwo ist immer Geld im Spiel. Geld und Krieg gehen Hand in Hand.«

Wenn Jean-Paul am Eßtisch gesessen hätte, wäre diese Bemerkung zweifellos nicht unwidersprochen geblieben. Er kam erst, nachdem die älteren Pensionsgäste zu Bett gegangen waren.

Eleanora saß im Salon und bemühte sich, sich beim Licht einer einzigen Kerze auf ihre Stickerei zu konzentrieren, als er die Tür aufschloß. Er schlenderte zu ihr ins Zimmer, warf seinen Zylinder schwungvoll auf das kleine Sofa und ließ sich ihr gegenüber auf einen Stuhl auf der anderen Tischseite fallen.

Eleanora begrüßte ihn nicht. Ein langes Schweigen senkte sich herab, das nur von den leisen Geräuschen durchbrochen wurde, mit denen ihre Nadel sich durch den groben Stoff bewegte.

Er wagte sich vor. »Wie ich sehe, bist du unbeschadet wieder nach Hause gekommen.«

»Ja.«

»Wenn es nicht so wäre, dann wäre das deine eigene Schuld. Du hättest niemals dorthin kommen dürfen.«

Eleanora antwortete nicht darauf.

Jean-Paul kratzte mit dem Daumennagel einen Schlammspritzer von seiner Hose. »Also gut, ich hätte mich um dich kümmern sollen. Es tut mir leid. Aber du weißt, daß du eine Dummheit begangen hast, als du in die Arcade-Bar gekommen bist – ganz zu schweigen davon, daß du ohne Anstandsdame unterwegs warst. Das mußt du doch wohl selbst zugeben?«

»Jederzeit.«

»Ich hoffe, du hast nicht die Absicht, dich so rumzutreiben, solange ich fort bin.«

»Das kommt mir ziemlich unwahrscheinlich vor«, sagte sie und sah ihm fest ins Gesicht. Sie wußten beide, daß sie es nur getan hatte, weil sie sich um ihn sorgte.

»Ja. Nun, ich bin sicher, Cousin Bernard und Onkel Narciso werden besser auf dich aufpassen.«

Eleanoras Nadel hielt still. »Cousin Bernard?«

»Dir muß doch klarsein, daß du nicht allein hierbleiben kannst. Cousin Bernard hat freundlicherweise sein Angebot wiederholt, dich in seine Familie aufzunehmen. Daher brauchst du nicht das Gefühl zu haben, dich aufzudrängen. Du kannst dich in dem Kinderhort nützlich machen, den er und seine reiche Frau in den nächsten Tagen eröffnen werden.«

»Du ... scheinst ja einiges unternommen zu haben.«

»Ganz frei von Verantwortungsbewußtsein bin ich schließlich nicht«, sagte er, doch seine tiefbraunen Augen sahen sie nicht an.

»Ich fürchte, du hast dir eine Menge nutzloser Mühe gemacht. Ich habe nicht vor, dieses Haus zu verlassen.«

»Nein, und das wird auch gar nicht nötig sein. Cousin Bernard – und alle anderen – werden herkommen.«

Eleanora sprang so plötzlich auf, daß die Stickerei unbeachtet zu Boden fiel. »Was hast du getan?«

»Reg dich nicht auf, Eleanora. Es gab keine andere Wahl. Eine solche Gelegenheit konnte ich mir nicht entgehen lassen.«

In seiner Verlegenheit fuhr er sich mit der Hand durch das Haar, eine Geste, die Eleanora an ihren Vater erinnerte. Sie wandte den Blick ab und sagte barsch: »Erzähl es mir genauer.«

»Die Ländereien der *hidalgos* werden konfisziert. Manche sind den Unsterblichen übergeben worden. Andere stehen weit unter Wert zum Verkauf frei, da Walker Geld braucht. Für den Preis dieses Hauses kann ich eine *finca* von mehr als tausend Morgen kaufen. Wir werden wieder Grundbesitzer sein, und Boden bringt Reichtum!«

»Du hast das Haus verkauft?«

»Du weißt doch, daß Cousin Bernard es schon immer haben wollte.«

»Du hast es verkauft, ohne mit mir darüber zu reden, ohne mich nach meinen Wünschen zu fragen...«

»Ich bin der Mann im Haus. Es ist meine Sache, diese Entscheidungen zu treffen.«

»Aber es ist mein Leben, über das du hier auch entscheidest. Zählt das denn gar nicht?«

»Mit Bernard wirst du viel besser dastehen. Du wirst wieder deinen Platz in der Gesellschaft haben. Du wirst nicht mehr so hart arbeiten müssen. Er hat Dienstboten...«

»Und zu denen werde auch ich zählen. Du bist ein Dummkopf, Jean-Paul, wenn du glaubst, es sei so einfach, verlorenen Boden wiederzugewinnen – den Boden, den wir verloren haben, als wir uns entschlossen haben, Pensionsgäste aufzunehmen.«

»Wenn du das so empfindest, warum hast du es dann je getan? Warum bist du nicht gleich von Anfang an zu Onkel Narciso und Cousin Bernard gegangen?«

»Falls du dich noch erinnerst, es hatte mit deiner Abscheu davor zu tun, Schreiber im Büro von Cousin Bernards Reederei zu werden.«

Jean-Paul schwieg betreten. Behutsam sprach sie weiter. »Ich sage damit nicht, daß ich bereue, nicht zu Bernard gegangen zu sein, sondern daß ich auch jetzt nicht hingehen will. Damit wären all die Arbeit und die Opfer sinnlos gewesen.«

Sie wandte sich ab und trat an den Tisch neben dem kleinen Sofa. Automatisch streckte sie die Hände aus und arrangierte den Strauß aus Palmzweigen mit bunten Schleifen neu, der in einer Vase auf dem Tischchen stand. Jean-Paul stand von seinem Stuhl auf und stellte sich neben sie. »Es wird nicht für lange Zeit sein, nur bis die Regierung in Nicaragua sich stabilisiert hat. Dann werde ich aus dem Militär ausscheiden und mich ganz auf die Ländereien konzentrieren. Wenn es soweit ist, werde ich dich holen lassen. Dann werden wir wieder eine Familie sein. Bitte, Eleanora. Es war keine leichte Entscheidung. Mach es mir nicht noch schwerer.«

Ein sprödes Lachen entrang sich ihrer Kehle. »Nein, natürlich nicht. Dein Seelenfrieden steht an erster Stelle. Mein Wohlbefinden oder meine Wünsche zählen ja nicht.«

»Sarkasmus hilft dir auch nicht weiter«, sagte er erbittert zu ihr. »Ich habe das Geld hier, in meiner Tasche. Es ist alles arrangiert. Ich brauche das Geld morgen früh nur noch dem zuständigen Makler zu übergeben. Er fährt übermorgen auf der *Prometheus* nach Nicaragua. Wenn ich drei Wochen später dort eintreffe, kann er mir bereits die Eigentumsurkunde für das Grundstück überreichen, das er erworben hat.«

»Wo hast du diesen Makler kennengelernt? Welche Garantien hast du, daß er derjenige ist, für den er sich ausgibt?«

»Mußt du denn alles hinterfragen? Setzt du denn gar kein Vertrauen in mein Urteilsvermögen?«

Mit einer wahrheitsgemäßen Antwort war hier nichts zu machen. Oder vielleicht doch?

»Vertrauen?« sagte sie leise. »Soll ich dir mein Vertrauen beweisen, Jean-Paul?«

Ein wachsamer Blick schlich sich auf seinen Zügen ein, die den verletzbaren Ausdruck der Jugend trugen. »Was soll das heißen?«

»Willst du von diesem Geld auch deine Reise nach Nicaragua bezahlen?«

»Der Fahrpreis ist von der Dampfschiffahrtsgesellschaft für Walkers Kolonisten beträchtlich heruntergesetzt worden – aber ja, meine Ausgaben werde ich von den Einnahmen aus dem Verkauf bestreiten müssen.«

»Und mir als deiner Schwester gehört die Hälfte davon, da wir beide erbberechtigt waren?«

»Rechtlich gesehen ja, aber als Haushaltsvorstand...«

»Schon gut. Ich halte es nur für gerecht, daß meine Überfahrt ebenfalls von diesem Geld bezahlt wird.«

»Deine Überfahrt? Wohin willst du denn?«

»Nach Nicaragua. Wohin sonst?«

2. Kapitel

Der Ozeandampfer *Daniel Webster* verließ New Orleans am 11. Dezember 1855. Die Sonne brach mehrfach durch die Wolken, während er langsam den Mississippi hinunter- und in den Golf hinausfuhr.

Eleanora stand an der Reling und schaute auf das Wasser, als es sein schlammiges Blau verlor und das tiefe Blau von Salzwasser annahm. Der Wind war frisch, und der Geruch nach Kohlenrauch aus dem riesigen Schornstein vor ihr hing nur schwach in der Luft. Sie sah in den Rauch und ließ bewußt New Orleans und alles, was sie kannte und was ihr vertraut gewesen war, hinter sich zurück. Sie hatte nicht auf die Stadt zurückgeblickt, bis sie aus ihrer Sicht verschwunden war; sie hatte keine Zeit für Bedauern oder Selbstmitleid gehabt, sondern ihre Dinge in ihrer Kabine verstaut und sich mit der Kabine und dem Schiff vertraut gemacht.

Als »Kolonist«, der nach Nicaragua aufbrach, hätte Jean-Paul für nur zwanzig Dollar auf dem Zwischendeck reisen können, wogegen ihre Überfahrt nicht mehr als fünfzig gekostet hätte. Doch hätten sie dort keinerlei Komfort gehabt und wären auch nicht ungestört gewesen. Jean-Paul hatte sich in einer Kabine zweiter Klasse einquartiert, wo nicht mehr als fünfzig Personen untergebracht und die Schlafkojen mit Vorhängen versehen waren. Die Passagiere durften zudem im Speisesaal essen, was den Reisenden auf dem Zwischendeck nicht erlaubt war. Auf dieser Schiffahrt standen die Kabinen der zweiten Klasse ausschließlich den Männern zur Verfügung, da aufgrund der jüngsten Kämpfe in Nicaragua nur wenige Frauen gewillt waren, in dieses Land oder auf dem Weg nach Kalifornien durch das Land zu reisen. Diejenigen, die das Unterfangen wagten, reisten größtenteils mit ihren Ehemännern erster Klasse. Eleanora quartierte sich deshalb in einer Zweierkabine erster Klasse ein.

Die Türen der Zweierkabinen führten direkt zum Speisesaal, was ein Durchzug mit den Bullaugen ermöglichte, ein wesentlicher Punkt, da sie nach Süden in ein wärmeres Klima reisten. Auf den Böden lagen Teppiche; ein Spiegel und ein Waschtisch, eine Wasserflasche und Gläser wurden bereitgestellt. In Eleanoras Kabine waren zwei Kojen mit Vorhängen und Platz darunter für das Gepäck. Die Frau, mit der sie die Kabine teilte, hatte sie kurz getroffen, doch sie hatten einander lediglich höflich begrüßt.

Eleanora war entgeistert über das Reisekostüm der Frau aus goldenem Samt gewesen. Ihr Reifrock schien die ganze Kabine auszufüllen. Epauletten mit langen Goldfransen waren auf den Schultern aufgenäht, und die Corsage hatte Uniformknöpfe als Verschluß – aber nur bis zu einem gewissen Punkt. Ein tiefer V-Ausschnitt war ausgespart worden und legte die zarten weißen Wölbungen ihrer Brüste frei. Auf dem Kopf trug sie die abgewandelte Version einer Uniformmütze aus goldgelbem Filz. Abgerundet wurde dieses Gebilde durch eine diamantenbesetzte Hutnadel und goldene Fransen an der Krempe. Sie hatte sich als Mazie Brentwood vorgestellt.

»Hallo!«

Auf diesen Ruf hin drehte sich Eleanora um und sah, wie ihre Kabinengenossin gegen den Wind auf sie zukam. Ihre Röcke flatterten wie Bettlaken an einer Wäscheleine und gaben ungehindert den Blick auf üppig wallende spitzenbesetzte Petticoats und auf zwei wohlgeformte Knöchel frei.

Mit einer Hand hielt die Frau ihren Hut fest, während sie mit der anderen die Reling umklammerte. »Allmählich verstehe ich, warum sich die meisten Passagiere im Speisesaal versammelt haben«, sagte sie anstelle einer Begrüßung.

»Die Brise ist relativ steif«, stimmte Eleanora ihr zu und unterdrückte entschlossen ein Lächeln angesichts der Zerstörung von so kostspieliger Eleganz. Sie hatte keinen Grund zur Sorge. Ihr Kleid, das keineswegs neu war, war aus praktischem braunem Wollstoff mit blauen Paspeln. Ihren Strohhut mit den blauen Bändern hatte sie sich an den Arm gebunden, damit der Wind ihn ihr nicht vom Kopf wehen konnte.

»Sie scheinen die beste Stelle auf diesem Schiff gefunden zu haben. Die Steuerbordseite ist vom Schaufelrad naß gesprüht worden, und im Bug vor dem Deckhaus stolpern die Schiffsoffiziere ständig über einen.«

»Dann schließen Sie sich mir doch an«, lud Eleanora sie ein.

Mazie Brentwood bedachte sie mit einem skeptischen Blick aus ihren grünen Augen. »Haben Sie wirklich nichts dagegen?«

»Nein, warum sollte ich?«

Das Lächeln, das über ihren breiten Mund glitt, war spitzbübisch. »Nun, einen so unschuldigen Eindruck machen Sie nicht gerade.«

»Wie bitte?«

»Sie sind gezwungen, eine Kabine mit mir zu teilen, weil wir die beiden einzigen ungebundenen Frauen auf dem ganzen Schiff sind. Aber Sie sind nicht gezwungen, sich mit mir in der Öffentlichkeit zu zeigen. Zudem geben sich Frauen, die sich so zurückhaltend kleiden wie Sie, selten mit Frauen meines... Berufsstands ab.«

Kein Zorn und keine Angriffslust schwang in Mazie Brentwoods Stimme mit, und ihre sachliche Feststellung half Eleanora, ihre Verlegenheit zu unterdrücken. Für sie bestand kein Zweifel daran, was Mazie mit ihren Worten meinte. Der Anblick der Frauen, die als die »Damen der Nacht« bekannt waren, in den schlecht beleuchteten Durchgangsstraßen von New Orleans nach Einbruch der Dunkelheit war keineswegs ungewöhnlich. Eleanora hätte ihrer Erziehung entsprechend kehrtmachen und fortgehen müssen. Daß sie es nicht tat, hatte mit den Umwälzungen in ihrem Leben zu tun.

Sie reckte das Kinn in die Luft und sagte: »Ich frage mich, warum.«

»Man sagt uns nach, daß wir Verderbtheit und Unmoral verbreiten.«

»Also zum Schutze meines Charakters? Ich glaube nicht, daß ich so leicht zu beeinflussen bin. Und wenn es um meines guten Namens willen ist, dann gibt es wenig, was ich noch schützen müßte.«

»Das klingt interessant. Ich warne Sie, meine Neugier ist unersättlich.«

Ein Lächeln ließ die goldenen Sprenkel in den Tiefen von Eleanoras grünen Augen aufleuchten. »Meine auch«, erwiderte sie.

Sie beobachteten, wie ein Schwarm von Möwen die Verfolgung des Schiffs aufgab und zum Land zurückkehrte. Das Grün und Braun des Ufers wich langsam, aber stetig zurück. Der blaue Rauch, der über Balize an der Flußmündung hing, war jetzt nichts weiter als ein Schmutzfleck am Horizont. Die Bewegung des Decks unter ihren Füßen war eine neuartige Erfahrung. Von der Stelle aus, an der sie an der Reling standen, konnten sie die Gischt aufsprühen sehen und das Rauschen der Wogen hören, während das Schiff sich durch das Wasser schnitt. Hinter ihnen ertönte das Geräusch des Schaufelrads, das wie ein strudelnder Wasserfall klang, ein beständiger Lärm, den sie nach einer Weile nicht mehr wahrnahmen. Die Masten im Bug und im Heck waren nicht mit Segeln bespannt, doch der Wind surrte durch die Takelage und peitschte die Flaggen, die an den Spieren der Stenge wehten, und die amerikanische Flagge, die am Heck gehievt war.

Mazie, die es satt hatte, ihren Hut festzuhalten, zog die Nadel heraus und klemmte ihn sich unter den Arm. Augenblicklich begann der Wind, ihre kunstvoll frisierte goldene Lockenmähne zu zerzausen, doch sie schenkte dem keine Beachtung. »Also«, sagte sie und wandte sich an Eleanora. »Warum sind Sie auf der *Daniel Webster*?«

»Mein Bruder hat sich bei William Walker als Kolonist verpflichtet. Wir haben auch den Kauf eines Anwesens in die Wege geleitet, und ich werde mich darum kümmern, bis Jean-Paul seinen Verpflichtungen nachgekommen ist.«

Die andere Frau wartete einen Moment zu lange.

»Was ist?« fragte Eleanora, und all ihre Bedenken, die wieder auflebten, ließen ihre Stimme scharf klingen.

Mazie schüttelte den Kopf. »Ich wünsche Ihnen Glück. Die *aristocráticos* in der Umgebung von Granada haben ihre Ländereien kaum dreihundert Jahre lang halten können, weil sie sich leicht geschlagen geben.«

»Das klingt, als wüßten Sie Näheres über die Situation.«

»Das ist jetzt meine dritte Überfahrt auf der Transitstrecke. Ich bin '53 nach Kalifornien gefahren und im letzten Frühjahr wegen einer geschäftlichen Angelegenheit zurückgekommen. Auf diesen Reisen erfährt man einiges, wenn man es versteht, den Männern zuzuhören.«

»Sie haben Nicaragua schon gesehen? Das ist ja phantastisch. Sie müssen mir alles darüber erzählen.«

»Was wollen Sie wissen?«

»Alles!« sagte Eleanora lächelnd.

»Zuerst einmal ist es heiß dort, ein echtes Tropenklima. Ein großer Teil des Landes ist von Urwald bedeckt. Es gibt allerdings auch Berge und Vulkane und ein paar große Seen.«

»Was wird das, eine Geographiestunde?«

Die Stimme war träge und aufreizend vertraut. Schon ehe sie sich umdrehte, erinnerte sich Eleanora wieder an den großen blonden Mann, der auf sie zuschlenderte, stehenblieb und sich mit einem Ellbogen auf die Reling stützte, da er als selbstverständlich voraussetzte, erwünscht zu sein.

»Neville!« begrüßte ihn Mazie. »Neville Crawford, du Schurke, ich wußte gar nicht, daß du an Bord bist.«

»Ein Mann müßte blind sein, um dich zu übersehen, Mazie«, antwortete er mit einem spöttischen Lächeln.

»Du Schmeichler. Laß mich dich meiner Kabinengenossin Eleanora Villars vorstellen. Eleanora...«

»Wir sind uns schon begegnet. Ohne Uniform hätte ich Sie fast nicht erkannt, Major Crawford.«

»Wie niederschmetternd, Mademoiselle. Ich habe Sie sofort

wiedererkannt. Schließlich erinnert man sich an Damen, die sich einem entziehen.«

»Diese Anspielung ist abscheulich«, sagte Mazie, die die Beleidigte spielte, doch als ihre Augen vom einen zum anderen wanderten, drückte sich darin eine Frage aus.

»Ich entschuldige mich vielmals. Dein Charme liegt natürlich in deiner Offenheit, Mazie.«

»Ich hoffe doch, das ist nicht das einzig Reizvolle an mir?«

»Hör auf, Komplimente zu fordern, die du nicht nötig hast, und sag mir lieber, warum du hier bist.«

»Ich dachte mir, ich sehe mal, ob nicht ein Teil des Geldes, das in Nicaragua in andere Hände übergeht, in meine Hände fließen könnte. Aber was soll das mit der Uniform heißen? Du hast dich doch bestimmt nicht vom Krieg einfangen lassen?«

»Meine Gründe, meine Liebe, sind genauso kaufmännisch wie deine. Außerdem stelle ich fest, daß die Uniform eine günstige Wirkung auf Frauen hat.«

»Ein gedungener Mörder, Neville? Das sieht dir aber auch nicht ähnlich.«

»Danke, Mazie. Es freut mich, daß ich in deinen Augen noch ein wenig Charakter besitze. Sagen Sie, Mademoiselle, wie geht es Ihrem Bruder?«

»Recht gut. Er ist auch an Bord.«

Der Major seufzte tief. »Das habe ich befürchtet.«

»Eleanora hat sich nach Nicaragua erkundigt. Magst du ihr nicht davon erzählen?«

»Nur zu gern«, willigte er ein, und einen Moment lang strahlten seine blaßblauen Augen.

»Ich meine, was die Landschaft betrifft«, schalt ihn Mazie aus.

Ein Ausdruck von angemessener Ernsthaftigkeit legte sich auf sein Gesicht. »Nun, wir legen in San Juan del Norte an, dem ersten Hafen auf der Atlantikseite der Transitstrecke.«

»Sie werden mich für sehr unwissend halten, aber ich verstehe nicht ganz, was mit der Transitstrecke gemeint ist«, unterbrach ihn Eleanora.

»Nein? Die Accessory Transit Company ist vor fünf Jahren von dem Millionär Cornelius Vanderbilt gegründet worden. Dahinter stand der Gedanke, sich den Goldrausch in Kalifornien zunutze zu machen; die halbe Welt war versessen darauf, auf dem schnellstmöglichen Weg nach Kalifornien zu gelangen. Es gab bereits eine Route durch Panama, aber Vanderbilt hat sich vorgenommen, siebenhundert Wegmeilen einzusparen. Dazu wollte er die natürlichen Wasserläufe Nicaraguas benutzen und so zum Pazifik gelangen. Die Wegstrecke, die Vanderbilt sich vorgestellt hat, beginnt bei Point Arenas, wo die Passagiere ihre Reise auf dem San-Juan-Fluß nach San Carlos am Nicaragua-See antreten. Dort nehmen sie ein großes Dampfschiff nach Virgin Bay. Dann bringt eine Kutschfahrt von zwanzig Meilen sie nach San Juan del Sur an der Pazifikküste mit Anschluß an ein Schiff nach San Francisco.«

»Diese Route ist noch befahrbar trotz des Krieges?« erkundigte sich Eleanora.

»Sie war es noch, als ich nach New Orleans aufgebrochen bin.«

»Als ich die Route das erste Mal benutzt habe, wurde der Transport über Land von Virgin's Bay nach San Juan del Sur noch mit Mauleseln betrieben«, sagte Mazie. »Es war in der Regenzeit, und der Schlamm hat den Tieren bis zum Bauch gereicht.«

»Wahrscheinlich mußtet ihr auch bei Machuca, Castillo Viejo und El Toro an den Stromschnellen zu Fuß laufen. Die neuen Dampfschiffe versuchen, auch während der Regenzeit die Fahrt über die Stromschnellen zu bewerkstelligen. Wenn wir Glück haben, gelangen wir bequem nach Granada.«

»Ich glaube, dort hat Walker sein Hauptquartier.«

»Ja, richtig.«

»Ist es eine große Stadt?« verfolgte Eleanora das Thema weiter.

»Nicht groß, etwa zehntausend Einwohner, aber von großer Bedeutung. Ehe wir es vor zwei Monaten eingenommen haben, war es die Hochburg des Landadels, der Legitimistas. So heißt auch die konservative Partei.«

»Die Reichen sind immer konservativ«, kommentierte Mazie. »Die Begüterten sind immer darauf versessen, die Dinge so zu belassen, wie sie sind, um zu verhindern, daß die Habenichtse sich dazwischendrängen. Wenn ich das richtig sehe, hat sich William Walker in dem Fall mit den Armen verbündet?«

»Mit den Democráticos, ja. Bisher hat er seine Sache gut gemacht, wenn es darum ging, den Reichtum aufzuteilen, wenn auch nicht so gründlich, wie manche es gern gesehen hätten.«

»Dann ist ja noch etwas übrig. Genau das wollte ich hören.« Mazies Tonfall klang begeistert.

»Wenn du auch nur halb so gierig wärst, wie du dich gibst«, zog Major Crawford sie auf, »dann wärst du längst eine reiche Frau.«

»Wer sagt, daß ich es nicht bin?«

»Du wärst nicht hier, wenn du es wärst.«

»Weißt du nicht, daß man niemals genug Geld haben kann?«

»Du und Vanderbilt, ihr gäbt ein gutes Paar ab.«

Mazie legte sich einen wunderbar geformten Nagel auf die Lippen. »Glaubst du das? Über diese Idee werde ich reiflich nachdenken müssen. Soweit ich gehört habe, ist Kommodore Vanderbilt allerdings als Chef der Accessory Transit Company zurückgetreten. Auch soll er wegen Aktienmanipulation und Auseinandersetzungen zwischen den Direktoren jetzt ein Konkurrenzunternehmen aufgemacht haben, indem er eine neue Linie gegründet hat, die Independent Opposition Line, die die Panamastrecke befährt.«

Der Major schüttelte bedächtig den Kopf. »Bei dir frage ich mich immer wieder, aus welchen Quellen du deine Informationen hast, Mazie.«

»Solange das nicht alles ist, was du dich fragst.«

Die provozierende Antwort schien eine automatische Reaktion zu sein, die wenig damit zu tun hatte, was die andere Frau wirklich dachte. Sie räusperte sich kurz und sagte: »Walker muß sich seiner Sache in Granada sehr sicher sein, wenn er so viele seiner Offiziere rausschickt, um Soldaten zu rekrutieren.«

»Rekrutieren – Sie meinen das Arcade? Fishers Aufgabe war es zu rekrutieren, und Colonel Farrell sollte die Kosten für den Transport der Rekruten aushandeln. Colonel Henry hat sich von seinen Kriegsverletzungen erholt und nichts weiter zu tun. Luis – Oberleutnant Laredo – und ich haben die Reise mitgemacht. Farrell und Henry sind vor zwei Wochen auf der *Prometheus* zurückgekehrt.«

»Und der Oberleutnant?«

»Ich hatte gehofft, Sie würden nicht fragen. Er liegt unten in seiner Koje und ist so betrunken wie ein *conde.* Er versucht immer wieder, die Vergangenheit in Alkohol zu ertränken, was ihm bis zu einem gewissen Punkt auch gelingt. Aber er braucht immer mal wieder einen kräftigen Schluck.«

Mazie erschauerte. »Dieser Luis muß ja ein reizender Kerl sein.«

»Die meiste Zeit ja«, sagte der Major. »Aber manchmal ist er hoffnungslos spanisch.«

»Das ist doch gewiß sein Recht«, protestierte Eleanora. »Nicaragua ist ein spanisches Land.«

»Spanischsprachig. Offiziell heißt es die República de Nicaragua, und diejenigen, die dort leben, sind natürlich Nicaraguaner

– was jetzt Ihren Bruder einschließt und auch Luis, obwohl er im Tal des Guadalquivir in Andalusien geboren ist, in der Nähe von Córdoba. Aber wenn ich Ihnen einen Rat geben darf, dann fragen Sie ihn nicht danach, es sei denn, er ist betrunken.«

Major Crawford unterbrach sich, und seine Aufmerksamkeit richtete sich auf etwas hinter Mazie. Eleanora sah in seine Blickrichtung und entdeckte Jean-Paul, der vom Heck um das Deckhaus herumkam. Seine dichten Augenbrauen waren finster zusammengezogen, und seine Augen waren zugekniffen, doch das konnte auch auf den Kohlenrauch zurückzuführen sein, der ihn in Schwaden umgab, als der Wind sich plötzlich senkte.

»Kann ich dich sprechen, Eleanora?« fragte er im Näherkommen.

»Gewiß, aber laß dir zuerst meine Freunde vorstellen.«

Er verbeugte sich flüchtig und hörte sich mit unbewegter Miene an, wie sie die beiden vorstellte. Er nahm Eleanoras Arm und sagte: »Ich bin sicher, daß Sie meine Schwester entschuldigen werden?«

»Aber gewiß doch«, erwiderte Mazie mit strahlenden Augen. »Lassen Sie sich von uns nicht abhalten.«

Jean-Paul verneigte sich und führte Eleanora ohne ein weiteres Wort fort. Sie mußte große Schritte machen, um mit seinem Tempo mithalten zu können.

Jean-Paul führte sie in den Speisesaal, wo sich nur zwei Dominospieler und ein Zeitung lesender Mann aufhielten. Küchengerüche wehten aus der Kombüse herein, obwohl noch lange keine Essenszeit war. Als Eleanora sich auf einem Stuhl niedergelassen hatte, fragte sie unwirsch: »Was ist los? Ist was passiert?«

Ihr Bruder setzte sich ihr gegenüber. »Weißt du überhaupt, mit was für einer Frau du da draußen geplappert hast?«

Eleanora strich sich das Haar glatt und blieb still sitzen. »Ich bin mir sicher, daß du es mir sagen wirst.«

»Sie ist kein angemessener Umgang für dich.«

»Ach nein? Ich fand sie amüsant.«

»Das habe ich gemerkt«, sagte er grimmig. »*Mon Dieu*, Eleanora, ich habe dir ein besseres Urteilsvermögen zugetraut. Sie ist kaum besser als ein Straßenmädchen. Laß dir von mir sagen...«

»Nein! Laß dir von mir etwas sagen, kleiner Bruder. Mir ist rundum klar, wer Mazie Brentwood ist; sie hat es mir selbst gesagt. Aber ich finde, daß das keine Rolle spielt. Außerdem gibt dir niemand das Recht, meine Freunde für mich auszusuchen oder mich vor ihnen in Verlegenheit zu bringen.«

»Das ist meine Verantwortung als Familienoberhaupt.«

»Dann hast du dir allerdings lange Zeit gelassen.«

Es war schummrig im Speisesaal. Etwas Licht fiel durch die Dachluken des Deckhauses, dennoch konnte sie sehen, wie das Blut aus dem Gesicht ihres Bruders wich. Es dauerte einen Moment, ehe er etwas sagen konnte, und nun klang seine Stimme ruhiger und vernünftiger.

»Begreifst du denn nicht, wohin es führen kann, Freundinnen wie diese Frau zu haben? Ob zu Recht oder zu Unrecht, aber wir werden nach dem Umgang beurteilt, den wir pflegen. Nicaragua ist vielleicht nicht New Orleans, aber es ist ein zivilisiertes Land, und die Konventionen stehen immer noch fest.«

»Mir hängen diese Konventionen zum Hals heraus.«

»Trotzdem...«

»Mit wem sollte ich außerdem sonst reden? Die wenigen anderen Frauen auf diesem Schiff sind mit ihren Ehemännern beschäftigt, mit ihren Ängsten und damit, wie sie leben werden, wenn sie Kalifornien erreicht haben – diejenigen, die nicht jetzt schon so seekrank sind, daß sie all das nicht mehr interessiert. Ich bin sicher, du würdest es nicht wollen, wenn ich mit fremden Männern rede...«

»Du kannst mit mir reden.«

»Sicher. Wo warst du denn in den letzten Stunden? Im Deckhaus und hast dort getrunken, und mit den Offizieren hast du in ihrer Kajüte Karten gespielt und aus dem Fenster geschaut. Wie du siehst, bin ich nicht ganz so unwissend, wie du es dir einbildest.«

Auf dem Tisch vor ihr lag eine häufig durchgeblätterte Ausgabe von *El Nicaraguense.* Die Zeitung war mehrere Wochen alt, und die Titelgeschichte berichtete von dem Tod eines gewissen Mateo Mayorga, der auf Befehl von William Walker von einem Exekutionskommando erschossen worden war. Er war ein älterer Mann, dessen einziges Verbrechen darin zu bestehen schien, daß er Aristokrat war. Als sie den Blick abwandte, spürte Eleanora, wie ihre Nerven vor Anspannung vibrierten. Worauf ließen sie sich da bloß ein? Diese Unsicherheit war es, die sie aufbrausen ließ. Vielleicht erging es Jean-Paul genauso.

Ihr Bruder ergriff ihre Hand, die auf dem Tisch lag. »Ich halte dich nicht für unwissend, nur für unerfahren. Ich mache mir Sorgen um dich. Wenn dir etwas Unerfreuliches zustößt, dann ist das meine Schuld.«

»Ich würde dir niemals Vorwürfe machen«, entgegnete sie, ergriffen von der Sorge in seinen liebevollen braunen Augen.

»Aber ich würde mir selbst Vorwürfe machen.«

Sie erreichten den grünen Küstenstreifen der Bucht von San Juan de Nicaragua bei strömendem Regen. Der Gebäudekomplex der Transitgesellschaften unter den Palmen am Point Arenas wirkte in dem trüben Licht keineswegs einnehmend. Auf der anderen Seite der Bucht befanden sich die gottverlassenen Trümmer des vormaligen Greytown. Ein Schild kündete den Bau einer neuen Stadt an, die San Juan del Norte heißen würde.

Die Zerstörung Greytowns durch das Kanonenboot *Cyane* der Vereinigten Staaten hatte, obwohl sie von der Transitgesellschaft nach Streitigkeiten über Hafengebühren angestiftet worden war, nichts mit William Walker zu tun. Sie wies jedoch auf die vorherrschende Stimmung dieser Zeiten hin, auf die politische Bedeutung der Transitstrecke durch Nicaragua und die Forderungen, die einige Vertreter der Vereinigten Staaten stellten.

Das Flußschiff *Colorado* wartete mit dampfendem Schornstein darauf, daß die Passagiere an Bord kamen. Die Fahrgäste stiegen um, die Fracht wurde verladen, die Gangway eingeholt, und das kakaobraune Wasser gischte, als sie die neunzig gewundenen Meilen stromaufwärts zur Quelle des Rio San Juan im Nicaragua-See in Angriff nahmen.

Der Fluß führte Hochwasser und wurde von tausend Rinnsalen gespeist, die aus dem dampfenden Dschungel flossen. Der Moschusgeruch verfaulender Vegetation, in den sich überreich die durchdringenden Blumendüfte mischten, erfüllte die Luft. Bäume bildeten eine Laube über dem Fluß, und ihre Äste waren mit orange und gelb, weiß und rot blühenden Schlingpflanzen behangen. Dichtbelaubte Ranken, deren saftige Stengel so dick wie das Handgelenk eines Mannes waren, würgten die Stämme von Mahagoni- und Avocadobäumen. Dichte Gestrüppe von Pflanzen mit hängenden Luftwurzeln schmiegten sich in die Astgabelungen. Palmwedel wankten, und Baumfarne stießen ihr saftiges Grün in den feuchten grauen Himmel.

Ab und zu sahen sie leuchtende Farben aufblitzen, wenn Papageien oder Aras davonflogen. Einmal plumpste eine leuchtend grüngelbe Schlange auf das Deck, als das Schiff unter einem ausladenden Ast vorbeifuhr. Darum kümmerten sich die indianischen Matrosen, schnell und teilnahmslos, als sei dies ein alltäglicher Vorfall.

Die steinerne Bastion von Castillo Viejo, die sich auf einem steilen, klippenartigen Hügel erhob, wurde vom Regen nahezu verschleiert, als sie am Nachmittag daran vorbeikamen. So grau und verlassen wirkte die Festung wie ein uraltes abbröckelndes Mysterium. Die Pfahlhäuser mit den strohgedeckten Dächern drängten sich dicht nebeneinander am Fuß des Hügels und machten nach der langen Regenzeit einen vermoderten Eindruck. Die Stromschnellen von Castillo Viejo brachten sie hinter sich, ohne das Tempo zu drosseln. Ein paar Meilen weiter stromaufwärts bekam die *Colorado* jedoch Probleme mit dem Steuer. Das Schiff trudelte mit halber Geschwindigkeit in den Hafen von San Carlos ein.

Der Dunst verlieh den ärmlichen strohgedeckten Häusern der Stadt, die sich bis zu den Toren von Fort San Carlos hochzog, einen geheimnisvollen Zauber. Das Fort erhob sich an der Stelle, an der der Fluß und der See zusammentrafen. Die Straßen jedoch waren von Wasser überschwemmt, in dem Abfälle schwammen. Außer Schlamm und Verwahrlosung gab es nichts zu sehen. Als Eleanora und Mazie, die in Begleitung von Jean-Paul und dem Major an Land gegangen waren, nach einem kurzen Erkundungsgang zum Schiff zurückkehrten, ließen die Geräusche von Schüssen sie innehalten. Major Crawford scheuchte alarmiert die Damen auf den Dampfer. Dann bahnte er sich einen Weg durch das Getümmel von Verkäufern vor der Gangway und stürmte in Schußrichtung los.

Seine Sorge war jedoch überflüssig. Die Schüsse waren von einigen Männern abgegeben worden, die den Zwischenstop und das vorübergehende Nachlassen des Regens genutzt hatten, um ihre Schießkünste an einigen der Alligatoren zu erproben, die sie den ganzen Tag über immer wieder gesehen hatten. Crawford brachte den Damen als Wiedergutmachung für seine unnötige Hetzerei kleine rote Bananen, Kokosnüsse und Ananas von den indianischen Verkäufern mit.

Nachdem sie so lange unter Deck gewesen war, wäre Eleanora

gerne draußen geblieben. Trotz der Ausdünstungen des Dschungels und der primitiven hygienischen Einrichtungen hing etwas Berauschendes in der Luft, die exotische Essenz eines fremdartigen und neuen Landes. Der Genuß dieser Atmosphäre wurde ihr jedoch durch die riesige, schwarze Wolke von Moskitos versagt, die sich herabsenkte, als die Nacht anbrach. Als sie nach unten ging, geriet das Deck unter ihren Füßen wieder ins Schwanken. Sie waren wieder unterwegs.

In ihrer Prachtkabine, die auf diesem kleineren Flußdampfer dazu gedacht war, vier Frauen aufzunehmen, fand Eleanora Mazie im Korsett und in Petticoats vor. Sie bürstete ungeduldig ihr Haar, und ihr Gesicht glänzte, weil sie es mit Gänseschmalz gegen Falten eingerieben hatte.

Als Eleanora zur Tür hereinkam, warf sie die Bürste mit dem silbernen Griff auf ihre Koje und stemmte die Arme in die Hüften. »Schlechte Neuigkeiten, Schätzchen. Das Beste, was ich dir noch sagen kann, ist, daß dein Gepäck verschwunden ist.« Sie wies mit einer Kopfbewegung auf das Gepäck, das verstreut auf dem Boden lag; es waren ihre eigenen Koffer, Taschen und Schachteln und die der beiden anderen Frauen, die die Kabine mit ihnen teilen mußten, während ihre Männer in der einzigen großen Kabine für die Männer untergebracht waren. »Ich habe dieses Zeug ein dutzendmal durchgewühlt, aber ich bin auf keine Spur gestoßen – und auch nicht auf die Hutschachtel mit meinen drei besten Hüten, die ich bei Madame Helene in New Orleans für zehn Dollar das Stück gekauft habe!«

»Du mußt dich irren«, sagte Eleanora und kam näher.

Mazie schüttelte grimmig den Kopf. »Die Sachen sind fort.«

»Aber... wie?«

»Gestohlen worden, während sie von der *Daniel Webster* auf die *Colorado* umgeladen worden sind, das ist noch das Wahrscheinlichste. Welcher Beamte in diesem gottverlassenen Land steht schon im Regen rum und paßt auf, daß jedes Gepäckstück an Bord gebracht wird? Das ist auf dieser Route eine alte Geschichte. Früher konnten sich die Passagiere glücklich schätzen, wenn sie mit mehr als der Hälfte ihres Gepäcks am Reiseziel ankamen.«

»Kann man uns das Gepäck denn nicht wiederbeschaffen?«

»Ich habe bereits beim Kapitän Anzeige im Namen von uns beiden erstattet, aber die Chancen stehen schlecht. Wahrscheinlich sind die Sachen inzwischen schon längst auf dem Weg in den Urwald, und dort gibt es immer noch Orte, die kein Weißer je gesehen hat. Nein, es wird nicht lange dauern, und die Frau irgendeines Indianers wird mit einem Hut, der dreimal mehr wert ist als ihr ganzes Dorf, Bohnen pflücken!«

Eleanora ließ sich auf den Rand einer Koje sinken. »Wenn sie meine Koffer aufmachen, werden sie nicht viel finden, aber alles, was ich zum Anziehen hatte, war darin. Was soll ich bloß tun?«

»Granada liegt nicht am Ende der Welt. Dort gibt es Schneiderinnen.«

»Ich kann mir keine neue Garderobe leisten.«

»Du hast immer noch das, was du anhast. Und ein oder zwei Kleider wirst du dir doch sicher nähen lassen können.«

Zweifelnd sah Eleanora das braune Samtkleid an, das sie an diesem Tag trug. Sie hatte es aus einem Reitkostüm ihrer Mutter angefertigt. Die langen enganliegenden Ärmel und der hochgeschlossene Kragen machten das Kleid für warme Tage ungeeignet.

Eleanora blickte trostlos zu der anderen Frau auf. Mazie kaute auf ihrer vollen Unterlippe herum. »Also, mir gefällt dieses Kleid ohnehin nicht an dir. Es ist zu dunkel, etwas für eine alte Frau. Deine übrigen Kleider waren auch zu trist. Ich finde, du kannst froh sein, daß du dich neu einkleiden mußt.«

»Aber ich sage dir doch, daß das nicht geht.«

»Unsinn. Es gibt immer Mittel und Wege. Laß mich mal sehen, etwas Leichtes und Luftiges, in Grün oder Rosa...«

»Aber ich habe mich immer bemüht, gedämpfte Farben zu tragen. Mein Haar...«

»Dein Haar ist einfach phantastisch!«

»Meine Großmutter...«

»Deine Großmutter mag ja eine Dame gewesen sein, aber in meinen Ohren klingt es ganz so, als sei sie eine neidische alte Hexe gewesen, die auf deine Mutter und auf dich eifersüchtig war. Du bist eine schöne Frau mit einem hübschen Gesicht, faszinierenden grünen Augen, dunklen Wimpern und Augenbrauen und elfenbeinerner Haut und flammendrotem Haar. Ich empfinde es als eine gräßliche Vergeudung, wenn ich sehe, wie du versuchst, dein Aussehen zu verbergen.«

»Ich möchte keine unwillkommene Aufmerksamkeit auf mich ziehen«, versuchte Eleanora zu erklären.

»Auch so etwas, wovor dich deine Großmutter gewarnt hat, daran besteht für mich kein Zweifel. Ja, ich weiß, du willst dich nicht so kleiden, wie ich mich kleide, und ich sage ja nicht, daß du das tun sollst, aber es ist nichts dagegen einzuwenden, wenn man das Beste aus sich macht. Andernfalls wirst du nie einen Mann finden.«

Eleanora warf den Kopf zurück, und ein streitlustiger Blick trat in ihre Augen. »Vielleicht wundert es dich, aber ich will keinen Mann.«

»Du magst das glauben, aber leider ist ein Mann das einzige, was einer Frau Sicherheit gibt.«

»Ich hatte früher einmal einen Verlobten. Für ihn hatte ich jeden Reiz verloren, als meine Aussteuer verloren war.«

»Er war ein Dummkopf. Sei froh, daß du ihn los bist.«

»Das mag sein, aber ich ziehe es vor, von jetzt an mein Vertrauen in Jean-Paul zu setzen – und in mich selbst.«

»Das ist ja wunderbar! Brüder neigen dazu zu heiraten und ihre Ehefrauen vornan zu stellen. Und wo stehst du dann? Du brauchst einen Mann und ein eigenes Leben.«

»Du scheinst doch auch blendend ohne Mann zurechtzukommen.«

Mazie zuckte kurz zusammen. »Ich hatte früher einmal einen Ehemann – und einen Sohn.«

»Es tut mir leid...«

»Nein, laß es dir erzählen. Wir hatten ein Häuschen in den Hügeln von Georgia. Eines Winterabends hat das Haus Feuer gefangen, ein Funke aus dem Kamin ist auf die Holzschindeln gefallen. Ich war draußen in der Küche, die in einer eigenen Hütte untergebracht war, und habe Brotteig zubereitet, und mein Mann hat vor dem Kamin gedöst. Das halbe Dach stand schon in Flammen, als der Brand entdeckt wurde. Ich bin in das rauchende Schlafzimmer gerannt, in dem mein Sohn geschlafen hat. Er war noch klein, knapp zwei Jahre alt. Da es kalt war, habe ich ihn in die Bettdecke gewickelt und ihn hinausgetragen, während mein Mann versuchte, ein paar Habseligkeiten zu retten. Draußen habe ich dann das Bündel in meinen Armen ausgewickelt. Ich hatte nicht meinen Sohn aus dem Haus geholt, sondern ein ausgestopftes Stofftier, das ich für ihn gemacht hatte. Ich schrie nach meinem Mann, und er ging wieder ins Haus, um den Jungen zu holen. Im nächsten Moment stürzte ein Dachbalken herunter.«

Ihre Stimme erstarb zu einem heiseren Flüstern. »Mazie...« Eleanora nahm die Hand der Frau, denn sie war nicht in der Lage, mitfühlende Worte zu finden.

»Ich bin dreiunddreißig«, fuhr Mazie fort. »Ich habe mehr als zehn Jahre versucht zu vergessen und eine Möglichkeit zu finden, wie ich die quälenden Selbstvorwürfe ersticken kann. Nichts hat je geklappt – nicht wirklich. Und doch habe ich ein paar Dinge gelernt. Ich habe gelernt, daß Männer und Frauen einander brauchen und daß das Verschmelzen ihrer Körper in leidenschaftlicher Zuneigung zu den wenigen Dingen gehört, die das Leben erträglich machen.«

»Und doch«, sagte Eleanora und wandte den Blick ab, »redest du davon... davon, was du als Beruf betreibst.«

»Das ist richtig, aber ich bin einigermaßen wählerisch.« Sie lächelte. »Vielleicht ist es eine Selbsttäuschung, aber ich ziehe es vor, mich als Kurtisane zu bezeichnen. Der Unterschied ist der, daß ich mich darauf beschränke, zur jeweiligen Zeit immer nur einen Mann zu haben. Aber reden wir wieder über die Kleider. Ich habe zwei, die nur Platz in meinem Koffer wegnehmen, und du tätest mir einen Gefallen, wenn du sie nimmst. Letzten Sommer habe ich mich von einer Schneiderin in Saratoga davon überzeugen lassen, daß es nützlicher sein könnte, mich zurückhaltender zu kleiden. Inzwischen bin ich nicht mehr der Meinung; es ist einfach nicht mein Stil.«

»Das ist ganz reizend von dir, aber ich kann die Kleider unmöglich annehmen«, sagte Eleanora.

»Und warum nicht? Du bist eine der vernünftigsten jungen Frauen, die mir in der letzten Zeit begegnet sind. Du siehst doch bestimmt die Notwendigkeit dazu ein. Zudem wirst du verstehen, daß ich verletzt und beleidigt bin, wenn du mein Angebot ablehnst.«

»So machst du es mir unmöglich, mich dir zu widersetzen«, sagte Eleanora sarkastisch.

»Gut«, antwortete Mazie und wandte sich ihren Koffern zu. »Genau das war meine Absicht.«

Im Hafen von Granada wimmelte es von Menschen. Männer mit Handkarren drängten sich vor und wirbelten eine Staubwolke auf, während sie sich bemühten, einen Platz nahe der Stelle zu ergattern, an der die Gangway heruntergelassen wurde. »*Carreton de mano! Carreton de mano!*« riefen sie und bekundeten mittels der Zeichensprache ihre Bereitwilligkeit, das Gepäck zu tragen. Frauen mit langen dunklen Locken richteten Tabletts mit Obst und Schweinefleisch her, und ältere Frauen und kleinere Jungen griffen nach ihren Muschelschalen und geflochtenen Palmfaserhüten, ihren Lederwaren und Kuriositäten, die aus den Hörnern von Stieren gefertigt worden waren.

Soldaten – Falangistas – mit roten Hemden lehnten an den Hafengebäuden und hatten sich die breitkrempigen Hüte mit den roten Hutbändern als Schutz vor der strahlenden Nachmittagssonne tief ins Gesicht gezogen. Die meisten waren dem Anschein nach Amerikaner oder Europäer, aber es gab auch ein paar Spanier. Allen gemeinsam war der verbissene und abgebrühte Ausdruck, der in krassem Gegensatz zu den Männern stand, die sich an der Reling des Dampfers drängten.

Die Fahrt über den See war ereignislos verlaufen. Sie hatten erst in Virgin Bay angelegt, und dort waren die Passagiere von Bord gegangen, die nach Kalifornien weiterfuhren. Die Kutschen, die sie nach San Juan del Sur bringen sollten, hatten schon bereitgestanden. Die Seiten der Kutschen waren mit Bildern von Kalifornien und Nicaragua bemalt, und ihre breiten blauweißen und rotweißen Streifen glitzerten in der Sonne. Bei diesem Anblick war lauter Jubel ausgebrochen, eine spontane Reaktion darauf, daß die vorletzte Etappe der langen Transitstrecke zurückgelegt war.

Zuallererst brauchten sie jetzt ein Hotel. Dicht am Seeufer hatten sie die Wahl zwischen etlichen, von denen das Alhambra das beste zu sein schien. Als sie hinter ihrem Handkarren herliefen, erregten sie beträchtliches Aufsehen. Mazie trug ein Kleid aus himmelblauem Tarlatan, das mit Seidenbändern besetzt war. Ihr Hut, den sie auf ihren hochgesteckten goldenen Locken trug, war mit Bändern und einer gewaltigen Democrático-Kokarde geschmückt. In der behandschuhten Hand hielt sie einen Sonnenschirm aus weißer Spitze. Eleanoras Hut war so groß wie ein Wagenrad, und durch die Schichten weißen Musselins warf die Sonne schmeichelnde Schatten auf ihr Gesicht. Das rosa Hutband fand seine Entsprechung in den rosa Zentifolien, die über die weiße Foulardseide des Kleids verstreut waren, das Mazie ihr aufgedrängt hatte. Unter dem Kleid trug Eleanora eine Krinoline, einen leichten, zuammenklappbaren Thompson-Petticoat. Das runde Dekolleté war so tief ausgeschnitten, daß ihre Wangen ein wenig glühten. Jean-Pauls unterdrückte Mißbilligung fand sie dennoch übertrieben, und aus Trotz hing sie sich bei dem Major ein und ließ sich von ihm die Besonderheiten von Granada erzählen.

Die Stadt war um eine Reihe von Plätzen erbaut worden. Die Gebäude bestanden aus Steinen in einem warmen goldbraunen Ton oder waren weißgetüncht, mit Gipsdächern und roten Kacheln. Aus den kühlen Innenhöfen, die man hier Patios nannte, wehte das schimmernde Grün von Orangenbäumen und schauten die magentafarbenen Massen von Bougainvilleen hinaus. Die Glockentürme der Kirchen überragten die Hausdächer, und Mönche in Kutten, Kapuzen und Sandalen bewegten sich durch die Menschenmengen auf den Straßen.

Der Major trennte sich an der Hoteltreppe von ihnen. Jean-Paul bezog nur für eine Nacht ein Zimmer, da er sich am kommenden Morgen bereits in der Kaserne melden mußte. Eleanora und Mazie bezogen gemeinsam das Zimmer daneben.

Da er es kaum erwarten konnte, seine Schwester von ihrer Begleiterin zu trennen, machte sich Jean-Paul sofort auf den Weg zu dem Büro des Immobilienkäufers, dessen Adresse er auf einer Visitenkarte stehen hatte. Nachdem sie sich im Zimmer umgesehen und sich vom Staub der Straßen gereinigt hatten, warteten die beiden Frauen auf die Rückkehr von Eleanoras Bruder. Als es so dunkel im Zimmer wurde, daß sie einander kaum noch erkennen konnten, begaben sie sich nach unten in das Hotelrestaurant.

In der Tür zum Restaurant trafen sie auf einen Mann, der mit einer gemurmelten Entschuldigung und einer knappen Verbeugung zurückwich, um die Damen mit ihren weiten Röcken vorbeizulassen. Der Schein der Lampe glitzerte auf den goldenen Fransen seiner Epauletten. Eleanora erkannte Colonel Farrell und ging mit abgewandtem Gesicht an ihm vorbei. Er hatte sie jedoch bereits erkannt, und seine Lippen verzogen sich sarkastisch, als er Mazies starken Geruch nach Ambra einatmete.

Sie aßen langsam und genossen die fremden, stark gewürzten Speisen; Jean-Paul hatte sich immer noch nicht zu ihnen gesellt, als sie gegessen hatten. Sie verließen das Restaurant und nahmen eine der Kerzen, die am Fuß der Treppe für die Gäste bereitlagen, und gingen wieder nach oben.

Die Zeit verstrich, und auf den Straßen wurde es stiller. Einmal hörten sie das ferne Läuten von Kirchenglocken, mit dem ein Brand angezeigt wurde. Das gab ihnen eine Zeitlang Gesprächsstoff, doch von ihrem Fenster aus war kein Feuer zu sehen. Nach einer Weile entkleideten sie sich und gingen ins Bett.

Mazie versuchte, Eleanora zu trösten, als sie im Dunkeln lagen. »Wahrscheinlich ist er aus der Stadt hinausgefahren und sieht sich dieses Anwesen an; du weißt doch, wie sehr er davon begeistert ist. Aber vielleicht mußte er sich auch heute abend schon in der Kaserne melden und konnte dir keine Nachricht zukommen lassen. Ich habe gehört, daß Walker seine Männer streng führt.«

Eleanora hatte schon zu oft abends auf ihn gewartet, um ernstlich besorgt zu sein. Dennoch konnte sie nicht einschlafen und starrte ins Dunkel, als sie Schritte im Gang hörte.

Durch die dünnen Wände vernahm sie deutlich das Rasseln eines Schlüssels und einen gemurmelten Fluch, als jemand versuchte, den Schlüssel ins Schloß zu stecken. Als sie die vertraute Stimme hörte, schlug Eleanora ihre Decke zurück.

Barfuß lief sie über den Fußboden zur Tür, drehte den Schlüssel im Schloß um und öffnete die Tür einen Spaltbreit. »Jean-Paul?« flüsterte sie.

Mazie erwachte und setzte sich im Bett auf. »Eleanora, was tust du da?« fragte sie scharf.

»Es ist Jean-Paul«, erklärte Eleanora.

Ihr Bruder wankte herein, und dabei stemmte er sich mit einer Hand gegen die Tür, um das Gleichgewicht nicht zu verlieren. Er taumelte ins Zimmer und wäre fast hingefallen, wenn Eleanora ihn nicht festgehalten hätte.

»Eleanora«, sagte er verzweifelt. »Ich muß dir etwas sagen.«

»Ja, aber komm erst her, und setz dich hin.«

»Nein«, sagte er mit dem Starrsinn des wahrhaft Betrunkenen. »Ich muß es dir jetzt sagen.«

Mazie, deren üppige Reize durch ihr Nachthemd weit mehr entblößt als verhüllt waren, glitt aus dem Bett und zündete die Kerze neben dem Bett an.

»Also gut«, willigte Eleanora ein und sah die andere Frau an, die jetzt zu ihnen trat.

»Ich konnte den Makler nicht finden – die Adresse auf der Visitenkarte gibt es nicht. Niemand hat je etwas von ihm gehört. Ich habe Colonel Farrell gesehen. Er hat gesagt, der Mann sei ein Betrüger. Es hat nie ein Haus, nie Grund und Boden gegeben. Das Geld ist weg, Eleanora. Es ist weg, und nun haben wir gar nichts mehr.«

Eleanora ließ vor Schreck den Arm ihres Bruders los, den sie umklammert hatte. Mazie ließ ihn vorsichtig zu Boden gleiten und drehte ihn dort auf den Rücken.

In grimmigem Schweigen standen sie da und schauten auf ihn

herunter, starrten seine verschmutzte Kleidung und den Riß in seiner Westentasche an – und die Tränenspuren auf seinem nahezu bartlosen Gesicht.

3. Kapitel

Geld. Darauf schien alles hinauszulaufen. Eleanora konnte nicht nach Hause zurückkehren und auch nicht im Hotel bleiben, weil kein Geld da war. Sie konnte keine neue Unterkunft suchen und keine Begleiterin engagieren, solange keine Mittel da waren. Sie konnte nicht guten Gewissens Mazies Barmherzigkeit in Anspruch nehmen und auf ihre Kosten im Hotel bleiben. Diese wiederum konnte ihre Skrupel nicht verstehen und faßte Eleanoras Ablehnung als eine persönliche Beleidigung auf. Diese Kluft zwischen ihnen war noch nicht überbrückt, als Eleanora ihre kärgliche Habe zu einem Bündel packte und auszog. Mazie schickte Eleanora die Sachen nach, die sie ihr geschenkt hatte.

Viel Zeit war ihnen nicht geblieben, sich nach einer Unterkunft umzusehen. Jean-Paul konnte sich nicht den ganzen Vormittag freinehmen. Zweifellos würde man ihm vorhalten, daß er sich nicht rechtzeitig zum Dienst gemeldet hatte, aber er baute darauf, daß man verstehen würde, daß das Wohlergehen seiner Schwester den Vorrang hatte. Eleanora sah das weniger zuversichtlich, denn Walker verlangte von seinen Offizieren ein ordnungsgemäßes Verhalten.

Sie mieteten ein Zimmer für sie in einer Seitenstraße hinter der Kathedrale des heiligen Franziskus. Das Haus gehörte einer alten Witwe, von der sie wenig Mitgefühl, keine Gesellschaft und kaum Schutz erwarten konnte. Die alte Frau war so gut wie taub und blickte argwöhnisch in die Welt.

Das Haus der Witwe grenzte an eine *Cantina,* die bei den Soldaten und den jungen Männern aus der Nachbarschaft sehr beliebt war. Eleanoras Zimmer lag zu dieser Seite hin, allnächtlich störten der Musiklärm von Gitarren, Zithern, Konzertinas und laute Männerstimmen ihren Schlaf. Wenn sie nach der Mittagszeit an dieser Spelunke vorbeikam, wurde Eleanora oft angepöbelt, und mehr als einmal wurde sie bis an die Tür ihres Zimmers verfolgt. Ein Verehrer ließ sich sogar für einige Stunden vor ihrer Tür nieder, bis die Witwe, die gerade zum Markt gehen wollte, über ihn stolperte und ihn fortjagte.

Zu ihrem Selbstschutz begann Eleanora, frühmorgens zu dem Brunnen am Ende der Straße zu gehen und sich von dort Wasser zu holen und sich anschließend auf dem Markt das bißchen Essen zu kaufen, das sie sich leisten konnte. Sie genoß diese frühen Morgenstunden, wenn es noch kühler war und weniger Leute unterwegs waren. Während ihrer Spaziergänge sah sie sich die Kathedrale an und wanderte über den Hauptplatz der Stadt, kostete die Flammenglut der Weihnachtssterne aus, die wachsweiße Färbung und den Duft der wilden Geranien und die kleinen Sonnenblumen und Farnsträucher, die in allen Spalten und Ritzen zu wachsen schienen.

Da sie kaum noch Geld hatte und sie die langen unausgefüllten Tage zu langweilen begannen, machte sich Eleanora ernsthaft Gedanken über eine Gelderwerbstätigkeit.

Vielleicht konnte sie Englisch unterrichten. In einem Land, das derzeit von englischsprachigen Ausländern beherrscht wurde, gab es doch bestimmt Leute, die begierig darauf waren, die Sprache zu erlernen. Sie sprach nicht fließend Spanisch, aber in New Orleans, einer Stadt, die einst ein Stützpunkt des spanischen Reichs gewesen war, war doch immerhin so viel Spanisch gesprochen worden, daß sie sich verständlich machen konnte. Sie konnte auch ihre handarbeitlichen Fähigkeiten nutzen und sich, falls sie erfolgreich damit war, als Modistin niederlassen. Oder sie konnte Wäscherin werden und sich den anderen Frauen anschließen, die am Seeufer Kleidungsstücke reinigten. Soldaten konnten immer Wäscherinnen gebrauchen, da sie wenig Zeit und Lust hatten, sich selbst um saubere Kleidung zu kümmern. Sie durfte sich eben nicht daran stören, daß diese Tätigkeit kaum höheres Ansehen genoß als die einer Soldatenhure.

Eleanora lag nachdenkend auf ihrem Bett, als fest an die Tür geklopft wurde.

»Eleanora?«

Als sie die Stimme ihres Bruders erkannte, schwang sie sich vom Bett und öffnete die Tür.

»Jean-Paul, wo…«, setzte sie an und verstummte dann, als Mazie in einem mit blauen Mohnblumen bedruckten Musselinkleid ins Zimmer rauschte. Ein Sträußchen scharlachroter Christsternblüten steckte in ihrem Dekolleté.

»Fröhliche Weihnachten!« rief Mazie aus und umarmte Eleanora stürmisch.

Es war Heiligabend. Eleanora hatte das Datum vergessen. Ihre Kehle schnürte sich zu, denn Mazie hatte daran gedacht und sich entschieden, auch an sie zu denken.

Mazie zog ihre Spitzenhandschuhe aus und fächelte sich damit kühle Luft zu. »Hier drin ist es so heiß wie in einem Backofen. Es sollte mal wieder ein Gewitter geben. Ich bin gekommen, um dir fröhliche Weihnachten zu wünschen, Eleanora, mein Kleines, aber auch, um dich zu warnen. Alleinstehende Frauen sind in Granada unerwünscht.«

Jean-Paul wirkte schmaler als früher, obwohl er nur eine Woche als Soldat gedient hatte, dachte sich Eleanora, als sie ihn mit einer schnellen Umarmung begrüßte.

»Unerwünscht?« fragte sie geistesabwesend und sah sich nach Sitzmöglichkeiten um. In dem Zimmer gab es nur einen Stuhl.

Mazie setzte sich kurzerhand aufs Bett. »Es geht um unverheiratete, alleinstehende Frauen. Colonel Farrell hat mir einen Besuch abgestattet. Er ist genauso, wie du ihn mir geschildert hast – arrogant, diktatorisch, uneinsichtig. Er hat mir erklärt, daß er Offizier der Militärpolizei dieser Stadt ist und mir geraten, so schnell wie möglich abzureisen.«

Mazies Stimme bebte vor Entrüstung. Eleanora starrte sie stirnrunzelnd an. »Steht das in seiner Macht?«

»Da die Stadt unter Militärherrschaft steht und er der Chef der Militärpolizei ist, kann er das verlangen. Aber du wirst niemals glauben, warum er das tut. General Walker hat sich nicht nur zum militärischen, sondern auch zum moralischen Führer des Landes ernannt. Er unternimmt alles, um zu verhindern, daß seine Männer sich mit Soldatenhuren oder den tiefgesunkenen Frauen aus der Stadt einlassen. Das ist die Wiege des Lasters, der Krankheit und des Zerfalls der Ordnung. Diese Dinge hat Colonel Farrell tatsächlich gesagt – zu mir!«

»Das ist noch nichts gegen die Kritik am Trinken«, sagte Jean-Paul und lehnte sich an die Wand. »Wenn ein Soldat mit viel Alkohol intus erwischt wird, kommt er zum Ausnüchtern für zehn Tage ins Arrestlokal. Wenn es ein zweites Mal vorkommt, wird er gezwungen, ein Brechmittel zu trinken, und dann wird er ins Gefängnis gesteckt, und beim dritten Mal heißt es erst Brechmittel, dann vierundzwanzig Stunden lang ans Rad gebunden werden und dann ab in den Knast. Ein Zivilist, der einem Angehörigen der Falange Americana Alkohol verkauft, muß eine Geldstrafe von zweihundert amerikanischen Dollar bezahlen.«

Mazie schenkte Jean-Pauls Ausführungen keine weitere Beachtung. »Ich habe versucht, ihm zu erklären, daß ich keine gewöhnliche Hure bin, aber das beeindruckte Colonel Farrell überhaupt nicht. Er glaubt, daß eine Frau, die ihre Gunst ausschließlich einem einzigen Mann vorbehält, noch gefährlicher ist, weil es dadurch zu mehr Duellen käme. Ich bin in meinem ganzen Leben noch nicht so sehr beleidigt worden!«

»Was die Duelle betrifft, mag er recht haben, aber nicht mit der Ursache«, sagte Jean-Paul. »Gestern haben sich zwei Männer duelliert, ein Franzose und ein Pole, weil sie sich nicht darauf einigen konnten, welcher Fluß der schönere ist, die Seine oder der Rhein. Ihnen war langweilig. Sie sind hergekommen, um für Ehre und Reichtum zu kämpfen, und sie kriegen nichts anderes als Vorschriften und Exerzierübungen und werden ständig an Pflichtbewußtsein und Disziplin erinnert.«

»Es scheint, als hättest du es jetzt schon satt, ein *Soldato* für Nicaragua zu sein.«

Er wandte den Blick mit einem Achselzucken von Mazies wissenden braunen Augen ab. Eleanora lenkte von ihm ab, als sie das eingefallene Gesicht ihres Bruders bemerkte. »Was wirst du jetzt tun, Mazie?«

»Die Frage lautet, was *wir* tun werden. Ich wurde unmißverständlich aufgefordert, all meinen Freundinnen mit einer vergleichbaren Lebensform die Vorschriften mitzuteilen. Ich stand kurz davor, ihn zu fragen, ob Walker glaubt, über anderen Männern zu stehen, denn es ist allgemein bekannt, daß er mit einer nicaraguanischen Adeligen im Bett war und daß ihr Einfluß zu der Koalitionsregierung mit den Legitimistas geführt hat. Es heißt sogar, daß Präsident Rivas ein entfernter Cousin von ihr ist.«

»Eine interessante Form von Vetternwirtschaft«, bemerkte Jean-Paul.

Eleanora schüttelte ungeduldig den Kopf. »Verläßt du Granada?« fragte sie noch einmal.

»Ich weiß es nicht. Ich bin versucht hierzubleiben, und sei es nur, um mir anzusehen, was der Colonel dagegen unternehmen wird. Aber vielleicht hat Präsident Rivas auch eine Schwäche für Blondinen? Ich gäbe viel dafür, Colonel Farrell beweisen zu können, daß ich kein Interesse daran habe, Streitigkeiten unter dienstverpflichteten Soldaten herbeizuführen.«

Mazie schickte Jean-Paul in die Cantina im Nebenhaus, damit er dort eine Mahlzeit aus Chili con carne und fleischgefüllten Maiskuchen holte, die sie mit saurem Rotwein runterspülten. Anschließend saßen sie zusammen und redeten bis weit in die Nacht hinein. Mit Jean-Paul als Begleiter besuchte Eleanora die Christmette in der Kathedrale. Mazie schloß sich ihnen aus reiner Neugier an. Als sie zurückkamen, bestand Jean-Paul darauf, das Fest fortzusetzen. Er bestellte zwei Flaschen Wein, von denen er den größten Teil selbst trank. Als Mazie schließlich gehen wollte, war er angenehm entspannt, aber keineswegs betrunken.

Eleanora begleitete die beiden zur Tür. Mazie wandte sich noch einmal zu ihr und ließ Jean-Paul vorausgehen. Nach einem langen forschenden Blick streckte sie die Hand aus und tätschelte Eleanoras Wange. »Du bist zu blaß, und diese lavendelfarbenen Ringe unter den Augen vermitteln den Eindruck, als lebtest du ausschweifend. So kannst du nicht weitermachen. Es muß etwas geschehen, und wenn Jean-Paul zum Colonel gehen und ihm alles erklären muß.«

»Ich will keine Gefälligkeiten von diesem Mann. Wenn er nicht wäre, würden wir gar nicht in diesem Schlamassel stecken.«

Mazies Gesicht nahm einen grimmigen Ausdruck an. »Das kann man leicht sagen.«

»Es ist doch wahr!«

»Trotzdem. Du bist zu stolz, meine Süße.«

Da der Abend sehr lang geworden war und sie noch bis zur Dämmerung wach im Bett gelegen und sich gefragt hatte, was sie tun sollte, verschlief Eleanora am nächsten Morgen. Als sie erwachte, war die Hitze in dem kleinen fensterlosen Zimmer bereits drückend. Sie zog sich eilig das leichte weiße Kleid mit den rosa Rosen an. Sie war nicht besonders hungrig, aber ihr Wasserkrug war leer, und das wenige Essen, das für ihre heutige Mittagsmahlzeit gedacht war, hatte sie gestern zu dem Festmahl beigesteuert.

Auf dem Markt kaufte sie Tortillas, die in Maisblätter gewickelt waren, und eine kleine Staude kleiner roter Bananen. Als sie mit ihren Einkäufen über den Marktplatz ging, warf sie einen flüchtigen Blick auf die Kathedrale und auf das Regierungsgebäude mit Walkers Flagge, einen fünfzackigen knallroten Stern auf weißem Untergrund. In ihrem Bemühen, Zeit zu sparen, lief sie durch eine breite, ruhige Durchgangsstraße, die von beeindruckenden Häusern der Aristokraten von Granada gesäumt war.

Sie kam an einem kleinen, goldgelb verputzten Palacio mit römischen Steinsäulen vorbei. Sie sah einen Mann auf die obere Galería hinaustreten. Er blieb mit einer Tasse Kaffee in der Hand am Geländer stehen und schaute über die Dächer hinaus zum See und zu den fernen Vulkangipfeln. Es war Colonel Farrell.

Ihre Schritte machten ihn auf sie aufmerksam. Verächtlich schaute er zu ihr hin, als verdächtigte er sie, nach einer ausschweifenden Nacht auf dem Heimweg zu sein.

Eleanora verspürte den perversen Impuls, ihre Hüften beim Laufen provozierend zu wiegen, damit ihre weiten Glockenröcke verführerisch wogten. Genau das erwartete er doch von ihr, oder etwa nicht? Aber warum sollte er eigentlich immer das bekommen, was er erwartete? Kühl zog sie eine dunkle Augenbraue hoch und lief weiter, ohne ihn weiter zu beachten.

Eleanora stellte die Einkäufe in ihrem Zimmer ab, nahm ihren Krug und lief zum Brunnen am Ende der Straße. Das Wasser war frisch und klar, denn der Brunnen wurde von einer unterirdischen Quelle gespeist. Als sie ihren Krug gefüllt hatte, trug sie ihn wieder zurück.

Vor der Cantina lehnten drei Männer an der Wand. Sie sah sie schon aus einiger Entfernung, hielt aber den Blick gesenkt und tat so, als achtete sie nur darauf, wohin sie auf dem trockenen zerfurchten Lehmboden trat.

Als sie näher kam, hörte sie eine leise gemurmelte Bemerkung. »*Muy bruja rojo.*«

Die rote Hexe. Der bezaubernde Rotschopf? So oder so sah sie kein Kompliment darin. Sie stellte sich taub und wollte an den Männern vorübergehen.

Ein junger Nicaraguaner mit der Selbstsicherheit eines *conquistadors* und den verträumten Augen eines Dichters vertrat ihr den Weg. Sie glaubte, daß er der junge Mann war, der vor ein paar Tagen vor ihrer Tür gelagert hatte.

»Señorita«, sagte er. Er nahm ihren Arm und trat näher an sie heran. »Ich bin rasend in Sie verliebt. Sie bringen mich um den Verstand. Sagen Sie, daß ich hoffen darf. Sagen Sie, daß Sie die Meine werden.«

»Lassen Sie mich bitte weitergehen«, sagte Eleanora. Es kostete sie große Anstrengung, mit ruhiger Stimme zu sprechen. Da sie in New Orleans aufgewachsen war, wußte sie, wie spanische Männer dachten. Die Beobachtungen der letzten Tage hatten sie noch mehr gelehrt. Für einen Spanier besaß die *dignidad de la persona* großen Wert, und seine Männlichkeit, den *machismo,* durfte man nicht verletzen. Eine direkte Verweigerung hätte er als einen Angriff gegen seine Männlichkeit angesehen, eine barsche Abfuhr als eine Verletzung seiner Würde.

»Nein, nein, *cara.* Weitergehen dürfen Sie nicht. Gehen Sie lieber in mein Herz ein, und finden Sie dort Ihren Platz.«

Den drei Männern hatten sich inzwischen andere angeschlossen, und etliche von ihnen trugen Uniformen. Sie wechselten Blicke, lachten und redeten leise miteinander. Ihre Bemerkungen waren vulgär, und Eleanora versperrte ihre Ohren dagegen.

»Es tut mir leid«, sagte sie und hob das Kinn. Unvernünftigerweise verfiel sie in die dramatische Ausdrucksweise des Mannes. »Mein Herz ist tot. Mich hat einmal ein Mann betrogen, und ich habe mir geschworen, nie mehr einem anderen zu trauen.«

»Einen solchen Mann sollte man an die Wand stellen und erschießen, Señorita. Aber es ist falsch, wenn Sie jetzt keinem mehr vertrauen. Es sind nicht alle Männer so wie er. Die Liebkosungen eines Mannes, der Sie liebt, werden Sie wieder zum Leben erwecken.«

»Verzeihen Sie mir, aber ich ziehe es vor, mein Herz nicht wecken zu lassen. Es ist weniger schmerzhaft.«

»Für Sie, aber was ist mit mir?« rief er aus. Seine Hand schloß sich fester um ihren Arm, und er zog sie enger an sich. Sein Arm schlang sich um ihre Taille, und ihr Wasserkrug fiel und zerschellte auf dem Boden. Sie versuchte, den hungrigen Lippen des Nicaraguaners auszuweichen, riß panisch den Kopf zurück und hämmerte auf seine Brust.

»Das reicht jetzt! Lassen Sie sie los!«

Der scharfe Befehl übertönte das Durcheinander aus ermutigenden Zurufen und Ratschlägen von den Zuschauern. Die Arme, die sich um Eleanora geschlungen hatten, fielen von ihr ab. Ihr Angreifer trat zurück und verbeugte sich leicht vor Colonel Farrell.

»Sie sind es«, sagte der Colonel. »Das hätte ich mir ja denken können. Sie können gehen. Mit Ihnen befasse ich mich später.«

Eleanora wich nicht zurück. »Was... haben Sie vor?«

»Das geht Sie nichts an.«

Die Hitze, die Sorgen, ihre gefährdete Position, der Moment der Furcht in Verbindung mit der Drohung, die der Colonel so herablassend angedeutet hatte – all das stieg Eleanora zu Kopf. Sie fauchte ihn an: »Natürlich geht es mich etwas an, weit mehr als Sie!«

»Vielleicht habe ich es ja mißverstanden, und Sie hatten gar nichts gegen das Interesse einzuwenden?«

»Natürlich habe ich etwas dagegen einzuwenden, aber...«

»Wenn das so ist«, fiel er ihr ins Wort, »ist es meine Pflicht, Ihnen zu Hilfe zu kommen, um mehr geht es nicht.« Er wandte den Blick ab und ließ seine harten Saphiraugen über die Zuschauer gleiten, bis sie schließlich auf dem jungen Nicaraguaner ruhten. »Es ist außerdem meine Pflicht, diese Männer darüber zu informieren, daß es fortan mit dem Tod bestraft wird, wenn ein Mann sich einer Frau gegen ihren Willen aufzwingt – und das gilt für Zivilisten genauso wie für Soldaten.«

Der junge Mann trat voller Unbehagen von einem Fuß auf den anderen. »Die hier hat keine *dueña* und auch keinen Mann, der sie beschützt. Ich biete mich ihr als Beschützer an. Meine Familie ist reich und alt. Ich bin ein Mann, der Wort hält. Ich werde dafür sorgen, daß es ihr gut ergeht.«

»Und dieses Angebot haben Sie abgelehnt?« fragte der Colonel und wandte sich mit zynischem Blick an Eleanora.

»Ich brauche keinen Beschützer«, sagte sie, und ihre Wut ließ ihre Wangen glühen und ihre Augen funkeln.

»Dann kann es Ihnen allerdings passieren, daß Sie überfallen und ermordet werden, und das brächte mich als den Chef der Militärpolizei der Stadt in die mißliche Lage, um der Ordnung willen Ihren Mörder finden zu müssen.«

»Ich werde mich bemühen, Ihnen diese Arbeit zu ersparen.«

Die Zuschauer murmelten belustigt, doch der Colonel ignorierte sie. »Vielen Dank«, sagte er mit kühlem Sarkasmus. »Und wenn Sie es mir jetzt gestatten würden, möchte ich diesen Mann zum Verhör ins Regierungsgebäude bringen.«

»Nein! Das können Sie nicht machen. Er hatte nicht wirklich vor, mir zu nahezukommen.«

Ein Mann aus der Menge erhob die Stimme. »Wenn dieser Colonel die kleine rothaarige Frau nicht zur Ordnung rufen kann, wie können wir dann erwarten, daß er für Ordnung in der Stadt sorgt? Kann mir das mal einer sagen?« Lautes Gelächter erscholl.

Colonel Farrells Gesicht wurde noch härter. »Mademoiselle, Sie werden jetzt zur Seite treten oder die Konsequenzen tragen.«

Sie rührte sich nicht vom Fleck. Was konnte er ihr schon tun? Sie war hier die Geschädigte, und er konnte sie nicht verhaften, ohne sich lächerlich zu machen.

Was dann geschah, kam so unerwartet, daß ihr nicht die Zeit blieb, es zu verhindern. Er streckte die Hand aus, packte ihren Unterarm mit eisernem Griff und zog sie an sich. Sein Mund senkte sich hart auf ihre Lippen und küßte sie. Erstaunt und ungläubig ließ sie es geschehen, ohne sich zu wehren.

Die Zuschauer grölten begeistert. Das machte den Streit um die rothaarige Frau ohne Anstandsdame gleich verständlicher. Jetzt war der Ärger ausgestanden. In Zukunft würde Carlos etwas besser aufpassen müssen und sich überlegen, welchen Frauen er Avancen machte.

Als sie losgelassen wurde, wich Eleanora taumelnd zurück. Ehe sie Atem holen konnte, wurde sie hochgehoben und in einer Woge von Röcken und spitzenbesetzten Petticoats an eine muskulöse Brust gepreßt.

»Nein!« schrie sie, doch als sie sich wehrte, bewirkte sie nur, daß ihr Reifrock sich noch mehr bauschte und ihre knielange Spitzenhose vor den Blicken der Männer freigelegt wurde.

Als sie schließlich stillhielt, drehte sich der Colonel zu dem jungen Mann um, den sie Carlos genannt hatten. »Die Dame hat sich für Sie eingesetzt. Der Vorfall läßt sich schnell aus der Welt schaffen, wenn Sie Ihr Wort darauf geben, heute nachmittag zur Aufnahme eines Berichts im Regierungsgebäude zu erscheinen.«

»Selbstverständlich, Sie haben mein Wort darauf«, willigte der junge Mann ein und verbeugte sich.

Ein barsches Nicken, und Colonel Farrell lief wieder in die Richtung, aus der er gekommen war.

Als sie aus der Sichtweite der Zuschauer waren, schluckte Eleanora die Tränen hilfloser Frustration runter, die in ihre Kehle aufstiegen. »Jetzt können Sie mich wieder hinstellen.«

Er antwortete nichts darauf und verlangsamte auch nicht sein forsches Schrittempo. Als sie einen flüchtigen Blick in sein Gesicht warf, sah Eleanora, daß sein Kiefer vor Wut verspannt war. Er hatte die Stirn gerunzelt, und hinter seinen dichten Wimpern glitzerten seine Augen in einem tiefen Indigo.

Allmählich regte sich Angst in ihr. Vielleicht hatte er noch mehr im Sinn, als lediglich seine Autorität unter Beweis zu stellen. Aber was? Wohin brachte er sie? Gab es irgendein ihr nicht bekanntes Gesetz, das sie übertreten hatte, indem sie seinen Befehlen den Gehorsam verweigert hatte? Unbewußt hatte sie Walker und seine Einnahme Nicaraguas als eine *opéra bouffe* angesehen, hinter der nicht genug Kraft stand. In diesem Augenblick, als sie sich darüber klarwurde, daß der Colonel nach Belieben mit ihr umspringen konnte, war diese Kraft offenkundig vorhanden.

Die Calle Santa Celia, die Straße, die auf den Hauptplatz führte und in der der Palacio des Colonels stand, erstreckte sich still und menschenleer vor ihnen. Seine Stiefel hallten laut auf dem steinernen Gehweg vor den Häusern. Ein paar Bäume spendeten dieser Allee Schatten, und als sie durch das kühle Dunkel liefen, nahm Eleanora die Schweißtropfen auf dem Gesicht des Colonels wahr.

Die schwere, mit Nägeln beschlagene Holztür des Palacio ragte vor ihnen auf. Sie schwang auf, als sie näher kamen, und eine große dünne Frau, die abgetragene schwarze Kleider trug, hielt die Tür auf, während der Colonel das Haus betrat.

Er lief durch die Eingangshalle, deren Boden mit kühlen dunkelgrünen Fliesen gekachelt war und die in einem großen Innenhof endete. Eine Galerie im ersten Stock, deren Geländer dunkelgrün gestrichen war und sich gegen die ockerfarbenen Mauern absetzte, führte um den Patio herum wie Logen in einem Theater. Von den freiliegenden Querträgern der unteren Galerie hingen Wasserkrüge in geflochtenen Körben. Terrakottatöpfe standen überall herum. Sie waren mit Rankengewächsen, stacheligen Kakteen und Pflanzen gefüllt, die in leuchtenden Farben blühten. In der stillstehenden Luft war der Geruch der Orangenblüten von den schattenspendenden Bäumen übermächtig.

Eleanora wurde von Colonel Farrell die Treppe hinaufgetragen. Dann lief er über die obere Galerie zu einer offenstehenden Tür, die in ein kleines Schlafzimmer führte. Die Wände waren weiß getüncht, der blankpolierte Fußboden mit indianischen Teppichen in lebhaften und gedämpften Farbtönen bedeckt. Die Einrichtung bestand aus einem vierpfostigen Bett aus dunklem geschnitztem Holz mit schlichtem weißem Bettzeug und weißen Vorhängen, einem großen Kleiderschrank, einem Waschtisch mit einem Krug und einer schlichten Schüssel, und in einer Ecke hing das unvermeidliche *cuadro,* das Gemälde eines Heiligen, in diesem Fall La Virgen del Perpetuo Socorro, und darunter ein kleines Regal mit dünnen weißlichgelben Kerzen und einem verwelkenden Strauß darauf, lavendelfarbene Blumen, die sie nicht kannte.

Der Colonel stellte Eleanora auf ihre Füße und wandte sich ab, als habe er eine widerwärtige Aufgabe zur Zufriedenheit ausgeführt. Er hielt die Tür auf, und die dünne Frau ging wieder, dann schloß er sie nachdrücklich und schloß sie ab.

Das Bett war direkt hinter ihr, und Eleanora ließ sich mit einem langgedehnten, bebenden Laut, in dem sich Zorn und Erleichterung miteinander vermengten, darauf nieder. Ehe sie sich halbwegs gesammelt hatte, hörte sie hinter sich ein Geräusch.

Durch dünne weiße Vorhänge vor gläsernen Flügeltüren konnte sie den Colonel auf der Galerie an der Fassade des Palacio sehen. Er brachte schmiedeeiserne Gitter vor den Türen an und verschloß sie.

Sie war eingeschlossen. Als die Stille sich herabsenkte, wurde sie sich dessen erst richtig bewußt. Sie sprang auf und zitterte trotz der Hitze, und sie umklammerte ihre Unterarme mit den Händen. Ihre Rocksäume hinterließen Schlammspuren auf dem blankpolierten Boden, als sie auf und ab lief. Sie spürte eine Mattigkeit in ihren Gliedern, die auf ihren leeren Magen zurückzuführen war, aber sie hätte keinen Bissen essen können.

Das konnte er nicht tun. Was hatte er eigentlich vor? Seine Haltung ließ keine körperliche Begierde erkennen. Vielleicht wollte er sie nur erschrecken. Heute nachmittag, wenn seine Wut sich gelegt hatte, würde er sie bestimmt wieder gehen lassen, sie mußte nur ein bißchen Reue zeigen.

Und wenn er sie nicht gehen ließ? Es mußte doch jemanden geben, an den sie sich wenden konnte. Er konnte sie doch nicht einfach hierbehalten wie seine persönliche Gefangene.

Die Stunden verstrichen, und die Hitze in dem geschlossenen Raum begann sich zu stauen. Sie hätte die Türen zur vorderen Galerie öffnen können, damit Luft durch das schmiedeeiserne Gitter drang, aber jeder Vorübergehende hätte sie dabei beobachten können.

Sie feuchtete ein Leinentuch mit dem Wasser aus dem Krug auf dem Waschtisch an und erfrischte sich das Gesicht und den Hals. Als ihre Rocksäume in der stillstehenden heißen Luft getrocknet waren, legte sie sich auf die Tagesdecke, die über dem Bettzeug lag. Es war still im Haus. Die Luft im Zimmer roch leicht modrig, als würde es trotz der Blumen auf dem kleinen Altar nicht oft benutzt. Wem hatte dieses Haus wohl gehört, ehe Walker gekommen war und Colonel Farrell es übernommen hatte? Wer war die Frau in Schwarz? Eine der früheren Besitzerinnen? Eine Haushälterin oder eine Verwandte des Colonels?

Sie hatte nicht vor einzuschlafen. Daher war sie überrascht, als sie von einem lauten Klopfen erwachte. Ihre Lippen waren trokken. Sie feuchtete sie mit der Zunge an, ehe sie antwortete.

»Ja?«

Die Stimme, die ihr antwortete, war dünn und schrill, ein regelrechtes Abbild der Frau, zu der sie gehörte. »Der Colonel ist zurückgekehrt. Er möchte, daß Sie sich zurechtmachen und mit ihm zu Abend essen.«

Abendessen? War es schon so spät? Wenn der Colonel zurückgekehrt war, wo war er dann bis jetzt gewesen? Im Regierungsgebäude, um sich mit dem gewichtigen Problem Carlos zu befassen – zweifellos.

Ihr erster Impuls bestand darin, sich zu weigern und vorzugeben, nicht hungrig zu sein. Das wäre jedoch dumm gewesen und zudem eine Lüge. Ihre Lage war zu gefährlich, und sie durfte es nicht riskieren, sich diesen Mann zum Feind zu machen. Es wäre nur zu leicht gewesen, sie hungern zu lassen, bis sie gefügig wurde, wenn er das wollte. Nein, es war weit besser, mit hocherhobenem Kopf und einem Anschein von Anmut zu erscheinen.

»Ja, vielen Dank«, erwiderte Eleanora. Noch etwas anderes sprach dafür. So hatte sie bessere Fluchtchancen.

Sie sollte sich zurechtmachen? Wie reizend. Sie hatte keine Bürste, keinen Kamm, keine Kleider zum Wechseln. Ihr Kleid war schmutzig und zerknittert, außerdem war es so dunkel im Zimmer, daß sie ihr Gesicht in dem winzigen verzerrten Stück Glas, das über dem Waschtisch hing, nicht sehen konnte. Also wusch sie sich nur die Hände und strich ihr Haar mit ihnen glatt, und das war's dann schon.

Auf ein Klopfen hin öffnete sie die Tür und ließ überrascht eine kleine Prozession ein. Zwei nicaraguanische Soldaten in roten Hemden trugen einen kleinen, aber schweren Tisch. Als nächstes kam der Colonel mit zwei Stühlen, und ihm folgten die schwarzgekleidete Frau und eine rundliche Frau mit einer Schürze mit Tabletts voller Speisen und Getränke. Zum Schluß kam ein kleines Mädchen von sieben oder acht Jahren, die Tochter der Köchin, mit einem hölzernen Kerzenleuchter, der schmal und hoch war und auf dem drei Kerzen brannten. Vorsichtig stellte das Mädchen den Kerzenleuchter auf den Tisch und machte dann einen Knicks, ehe es zur Tür hinausflitzte und dabei vor Erleichterung lächelte.

Eleanora, die auf eine Seite der Tür gedrängt worden war, sah zu, wie die Stühle hingestellt wurden, der Tisch gedeckt und das Essen ausgeteilt wurde. Zuletzt wurde der Wein in zarte venezianische Kelche gegossen, und dann verließen alle bis auf den Colonel und Eleanora das Zimmer.

Die Enttäuschung darüber, daß sie in ihrem Zimmer festgehalten wurde, schnürte Eleanoras Kehle zu. Es kostete sie große Willenskraft, sich die Enttäuschung nicht anmerken zu lassen, als sie in die eindringlichen versonnenen Augen des Colonels sah. Er hatte sich zu Ehren des Anlasses rasiert. Zu der Uniformhose trug er ein weißes Batisthemd, das er wegen der Hitze am Hals geöffnet hatte. Seine bronzefarbene Haut kontrastierte mit dem Weiß, was durch den flackernden Kerzenschein noch verstärkt wurde. Die Flammen markierten sein Gesicht seltsam und ließen es wild erscheinen.

Der Colonel öffnete die Flügeltüren, und die kühle Abendluft drang mit dem warmen Duft von Orangenblüten und wilden Gardenien ins Zimmer. Der Mann am Fenster legte eine Hand auf das Schmiedeeisen mit dem verschlungenen Arabeskenmuster und schüttelte es kurz. Das Schloß und der Riegel hielten das Gitter fest und klapperten mit einem kalten metallischen Geräusch.

Seine offenkundige Selbstzufriedenheit führte dazu, daß Eleanoras Hände sich zu Fäusten ballten. Der Colonel trat näher und rückte ihr den Stuhl zurecht. Ein freudloses Lächeln verzog seinen klargezeichneten Mund. Als sie Platz nahm, warf Eleanora durch die Wimpern einen verstohlenen Blick auf ihn. Wie alt war er? Dreißig? Fünfunddreißig? Um seine Augen zog sich ein feines Geflecht von Krähenfüßen, und beidseits des Mundes hatte er eine tiefe Falte. In Verbindung mit den groben Gesichtszügen versagten ihm diese Falten herkömmliche Schönheit. Trotzdem war dieses Gesicht unendlich einprägsam – und faszinierend.

Das Essen war einfach, aber gut zubereitet, eine Abwandlung der allgegenwärtigen Bohnen mit würzigem Fleisch und Maiskuchen. Der Rotwein hatte den warmen trockenen Geschmack Spaniens. Zum Nachtisch gab es Obstsalat aus frischen Früchten mit Sahne, und darauf folgte eine Käseplatte.

Ein- oder zweimal während der schweigsamen Mahlzeit verspürte Eleanora den Impuls, ein Gespräch zu beginnen. Sie unterdrückte ihn gewaltsam. Der Colonel war der Gastgeber, also sollte er den Anfang machen. Einmal ertappte sie ihn dabei, wie er sie beobachtete. Lange, angespannte Momente hielt er ihrem Blick stand, und seine dunklen, unergründlichen Augen taxierten sie. Sie konnte den Blick nicht abwenden, bis er sich entschloß, die Lider zu senken, das Glas in die Hand zu nehmen und den Wein auszutrinken.

Er stellte das Glas auf den Tisch und lehnte sich zurück. »Ich nehme an, es wird Sie freuen zu erfahren, daß der Mann Carlos, der Sie heute morgen angesprochen hat, gerügt und freigelassen worden ist.«

»Ich… ja, danke.«

»Warum bedanken Sie sich bei mir? Ich versichere Ihnen, wenn er es verdient hätte, erschossen zu werden, dann wäre er erschossen worden.«

»Wahrscheinlich. Aber ich hatte bislang noch keinen Grund, an Ihr Gerechtigkeitsgefühl zu glauben«, erwiderte Eleanora und sah davon ab, ihn darauf hinzuweisen, daß sie von ihm in diesem Zimmer gefangengehalten wurde.

Ein Lächeln verzog seinen Mund und verschwand wieder. Er ließ die Bemerkung durchgehen.

Da dieser Mangel an Zensur sie ermutigte, fragte Eleanora: »Wenn Sie mit dem Ausgang der Dinge zufrieden sind, dürfte ich dann wieder in meine eigene Unterkunft zurückkehren?«

»Nein.«

»Aber – warum nicht? Das verstehe ich nicht.«

»Verstehen Sie es nicht, oder wollen Sie es nicht verstehen?« fragte er kalt. »Das hier ist jetzt Ihr Zimmer. Ich habe nach Ihren Sachen schicken lassen und Ihre Wirtin davon unterrichtet, daß Sie nicht zurückkehren werden.«

»Das können Sie nicht tun«, protestierte Eleanora, und ihr Gesicht war so leer wie ihr fassungsloser Verstand.

»Ich kann es tun, und ich habe es getan.«

Nein. Nein. Nein. In ihrem Kopf rebellierte es, doch sie hielt sich mit aller Willenskraft zurück. Sie wußte nicht, ob der Colonel als Chef der Militärpolizei oder als Mann handelte. Falls ersteres der Fall war, gab es wenig, worauf sie zu ihrer Verteidigung zurückgreifen konnte. Falls letzteres zutraf, dann brauchte sie keine Hemmungen bei der Wahl der Mittel zu haben, mit denen sie ihn fertigmachte.

»Soweit ich weiß«, sagte er bedächtig, »haben Sie einen Bruder.«

Sie nickte.

»Sein Kommandeur hat mir erzählt, daß Sie hier ohne einen Penny festsitzen, weil Sie bei einem Immobilienkauf betrogen worden sind.«

Eleanora starrte ihn argwöhnisch an. »Das stimmt.«

»Ich bin ermächtigt worden, Ihnen, Eleanora Villars, die Rückfahrt nach New Orleans anzubieten und Ihnen von General Walker sein Bedauern über Ihr Mißgeschick zu übermitteln. Deswegen bin ich Ihnen heute morgen gefolgt.«

»Oh«, sagte Eleanora, der nichts dazu einfiel. Das war das letzte, was sie zu hören erwartet hatte.

Er fuhr ohne Pause fort. »Ich habe nach näherem Überlegen beschlossen, das Angebot zurückzuziehen.«

»Sie...« Eleanoras Gedanken waren so wirr, so aufgewühlt, daß sie sie nicht in Worte fassen konnte. Ihre Finger zitterten. Sie legte behutsam ihren Löffel hin und ließ die Hände auf den Schoß sinken, wo sie sie ineinander verschränkte, bis die Knöchel weiß wurden.

»Wollen Sie nicht wissen, warum?«

»Doch, natürlich«, antwortete sie knapp und widerstand dem Drang, sarkastisch zu werden.

»Weil Onkel Billy sich eine Mätresse genommen hat.«

Ihr Unverständnis war offenkundig.

»Onkel Billy – William Walker. Diesen Namen haben ihm seine Männer gegeben. Wir haben alle unsere Spitznamen, ein Zeichen für das starke Band zwischen den Männern, die mit ihm hergekommen sind.«

»Die Unsterblichen«, sagte sie.

»Diese Mythologie ist in Rivas aufgekommen, von den Costaricanern ins Leben gerufen worden – oder vielleicht war es auch in Sonora. Das läßt sich jetzt kaum noch sagen.«

Der nachdenkliche Tonfall seiner Stimme ermutigte sie. »Und Sie, Colonel? Haben Sie einen Spitznamen?«

Er stand auf und trat ans Fenster, wo er seinen Arm an das Gitter lehnte und in die Nacht hinausschaute. »Keinen, der Sie interessieren dürfte. Mein Name ist Grant. Sie sollten sich besser daran gewöhnen, mich so zu nennen.«

»Ach, wirklich?« Ihr Tonfall klang trocken. Ruhe und Selbstbeherrschung hatten ihre Vorteile, aber allmählich schien es, als brächte ihr das gar nichts ein. »Ich glaube, Sie wollten mir gerade etwas erklären.«

»Die Frau, die der General als seine Schutzbefohlene bei sich aufgenommen hat, ist eine Aristokratin, eine *criolla,* die hier in Nicaragua als Tochter wohlhabender Eltern spanischer Abstammung geboren worden ist. Ihre Eltern, die jetzt tot sind, waren Legitimistas, ebenso wie ihr Ehemann, ein älterer Mann, der ihre Erbschaft bei dem Versuch vergeudet hat, als Grande nach Spanien zurückzukehren. Er ist dort gestorben, ohne seine nicaraguanische Ehefrau, Niña Maria, je zu sich holen zu lassen. Trotz der derzeitigen kooperativen Regierung mit einem Präsidenten aus den Rängen der Legitimistas als Staatsoberhaupt mögen die Aristokraten Walker nicht. Sie verabscheuen die Verbindung zwischen ihm und Niña Maria, und sie haben sie erfolgreich geächtet und aus der Gesellschaft ausgestoßen.« Er wandte sein Gesicht Eleanora zu. »Verstehen Sie allmählich?«

Sie hatte nicht die Absicht, ihm weiterzuhelfen. Sie schüttelte den Kopf.

»Walker hat für heute abend einen Empfang für den amerikanischen Minister John Wheeler arrangiert. Die Männer hier aus der Stadt werden erscheinen; die Hinrichtung Mayorgas hat soviel Einfluß auf sie gehabt. Aber ihre halsstarrigen Frauen haben sich entschuldigen lassen. Unpäßlichkeiten scheinen wie eine Seuche über die Frauen von Granada hereingebrochen zu sein. Walker hat ein SOS an seine Offiziere ausgeschickt. Bringt Frauen. Er will nicht, daß seine Niña Maria sich unwohler als nötig fühlt, wenn er etwas dagegen tun kann. Es gibt nicht allzu viele Frauen, die, selbst unter diesen Umständen, eine respektable Bereicherung dieser Gesellschaft wären. Irgend etwas an Ihnen erinnert mich an Niña Maria Trissari, ein Ausdruck, als hätten Sie, wenn das Leben Sie anders behandelt hätte, eine Dame sein können. Sie werden den Empfang des Generals mit mir besuchen – als meine Mätresse.«

Das Blut wich aus Eleanoras Gesicht und strömte dann erstikkend heiß zurück. »Nein«, sagte sie. Sie sprang auf und wiederholte noch einmal lauter: »Nein, das werde ich nicht tun! Sie müssen verrückt sein, mir einen solchen Vorschlag zu unterbreiten. Lieber möchte ich sterben, als vor aller Welt als Ihre Mätresse zur Schau gestellt zu werden. Ich hasse Sie! Ihretwegen habe ich mein Heimatland verloren, mein Haus, meine Sicherheit, meine Kleider, die Erinnerungsstücke und Andenken und Erbstücke meiner Familie. Ihretwegen bin ich zu Armut und Schmutz in einem Land verdammt, von dem ich vor einem Monat noch kaum etwas gehört hatte, einem Land, das meinem Bruder das Herz und die Seele bricht. Trotzdem, Colonel, bin ich eine Dame. Sie können mich beleidigen, aber das können Sie mir nicht nehmen, weil ich es nicht zulasse. Und ich rate Ihnen, es sich zweimal zu überlegen, ehe Sie Gewalt anwenden, um zu bekommen, was Sie wollen. Ich habe nichts zu verlieren, wenn ich Sie auf diesem Empfang zum Gespött von ganz Granada mache!«

Die Erinnerung an die Vorfälle des Morgens erwischten einen wunden Punkt bei ihm. Er kam beim Sprechen näher. »Man kann leicht erkennen, daß Sie von Macht keine Ahnung haben. Ich kann Ihnen viel mehr antun, als Ihnen klar ist. Ich glaube, es ist nicht nötig, das zu demonstrieren. Es gibt eine Kleinigkeit, die Sie nicht wissen. Haben Sie auch nur die leiseste Ahnung, wo Ihr Bruder in diesem Augenblick steckt?«

»Was soll das heißen?« fragte sie, und ihre Stimme klang vor Angst scharf.

»Dachte ich es mir doch. Im Moment befindet sich ein gewisser Jean-Paul Villars wegen Anklage auf Trunkenheit und Widersetzung wider die Militärpolizei im Arrestlokal. Und dort wird er auch bleiben, solange ich ihn nicht raushole. Ich könnte mich täuschen, *cara*«, sagte er und brachte diese Liebkosung nicht ohne sarkastisches Amüsement heraus, »aber ich glaube, dein Bruder wird mir als Geisel dafür dienen, daß du dich gut benimmst. Er wird seine zehntägige Strafe absitzen, aber ob er anschließend freigelassen wird, wird ganz von dir abhängen und davon, ob du meine Wünsche erfüllst.«

4. Kapitel

Eleanora starrte ihn an. Sie wollte ihren Bruder verteidigen, die Anschuldigung zurückweisen, aber sie glaubte, daß der Colonel die Wahrheit sagte. »Sie... Sie würden doch nicht etwa derart niederträchtig Ihren Vorteil aus dieser Situation herausschlagen?«

»Nein? Wer sollte mich daran hindern? Du hast mich nach dem Namen gefragt, den die Männer mir gegeben haben. Ich werde – und das ist kein Kompliment – der Eiserne Krieger genannt, weil ich immer das tue, was getan werden muß. Ich bin der Mann, der dem Exekutionskommando den Befehl erteilt, der Mann, der das Auspeitschen der Männer aus den Mannschaften anordnet und andere Strafen über sie verhängt. Man hat mir vorgeschrieben, heute abend eine Frau mitzubringen, und das werde ich tun, ganz gleich, um welchen Preis.«

»Ich finde es sehr gut, daß Sie auf den Preis zu sprechen kommen«, sagte sie erbittert zu ihm. »*Sie* werden ihn nicht zahlen.«

»Das ist eine Auffassungsfrage.« Grimmig schritt er zur Tür und riß sie auf. »Señora!« rief er und blieb mit den Händen auf den Hüften in der Tür stehen, bis die dürre Spanierin erschien.

»Señora Paredes, die junge Dame hat sich entschlossen, den Empfang zu besuchen. Sie werden ihr beim Ankleiden behilflich sein.«

»Ich brauche keine Hilfe«, bemerkte Eleanora. Keiner der beiden schenkte ihr auch nur die geringste Beachtung.

»Ihre Sachen sind gebracht worden. Sie hat nicht gerade viele Kleider zur Auswahl«, sagte die Señora.

»Sie muß doch noch etwas anderes als das haben, was sie gerade anhat«, antwortete der Colonel ungeduldig.

»Nur ein anderes Kleid.«

»Dann bringen Sie es her.«

Mit zusammengekniffenen Lippen tat die Frau, was ihr befohlen worden war, und als sie zurückkam, brachte sie Eleanoras Habe mit, die ordentlich in einen Korb gepackt worden war.

»Ich habe mir die Freiheit herausgenommen, ein Bad bringen zu lassen«, sagte sie.

Eleanora ertappte sich dabei, daß sie Colonel Farrell genauso erwartungsvoll ansah wie die Señora. Auf dem Schiff war zum Baden ausschließlich Salzwasser benutzt worden, und im Hotel Alhambra hatten sie und Mazie lange und genüßlich ein Bad genommen, um das Salz aus ihren Poren zu spülen. Im Haus der Witwe dagegen hatte es keinerlei Bademöglichkeiten gegeben.

Der Colonel sah von einer Frau zur anderen und nickte dann barsch. »Merken Sie sich, daß der Empfang in weniger als eineinhalb Stunden beginnt. Der General kann es nicht leiden, wenn man ihn warten läßt, und ich kann es auch nicht ausstehen.«

Als die Schritte sich auf der inneren Galería entfernten und seinem Schlafzimmer zusteuerten, drehte sich Eleanora zu der älteren Frau um. »Sie brauchen nicht zu bleiben«, sagte sie. »Ich komme mühelos allein zurecht.«

Die Señora wandte den Blick ab. »Ich habe meine Anweisungen.«

»Ich verstehe. Sie sollen mich bewachen. Stört es Sie denn gar nicht, daß ich gegen meinen Willen hier festgehalten werde?«

»Ich weiß nichts über die näheren Umstände, und ich will es auch nicht wissen«, antwortete die Frau. »Ich mische mich nicht in die Angelegenheiten des Colonels ein.«

»Haben Sie so große Angst vor ihm?«

»Er ist gut zu mir gewesen und hat mir erlaubt, hier in meinem Haus zu bleiben.«

»Er hat Ihnen erlaubt, sein Dienstmädchen zu sein?«

»Ich diene ihm als seine Haushälterin, und dafür bekomme ich Unterkunft und Verpflegung. Das ist besser, als auf der Straße zu betteln, und das hätte mein Los sein können, und es wird auch mein Los sein, wenn ich mich unbeliebt bei ihm mache.«

»Der Mann ist ein verabscheuungswürdiger Barbar«, sagte Eleanora aufgebracht, und ihre Röcke rauschten gewaltig, als sie sich umdrehte und an die offenen Flügeltüren trat.

»Er ist immer gerecht.«

»Wie können Sie ihn auch noch verteidigen?«

Die ältere Frau ging an ihr vorbei und schloß die Flügeltüren. »Das ist ganz einfach. Erstens ist es wahr, und zweitens habe ich nicht vor, ihn zu verletzen, indem ich hinter seinem Rücken über ihn rede, und schon gar nicht, wenn er es von seinem Schlafzimmer aus, das an dieses Zimmer grenzt, hören könnte.« Der Blick, den die Frau über ihre Schulter warf, sandte einen Schauer der Furcht über Eleanoras Rücken. Dann zog sie die Schultern zurück. Was interessierte es sie schon, was dieser Mann empfand? Er hatte sich nicht die Mühe gemacht, die Meinung zu verbergen, die er von ihr hatte.

Als sie sich in dem warmen Seifenwasser, das nach Veilchen duftete, zurücklehnte, schloß Eleanora die Augen. Die Zinnwanne war so klein, daß sie die Knie anziehen mußte, doch sie war tief. Sie genoß das wohltuende Bad.

Wie sollte es nach dem Empfang weitergehen? War sie dann noch von Nutzen hier? Würde man es ihr erlauben, den Dampfer zu nehmen und die Rückreise nach New Orleans anzutreten, die für sie bezahlt worden war? Sie hatte keinen Grund, etwas anderes anzunehmen, und doch spürte sie den Kuß von Colonel Farrell noch auf ihren Lippen, und dort, wo seine Finger sich in ihren Arm gebohrt hatten, waren leichte bläuliche Verfärbungen zu sehen. Sie konnte sich nicht vormachen, daß sie reizlos für ihn war; doch ihre Position war so schwach, daß ihr flau in der Magengrube wurde, wenn sie auch nur daran dachte.

Sie stand im Korsett und in ihren Petticoats vor dem Spiegel und steckte ihre Zöpfe hoch, als der Colonel wieder ins Zimmer kam. Sie wirbelte herum, ließ die Arme sinken und schlug sie über ihre Brüste, die nur vom dünnen Batist ihres Hemds bedeckt waren. »Ich bin noch nicht angekleidet«, protestierte sie.

Er machte keine Anstalten zu gehen. »Das sehe ich selbst«, erwiderte er. »Du hättest dich etwas mehr beeilen sollen.«

Seine Uniform war makellos, das rote Jackett war mit einer Reihe von Orden mit Ordensbändern geschmückt, und die weiße Kniebundhose aus Rehleder steckte ordentlich in den Stiefeln. Als sein Blick auf ihr Kleid fiel, das auf dem Bett ausgebreitet war, klemmte er sich den Hut unter den Arm und trat näher, um es sich genauer anzuschauen.

Señora Paredes trat zur Seite. »Ich habe es mit einem warmen Bügeleisen geplättet.«

»Sie haben mein Mitgefühl«, erwiderte er darauf.

Es war allerdings eine sehr knifflige Aufgabe gewesen. Das Kleid aus blaßgrünem Musselin bestand aus unzähligen Schichten von Volants, die mit zarter weißer Spitze eingefaßt waren. Sogar der breite Ausschnitt, der dazu gedacht war, die Schultern zu zeigen, war mit einer langen Spitzenborte eingefaßt, die bis auf die Ellbogen fiel und die Ärmel ersetzen sollte.

Colonel Farrell wandte seine Aufmerksamkeit Eleanora zu und ignorierte das wütende Funkeln ihrer Augen. »Trägst du dein Haar immer so?«

»Immer«, sagte sie barsch und warf sich den langen dicken Zopf wieder über die Schulter.

»Das gefällt mir nicht.«

Eine vernichtende Erwiderung stand schon auf ihren Lippen, doch dann sah sie den erwartungsvollen Blick, der sich hinter seinen Wimpern verbarg. »Wie sollte ich es denn Ihrer Meinung nach tragen?« fragte sie zuckersüß.

»Irgendwie weniger streng, mit ein paar Locken.«

»Tut mir leid. Ich habe keine Ahnung, wie ich das anstellen soll.« Ihr Blick war rein und klar, ihr Lächeln untadelig.

Er warf seinen Hut auf das Bett und trat zu ihr. »Du fängst damit an, daß du den Zopf aufmachst.«

Eleanora wich zurück, aber nicht schnell genug. Er griff eilig nach ihrem Ellbogen, drehte sie um, schnappte sich ihren Zopf und fing an, ihn aufzuflechten. Als ihr Haar gelöst war, fiel es ihr bis unter die Hüften und breitete sich wie ein glühender Mantel über ihren Schultern aus. Hinter ihr erstarrte der Colonel, dessen Hände regungslos auf ihrem warmen Haar lagen.

Mit einer plötzlichen Bewegung riß Eleanora sich los, denn sie verspürte ein übermächtiges Verlangen, aus seiner Reichweite zu verschwinden. Seine Reflexe waren blitzschnell. Eine seiner Hände packte ihr Haar, die andere das breite Ekrüseidenband ihres Hemds, das zerriß, als er sie zu sich zog.

»Lassen Sie das«, sagte sie mit sich überschlagender Stimme.

»Bitte?« schlug er vor.

»Bitte.«

»Grant?«

Sie zögerte einen Moment und wiederholte dann gehorsam, während Tränen der Wut und des Kummers in ihre Augen traten: »Bitte, Grant.« Doch zwang nicht der Druck, den er ausübte, diese Worte über ihre Lippen, sondern die eigentümliche Spannung zischen ihnen.

Die Señora tauchte in der Tür auf und hielt schneeweiße Blumen in der Hand. »Zwei davon ins Haar, die anderen ans Mieder…« Sie verstummte verwirrt, als sie das erstaunliche Bild wahrnahm, das sich ihr bot.

Ohne jede Hast ließ Grant Farrell Eleanora los. Er trat ans Bett und nahm seinen Hut. »Gut. Ich werde unten warten. Eleanora wird Ihnen sagen, was mit ihrem Haar geschehen soll.«

Die lässige Selbstsicherheit, mit der er zur Tür ging, ließ Eleanora die Zähne zusammenbeißen. Ohne bewußte Überlegung streckte sie ihre Hand nach ihrer Nadeldose aus, in der sich ihre Mandeldragees befanden. Ein Regen von Nadeln ging herunter, als sie sie ihm an den Kopf warf.

Da sie nicht gut gezielt hatte, segelte das Döschen über das Geländer der Galería und landete klirrend auf den Steinen des Patio. Señora Paredes schnappte nach Luft, und ihre Wangen wurden so wächsern wie die wilden Gardenien, die sie in der Hand hielt. Der Colonel blieb stehen. Er drehte sich bewußt langsam und beherrscht um, und seine Augen waren ausdruckslos und kalt. Dann sprang die gewohnte Geringschätzung in seine Augen, die sie verspottete. »Nächstes Mal«, sagte er leise, »solltest du nach dem Herzen zielen und eine tödlichere Waffe wählen.«

Eleanora antwortete nichts darauf, doch sie schlug auch nicht die Augen nieder. Er hatte das letzte Wort gehabt, aber sie war in den Genuß gekommen, den Eisernen Krieger zusammenzucken zu sehen.

Die laue duftende Luft des Patio stieg wie ein warmer Hauch auf und begrüßte sie, als sie oben auf der Treppe stehenblieb. Als sie den Colonel im Licht zwischen den Schatten der Orangenbäume unten warten sah, hob sie ihren Reifrock vorn an und stieg die Stufen bewußt anmutig und mit dem sachten Flattern von hauchdünnen Volants hinab.

»*Bella* – was für eine strahlende Schönheit.«

Die gesenkte Stimme kam von dem gekachelten Eingang des Patio. Ein Mann trat aus dem dunklen Eingang und begab sich ans Fußende der Treppe und blieb dort im flackernden Schein einer Lampe stehen und wartete. Er hatte dunkles, leicht gewelltes Haar, Augen, die unverfroren schauten, einen gepflegten spanischen Schnurrbart und trug die nicaraguanische Paradeuniform. Es war Oberleutnant Luis de Laredo, der Mann, den sie in Bank's Arcade in New Orleans kennengelernt hatte.

Als sie die letzte Stufe erreicht hatte, verbeugte er sich tief vor ihr. »Jetzt weiß ich, warum der Mond sein Gesicht heute nacht hinter den Wolken verborgen hält. Er ist neidisch auf Sie.«

Es schien ihr nur natürlich zu sein, daraufhin zu lächeln und ihm die Hand zu reichen, um das Kompliment dankbar entgegenzunehmen. »Danke«, sagte sie leise, obwohl ihre Nerven prickelten, als sie Colonel Farrell näher kommen sah.

»Sie sind doch die Dame aus New Orleans, die mir ihren Namen nicht nennen wollte«, fuhr der Offizier fort. »Ich hätte wissen müssen, daß es von der Sorte keine zwei geben kann. Vielleicht wollte das Schicksal, daß wir einander wieder begegnen.«

»Wir hätten uns viel eher wiedersehen können«, teilte ihm Eleanora mit und entzog ihm sachte ihre Hand, »wenn Sie nicht die gesamte Seereise nach Granada in Ihrer Kabine verbracht hätten.«

»Sie waren auf dem Schiff? Meine verfluchte Seekrankheit! Ein Pferd kann ich tagelang ohne Unterbrechung reiten, aber schon allein der Anblick eines Schiffs...« Er zuckte die Achseln und wandte sich dem Colonel zu, der nun bei ihnen angekommen war.

»Guten Abend, Luis. Wie ich sehe, kennst du Mademoiselle Eleanora Villars bereits.«

»Gewissermaßen, *amigo*.«

Der Colonel reagierte nicht auf den scherzhaft anzüglichen Tonfall. Er streckte die Hand aus und ergriff mit einer Geste Eleanoras Ellbogen, die man bei jedem anderen Mann als Besitzerstolz ausgelegt hätte. »Dann laßt uns gehen.«

Luis unternahm keine Anstalten, den beiden zu folgen. Als sie sich umschaute, merkte Eleanora, daß er deutlich blasser geworden war. Da er ihr Zögern spürte, sah sich auch der Colonel um. »Kommst du?« fragte er ungeduldig.

»Ich ... mir ist gerade eingefallen, daß ich dringend noch etwas erledigen muß«, erwiderte Luis und trat aus dem Lichtschein ins Dunkel. »Wir sehen uns auf dem Empfang.«

»Laß dir nicht zu lange Zeit«, sagte der Colonel trocken. »Sonst verpaßt du den Galaauftritt.«

Niña Maria Trissari schwebte am Arm von William Walker in den langen, mahogonigetäfelten Saal, in dem der Empfang stattfand. Sie war eine wunderschöne Frau, gekleidet in steifen Goldbrokat. Ihr rabenschwarzes Haar trug sie zurückgekämmt mit einer Unmenge von Ringellöckchen über den Ohren und einer gestärkten schwarzen Mantilla darauf. Das Mieder ihres Kleides hatte schwarze Samteinsätze, die an der Taille und auf beiden Schultern spitz zuliefen. Von den Samtspitzen auf den Schultern fielen dichte Spitzenrüschen, die als Ärmel dienten. Der Frau folgten zwei nahezu identische Indianerjungen, die ihre Stammestracht aus ungebleichter Baumwolle trugen, Hemden mit weiten Ärmeln und Hosen in vielen Farbschattierungen, die unter ihren Knien endeten. Auf den Schultern der Jungen saßen gründgelb schillernde Papageien. Nach den Jungen kam ein kleines Mädchen, das einen großen Fächer aus gelben Federn trug, der sie nahezu verbarg.

Als Niña Maria dicht an Eleanora und Colonel Farrell vorbeikam, sah Eleanora, daß sie nicht so jung war, wie sie anfangs geglaubt hatte. Ihr Gesicht wies zwar keine Falten auf, aber sie besaß die Selbstsicherheit und den Mangel an Frische einer dreißigjährigen Frau.

Walker, der die vorwiegend männliche Versammlung mißvergnügt musterte, sah den Colonel an. Er nickte ihm kurz zu, ehe er weiterging und seine Mätresse in den hinteren Teil des schmalen Saals führte, wo sie sich auf einem hochlehnigen Stuhl niederließ. Der Stuhl hatte keinen Baldachin, aber mit ihrer Ehrengarde von Papageienjungen und einer Fächerträgerin vermittelte Niña Maria den Eindruck einer Königin. General Walker beugte sich vor und sagte ihr etwas, dann richtete er sich auf und ging wieder auf den Colonel zu.

Er war kein großer Mann, fast einen Kopf kleiner als Grant Farrell. Er war schmal gebaut und hatte kleine Hände und Füße. Sein Haar, das die Farbe von ungebleichtem Flachs hatte, lag weich und flach an seinem Schädel an, und Sommersprossen bedeckten seine Haut nahezu vollständig. Seine Lippen waren breit, und ein Mundwinkel wies auf Humor hin. Seine Nase war gerade und aristokratisch, und seine fesselnden tiefliegenden Augen glühten in einem klaren und entschlossenen Grau.

»Colonel«, sagte General Walker zur Begrüßung und wandte sich dann an Eleanora. Er wartete geduldig darauf, ihr vorgestellt zu werden.

»Darf ich Ihnen Eleanora Villars vorstellen, die erst kürzlich nach Nicaragua gekommen ist, General Walker?« Bei diesen Worten lächelte der Colonel tatsächlich, und seine Stimme drückte eine angenehme Mischung aus Stolz und Zuneigung aus. Noch beunruhigender war, daß er näher zu ihr rückte, seinen Arm um sie legte und eine Hand leicht auf ihrer schmalen Taille ruhen ließ.

Machte man einen Knicks vor einem General? Unter den gegebenen Umständen schien es angebracht. Das Licht von den hundert Kerzen des Kronleuchters an der Decke schimmerte auf ihre rotgoldenen Locken, als Eleanora dem General die Hand gab und eine höfliche Begrüßung murmelte.

General Walker lächelte und betrachtete sie eingehend, doch er übersprang die Banalitäten gesellschaftlicher Umgangsformen und wandte sich gleich wieder dem Colonel zu. »In meinem Büro wartet ein Mann, den ich Sie zu verhören bitte. Er ist dabei erwischt worden, wie er die Treppe zu meiner Privatwohnung heute abend hinaufgestiegen ist. Der Kerl behauptet, ein Neffe von Niña Marias Zofe zu sein, aber die Zofe ist alt, und ihr Augenlicht läßt schon nach. Sie hat zwar einen Verwandten dieses Namens, aber sie bezweifelt, daß es sich dabei um diesen Mann handelt. Mir kommt es seltsam vor, daß ein Neffe, der zu Besuch kommt, eine Waffe unter seinem Hemd verborgen hat.«

»Ein versuchter Meuchelmord?«

»Versuchen Sie es herauszufinden.«

»Es gibt andere, die sich besser dazu eignen, unerwarteten Besuchern Informationen zu entlocken.«

Der General nickte verständnisvoll. »Ich würde es vorziehen, ihn den Nicaraguanern nicht auszuhändigen, wenn es nicht sein muß. Ich werde mich Ihrer Entscheidung beugen.«

»Wird erledigt.«

Walker lächelte. »Ich verstehe, daß es Ihnen widerstrebt, eine so charmante Dame allein zu lassen. Ich werde mich jedoch bemühen, die Wölfe in Schach zu halten, bis Sie wieder zurückkommen.«

Eleanora sah dem Colonel mit grimmiger Belustigung nach, als er sich entfernte. Wenn es ihm widerstrebte, sie hier allein zurückzulassen, dann lag das wohl hauptsächlich daran, daß Walker bei ihr war. Er konnte nicht wissen, wie sie sich ohne seine bedrohliche Überwachung benehmen würde. Vielleicht war Grant Farrell nicht ganz klar, was für eine wirksame Waffe er mit ihrem Bruder in der Hand hatte?

»Sagen Sie, General«, sagte sie mit schneidender Stimme, »fürchten Sie wirklich um Ihr Leben?«

»Sagen wir statt dessen lieber, daß ich diverse Formen von Verrat fürchte.«

»Sie meinen... Spionage?«

»So etwas wäre kein Präzedenzfall. Ich fange langsam an zu glauben, daß es in diesem Land keine Loyalität und keine Ehre gibt. Verrat scheint hier fast wie eine Lebensform – aber das kann Sie nicht interessieren. Sie sind also erst kürzlich nach Nicaragua gekommen? Ich vermute, das trifft auf uns alle zu. Wie gefällt Ihnen das, was Sie bislang gesehen haben?«

»Es ist ein wunderschönes Land. Ich glaube, ich könnte es liebenlernen.«

»Sie sagen das so, als meinten Sie es ernst. Ich stelle fest, daß die meisten Frauen dieses Land zu heiß, ekelerregend und schmutzig finden und der Meinung sind, es sei von finsteren und furchteinflößenden Kreaturen bevölkert.«

Bei seinem drolligen Tonfall strahlten Eleanoras grüne Augen vor Lachen. »Wie wenig man Sie doch zu schätzen weiß, nachdem Sie sich solche Mühe gemacht haben, das Land zu erobern. Aber ich komme aus Louisiana. Ich liebe heiße Länder.«

»Ah, das dachte ich mir. Ihre Stimme und Ihre Art zu reden erinnert mich an ein Mädchen, das ich früher einmal gekannt hatte, eine Kreolin aus New Orleans.«

Das Grau seiner Augen war bei der weit zurückliegenden Erinnerung vor Schmerz dunkler geworden. Stimmte es, daß er ein Mädchen geliebt hatte, das an Gelbfieber gestorben war?

»Ich glaube, General«, sagte Eleanora zögernd, »Sie könnten meinen Vater gekannt haben, Doktor Etienne Villars.«

»Villars? Dr. Villars, der Patienten in seinem Haus in der Royal Street behandelt hat? Ja, er war mir ein guter Freund.«

»Ein Freund – und ein Kollege?«

Walker schnitt eine Grimasse. »Zu der Zeit habe ich mir eingebildet, Arzt zu sein. Dann mußte ich feststellen, daß ich absolut nichts tun konnte, um den Menschen, die ich am meisten geliebt hatte, Schmerzen und den Tod zu ersparen. Ich habe beispielsweise zusehen müssen, wie meine Mutter vom Rheumatismus immer mehr verkrüppelt wurde, bis sie daran gestorben ist. Alle Gebete meines Vaters und meine kostspielige Ausbildung konnten sie nicht retten.«

»Das tut mir leid«, sagte Eleanora mitfühlend und wechselte das Thema. »Sie sind schon an vielen Orten gewesen, General, sicher hat all das dazu beigetragen, Sie auf Ihre derzeitige Position als Führer eines Landes vorzubereiten.«

»Sie schmeicheln mir, Eleanora, und geben meiner Eitelkeit Nahrung. Haben Sie schon vom Besuch der Indianer gehört?«

»Nein, noch nicht.«

»Sie sind vor fast vier Wochen gekommen, eine Delegation von Toacas und Cookras aus den unerforschten Regionen nordöstlich von hier. Es sind äußerst primitive Leute, die fast noch nie eine Stadt gesehen haben. Einer ihrer alten Legenden zufolge sollte ein Mann mit grauen Augen nach Nicaragua kommen und es von der Unterdrückung durch die Spanier befreien. Sie haben drei Tage auf dem Platz vor dem Regierungsgebäude gestanden und mich beim Kommen und Gehen beobachtet, und dann haben sie um eine Audienz gebeten. Sie hatten beschlossen, ich sei der Mann mit den grauen Augen aus ihrer Legende. Um mir ihre Anerkennung zu zeigen, haben sie mir Obst und Gemüse zum Geschenk gemacht.«

»Das muß ja ziemlich...«

»Sie meinen, es muß peinlich gewesen sein? Ja, das war es.«

»Ich wollte sagen: ergreifend.«

»Das war es auch, das muß ich zugeben. Der Herausgeber von *El Nicaraguense* hat sich außerordentliche Mühe gegeben, die Geschichte in Umlauf zu bringen, was ihre Wirkung meines Erachtens… schmälert. Und doch hat das, was vorgefallen ist, mich in meinen Gefühlen und Absichten bestärkt.«

Als der General ausgeredet hatte, bemerkte Eleanora, daß jemand dicht neben ihr stand und nur darauf wartete, von ihr bemerkt zu werden. Sie wandte sich widerstrebend ab, und dann weitete sich ihr höfliches Lächeln zu einem Strahlen aus. »Mazie! Und Major Crawford. Wie nett, jemanden zu sehen, den ich kenne.«

William Walker nahm die Verbeugung des Majors zur Kenntnis, schien aber nicht besonders interessiert daran zu sein, Mazie vorgestellt zu werden. Er berührte kaum ihre Hand, ehe er sich wieder Eleanora zuwandte. »Sie werden mich sicher entschuldigen, wenn ich Sie jetzt Ihren Freunden überlasse, Mademoiselle. Ich glaube, der amerikanische Minister trifft gerade ein, und das Empfangskomitee bildet sich bereits.«

»Selbstverständlich.«

»Vielleicht können wir ein anderes Mal in Erinnerungen an New Orleans schwelgen.« Er wandte sich um und ging davon.

»Ich glaube«, sagte Mazie spöttisch, »wer seine Anwesenheit verlangt, ist nicht Minister Wheeler, sondern die schöne Niña Maria. Sie hat dich in den letzten zehn Minuten mit ihren Blicken getötet, meine liebe Eleanora. Worüber hast du bloß mit dem General geredet, daß es ihn derart fasziniert hat?«

»Sei nicht albern. Er war nur aufmerksam zu einem seiner Gäste.«

»Ja, sicher, du verzeihst mir doch, nicht wahr«, sagte Mazie durchtrieben, »wenn ich dich darauf hinweise, daß ich nicht für eine derart persönliche Ehre auserkoren worden bin?«

Sie konnte es zwar nicht sagen, doch Eleanora hatte den Verdacht, daß Mazies Kleid, das im grellen Rot der Democráticos gehalten war, zu den Gründen dafür zählte. Der Reifrock war weit, und die gewaltigen Stoffmengen der Röcke wiesen scharlachrote Sträußchen von Rosenknospen auf, die sich in weiße Spitze schmiegten. Der tiefe Halsausschnitt war mit derselben Spitze in einem Stil eingefaßt, der in New Orleans *tatez-y* genannt wurde, »faß mich hier an«. Das war nicht gerade die Aufmachung, von der sich der Sohn eines protestantischen Geistlichen angesprochen fühlte.

Mit einem Blick auf ihre weichere und fließendere Frisur sagte der Major: »Heute abend sind Sie eine willkommene und charmante Bereicherung unserer Gesellschaft, Eleanora. Ich nehme an, jemand hat Ihnen erzählt, daß Walker seinen Offizieren vorgeschrieben hat, Frauen mitzubringen?«

»Also, Neville«, protestierte Mazie und klappte einen Fächer aus roter Seide und Elfenbein auf, mit dem sie sich Luft zufächelte. »Das ist für keine von uns besonders schmeichelhaft.«

»Trotzdem ist es wahr«, sagte Eleanora und hob forsch ihr Kinn. »Ich bin mit Colonel Farrell hier.«

Mazie starrte sie an, und ihre grünen Augen verfinsterten sich. »Farrell? Aber warum denn das? Du haßt diesen Mann doch.«

»Ich hatte keine andere Wahl. Jean-Paul...«

»Jean-Paul wollte, daß seine Schwester sich bei dem General für ihn einsetzt. Er ist im Arrestlokal, verstehen Sie. Ich habe versucht, Eleanora klarzumachen, daß Walker nicht auf sie hören wird, aber für ihren Bruder täte sie alles.«

Als sie Grant Farrells Stimme hart und ruhig dicht hinter sich hörte, mußte Eleanora sich mühsam beherrschen, um nicht zusammenzuzucken, und ein Schauer lief über ihren Rücken. Er hatte den Saal nicht durch dieselbe Tür betreten, durch die er ihn verlassen hatte.

Der Rest des Abends verging in einem Dunst von gestelzten, angestrengten Gesprächen und zurückhaltenden Bewegungen, da Colonel Farrells wachsamer Blick auf ihr ruhte. Sie erinnerte sich noch daran, sich in das Empfangskomitee eingereiht zu haben, hinter dem Präsidenten und Madame Rivas, dem amerikanischen Minister John Wheeler und ihrem Gastgeber. Major Crawford und Mazie hatten sich entfernt und angenehmere Gesellschaft gesucht. Doch nahm sie nichts deutlicher wahr als die Haltung des Colonels, der sich ihr gegenüber so gab, als gehörte sie tatsächlich zu ihm. Er ließ keine Gelegenheit aus, sie zu berühren, ihren Arm zu nehmen und ihre Aufmerksamkeit auf sich zu ziehen. Als sie vor dem Tisch mit den Erfrischungen standen, nahm er ihr das Glas aus der Hand und trank von der Seite daraus, die ihre Lippen berührt hatten, und dabei stand in seinen Augen ein Ausdruck so offenkundiger Vorfreude, daß sie danach lechzte, ihn entweder zu ohrfeigen oder fortzulaufen. Aber nur bis zu dem Moment, in dem sie erkannte, daß er mit alldem nur den Zweck verfolgte, sie zu ärgern.

»Du wirst berauscht«, sagte sie erbost.

»Vielleicht bin ich es«, erwiderte er.

»Ja, und vielleicht fliegen Maulesel wie Pegasus«, höhnte sie.

»Du unterschätzt deine Attraktivität.«

»Und du meine Intelligenz. Du hast keine Verwendung für mich oder die Sorte von Frauen, für die du mich hältst. Weshalb also willst du mir etwas vormachen?«

»Keine Verwendung?« erkundigte er sich und zog dabei eine dunkle Augenbraue hoch. »Mir fällt zumindest ein Verwendungszweck ein – ein anderer als der, die Aufmerksamkeit von Onkel Billy und seiner Geliebten abzulenken.«

Eleanora folgte seinem zynischen Blick ans Ende des Saals. Dort stand William Walker aufmerksam über Niña Maria gebeugt da. »Ihr seid Heuchler, alle beide.«

»Erklär mir das.« Seine Stimme war angespannt, seine Augen hart.

»Du erinnerst dich doch noch daran, daß du Mazie Brentwood aufgefordert hast, Granada zu verlassen, oder etwa nicht? Das ist wohl kaum gerecht, da weder du das Leben eines Mönchs führst noch der General.« Ihre Gereiztheit ließ sie dieses Thema weiterführen.

»Der General hat in erster Linie etwas gegen Soldatenhuren einzuwenden, die den Männern von einem Lager zum nächsten folgen, weil sie den Vormarsch behindern, die Männer von ihrer Arbeit ablenken und die Möglichkeit erhöhen, daß der Feind über unsere Truppenbewegungen informiert wird. Er sieht ein, daß in den flauen, kampffreien Zeiten Frauen nützlich sind und ist bereit, darüber hinwegzusehen. Deine Freundin Mazie dagegen«, fuhr er fort und wies mit einer Kopfbewegung auf die Frau, die gerade den Partner wechselte und mit Colonel Thomas Henry, einem anderen der Offiziere, die Eleanora in Bank's Arcade in New Orleans gesehen hatte, einen Walzer tanzte. »Sie gehört zu einer ganz anderen Sorte. Sie ist hier, um die Gunst an den Höchstbietenden zu verkaufen, und für sie macht es keinen Unterschied, wie ihr Preis bezahlt wird. Die Phalanx hat zu wenige gute Offiziere und kann es sich nicht leisten, einen von ihnen auf dem Duellplatz wegen der Launen einer Hundertdollarhure zu verlieren.«

»Du...«

»Und wenn du darin eine Warnung für dich selbst siehst, dann kannst du sie genauso auffassen, wie sie klingt.«

»Mazie ist amerikanische Staatsbürgerin. Du kannst ihr keine Verhaltensvorschriften machen.«

»Wir sind hier in Nicaragua, und hier herrscht eine Militärregierung. Ich kann und werde alles tun, was notwendig ist, um zu verhindern, daß die Männer der Phalanx einander töten.«

»Der Eiserne Krieger«, sagte Eleanora so trocken sie konnte und hob den Kopf. »Sieh dich vor. Im Moment machst du eher den Eindruck, als wolltest du mir drohen, nicht mich verführen.«

»Dann machen wir Fortschritte«, erwiderte er, und sein Lächeln war frei von jeder Wärme, als er den Punschbecher hinstellte und sie an seine Seite zog, »denn genau das tue ich tatsächlich.«

In dem Moment tauchte Oberleutnant de Laredo neben ihnen auf.

»Vor sich sehen Sie einen verzweifelten und ruinierten Mann«, sagte der Spanier mit einer tragischen Geste.

Ein wachsamer Blick trat in Colonel Farrells Augen. »Und wie kommt das?«

»Ich habe die *callas* von Granada durchkämmt, aber nirgends eine reizvolle Frau gefunden. Nur blonde Frauen können meine Glut entfachen, und hier finde ich dann Colonel Henry, der hundert Narben aus den Kämpfen davongetragen hat, im Besitz von einer der beiden Frauen dieser Stadt.«

»Du hast tatsächlich ein Problem.«

»Ja, und zwar das, ob es Gewehre oder Messer werden.«

»Soll ich dich jetzt fragen, warum?« erkundigte sich der Colonel und zog eine Augenbraue hoch.

»Ja, sicher, *amigo*. Dieses Problem geht dich eine Menge an. Colonel Henry ist ein furchteinflößender Mann, der Unsterblichste unter den Unsterblichen. Selbst wenn er den Arm noch in der Schlinge hätte, wäre es schwer, ihn zu töten, und um Mazie zu kämpfen wäre nicht so lohnend wie der Kampf um die Frau an deinem Arm, die sie auf den Plätzen der Stadt die rothaarige Hexe nennen.«

Wieviel von dem, was Luis sagte, Geplänkel und wieviel Ernst war, wußte Eleanora nicht. Seine Worte, die so dicht auf Grant

Farrells Erklärung folgten, lösten bei ihr jedoch Schuldgefühle aus. Sie konnte nichts für ihre Haarfarbe oder für ihre Hellhäutigkeit, die hier in diesem Land voller dunkelhäutiger, dunkelhaariger Menschen eine Seltenheit war. Sie wußte nur mit entsetzlicher Sicherheit, daß sie nie hätte herkommen dürfen.

»Glaubst du«, fragte Colonel Farrell, »es sei leichter, mich zu töten?«

»Nein, nein, mein Freund, du würdest mich auch nur ungern töten.«

»Verzeihen Sie mir, meine Herren«, sagte Eleanora, »aber ich gehöre nicht automatisch dem Sieger.«

»Nein, Eleanora, sagen Sie das nicht. Damit nehmen Sie dem Leben den lockenden Reiz«, sagte Luis kläglich.

»Gut so«, lautete ihre herzlose Erwiderung. »Ich glaube... Grant, der General versucht, deine Aufmerksamkeit auf sich zu lenken.«

Präsident Rivas hatte den Empfang früh verlassen, kurz nachdem er die anstrengende Aufgabe hinter sich gebracht hatte, im Empfangskomitee zu stehen. Als nächstes ging Minister Wheeler. Schließlich brach Walker auf, das Signal dafür, daß der Empfang vorüber war und alle sich zurückziehen konnten.

Als er sich von dem Colonel und Eleanora verabschiedete, hatte sich der General als ein vorbildlicher Gastgeber erwiesen. Er hatte ihnen Niña Maria vorgestellt und darauf bestanden, Eleanora und Colonel Farrell sollten demnächst mit ihnen in ihrer Privatwohnung zu Abend essen. Was hätte Eleanora schon anderes tun können, als ihre Freude über diese Einladung auszudrücken? Gleichzeitig nahm sie wahr, daß sich ihr Gefühl von Unwirklichkeit verstärkte. Die Ereignisse dieses Tages und dieses Abends konnten *ihr* doch nicht zustoßen. Sie war schrecklich müde, ihre Sensibilität war bis zur Apathie abgestumpft, und doch waren ihre Nerven überspannt und bebten in Erwartung eines weiteren Schlages. Was sie tun würde, wenn es dazu kam, wußte sie nicht.

5. Kapitel

Es gab keine Straßenlaternen in Granada. Bis auf den schwachen Lichtschimmer, der aus vereinzelten erleuchteten Fenstern drang, und die Blechlampen von Fackelträgern, die Gästen den Heimweg wiesen und dabei wie Glühwürmchen wirkten, lag die große Fläche des Hauptplatzes im Dunkeln. Der Colonel warf einem der wartenden Jungen eine Münze zu, der leise *gracias* murmelte, ehe er sich in Bewegung setzte und barfuß lautlos vor ihnen herlief. Dabei sah er sich oft nach ihnen um, um sich zu vergewissern, daß sie ihm auch folgten.

Draußen war es etwas kühler als drinnen, aber die Luft war schwer und roch nach Schwefel. Im Südosten schimmerte dicht über dem Horizont das Wetterleuchten eines Gewitters. Als sie an der Rückseite der Kathedrale vorbeikamen, hörten sie das Gurren von aufgeschreckten Tauben aus dem Taubenschlag der heiligen Väter und das monotone Quaken eines Laubfroschs.

Beidseits der Tür das Palacio brannte eine helle Fackel, die einen Abschnitt der Straße erhellte und die kunstvollen schmiedeeisernen Gitter hervorhob, die vor allen Fassadenfenstern angebracht waren. Dieser Anblick erinnerte Eleanora an ihre Gefangenschaft in dem Schlafzimmer im oberen Stockwerk. Sie kniff die Lippen zusammen und ging vor dem Colonel ins Haus. Sie wollte sich auf keinen Fall wieder einsperren lassen.

Eine einzige Laterne, die unter der Treppe von einem Querbalken hing, beleuchtete den Patio. Eleanora blieb darunter stehen und drehte sich um. »Colonel Farrell...«

Als er gebieterisch den Kopf hob, unterbrach sie sich, und dann war sie wütend auf sich selbst, weil sie sich einschüchtern ließ. »Warum muß ich Sie Grant nennen? Die Maskerade ist aus und vorbei.«

»Ach, wirklich?«

»Ja, sicher. Ich habe getan, was Sie wollten. Und jetzt müssen Sie mich gehen lassen.«

»Wohin könntest du schon zurückgehen?«

Der Hohn in seiner Stimme war allzu offenkundig. Eleanora nahm eine steife Haltung ein. »Ich wüßte nicht, was Sie das angeht. Ich habe meine Mittel...«

»Soviel steht für mich fest. Du kannst sie ebenso leicht hier nutzbringend einsetzen.«

Die Bedeutung seiner Worte ließ Eleanora erröten. »Sie verstehen mich nicht. Ich kann nicht bei Ihnen bleiben, ich kann einfach nicht hierbleiben.«

»Weil du mich nicht leiden kannst? Das hättest du dir überlegen sollen, ehe du dich bei dem General eingeschmeichelt hast und ehe du versucht hast, eine Fehde zwischen Luis und mir anzufachen. Beides hat dich nur noch fester an mich gebunden. Onkel Billy will dich wiedersehen. Sein Wunsch ist einem königlichen Befehl gleichzusetzen. Zudem ist Luis einer meiner besten Offiziere. Ich lasse nicht zu, daß du ihn gegen jedermann ausspielst.«

»Ich habe nichts dergleichen getan!« rief Eleanora entrüstet. »Oberleutnant de Laredo hat doch nur im Scherz gesprochen.«

»Warum hätte er überhaupt etwas sagen sollen, wenn du ihn nicht ermutigt hättest?«

»Wenn Sie eine so schlechte Meinung von mir haben, dann wundert es mich, daß Sie meine Gegenwart ertragen können!«

Sein Lächeln war grimmig, als er näher kam. »Du machst dich sehr gut, solange du den Mund hältst.«

Sie trat zurück, aber der Endpfosten des Treppengeländers war hinter ihr und hielt sie auf. Das Metall auf seiner Brust schnitt sich in ihre Schulter, als er sie an sich riß. Seine Finger versenkten sich in die weichen Locken auf ihrem Hinterkopf, packten fester zu und hielten sie regungslos fest, damit seine Lippen sich heftig und fordernd auf ihren Mund senken und jeden Gedanken an Widerstand zunichte machen konnten. Sie vermochte sich der beherrschten Wildheit seiner Leidenschaft nicht zu entziehen und ließ seine tödliche Zärtlichkeit über sich ergehen. Eine Glocke läutete und brachte sie wieder zu Bewußtsein. Sie entriß ihm ihren Mund, wand sich aus seinen Armen und fiel fast hin, als sein Stiefel auf ihren Rocksaum trat. Er packte sie am Arm, doch als sie das Gleichgewicht wiedergefunden hatte, riß sie sich los und tauchte in den dunklen Tunnel des Hauseingangs ein.

Die Glocke läutete noch einmal. Es war die Ziehglocke, die neben der riesigen Haustür hing. Dieses Tor war nicht verriegelt worden. Eleanora packte den Türgriff, zog die Tür auf, sah sich um und keuchte entgeistert, als sie den uniformierten Mann sah, der vor ihr stand. Der Colonel griff nach ihr, und seine Finger schlossen sich wie ein Schraubstock um ihr Handgelenk. Den Soldaten auf der Schwelle kostete es einige Mühe, seine Neugier zu zügeln und sein Gesicht zu einer teilnahmslosen Miene zu verziehen. »Ich bitte um Verzeihung, Sir. Der General wünscht, daß Sie augenblicklich im Regierungsgebäude erscheinen. Eine dringende Angelegenheit.«

»Dringend?«

»Es geht um den Gefangenen, Colonel, den Mann, der dabei ertappt worden ist, wie er sich in General Walkers Privatgemächer eingeschlichen hat. Er ist tot.«

»Beim Verhör gestorben?« fragte der Colonel mit scharfer Stimme.

»Nein, Sir. Die Nicaraguaner haben kein Wort aus ihm herausholen können. Es sieht so aus, als hätte man ihn umgebracht, um ihn am Reden zu hindern.«

»Teilen Sie dem General mit, daß ich in Kürze bei ihm sein werde.«

Ohne eine Antwort abzuwarten, knallte Colonel Farrell dem Mann die Tür vor der Nase zu. Seine Stimme drang barsch vor Ungeduld durch die Dunkelheit. »Du kannst selbst in dein Zimmer gehen, du kannst dich aber auch von mir wie ein Sack Stroh über die Schulter werfen lassen. Such es dir aus.«

»Ich ziehe es vor zu laufen«, erwiderte sie mit unterdrückter Wut, »wenn ich schon dort hingehen muß.«

»Du mußt«, sagte er, und nicht nur das hohle Echo des steinernen Durchgangs verlieh seinen Worten das Timbre grimmiger Enttäuschung.

In dem geschlossenen Raum war die Hitze erdrückend, und der Geruch von Staub und altem Moder aus den trockenen Wänden ließ den Atem in Eleanoras Nasenflügeln brennen. Langsam bildeten sich Schweißperlen auf ihrem Gesicht. Sie hatte sich bis auf ihr Hemd und einen Petticoat ausgezogen und lag auf dem Bett. Sie fächerte sich lustlos mit ihrem Taschentuch Luft ins Gesicht, und dabei dachte sie voller Sehnsucht an den eleganten Abendfächer ihrer Großmutter aus Spitze mit Perlmuttgriffen, der in ihrem Koffer gewesen war. Er war unwiederbringlich fort wie soviel anderes auch.

Daran wollte sie jetzt nicht denken, denn sie konnte ja doch nichts ändern. Sollte sie ihm alles erklären? Ihn anflehen? Aber wie sollte sie die Worte finden, um die entscheidenden Wahrheiten klarzustellen? Selbst wenn sie sie gefunden hätte, wie konnte sie dann hoffen, daß der Colonel ihr glaubte, obwohl alles dagegensprach, was er mit eigenen Augen gesehen hatte? Aber sie mußte es versuchen. Sie war kein Dummkopf. Sie wußte, daß sie es unter allen Umständen versuchen mußte.

In ihrer Aufgewühltheit schwang sie die Füße vom Bett und stand auf. In dem Krug auf dem Waschtisch neben dem Bett war Wasser. Sie tastete sich durch das nachtschwarze Zimmer, feuchtete ihr Taschentuch an und preßte es sich auf das glühende Gesicht. Sie ließ die Hand über die Matratze gleiten, um sich ohne anzustoßen durch das Zimmer zu bewegen. Ab und zu drang durch die Vorhänge vor den Flügeltüren der Lichtschein ferner Blitze. Die Regenzeit schien doch noch nicht vorbei zu sein.

Sie hob ihr schweres dickes Haar und preßte sich das feuchte Tuch in den Nacken. Zwischen ihren Schläfen machten sich einsetzende Kopfschmerzen breit. Das kam von der sauerstoffarmen Luft des geschlossenen Raums. Sie zog den dünnen Musselinvorhang vor den Flügeltüren zur Seite und öffnete sie weit. Die frische Nachtluft drang zu ihr hinein. Eine Zeitlang stand sie da und umklammerte das kühle Metall des Gitters und beobachtete, wie das Wetterleuchten den unteren Rand des schwarzen Nachthimmels graublau färbte. Müdigkeit ließ ihre Nerven zittern, aber sie konnte nicht schlafen gehen. Wann und in welcher Stimmung würde Colonel Farrell zurückkehren?

Sie entledigte sich ihres Petticoats, und in ihrem Hemd, das ihr bis auf die Oberschenkel reichte, war ihr gleich viel kühler.

Wenn das Bett doch bloß vor dem Fenster gestanden hätte. Bei diesem leichten Luftzug hätte sie vielleicht schlafen können. Sie entschied sich, eine Schlafdecke auf den Boden zu legen. Dann legte sie sich darauf nieder und war bald eingeschlafen.

Kalter, über sie hinwegwehender Wind ließ sie erwachen. Er hatte die dünnen Vorhänge aufgebauscht und an die Decke geweht. Draußen traf er heulend gegen die steinerne Fassade des Palacio und ließ die Gitter unter den vorgezogenen Dächern der Galerías klappern, und in der Ferne ließ er die Glocke der Kathedrale schwingen, die mit klagendem und mißtönendem Lauten den Sturm meldete.

Eleanora setzte sich auf, schlang die Arme um sich und richtete den Blick auf die Fensteröffnung. Blitze streiften den samtig blauen Nachthimmel mit geschmolzenem Silber. Darauf folgte das grollende Dröhnen des Donners, aber sie hörte es nicht. Ihre Konzentration war ganz auf den Mann gerichtet, der vor ihrem Fenster auf der Galería stand. Der Wind zerrte an seinem dunklen Haar, hatte aber ansonsten keine sichtbare Wirkung auf die Gestalt mit der entblößten Brust, die mit dem Rücken am Geländer lehnte und deren bronzene Schultermuskeln und Unterarme sich in silbernes Feuer gemeißelt gegen den Himmel absetzten.

Er war Grant Farrell, der mit unergründlichen Augen und einem grimmigen Lächeln dastand und sie anstarrte. Wie lange beobachtete er sie schon von dort aus und weidete sich an ihrem kaum bedeckten Körper?

Eleanora sprang eilig auf, tauchte unter den wehenden Gardinen hindurch und griff nach den Riegeln der Flügeltüren. Mit einer lässigen Bewegung streckte der Colonel die Hand aus und zog die Kette, deren Schloß bereits geöffnet war, von dem Gitter. Die schmiedeeiserne Barriere öffnete sich quietschend, er trat hindurch und preßte seine erhobenen Handflächen gegen die Türen, die sich gerade schlossen. Eleanora drückte dagegen und stemmte sich gegen ihn, aber sie konnte es weder gegen den Colonel noch gegen seinen tobenden Verbündeten, den Wind, aufnehmen.

Die Türen gaben nach und schlugen gegen die Wand. Eleanora wankte rückwärts und wich dann weiter zurück und behielt die geschmeidigen und sicheren Bewegungen des Mannes im Auge.

»Warten Sie«, sagte sie atemlos, und sie streckte unbewußt eine Hand zu einer flehentlichen Geste aus.

»Worauf sollte ich noch warten? Du wußtest doch, daß es

schließlich dazu kommen wird.« Seine Stimme war sanft, aber auf ihre ruhige Art erbarmungslos.

»Nein«, stritt sie mit gepreßter Stimme ab. »Wenn Sie das tun... werde ich es Ihnen nie verzeihen.«

»Das stört mich nicht weiter. Darauf bin ich nicht angewiesen.«

Es war zwecklos. Mit Worten war er nicht zu erreichen, und doch mußte sie es versuchen. »Sie werden es bereuen. Ich bin keine...«

»Es bereuen?« schnitt er ihr das Wort ab, als sie stockend zu einer Erklärung ansetzte. »Willst du mir etwa drohen? Von mir aus. Mich hat es noch nie gestört, für das zu bezahlen, was ich haben will.«

Eleanora war schockiert und entrüstet zugleich. Als ein blauweißer Blitz über den Himmel zuckte, sah sie, wie zynisch seine Lippen verzogen waren, und ohne bewußte Absicht holte sie mit der Hand zu einer Ohrfeige aus. Er fing ihr Handgelenk in der Luft ab und bog ihren Arm auf den Rücken. Dann riß er sie an sich, und ihre Brüste preßten sich an seine nackte Brust, die so hart wie ein Brett war. Eleanora keuchte, als die Luft aus ihrer Lunge wich, doch sie hob die freie Hand und zielte damit auf seine Augen. Er riß den Kopf zurück, und ihre Fingernägel zerkratzten seinen Hals, ehe er auch diesen Arm nach unten und auf ihren Rücken bog. Ihre Hände waren taub, und ihre Schultern schmerzten, als er sie hochhob, zum Bett trug und darauf niederwarf. Sie riß das Knie hoch und stieß sich von ihm ab. Triumphierend spürte sie, wie der Griff sich an ihrem linken Handgelenk löste, und mit zusammengebissenen Zähnen verdoppelte sie ihre Anstrengungen, sich zu befreien. Doch er packte mit der freien Hand den Spitzenbesatz ihres Hemds zwischen ihren wogenden Brüsten und zerriß es vom Hals bis zum Saum. Blut strömte in Eleanoras Kopf, und sie erstarrte. Als sie spürte, wie seine warme Hand sich auf die weiche Rundung ihrer üppigen Brust legte, riß sie den Handballen hoch und hieb rasend auf ihn ein, wand sich und strampelte und ließ sich über die Bettkante zu Boden fallen. Was von dem Hemd noch geblieben war, schob sich zu ihren Schultern hoch und entblößte ihren Unterkörper, doch das war ihr jetzt gleich. Es zählte augenblicklich nur, daß sie sich aus Grant Farrells gnadenloser Umarmung befreite.

Aber sie schaffte es nicht. Ihre Haarspitzen hingen unter seinem Ellbogen fest. Er griff nach ihr, und seine Hand glitt über ihre entblößte Hüfte, ehe er ihren Unterschenkel umfaßte und sie hochzog. Er wälzte sich auf sie, preßte ihre Arme dicht an ihre Seiten und zwängte sein Knie zwischen ihre Beine. Keuchend starrten sie einander in die Augen, sie in rasender Verzweiflung, er mit verhaltener Glut. Langsam senkte er seinen Mund auf ihre bebenden Lippen. Er küßte sie wild und lange, ihre Erschöpfung voll und ganz ausnutzend. Tränen des Schmerzes und der Frustration stiegen in ihre Augen auf und rannen über ihre Schläfen und in ihr Haar. Draußen prasselten die ersten Regentropfen gegen das Haus, und als sie auf den Boden der Galería geweht wurden, klang die trommelnde Nässe wie verspottendes Gelächter.

Er erkundete die feuchten Winkel ihrer Augenlider, die Wölbung ihrer Wange und den Umriß ihres Kinns dort, wo er in den sachten Schwung ihres Halses überging. Sein Atem ging schneller und versengte ihre Haut und bewirkte eine prickelnde Gänsehaut, die zu einem unkontrollierbaren Schauer wurde, als seine Lippen eine Spur von glühenden Küssen durch das Tal zwischen den weißen Hügeln ihrer Brüste zog. Hilfloser Zorn bemächtigte sich ihrer, als er eine ihrer Brüste zu liebkosen begann, und sie versuchte mit aller Kraft, ihn von sich fortzustoßen. Ihre Gegenwehr bewirkte jedoch nur ein noch stärkeres Verlangen nach ihr. Er verlagerte sein Gewicht, entledigte sich mit ein paar schnellen Bewegungen seiner Hose, lag dann wieder auf ihr, und seine Härte und die gespannten Muskeln seiner Beine preßten sich an ihre Schenkel. Er küßte sie wieder auf den Mund, und seine Hände versengten ihr Fleisch mit einer Intimität, die sie nicht verhindern konnte.

Tief in ihrem Innern spürte sie, wie eine zunehmende Schwäche sich breitmachte, gegen die ihr Widerstandswille nicht ankam. Die Verletzbarkeit ihrer Lenden wuchs sich zu einem Schmerz aus, der dringende Linderung brauchte. Er drang unnachgiebig in sie ein, und jeder Muskel und jeder Nerv in ihrem Körper spannte sich voller Ablehnung an. Er ließ ihre Hände los, als er seine Stellung änderte, und augenblicklich packte sie seine Schultern und grub ihre Nägel in die Haut, doch er ließ nicht von ihr ab. Seine Lippen kosten die straffe Haut ihres Halses unter ihrem Ohr. Flüsternd versuchte er, sie zu beschwichtigen. Langsam begann sie, sich zu entspannen. Dann kam der Tumult seiner Lust. Sie konnte sich nur an ihn klammern, bis es vorbei war, sich auf seine Leidenschaft einstellen, weil es weniger schmerzhaft war.

Unvermittelt zog er sich aus ihr zurück, stützte sich auf einen Ellbogen und sah durch die Dunkelheit zu ihr hin. Allmählich ging ihr Atem wieder langsamer. Sie hörte den Regen auf das Dach trommeln. Als sie den Kopf umdrehte, sah sie die Musselingardine, die naß in dem Wind flatterte.

Das Bett quietschte, als Colonel Farrell sich über die Bettkante schwang. Er entzündete ein Schwefelholz, und Kerzenlicht erleuchtete schwach das Zimmer. Sie versuchte hastig, ihre Nacktheit zu bedecken, und zog an ihrem zerfetzten Hemd. Ihre Augen waren weit aufgerissen und hatten ein tiefdunkles Grün angenommen. Er zog sie vom Bett und stellte sie neben sich. Ihre Blicke fielen auf den roten Fleck, der das Bettzeug verschmierte. Seine Hände umspannten fest ihre Arme, und er drehte sie so zu sich um, daß sie ihn ansehen mußte.

»Warum?« fragte er, und über seinen Augen lag ein Schatten der Bestürzung.

Die Kälte verletzten Stolzes trat auf ihr Gesicht und glättete ihre Züge zu bitterer Verachtung. Langsam, nahezu sanft, löste sich sich aus seiner Umklammerung. Sie schüttelte ihr zerrissenes Hemd ab und ließ es auf den Boden fallen, dann hob sie ihren Petticoat auf, der über das Fußende des Betts gefallen war. Sie schlang das zarte Gewebe um sich wie einen Umhang, trat ans Fenster, lehnte sich an den Rahmen der Flügeltür und starrte auf die roten Dächer der Stadt, die unter den letzten aufflackernden Blitzen glitzerten.

»Du stellst es so hin«, sagte sie schließlich, »als sei ich hier die Schuldige.«

Er trat ans Fußende des Bettes und legte die Hand auf einen der hohen Pfosten. »Ich vergewaltige keine Jungfrauen«, sagte er grimmig. »Warum hast du es mir nicht gesagt?«

»Ich hätte es vielleicht getan, wenn es etwas geändert hätte. Du hättest dich vergewissern können, anstatt mich für ein Straßenmädchen zu halten.«

»Es gab genug Gründe, das als gegeben vorauszusetzen«, sagte er mit rauher Stimme.

»Ach, wirklich? Habe ich nicht dein Wort darauf, daß eine Frau in Nicaragua nicht zu etwas gezwungen werden darf, daß man sich keiner Frau gewaltsam aufdrängen darf, daß man sie bezahlen oder sich bei ihr einschmeicheln muß?« Langsam wandte sie ihm ihr Gesicht zu. »Auf das, was Sie getan haben, Colonel Grant Farrell, steht die Todesstrafe.«

Einen langen Moment blieb sein Gesicht vollkommen ausdruckslos, und dann loderten seine Augen wölfisch. Er ging auf sie zu, bückte sich und hob sie auf seine Arme. Sein Blick glitt gierig über ihr starres Gesicht und die sanfte Wölbung ihrer Brüste, auf denen sie ihren Petticoat festhielt.

»Wenn das so ist«, sagte er, und in seiner sanften Stimme schwang etwas Rauhes mit, »werde ich mir noch mehr nehmen, damit es sich auch lohnt, mich mit dem Rücken vor ein Exekutionskommando zu stellen.«

Fäuste, die an die Tür trommelten, rissen Eleanora aus dem Tiefschlaf der Erschöpfung. Gleichzeitig nahm sie die Sonne, die ins Zimmer flutete, ihre Nacktheit unter dem dünnen Laken, den warmen Männerkörper, der sich an sie schmiegte, ihr wüst zerzaustes Haar und ein tiefes inneres Unbehagen wahr.

Das Klopfen kam von der Tür ihres Zimmers, die zur Galerie über dem Patio führte. Der Lärm wurde von Frauenstimmen übertönt, die in einer heftigen Auseinandersetzung erhoben waren. Der Colonel lag still neben ihr, doch er schlief nicht. Sie konnte die Anspannung in seinen Muskeln spüren. Es wurde heftig am Türknopf gerüttelt, und dann verhallten die Stimmen allmählich.

Colonel Farrell warf das Laken zurück, setzte sich auf und zog seine Hose an. Eleanora schloß die Augen, und eine leichte Röte zog sich schmerzhaft bis zu ihrem Haaransatz. Vielleicht würde er ohne ein Wort gehen. Sie hatte ihm nichts zu sagen, verspürte nicht den leisesten Wunsch, ihm jemals wieder ins Gesicht zu sehen. Wie mühelos und meisterlich er ihrem Körper Reaktionen entlockt hatte, fraß tief in ihrem Innern wie ein Geschwür an ihr. Sie glaubte, unter dem Mantel der Dunkelheit einen Teil dieses Wissens vor ihm verborgen zu haben, aber sie war nicht sicher, ob ihre Verstellungskünste dem strahlend hellen Licht des Morgens standhalten würden.

Im Nebenzimmer wurde eine Tür geöffnet. Schritte kamen auf der Galería klappernd näher. Sie hörten die Stimme von Señora Paredes, die ungewohnt aufgeregt klang. »Warten Sie, Juanita! Das ist eine Dummheit, das ist Wahnsinn.«

Plötzlich wurde der Musselinvorhang zur Seite gezogen. Eine dunkelhäutige, dunkelhaarige Spanierin betrat das Zimmer. Ihre aristokratischen Gesichtszüge waren vor Wut verzerrt. Ihre sherryfarbenen Augen kniffen sich zusammen, als sie Eleanora in dem zerwühlten Bettzeug erblickte. Unter dem tiefen Ausschnitt der dünnen weißen Bluse, wie die Frauen vom Land sie trugen, hoben und senkten sich ihre honigfarbenen Brüste. Ihre nackten Füße waren mit Schlamm bespritzt. Sie trug keinen Petticoat unter ihrem mehrlagigen Rock, der rot und blau und grün gemustert war.

»Entschuldigen Sie bitte, Colonel«, sagte Señora Paredes, die in der Tür stand. »Ich konnte sie nicht zurückhalten.«

»Es ist schon in Ordnung. Sie können jetzt gehen.« Seine Stimme war barsch. Er ließ Juanita nicht aus den Augen.

Die Señora zog sich augenblicklich zurück. Juanita trat einen Schritt weiter vor und stemmte die Arme in die Hüften. »So. Ich habe es auf der Plaza gehört, aber ich konnte es nicht glauben. Der eiserne *Soledad* hat eine Frau, eine *norteamericana,* in seinem Haus aufgenommen, damit sie ihm das Bett wärmt. Warum, *amor mio*? Hattest du es satt, zu mir zu kommen? Ich wäre zu dir gekommen. Du hättest mich nur bitten müssen.«

»Aber ich habe dich nicht darum gebeten, stimmt's?«

Wie sehr er diese Szene verabscheute, war aus seiner ruhigen Bemerkung herauszuhören. An Juanitas Stelle, dachte Eleanora, wäre sie so gekränkt gewesen, daß sie kein Wort mehr herausgebracht hätte.

Die Spanierin lief dunkelrot an. Ihre Augen begannen zu funkeln. »Glaubst du, ich bin eine *puta* aus einer Seitenstraße, die du einfach wegwerfen kannst, wenn du mit ihr fertig bist? Ich bin Juanita! Die Hälfte der Falangistas ist wild auf mich.«

»Dann geh doch zu ihnen.«

»Du... du bist ein Teufel, Grant«, sagte das Mädchen und änderte seine Taktik. »Warum nur? Warum tust du mir das an? Warum hast du mich gegen dieses schwächliche Geschöpf mit dem teigigen Gesicht und ohne Blut in den Adern eingetauscht? Sie wird deine Lust nehmen, aber sie kann dir nichts geben.«

Eleanora bewegte sich unruhig. Grant warf einen Blick auf sie und lächelte zum ersten Mal. »Da irrst du dich«, entgegnete er.

Juanita konnte sich nur mit Mühe zusammenreißen. »Dann bedeute ich dir also nichts mehr.«

»Du hast es erfaßt.«

Mit einem vor eifersüchtiger Wut mörderischen Blick zischte Juanita: »Das wirst du mir büßen.« Sie wirbelte herum und eilte aus dem Zimmer. Grant zuckte gelassen die Schultern, dann trat er vor den Schrank, öffnete die Tür und holte Eleanoras drei Kleider, ihre Petticoats und ihre Schlüpfer und das zusammenklappbare Reifrockgestell heraus, das Mazie ihr geschenkt hatte. Mit diesen Dingen unter dem Arm verließ er das Zimmer, schlug das Eisengitter zu, legte die Kette vor und ging.

Señora Paredes brachte ihr das Frühstück, das aus heißem Kaffee, Obst und Gebäck bestand, und frisches Bettzeug. Da die Frau nichts tat, ohne es mit dem Colonel abzusprechen, vermutete Eleanora, daß sie ihm diese Sorge um ihr leibliches Wohl zu verdanken hatte. Doch nichts auf Erden hätte sie ihm gewogener stimmen können.

Die heißen Maismehlkuchen waren knusprig, und der Kaffee, der mit warmer Milch verdünnt war, duftete köstlich. Eleanora hatte wenig Appetit, aber auch keine Lust, um ihrer verlorenen Keuschheit willen zu hungern. Also genoß sie das Frühstück. Später, als sie in der Zinnwanne saß, mußte sie sich ein gewisses Gefühl von Wohlbefinden eingestehen. Wenn man sie nicht gefangengehalten hätte, dachte sie sich, während sie träge Wasser aus dem Waschlappen auf ihre Knie rinnen ließ, hätte sie sich sogar tatsächlich wohl fühlen können.

Sie horchte auf, als sie einen Schlüssel im Schloß hörte. Als sie den Kopf umwandte, erwartete sie, wieder einmal die Señora zu sehen. Es war jedoch Grant Farrell, der in seiner Uniform eintrat. In der Hand hielt er ein kleines Kästchen aus blankpoliertem Holz, das er öffnete und auf das Bett stellte. Innen war es mit kastanienbraunem Samt gefüttert und in Fächer unterteilt. Aus einem der Fächer holte er ein kleines Glasfläschchen und ein quadratisches Tuch. Mit diesen Dingen in der Hand richtete er sich auf und erteilte ihr einen einsilbigen Befehl. »Raus.«

»Was ist das?« fragte sie und machte sich gar nicht erst die Mühe, ihren Argwohn zu verbergen.

»Phenol für deine Kratzer«, sagte er und trat näher.

»Laß es dort stehen, ich werde mich darum kümmern.«

Er starrte sie einen Moment lang nachdenklich an, ehe er den Kopf schüttelte. »Ich will sichergehen, daß es auch richtig gemacht wird. Bei diesem Klima können Kratzer zu Blutvergiftung führen. Kommst du jetzt raus, oder muß ich auch das mit Gewalt regeln?«

»Versuch es doch, wenn du naß werden willst.«

Er lächelte nicht, aber sein Gesicht hellte sich auf eine merkwürdige Weise auf. »Wenn ich naß werde, wirst du keine Freude daran haben. Dann müßte ich nämlich meine Uniform ausziehen, und solange sie trocknet, bräuchte ich... Unterhaltung.«

Eleanora wandte den Blick ab. »Wie kannst du nur – wenn du doch weißt, wie sehr ich das verabscheue und dich auch?«

»Verabscheue? Das ist schon ein Fortschritt. Gestern hast du mich noch gehaßt. Wer weiß, was du in einer Woche empfinden wirst?«

Sie funkelte ihn wütend an, ehe sie fragte: »Würdest du mir bitte das Handtuch reichen?«

»Mit Vergnügen«, erwiderte er. Er klemmte sich das Phenolfläschchen und das Läppchen unter den Arm, nahm das Handtuch vom Fußende des Bettes und faltete es auseinander. Ausgebreitet hielt er es ihr hin, damit sie sich von dem weichen Stoff umhüllen ließ.

Es nutzte ihr nichts, die Hand danach auszustrecken; Eleanora biß sich auf die Lippen und erhob sich mit der Würde einer Prinzessin, die sich den Händen ihrer Mägde anvertraut, und stieg aus der Wanne. Er hüllte sie ein und umschlang sie, und seine Hände glitten über die Rundungen ihres Körpers. Sie versuchte, sich ihm zu entwinden, doch er ließ sie nicht los, bis sie in seinen Armen still hielt.

Grant zog den Stöpsel aus dem Glasfläschchen und schüttete die beißende Flüssigkeit auf das Tuch. Dann nahm er ihren Arm und tupfte die langen wunden Streifen schnell und geschickt ab, ohne ihrem unfreiwilligen Zusammenzucken Beachtung zu schenken, als sie den brennenden Schmerz spürte. Als er alle Kratzer desinfiziert hatte, schloß er das Fläschchen und tat es in den Kasten. Dann warf er einen Blick auf sie und sagte: »Du hast mich noch gar nicht gefragt, warum ich dir deine Kleider weggenommen habe.«

»Ich bezweifle, daß mir die Antwort gefallen wird. Mich interessiert mehr, wann du sie zurückzubringen beabsichtigst.«

»Du bekommst sie wieder, wenn ich bereit bin, dich gehen zu lassen.«

»Werde ich demnach auf unbegrenzte Zeit dein... Gast sein?«

»Genau.« Er neigte den Kopf, griff nach dem Medizinkasten und ging auf die Tür zu.

»Du kannst mich nicht wieder ohne jede Beschäftigung hier allein lassen«, sagte Eleanora. »Ich... ich werde verrückt.«

Er blieb stehen und warf einen Blick auf das reizvolle Bild, das sie im seidenweichen Mantel, mit ihrer rostroten Mähne und dem Handtuch abgab, das ihr kaum bis auf die Oberschenkel reichte. »Woran dachtest du denn?«

»Ich weiß es nicht. Nähzeug, Bücher, Zeitungen.«

»Erzähl mir bloß nicht, daß du deine Gefangenschaft einfach hinnimmst?«

»Was bleibt mir denn anderes übrig?«

Seine blauen Augen wurden beunruhigend eindringlich. »Nichts«, sagte er kurz und bündig.

Sie ließ ihn bis zur Tür gehen, ehe sie ihn noch einmal ansprach. »Grant?«

Er drehte sich um und wartete.

»Wie geht es meinem Bruder? Fehlt ihm irgendwas? Essen? Kleidung?«

»Nichts, was du ihm geben könntest«, antwortete er und ging. Er schloß die Tür hinter sich ab.

Der Geruch nach Phenol hing noch in der Luft, eine übermächtige Erinnerung an das Geschehene. Um sich diesen Gedanken zu entziehen, ging Eleanora ans Fenster und schaute hinaus.

Männer mit Handkarren boten überall auf der Straße ihre Waren feil. Dienstboten mit Einkaufskörben liefen zur Plaza. Von der Kathedrale kam eine Witwe, die die Frühmesse besucht hatte, und auf ihrer Mantilla schimmerten die schwarzen Tränen der Trauer. Ihr folgten zwei Regierungsbeamte in weißen Jakken. Eine Nonne, die etliche Mädchen mit Pferdeschwänzen und goldenen Ohrringen vor sich hertrieb, kam vorbei.

Eleanoras Kehle schmerzte vor Verlangen, sich mit Hilferufen an die Menschen zu wenden, die draußen vorbeigingen. Aber was hätte das schon genutzt? Sie würden es nicht wagen, sich der Autorität des Militärpolizeichefs zu widersetzen. Selbst wenn sie es getan hätten, was dann? Auch wenn sie eine Bleibe gehabt hätte und sich hätte ernähren können, konnte sie Jean-Paul nicht Colonel Farrell auf Gedeih und Verderb überlassen.

Sie war ruiniert. Ihr Verstand lehnte diese Tatsache ab. Aber wer würde Colonel Farrell schon zur Verantwortung ziehen? General Walker ganz bestimmt nicht, dem sie als die Matresse des Colonels vorgestellt worden war.

Unter ihrem Fenster knallte eine Tür zu. Grant Farrell trat unter dem vorgezogenen Dach der Galería hinaus. Einen Moment lang blieb er stehen und setzte sich den Hut auf, dann entfernte er sich zielstrebig Richtung Plaza.

Eleanora sah ihm nach, bis er aus ihrer Sicht verschwunden war. Ihre Hand auf dem Türrahmen zitterte ein wenig, und sie ballte sie zur Faust und preßte sie sich auf den Mund. Sie konnte es einfach nicht fassen, in dieser Lage zu stecken.

Sie wandte sich vom Fenster ab und sah sich in dem kleinen Zimmer um, das ihr Gefängnis war. In der Ecke zwischen dem Bett und der Flügeltür hing das *cuadro.* Die Sonne hellte die dunklen Farben des Gemäldes auf. Es war keineswegs kunstvoll ausgearbeitet, doch vermittelten der gesenkte Kopf und die tränenüberströmte Wange auf der Leinwand einen Ausdruck des Mitgefühls. Eleanora wollte nicht weinen, doch sie bewegte sich behutsam in dem Handtuch, das sie um sich geschlungen hatte, zündete ein Streichholz an und hielt es an eine der Kerzen unter der Darstellung der Heiligen Jungfrau des immerwährenden Kummers.

6. Kapitel

Der Morgen kroch unendlich langsam dahin. Nur zwei Geschehnisse boten Abwechslung. Kurz nachdem der Colonel gegangen war, kam Juanita wieder und wurde eingelassen. Eleanora rechnete damit, die Frau würde in ihr Zimmer kommen und sie verhöhnen, doch dazu kam es nicht. Einmal hörte sie vor ihrer Tür Atemgeräusche und das Rascheln von Kleidung, als bückte sich jemand zum Schlüsselloch hinunter, doch die Personen gingen wieder, als sie ein Taschentuch in den Schlitz stopfte. Später läutete die Glocke. Der zweite Besucher wurde jedoch nicht eingelassen, und Eleanora trat gerade noch rechtzeitig ans Fenster, um zu sehen, wie Mazie von der Tür zurücktrat und ihre Röcke hochhob, als sie die schlammige Straße auf Trittsteinen überquerte. Sie rief ihr nach, doch ein Karren mit einem laut quietschenden Rad fuhr von einem Maulesel gezogen vorbei, und Mazie konnte sie nicht hören.

Colonel Farrell unterließ es, wie Eleanora fast erwartet hatte, zum Mittagessen nach Hause zu kommen. Eine Schale Chili con carne, Maismehlfladen, die mit geschmolzenem Ziegenkäse überbacken waren, und Obst wurden ihr durch das Gitter gereicht. Als sie aufgegessen hatte, zwängte sie das Geschirr durch das Gitter wieder auf die Galería, damit die Señora es holen konnte, doch dort stand es den ganzen Nachmittag über und lockte eine Schar von surrenden Fliegen an. Sie waren von der Hitze so benommen, daß sie in das Zimmer flogen und mit Geräuschen, die jeden Schlaf unmöglich machten, zwischen den Wänden und der Decke umhertaumelten. Es war zum Verrücktwerden. Eine Zeitlang schloß Eleanora die Flügeltüren wegen dieser Plage, doch die stickige Hitze ohne Luftzufuhr war schlimmer als die Fliegen. Sie öffnete die Flügeltüren wieder.

Irgendwann nach drei Uhr hallte der Glockenlärm wieder durch das Haus. Eleanora blieb still liegen. Ihr war endlich klargeworden, daß die Señora Anweisung hatte, jeden Besucher fortzuschicken. Wenn sie es sich genauer überlegte, dann war das nicht weiter erstaunlich. Selbst wenn der Colonel keine Repressalien fürchtete, sprach es nicht gerade für ihn, wenn bekannt wurde, daß er Gewalt einsetzen mußte, um eine Frau bei sich zu behalten.

Sie hatte den Besucher schon fast vergessen, als vom hinteren Ende der Galería dumpfe Geräusche zu vernehmen waren. Ein Brett quietschte unter einem Schritt. Hinter dem Eisengitter ragte eine undeutliche Silhouette auf, und als Eleanora sich auf einen Ellbogen stützte, schaute ein Mann ins Zimmer.

»Ah, Eleanora, habe ich Sie doch trotz diesem Drachen von einem Hausmädchen gefunden.«

»Luis – Oberleutnant de Laredo. Wie... was tun Sie hier?«

»Ich wollte Sie sehen. Am Ende des Hauses wächst eine Bougainvillea. Das Ding bot sich geradezu an. Ich mußte nur den Dornen trotzen.« Er schaute kläglich auf seine Handflächen, die von blutenden Schnittwunden bedeckt waren.

»Dann werden Sie den Dornen wieder trotzen müssen. Sie können nicht hierbleiben.«

»Eleanora, so grausam können Sie doch nicht sein. Ich bin gekommen, um Sie zu unterhalten. Sehen Sie?«

Sie warf nur einen flüchtigen Blick auf die Gitarre, die er sich über die Schulter geschwungen hatte und jetzt von seinem Rükken zog. »Um mich zu unterhalten?«

»Aber ja, *querida.*« Seine Stimme war betörend, das Lächeln unter seinem dunklen Schnurrbart eine Liebkosung.

»Ist Ihnen schon aufgegangen, daß Sie mehr als nur den Dornen trotzen?«

»Sie meinen den Colonel? Der ist ein vielbeschäftigter Mann, damit beschäftigt, die Neuankömmlinge zu zählen, Waffen auszuteilen und mit dem General Pläne zu schmieden. Und heute morgen ist der Mann erwischt worden, der den Verräter umgebracht hat. Jetzt wird ihm niemand den Gnadenschuß geben können, um zu verhindern, daß er alles ausplaudert, was er weiß. Heute wird man ihn... ermutigen... sein Vorgehen und die Pläne seines Landsmannes zu erklären, und morgen wird er dann erschossen.«

»Vom Exekutionskommando?«

»Das Los der Verräter.«

Eleanora widerstand dem Impuls, ihn noch genauer auszufragen. »Es ist ganz gleich, warum Sie gekommen sind. Sie können nicht bleiben.«

»Sagen Sie mir, warum, *querida*«, sagte er und lehnte die Schulter an das Gitter, um besser ins Zimmer schauen zu können.

»Weil... es Grant nicht passen wird und weil... und weil ich nicht angezogen bin.«

»Mein *amigo* weiß, daß wir denselben Frauengeschmack haben«, sagte er und ließ den Blick über ihre Beine und ihre nackten Schultern gleiten, die nicht von dem Handtuch bedeckt wurden, in das sie sich immer noch einhüllte. »Was die Kleidung angeht, gefallen Sie mir so, wie Sie sind, aber wenn Sie darauf bestehen, warte ich.«

»Sie verstehen mich nicht.«

»Nein?« Er zog scherzhaft eine Augenbraue hoch. »Enthüllen Sie mir alles.«

»Ich habe nichts zum Anziehen. Ihr Freund hat mir alles weggenommen.«

Sein Gesicht wurde ausdruckslos, und dann blitzten weiße Zähne auf, als er grinste. »So viel Ungeduld hätte ich bei meinem *amigo* niemals vermutet.«

»Es war keine Ungeduld«, fauchte Eleanora, deren Wut über ihre Diskretion siegte, weil sie sich schlecht behandelt fühlte. »Er hat mir alles weggenommen, damit ich hierbleiben muß.«

Seine Züge blieben ausdruckslos. »Sie möchten fortgehen?«

»Natürlich. Ich bin es leid, hier eingeschlossen und bewacht zu werden.«

Er richtete sich stirnrunzelnd auf. »Das ist schlimm. Ich wußte zwar, daß er wenig zärtliche Gefühle für Frauen hegt, aber ich habe nie erlebt, daß er sie grausam behandelt. Ich verstehe meinen Freund Grant nicht. Eine Dame zu verführen ist eine Sache, aber sie gegen ihren Willen festzuhalten, das ist etwas ganz anderes. Ich denke – ja, ich denke, ich werde mit ihm reden müssen.«

Eleanora zog die Augenbrauen zusammen. »Das könnte gefährlich werden.«

»Dann beginnen Sie also allmählich, diesen Mann zu verstehen, Eleanora. Aber ich bin auch gefährlich.« Ohne sie anzusehen, nahm er die Gitarre vom Rücken und lehnte sich wieder an die Tür, ehe er begann, eine zarte und melancholische Melodie zu spielen.

Sie richtete ihre grünen Augen auf nichts Bestimmtes. Wie schön es gewesen wäre, jemanden zu haben, der ihre Kämpfe für sie austrug und sie aus dem Einflußbereich des Colonels brachte, aber daraus konnte nichts werden. Da war immer noch Jean-Paul. Sie war nicht ganz aufrichtig gewesen, und sie durfte nicht zulassen, daß Luis sich aufgrund falscher Prämissen in ihre Angelegenheiten hineinziehen ließ. Sie hob den Blick zu der schlanken Gestalt mit den schmalen Hüften und sah das Funkeln eines goldenen Kettchens an seinem Hals. Anmut, Galanterie und Humor – Luis verkörperte alles, was Grant nicht war. Sie beklagte tausendfach, daß er die Militärpolizei nicht befehligte.

»Luis?«

»Ja, *querida*?« antwortete er, während sich seine Finger weiterhin auf den Saiten bewegten.

»Vielleicht verstehen Sie Grant besser, wenn ich Ihnen sage, daß er nicht wußte, daß ich... unschuldig war. Er hat mich für etwas ganz anderes gehalten, wie Sie mich auch in New Orleans.«

»Und jetzt weiß er es besser?« fragte er, ohne sie anzusehen.

Sie stimmte ihm zu.

»Dann sind Sie äußerst großzügig.«

»Nein«, wies sie das Kompliment zurück. »Ich bemühe mich nur, gerecht zu sein.«

»Um meinet- oder seinetwillen?« Als sie nicht gleich antwortete, wandte er den Kopf um. »Was ich meine, ist: Sind Sie sicher, daß Sie fortgehen wollen?«

Eleanora schüttelte kläglich den Kopf. »Ja, ich will es, aber ich kann nicht.«

»Schlösser kann man aufbrechen.«

»Aber nicht die Bande des Herzens.«

»Ich verstehe.«

»Nein, Sie verstehen gar nichts. So habe ich es nicht gemeint«, setzte sie an, doch er entfernte sich bereits. Er schwang sich die Gitarre über den Rücken, stieg über das Geländer und ließ sich fallen. Er war aus ihrer Sicht verschwunden. Im nächsten Moment tauchte er unten auf der Straße auf und folgte einer dunkelhaarigen weiblichen Gestalt, deren rot, blau und grün gemusterte Röcke verführerisch schwangen. Es war Juanita, die sich vom Haus entfernte, als sei sie gerade erst fortgegangen. Von ihrem erhöhten Standort aus beobachtete Eleanora durch das Fenster, wie Luis sie einholte, ihren Arm packte und sie zu sich umdrehte. Die junge Spanierin sah lachend zu ihm auf und begrüßte ihn mit einem Kuß auf beide Wangen. Sie verflocht ihre Hand mit seiner und schmiegte sich an ihn. Luis, der sich vorbeugte, um Juanitas Worte zu verstehen, lief mit ihr weiter, ohne sich auch nur noch einmal umzusehen.

Die Sonne ging in einem rostroten Schleier unter. Die Farben waren gedämpft, und das Goldgelb der Steinhäuser draußen auf der Straße fügte sich in die blauen Schatten des Abends ein. Eleanora stand am Fenster und schaute auf die dunkler werdende *calle* hinunter, die Rückkehr des Colonels erwartend. Sie gestand sich ein, daß es ihr nicht gleichgültig war. Erbitterung, die von einer langen Nacht voller Sorgen und von einem langen Tag voller

Einschränkungen geschürt wurde, brannte als kalte Glut in ihrem Hinterkopf. Sie wollte ihn einen Teil der hilflosen Demütigung spüren lassen, die sie durch seine Hände erfuhr. Sie wollte die Genugtuung, daß er zur Rechenschaft gezogen wurde.

Sie war vermutlich nicht die einzige, die Rachepläne schmiedete. Juanita war wütend und verletzt gewesen, weil er sie sitzengelassen hatte. Erklärte das vielleicht ihren Besuch bei Señora Paredes? War die Señora ihre Verbündete? Falls Juanita plante, die Zuneigung des Colonels wieder für sich zu gewinnen, dann wünschte sie ihr viel Glück.

Die Dunkelheit war längst hereingebrochen, und Eleanora begann schon zu fürchten, man wollte sie verhungern lassen, als sie das Rasseln eines Schlüssels im Schloß hörte. Sie lag im Dunkeln auf dem Bett, als der Colonel lautlos das Zimmer betrat und die Tür hinter sich abschloß. Ohne Licht zu machen, kam er zu ihr ans Bett, ließ sich darauf nieder und zog sie in seine Arme. Sie spürte Metallknöpfe auf ihrer Haut und kratzende Bartstoppeln, und dann bemächtigten seine Lippen sich ihrer. Ihre Gegenwehr hielt ihn nicht davon ab, sie leidenschaftlich zu küssen.

Er hob den Kopf, ohne sie loszulassen. »Hast du geglaubt«, fragte er leise, »es sei Luis, der zurückgekommen ist, um dich zu retten?«

Es dauerte einen Moment, bis sie so viel Luft bekam, daß sie antworten konnte. »Falls ich das geglaubt habe, muß ich jetzt enttäuscht sein.«

»Du hast eine Zunge wie eine Viper.«

»Das ist die letzte Form von Schutz, die mir noch bleibt, und wahrscheinlich habe ich diesen Schutz noch reichlich nötig, falls du mich mit Spitzeln umgeben willst.«

Ohne jede Warnung ließ er sie los. Sie fiel auf die Kissen zurück und griff nach ihrem Handtuch, das sie enger um sich hüllte.

Er zündete eine Kerze an, und sie blickte in sein verschlossenes Gesicht. »Señora Paredes«, begann er, »ist keine Spionin. Sie weiß jedoch, daß deine Besucher mich interessieren.«

»Und was ist mit ihren? Hat sie dir gesagt, daß Juanita den größten Teil des Tages hier verbracht hat?«

»Hat sie dich belästigt?«

Eleanora schüttelte den Kopf, und einen Moment lang fiel ihr Blick auf den Schlüssel, der noch in der Tür steckte. »Ich war ja nicht ganz ungeschützt.«

»Zu schade, daß Luis davon in Schach gehalten wurde. Wann darf ich damit rechnen, eine Herausforderung zum Duell von ihm zu erhalten?«

»Ich... ich glaube nicht, daß dir das Sorgen bereiten muß.«

»Du meinst, du hast es wirklich über dich gebracht, ihn nicht mit deiner traurigen Geschichte zu bestürmen?«

Der Sarkasmus in seiner Stimme war unerträglich aufreizend. »Ich meine damit, es ist mir gelungen, dich nicht als die Bestie hinzustellen, die du in Wirklichkeit bist. Ich habe ebensowenig Verlangen danach, daß um meinetwillen Blut vergossen wird, wie du Verlangen hast, Blut zu vergießen!«

Er beobachtete sie durch seine dichten Wimpern, und seine blauen Augen taxierten sie grimmig. »Wie edelmütig von dir.«

»Das dachte ich mir auch, wenn man die Möglichkeiten in Betracht zieht.«

Genau das hatte sie nicht beabsichtigt. Wenn sie sich auch noch so sehr provoziert fühlte, dann brachte Feindseligkeit sie doch nicht weiter. Andererseits konnte zuviel Gefügigkeit seinen Argwohn wecken.

»Möglichkeiten?« hakte er nach.

Sie hob das Kinn. »Du hättest getötet werden können.«

»Das ist richtig«, stimmte er ihr zu. »Aber es hätte auch anders kommen können.«

Nach diesem Wortwechsel verlief das Abendessen schweigend. Als sie gegessen hatten, räumte die Señora den Tisch ab, entfernte das Geschirr von der äußeren Galería und wünschte ihnen eine gute Nacht. Der Colonel holte einen Stapel Papiere aus seinem Zimmer nebenan und breitete sie im Schein einer Kerze, die wie eine Sturmlampe mit einer oben offenen Glaskugel vor den Insekten geschützt wurde, auf dem Tisch aus.

Die Insekten kamen natürlich trotzdem, weil das Licht sie anzog. Nachtfalter und riesige Insekten mit Flügeln, die grau und hellgelb und grün getönt waren, schwirrten durch das Zimmer. Als ein Nachtfalter benommen über der Öffnung der Sturmlampe flatterte, sich auf den Rand des Glases setzte und einen Flügel direkt über die aufsteigende Wärme hielt, stand sie auf, näherte sich ihm behutsam, fing ihn mit beiden Händen ein und trug ihn zum Gitter, wo sie ihn in die Nacht freiließ.

Als sie sich wieder umdrehte, sah sie, daß Grant sie mit einem merkwürdigen Ausdruck in den Augen betrachtete. Nervös rückte sie ihr Handtuch zurecht.

Grant stieß seinen Stuhl zurück, verließ das Zimmer und kehrte wenige Minuten später mit einem Morgenmantel zurück. Er warf ihn ihr wortlos zu, setzte sich dann wieder auf seinen Stuhl und beugte sich über seine Arbeit.

Eleanora sah sich das Kleidungsstück genauer an. Sie blickte von dem Herrenmorgenmantel aus blauem Seidenbrokat auf und zu Grant Farrell hin. Sie konnte sich nicht vorstellen, daß er ihn jemals trug. Woher mochte dieser Morgenmantel stammen? Der Kriegszustand, der zwischen ihnen herrschte, hinderte sie daran, nachzufragen. Er hinderte sie jedoch nicht daran, den Morgenmantel anzunehmen und ihm leise zu danken. Falls er sie hörte, ließ er sich das nicht anmerken.

Als die Kerze weitere drei Zentimeter heruntergebrannt war, fragte Grant: »Du kannst schreiben... und lesen?«

»Ja.«

Er wies auf den Stuhl, der ihm gegenüberstand. Als sie sich dort hingesetzt hatte, legte er ein gebundenes Buch vor sie hin und reichte ihr eine Feder. »Übertrage die Namen und die Personalien der neuen Rekruten auf diese Dienstliste«, sagte er und tippte auf einen Packen Dienstverpflichtungen, der vor ihm lag.

Eleanora überflog die Seite mit den Namen, die bereits übertragen worden waren. Es schien wirklich unkompliziert zu sein. Sie nickte, tauchte ihre Feder in das Tintenfaß, das zwischen ihnen stand, und begann.

Nur das Kratzen von Federn auf Papier und das leise Rascheln des Löschpapiers waren zu vernehmen. Ab und zu sah Eleanora, wenn sie die Hand nach einem anderen Dokument ausstreckte, wie Grants Hand über das Papier glitt und auflistete, was Pferde und Maulesel und gelieferte Vorräte zu sein schienen: Lebensmittel und Zelte, Decken, Sättel, Pferdedecken, Futtersäcke und Getreide, Fässer, Tonnen und Kisten mit Munition. Neben seinem Ellbogen lag ein Wachbuch.

Hundert, hundertfünfzig, zweihundert Männer wurden als Soldaten für William Walkers Amerikanische Phalanx eingetragen, und es kamen noch mehr hinzu. Grant hatte die Auflistung der Vorräte und die Eintragungen in das Wachbuch beendet und arbeitete jetzt mit einer Landkarte und etlichen Blättern, die eng mit Notizen vollgeschrieben waren. Als sie ihre verkrampften Finger bewegte, fragte Eleanora: »Habt ihr denn keinen Büroschreiber, der einen Teil davon übernehmen könnte?«

Er lächelte. »Die Männer, die mit Onkel Billy hergekommen sind, wollen hier kämpfen und keine Pferde zählen.«

»Du bist aus demselben Grund hergekommen.«

»Ja, aber als stellvertretender Kommandeur bin ich für diese Dinge verantwortlich. Ich delegiere diese Aufgaben nicht, weil ich die Informationen gern... immer zur Hand habe.«

Wie seltsam. Sie hatte geglaubt, er würde sagen, daß er die Informationen gern für sich behielt. Wer sich dafür interessierte, konnte eine Menge über die Stärke der Phalanx herausbekommen, wenn er sich diese Papiere ansah. Hatte Luis nicht gesagt, daß Grant und Walker ständig Pläne schmiedeten? Möglicherweise waren hier auch Hinweise auf die Zukunftspläne des Generals zu finden. Aber was machte das schon aus? Soweit sie wußte, war Walker in Nicaragua sicher, denn die beiden politischen Fraktionen führten keinen Krieg mehr miteinander. Nein, sie mußte sich das Zögern eingebildet haben. Falls auch nur die geringste Gefahr bestand, der Colonel könnte etwas Bedeutsames enthüllen, hätte er ihr nie erlaubt, auch nur in die Nähe dieser Papiere zu kommen.

Der Aufruf zum Freibeutertum mußte zugkräftig sein, dachte sie, als sie ihre Feder wieder in die Hand nahm. Wenn der Zustrom der »Soldaten und Kolonisten« im selben Tempo weiterfloß wie im Dezember, dann würde Walker bis Ende Januar mehr als zwölfhundert Männer unter sich haben. Wenn er Nicaragua mit nur achtundfünfzig Männern eingenommen hatte, dann sollte er mit dieser Truppenstärke hinter sich imstande sein, den Rest Mittelamerikas zu erobern.

Die Nacht schloß sich um sie. Ihr wurde in dem Morgenmantel aus Seidenbrokat zu warm, und Eleanora krempelte sich die Ärmel bis über die Ellbogen hoch, zog den schweren Schalkragen von ihrem Hals und strich sich ihre starke Mähne aus dem Gesicht. Damit lenkte sie die Aufmerksamkeit des Colonels auf sich. Mit gesenktem Kopf nahm sie seinen Blick wahr. Seine Augen glitten tiefer zu ihrem V-Ausschnitt. Er warf seinen Federhalter hin, lehnte sich zurück, streckte sich und griff dann kopfschüttelnd wieder nach der Feder. Sie rollte jedoch über den Tisch, fiel über den Rand und landete klappernd auf dem Boden. Fluchend hob der Colonel sie auf.

Die Feder war auf die Spitze gefallen und kaputtgegangen. Der Colonel warf sie verärgert hin und begann, die Bücher und Papiere in die Hand zu nehmen und sie ungeachtet jeder Ordnung aufeinanderzustapeln. Er klemmte sich alles unter den Arm und verließ das Zimmer, dabei schlug er lautstark die Tür hinter sich zu. Eleanora konnte hören, wie er durch das Nebenzimmer lief. Nach einer Weile wagte sie zu hoffen, daß er beabsichtigte, sie allein schlafen zu lassen, und sie begann, sich fertigzumachen, um ins Bett zu gehen.

Ihre Hoffnungen wurde unsanft zunichte gemacht, als Colonel Grant Farrell das Zimmer wieder betrat. Er trug seine Schußwaffen in den Armen, zwei Revolver mit Perlmuttgriffen, sein Rasierzeug, zwei Armeebürsten mit silbernem Rücken, drei rote Hemden mit seinen Rangabzeichen auf dem Kragen, eine Hose und eine Menge sonstigen Krimskrams. Die Toilettensachen und die Waffen ließ er auf den Waschtisch fallen, die Kleider warf er in den Kleiderschrank, knallte die Tür zu und stemmte die Hand dagegen, und mit zynischer Belustigung beobachtete er ihr Stirnrunzeln.

Seine Absichten waren offenkundig. Dennoch konnte Eleanora es nicht lassen, ihn zu fragen. »Was tust du da?«

»Ich habe es satt, ständig hin und her zu laufen. Es schien mir praktischer, bei dir einzuziehen.«

»Ich soll mich wohl geschmeichelt fühlen«, sagte sie schnippisch.

Er trat an das Bett, legte sich hin, streckte sich aus, verschränkte die Arme hinter dem Kopf und blickte zu dem Musselinstoff auf, der über dem Bett hing. »Warum?« fragte er.

»Du ziehst es vor, mich... auf Armeslänge greifbar zu haben, statt mich in einer billigen Unterkunft am anderen Ende der Stadt einzuquartieren.«

Als er etwas sagte, war seine Stimme bedächtig. »Mir wäre

neu, daß ich jemanden lieber griffbereit haben möchte. Was Juanitas Unterkunft betrifft, so war das ihre eigene Angelegenheit. Ich habe sie ihr nicht beschafft.«

»Aber du hast sie dir zunutze gemacht und Juanita ebenfalls?«

Er senkte den Blick. »Es gibt Frauen, die einen dazu auffordern, daß man sie ausnutzt, und es gibt Frauen, die sich dem widersetzen.« Er schwieg eine Weile nachdenklich, dann stand er auf und entkleidete sich. Er näherte sich ihr, legte ihr die Hände auf die Schultern und zog sie an sich. Er löste den Gürtel des Morgenmantels, und das Kleidungsstück sprang auf. Seine Berührungen auf ihrem warmen Fleisch waren fest und doch sachte.

Ihre unverständlich gemurmelten Proteste wurden von seinen Lippen erstickt. Der Morgenmantel fiel auf den Boden, als seine Arme sich hinter ihrem Rücken verschränkten. Er preßte sie an sich und küßte sie leidenschaftlicher. Ein Schauer durchzuckte ihre Nerven. Ihre weichen Lippen teilten sich mit vertrauensvoller Süße unter seinem Mund. Ihre Hände glitten auf seine Schultern und legten sich auf seinen Nacken. Unbewußt drängte sie sich an ihn und verlor sich in der übermächtigen Glut seines Verlangens.

Plötzlich spannte sie sich an. Der Plan, sein Verlangen nach ihr so anzuheizen, daß ihm etwas fehlte, wenn sie in dem Augenblick verschwand, in dem Jean-Paul freigelassen wurde, konnte nicht funktionieren. Wenn sie so hingebungsvoll auf ihn reagierte, konnte er sich nehmen, was er wollte. Er durfte nicht die Macht über ihren Körper haben.

Steif und stumm blieb sie so liegen, wie er sie auf dem Bett hinlegte. Sie biß die Zähne zusammen und wollte sich ihm entziehen, als sie seine Lippen auf ihrem Hals spürte.

Plötzlich hob er den Kopf. »Wenn du es so haben willst«, sagte er, und seine Stimme klang barsch vor Enttäuschung.

Er packte ihre Handgelenke, hob sie über ihren Kopf und hielt sie dort mit einer starken Hand fest. Sein Mund zwang ihre Lippen, sich zu einer wüsten Erkundung zu öffnen. Mit der freien Hand erforschte er ihren Körper mit einer Gründlichkeit, die sie keuchen und sich unter ihm winden ließ. Er stieß ihre Schenkel auseinander, drehte sie zu sich und vereinigte ihre Körper.

Als er fertig war, entwand sie sich seiner matten Umklammerung und legte sich auf die Seite; ihre Brust brannte, als sie gegen die aufsteigenden Tränen ankämpfte.

Sie hätte den Sieg davongetragen, wenn er sie in Ruhe gelassen hätte. Statt dessen streckte er den Arm nach ihr aus und zog sie unbeirrbar näher, bis ihr Rücken an ihn geschmiegt war und sein Körper sie umschlang. Diese letzte Willensaufzwingung verstörte sie, und als seine Hände über sie glitten und die zarte geschmeidige Haut auf ihrem Bauch streichelten, konnte sie die Tränen nicht mehr zurückhalten. Seine Berührungen wurden eindringlicher, und er atmete schneller. Mit der Plötzlichkeit eines Schocks versiegten ihre Tränen, als sie erkannte, daß sein Heilmittel gegen ihr Selbstmitleid dieselbe Form wie der Auslöser annehmen würde.

Eleanora erwachte in einer lautlosen Dämmerung. Keine Brise regte sich. Das zunehmende Licht war klar und versprach einen weiteren schönen Tag, doch hing eine graue Drohung in der Luft, die der Stille zu entspringen schien.

Sie lag still da und lauschte. Es war kein Mensch auf der Straße zu hören, keine Wagen oder Karren, die vorbeigeschoben wurden. Im Haus und im Zimmer um sie herum war es totenstill. Niemand atmete neben ihr.

Als sie sich umdrehte und den Arm über das Bett breitete, wußte sie, daß Grant verschwunden war. Seine Uniform war ebenfalls fort.

Sie setzte sich auf. Etwas nagte beunruhigend in ihrem Hinterkopf, aber sie konnte sich nicht daran erinnern. Ihr war etwas erzählt worden. Luis...

In dem Augenblick, in dem es ihr wieder einfiel, wurde die schwere Morgenluft von der dröhnenden Explosion einer Gewehrsalve zerrissen. Tauben flogen hoch, und dann ertönte ein einzelner Schuß.

Das Exekutionskommando. Der Mann, der den Verräter ermordet hatte, sollte im Morgengrauen sterben. Das Bett neben ihr war leer. Das war kein Zufall. Der Mann, der sie in der Nacht in seinen Armen gehalten hatte, war auch der Mann, der das Exekutionskommando befehligte.

7. Kapitel

»Sie haben den Mörder des Verräters durch die Seitentür des Regierungsgebäudes gebracht und ihn durch zwei Reihen von Falangistas auf die Plaza geführt. Acht Männer standen mit ihren Schußwaffen bereit, von denen eine scharf geladen war.«

»Warum nur eine?« fragte Eleanora Luis. Der Spanier hockte auf dem Geländer, und seine Finger spielten auf seiner Gitarre eine Melodie in Moll, während er ihr die öffentliche Hinrichtung auf der Plaza vor ein paar Stunden schilderte.

»Aus Gewissensgründen, damit jeder sich mühelos einreden kann, er sei nicht derjenige, der den tödlichen Schuß abgegeben hat. Ein unsinniger Trick. Der Rückstoß ist anders. Ein guter Schütze weiß immer, was los ist.«

Eleanora nickte. Luis fuhr mit seiner Darstellung fort. Seine Augen waren finster und schauten ins Leere.

»Nach zehn Schritten ist die Eskorte stehengeblieben. Der

Geistliche ist vorgetreten. Die alten Frauen haben angefangen, die Perlen ihrer Rosenkränze zu zählen. Als der Todeskandidat das Heilige Kreuz geküßt hatte, ist der Priester zurückgetreten, und dem Mann sind die Augen verbunden worden. Man hat den Mann mit dem Rücken zu den Gewehren gestellt und ihn gezwungen, sich in den Staub zu knien. Der Colonel hat sein Schwert gezogen und die Anweisung gegeben, die Waffen in Präsentierstellung zu bringen – anzulegen – zu schießen.«

»Und dann war es vorbei.«

»Nicht ganz, denn der Mann lebte noch. Mein amigo mußte ihm den *coup de grace* geben, ihn mit einer Kugel aus seinem eigenen Revolver töten. Er hat ihm ins Ohr geschossen.«

»Gütiger Gott«, hauchte Eleanora.

»Es ist eine gräßliche Aufgabe, aber einer muß sie ja übernehmen. Nun wissen Sie jedenfalls Bescheid, was auf seiner Seele lastet, wenn der Colonel heute abend schweigsam ist.«

»Ich... ich kann nicht glauben, daß es ihm allzusehr zusetzen wird.«

Luis schaute mit einem scharfen Blick auf. »Dann kennen Sie Grant nicht.«

Das war ein Thema, das Eleanora keineswegs weiterverfolgen wollte. Sie ging nicht darauf ein. Nachdem sie einen Moment lang Luis beim Gitarrenspiel zugesehen hatte, bemerkte sie: »Das ist eine grausige Todesart.«

»Es ist die spanische Art. Damit beabsichtigt man keinen stolzen Tod.«

Hörte sie einen Vorwurf aus seinem ernsten Tonfall heraus? Sie war sich nicht sicher. Dieser Mann war nicht leicht zu durchschauen. Seine Launen wechselten schnell, schlugen unvermittelt von Fröhlichkeit in eine triste Stimmung um, von Leidenschaft in distanzierte Freundschaft. Gestern hatte er sie zornig verlassen, heute war er ohne jede Erklärung wiedergekommen.

Als er aufblickte, sah er, daß sie ihn anschaute, und seine Lippen verzogen sich zu einem trägen Lächeln. »Seien Sie nicht traurig, *pequeña.* Das Sterben ist keine so große Angelegenheit. Was Mut erfordert, ist das Leben.«

»Sie haben gut reden«, erwiderte sie mit einer hochgezogenen Augenbraue. »Sie sind einer der Unsterblichen.«

Sein Lächeln verblaßte, und er neigte den Kopf, um ihr zu verstehen zu geben, daß sie ins Schwarze getroffen hatte.

»Der Name fasziniert mich. Grant wollte nicht mit mir darüber reden – und Major Neville Crawford hat die ganze Geschichte als einen Witz abgetan, als ich ihn auf der Schiffahrt hierher danach gefragt habe.«

»Grant besitzt – im Gegensatz zu mir – nicht die Gabe, den Ursprung einer Legende zu erklären, in der er eine Heldenrolle spielt, denn es wäre ihm peinlich, und deshalb will er sich nicht dazu äußern. Major Crawford will die Unsterblichen nicht ernst nehmen, weil er keinen Anspruch auf diesen Titel hat. Angefangen hat es vor fast drei Jahren in Sonora, mit dem Versuch des Generals, Baja California einzunehmen. Major Crawford hat sich uns erst in New Orleans angeschlossen, kurz bevor wir im vergangenen Mai nach Nicaragua gesegelt sind.«

»Erzählen Sie mir von Sonora.«

»Das war Wahnsinn, ein Kavaliersakt, ein nobler Kreuzzug. Der General war damals einfach nur William Walker, Arzt und Journalist, aber kein Soldat. Im Namen des ›Manifest Schicksal‹ der Vereinigten Staaten, das die Demokratie auf andere Länder ausweiten wollte, ist er mit vierundvierzig Männern hinter sich in Baja California einmarschiert und hat es zu einer freien Republik und sich zu ihrem Präsidenten erklärt.«

»Er ist gescheitert?«

»Er ist nobel gescheitert. Als Verstärkung eingetroffen ist, wollte er Sonora annektieren. Er wollte die Landbevölkerung vom unterdrückenden Joch Spaniens befreien und die Ansiedlungen an der Grenze zu den Vereinigten Staaten gegen die Angriffe von Horden plündernder Apachen schützen. Dieser ehrgeizige und idealistische Plan hatte nur einen Haken. Die mexikanische Regierung war keineswegs bereit, diese Landstriche mit ihren Reichtümern an Gold und Silber herzugeben. Walker hat bei seiner Aktion Unterstützung von der amerikanischen Regierung erwartet, und als diese Unterstützung nicht kam, war er gezwungen, den Rückzug anzutreten.«

Er unterbrach sich einen Moment lang, und seine Augen wurden schmaler. Als er weiterredete, sprach er mit leiser Stimme. »Sind Sie je in Baja California gewesen? Dort gibt es nichts, was die Menschen willkommen heißt. Bei dieser Hitze müssen im Sand, in den Felsen und zwischen den Kakteen sogar die Schlangen und Eidechsen sich abmühen, am Leben zu bleiben. Von La Paz sind wir mehr als fünfhundert Meilen durch die Wüste zum Colorado River marschiert. Die Pferde sind gestorben und gefressen worden. Unsere Schuhsohlen waren durchgescheuert, und wir sind barfuß über glühendheiße Felsen und Kaktusnadeln marschiert. Der gelbe Sand hat sich von unserem Blut rot verfärbt. Wir haben Präriewölfe, Klapperschlangen, Krustenechsen und das Fruchtfleisch von Kakteen gegessen. Wir haben sogar Truthahngeier gegessen. Unsere Lippen waren verdörrt, unsere Gehirne gekocht, und unsere Haut hat gebrannt und ist aufgeplatzt wie Fleisch auf einem Spieß. Die Verwundeten, die Schwachen, die Dummen und die Zimperlichen sind als erste gestorben. Fieber, tödlicher als jeder Feind, hat uns attackiert, wenn wir nicht die Kraft hatten, es zu bekämpfen. Selbst jetzt noch kann man den Weg, den wir von La Paz zur Grenze hinter Tia Juana zurückgelegt haben, an den sonnengebleichten Knochen der Männer nachverfolgen, die wir zurückgelassen haben.«

Sein Gesicht war so düster und seine Stimme so unheilvoll auf ihre leise Art, daß Eleanora regungslos dastand und darauf wartete, daß er weiterreden würde. Die Worte des Mitgefühls, die ihr über die Lippen kommen wollten, waren nutzlos, das wußte sie selbst. Sie blieben unausgesprochen.

Luis' Finger auf den Saiten der Gitarre brachten die Melodie zum Verstummen. Er sah auf seine langen, schmalen Finger und den Siegelring an seinem kleinen Finger herunter, als hätte er sie noch nie gesehen. »Drei Meilen von der kalifornischen Grenze entfernt war ein Bergpaß. Von oben konnten wir die Flaggen der Vereinigten Staaten sehen, die über dem Militärposten nördlich der schmutzigen Kleinstadt Tia Juana wehten. Das stand für Sicherheit, Lebensmittel, Medizin, all die Dinge, die wir so dringend brauchten. Und dann wurden wir aufgehalten. Der Paß war von Bandito-Soldaten, die von Mexiko bezahlt wurden, und ihren indianischen Verbündeten besetzt. Der Befehlshaber, Colonel Melendrez, hat seine Indianer mit einer Friedensfahne und dem Angebot zu uns geschickt, ungehindert das Land verlassen zu dürfen, wenn wir unsere Waffen ablegten. Das war natürlich ein gemeiner Trick. Wir sollten unsere Waffen abgeben, damit sie uns mühelos ermorden konnten. Daher haben wir Colonel Melendrez aufgefordert, sich unsere Waffen zu holen. Und er ist gekommen, mit all seinen Leuten. Die Männer, die sein Angriff erwischt hat, sind vor ihm hergelaufen, und es sah aus wie ein panischer Rückzug, doch sie haben ihn geradewegs in unseren Hinterhalt geführt. Unsere erste Salve hat ein Dutzend Sättel geleert, und dann sind wir zwischen sie gelaufen und haben mit unseren Revolvern auf sie geschossen, mit Haß in den Herzen und der Verzweiflung von Männern, die sich an zahllosen Tagen bei Sonnenuntergang als tot angesehen haben. Die Banditos und ihre indianischen Freunde sind voller Entsetzen geflohen. Dreißig Minuten später haben wir den amerikanischen Grenzposten erreicht und uns dem diensthabenden Offizier gestellt. Das Datum war der 8. Mai 1854, General Walkers Geburtstag. Er ist an dem Tag dreißig Jahre alt geworden.«

»Aber Sie haben überlebt – Sie und Grant.«

»Ja, und Colonel Henry und dreißig andere. Wir hatten in das grinsende Gesicht des Todes gesehen und ihn angelächelt. Wir waren die ›Unsterblichen‹. Die Menschen lieben Helden, und trotz unserer Niederlage waren wir das für die Presse. Ohne diesen Wahnsinn, ohne Sonora hätte Walker niemals das Geld für seinen Einmarsch in Nicaragua beschaffen können, und ohne Grant und sein Apachenblut hätte uns in der Wüste der Tod besiegt. Deshalb ist dein *amante* Onkel Billys rechte Hand.«

»Sein... Apachenblut?«

»Aber ja, Eleanora. Sie sind schockiert? Das macht nichts. Das gehört nämlich zu den Dingen, die Sie wissen müssen, wenn Sie Grant verstehen wollen.«

Es wäre dumm gewesen, sich uninteressiert zu stellen. Verblüfft begriff sie plötzlich, woher Grant das glatte blauschwarze Haar und die Kupfertönung seiner Haut hatte; es wurde ihr klar, und im selben Augenblick akzeptierte sie es. Das Blau seiner Augen war damit jedoch noch nicht erklärt.

Sie schüttelte stirnrunzelnd den Kopf. »Er ist kein vollblütiger Indianer.«

»Nein. Ein Halbblut.«

»Sie wissen, wie es dazu gekommen ist?«

»Ich weiß es«, bestätigte Luis. »Auf langen Märschen wachsen Männer eng zusammen, und manchmal reden sie sogar.«

Mit einem herausfordernden Funkeln ihrer grünen Augen fragte Eleanora: »Haben Sie die Absicht, mir zu erzählen, was Sie gehört haben?«

»Ich glaube ja«, sagte er mit einem strahlenden Lächeln.

»Warum?«

Er zuckte die Achseln. »Ich weiß es nicht. Vielleicht um Ihretwillen, vielleicht um seinetwillen oder auch nur, um mich einzumischen.«

»Oder um Ärger zu stiften?«

»Oder das«, bestätigte er mit festem Blick, obwohl sich unter der Oberfläche seiner dunklen Haut eine rötliche Tönung breitmachte.

»Sie haben den Vorzug, daß Sie aufrichtig sind«, sagte sie lächelnd, um ihren Worten die Schärfe zu nehmen.

»Und dreist«, fügte er hinzu und begann wieder, auf seiner Gitarre zu spielen. Er vertiefte sich in die Klänge, und seine Finger bewegten sich gekonnt und geschwind über die Saiten.

Während sie ihn beobachtete, spürte Eleanora, wie sich ihre Kehle zuschnürte. Sie hätte ihm dankbar dafür sein sollen, daß er sich die Zeit nahm, sie zu besuchen. Er brauchte es nicht zu tun. Es war undankbar von ihr, ihn des Verrats an Grant zu beschuldigen.

»Es tut mir leid, Luis«, sagte sie, als er wieder langsamer spielte.

Er reagierte nicht auf ihre Entschuldigung, aber nach einer Weile fing er an zu sprechen. »Grants Mutter stammte aus Virginia, eine Dame mit engelsgleichem Charme, mit goldenem Haar und Augen, die blauer als der Himmel waren. Sie war ein sanftes, zartes Wesen, das Komfort, ja, sogar Luxus gewöhnt war. Thomas Farrell hat sie kennengelernt, als er zu ihrem Vater gekommen ist, um von ihm Pferde für sein Land in Texas zu kaufen, das damals im nördlichen Teil von Mexiko lag. Die Anziehungskraft war stark. Dieser Ausflug, den er unternommen hatte, um Pferde zu kaufen, hat sich zu einem Besuch von einem Monat ausgeweitet. Das Paar ist getraut worden, und ein paar Tage waren sie glücklich. Dann haben sie angefangen, miteinander zu streiten. Farrell hatte es als selbstverständlich vorausgesetzt, daß seine frischangetraute Frau mit ihm nach Texas zurückkehren würde;

sie war ebenso sicher gewesen, daß er bleiben und ihrem Vater dabei helfen würde, seine Ländereien zu verwalten. Wenn er sie liebte, glaubte sie, würde er niemals von ihr verlangen, daß sie die Härten auf sich nahm, die dieses neue Land verhieß. Wenn sie ihn liebte, beharrte er, würde sie darauf versessen sein, seine Zukunft gemeinsam mit ihm aufzubauen. Keiner von beiden wollte den anderen verstehen. Beide waren stur. Thomas Farrell war ein braver Mann, aber ein harter Kerl. Er hat damit gedroht, einfach fortzureiten und seine Frau zurückzulassen. Wie immer hat die Frau nachgegeben. Dennoch ist Thomas Farrell nicht ungeschoren davongekommen. Seine Amelia hat sich während der anstrengenden Reise unentwegt über jede holprige Stelle auf der Wegstrecke beklagt, hat herumgenörgelt und ist bei jeder Gelegenheit in Tränen zerflossen. Als sie in Texas ankamen, war es dort heiß, staubig und windig. Das Haus, das er ihr baute, war kaum mehr als ein Schweinestall. Ihr Mann hat sie viel zu oft und viel zu lange mit niemand anderem als einem spanischen Hausmädchen und einem verkrüppelten *vaquero* allein gelassen, weil er ihr Verhalten nicht mehr ertragen konnte. Es war bekannt, daß von Zeit zu Zeit Horden plündernder Apachen in die Gegend kamen. Eines Tages, als Thomas Farrell fort war, war die Farrell-Farm an der Reihe. Sie haben Pferde mitgenommen, Lebensmittel, Decken und Amelia Farrell. Eine Squaw mit goldenem Haar, eine besondere Beute. Die Horde zog jedoch langsam weiter, und am vierten Tag wurden die Indianer von Farrell und einem halben Dutzend Nachbarn eingeholt. Der Anführer, ein großer aufrechter Indianer mit langem schwarzem Haar namens Schwarzer Adler erbot sich, die Pferde zurückzugeben, wenn er die Frau behalten durfte oder auf Leben und Tod um die Frau zu kämpfen. Thomas Farrell erschoß ihn an Ort und Stelle, und dann knallten sie die anderen ab. Die weiße Fahne warfen sie zwischen die Leichen.«

»Und was geschah mit Grants Mutter?« fragte Eleanora, als er verstummte.

»Sie haben sie nach Hause gebracht. Eine Woche lang hat sie im Delirium gelegen und unzusammenhängend vor sich hin gemurmelt. Ihre Worte waren mehr oder weniger irrsinnig, aber der Name Schwarzer Adler ist oft über ihre Lippen gekommen. Schließlich ist es ihr wieder bessergegangen, aber sie ist nie mehr aus ihrem Bett aufgestanden. Sie hat nur noch bleich und stumm dagelegen, und ihr Gesicht ist immer schmaler und ihr Bauch immer dicker geworden. Ihr Mann hat sie nicht mehr allein gelassen, aber wenn sie ihn angesehen hat, waren ihre hohlen Augen voller Anklage. Neun Monate später ist das Kind geboren und auf den Namen Grant Farrell getauft worden.«

»Der Sohn des Apachen Schwarzer Adler?«

»Ohne jeden Zweifel. Seine Mutter hat ihn nie lieben können, und er wurde von mexikanischen Kindermädchen großgezogen. Als er später auf die Militärschule geschickt wurde, ist er oft geringschätzig als Halbblut bezeichnet worden. Als er sich einmal mit einem Jungen, der ihn anpöbelte, anlegte, ist er von der Schule suspendiert worden. Daheim wurde er dann noch von dem betrunkenen Thomas Farrell ausgepeitscht, und so ist er fortgeritten auf der Suche nach dem Stamm seines Vaters, den er schließlich auch fand und bei dem er vier Jahre blieb. Danach hat er sich der Armee der Vereinigten Staaten angeschlossen.«

Ergriffen hatte Eleanora Luis zugehört. Sie vermochte nichts zu sagen, und Luis griff wieder zur Gitarre und spielte ein wehmütiges Liebeslied.

Als sie einen Schlüssel in der Tür hörten, starrten sie einander an, und Luis unterbrach sein Gitarrenspiel. Grant trat ein. Seine Uniform war korrekt, die Messingknöpfe und die Stiefel auf Hochglanz poliert, die Hose mit scharfen Bügelfalten versehen. Die gerade Linie wurde jedoch durch den Revolver mit dem

Perlmuttgriff durchbrochen, den er sich um die Hüften geschnallt hatte. Eleanora blickte in sein graues Gesicht. Sein Mund war zu einem geraden Strich zusammengekniffen, und die Augen waren dunkel und ausdruckslos. Doch dann machte sich ein zorniges Funkeln auf seinem Gesicht breit. Er schloß die Tür hinter sich und schlenderte langsam ins Zimmer.

Eleanora widerstand dem Impuls aufzuspringen. Sie tat ihrem Empfinden nach nichts Böses; und sie weigerte sich, sich die Maßstäbe des Colonels aufzwingen zu lassen.

»Schon wieder hier, Luis?« sagte Grant mit beherrschtem Sarkasmus. »Ich wußte gar nicht, daß dir derart langweilig ist. Ich werde sehen müssen, ob der General nicht einen etwas spannenderen Einsatz für dich findet.«

»Das ist sehr freundlich von dir, mein Freund, aber ich kann nicht zulassen, daß du dir umsonst die Mühe machst. Was mich hierherführt, ist nicht Langeweile, sondern Faszination. Mädchen, die gefangengehalten werden, locken immer Retter an, verstehst du.«

»Galanterie, Luis? Ich dachte, der hättest du feierlich abgeschworen.«

»Du zweifelst an meinen Worten? Nun, das täte ich an deiner Stelle auch. Aber sei unbesorgt, ich habe mich ihr nicht genähert und sie sich auch nicht mir.«

Luis war langsam aufgestanden und hatte die Gitarre neben sich auf den Boden gestellt; seine Finger umfaßten nur den Hals des Instruments. Auf seinem Gesicht standen Stolz und Schuldbewußtsein.

Grant lächelte unvermittelt. Er öffnete seine Jacke und entnahm ihr den Schlüssel zu dem Schloß der Kette an dem Gitter und reichte ihn Luis. »Da, schließ dir selbst auf. Señora Paredes ist eine gute Köchin. Da du schon hier bist, kannst du auch mit uns essen.«

»Ich nehme deine nette Einladung gerne an.« Luis trat vor und steckte den Schlüssel ins Schloß.

Grant drehte sich um und hielt Eleanora eine kräftige braune Hand hin. Humor umspielte noch seine Augen. Seine Finger waren warm, eine feste Stütze, die sie mühelos auf die Füße zog und dicht an seiner Seite festhielt.

Da sie zwei Männer zufriedenstellen mußte, bemühte sich die Señora besonders mit der Mahlzeit. Sie war zwar phantasielos, aber, wie Grant gesagt hatte, eine gute Köchin. Die Speisen, die sie zubereitete, waren gut gewürzt, das Fleisch war zart, die Saucen dicht und kräftig. Zum Nachtisch gab es ausnahmslos frisches Obst. Heute waren es Orangen, und die goldroten Bälle waren in einer hölzernen Schale hoch getürmt. Ein Obstmesser steckte darin.

Grant nahm das Messer und eine Orange und lehnte sich zurück. »Als ich eben in den Palacio zurückgekommen bin, mußte ich mich bei zwei Wachen vor der Tür ausweisen, ehe ich mein eigenes Haus betreten durfte. Deine Leibwächter, Luis?«

Luis starrte das Weinglas in seiner Hand an, ehe er aufblickte. »Deine, *amigo*.«

»Meine? Wieso?«

»Es gibt Männer, die neidisch auf dich sind, auf das Vertrauen, das der General in dich setzt, und denen die Autorität, über die du verfügst, nicht paßt. Wenn ein Meuchelmörder die Treppe zu Walkers Privatwohnung erreichen kann, wieso sollte er es dann bei dir nicht schaffen?«

»Bisher war man immer der Meinung, daß ich gut auf mich selbst aufpassen kann«, bemerkte Grant nachsichtig.

»Du verzeihst mir doch sicher, wenn ich dich darauf hinweise, daß du nicht mehr allein bist?«

»Ich verstehe«, sagte Grant, »deine Sorge gilt nicht ausschließlich mir.«

Luis neigte den Kopf. »Du magst auf dich selbst aufpassen können, Eleanora kann das aber nicht.«

Grant schaute die Orange an, die er gerade schälte, und antwortete nicht sofort. Er halbierte die Frucht und legte eine Hälfte auf Eleanoras Teller. Ohne ein Lächeln behielt er das Messer provozierend lange in der Hand. Er hielt ihrem gereizten Blick stand, während er seine Hälfte der Orange zerteilte, und dann schaute er Luis an. »In Ordnung. Laß sie da, wenn du sicher bist, daß man ihnen vertrauen kann.«

»Es sind Männer von meinem eigenen Regiment«, antwortete Luis mit scharfer Stimme.

»Ich bin sicher, daß sie dir die Treue halten, aber sie werden schließlich mich bewachen – und das, was mir gehört.«

Nach dem Essen kehrte Grant in das Regierungsgebäude zurück und nahm Luis mit. Eleanora stapelte das Geschirr und stellte es durch das Gitter auf die Galería.

Während der größten Mittagshitze döste sie vor sich hin, und als sie wach wurde, fühlte sie sich benommen und schwer, und ihre Haut war mit einer Schweißschicht bedeckt. Sie hörte die Señora an die Tür klopfen und setzte sich auf. »Ja?«

»Eine Nachricht, Señorita, von Colonel Farrell.«

Als sie das Rasseln des Schlüssels im Schloß hörte, zog Eleanora den Morgenmantel wieder an, den sie wegen der Hitze von ihren Schultern hatte gleiten lassen. Die ältere Frau trat ein und reichte ihr ein zusammengefaltetes Blatt Papier. Während Eleanora die Nachricht las, stellte sie sich uninteressiert und befestigte den Türschlüssel an ihrer Gürtelkette, ehe sie wieder abschloß.

»Es geht um General Walker. Er lädt zu einem privaten Essen ein und hat dem Colonel befohlen, mich mitzubringen.«

»Ich habe ebenfalls eine Nachricht bekommen. Ich soll Ihnen bei allem behilflich sein, was Sie wünschen«, sagte die Señora.

»Meine Kleider?«

»Sie sind im Zimmer des Colonels. Ich bringe Ihnen das Kleid Ihrer Wahl.«

»Das ist sehr freundlich von Ihnen«, sagte Eleanora und ging auf den förmlichen Tonfall ein. »Zudem hätte ich gern Wasser, um mir das Haar zu waschen.«

»Unter der Pumpe im Patio wäre es einfacher...«

Eleanora erkannte in diesem Vorschlag eine Chance zur Flucht, die sie aber nicht nutzen würde, weil sie nichts brachte und womöglich die Lage ihres Bruders noch verschlimmerte.

Eleanora seifte ihr Haar in dem Zuber ein, doch sie ging in den Patio, um die Seife herauszuspülen. Hinterher setzte sie sich unter die Orangenbäume und beobachtete einen grünschillernden Kolibri und ließ ihr langes, wehendes Haar in der schwachen Brise trocknen, die den schweren Duft der Blüten zu ihr trieb. Sie schaute lediglich zu der Eingangstür hin, sogar dann, als Señora Paredes aus dem Haus ging, um auf der Straße ein paar Paprikaschoten zu kaufen, und die Haustür hinter sich offenstehen ließ.

Eleanora zog ihr grünes Kleid an. Nach zwei Tagen ohne Einengungen durch ein Korsett und eine Krinoline kam es ihr merkwürdig vor, diese wieder zu tragen. Mit Seidenstrümpfen und Schuhen aus Rehleder fühlte sie sich extrem verhüllt und gleichzeitig gepanzert.

Sie kämmte ihr Haar und steckte es sich dann auf. Es fiel in schimmernden Locken auf ihren Rücken und glänzte wie poliertes Kupfer bei Kerzenschein. Sie band sich eine jadegrüne Haarschleife, die ein Sträußchen zarte weiße Bougainvilleen in ihren Locken festhielt.

Als sie sich zurechtgemacht hatte, hörte sie Grant zurückkommen. Etwas später kam die Señora und zog die leere Zinnwanne aus ihrem Zimmer ins Nebenzimmer.

Eleanora setzte sich auf einen der hochlehnigen Stühle und wartete. Die Nacht schlich sich in purpurner Verstohlenheit zwischen die würfelförmigen Häuser. Ein Schwarm von Tauben schlug den Weg zur Kathedrale ein, in deren Turm die Klänge der engelsgleichen Glocken gerade erstarben. Der blasse Mond stand dreiviertel voll am Himmel. Sie hörte die zarten Klänge ferner Musik und das Gelächter aus einer Cantina an einem Platz in der Nähe.

Eleanora atmete tief die Luft ein, die nach Blumen und nach Staub roch. Ein seltsamer Frieden umfing sie. Ein Teil ihrer Ablehnung verschwand. Sie ließ ihre Gedanken zu den Geschichten abschweifen, die Luis ihr erzählt hatte. Wie berückend unschuldig und einfach ihr Leben doch im Vergleich mit dem von Grant erschien. Sie dachte an seine Mutter und begriff, warum er so wenig Achtung vor Frauen hatte. Nicht jede Frau hatte die Kraft und den Willen, den Gefahren neubesiedelten Landes zu trotzen, und das, was seiner Mutter zugestoßen war, war gewiß eine entsetzliche Erfahrung, aber das entschuldigte weder ihre Abneigung gegen ihr Kind noch ihre Hartherzigkeit ihm gegenüber. Schließlich war er auch von ihrem Fleisch und Blut und frei von jeder Schuld.

In dem Zimmer hinter ihr ging die Tür auf. Sie blickte auf und sah Grant eintreten. Er hatte sich ein Handtuch um den Hals geschlungen. Sein Oberkörper war entblößt, und sein dunkles Haar schimmerte feucht.

Er blieb auf der Schwelle stehen und suchte das Zimmer mit den Augen ab, ehe er gebannt auf das offene Gitter starrte. Sein Gesicht wurde starr, und seine Muskeln spannten sich an. Er atmete langsam aus, trat an das Bett und streckte die Hand nach dem Morgenrock aus, den Eleanora über das Fußende geworfen hatte. Seine Finger schlossen sich um den Brokatstoff und lösten sich dann wieder. Ein Lächeln verzog seine Mundwinkel, als er von der Stickerei auf dem Brokat ein einzelnes rostrotes Haar zupfte, das er sich sorgfältig um den Finger wickelte.

Eleanora runzelte die Stirn. Dann bewegte sie sich ohne bewußte Überlegung, seufzte und ließ ihren weiten Rock in den Lichtschein auf dem Boden der Galeria gleiten. Das Eisengitter quietschte, als sie eintrat. Als sie beim Betreten des Zimmers aufblickte, stand Grant mit dem Rücken zu ihr vor dem Waschtisch und suchte seine Rasiersachen.

8. Kapitel

»Der Verstand ist ein mächtiges rätselhaftes Instrument, das manche Menschen befähigt, über andere Menschen zu bestimmen, sie anzuregen und Wut oder Tränen bei ihnen auszulösen. In Europa habe ich Mesmerismus studiert, die Wissenschaft des animalischen Magnetismus, die der österreichische Arzt Franz Mesmer begründet hat. Er war zweifellos so etwas wie ein Mystiker, vielleicht sogar ein Scharlatan, aber er war auch ein Mann mit visionären Kräften. Er war darauf aus, das zu nutzen, was er für eine ewige Wahrheit über die Macht des Geistes hielt, und er war auf dem Gebiet der Medizin erfolgreich. Es sind Fallstudien von bemerkenswerten Heilungen dokumentiert worden, bei denen nicht mehr eingesetzt worden ist als die natürliche Fähigkeit des Körpers, sich selbst zu heilen – und dazu noch Mesmers psychische Einflußnahme auf seinen Patienten. Er hat große Schritte in Richtung Schmerzlinderung ohne…«

»William, ich bitte dich.«

William Walker, der am Kopfende des Tisches angeregt seine Ausführungen verfolgte, unterbrach sich mitten im Satz. Niña Marias Lippen waren zu einem lächelnden Schmollen verzogen.

»Wenn dieses Thema für dich auch noch so interessant ist, bin ich doch sicher, daß Eleanora es genauso ermüdend findet wie ich.«

»Ganz und gar nicht«, leugnete Eleanora höflich. »Mein Vater war ebenfalls ein Bewunderer Mesmers. Als mein Bruder und ich geboren worden sind, hat er eine Form von Hypnose angewandt, um die Geburtsschmerzen meiner Mutter zu lindern.«

»Ach, wirklich?« sagte Niña Maria in einem unterkühlten Tonfall, und die gelbgrüne Moiréseide ihres Kleides schimmerte, als sie angewidert tief Luft holte. Der große eckige Ausschnitt zeigte die Wölbungen ihrer Brüste und den riesigen Topas, der an einem zarten Goldkettchen dazwischenhing. Ohrringe mit Topasen blinkten an ihren Ohren und auf der Brosche, die ihren Kopfschmuck aus gelbgrünen Reiherfedern in ihrem Haar festhielt. Hinter ihr, am Fußende des Tisches, stand das Indianermädchen mit den hellen Augen und hielt denselben Fächer aus Kanarienfedern in der Hand, den sie schon auf dem Empfang getragen hatte. Sie wedelte jetzt langsamer damit und beobachtete durch dichte Wimpern hindurch, wie ihre Herrin sich eins der pastellfarbenen Bonbons nahm, die an beiden Enden des Tisches kleine Schalen füllten. Eleanora, die den Mißmut von Walkers Mätresse ignorierte, tat das Kind leid, weil es so lange dastehen und ihr mit dem schweren Fächer Luft zufächeln mußte. Sie griff nach einem rosa Bonbon und reichte es dem Mädchen.

Das Mädchen strahlte über das ganze Gesicht und steckte sich das Bonbon in den Mund.

»Señorita Villars«, sagte die Spanierin, »ich muß Sie bitten, mein Fächermädchen nicht zu füttern, sonst fängt sie noch an, Reste vom Tisch zu erbetteln.«

»Sie hat nur so hungrig und müde gewirkt.«

»Sie wird zur rechten Zeit ihr Essen vorgesetzt bekommen, nachdem sie ihre Pflicht erfüllt hat.«

»Aber sie ist doch noch ein Kind! Soll das heißen, daß sie noch gar nichts gegessen hat?«

»Sie vergeuden Ihr Mitgefühl am falschen Ort. Sie ist eine Indianerin, ein Tier mit einem Namen. Die sind es gewohnt, mit weit weniger auszukommen als mit dem, was ich dieser Kreatur vorsetze, das kann ich Ihnen versichern.«

Sie sprach mit der Geringschätzigkeit der Aristokraten gegenüber den unteren Ständen, aber man hätte von ihr erwarten dürfen, daß sie sich den Zielen der Demokraten verschrieben hatte, die für die Freiheit des gewöhnlichen Volks eintraten. Als Gast sowohl im Haus des Generals als auch in Nicaragua hatte Eleanora das Gefühl, es stünde ihr nicht zu, die Frau auf ihren gedanklichen Trugschluß hinzuweisen, und so wandte sie sich mit kritischem Gesichtsausdruck wieder den Männern zu.

»Dann billigen Sie also meine Wahl, Fayssoux als Kommandanten der *Granada* einzusetzen?« sagte Walker gerade.

»Er ist ein guter Offizier«, stimmte Grant ihm zu. »Arrogant, aber das ist gar nicht so schlecht für einen Mann, der die Gewässer von Nicaragua mit einem einzigen Kanonenschoner bewachen soll.«

»Von mir aus können die Leute ruhig über unsere Marine lachen, die nur aus einem Schiff besteht, aber wir werden ja sehen, wer zuletzt lacht.«

»Mir paßt es nicht, wenn sie lachen«, mischte sich Niña Maria ein, und ihre Stimme war klar und schneidend. »Als was hat dich diese amerikanische Zeitung bezeichnet, als den Don Quichotte von Zentralamerika? Das verstehe ich einfach nicht.«

Walkers Mund verzog sich zu einem Lächeln. »Wer weiß schon, was damit gemeint ist? Es kann sein, daß sie in mir einen Idealisten sehen, der gegen die Windmühlen der Unterdrückung kämpft. Wenn jemand ein Volk wahrhaft befreien kann, dann ist das nur das Volk selbst, so sehen es die Konservativen jedenfalls.

Aber mich zählt man zu den Liberalen, seit ich im *Crescent* und später im *Daily Herald* einen Standpunkt gegen die Sklaverei und für den freien Handel eingenommen habe, für das Frauenstimmrecht und das Recht auf Scheidung.«

»Die meisten jungen Männer sind Liberale«, sagte Niña Maria mit einem liebevollen, wenn auch überlegenen Lächeln. »Wenn sie dann älter werden, lernen sie die harten Lektionen der Verantwortung – und des Eigennutzes.«

Walker wandte seiner Mätresse seine grauen Augen zu. »Das ist eine so kalte Philosophie wie all die anderen auch, die einem Zweck dienen sollen.«

»Also wirklich, William«, setzte sie an, und Unbehagen schlich sich auf ihr Gesicht.

»Ja?« Seine Stimme war sanft, doch in den Tiefen seiner Augen schien ein helles Feuer aufzulodern.

Als die Frau die Lider senkte und sich in verdrossenes Schweigen zurückzog, wandte er sich an Grant. »Niña Maria schlägt trotz der Tatsache, daß die Sklaverei 1824 von dem Konföderiertenkongreß von Zentralamerika abgeschafft worden ist, vor, diese wieder aufleben zu lassen.«

Nach einem langen Moment fragte Grant: »Soll das heißen, die Sklaverei in Nicaragua wieder einzuführen?«

»Exakt.«

»Und warum?«

»Warum?« mischte sich Niña Maria ein und riß den Kopf hoch. »Wir sind ein Agrarland. Wenn wir mächtiger werden wollen, müssen wir Nahrungsmittel exportieren, und dazu müssen wir das Land nutzbar machen. Das erfordert eine gute Organisation und billige Arbeitskräfte – oder Sklaven.«

»Sie würden Gefahr laufen, die Regierung der Vereinigten Staaten als auch unseren anderen potentiellen Verbündeten Großbritannien zu verlieren«, sagte Grant zu ihr.

»Welche Garantie haben Sie dafür, daß die amerikanische Regierung uns jemals anerkennen, geschweige denn uns helfen wird? Wir bewirten Minister Wheeler fürstlich, aber er tut nichts. Die Südstaaten werden sich bestimmt hinter uns stellen. Wenn sich die Staaten deswegen entzweien, die Südstaaten haben immerhin schon damit gedroht, aus der Union auszutreten, dann können wir ganz sicher auch mit ihrer Unterstützung rechnen.«

»Falls es dazu kommt«, sagte Grant lakonisch.

Niña Maria lehnte sich zurück, und Zornröte färbte ihre Wangen. »Also gut, Sie raten zur Vorsicht. Aber was wir brauchen, ist Kraft, und zwar schnell. Wir müssen unseren Stand festigen, ehe die Legitimistas die Gelegenheit haben, sich zu erholen. Wenn wir das nicht tun, wird es in Nicaragua zum nächsten Regierungswechsel kommen, dem sechzehnten in weniger als sechs Jahren. Die Geschehnisse werden sich nicht von selbst in unsere Richtung wenden, wir müssen da nachhelfen.«

»Aber nicht ohne sorgfältige Überlegung.«

Die Frau gab keine Antwort. Ein kurzes Schweigen senkte sich herab. Walker wandte sich an Eleanora. »Und Sie, Mademoiselle, haben Sie zu diesem gewichtigen Problem keine Meinung beizutragen?«

»Ich bin noch nicht lange genug hier, um mir eine Meinung zu bilden. Ich bezweifle ohnehin, daß meine Meinung Einfluß auf Sie hätte.«

Als sie das plötzliche Funkeln seiner Augen sah, hatte sie den Eindruck, daß General Walker ihre diplomatische Antwort zu würdigen wußte, obwohl er nicht direkt darauf einging. Dann sagte er: »Grant hat recht. Zu diesem Zeitpunkt wäre die Wiedereinführung der Sklaverei verfrüht, obwohl ich persönlich die Haltung der Regierung der Vereinigten Staaten als scheinheilig empfinde, da die Sklaverei derzeit im Distrikt Columbia noch legal ist. Es ist jedoch, wie Niña Maria schon angedeutet hat, dringend nötig, die Staatskasse aufzufüllen. Ich habe mir die Unterlagen der Transitlinie genau angesehen. Die Gesellschaft schuldet der Regierung von Nicaragua eine beträchtliche Summe, die vertraglich für den Transfer vereinbart wurde: zehntausend Dollar jährlich zuzüglich zehn Prozent der Nettogewinne. Die zehntausend Dollar sind für die Jahre 1849 bis 1852 bezahlt worden, doch trotz der Jahresberichte über einen Profit von mehr als zwei Millionen Dollar, die in diesem Zeitraum als Reingewinn erwirtschaftet worden sind, Berichte, die in New York veröffentlicht werden, hat Nicaragua nie mehr als diese Grundgebühr erhalten, und selbst diese ist in den letzten drei Jahren nicht mehr bezahlt worden.«

»Was ist mit den zwanzigtausend Dollar, die Garrison vorausbezahlt hat?« fragte Grant. »Ich dachte, diese Summe sei eine Sicherheit für Gelder, die der Regierung zustehen.«

Walker schüttelte den Kopf. »Das war ein privates Darlehen, das mir im letzten Herbst gewährt worden ist, um meinen Stand hier zu festigen. Garrison hat erfahren, daß Vanderbilt und seine Verwandten wieder einmal Anteile an der Firma aufgekauft haben. Er hat befürchtet, falls man dich des Amts enthebt, würde die Partei der Legitimistas Vanderbilt bei zukünftigen Verhandlungen seinem Unternehmen vorziehen. Es war so etwas wie eine Versicherung für Garrison und Morgan. Jedenfalls war diese Summe nur ein Bruchteil der ausstehenden Schulden.«

»Es waren Bestechungsgelder«, sagte Niña Maria höhnisch. »Wenn die so dumm sind, ihr Geld von sich aus anzubieten, dann haben sie es verdient, daß man ihnen nicht nur dieses Geld, sondern auch alles andere, was sie besitzen, wegnimmt.«

»Und was heißt das?« fragte Grant und kniff die Augen zusammen, als er Walker und nicht etwa die Frau anstarrte.

Walkers Mundwinkel verzogen sich zu einem angedeuteten

Lächeln. »Ich glaube, allmählich beginnen Sie zu begreifen. Es ist mehr als wahrscheinlich, daß Vanderbilt es schaffen wird, Morgan als Vorstandsvorsitzenden der Transit Company abzusetzen und selbst diesen Posten einzunehmen. Vanderbilt ist gegen mich, vielleicht weil es ihm widerstrebt, einen starken Mann in einer Führungsposition zu sehen, der in Zentralamerika groß herauskommt und den er nicht ignorieren und nicht manipulieren kann. Es ist wesentlich einfacher, ein Land oder eine Nation zu übervorteilen, wenn dort ständig Chaos herrscht. Wenn es ginge, würde er mich am liebsten erschießen lassen. Aus dem Grund kann ich nicht zulassen, daß die Transitlinie wieder sein Werkzeug wird.«

»Und welches Vorgehen schlagen Sie vor?«

»Die derzeitige Konzession zu annullieren«, sagte Walker mit ruhiger Stimme.

Grant lehnte sich zurück. »Die Regierung hat nicht die Mittel, das Unternehmen allein weiterzuführen.«

»Aber Garrison und Morgan, beides reiche Männer, haben diese Mittel. Wenn sie aus der bestehenden Gesellschaft herausgedrängt werden, glaube ich, daß sie sich auf die Chance stürzen werden, eine neue Linie zu gründen. Ihre Fehde mit Vanderbilt geht so tief, daß sie sich eine solche Gelegenheit nicht entgehen lassen werden, und dazu kommt noch die Aussicht auf größere Profite.«

»Sie schlagen vor, die ausgebliebenen Zahlungen der letzten Gewinnanteile als Grund vorzuschieben, um die derzeitige Konzession zu annullieren und Garrison und Morgan eine neue Konzession zu erteilen?«

»Die Begründung ist absolut unanfechtbar, aber es stimmt, darum geht es hauptsächlich. Natürlich werden wir der neuen Linie eine Prämie abverlangen. Wir dürfen die leeren Schatzkammern nicht vergessen.«

»Ihnen ist klar, daß Sie sich Vanderbilt damit zu einem erbitterten Feind machen?« warnte Grant.

»Das ist er ohnehin schon.« Seine grauen Augen verschleierten sich, als Walker sein Wasserglas in die Hand nahm. Es war ein klarer Hinweis darauf, daß die Diskussion beendet war.

Da Walker weder trank noch rauchte, blieben die Herren nicht am Tisch sitzen, als die Damen aufstanden, sondern begaben sich gemeinsam mit ihnen in die *Sala*, um dort auf europäische Art einen Kaffee zu trinken. Dennoch machte es keinen merklichen Unterschied, da sie sich in diesem Raum mit der dunklen Holztäfelung und dem roten Damast in eine Ecke zurückzogen und die beiden Frauen sich selbst und ihren Gesprächen überließen. Leicht war das nicht. Als sie sich positiv über das Essen geäußert hatten, über die Einrichtung der Wohnung geredet und sich gegenseitig Komplimente zu ihrem Äußeren gemacht hatten und auch das Wetter und das Klima gründlich abgehandelt worden waren, schien es kein Gesprächsthema mehr zu geben. In die Stille drang ein Gesprächsfetzen aus der Diskussion der Männer in Eleanoras Ohr, und sie machte ihn sich augenblicklich zunutze.

»Es muß doch furchtbar gewesen sein, als sich der Legitimista in Ihre Räumlichkeiten einschleichen wollte. Ich vermute, Sie waren froh über den Ausgang der Dinge?«

Niña Maria sah Eleanora an, und ihr Blick war scharf, aber auf nichts Bestimmtes gerichtet, als sähe sie durch sie hindurch. »Ja, selbstverständlich«, sagte sie. Plötzlich war sie verärgert und ließ es an ihrer Fächerträgerin aus. Sie riß dem kleinen Mädchen den Fächer aus der Hand und schickte sie in die Küche. Als das Mädchen die Tür hinter sich geschlossen hatte, saß die Frau da und fächelte sich mit schnellen Bewegungen, die entweder Gereiztheit oder Aufregung entspringen mußten, Luft zu. Dann klappte sie wortlos den Fächer zu und warf ihn auf den Tisch neben dem damastbezogenen Sofa. Ein paar Sekunden lang starrte sie Walker an, doch als er keinen Blick in ihre Richtung warf, sprang die Spanierin auf und trat an ein Pleyel-Klavier mit vergilbten Elfenbeintasten. Sie setzte sich und fing an, einen Strauß-Walzer zu spielen. Ihr Spiel war zwar technisch korrekt, doch sie spielte mit schwerer Hand und zu wenig Gefühl. Eleanora dachte über ihr fehlendes Einfühlungsvermögen nach, und daher bemerkte sie Grant erst, als er an ihrer Seite stand.

»Ich glaube, dieser Walzer gehört mir«, sagte er und verbeugte sich so anmutig, wie es der Revolver erlaubte, den er an seinem Gürtel trug.

Da Walker sie von der Fensternische aus beobachtete, lehnte sie nicht ab. Sie gab Grant die Hand und ließ sich von ihm auf die Füße ziehen. Sie bewegte sich mit unbeholfener Steifheit in seinen Armen, da sie entschlossen war, ihre Reaktionen auf seine Berührungen möglichst weit einzuschränken.

Sachte drehten sie sich im Kreis. Irgendwann einmal mußte Grant in der Kunst des Walzertanzens unterrichtet worden sein. Seine Schritte waren sicher, die Hand auf ihrer Taille war korrekt plaziert, die Entfernung zwischen ihnen war genau bemessen und hätte selbst der sittenstrengen Ansammlung von griesgrämigen Anstandsdamen keinen Grund gegeben, etwas daran auszusetzen. Ohne es bewußt wahrzunehmen, entspannte sich Eleanora und ließ sich von ihm führen, und schließlich vergaß sie alles andere bis auf die Musik und die Kraft seiner Arme. Sie spürte seinen Blick auf ihren Wangen und hob langsam die dunklen Wimpern und sah ihm in die Augen. Der Ausdruck, den sie verborgen in den blauen Tiefen seiner Augen sah, ließ das Blut zu ihrem Herzen strömen und dort federleicht flatternd pulsieren. Sie war erst sicher, daß die Musik verklungen war, als der General leise klatschend auf sie zukam.

»Sehr schön«, sagte er. »Eine schöne Darstellung, die mir

größte Bewunderung abringt, Mademoiselle Eleanora. Ich hatte heute nachmittag Besuch von einer Miss Mazie Brentwood. Sie hat darauf beharrt, Sie würden von Grant in seiner Wohnung gefangengehalten. Nach allem, was ich gerade beobachtet habe, bin ich nur zu sehr geneigt zu glauben, daß er bereitwillig Ihr Gefangener wäre.«

Es gab einen kurzen Moment, in dem sie die Qual über ihre mißliche Lage hätte herausschreien und sich die Hilfe des Generals hätte sichern können. Der Moment war vorüber, ehe sie sich dazu entschließen konnte, ihre Chance zu ergreifen. Sie hatte gelächelt und sich abgewandt, als hätte sie ein unbedeutendes Kompliment bekommen, doch hinterher fühlte sie sich verwirrt und kam sich dumm vor und glaubte, Jean-Paul im Stich gelassen zu haben. Es trug auch nicht gerade dazu bei, daß sie klarer denken konnte, als Grant ihr in das Zimmer in dem Palacio folgte, seinen Hut auf den Tisch warf, die Arme in die Hüften stemmte und barsch fragte: »Warum?«

»Warum was?« fragte sie müde.

»Warum hast du es Onkel Billy nicht erklärt?«

»Es... es wäre ja doch zwecklos gewesen.«

»Vielleicht, vielleicht aber auch nicht. Das kannst du nicht wissen, solange du es nicht versucht hast.«

Eleanora starrte ihn an. »Wolltest du, daß ich es ihm sage?«

»Onkel Billy ist nicht uneinsichtig. Ich hätte ihm die Geschichte aus meiner Sicht darstellen können. Darum geht es hier nicht.«

»Du meinst... du hättest keine Disziplinarmaßnahmen befürchten müssen?«

»Ich bezweifle es. Zu diesem Zeitpunkt wäre das viel zu kritisch, selbst dann, wenn ich es verdient hätte. Willst du damit etwa sagen, diese Überlegung hat dir den Mund verschlossen?«

»Ich habe nicht vor, den Tod oder die Entehrung eines Mannes zu verschulden.«

Er holte tief Atem und stieß ihn dann langsam wieder aus. »Ich dachte, ich verstehe dich, aber das stimmt nicht.«

»Das ist nicht weiter erstaunlich«, erwiderte sie mit gedämpfter Stimme. »Ich wüßte ohnehin nicht, weshalb das für deine Zwecke notwendig wäre.«

»Und was genau sind meine Zwecke?«

Als sie die Wut aus seinem Tonfall heraushörte, blickte sie auf. Seine Augenbrauen waren zu einem Stirnrunzeln zusammengezogen. Da die Antwort so offenkundig war, befand Eleanora es nicht für nötig, sie in Worte zu fassen.

»Ist es wegen deines Bruders? Onkel Billy hätte seine Freilassung befehlen können, wenn er das für das beste Vorgehen gehalten hätte.«

»Ich... ich hatte den Verdacht, er könnte ihn freilassen«, sagte Eleanora. »Trotzdem habe ich nie angenommen, daß du Jean-Paul nur ins Arrestlokal gesperrt hast, weil es dir gelegen kam.«

»Nein?« fragte er ungläubig.

»Nein. Du hast gesagt, er hätte getrunken, und ich habe dir geglaubt. Wenn es mir auch noch so lieb wäre, wenn er freigelassen würde, dann finde ich es doch richtig, daß er seinen Preis dafür zahlt, weil er gegen die Vorschriften verstoßen hat.«

»Wie großzügig von dir.«

»Nur gerecht«, sagte sie.

»Aber dennoch unerwartet.«

»Gerechtigkeit ist nicht nur Männern vorbehalten.«

»Anscheinend nicht«, antwortete er in einem so nachdenklichen Tonfall, daß sie ihn in dem Spiegel ansah, vor dem sie stand. »Sag mir eins«, fuhr er fort, »hast du vor, deine eigenen Rechnungen zu begleichen, oder sind dir feurige Kohlen auf dem Haupt lieber?«

Eleanora atmete hörbar ein. »Muß es denn das eine oder das andere sein?«

»Meiner Erfahrung nach ja. Verstehst du«, sagte er mit einem grimmigen Lächeln, »ich habe Grund, dich von dem Genuß meiner Gesellschaft freizusprechen.«

Diese Schlußfolgerung hätte sie ihm gern wieder in den Mund gestopft, aber sie war keineswegs sicher, daß er sich irrte. »Es wäre falsch«, erwiderte sie, »dich zu warnen, so oder so.«

Nach diesem Austausch von Feindseligkeiten war es ihr zuwider, dastehen zu müssen und sich von Grant aus dem Kleid und den Petticoats helfen zu lassen. Grant nutzte die Lage dieses Mal nicht aus. Er ließ sie allein, damit sie in Ruhe ihre restlichen Kleidungsstücke ausziehen konnte, während er sich in grüblerischem Schweigen entkleidete.

Als sie sich entkleidet hatte, schlüpfte Eleanora eilig unter die Decke. Grant blies die Kerze aus und legte sich neben sie, doch er ließ sorgsam Abstand zwischen ihnen.

Lange Zeit lag Eleanora starr da und schaute mit weit aufgerissenen Augen ins Dunkel. Die Spannung, die zwischen ihnen herrschte und fast greifbar war, überzeugte Eleanora davon, daß Grant nicht schlief. Dennoch näherte er sich ihr nicht. Sie war froh darüber, doch sie machte sich nicht vor, es zu verstehen. Sie konnte sich nicht vorstellen, daß seine seltsame Reaktion auf ihren Widerwillen, General Walker die näheren Umstände ihrer Beziehung zu ihm zu schildern, ihn davon abgehalten hätte, sie zu nehmen, wenn er den Wunsch gehabt hätte. Nein, ganz gewiß nicht. Dann wollte er sie wohl nicht, und es war nicht gerade schmeichelhaft, daß sein Interesse sich in so kurzer Zeit bereits gelegt hatte, aber daraus durfte sie sich nichts machen. Sie schloß die Augen, atmete tief und gleichmäßig und schlief schließlich ein.

Diese Distanz konnte in den beengten Verhältnissen natürlich nicht anhalten. Am Morgen des vierten Tages saß Grant mit seinem Frühstückskaffee da und beobachtete sie verstohlen, als sie in der frühen Morgensonne dastand und versuchte, ein wenig Ordnung in ihr widerspenstiges Haar zu bringen, ohne Zuflucht zu den verhaßten Zöpfen zu nehmen. Die Ärmel des Morgenmantels rutschten hoch und legten die weichen Rundungen ihrer Arme frei, die transparente Elfenbeinhaut, der die Wärme ihres strömenden Bluts einen rosigen Schimmer verlieh. Ihr Hals bog sich, als sie sich mit ihrem schweren Haar befaßte, und ihre Bewegungen bewirkten, daß der zu große Ausschnitt aufklaffte, eine unschuldige, unwissentliche Verlockung. Er stellte seine Tasse hin und stand auf, als würde er dazu genötigt.

Eleanora sah sich verblüfft um, als er näher kam. Sie zuckte leicht zusammen, als er die Hand ausstreckte und eine Strähne ihres Haars nahm, sie langsam durch seine Finger gleiten ließ und beobachtete, wie der Sonneneinfall die einzelnen Haare wie ultradünne Kupferdrähte schillern ließ. Ihre Augen verdunkelten sich zu einem Smaragdgrün, als seine Finger ihre seidenweiche Wange berührten und dann gemächlich zu der zarten Wölbung ihrer Lippen glitten. Von ihm ging der frische Duft nach Rasierseife, warmem Leinen und Baumwolle aus. Das Aroma starken Kaffees lag auf seinen Lippen, und dann, als sie eng an ihn gezogen wurde, benebelte sich ihr Bewußtsein, wurde von ihrem schnell rauschenden Blut fortgeschwemmt.

Sie lagen immer noch im Bett, als Stunden später ein Offiziersbursche geschickt wurde, um sich nach ihm zu erkundigen.

Eleanora mußte angesichts von Grants eiligen Bemühungen, genug von seiner Uniform zu finden, um den Mann empfangen zu können, lachen. Als er gegangen war, weilte das Lächeln noch so lange auf ihrem Gesicht, wie sie brauchte, um sich zu strecken und ein Gähnen zu unterdrücken. Die folgende Stille im Zimmer drückte ihre Stimmung nieder. Sie lag da, ohne eine Träne zu vergießen, und sie weigerte sich, sich zu erinnern und zu hoffen, verbarg sich vor sich selbst. Das war ein nutzloses Unterfangen, so nutzlos wie der Versuch, die unerklärliche Anziehungskraft von Colonel Grant Farrell zu leugnen.

9. Kapitel

Neujahr kam und ging. Die Tage zerrannen, flossen schmelzend vor Hitze ineinander, wirkten auf eine passive Art alle gleich und strahlten eine tödliche Trägheit aus, die Grants Rückkehr nach Hause zweimal täglich vergleichsweise als ein Ereignis erscheinen ließen. Zumindest versuchte sich Eleanora damit ihre Vorfreude zu erklären, wenn sie ihn erwartete.

Es erschien ihr unglaublich, wie schnell sich eine feste Routine in ihren Alltag einschlich. Sie hätten das unerschütterlichste aller Ehepaare sein können, wie sie so zusammen aßen, badeten, schliefen und gemeinsam über seinem Papierkram brüteten. Er fand einen Nähkasten für sie, und sie verbrachte tagsüber einige Stunden damit, die Knöpfe an seinen Hemden fester anzunähen, ein paar kleine Risse zu flicken und Säume auszubessern. Zwischendurch nähte sie sorgfältig den Morgenmantel vorne zu. Sie dachte nicht wirklich daran, Grant einen Strich durch die Rechnung zu machen; sie wollte nur seinen Gesichtsausdruck sehen, wenn er sein Vorgehen derart behindert sah, und sie wollte wissen, was er daraufhin wohl tun würde. Es *war* komisch. Sie lag da und biß sich auf die Unterlippe, und ihre Augen glänzten vor kaum verhohlener Fröhlichkeit – bis er ein Taschenmesser herauszog und den Morgenmantel aufschlitzte.

Das einzige, was die Monotonie ihrer Tage sonst noch durchbrach, waren die Besuche von Luis. Er brachte ihr kleine Geschenke mit, Blumen, köstliche Früchte vom Markt, Seife, die mit Rosenöl parfümiert war, ein kleines Körbchen Nüsse, einen französischen Roman und andere Dinge. Seine beeindruckendsten Geschenke jedoch waren eine Bluse aus ungebleichter Baumwolle mit einem zubindbaren Ausschnitt und mit weiten Puffärmeln und ein Rock aus mehreren Stoffschichten im Rot der Democráticos. Das war die Tracht einer Bauersfrau, kühl und praktisch, und die Kleidungsstücke waren ihr willkommener als das edelste Seidengewand, insbesondere, da Grant keine Einwände dagegen erhob, daß sie sie trug.

Der Morgen des vierten Januar graute bewölkt und gnädig kühl. Grant stand früh auf, nahm seinen Arm von ihrer Taille und rollte sich aus dem Bett. Er schlüpfte in seine Hose, stellte sich ans Fenster und starrte über die Dächer hinaus. Seine Fingerspitzen waren farblos, wo sie sich um die Tür spannten, doch seine Schultern drückten Entschlossenheit aus.

Eleanora rekelte sich und setzte sich auf. Als er das Geräusch wahrnahm, sprach Grant über die Schulter zu ihr. »Dein Bruder wird heute morgen freigelassen. Er wird wieder in die Kaserne müssen, aber heute abend hat er frei, falls du ihn sehen willst.«

»Ja. Gewiß«, antwortete sie.

Es dauerte einen Moment, bis er weitersprach, und dann war seine Stimme hart. »Was wirst du jetzt tun?«

Schickte er sie hiermit fort? Sie konnte merkwürdigerweise keinen klaren Gedanken fassen. Gequält zog sie die Stirn in Falten, doch gleich darauf wurde ihr Schmerz von Zorn abgelöst, als er sich plötzlich zu ihr umdrehte und schärfer wiederholte: »Ich habe dich gefragt, was du tun wirst, wohin du gehen willst?«

»Ich weiß es noch nicht. Mazie hat Kalifornien erwähnt. Vielleicht werde ich mit ihr hingehen.«

»Die Fahrkarte nach New Orleans steht noch zu deiner Verfügung.«

»Das ist sehr freundlich von dir«, sagte sie mit fester Stimme, »aber im Moment lechze ich nach Unabhängigkeit.«

»Für eine Frau ohne Geld ist Unabhängigkeit nicht leicht zu erlangen.«

»Ich werde es schaffen, daran besteht kein Zweifel. Du brauchst dein Gewissen nicht mit mir zu belasten.«

»Glaub bloß nicht, ich hätte deinetwegen Gewissensbisse«, sagte er zu entschieden. »Das, was passiert ist, hast du alles dir selbst zuzuschreiben.«

»Ach, wirklich?« Sie setzte sich aufrechter hin, ohne sich des betörenden Schimmers ihres unbekleideten Körpers im spärlichen Licht des Zimmers bewußt zu sein.

»Deine Kleidung und die Gesellschaft, in der du dich bewegt hast, haben mich glauben lassen, daß du nicht gerade unerfahren bist.«

»Dafür konnte ich nichts – aber das spielt jetzt keine Rolle mehr. Du brauchst dich bei mir nicht zu entschuldigen!«

»Ich entschuldige mich nicht«, sagte er und senkte die Stimme in dem Maß, in dem sie ihre Stimme erhob.

»Nein, natürlich nicht, und du gibst mir wohl auch nicht die Schuld an der Lage, in die uns deine Arroganz und dein Eigendünkel gebracht haben?«

Er sah sie lange an, ehe er den Blick abwandte. »Also gut«, stimmte er ihr matt zu. »Die Schuld liegt bei mir. Was willst du sonst noch hören?«

»Wenn du willst, können wir uns darauf einigen, daß wir beide schuld sind.«

»Eleanora...« Er trat ans Fußende des Bettes und stemmte die Arme darauf. Seine Stimme klang angespannt, und er erschien ihr zum ersten Mal, seit sie ihn kannte, verletzbar.

Als an die Tür geklopft wurde, richtete er sich auf, und die Maske der Härte sank über sein Gesicht herab.

»Ja?« fauchte er.

»Pardon, Señor Colonel.« Die bebende Stimme gehörte Señora Paredes. »Ich dachte, ich... daß heißt... ich habe Stimmen gehört. Wenn Sie wach sind, dachte ich mir, möchten Sie vielleicht schon frühstücken.«

Hatte die Frau gelauscht? Sie hätte nicht ungelegener auftauchen können. Grant schien nichts Ungewöhnliches daran zu finden. Ohne Eleanora anzusehen, erwiderte er: »Frühstück nur für die Señorita. Für mich nur Kaffee – auf dem Patio.«

»Si, Señor Colonel«, sagte die Frau, und ihre Schritte verklangen auf der inneren Galeria.

Mit schnellen Bewegungen zog Grant sich an, ohne sich vorher zu rasieren. Er schnallte sich den Revolver um, nahm seine Uniformmütze, stand da und drehte sie einen Moment lang in der Hand, ehe er sie sich auf den Kopf setzte. Er ging zur Tür und zog sie auf. Mit dem Gesicht im Schatten der Hutkrempe sah er sich noch einmal um. Seine Augen ruhten auf ihrem weichen Mund und fielen dann auf ihren sanft geschwungenen Hals und die Fülle ihrer weichen Brüste, die unter dem hauchdünnen Vorhang ihres Haars verborgen waren und sich leicht bewegten, wenn sie atmete. Ein Muskel auf seinem Kiefer spannte sich sichtlich an, und dann ging er mit einem entschiedenen Schritt durch die Tür und schloß sie fest hinter sich.

Eleanora spannte sich an und wartete auf das Geräusch, mit dem der Schlüssel im Schloß umgedreht wurde. Es blieb aus.

Als sie vor dem Haus stand, das man ihr gezeigt hatte, als sie nach dem englischen Schauspieler John Barclay gefragt hatte, zog Eleanora die Stirn in Falten. Es war ein seltsames Gebäude, breit, hoch und ohne eigenen Charakter. Es war keineswegs ausgeschlossen, daß es früher einmal als Scheune gedient hatte, denn in die Fassade war ein enormes Tor eingelassen, durch das eine

Kutsche hätte fahren können. Sie hob die Hand und klopfte mit dem schmiedeeisernen Türklopfer an das Tor.

»Eleanora!« rief Mazie aus, als sie das Scheunentor weit aufriß. »Was für eine Überraschung. Komm schnell rein. Du kannst dir gar nicht vorstellen, welche Sorgen ich mir um dich gemacht habe.«

»Wie geht es dir, Mazie?« fragte Eleanora lächelnd.

»Es ist mir noch nie bessergegangen, aber wir können hier draußen nicht miteinander reden. Komm rein, jetzt komm doch schon.«

»Ich möchte nicht stören«, sagte Eleanora.

»Unsinn«, erklärte Mazie und zerrte sie nahezu über die Schwelle, und ihr Blick fiel auf das kleine Bündel, das Eleanoras gesamte Habe enthielt. »Einer mehr oder weniger, das macht überhaupt keinen Unterschied. John wird sich freuen, dich bei uns zu haben. Sag mal, wie gefällt dir unser Haus?«

Es gab keine Eingangshalle, und auch die Zimmer waren nicht wie gewohnt angeordnet, sondern alles war ein einziger weiter, offener Raum, der von eckigen Holzsäulen gestützt wurde, und auf einer Seite führte eine schmucklose Treppe zu einem nicht abgetrennten Dachboden. Ein Boden aus geschliffenem Holz war über dem Lehm verlegt, und der Dachboden war mit Vorhängen in kleine Räume unterteilt.

»Es ist... hübsch«, sagte Eleanora, und der frische Zitronengeruch der Farbe, mit der die Wände gerade erst gestrichen worden waren, brannte in ihrer Nase.

Mazie lachte herzlich. »Ja... nun, für ein provisorisches Theater ist es gar nicht schlecht, das muß ich schon sagen. John und ich leben jetzt hier, gemeinsam mit dem Rest der Truppe, solange wir das Haus herrichten lassen. Aber das ist keine Dauerlösung.«

»Eine Schauspieltruppe?«

»Richtig – sie sind über Boston, St. Louis und San Francisco aus England gekommen, um bei den nicaraguanischen Massen und den gelangweilten Soldaten William Walkers für Unterhaltung zu sorgen. Falls es dich wundert, daß es so ruhig hier ist – sie sind gerade alle unterwegs und klappern die Umgebung nach Requisiten für unsere Eröffnungsvorstellung ab. Die Leute sind prima, und es wird dir Spaß machen, sie kennenzulernen.«

»Ja, ganz bestimmt«, erwiderte Eleanora, »aber erzähl mir, wie du dazu gekommen bist, dich mit ihnen einzulassen.«

»Ja, gern«, versprach Mazie und ging ihr voraus. Sie stieg die Treppe hinauf und durch rostrote Musselinvorhänge in einen gemütlichen Bereich, in dem mehrere niedrige kleine Sofas standen. Die Sofas, auf denen indianische Fransentücher lagen und Kissen in edelsteinfarbenen Hüllen aus Brokat und Samt sich türmten, wurden offensichtlich als Betten benutzt. Auf einem niedrigen Tisch stand eine dampfende Kaffeekanne, und ein Tablett mit hauchdünnen Porzellantassen und Untertassen stand bereit. Mazie ließ sich daneben auf ein Sofa sinken und fuhr fort: »Aber zuerst möchte ich erfahren, wie es dem abscheulichen Colonel gelungen ist, dich zu überreden, daß du bei ihm einziehst. Jetzt komm schon. Laß mich ordentlich rot werden. Erzähl mir alles.«

Mazie war der verständnisvollste Mensch, den man sich nur vorstellen konnte. Trotzdem war es nicht einfach, ihr zu erzählen, was sich abgespielt hatte. Eleanora erzählte ihr die ganze Geschichte von Anfang an und bemühte sich, die Hintergründe verständlich zu erklären, damit Mazie ihr Verhalten verstand.

»Dann bist du also wirklich gefangengehalten worden. Ich finde, daß du eine unglaublich nachsichtige Frau bist«, bemerkte Mazie dazu.

»Nein.« Eleanoras Antwort kam spontan und ohne jedes Zögern.

»Nein? Dann hast du ihm also nicht verziehen?«

»Das ist keine Frage des Verzeihens.«

»Was sonst? Der Rache? Ich glaube, so würde ich reagieren – ich würde ihm um jeden Preis das Fell abziehen wollen.«

Eleanora schaute durch sie hindurch und lächelte. »Dann würdest du ihm keine glühenden Kohlen aufs Haupt häufen wollen?«

»Das ist eine gefährliche Geschichte«, antwortete Mazie. »Dabei kann man sich selbst üble Verbrennungen zuziehen.«

Eleanoras Lächeln verblaßte. »Du wolltest mir von der Schauspieltruppe erzählen. Trittst du jetzt auch auf der Bühne auf?«

»Nicht wirklich. Ich bin schon gewarnt worden, erinnerst du dich? Auf dem Empfang, den wir beide besucht haben, habe ich gesehen, daß Walker einer dieser Männer ist, die einen Befehl niemals zurückziehen. Es ist ein kleines Land, und die machthabende Partei herrscht in einer krasseren Form über das Volk und hält sich weniger an die Gesetze, als wir das tun. Ich wollte eine achtbare Nische für mich finden, und deshalb habe ich mich mit einem Schauspieler eingelassen, und die anderen Theaterleute sind mir mit John Barclay zugefallen.«

»Du empfindest nichts für ihn?«

»Hast du etwas für den Colonel empfunden?« gab sie zurück, und als Eleanora ohne ein Wort die Wimpern senkte, sagte sie: »Verstehst du? Es gibt Fragen, die man besser nicht stellt. Die Antworten sind so oder so zu unangenehm.«

»Falls du glaubst, ich sei in Grant Farrell verliebt...«

»Habe ich das gesagt? Es ist ärgerlicher, einen Mann zu hassen, als ihn zu lieben, wenn man so oder so mit ihm zusammenleben muß.« Gelassen ging sie zu einem anderen Thema über. »Ich habe dich noch gar nicht nach Jean-Paul gefragt. Wie geht es ihm? Ich war selten so schockiert wie in dem Moment, in dem ich gehört habe, daß man ihn ins Arrestlokal gesteckt hat.«

»Er wird heute freigelassen.«

»Wie du. Ich frage mich, ob dieser Zufall Colonel Walkers Aufmerksamkeit entgeht?«

»Ich hoffe es.«

Mazie sah sie seltsam an, gab aber keine Bemerkung von sich. »Du hast doch eine Nachricht für deinen Bruder hinterlassen, damit er weiß, wo er dich finden kann? Nein? Schon gut. Wir werden nachher einen der Jungen mit einer Nachricht zur Kaserne schicken. Es gibt drei Jungen in der Truppe – eigentlich eher junge Männer. Einer von ihnen ist mit einem der drei Mädchen verlobt. Wir sind insgesamt acht, wenn man John und mich mitzählt.«

Sie plapperte weiter, erzählte, wie die Pflichten zwischen den einzelnen Truppenmitgliedern verteilt waren, und sie berichtete von dem Stück *Die Schule der Skandale*, das sie in drei Wochen aufführen würden, und von den Rollen, die jeder einzelne spielen würde. Eleanora, die in ihre eigenen Gedanken vertieft war, war froh, daß es ihr erspart blieb, allzuoft antworten zu müssen. Als sie über Jean-Paul und sein hitziges Temperament nachdachte, begann sich die Furcht wie ein betäubendes Gift in ihren Verstand einzuschleichen. Da er jede Menge Zeit hatte, sich Gedanken zu machen, und jede Menge Leute kannte, die ihn darüber informierten, was seiner Schwester zustieß, konnte sich Jean-Paul ein realistisches Bild von ihrer Lage machen.

Mit kalten Fingern stellte sie ihre Tasse und Untertasse auf den Tisch. Die Tasse wackelte, ehe sie still stehenblieb.

»Was ist los mit dir?« fragte Mazie.

»Nichts«, antwortete Eleanora und rang sich zu einem tapferen Lächeln durch. »Nichts weiter.«

Der Tag verstrich mit trübem Licht, das wie Rauch wirkte, der vor der Sonne vorbeizieht. Die Truppe kehrte zurück, ein lärmender Haufen, der liebevoll und lässig miteinander umging; sie akzeptierten Eleanora in ihrer bäuerlichen Tracht so vorurteilslos, wie sie von ihr akzeptiert werden wollten. Einer der drei Männer war älter und hatte einen weißen Haarschopf und die Angewohnheit, fortwährend Shakespeare zu zitieren; der andere war ein gebeugter Riese mit wenig Verstand und ansteckender blendender Laune, und der letzte war ein junger Adonis, der offenkundig in das jüngste und knackigste der weiblichen Truppenmitglieder verknallt war, ein blondes und entzückend naives Mädchen. Die anderen Frauen waren auf eine herbe Art attraktiv, doch ihr zynisches Lächeln schien auf weit mehr Erfahrung hinzuweisen, als sie auf der Bühne errungen haben konnten.

John Barclay überraschte sie. Nichts, aber auch nichts an ihm war auffällig, und das war, wie er ihr erklärte, für einen Schauspieler von Vorteil. Er war mittelgroß, hatte eine undefinierbare Haarfarbe, irgendwo zwischen rotblond und braun angesiedelt, einen sorgfältig gestutzten und gepflegten Bart und einen ebensolchen Schnurrbart und eine Persönlichkeit, die nur zum Tragen kam, wenn er seine Rolle annahm.

Schließlich wurde das Essen gekocht und aufgetragen, obwohl der Nachmittag schon recht weit vorangeschritten war. Während die anderen das Geschirr wegräumten, wurden die beiden jüngsten Truppenmitglieder, das verlobte Pärchen, mit einer Nachricht für Jean-Paul losgeschickt. Drehbücher wurden gemeinsam mit halbfertigen Kostümen und unvollendeten Kulissen herausgeholt. Bald war alles von Stecknadeln und Stoffschnipseln übersät, und es roch nach den Dämpfen von Leinöl und Terpentin.

Eleanora saß da und heftete eifrig den Saum eines Kleides um, das Lady Teazle im zweiten Akt tragen sollte. Während der Arbeit beobachtete sie voller Freude, wie eine der Schauspielerinnen ihren Text deklamierte und dabei ein Laken über ein improvisiertes Reifrockgestell drapiert hatte. Sie hatte das Kostüm fast fertiggestellt, als das junge Paar von der Kaserne zurückkam.

»Ah, mich deucht, ihr habt am Wegesrand getrödelt und seufzend Linderung gesucht«, scherzte der Shakespeareanhänger.

Mazie war weniger subtil. »Wo habt ihr gesteckt?« fragte sie barsch.

»Wir wollten herausfinden, was es mit all dem Aufruhr auf der Plaza auf sich hat. Wir waren sicher, daß ihr es gern wissen wollt«, sagte der junge Adonis und räumte ein Sofa frei, indem er alle Stoffe, die darauflagen, auf den Boden stieß.

»Aufruhr? Was für ein Aufruhr? Wir haben noch gar nichts davon gehört.«

»Es hat alles im Regierungsgebäude angefangen. Scheinbar hat Jean-Paul Villars heute morgen Colonel Farrell in dessen Büro den Fehdehandschuh hingeworfen.«

»Er... er hat ihn zum Duell herausgefordert?« sagte Eleanora mit matter Stimme.

»So erzählt man es sich. Es heißt, erst hätte der Colonel sich geweigert und sich auf seinen höheren Rang und so weiter herausgeredet, aber dieser Kreole aus Louisiana hat ihm eine lange Rede über irgendeinen Makel gehalten, mit dem die Familienehre behaftet ist. Ich schätze, er hat Farrell davon überzeugt, daß er seine Gründe hat, denn er hat eingewilligt, sich mit ihm zu duellieren.«

Mazie streckte die Hand aus und hielt Eleanora am Arm fest, als sie aufspringen wollte. »Warte mal einen Moment, Schätzchen.«

»Ich muß zu Jean-Paul gehen. Ich muß ihn daran hindern. Sonst wird er ermordet.«

Der junge Mann schüttelte den Kopf. »Zu spät. Sie haben sich heute nachmittag um fünf Uhr im Garten hinter der Kathedrale getroffen.«

»Soll das heißen... daß es schon vorbei ist?«

»Ja.«

»Und Jean-Paul?« hauchte Eleanora und erstarrte. Mazies Hand klammerte sich fester um ihren Arm, als erwartete sie das Schlimmste.

»Er ist putzmunter. Erwischt hat es den Colonel. Ihr Bruder hat ihn direkt unter dem Schlüsselbein getroffen, Miss Villars. Er hat wohl auf das Herz gezielt, aber als Farrell nicht geschossen hat, war er verwirrt und hat daneben geschossen. Farrell hat die Waffe zum Himmel gerichtet und mitten in die Luft geschossen. Ich kann euch sagen, den Tauben hat er einen Heidenschrecken eingejagt. Die einen glauben, daß er damit dem Beispiel General Walkers folgte, der bei Duellen immer in die Luft schießt, weil er sie ablehnt und nur daran teilnimmt, um nicht als Feigling dazustehen, andere sagen, damit hätte der Colonel eingestanden, daß er im Unrecht war.«

»Soll das heißen, er hat dagestanden und zugesehen, wie mein Bruder auf ihn geschossen hat?« flüsterte Eleanora.

»So etwa sieht es aus.«

Sie schüttelte den Kopf. »Ich kann es einfach nicht glauben.«

»Es ist die Wahrheit.«

»Aber warum?«

»Wer weiß, was in den Köpfen der Männer vorgeht?« sagte Mazie und erhob sich forsch. »Aber das ändert nichts. Der Colonel ist jetzt nicht mehr dein Problem.«

»Nein«, stimmte Eleanora ihr zu, »es sei denn – es werden doch nicht etwa Disziplinarmaßnahmen gegen Jean-Paul angestrengt, oder?«

Der junge Mann sah das Mädchen an seiner Seite an, die den Kopf schüttelte. »Soweit wir gehört haben, nein«, sagte er.

»John?« sagte Mazie und wandte sich an den Schauspieler.

»Soweit ich weiß, sind Duelle in Nicaragua nicht verboten, aber man nimmt an, daß Walker nichts davon hält. Ich glaube jedoch nicht, daß es zu Disziplinarmaßnahmen kommt.«

Eleanora beruhigte sich jedoch erst, als ihr Bruder kurz vor zehn auftauchte. Erleichtert umarmte sie Jean-Paul schon auf den Treppenstufen. Er war dünner und blasser geworden, was durch das Rot seiner Uniform noch unterstrichen wurde. Er erwiderte ihre liebevolle Umarmung zurückhaltend und wandte dann den Blick von ihr ab.

Als sie ihn den anderen vorstellte, ging es geräuschvoll und wirr zu. Jean-Pauls unfreundliches und reserviertes Benehmen machte Eleanora wütend.

»Können wir uns unter vier Augen sprechen?« fragte Jean-Paul.

»Ich bin sicher, daß sich das machen läßt«, erwiderte Eleanora betont, »falls meine Freunde uns entschuldigen.«

Sowie sie ihn in das mit Vorhängen abgeteilte Zimmer geführt hatte, das sie mit dem blonden Mädchen teilen sollte, fiel Jean-Paul über sie her. »Worauf hast du dich denn jetzt schon wieder eingelassen? Diese Menschen wirken wie Zigeuner.«

»Sprich nicht so laut«, sagte Eleanora heftig zu ihm. »Es sind Schauspieler, und sie sind sehr hilfreich und nett zu mir gewesen.«

»Schauspieler? Schwachköpfe, Huren und Zuhälter, das würde wohl eher zutreffen.«

»Jean-Paul«, rief sie erschrocken aus.

»Stell dich nicht an, Eleanora. So, wie du die letzten zehn Tage verbracht hast, brauchst du mir nicht vorzumachen, diese Worte seien dir nicht vertraut.«

»Ich hätte nie geglaubt, diese Worte jemals aus deinem Mund zu hören.«

»Und ich hätte nie geglaubt, dich in einer Situation vorzufinden, die diese Worte berechtigt erscheinen läßt. Du warst eine Dame, Eleanora.«

Eleanora erstarrte. »Das bin ich immer noch.«

»Versuch bloß nicht, mich zu täuschen. Du warst die Mätresse des Colonels.«

»Ja, das war ich. Und du hast dir die Gründe dafür wohl zusammengereimt, da du ihn zum Duell herausgefordert hast. Oder hast du es nicht um meiner, sondern um deiner eigenen Ehre willen getan, Jean-Paul?«

»Um des Familiennamens willen«, knurrte er mit fiebrig lodernden Augen.

»Du wirst mir verzeihen, aber ich glaube, noch nicht einmal Onkel Narciso, der selbst ein Libertin ist, wüßte es zu billigen, daß man die Familienehre reinwäscht, indem man hartherzig auf einen Mann schießt, der in die Luft geschossen hat.«

»Ich habe doch nicht... das heißt, ich war so erstaunt, daß ich nicht mehr zurückkonnte und keine Zeit mehr hatte, die Waffe ganz hochzureißen.«

»Du hättest keine Aufforderung zum Duell aussprechen dürfen, ohne vorher mit mir zu reden.«

»Wozu? Jeder in der ganzen Stadt weiß, daß der Colonel dich auf der Straße aufgegriffen und wie eine gewöhnliche Dirne in sein Haus getragen hat.«

»Er hatte Grund zu glauben, genau das sei ich«, sagte sie mit einer matten Geste.

»Wegen dieser Frau da drüben, dieser Mazie.«

»Sie hat es nur gut gemeint.«

Er starrte sie an und wandte dann den Blick ab. »Es tut mir leid. Ich hätte nicht so mit dir reden dürfen. Es ist nur so, daß ich... ich fühle mich so schuldbewußt. Vielleicht kannst du mir verzeihen, Eleanora, daß ich dich hierhergebracht habe, in dieses gottverlassene Land.«

Sie streckte die Hand aus und legte sie auf seinen Arm. »Quäle dich nicht, Jean-Paul. Ich hätte nicht herkommen müssen. Manche Dinge passieren eben.«

»Du kannst nicht Ursache und Wirkung außer acht lassen.«

»Nein, aber ich muß mich davon auch nicht verkrüppeln lassen.«

»Das ist nicht gerade eine tröstliche Philosophie. Sie tut Gott als eine Krücke ab.«

»Und sie läßt Ihm Zeit für wesentlichere Dinge.«

Eleanora konnte Jean-Paul nicht überreden, zum späten Abendessen zu bleiben. Er fühlte sich nicht wohl unter den Schauspielern und Schauspielerinnen. Er deutete jedoch in keiner Form an, Eleanora solle von dort fortgehen. Ihm war klar, daß sie keinen sichereren Ort hatte, an den sie hätte gehen können.

Das Einkaufen, die Haushaltsführung und das Nähen waren die Dinge, in denen sie sich geschickt anstellte. Mit dem liebenswürdigen Riesen oder John Barclay an ihrer Seite, die ihren Korb trugen und ihr als beschützende Begleiter dienten, übernahm sie die Lebensmitteleinkäufe und schließlich auch die regelmäßige Zubereitung der Mahlzeiten. So begann sie in den folgenden Tagen, für ihre Unterkunft und Verpflegung zu bezahlen. Sie hielt sich oft auf dem Hauptplatz auf, weil es in dem umgebauten Theater wenig Möglichkeiten gab, Lebensmittel zu lagern. Am Morgen und dann am Nachmittag noch einmal schlenderte sie an dem Palacio vorbei. Wenn der große Mann an ihrer Seite war, schickte sie ihn zu den Wachen, die noch vor den Türen aufgestellt waren, damit er sich danach erkundigte, wie es dem Colonel ging. Sie sprach nie von ihm als Grant. Das war eine höfliche Tarnung, und alle spielten mit.

Stück für Stück konnte sie sich ein Bild davon zusammensetzen, was sich im Palacio abspielte, wenn ihr das, was sie hörte, auch gar nicht paßte. Grant war außer Gefahr, aber seine Wunde hatte sich entzündet. Walkers Stabsarzt, Dr. Jones, hatte die Bleikugel entfernt und ihn der Obhut eines Sanitätsunteroffizlers unterstellt, eines Nicaraguaners, der so breit wie hoch war. Er fürchtete sich vor dem Colonel zu Tode und brachte ihn damit auf die Palme. Señora Paredes versetzte ihn auch ständig in Wut, weil sie so nervös war und sich ganz den Befehlen des Sanitäters beugte und keineswegs seinen persönlichen Wünschen. Er weigerte sich, im Bett zu bleiben, und er zog es vor, den Tag auf einem Stuhl am Tisch zu verbringen, und dort arbeitete er so hart, wie er an seinem Schreibtisch im Regierungsgebäude gearbeitet hätte. Er hatte auch ebenso viele Besucher, die mit ihren Problemen kamen, und seine Arbeitszeit war so lang wie sonst auch. Wenn er auch nie klagte, dann benutzte er doch seinen linken Arm nur, wenn es unbedingt notwendig war; nach Ansicht des Sanitäters benutzte er den Arm sogar von Tag zu Tag weniger.

Einen Teil ihrer Informationen über die Fortschritte, die Grant machte, bekam sie von Luis. Er kam gerade aus dem Regierungsgebäude, als sie auf ihrem zweiten Einkaufsbummel für die Truppe die Plaza überquerte.

»*Chiquita*! Wie sehr Sie mir gefehlt haben! Ich habe mir jeden Morgen gelobt, Sie noch am selben Tag zu besuchen. Grant wollte mir nicht sagen, wohin Sie gegangen sind, aber ich habe meine eigenen Mittel, solche Dinge herauszufinden. Trotzdem arbeite ich durch diese Geschichte mit Grant wie hundert Pferde. Ich bin Walkers rechte Hand, solange Grant außer Gefecht gesetzt ist, und ich sage Ihnen, mich verwundern die physische Stärke und die Willenskraft meines Freundes. Allein heute morgen habe ich mir schon ein dutzendmal gesagt, für meinen General arbeite ich mich noch tot – oder ich schneide ihm die Kehle durch!«

Er begleitete sie bis zur Kathedrale, denn dort bog sie in eine Seitenstraße ein, die von der Calle Celia abging. Dort blieben sie unter üppigem weißem Jasmin stehen, der über die Mauer eines

Patio hing. Die Blütenblätter lagen so dicht wie Schnee auf dem Boden, als wollten sie die Abfälle verbergen, die unter ihren Füßen in der offenen Abwasserrinne lagen. Luis sagte auf einmal bekümmert: »Ich machte mir Sorgen um Grant. Dieser Médico Jones ist gar nicht mal schlecht, aber er hat in den letzten Monaten viele Wunden gesehen. Wenn aus einem Loch kein Blut sprudelt und wenn der Knochen nicht zu sehen ist, dann fühlt er sich nicht mehr herausgefordert. Er vergißt die Gefahren, die das Klima mit sich bringt, und er kommt einem Mann nicht entgegen, der sich nicht hinlegen und seinem Körper die ganze Arbeit überlassen will.«

Es gab nichts, was Eleanora hätte tun können, dennoch setzten Luis' Bedenken ihr gegen ihren Willen zu. Am nächsten Morgen sah sie den Palacio lange an, der in der frühen Morgensonne noch verschlafen dastand. Das trug nicht gerade dazu bei, daß ihre Ängste sich legten. Was war, wenn Grant starb? Es konnte gut sein, daß der General Jean-Paul erschießen ließ, wenn er seinen stellvertretenden Kommandeur verlor.

Die Tür, die von dem Schlafzimmer, das sie mit Grant geteilt hatte, auf die äußere Galeria führte, stand offen. Als sie verstohlen dort hinsah, glaubte sie, in dem Dunkel des Zimmers eine Bewegung wahrzunehmen. Mit hocherhobenem Kopf lief sie weiter; sie rang sich sogar zu einem Lächeln durch und richtete eine Bemerkung an John Barclay, der neben ihr herlief.

Auf dem Rückweg begegnete ihnen Grants Pfleger, der auf das Regierungsgebäude zurannte. Sein rundes Gesicht war aschfahl, und er rief den Wachen im Näherkommen zu: »*Hola!* Holt sofort den Médico – *pronto!* Colonel Farrell ist gestürzt – und er kommt nicht wieder zu sich!«

Sowie er seine Nachricht übermittelt hatte, machte der Mann auf dem Absatz kehrt und raste keuchend zurück zu dem Palacio. Ohne nachzudenken, lüpfte Eleanora ihre Röcke und eilte hinter ihm her. Aus der Ferne konnte sie den dunklen Umriß von Señora Paredes sehen, die auf der Galeria kauerte. Sie war über Grant gebeugt und bemühte sich, seinen Kopf vor der heißen Sonne zu schützen.

Eleanora lief an den Wachen vorbei, ohne angehalten zu werden. John Barclay wurde genauso lange aufgehalten, wie es sie Zeit kostete, sich umzudrehen und sich für ihn zu verbürgen. Sowie das geschehen war, folgten die beiden dem Sanitäter die Treppe hinauf zu dem Zimmer, das sie erst vor so kurzem in wütender Hast verlassen hatte.

Als der Sanitäter sie bemerkte, schien er beunruhigt zu sein, doch seine Erleichterung darüber, nicht mehr allein die Verantwortung für das Leben des Colonels zu tragen, siegte über seine Skrupel. Zu viert brachten sie Grant auf einer improvisierten Bahre wieder ins Haus und legten ihn aufs Bett, wo er regungslos lag.

Der Sanitäter zog ihm die Stiefel aus. Eleanora kämpfte gegen eine Woge von Übelkeit an, in die sich der salzige Geschmack unvergossener Tränen mischte, und sie streckte die Hand aus, um seinen Arm zurechtzurücken, der in seiner Schlinge zu hoch auf seiner Brust lag. Bei dieser Bewegung verrutschte das Dreieck aus schwarzer Baumwolle und legte die dicke Bandage unter seinem Hemd frei. Dann fing das Rot seines Hemds über seiner Schulter an, sich dunkler zu verfärben.

John Barclay holte hörbar Luft. »Er blutet. Die Wunde muß durch den Sturz wieder aufgegangen sein.«

10. Kapitel

Dr. Jones war forsch und tüchtig, ein Mann, der auf die mittleren Jahre zuging. Er hatte graues Haar, das in der Mitte gescheitelt und voller Pomade war, eine Brille mit Stahlgestell, und er trug einen Arztkittel aus weißer Baumwolle, auf dem die Überreste alter Blutflecken zu sehen waren, die sich nicht entfernen ließen. Er schnitt den Verband von dem Mann herunter, der nach wie vor bewußtlos war, und unbeteiligt sah er sich die eiternde Wunde mit dem angeschwollenen Fleisch an. Als der unverwechselbare Fäulnisgeruch in seine Nase drang, runzelte er ein wenig die Stirn und winkte den Sanitäter heran, der die Flasche mit verdünntem Phenol in der Hand hielt.

Eleanora zuckte zusammen, als sie zusah, wie er das Loch gründlich säuberte. Ihre Finger prickelten vor Verlangen, dem Arzt das Tuch aus der Hand zu reißen und die Aufgabe mit größerer Sorgfalt selbst zu beenden.

Der Geruch des Phenols reinigte die Luft, und dann begann der Arzt, die Wunde wieder zu verbinden. Auf einen scharfen Befehl hin sprang der Sanitäter, der von seiner Suche nach dem Arzt jetzt noch außer Atem war, ans Bett, um den reglosen Mann hochzuheben und umzudrehen und das dicke Stoffpolster auf die Wunde zu pressen, damit es nicht verrutschte, während sie verbunden wurde.

Als der Verband verknotet worden war, trat der Arzt zurück. »Und jetzt will ich wissen, wie Colonel Farrell stürzen konnte, während Sie auf ihn aufpaßten«, sagte er zu dem schwitzenden Nicaraguaner.

»Ich weiß es nicht, Sir. Er hat über Fieber geklagt. Ich habe das kalte Wasser geholt, um ihm damit Kühlung zu verschaffen, wie es mir gezeigt worden ist, aber davon wollte er nichts wissen. Er hat gesagt, ich soll es wieder wegbringen. Er war nicht er selbst, das konnte ich in seinen Augen sehen, aber was hätte ich schon tun können? Er ist schließlich der Colonel. Ich habe das Wasser genommen und wollte es wieder fortbringen. In dem Moment habe ich gehört, wie er jemandem unten auf der Straße etwas zurief, und als ich das Zimmer wieder betreten habe, hat er auf dem Boden gelegen. Ist er in Lebensgefahr, Sir? Wird er sterben?«

»Ganz so schlimm ist es nicht«, sagte der Stabsarzt. »Er hat eine Beule auf dem Kopf, die so groß wie ein Gänseei ist. Angesichts dessen und seines geschwächten Zustands wird es ein Weilchen dauern, bis er wieder zu sich kommt. Wenn Sie nicht besser auf Ihren Patienten aufpassen können, werden Sie wieder im Feldlazarett arbeiten müssen.«

»Ich werde meine Sache besser machen, Señor Médico, das verspreche ich Ihnen. Aber Sie müssen dem Colonel sagen, daß er mir erlaubt, ihn zu pflegen.«

»Es ist Ihre Aufgabe, ihn dazu zu überreden.«

»Ich weiß, Sir, aber wer könnte den Eisernen Krieger dazu überreden, etwas gegen seinen Willen zu tun, und sei es auch das Beste für ihn?« Der Mann zuckte hilflos die Achseln.

Eleanora blickte von den eingesunkenen Höhlen unter Grants hohen Wangenknochen auf. »Ich könnte es versuchen.«

Der Arzt drehte sich so plötzlich zu ihr um, als sähe er sie zum ersten Mal. »Und wer sind Sie?«

»Ich... ich bin die Mätresse des Colonels«, sagte sie.

»Ich verstehe«, sagte er und nickte mit zusammengekniffenen Augen. »Die Frau, die all das verursacht hat?«

Eleanora erwiderte nichts darauf. Der Arzt musterte ihr stolzes Kinn, den festen Mund und den unbeirrbaren Blick ihrer grünen Augen. Dann nickte er. »In Ordnung. Der Sanitäter wird Ihnen bei den schwereren Arbeiten helfen, aber wenn Sie ihn lieber nicht um sich hätten, sagen Sie es einfach.«

»Ich bin ganz sicher, daß ich ihn brauchen werde.«

»Gut. Dann überlasse ich Colonel Farrell jetzt Ihnen. Allerdings müssen Sie Ihre Sache weiß Gott besser machen als unser Pedro.«

Seine Anweisungen waren kurz und präzise. Sowie er sie erteilt hatte, hob er seine Ledertasche auf und ging zur Tür; der weiße Kittel flatterte um seine Knie.

John Barclay legte eine Hand auf Eleanoras Schulter. »Sind Sie sicher, daß Sie das übernehmen wollen?«

»Ich muß es tun«, erwiderte sie. »Aber Sie brauchen nicht hierzubleiben. Die Truppe wird frühstücken wollen.«

»Ja«, stimmte er ihr mit einem kläglichen Blick auf den Korb zu, den er in der Ecke neben der Tür abgestellt hatte, damit er nicht im Weg stand. »Ich lasse Sie nur ungern allein hier zurück.«

»Ich komme schon zurecht. Schließlich bin ich ja nicht allein.«

»Nein, aber ich muß mich vor Mazie rechtfertigen, verstehen Sie«, sagte er, und sein Mund verzog sich mit leisem Humor unter seinem Schnurrbart. »Wahrscheinlich taucht sie sehr schnell auf, um Ihnen das hier auszureden.«

»Sie können ihr gleich sagen, daß es ihr nicht gelingen wird«, warnte sie.

»Ich glaube nicht, daß das für Mazie etwas ändert. In der Hinsicht ist sie Ihnen sehr ähnlich. Sie muß es wenigstens versucht haben.« Er legte einen Finger unter ihr Kinn und beugte sich vor, um ihr einen zarten Kuß auf die Wange zu drücken. Dann wandte er sich ab, nahm den geflochtenen Korb und verließ das Zimmer.

Das Geräusch, mit dem die Tür zufiel, hallte laut durch die Stille. Eleanora holte tief Atem und schüttelte sich innerlich, um sich einen Ruck zu geben. Der Sanitäter beobachtete sie mit geduldigen Augen. Sie lächelte ihn an. »Ich glaube, Pedro, als erstes werden wir ihn wieder mit kaltem Wasser abreiben.«

Dieses Schwammbad senkte zwar sein Fieber, ließ Grant aber nicht zu sich kommen, und auch das Rasieren brachte ihn nicht wieder zu Bewußtsein, ließ ihn aber lebendiger aussehen. Als auch das Riechsalz, das sie ihm unter die Nase hielt, wirkungslos blieb, gab Eleanora ihre Bemühungen auf. Sie schickte den Sanitäter aus dem Zimmer, zog sich einen hochlehnigen Stuhl ans Bett und setzte sich. Sie saß immer noch da, als Señora Paredes ihr auf einem Tablett das Mittagessen brachte.

Die Frau stellte ihre Last auf dem Tisch ab, ehe sie Eleanora direkt ansah, und als sie es tat, war ihr Blick verschleiert. Sie schlang die Hände ineinander und sagte: »Ich habe eine klare Brühe für den Colonel gemacht, eine kräftige Rindfleischsuppe.«

»Ich werde dafür sorgen, daß er sie ißt, wenn er wieder bei Bewußtsein ist.«

»Steht es schlimm um ihn?«

»Der Arzt glaubt es nicht, aber da bin ich anderer Meinung.«

»Dieser Pedro schlägt sich in meiner Küche den Bauch voll. Brauchen Sie ihn?«

»Im Moment nicht.«

»Ich sorge dafür, daß er nicht fortgeht. Wenn Sie nach draußen gehen und von der Galeria rufen, schicke ich ihn zu Ihnen.«

»Danke«, sagte Eleanora.

Die Frau verließ das Zimmer.

Als der Nachmittag voranschritt, begann Grants Fieber wieder zu steigen. Bei Anbruch der Dunkelheit wurde er unruhig und fing an, an dem Bettzeug zu ziehen und sich die Hand auf die Schulter zu pressen. Als sie den Verband etwas lockerte, schien das eine Zeitlang zu helfen, doch schon bald drehte er den Kopf auf dem Kissen von einer Seite auf die andere und stieß das Bettzeug von sich, als kämpfte er gegen die Einengungen an.

Es gab wenig, was sie tun konnte, außer ihn wieder mit kaltem

Wasser abzuwaschen. Eleanora konnte nur dasitzen, ihn beobachten und nachdenken. Was hatte sie getan? Es war dumm von ihr gewesen, wieder hierherzukommen, eine alberne Gefühlsduselei, der sie sich hingegeben hatte, und das nur, weil sie den Verdacht gehabt hatte, Grant hätte ihr etwas nachgerufen, als er gestürzt war. Vielleicht war das aber auch eher ein Wunsch als ein Verdacht? Es war einfach lachhaft. Oder doch nicht? Sie hatte keinen Moment lang gezögert, als sich ihr eine Gelegenheit geboten hatte, zu ihm zurückzukehren. War das Pflichtbewußtsein dann vielleicht nur ein Vorwand? Bestimmt nicht. Sie empfand es als eine wirkliche Verpflichtung. Grant wäre unverletzt, wenn sie nicht gewesen wäre. Der Anblick eines starken Mannes, der zu einer derartigen Hilflosigkeit verdammt war, hätte bei jedem Mitgefühl aufkommen lassen. Sie war zwar zu Tränen gerührt, aber das hieß noch nicht, daß sie ihn liebte, oder? Es würde anders aussehen, wenn er wieder er selbst war, wach, sachlich, auf den Füßen. Dann würde er keine Verwendung mehr für sie haben. Sie wünschte sich, bereits fort zu sein, wenn dieser Zeitpunkt kam.

Viermal kam ein Kurier aus dem Regierungsgebäude an die Tür und verlangte, den Patienten zu sehen. Jedesmal sagte Eleanora ihm, der Colonel dürfte nicht gestört werden. Beim vierten Mal, als das Klopfen Grant aus dem Schlaf riß, der natürlich zu werden begann, brauste Eleanora auf. »Teilen Sie General Walker mit, daß Colonel Grant bewußtlos und nicht in der Lage ist, Fragen zu beantworten oder Berichte vorzubereiten oder ihm auch nur in irgendeiner Form nützlich zu sein, und wenn er ihn je wieder im Amt sehen möchte, dann täte er gut daran, ihn in Ruhe zu lassen!«

»Und was soll ich sagen, wenn er fragt, von wem ich diese Nachricht überbringe?« hatte der Soldat grimmig gefragt.

»Von Eleanora Villars, seiner Mätresse!«

Wieder einmal hatte sie es öffentlich bekundet. Als der Mann gegangen war und sie ihren Posten neben dem Bett wieder bezogen hatte, saß Eleanora mit einer Hand auf dem Mund da und starrte das schroffe Gesicht des Mannes an, der dalag. Das Herz schlug mit der schmerzhaften Schwere eines bleiernen Gewichts in ihrer Brust. Langsam und dann mit zunehmender Heftigkeit pochte ihr Kopf im Rhythmus ihres Herzschlags. Für jemanden von ihrer Herkunft kam der Wunsch, sich jemandem als Mätresse zu verschreiben, der Liebe bedenklich nah. Und das, obwohl dieser Mann sie mit Gewalt genommen hatte, sie als Gefangene gehalten hatte und sie, als er ihrer überdrüssig geworden war, weggeschickt hatte. Wenn sie sich dennoch nicht von ihm lossagen konnte, war diese Liebe doch eine erwiesene Tatsache, oder?

Grant bewegte sich. Sie streckte die Hand aus und strich ihm das dunkle Haar zurück, legte ihre kühle Hand auf seine glühende Stirn. Tonlos murmelte er etwas vor sich hin. Eleanora beugte sich vor, um die Worte zu verstehen, doch er blieb still liegen, eine lange Gestalt unter dem Laken, und sagte nichts mehr. Als sie jedoch die Hand zurückzog, wurde er wieder unruhig, und daher blieb sie mit ausgestrecktem Arm sitzen, bis ihre Rückenmuskeln sich verkrampften und schmerzten und der Sanitäter den verdunkelten Raum betrat und eine angezündete Kerze brachte, um sie abzulösen, solange sie ihr Abendessen zu sich nahm.

Die Nacht verging qualvoll langsam. Stündlich verschlimmerte sich Grants Zustand. Er wälzte sich im Delirium von einer Seite auf die andere und schien den Marsch von Sonora noch einmal zu durchleben. Der Gedanke an Wasser ließ ihn nicht los, doch obwohl Eleanora und der Sanitäter seine Lippen anfeuchteten und immer wieder Tropfen in seine Kehle rinnen ließen, konnten sie seinen Durst nicht stillen. Anfangs beruhigten ihn ihre Berührungen noch, doch bei Einbruch der Dämmerung versagte die Wirkung, und sie mußten ihn gewaltsam davon abhalten, aus dem Bett aufzustehen und durch das Zimmer zu wanken. Die Verbände, die sie schon früher gelockert hatten, spannten wieder, weil seine Schulter anschwoll. Rote Striemen zogen sich über seinen Arm und bildeten ein Muster auf seiner Brust.

Eleanora zog sein Nachthemd zurück, um sich die Striemen anzusehen, und biß sich auf die Lippen. Es mußte etwas unternommen werden, und zwar schnell, denn sonst würde er sterben. Trotz oder vielleicht auch wegen der Worte, die Luis über Dr. Jones verloren hatte, setzte sie wenig Vertrauen in die Bereitschaft des Arztes, diese Notwendigkeit anzuerkennen. Sie erinnerte sich an die gründliche und teilnahmsvolle Arbeit ihres Vaters, die dem nachlässigen Verhalten von Dr. Jones vollkommen entgegenstand.

Als diese Erinnerungen ihr durch den Kopf gingen, blickte Eleanora zu dem Sanitäter auf, der im Halbschlaf auf einem Stuhl am offenen Fenster hing. »Pedro«, rief sie, »bringen Sie Wasser zum Kochen. Suchen Sie die Rasierklinge des Colonels, und werfen Sie die Klinge in den Topf, und dann fügen Sie zwei Hände voll Salz hinzu. Wenn das Wasser anfängt zu sieden, bringen Sie alles nach oben.«

»Señorita, ich... ich könnte den Colonel nicht anrühren, falls es das ist, das Sie vorhaben.«

»Ich habe nicht die Absicht, es Ihnen zu überlassen.«

»Dann wollen Sie – aber, Señorita, Sie haben doch keine Erfahrung auf diesem Gebiet. Sie werden ihn umbringen.«

»Ich verspreche Ihnen, daß ich ihn nicht umbringen werde, aber wenn es doch dazu kommen sollte, verspreche ich Ihnen auch, daß ich Dr. Jones alles erklären werde, und wenn es sein muß, erkläre ich es sogar William Walker persönlich.«

Ihm wäre es am liebsten gewesen, dachte sie, geradewegs zu

Dr. Jones zu laufen. Eleanora versuchte nicht, ihn davon abzuhalten, ein Umstand, der ihm Sorgen zu bereiten schien. Er saß zwischen zwei Stühlen, hatte Angst davor dazubleiben und ihr zu helfen, fürchtete sich aber auch davor, aus dem Haus zu laufen und beschuldigt zu werden, er hätte seinen Patienten wieder einmal im Stich gelassen. Trotz ihrer Beteuerungen veranlaßte den Sanitäter nur ihre Drohung, die Vorbereitungen selbst zu treffen und sich allein mit Grant zu befassen, keine weiteren Einwände zu erheben und ihr zu gehorchen.

Mit der Schere, die zu den Nähsachen gehörte, die Grant für sie besorgt hatte, schnitt sie den Verband auf. Das Loch klaffte und war verfärbter als am Vortag, und trotz des Phenols, das der Stabsarzt darauf getupft hatte, roch die Wunde noch genauso schlecht. Mit ihrer Schere nahm Eleanora eine Kompresse aus eierschalfarbenem Leinen und tauchte sie in das dampfende Salzwasser. Sie preßte sie seitlich gegen den Topf, um das überschüssige Wasser herauszudrücken, hielt sie einen Moment lang hoch, damit sie sich ein wenig abkühlen konnte, und dann legte sie das dampfende Tuch auf die Wunde.

Grants Arm zuckte, und ein Schauer überlief ihn, doch er blieb still liegen. Langsam lockerte der Sanitäter den Griff, mit dem er den anderen Arm gepackt hielt. Sie wiederholte dieses Vorgehen mehrmals, und jedesmal benutzte sie ein neues Tuch, wie ihr Vater es ihr gezeigt hatte. Salz half, Fäulnis zu verhindern; wurde nicht auch Fleisch gepökelt, um es haltbar zu machen? Salzwasser half auch, die Seifenreste von der Rasierklinge zu lösen.

Das tote Fleisch an den Wundrändern verfärbte sich unter ihrer Behandlung weiß. Eleanora biß die Zähne zusammen, legte ihre Schere hin und griff nach der Rasierklinge. Mit der linken Hand straffte sie die Haut seiner Schulter und senkte die Klinge behutsam. Plötzlich bewegte sich Grant, und seine rechte Hand hob sich, um sich mit lähmender Kraft um ihr Handgelenk zu legen.

Er war so lange Zeit gefühllos gewesen, daß Eleanora ihn für völlig schmerzunempfindlich gehalten hatte. Sie hatte geglaubt, er nähme nicht wahr, was mit ihm geschah. Jetzt sah sie ungläubig in seine Augen, die leuchtend blau und fieberschwer waren. Sein Blick glitt von der Rasierklinge in ihrer Hand über ihren Arm zu ihrem Gesicht, das über ihn gebeugt war. Allmählich lockerte sich sein Griff, und seine Hand fiel schlaff von ihr. Sein Gesicht glättete sich. Seine Lider senkten sich flatternd.

Eleanora stand still da und beobachtete, wie die roten Abdrücke auf ihrem Handgelenk verblaßten. Die Rasierklinge in ihrer Hand zitterte vor nervlicher Anspannung. Hatte er wieder das Bewußtsein verloren? Hatte er ihr in diesem kurzen Moment mitzuteilen versucht, sie sollte ihn nicht anrühren?

Ihre Zweifel wurden beseitigt, als er in die angespannte Stille hinein sprach. »Worauf wartest du noch?«

Sie zögerte noch einen Moment, dann konzentrierte sie sich ganz auf die Aufgabe, die ihr bevorstand. Mit schnellen, sicheren Schnitten entfernte sie die weißgefärbte Haut, die keine Nerven mehr hatte, und schabte die Wunde vorsichtig so weit aus, wie es nötig war. Als das getan war, legte sie die Rasierklinge zur Seite und preßte die Finger fest auf die andere Seite der Wunde und übte einen sachten Druck aus, den sie jedoch stetig verstärkte. Eiter mit Blutstropfen darin kam heraus, doch es schwamm auch noch etwas anderes darin, was sie schon fast erwartet hatte vorzufinden: kleine rote Stoffstücke. Es waren winzige Fetzen von Grants Hemd, die die Kugel ihres Bruders in die Wunde gepreßt hatte. Die größeren Teile hatte zwar der Stabsarzt entfernt, aber diese kleineren Teile waren in der frischen blutenden Wunde nahezu unsichtbar gewesen, und er hatte sie nicht finden können.

»Pedro«, sagte Eleanora und wies mit einer Kopfbewegung

auf das Leinentuch, das schon bereitgelegt worden war. Sorgsam wischte er das Geronnene ab. Insgesamt viermal spülten sie die Schußverletzung aus, bis Eleanora zu ihrer Zufriedenheit feststellte, daß nichts mehr darin war, was nicht dort hätte sein sollen. Sie wandten ein letztes Mal Phenol an, verbanden die Wunde und hatten es geschafft. Grant war blaß und um die Lippen herum weiß, aber sein Pulsschlag ging gleichmäßig und fest. Als der Sanitäter seinen Kopf hochhielt, konnte er ein wenig Wasser trinken, in das sie ein paar Tropfen Opiumtinktur aus dem Fläschchen geschüttet hatte, das sie in seinem Arzneikasten gefunden hatte.

Stumm, um Grant nicht aufzustören, bedeutete sie Pedro mit einer Geste, das Zimmer mit den schmutzigen Verbänden und dem Wassertopf zu verlassen, und dann nahm Eleanora das Phenol und die Rasierklinge und wollte sich damit entfernen. Sie war erst einen Schritt weit gekommen, als sie merkte, daß sie festgehalten wurde. Sie blieb stehen und schaute an sich herunter. Grants linke Hand hatte sich in ihre Röcke gekrallt.

Diese Geste verletzte sie mehr als irgend etwas zuvor. Der Schmerz keimte in ihrem Innern auf, machte sie völlig wehrlos und bestürmte ihr Herz mit dem Strom bitterer Tränen. Sie rührte sich nicht, bis das Opium zu wirken begann und seine Finger schlaff von ihr abfielen, weil er eingeschlafen war.

Es war Spätnachmittag, und die Brise vom See her begann, kühl über das Wasser und die blauen Schatten zu wehen, als Dr. Jones dem Palacio wieder einmal einen Besuch abstattete. Er blieb in der Tür stehen und zog die Augenbrauen über sein Brillengestell hoch. »Was ist denn das?« brummte er, als sein Blick von Eleanora, die mit einer Schale voll Rindfleischsuppe in der Hand auf der Bettkante saß, auf Grant fiel, hinter dem sich ein Berg von Kissen türmte, um ihn im Sitzen zu stützen.

Luis, der auf dem Tisch hockte, gab ihm eine Antwort darauf. »Das ist eine Demonstration ungezügelter Courage. Mein *amigo* ist so erbost wie eine Klapperschlange mit zwei Schwänzen, die beide weh tun, und Eleanora unternimmt den Versuch, ihn zu füttern. Das wäre tatsächlich sehr gefährlich, wenn er nicht so schwach wäre, daß er kaum mehr tun kann, als mit den Rasseln zu klappern.«

»Ich kann es nicht glauben«, sagte der Arzt und ging auf das Bett zu. »Guten Abend, Colonel. Ich hätte nicht erwartet, Sie bei so guter Gesundheit vorzufinden. Sie geben mir den Glauben an Wunder wieder.«

Grant sah erst ihn an und bemerkte dann die Fröhlichkeit, die in Luis' braunen Augen tanzte. »Guten Abend«, sagte er betont unfreundlich.

»Sie werden dem Colonel verzeihen müssen«, sagte Luis, und ein Lachen war aus seiner Stimme herauszuhören. »Wir haben gerade über die engelsgleiche Natur von Eleanoras Heilkräften gesprochen, aber da sie den Morgen damit zugebracht hat, an Grant herumzuschneiden, ist er nicht dazu aufgelegt, ihre Fähigkeiten zu würdigen.«

»Zu schneiden«, fragte der Stabsarzt. »Das will ich mir mal ansehen.«

Eleanora meldete sich schnell zu Wort. »Mir wäre es lieber, wenn er erst seine Suppe aufißt, ehe er gestört wird. Es ist das erste Mal seit zwei Tagen, daß er etwas zu sich nimmt.«

Dr. Jones blieb stehen, und sein aufbrausender Blick traf auf den klaren grünen Verstand in Eleanoras Augen. Er nickte und sah sich nach einem Stuhl um. Dann setzte er sich und wartete.

»Eine bemerkenswerte Leistung«, sagte er ein wenig später, als er den Verband wieder anbrachte. Nach einem schnellen Blick auf die Wunde hatte er sich nicht die Mühe gemacht, Eleanoras Verband ganz zu entfernen.

Auf seinen erwartungsvollen Tonfall hin erzählte Eleanora dem Stabsarzt von ihrem Vater.

»Ich wiederhole, was ich gestern schon gesagt habe. Colonel Farrell ist glücklich dran. Ich hätte gestern schon tun sollen, was Sie heute morgen getan haben, aber ich hatte zwei Amputationen vorzunehmen, und im Krankenhaus hat schon ein gebrochenes Bein auf mich gewartet. Dann wurde von einem Scharmützel an der Grenze von Costa Rica berichtet. Die Verwundeten sind gestern abend eingeliefert worden, insgesamt acht Männer, darunter fünf Schwerverletzte.«

»Ich dachte, daß wir im Frieden leben«, rief Eleanora aus.

»So ist es auch«, erwiderte Dr. Jones voller Ironie, »aber die Grenzpatrouillen an beiden Grenzen, der zu Honduras und der zu Costa Rica, können es nicht lassen, aufeinander loszuballern. Ab und zu wird eine Grenzstreife auf der falschen Seite der Grenzlinie entdeckt, und dann ist der Teufel los.«

Der Arzt verabschiedete sich, und Eleanora begleitete ihn aus dem Zimmer zur Haustür. Dort sprach der Arzt von der besorgniserregend zunehmenden Zahl der Verwundeten infolge der Widerstandskämpfe gegen Walker. Er sagte Eleanora, daß es ihn freuen und ihm helfen würde, wenn sie sich bereit erklärte, im Lazarett mit anzupacken. Eleanora versprach ihm, darüber nachzudenken, und nachdem er sie noch einmal mit Komplimenten überschüttet hatte, ging er.

Grant genas zusehends. Anfangs schlief er noch die meiste Zeit. Wenn er wach war, schwankte seine Stimmung zwischen Wut und einer beunruhigenden Gefügigkeit. Dann lag er da und beobachtete jede ihrer Bewegungen, bis sie sich vor Verlegenheit ungeschickt anstellte. Nachts stand sie manchmal aus ihrem Bett im Nebenzimmer auf und tappte durch die Dunkelheit über die Galeria, um sich zu vergewissern, daß sich sein Zustand nicht verschlechterte. Oft hatte sie den Eindruck, wenn sie neben seinem Bett stand, daß ihre Gegenwart ihn weckte, obwohl sie sich bemühte, ganz still zu sein. Aber sie war sich nie sicher; sie hatte keinerlei Verlangen, seine Aufmerksamkeit auf ihre Nachtwache zu lenken, und sie glaubte, daß er ihr ebensowenig eingestehen wollte, daß er davon wußte.

Luis war der einzige Besucher, der zu ihm vorgelassen wurde. Allmählich stellten die Boten des Regierungshauses ihre Besuche ein und übermittelten ihre dringlichsten Anliegen über den Oberleutnant. Mit der Zeit lernte Eleanora, seinem Urteil zu vertrauen, wieviel oder wie wenig man Grant zum jeweiligen Zeitpunkt abverlangen sollte. Der Spanier war von Natur aus höflich, und er achtete darauf, seinen Freund nicht übermäßig zu strapazieren. Nach und nach verlagerten die beiden Männer ihre Arbeit wieder vom Bett zum Tisch. Solange Luis bei Grant war, konnte Eleanora unbesorgt ausspannen und sich um ihre eigenen Angelegenheiten kümmern, ihre Kleider reinigen, sich das Haar waschen und spezielle Lebensmittel auf dem Markt besorgen.

Als sie bei einem Einkaufsbummel Mazie auf der Plaza traf, lud sie sie zu einer Tasse Kaffee ins Haus ein. Nachdem sie sich mit ihren Tassen in den Patio gesetzt hatte, erkundigte sich Eleanora nach der Truppe.

»Es läuft gut«, berichtete Mazie. »Im Moment sind alle ganz aufgeregt wegen des neuen Stücks. Übermorgen ist die Uraufführung, verstehst du. Wenn es Grant bis dahin wieder bessergeht, müßt ihr beide unbedingt kommen und euch das Stück ansehen, ehe es abgesetzt wird. Und wenn du den General siehst, könntest du ein gutes Wort für uns einlegen. Der Rest der Truppe wäre begeistert, wenn er ins Theater käme, und der Kasse würde sein Besuch auch guttun.«

»Ich werde es versuchen«, sagte Eleanora kläglich. »Ich glaube aber nicht, daß der General im Moment besonders gut auf mich zu sprechen ist, da ich ihm den Zugang zu seinem liebsten Offizier verweigert.« Eleanora wechselte das Thema und fragte Mazie: »Wie steht es mit deiner Freundschaft mit John Barclay?«

Mazie antwortete nach kurzem Zögern: »Ich werde ihn heiraten.«

»Das überrascht mich aber. Er scheint nicht der Typ Mann zu sein, den ich… den du…«

»Weil er nicht reich ist? Geld zählt nur, wenn etwas anderes fehlt.«

»Was zum Beispiel?«

»Respekt, Zuneigung, gemeinsame Interessen.«

Sie hatten das Wort Liebe beide sorgsam gemieden. Eleanora sprach es auch jetzt nicht aus. »Glaubst du, du wirst glücklich mit ihm?«

»So glücklich, wie es mir nur irgend zusteht. Warum auch nicht? Dann habe ich John, die Truppe ist meine Familie, und ich genieße ein gewisses Ansehen und werde respektiert. Vielleicht kann ich sogar Karriere als Schauspielerin machen.«

»Hier, in Nicaragua?«

»Oder in New Orleans, San Francisco, Mobile, Charleston, sogar in Boston oder New York. Es ist nur ein kleiner Schubs nötig, um die Truppe in eine erfolgreiche Theatergruppe umzuwandeln.«

»Ich bin sicher, wenn jemand das schafft, dann du.«

Mazie lachte, und sie schwiegen einen Moment lang, schauten auf den Patio hinaus, der von Sonnenschein überflutet wurde. Schwefelgelbe Schmetterlinge bewegten sich zwischen den Terrakottatöpfen mit den Pflanzen der Señora. Als sie von den mauvefarbenen Blüten einer Kletterpflanze aufflogen und wie eine gelbe Wolke über die Mauern wegschwebten, redete Eleanora weiter.

»Ich habe vor ein paar Tagen eine neue Freizeitbeschäftigung angeboten bekommen.«

»Und zwar?« Mazie streckte sich und kniff die Augen zusammen.

»Arbeit im Krankenhaus.«

Mazie erstarrte. »Du hast doch nicht etwa angenommen?«

»Es ging nicht, jedenfalls nicht im Moment.«

»Ist dir überhaupt klar, was das bedeutet?«

»Es bedeutet, daß dort Hilfe gebraucht wird, denke ich mir«, sagte Eleanora, denn Mazies finsterer Blick brachte sie auf.

»Nein, mein Schätzchen. Ärzte fordern nur Frauen einer bestimmten Schicht dazu auf, in Krankenhäusern zu arbeiten. Man geht davon aus, daß wir, die wir die Schattenseite des Lebens gesehen haben, durch nichts zu schockieren sind, was uns unter die Augen kommt – und natürlich wird vorausgesetzt, daß der Anblick von nackten Männern uns nicht neu ist.«

»Meine Mutter hat die Kranken gepflegt...«, protestierte Eleanora.

»Frauen und Kinder, vermute ich, und dabei hatte sie ihren Mann stets dicht an ihrer Seite. Hier würdest du finstere schmutzige Räume voller kranker und verstümmelter Männer mit Läusen und Wanzen sehen, die sich in ihren Exkrementen wälzen.«

»Du hast das Krankenhaus schon von innen gesehen?« fragte Eleanora entsetzt. »Du hast es gesehen und nicht versucht, Abhilfe zu schaffen?«

»Abhilfe? Machst du dir auch nur die leiseste Vorstellung von der knochenbrecherischen Arbeit, die das mit sich bringt? Ein einzelner Mensch könnte selbst dann, wenn er die gräßlichen Anblicke und Gerüche erträgt, nicht das Geringste ausrichten.«

Eleanora schwieg kleinlaut; Mazie hatte sicherlich recht. Aber sie wollte sich von den erschreckenden Zuständen nicht abschrecken und ihre Entscheidung beeinflussen lassen, sondern in Ruhe über Dr. Johns Bitte nachdenken.

Ihre Tassen waren leer. Eleanora beugte sich vor, füllte sie nach und lehnte sich dann wieder zurück. »Du hast nicht zufällig Jean-Paul gesehen?« fragte sie scheinbar beiläufig.

Mazie senkte den Blick. »Ich hatte gehofft, du würdest mich nicht nach ihm fragen.«

»Er... er hat sich doch nicht etwa schon wieder in Schwierigkeiten gebracht?«

»Nicht offiziell, und das hast du ganz allein deinem spanischen Freund zu verdanken, der gerade oben sitzt. Ich habe schon ein halbes dutzendmal gesehen, wie Männer aus Laredos Regiment ihn unauffällig nach Hause gebracht haben.«

»Nach Hause?« erkundigte sich Eleanora, ohne die Frau, die ihr gegenübersaß, direkt anzusehen.

»Er ist aus der Kaserne ausgezogen, um Platz für neue Rekruten zu machen. Solange er seinen Dienst tut, spielt es keine Rolle, wo er schläft – oder mit wem.«

»Und das heißt?«

»Ich dachte mir schon, daß du nichts davon weißt«, sagte Mazie seufzend. »Ich hasse es, solche Geschichten weiterzuerzählen.«

»Sieh das bitte nicht so. Ich habe keine andere Möglichkeit zu erfahren, was los ist.«

Mazie nickte. »Dein Bruder hat nach seinem Duell mit dem Colonel festgestellt, daß er so eine Art Berühmtheit ist. Jeder Befehlshaber schafft sich Feinde, Menschen, die nur zu gern sehen, wenn er verletzt oder gedemütigt wird. Diese Menschen haben sich an Jean-Pauls Fersen geheftet und einen solchen Wirbel um ihn veranstaltet, daß er jetzt stolz auf das ist, was er getan hat. Die Einflußreichste von allen ist eine Frau, eine dunkelhaarige nicaraguanische Xanthippe, die Walker und den Colonel zu hassen scheint – alle, außer Jean-Paul. Sie heißt...«

»Sie heißt«, sagte Eleanora langsam, aber mit absoluter Sicherheit, »Juanita.«

Juanita, die von Grant verschmähte Frau, die es angestrebt hatte, seine Mätresse zu sein, hegte tiefen Groll gegen Grant und Eleanora. Wenn ihre Rachegelüste auch nicht erstaunlich waren, so war es doch ungewöhnlich, daß jemand, der so launisch und aufbrausend war, ein so indirektes Mittel wählte, um sich zu rächen. Aber was sonst hätte dahinterstecken können? Die Wahrscheinlichkeit, daß sie sich rein zufällig mit Jean-Paul zusammengetan hatte, war gering.

Als Mazie gegangen war, wanderte Eleanora langsam über den Patio und dachte darüber nach. Sie kam zu keiner anderen Schlußfolgerung. Juanita mußte einen Grund für ihr Vorgehen haben. Die Kacheln des Patio waren mit den verblühten orangefarbenen trompetenförmigen Blumen eines Strauchs übersät. Sie war gerade stehengeblieben, um die Blüten aufzusammeln, als sie hörte, wie über ihr eine Tür zugeknallt wurde. Als sie sich aufrichtete, sah sie Luis mit schnellen Schritten über die Galeria kommen. Sie mußte nur zwei Schritte machen, um ihn am unteren Treppenende abzufangen.

»Sie gehen schon so früh?« fragte sie und legte die Hände auf den Geländerpfosten. »Ich dachte, Sie würden zum Mittagessen bleiben.«

»Die Pflicht ruft – und sie ist schon ungeduldig«, antwortete er lächelnd und schien weitergehen zu wollen.

»Luis?«

»Ja, Eleanora?« Der Ernst ihres Tonfalls ließ ihn innehalten.

»Warum haben Sie mir nichts über Jean-Paul erzählt?«

»Ich... ich war der Meinung, Sie hätten schon genug Sorgen. Sollte ich mich getäuscht haben?«

Eine Falte bildete sich zwischen ihren Augen, und sie schüttelte den Kopf. »Ich hätte vielleicht etwas unternehmen können, zu ihm gehen und es ihm erklären können.«

»Es bedrückt Sie, daß Sie und Ihr Bruder so ganz anders denken und fühlen? Das ist eine natürliche Entwicklung, eine Notwendigkeit. Es kann nicht immer so bleiben wie früher, als Sie noch Kinder waren.«

»Nein, aber ich bin alles, was er noch hat.«

»So war es bisher. Jetzt hat er Juanita – ah, allmählich begreife ich. Das ist es also, was Ihnen Sorgen macht?«

»Sie wird ihn für ihre Zwecke nutzen.«

»Und er sie für seine. So ist es nun einmal.«

Eleanora schlug die Wimpern hoch. »Ich brauche keine Lektion in Lebensklugheit. Es muß doch etwas geben, was wir tun können.«

Sachte nahm er ihre Hände in seine. »Verzeihen Sie, wenn ich Sie enttäusche, aber wir können nichts tun. Er muß seine eigenen Fehler machen, genauso wie Sie, *pequeña*, Ihre eigenen machen müssen.« Er hob ihre Hände, preßte sie an seine festen warmen Lippen und ließ sie dann los. In seinem Lächeln schwang ein Anflug von Traurigkeit mit, ehe er eine Verbeugung andeutete und mit federnden Schritten fortging.

Eleanora lüpfte ihre Röcke und stieg die Stufen hinauf. Kurz vor dem oberen Treppenende blickte sie auf. Grant stand in der Tür seines Zimmers und hatte einen Arm gegen den Türrahmen gestemmt. Zwischen seinen Augenbrauen war seine Stirn finster gerunzelt, und gegen ihren Willen durchzuckte sie ein Schauer der Sorge, bis sie merkte, daß er durch sie hindurchsah und auf die Stelle starrte, an der sie mit Luis gestanden hatte. Sie zögerte einen Moment lang und ging dann weiter. Grants Blick fiel jetzt auf sie. Er ließ sie an sich vorbeigehen und betrat hinter ihr das Zimmer.

Auf dem Tisch türmten sich Papiere und hohe Stapel der Bücher, die Grant zu führen hatte. Er setzte sich wieder an den Papierkram, der während seiner Abwesenheit angefallen war. Die schwarze Musselinschlinge hing unnütz um seinen Hals. Im Lauf der Tage benutzte er sie zunehmend seltener. Als er sich über seine Arbeit beugte, fiel ihm das Haar, das lang geworden war, wie ein schwarzer Flügel in die Stirn. Eleanora bückte sich, um einen Stapel Papiere aufzuheben, die auf den Boden gefallen waren, und sie entfernte die leeren Gläser, die zwischen den Stapeln standen, und widerstand dem Impuls, die Hand auszustrekken und ihm das Haar aus dem Gesicht zu streichen.

Das Kratzen von Grants Feder wurde langsamer und hörte dann ganz auf. Er blickte auf. »Eleanora?«

Seine Stimme war leise und zögernd, als kostete er den Geschmack ihres Namens auf seiner Zunge. »Ja«, antwortete sie und drehte sich mit den klebrigen Limonadegläsern in den Händen um.

»Warum bist du zurückgekommen?«

»Das mußt du doch selbst wissen«, antwortete sie behutsam.

Er warf die Feder auf den Tisch und drehte sich auf seinem Stuhl um. »Nein. Sag es mir.«

»Ich habe mich... verpflichtet gefühlt.«

»Inwiefern?«

»Du hast die Verletzung doch meinetwegen davongetragen.«

»Ich hätte geglaubt, das sei eher ein Grund, sich zu brüsten, kein Grund für Mitleid.«

»Mitleid?« sagte Eleanora und reckte ihr Kinn in die Luft. »Ich habe dich niemals bemitleidet.«

»Nein? Was, zum Teufel, tust du dann hier, wenn du nicht die gute Fee bist, die gute Werke tut?«

Eleanora machte den Mund auf und wollte etwas erwidern, doch es kam kein Wort heraus. Was hätte sie darauf schon antworten können? Die Wahrheit kam nicht in Frage.

»Also, was ist?«

Das lodernde Blau seiner Augen war durchdringend, und sie konnte seinem Blick nicht standhalten. Sie schaute über seine Schulter und sagte: »Vielleicht aus denselben Gründen, aus denen du meinen Bruder auf dich hast schießen lassen.«

»Du erlaubst doch, daß ich daran zweifle?«

»Denk dir, was du willst. Es ändert ja doch nichts«, erwiderte sie, denn die Ironie seines Tonfalls verletzte sie.

Ein Hauch von einer Brise bewegte die Musselinvorhänge vor dem Fenster. Es roch nach dem Staub und dem Unrat der nahenden Trockenzeit, und der Windhauch trug wenig dazu bei, die drückende Hitze zu mildern, die sich in dem kleinen Zimmer staute.

»Du hörst sicher gern«, sagte er, »daß ich morgen wieder im Regierungsgebäude arbeiten werde.«

Sie riß die Augen weit auf. »Deine Schulter ist noch viel zu empfindlich. Die Wunde wird wieder aufreißen.«

»Du bist besorgt, Eleanora?«

»Selbstverständlich«, sagte sie und Wärme strömte in ihre Wangen. »Ich bin doch nicht gefühllos.«

»Das frage ich mich«, murmelte er, und sein Blick glitt über die zarte weiße Haut ihrer Schultern, die der Ausschnitt ihrer Bluse freilegte.

Seine Bewegungen waren unnatürlich steif, als er sich zu den Flügeltüren umwandte und hinausblickte. »Ich möchte dir für die Rolle danken, die du dabei gespielt hast, mein Leben zu retten.«

»Das war doch nicht der Rede wert.«

»Ich will mich nicht mit dir streiten, aber ich weiß es etwas höher einzuschätzen als du.«

»Ich wollte damit nicht sagen ...«, setzte sie an und unterbrach sich dann, als sie einen Schatten trockenen Humors in seinen Augen sah. »Ich wollte damit sagen, daß ich nur einen kleinen Beitrag dazu geleistet habe.«

»Pedro erzählt die Geschichte ganz anders«, sagte er und tat das Thema mit einer beiläufigen Geste ab, die auf subtile Art etwas Gebieterisches an sich hatte. »Ich nehme an, du betrachtest deine Pflicht jetzt als erledigt?« fuhr er fort.

»Ich... ich denke schon«, stimmte Eleanora ihm leise zu.

Er stieß seinen Stuhl zurück und ging um das Bett herum zu dem Waschtisch. Aus einer der Schubladen zog er eine lederne Börse von der Sorte, wie sie die Spanier mit sich trugen. Dann drehte er sich um und hielt sie Eleanora hin.

Sie rührte sich nicht von der Stelle, streckte die Hand nicht danach aus. »Bietest du mir Geld an?«

»Ich möchte, daß du es nimmst.«

»Um dein Gewissen zu beruhigen?« fragte sie, und ihre grünen Augen funkelten in ihrem bleichen Gesicht. »Für meine Dienste verlange ich keine Bezahlung. Sie waren noch nie für Geld zu haben!«

»Ich habe weder dir noch irgendeiner anderen Frau jemals Geld für solche Dienste angeboten, und das tue ich auch jetzt nicht. Also gut. Nenn es von mir aus Geld, mit dem ich mein Gewissen erleichtere, aber nimm es an, damit du dich nie verkaufen mußt.«

Eleanora wollte kein weiteres Wort mehr hören, machte auf dem Absatz kehrt und tastete tränenblind nach dem Türgriff. Als sie ihn gefunden hatte, riß sie die Tür weit auf und rannte hinaus, suchte Zuflucht in dem Zimmer, in dem sie sich einquartiert hatte. Sie schloß die Tür hinter sich ab, warf sich auf das Bett, blieb angespannt liegen und lauschte. Unbewußt erwartete sie Wut, einen brutalen Ansturm auf ihre Tür. Die Stille, die statt dessen eintrat, schien sich endlos hinzuziehen, das Zimmer zu durchdringen und sie von allen Seiten zu bedrängen, sich als eine schwere Last auf ihre Brust zu legen, die ihren Augen endlich gewaltsam die sengenden Tränen entrang.

Die schlaflosen Nächte, in denen sie ihn gepflegt hatte, die besorgten Tage, an denen sie bei ihm gewacht hatte, der Aufruhr ihrer Gefühle in den letzten Wochen, all das holte sie jetzt ein. Das Weinen erschöpfte sie so sehr, daß sie einschlief.

Sie sah nur Dunkelheit, als sie ihre schmerzenden Augen öffnete. Es fiel ihr schwer, sich zu bewegen. Langsam zog sie sich in eine sitzende Haltung hoch. Sie mußte ihre Sachen zusammenpacken und Mazie eine Nachricht zukommen lassen – nein, es war zu spät. Sie mußte stundenlang geschlafen haben. Der Mondschein versilberte bereits die Dächer vor der Flügeltür. Morgen. Es würde bis morgen warten müssen. Vielleicht konnte sie sich bis zum Morgen still verhalten, bis Grant aus dem Haus gegangen war. Sie brauchte ihn nicht wiederzusehen und er sie auch nicht. So war es besser.

Als sie aufstand, eine Kerze anzündete und umherlief, klärte sich allmählich ihr Verstand. Sie schüttete Wasser in das Becken und wusch sich das Gesicht. Sogleich fühlte sie sich wacher. Impulsiv zog sie ihre Kleider aus, stellte das Becken auf den Boden, stellte sich mit beiden Füßen hinein und besprengte ihren ganzen Körper mit Wasser. Als sie sich erfrischt fühlte, bürstete sie sich das Haar und stand dabei nackt vor dem Spiegel. Als sie in der lauen Luft trocken geworden war, schlüpfte sie in den Brokatmorgenmantel und wischte das Wasser vom Boden auf. Mittendrin hielt sie inne, weil ein Geräusch aus dem Nebenzimmer ihre Aufmerksamkeit auf sich zog. Es war das Quietschen der Bettfedern, als Grant sich im Bett herumwälzte. Hatte sie ihn geweckt? Sie mußte sich leiser verhalten.

Eine Zeitlang saß sie reglos auf der Bettkante. Das Wehklagen einer Konzertina und das monotone Bellen eines Hundes wurden von der Nachtluft zu ihr getragen. Es war zwecklos, sich wieder ins Bett zu legen; sie konnte jetzt nicht schlafen. Sie suchte ihre Kleider zusammen, schnürte sie bis auf das Kleid, das sie am nächsten Tag tragen würde, zu einem Bündel und ließ ein paar weitere Minuten verstreichen. Nachdem sie das Bündel neben die Tür gelegt hatte, setzte sie sich wieder auf das Bett und lauschte, wie Grant sich unruhig von einer Seite auf die andere warf.

Bereitete seine Wunde ihm Schmerzen? Vielleicht fieberte er wieder? Es war dumm, sich so große Sorgen um einen erwachsenen Mann zu machen, doch sie konnte nicht dagegen an. Ebensowenig konnte sie sich daran hindern, ihn zu lieben.

Als auf der anderen Seite der Wand etwas mit einem Schlag hinfiel, zuckte sie zusammen. Im nächsten Augenblick sprang sie auf und schloß ihre Tür auf. Mit nackten Füßen lief sie lautlos über die Galeria. Ihr war derart vertraut, wo sich die Tür und der Türknopf befanden, daß sie beides auch ohne den Mondschein gefunden hätte, der sich im Brunnen des Patio spiegelte. Im Gegensatz dazu erschien ihr Grants Zimmer pechschwarz. Ihre Haut prickelte, als sie in der Tür stand, und dann ging sie langsam auf das Bett zu.

Ihr Fuß stieg gegen einen Glaskrug, aus dem Wasser floß, zweifellos der Gegenstand, der runtergefallen war und diesen Lärm verursacht hatte.

Das Bettzeug fühlte sich unter ihren Händen zerknittert an – und feucht von der Nachtluft. Das Kissen war leicht aufzufinden – sein kräftiges Haar, das sich seidig anfühlte, seine Stirn…

Plötzlich packte er ihre Hand und zog daran. Sie verlor das Gleichgewicht und fiel auf das Bett. Ein stahlharter Arm hob sie hoch und preßte sie fest an den kräftigen Körper des Mannes, der im Bett lag.

»Du hast deine Chance gehabt«, sagte Grant, und sie spürte seinen Arm warm auf ihrem Hals. Seine Stimme war heiser vor

Verlangen. »Du hättest sie nutzen sollen. Eine solche Chance werde ich dir nie mehr geben.«

»Grant...«, sagte sie matt, als sie spürte, wie seine Hand ihre Schulter streichelte und ihr den Morgenmantel herunterstreifte. Der Gurt öffnete sich, als er kurz und fest daran zog.

»Ich lasse dich nie mehr fortgehen«, flüsterte er und stieß den Morgenmantel vom Bett auf den Fußboden. Sein Mund senkte sich auf ihren herab und suchte und fand die Süße bereitwilliger Kapitulation. Er zog ihren weichen nackten Körper an seine geschmeidige Gestalt, bis ihre Brust schmerzte, weil sie kaum noch atmen konnte, und die Muskeln seiner Arme vor Verlangen zitterten, sie zu einem Teil seiner selbst zu machen. Er erkundete ihren Mund und die zarten Umrisse ihrer Ohren und atmete den warmen, frischen Duft ihres Haars tief ein. Seine Hände bewegten sich sicher über die Wölbungen und Vertiefungen ihres Körpers und entfachten das schlummernde Feuer der Begierde in ihren Lenden, und sie klammerte sich mit inbrünstiger und hingebungsvoller Zartheit an ihn. Er ließ sie sachte unter sich sinken und drang dann in sie. Schlagartig wurde sie mit einer solchen Lust erfüllt, daß sie sich ihm entgegenreckte und sanft seinen Namen rief. Ihre Glut erstreckte sich in ungeahnte Weiten und überschritt die engen Grenzen von Welt und Zeit. Verzückung und Schmerz vermengten sich miteinander und legten sich nur langsam wieder. Es dauerte eine Weile, bis Eleanora ein weiches Kissen unter ihrem Kopf wahrnahm und merkte, daß Grant ihr mit seinen Fingern das feuchte Haar aus dem Gesicht strich. Er nahm ihr Gesicht in beide Hände und küßte ihren zarten, bebenden Mund und dann legte er sich mit einem Seufzen wieder hin, drehte sie zu sich um und preßte ihren Kopf auf seine unverletzte Schulter.

Eleanora blieb eine Zeitlang so liegen, wie er sie hingelegt hatte. Die Glut der beiden Körper, die einander berührten, brannte auf ihrer Hüfte und auf ihrem Schenkel. Dennoch rührte sie sich nicht, bis seine Brust sich gleichmäßig zu heben und zu senken begann. Dann rückte sie von ihm ab und blieb erst still liegen, als ein breites Stück des kühlen Leinenlakens zwischen ihnen lag.

Sie war lasterhaft und verderbt. Das mußte sie sein, wenn sie Freuden, von deren Existenz sie nichts gewußt hatte, in der körperlichen Vereinigung mit einem Mann fand, der ihr nichts anderes anbot als das, was einer Hure zustand: Geld und Leidenschaft.

Neben ihr schlief er zufrieden und ruhig, während sie schlaflos dalag. Das war kein fairer Handel, dachte sie, während sich Ablehnung in sie einschlich. Seine Schulter mußte weit besser geheilt sein, als sie es vermutet hatte. Warum hatte er dann so unruhig geschlafen? Konnte sie es wagen zu hoffen, es hätte daran gelegen, daß er sie sich an seiner Seite gewünscht hatte? Aber was zählte das schon, wenn es nichts weiter als eine Folge seiner männlichen Bedürfnisse war? Er hatte versucht, sie aus Gründen des Anstands fortzuschicken, doch er war schwach geworden, als er sie in seiner Nähe gehabt hatte. *Ich lasse dich nie mehr fortgehen*, hatte er gesagt. Da er die Worte im Taumel der Begierde ausgesprochen hatte, waren sie nicht ernst gemeint, aber sie mußte so viel Trost daraus schöpfen, wie sie nur irgend konnte.

In der Ferne krähte ein Hahn. Ihre Augen brannten, und sie verspürte einen schmerzhaften Druck, doch es kamen keine Tränen.

Als sie erwachte, schränkte ein fester, muskulöser Schenkel auf ihren Beinen ihre Bewegungsfreiheit ein, die Sonne blendete sie, und sie war hungrig.

Zum Frühstück bekam sie ein Omelette, das mit Cayennepfeffer gewürzt war, Maismehlkuchen mit braunem mexikanischem Zucker, heißen Kaffee und Orangen. Grant schälte eine der goldroten Früchte für sie, und als sie die Orange gegessen hatte, beugte er sich vor und küßte sie. Als sie den Ausdruck in seinen Augen sah, nachdem er den Kopf zurückgezogen hatte, sagte sie eilig: »Es wird schon spät. Du wirst sicher schon im Regierungsgebäude erwartet.«

»Gestern warst du noch der Meinung, es sei zu früh für mich, wieder arbeiten zu gehen«, sagte er und stand auf und näherte sich ihr. »Ich glaube, du hattest recht damit. Würdest du mir noch ein paar Tage Bettruhe empfehlen?«

»Ruhe? Ich bezweifle, daß du deine Ruhe hättest!«

»Ist das eine Drohung? Dann weiß ich, daß ich noch zu Hause bleibe, zumindest, solange meine Kraft dafür reicht.«

Ungezügelter Humor schwang in seinem Lächeln mit. Seine lachenden Augen hatten ihren harten, fiebrigen Glanz verloren. Eleanora spürte, wie sich ihr Herz zusammenkrampfte, als sie sah, wie sehr sich seine harten Züge dadurch veränderten.

Er blieb vor ihr stehen. »Fürchtest du dich vor mir, Eleanora?«

Sie schüttelte den Kopf. »Nein, natürlich nicht.«

»Du beobachtest mich, wie eine Maus eine Katze beobachtet. Du entziehst dich nach Möglichkeit meiner Reichweite, es sei denn, ich überrumpele dich und reiße deinen Schutzwall ein.«

»Es mag daran liegen... daß ich nicht weiß, was du vorhast... was du fühlst.«

Stirnrunzelnd sagte er: »Ich habe dir gesagt, daß ich dich immer bei mir haben will. Was willst du noch?«

»Nichts, was du nicht von dir aus geben kannst«, antwortete sie und stellte fest, daß es die Wahrheit war.

»Aber ein Ehevertrag würde dich zufriedenstellen, stimmt's? Du gibst dich zwar nicht wie eine Kokotte, aber du bist wie alle anderen auch. Du würdest zu jeder List und jedem Trick greifen, um dir einen Mann zu angeln. Und wenn du ihn eingefangen hast, machst du ihm das Leben zur Hölle.«

»Nicht alle Ehen sind so«, sagte sie, und der Stolz ließ ihre Stimme kräftiger klingen, »aber wenn du das so siehst, dann glaube ich, daß du einen schlechten Ehemann abgeben würdest. Vielleicht kannst du einer Frau auch kein sicheres und behagliches Heim bieten – nein, ich glaube nicht, daß du meinen Ansprüchen genügst.«

»Dann wäre das also geregelt«, sagte er grimmig.

»Noch nicht ganz. Ich hätte gern das Versprechen von dir, daß du mich freigibst, wenn ich einen besseren und ehrenwerteren Antrag gemacht bekomme.« Als er nichts darauf antwortete, fuhr sie fort: »Siehst du? Das ist ein zweischneidiges Schwert. Wenn du dich nicht binden kannst, dann kann ich mich auch nicht binden, es sei denn, du greifst wieder darauf zurück, mich einzusperren.«

»Wenn du gehen willst«, sagte er schließlich, »dann steht es dir frei.«

Das war ein grandioses Zugeständnis. Ohne den Ansporn des Zorns hätte er ihr wohl nie so viel eingeräumt, das wußte Eleanora. Sie nahm das Zugeständnis mit einem Nicken an und schalt sich dafür aus, daß sie sich mehr erhofft hatte.

»Sind wir jetzt quitt?« erkundigte er sich.

»Gewissermaßen«, erwiderte sie, und ihr Gesicht drückte weit mehr Ruhe aus, als sie innerlich empfand.

»Dann...«

Er streckte die Hand aus, ein Befehl, dem die Verheißung in seinen Augen Nachdruck verlieh. Was hätte sie schon anderes tun können, als in seine Arme zu sinken? Das war ohnehin genau der Ort, an den sie sich wünschte, denn wenn er sie festhielt, vergaß sie ihren Stolz und dachte nicht mehr an die Zukunft.

Pedro wurde nicht mehr gebraucht. Dr. Jones war sein direkter Vorgesetzter, doch da er seit etlichen Tagen nicht mehr aufgetaucht war, hatte sich keine Gelegenheit ergeben, den Pfleger zu entlassen. Er hatte keine schweren Pflichten zu erfüllen und wußte die Mühen sehr zu schätzen, die die Señora sich in der Küche machte. Die Señora dagegen hielt nichts von Pedro, und sie hielt nicht mit ihrem Mißmut zurück, als es offensichtlich war, daß der Colonel seiner Dienste nicht mehr bedurfte. Die beste Lösung schien darin zu bestehen, den Stabsarzt aufzusuchen, damit sich alles im Sinne aller Betroffenen regelte.

Daher packte Eleanora später am Morgen, als Grant seine Arbeit wiederaufgenommen hatte, einen Korb. Sie stellte einen Topf mit der kräftigenden Rinderbrühe der Señora und etliche Dutzend kleine Kuchen zusammen und packte eine Reihe von älteren Ausgaben von *El Nicaraguense* dazu, die der General Grant geschickt hatte. Sie forderte Pedro auf, sie zu begleiten, und machte sich auf den Weg.

Das Gebäude, das Dr. Jones sich ausgesucht hatte, stand in der Nähe der Kirche von Guadalupe, ein langgezogenes niedriges Bauwerk, das ursprünglich ein Krankenhaus gewesen war, das Nonnen betrieben hatten. Es war aus handgeformten gebrannten Ziegeln gebaut, die vom Alter verwittert waren. Das Gebäude war vor fast dreihundert Jahren erbaut worden, als die Stadt gegründet worden war. In den hohen Fensterlücken an beiden Seiten waren keine Glasscheiben eingesetzt, man hatte dort nun luftdurchlässige Läden gegen den Wind und den Regen angebracht. In dem schummerigen Raum fand Eleanora einen festen Lehmboden vor, und die Wände waren schmutzig braun gestrichen. Von den unbearbeiteten Deckenbalken hingen riesige Wasserkrüge in einem Geflecht aus rauhen Seilen, die sich aufdröselten. Sie säumten den Gang zwischen den beiden Bettreihen und drehten sich langsam in der warmen Luft, die durch die offenen Läden kam.

Die ungehinderte Luftzufuhr war notwendig. Ohne sie wäre

der Geruch nach Krankheit und schwitzenden, ungewaschenen Körpern und der Leichengestank brandiger Wunden unerträglich gewesen. Doch mit der Frischluft kamen auch Fliegen, Bienen, Motten und Spinnen. Auf dem Fußboden krochen Unmengen von Ameisen, und jeder Pfosten der stählernen Bettgestelle stand in einem Topf mit rostigem Wasser und Ringeltieren, um die roten beißenden Insekten von den Patienten fernzuhalten.

»Miss Villars! Sie sind also doch noch gekommen«, sagte Dr. Jones, und seine Stimme schnitt sich durch das Surren der Fliegen, gesenkte Stimmen und das unaufhörliche Stöhnen des Mannes, über den er gebeugt gewesen war.

»Lassen Sie sich nicht von Ihrem Patienten ablenken«, sagte sie, als er um das schmale Bett herum auf sie zukam.

»Das macht nichts. Ich kann ohnehin nicht viel für den armen Kerl tun. Er braucht Morphium, und das ist genau das, was ich ihm nicht geben kann.«

»Ich habe ein klein wenig Opium – das heißt, Colonell Farrell besitzt einen winzigen Vorrat.«

»Das wäre ein Tropfen auf den heißen Stein. Wenn Sie nicht mehr davon haben, als ich dort gesehen habe, dann würde es der Hälfte der Fälle, die es gebrauchen könnten, nicht mehr als eine Stunde Schlaf gewähren.«

»Ich bin trotzdem sicher, daß Sie gern alles haben könnten.«

»Das glaube ich gern, aber wir sind es gewohnt, ohne es auszukommen. Als wir hier angekommen sind, konnten wir diese Dinge gar nicht bekommen, und jetzt schickt man uns ein paar Fläschchen im Monat. Wir heben sie für die allerschlimmsten Fälle auf, diejenigen, die unter das Messer kommen. Der Rest muß sich mit schwarzgebranntem Whiskey begnügen – diejenigen, die ihre Freunde dazu bewegen können, ihnen so was zu besorgen.«

Unter den gegebenen Umständen war eine solche Haltung

realistisch. Dennoch hatte Eleanora das Gefühl, diese Einstellung sei etwas zu hartherzig. Sie fragte sich, ob Dr. Jones je in der Lage der Männer gewesen war, die sich auf den grauen Laken auf ihren dünnen Matratzen wälzten, ob er je eine offene Wunde gegen Fliegen hatte schützen oder mit einem Mann an seiner Seite hatte einschlafen müssen, der im Delirium vor sich hin murmelte. Vielleicht war er mit diesem Anblick und dieser Geräuschkulisse so vertraut, daß sie ihm kein Mitgefühl mehr entlocken konnten.

Eleanora schaute auf den Korb hinunter, der schwer an ihrem Arm hing. »Ich habe ein paar Dinge mitgebracht«, sagte sie und errötete, weil ihre Almosen so erbärmlich unzureichend waren.

»Danke, das kommt uns äußerst gelegen«, sagte Dr. Jones und nahm ihr den Korb ab. Er wies Pedro an, ihn in die Küche zu tragen.

Als sie den Sanitäter fortgehen sah, sagte sie: »Pedro ist uns eine große Hilfe gewesen. Ich weiß nicht, was ich ohne ihn getan hätte. Sie werden ihn jetzt sicherlich besser gebrauchen können als wir im Palacio, denn Grant geht seit heute wieder arbeiten.«

»Ach, wirklich? Das wußte ich gar nicht«, erwiderte der Stabsarzt und erkundigte sich genauer nach den Fortschritten, die der Colonel gemacht hatte. Während sie miteinander redeten, stand er mit einer Hand in der Tasche seines weißen Kittels da und schlug sich mit der anderen Hand einen Packen Papiere auf den Oberschenkel. Da sie sein Verhalten auf Ungeduld zurückführte, weil sie ihn von seinen Pflichten abhielt, beendete Eleanora ihren Bericht und wollte sich verabschieden.

»Ehe Sie gehen, Miss Villars, bitte ich Sie, sich einen Fall anzusehen – wenn es Ihnen nichts ausmacht?«

Sie wäre unmenschlich gewesen, wenn sie für ein solches Kompliment nicht anfällig gewesen wäre. Sie willigte ein, und das war ihr Untergang. Sie wurde von einem Patienten zum nächsten geführt, erst durch die erste Reihe und dann durch die nächste. Sie sah sich den Operationsraum an, einen schmucklosen Raum, in dem nur ein schmaler Tisch und eine Reihe von Öllampen standen. Von dort aus gingen sie weiter in die Isolierstation, wo die Kranken mit Fieber untergebracht waren. Soviel Elend zu sehen, als sie in die Augen von Männern starrte, die vor Schmerz, Selbstverachtung und Verlegenheit glasig waren, ging über ihre Kräfte. Ehe der Vormittag vorüber war, hatte sie die Sanitäter organisiert und sie in einen Arbeitstaumel versetzt, der ihnen bislang unbekannt gewesen war. Um zu erreichen, was sie wollte, setzte sie eine Mischung aus Französisch, kreolischem Spanisch, das sie von den katalanischen Schubkarrenfahrern auf dem Französischen Markt in New Orleans aufgeschnappt hatte, und auch ein verunstaltetes Englisch ein. Sie sorgte dafür, daß jeder Nachttopf unter jedem Bett geleert und ausgescheuert wurde, daß alle Laken gewechselt und die schmutzigen in Seifenlauge gekocht wurden, daß alle Matratzen ausgeklopft und umgedreht wurden und daß jeder Mann, der es aushalten konnte, gewaschen und rasiert wurde. Bei ihrem Vorgehen benutzte sie Worte, von denen sie vorher nicht gewußt hatte, daß sie sie kannte, und dabei entdeckte sie erst in vollem Ausmaß, welchen Ruf sie bei Walkers Truppen in Nicaragua hatte. Es gab nicht einen einzigen Mann in der Krankenstation, der nicht wußte, wer und was sie war, und doch war keiner darunter, der sie nicht mit dem allergrößten Respekt angesprochen hätte. Während sie durch den Gang lief, folgten ihr die Blicke aller, und sie glaubte, daß sie hinter ihrem Rücken über sie redeten, aber persönlich behandelten sie sie ausnahmslos höflich. Und als der Geruch nach Seifenlauge den Gestank des Todes zu ersetzen begann, beobachteten sie ihr Vorgehen voller Wundergläubigkeit.

Am Nachmittag schickte Eleanora Pedro mit einer Nachricht zu Mazie. Mit dem Versprechen, William Walker zu ihrer Premiere zu schleifen, bewegte sie ihre Freundin dazu, die Truppe zu überreden, kostenlos ihre Dienste anzubieten. Sie wußte nicht, wie sie das Versprechen halten sollte, aber es war ihr unmöglich, die Sache hinzuwerfen, ehe sie getan hatte, was sie tun konnte, und sie sah keine Möglichkeit, es ohne Hilfe zu schaffen.

Mit Ausnahme von John Barclay, der unterwegs war, um den Kartenvorverkauf zu übernehmen, setzte sie die Schauspieler darauf an, die Wände mit einer Lösung aus Zitronenchlorid abzuwaschen, die sie in Fässern im Vorratslager gefunden hatte. Sie schütteten außerdem Zitronenkonzentrat in das Wasser, mit dem sie die Töpfe neu füllten, in denen die Bettpfosten standen. Die Frauen schickte sie los, damit sie die Geschäfte in der Stadt nach dem billigsten Musselinstoff absuchten, den sie finden konnten, um Vorhänge daraus zu nähen. Da der Stoff nicht genügte und sie auch keine Gardinenstangen hatten, hefteten sie den Stoff einfach ungerafft über die Fensteröffnungen. Die Gardinen waren so leicht und wehten in den Raum hinein, ohne die Insekten auch nur im entferntesten abzuhalten, und daher nagelten sie sie auch noch auf den Seiten an. Das lockere Gewebe ließ die Luft durch und hielt gleichzeitig die Fliegen ab. Sie drehten ein paar Runden mit einem Stück steifem Leder, das sie an einen Stock banden, und mit dem nervenzerrüttenden Surren, Krabbeln und Kitzeln war Schluß.

Die Rinderbrühe der Señora lieferte eine Grundlage für eine nahrhafte Suppe, die es zum Abendessen gab. Eleanora setzte ihre ganze Überredungskunst und ihren letzten Rest an Geduld ein, um den Koch davon abzuhalten, daß er mehr Pfeffer in die Suppe warf, als die schwachen Mägen von Kranken vertragen konnten. Sie war noch in der Küche, als sie eine vertraute Stimme hörte.

»Mazie!« rief der Mann und unterhielt sich offensichtlich über die ganze Station hinweg mit der Schauspielerin. »Ich hätte geschworen, der Rohling, der mir erzählt hat, er hätte dich hier reinkommen sehen, sei betrunken gewesen. Was im Namen Satans hast du hier zu suchen?«

»Ich ahme Miss Nightingales Heldentaten auf der Halbinsel Krim nach. Liest du denn keine Zeitungen? Das Pflegen von Kranken hat jetzt an ehrbarem Ansehen gewonnen.«

Der Major lachte. »Das bringt dich aber doch in ein gewisses Dilemma, oder nicht?«

»Manchmal kannst du ein blöder Hammel sein, Neville«, sagte Mazie zynisch. »Was willst du überhaupt?«

»Ich habe es nicht böse gemeint«, sagte Major Neville Crawford. »Wo ist dein Sinn für Humor geblieben? Schon gut, schon gut. Ich dachte nur, ich sehe mal nach dir. In der letzten Zeit habe ich nicht gerade viel von dir zu sehen bekommen.«

»Ich hatte zu tun, mit dem Theater und so.«

»Und mit guten Taten?«

»Und mit guten Taten«, stimmte ihm Mazie grimmig zu und wrang einen Lappen aus. Sie wusch gerade das letzte Bettgestell ab, und da die ungewohnte Arbeit sie erschöpfte und es anstrengend war, den Arbeitswillen der anderen Schauspielerinnen aufrechtzuerhalten, war sie nicht gerade gutgelaunt.

»Wer hat dich dazu gebracht?« fragte der Major. »Doch nicht etwa Jones? Seine Überredungskünste können sich an denen eines Grizzlybären messen.«

Aus dem Stimmpegel schloß Eleanora, daß Major Crawford durch den Gang geschlendert war. Trotzdem sagte ihr das neuerliche Stöhnen eines Mannes, der sich etliche Stunden lang still verhalten hatte, daß er den Patienten im Schlaf störte. Sie trat durch den Vorhang, der seit kurzem die Küche von der Station abteilte. »Ich habe sie dazu überredet«, sagte sie fröhlich, »und ich bin sicher, daß ich für Sie auch eine Aufgabe finde, falls Sie beabsichtigen hierzubleiben.«

Diese Anspielung entging dem Major nicht. Er verbeugte sich knapp zur Begrüßung und antwortete mit einem schiefen Lächeln. »Eleanora. Ich hätte es mir ja denken können, wenn ich an die Gerüchte denke, die in der Kaserne darüber umgehen, wie Sie Farrell den Klauen des Todes entrissen haben. Ich fürchte jedoch, ich muß Sie enttäuschen. Ich bin auf dem Weg zum Abendessen im Regierungsgebäude.«

»Ich habe gehört, daß du in der letzten Zeit oft dort zu Abend ißt«, sagte Mazie und zog eine schmale Augenbraue hoch.

»Mein charmantes Auftreten«, murmelte er ausweichend.

»Paß bloß auf, daß du nicht auf die Schwarze Liste des Generals gerätst. Er ist ein eifersüchtiger Mann und ein gefährlicher Feind.«

»Ich versichere dir, daß mein Interesse am Regierungsgebäude rein dienstlicher Natur ist.«

»Ja, aber bist du auch sicher, daß Niña Maria sich darüber klar ist? Ihre Eitelkeit ist groß.«

»Kümmere du dich um deine Angelegenheiten, und ich kümmere mich um meine«, sagte der große blonde Mann zu ihr.

Eleanora warf einen Blick von einem zum anderen. Sie konnte im Tonfall beider eine unterschwellige Warnung ahnen. Mazie wandte sich an sie. »Weißt du, daß es schon dunkel wird? John hat für heute abend um neun Uhr die Generalprobe in Kostümen angesetzt. Ich habe die anderen schon vor einer halben Stunde fortgeschickt. Ich muß mich beeilen, wenn ich noch einen Bissen essen will, ehe wir anfangen, und ich wette, du wärst gern vor Grant zurück.«

Eleanora hatte nicht gemerkt, daß es schon so spät war. Sie zog sich hastig den Jutesack aus, den sie sich als Schürze vorgebunden hatte, und ging zu Dr. Jones, um sich zu verabschieden. Draußen auf der Straße schloß sie sich Mazie und Major Crawford an. Sie liefen eilig durch die dichter werdende Dunkelheit.

Eleanora war in Gedanken versunken und schenkte den beiden wenig Aufmerksamkeit, bis der Major sich an sie wandte.

»Ihr Bruder hat mich gestern erst gefragt, ob ich Sie gesehen hätte.«

»Ach? Und wie geht es ihm?«

»Genau das wollte er auch über Sie wissen. Es wäre eine Tragödie, wenn Sie zuließen, daß Walkers kleiner Einsatz hier in Nicaragua sich zwischen Sie beide stellt.«

Eleanora lächelte. »Ich glaube nicht, daß man General Walker die Schuld an unserer Entfremdung zuschieben kann.«

»Nein? Dennoch scheint Jean-Paul wütend auf unseren kleinen General zu sein. Inzwischen ärgern sich schon ziemlich viele Leute über ihn. Aber ihm ist ja niemand Loyalität schuldig.«

»Die Männer, die sich als Soldaten und Kolonisten verpflichtet haben, haben einen Treueeid abgelegt«, wandte Eleanora ein.

»Das macht sie noch lange nicht zu Nicaraguanern.«

»Nein? Ich dachte, das stünde hinter dem Bestreben, Land zu erwerben und sich ein neues und reicheres Leben aufzubauen.«

»In Zentralamerika, dem neuen Pionierland? Damit es schließlich wie Texas und Kalifornien von den Vereinigten Staaten annektiert wird? Sollte unsere Loyalität nicht nach wie vor dem Land gehören, das dieses Land hier früher oder später für sich fordern wird?«

»Ich bezweifle, daß die wahren Bürger von Nicaragua es so sehen«, erwiderte Eleanora und blieb direkt vor den Wachen vor der Haustür des Palacio stehen. Sie drehte sich mit einem Lächeln um, das Mazie mit einschloß, die stumm hinter Neville wartete.

»Nun ja«, sagte Neville und nahm ihre Hand, und in seinen blaßblauen Augen funkelte eine Spur von zynischer Belustigung. »Treue ist eine feine Angelegenheit – bei Frauen.«

12. Kapitel

Grant war nicht von der Arbeit zurückgekommen und nach Angaben der Señora noch nicht einmal um die Mittagszeit aufgetaucht. Das waren erfreuliche Nachrichten. Eleanora konnte sich nicht vorstellen, daß er ihr Vorgehen zu schätzen wußte, und in ihrer Erschöpfung erleichterte sie das Wissen, daß sie es ihm heute abend nicht mehr würde erklären müssen. Trotz der Hitze setzte sie Wasser für ein heißes Bad auf. Sie ließ sich viel Zeit in dem engen Zinnzuber, seifte sich immer wieder ein und wusch sich in ihrem Bestreben, den Krankenhausgeruch zu entfernen, auch das Haar. Dabei wusch sie auch einen Teil ihrer Müdigkeit von sich ab. Als sie fertig war und Grant immer noch nicht zurückgekommen war, setzte sie sich an den Tisch, ließ das Haar auf ihren Schultern trocknen, zog ein Blatt Papier vor sich hin und griff nach einer Feder. Sie mußte ihre Bitte an den General so bald wie möglich abfassen, damit er zur Premiere von *Schule der Skandale* erschien. Wie konnte sie sich bloß ausdrükken?

Sie zog die Stirn in Falten und klopfte sich mit der Feder gegen das Kinn. Sollte sie einfach eine freundliche Einladung formulieren? Oder war eine ausführliche wahrheitsgemäße Erklärung besser? Sie entschloß sich für letzteres und fing zu schreiben an.

Grant tat sein Eintreffen mitten in der Nacht damit kund, daß er lautstark in dem kalten Badewasser planschte, das sie stehengelassen hatte. Er hatte die hellwache Ausstrahlung eines Mannes, der in stimulierender Gesellschaft gut gegessen hat und sich auf weitere Unterhaltung vor dem Schlafengehen freut. Sie kniff die Lippen zusammen und zog sich die Decke über den Kopf, um sich gegen den Kerzenschein abzuschirmen.

Er roch stark nach Rosenölseife, als er sie unter dem Bettuch suchte. »O Grant«, protestierte sie, als er sie umdrehte und an sich zog, aber sorgfältige und zärtliche Geduld verlangte ihren Lohn, und es erwies sich als unmöglich, nicht selbst auch in den Genuß dieses Lohns zu kommen.

Da Grant schon wieder gegangen war, als sie im Morgengrauen erwachte, schickte Eleanora einen von Luis' Wächtern mit ihrer Nachricht an den General ins Regierungsgebäude. Er überbrachte ihr seine Antwort persönlich. Mit seinen schnellen, nervösen Schritten tauchte er im Krankenhaus auf, als sie dem Stabsarzt gerade bei seiner morgendlichen Visite half und mit ihm die Patienten aufsuchte, deren Verbände gewechselt werden mußten.

Dr. Jones stand einen Moment reglos da, ehe er auf Walker zuging und ihn begrüßte. Eleanora zögerte, sich in den Vordergrund zu drängen, vor allem als sie sah, wie die großgewachsene Gestalt des Colonels mit einem halben Dutzend Unteroffizieren hinter sich durch den Mittelgang kam. Als er sie mit finsterem Gesicht musterte, senkte sie den Blick und wandte sich wieder dem Patienten zu, mit dem sie sich gerade befaßt hatte.

Der Stabsarzt nahm mit seinem Befehlshaber einen langen und ermüdenden Rundgang durch die Klinik vor. Walker setzte dem Arzt mit der Gründlichkeit eines Mannes, der sich auf vertrautem Boden bewegt, mit einer Unzahl von Fragen zu den vorhandenen Vorräten, den Vorgehensweisen, den Behandlungsmethoden, der Anzahl der Patienten, den Arten von Verletzungen und der Quote von Verwundeten zu, von denen feststand, daß sie ihren Dienst wiederaufnehmen würden. Als sie den Rundgang hinter sich hatten, wischte sich Dr. Jones mit einem Taschentuch den Schweiß von der Stirn und war nicht mehr sicher, ob er Walkers Interesse an seinem Wirkungskreis wünschenswert fand. Tapfer betrat er mit ihm die Isolierstation.

»Ja, mir ist klar, daß wir hier weniger Moskitos als in Küstennähe haben«, klangen Dr. Jones' Worte an Eleanoras Ohr. »Aber das heißt noch nicht, daß zwischen den Moskitos und dem Gelbfieber eine Verbindung besteht, General. Wir sind auch weiter weg von den Krankheitserregern der Sümpfe, die in den meisten modernen wissenschaftlichen Abhandlungen zu diesem Problem als die Hauptursache für die Ansteckung angesehen werden...«

Grant löste sich aus Walkers Gefolge und fand Eleanora dabei vor, wie sie aus einem der Krüge Wasser für einen Mann in ein Glas goß, der eine Hand verloren und sich die andere zerfetzt hatte, als eine fehlerhafte Patrone seinen Revolver hatte explodieren lassen.

»Warum hast du mir nicht gesagt, daß du hierherkommst und dein Leben in Gefahr bringst?« fragte er barsch.

»Ich hätte es dir gesagt, wenn ich geglaubt hätte, daß es dir etwas ausmacht«, sagte sie und beobachtete mit übertriebener Sorgfalt, wie das Wasser in das Glas floß.

»Natürlich macht es mir etwas aus.«

Sie setzte den Wasserkrug vom Glas ab und sagte: »Ich fühle mich geschmeichelt.«

Er schwieg so lange, wie sie brauchte, um dem Verwundeten das Glas an die Lippen zu führen.

»Aber du hast nicht die Absicht, hier aufzuhören. Du kannst es ebensogut zugeben. Ich habe nämlich deinen Brief an Walker gelesen.«

»Nein, ich habe nicht die Absicht«, sagte sie mit fester Stimme.

»Noch nicht einmal dann, wenn ich dich darum bitte?«

Sie hob den Kopf. »Falls du mich wirklich aus Sorge um meine Sicherheit darum bittest, täte es mir leid, dir deine Bitte abschlagen zu müssen. Aber du hast kein Recht, etwas von mir zu verlangen.«

Als die Bedeutung ihrer Worte zu ihm vordrang, wurde sein

Kiefer härter, und seine Augen färbten sich dunkler. »Und wenn ich dir den Befehl erteilen würde und auf seiner Befolgung bestünde?«

»Sagen Sie, Colonel, das täten Sie doch nicht, oder?« fragte der Mann im Bett nebenan, ein bartloser Junge mit einem kornblonden Haarschopf, der über den Verband fiel, der um seinen Kopf geschlungen war. Seine Stimme hatte den weichen Klang abgelegener Teile der Südstaaten. »Gestern abend habe ich die erste anständige Mahlzeit seit einem Monat bekommen, und heute morgen fühle ich mich wieder wie ein Mensch und nicht mehr wie ein Köder für die Geier. Ich bin weiß Gott kein Heiliger, und daher schätze ich, die Dame kommt einem Engel näher als alles, was ich je zu sehen bekommen werde. Wenn Sie sie von hier fortholen, werden ich und die Hälfte aller anderen Männer hier einfach ihren Geist aufgeben müssen.«

Grant zog die Augenbrauen zusammen, als er seinen versonnenen Blick über den jungen Mann und andere interessierte Gesichter im Hintergrund gleiten ließ, die sich auf ihren weißen, aufgeschüttelten Kopfkissen zu ihnen umgedreht hatten. Ehe er etwas darauf antworten konnte, verkündeten Schritte die Rückkehr des Generals mit seinem Gefolge. Walkers leise, aber scharfe Stimme durchschnitt die Stille.

»Ein ergreifender Beitrag zum Kriegsgeschehen, meinen Sie nicht auch, Colonel Farrell? Auch die dienen ihrem Volk, die die Verheerungen des Krieges wiedergutmachen.«

Es gab niemanden im ganzen Saal, der nicht die Andeutung aus General Walkers parteiischer Haltung herausgehört hätte. Grant blieb nichts anderes übrig, als sein Einverständnis zu bekunden und zur Seite zu treten.

Das vertraute Lächeln umspielte seine Mundwinkel, als Walker sich vor Eleanora verbeugte. »Die Amerikanische Phalanx steht in Ihrer Schuld, Mademoiselle, und nur die Zeit wird zeigen, wie hoch wir in Ihrer Schuld stehen. Ich... ich habe Eintrittskarten für die Premiere eines Theaterstücks hier in Granada. Ich würde es als eine Auszeichnung betrachten, wenn Sie und natürlich auch Colonel Farrell sich bereit erklärten, heute abend meine Gäste zu sein.«

Eleanora nahm die Einladung mit einem strahlenden Lächeln an. Sie wagte aber nicht, einen Blick auf Grant zu werfen, der ein wenig abseits stand und wartete, der mit ihrer Einwilligung bestimmt nicht einverstanden war.

Wenn General Walker es als ein Vergnügen ansah, sie zu Gast zu haben, dann sah Niña Maria das keineswegs so. Das stellte sich zu Beginn des Abends deutlich heraus, als die Frau sie unfreundlich begrüßte und in der Kutsche darauf beharrte, daß Eleanora mit dem Rücken zu den Pferden zwischen den beiden Männern Platz nahm, während sie in einsamer Pracht auf dem Sitz gegenüber thronte. Im Lauf des Abends wurde deutlich, daß sie es erbittert ablehnte, die Vorstellung gegen ihren erklärten Willen zu besuchen und schon gar nicht auf Eleanoras Geheiß. Es war eine nahezu unerträgliche Strapaze, das Stück neben der Nicaraguanerin durchzustehen, da Niña Maria mit einer deutlich vernehmbaren Stimme über die Härte ihres Sitzes, über die Hitze, das schäbige Material der Kostüme und die ermüdenden Pausen zum Kulissenwechsel klagte. Ihre Kritik, mit der sie die Aufführung bis in alle Einzelheiten auseinandernahm, dämpfte die Begeisterung aller bis auf die größten Enthusiasten in ihrer Nähe, wogegen die gereizten Blicke, die in ihre Richtung geworfen wurden, sie ungerührt ließen.

Um ihr diese Kränkung ihrer Freunde zu vergelten, ließ Eleanora sie fast eine halbe Stunde in der Kutsche sitzen, während sie sich hinter die Bühne begab, um Mazie und dem Rest der Truppe zu gratulieren. Damit machte sie sich bei Niña Maria bestimmt nicht gerade beliebt, doch Eleanora glaubte zu sehen, wie der

General ein Schmunzeln in seinen grauen Augen verbarg, als er sie ein wenig schuldbewußt nahen sah.

Sie arbeitete weiterhin im Krankenhaus. Grant mischte sich nicht noch mal ein. Soweit es irgend möglich war, ignorierte er ihre Arbeit, doch wenn er sie in den Armen hielt und seine Wange an ihre Schläfe preßte, schien er weniger darauf aus zu sein, sie liebevoll zu behandeln, als sich zu vergewissern, daß sie nicht erkrankt war oder zuviel Gewicht verlor. Sie hatten es sich abgewöhnt, das Mittagessen gemeinsam einzunehmen, aber beim Abendessen zeigte er verstärktes Interesse daran, was sie aß, und immer wieder legte er ihr eine zusätzliche Scheibe Fleisch oder ein zweites Stück Obst auf den Teller.

Gelegentlich wurde Dr. Jones zu einer Entbindung geholt. Manch zuständige Hebamme wachte eifersüchtig über ihr Vorrecht und überließ ihre weibliche Patientin nur widerwillig den groben Händen eines Mannes. Daher warteten sie oft zu lange mit der Benachrichtigung des Arztes, bis es schließlich zu spät war, um die Mutter noch zu retten. So lernte Eleanora das Waisenhaus kennen, das von den Schwestern von Guadalupe geleitet wurde. Durch den Mangel an Geldern und Hygienebewußtsein herrschten dort kaum bessere Zustände als im Krankenhaus. Hier für Ordnung zu sorgen, war jedoch noch schwieriger, weil die Mutter Oberin sich Eleanora in den Weg stellte. Nur die harte Tatsache, daß das Waisenhaus innerhalb von wenigen Monaten mit einem beträchtlichen Zustrom von Neueingängen zu rechnen hatte, da Walkers Männer seit Mai 1855 in Nicaragua und seit Oktober in Granada waren, söhnte sie mit dieser Einmischung aus. Wenn virile Kämpfer mit den warmblütigen Frauen eines heißen Landes ohne eine offizielle Sanktionierung ihrer Verbindungen zusammentrafen und sich Nachwuchs einstellte, war es nur gerecht, wenn die Amerikaner für ihre eigenen Kinder aufkamen. Das sagte Eleanora der Mutter Oberin auch. Mazie zeigte eine so ehrliche Freude daran, daß sie für die Kinder sorgen und etwas für sie tun durfte, und arbeitete so gut, daß Eleanora das Projekt ganz und gar Mazies fähigen Händen übergeben konnte.

Eines Morgens wurde sie beim Betreten des Lazaretts von zwei Reihen grinsender Gesichter begrüßt. Sie hatte es geschafft, daß die Männer täglich schon auf ihr Erscheinen warteten, aber meistens drückte sich das subtiler aus. Verlegen lief sie durch den Gang und band sich dabei die lange Schürze mit dem Latz um, die sie sich aus einem Bettlaken genäht hatte.

Als sie den Jungen erreicht hatte, der sie als Engel bezeichnet hatte, lüftete sich das Geheimnis. Er hielt eine Ausgabe von *El Nicaraguense* hoch und deutete mit einem verdächtigen Funkeln in den Augen auf die Schlagzeile.

Der Engel der Phalanx, las Eleanora und konnte in ihrer Ungläubigkeit nicht weiterlesen.

Der Junge drehte das Nachrichtenblatt um und las laut die beiden dichtbedruckten Spalten vor. Es kam zu keinen Unterbrechungen, zu keiner Störung, bis seine Stimme nach dem letzten lobenden Absatz verklungen war.

Es war lächerlich, wie nah sie in den allerletzten Tagen ständig vor den Tränen stand, besonders jetzt, da sie den Verdacht hatte, daß hinter diesem Tribut an ihre Arbeit mit den Verwundeten ein politisches Motiv stand. War es vielleicht ein Versuch, verstohlen darauf hinzuweisen, wie viele Verwundete die Grenzstreitigkeiten mit Costa Rica nach sich zogen, eine Form, die Mißachtung der Friedensangebote, die die Republik Nicaragua gemacht hatte, aufzuzeigen? Sollte es sich als notwendig erweisen, Krieg gegen die zentralamerikanischen Republiken zu führen, ließ sich daran aufzeigen, daß der Konflikt nicht den Bestrebungen des Generals entsprang.

Wenn man Eleanoras Geschichte in Betracht zog, war es kein

großer Sprung von ihrem Titel »Engel der Phalanx« zu dem prägnanteren Spitznamen »Der Engel des Colonels«. Wenn man an die langen müßigen Stunden dachte, die die Männer in den schmalen Betten verbrachten und in denen sie nichts anderes zu tun hatten, als Spekulationen über ihre Beziehung zu dem Offizier anzustellen, der allabendlich entweder selbst kam oder einen Begleiter schickte, der sie durch die finsteren Straßen führte, dann lag eigentlich gar kein Weg dazwischen.

Der einzige Nutzen, den Eleanora aus der Zeitungsgeschichte zog, betraf Jean-Paul. Am Tag nach dem Erscheinen des Berichts tauchte er im Palacio auf, kurz nachdem Grant verschwunden war. Sie strahlte vor Freude über das ganze Gesicht, als sie ihm entgegenlief.

Er preßte sie eng an sich und hielt sie dann mit der Uniformmütze in einer Hand auf Armeslänge von sich. Seit sie ihn das letzte Mal gesehen hatte, hatte er begonnen, sich einen Bart wachsen zu lassen, der seinem Aussehen etwas Liederliches gab, was ihm in ihren Augen gar nicht stand. Auch andere, weniger deutlich erkennbare Veränderungen hatten sich an ihm vollzogen. Sein Haar war stumpf und hätte dringend einen neuen Schnitt gebraucht, die Augen lagen tiefer in den Höhlen, und seine Wangen waren ausgemergelter.

»Ich habe den Bericht in der Zeitung gelesen«, sagte er, und seine braunen Augen wurden ernst. »Erst war ich wütend darüber, daß sie über dich schreiben, aber dann war ich nur noch stolz auf dich. Ich habe ein paar dumme Dinge gesagt, Eleanora, weil ich nichts verstanden habe. Ich hoffe, du glaubst mir, wenn ich dir jetzt sage, wie leid es mir tut.«

»Das ist nicht nötig, Jean-Paul.«

»Ich habe mich in dir getäuscht«, fuhr er beharrlich fort und ignorierte ihren flehentlichen Tonfall. »Ich hoffe, jetzt verstehe ich deine Gefühle besser.«

»Du meinst...«

»Ich meine, meine eigene Situation unterscheidet sich gar nicht so sehr von deiner. Ich habe festgestellt, daß es nicht immer möglich ist, sich einen Menschen von der richtigen Sorte auszusuchen, wenn man sich verliebt.«

»Du bist gekommen, weil du...«

»Wegen Juanita«, sagte er schlicht und einfach.

Er hatte es ihr unmöglich gemacht, die Frau zu verdammen, von der er mit so viel Gefühl sprach. Es stand ihr ohnehin nicht zu, über seine Wahl zu urteilen. Sie waren mittlerweile zwei eigenständige Persönlichkeiten, von denen jede das Recht hatte, das eigene Glück zu finden und eigene Fehler zu begehen.

»Komm«, sagte sie und nahm ihn am Arm. Sie führte ihn zu dem Tisch, an dem sie im Schatten der Orangenbäume gesessen und gefrühstückt hatte. »Laß mich dir eine Tasse Kaffee einschenken, und dann kannst du mir erzählen, was du alles getan hast und was dir in der Zwischenzeit widerfahren ist.«

Sein Bericht überraschte sie nicht. Als Reaktion auf Eleanoras Reserviertheit erwähnte er Juanita kein zweites Mal. Er erzählte ihr von seiner Unterkunft in der Nähe der Kaserne, von ein oder zwei Patrouillen, die er mitgemacht hatte, und ein oder zwei Anekdoten aus dem Alltag beim Militär.

Als er von einem Lob berichtete, das er als Schütze bekommen hatte, sagte Jean-Paul plötzlich: »Ich bin froh, daß ich... daß ich nicht getroffen habe, als ich auf Colonel Farrell geschossen habe. Ich glaube, ich weiß, was er... was ihr beide durchgemacht haben müßt. Seitdem bin ich etwas vernünftiger und reifer geworden.«

Sein gönnerhafter Ton behagte Eleanora nicht, aber sie ließ sich nichts anmerken. »Grant würde das sicher gern hören«, sagte sie. »Vielleicht möchtest du demnächst einmal zum Abendessen herkommen?«

»Nein, das möchte ich nicht«, antwortete er und erhob sich. »Verständnis ist eine Sache, aber ihm an einem Tisch gegenüberzusitzen, ist etwas ganz anderes. Es ist besser, wenn ich einfach einer der Soldaten bleibe. Aber dich möchte ich gerne sehen, wenn immer sich die Gelegenheit bietet, wenn du nichts dagegen einzuwenden hast...«

»Als ob ich dagegen etwas einzuwenden hätte!« sagte sie mit warmer Stimme.

Sein Lächeln war jetzt verkrampft. Er setzte sich den Hut auf den Kopf und sagte: »Au revoir, chérie.« Dann wandte er sich mit schnellen Schritten ab.

Es war der erste von vielen Besuchen. Er machte es sich zur Gewohnheit, morgens zum Kaffee zu kommen. Wenn Eleanora ihren Kaffee bereits ausgetrunken hatte, kam er nach oben und unterhielt sich mit ihr, während sie sich das Haar aufsteckte und ihre Schürze suchte. Manchmal stieß er Grants Papiere zur Seite und frühstückte, da er zu spät aufstand, um im Offizierskasino noch etwas zu bekommen, und Juanitas Talente sich anscheinend nicht auf das Kochen erstreckten. An den meisten Tagen jedoch hatte er eine pelzige Zunge und einen trockenen Gaumen von dem Alkohol, den er am Vorabend getrunken hatte, und er konnte bestenfalls den *petit noir* zu sich nehmen, die kleine Tasse schwarzen Kaffee, das traditionelle Getränk des kreolischen Aristokraten. Hinterher begleitete er Eleanora dann zum Krankenhaus, ehe er sich wieder seinen Pflichten zuwandte.

Ende Januar wurde Vanderbilt, wie Walker es vorausgesagt hatte, zum Vorsitzenden der Transitgesellschaft gewählt. Am dreiundzwanzigsten Februar berichtete *El Nicaraguense* von der offiziellen Beschlagnahme des Firmeneigentums und der Unterlagen der Linie durch einen Erlaß, den Präsident Rivas fünf Tage vorher mit unverhohlenem Vergnügen unterschrieben hatte. Weniger als eine Woche später erklärte Präsident Juan Rafael

Mora von Costa Rica, der die Macht fürchtete, die Nicaragua durch die Bestimmung über die Route erlangen könnte, der Freibeuterregierung den Krieg. Die Gerüchteküche brodelte; Mora hätte vor, den Befehl über sein Heer an sich zu reißen und dann in San José die Invasion abzuwarten. An den Grenzen erreichten die Zusammenstöße einen neuerlichen Höhepunkt. Der Zustrom von Verwundeten nahm stündlich zu. Am elften März wurden die Gerüchte bestätigt, und Nicaragua wurde angegriffen. Präsident Rivas, der sich ins Unvermeidliche fügte, vergalt das mit einer Kriegserklärung seinerseits.

In der Stadt herrschte großer Aufruhr, und Leute belagerten das Regierungsgebäude, weil sie auf Neuigkeiten versessen waren, Kaufleute schlossen ihre Geschäfte, und ein großer Teil der Bevölkerung von Granada verriegelte seine Häuser, um bei Verwandten außerhalb der Hauptstadt Zuflucht zu suchen. Die Leute setzten wenig Vertrauen in die Beteuerungen Moras, er hätte nichts gegen die Bürger von Nicaragua; Artilleriebeschuß machte keinen Unterschied zwischen nicaraguanischen Zivilisten und Freibeutern. Letztere, hatte Mora nach Angaben zuverlässiger Berichterstatter geschworen, würde er bis auf den letzten Mann ausrotten. Frauen, vor allem verheiratete Frauen mit Kindern, die in den letzten Wochen hier angekommen waren, ließen die Listen jener überquellen, die auf den nächsten auslaufenden Dampfer warteten. Die *Prometheus* war am Morgen des Elften losgefahren, an dem Tag, an dem Rivas den Kriegszustand offiziell bekanntgegeben hatte. In den nächsten zwei Wochen würde kein weiteres Schiff auslaufen.

Der Aufruhr konnte nicht unbegrenzt anhalten. Nach wenigen Tagen legte er sich wieder, als auf dem Land alles ruhig blieb. Die Indianer kehrten auf den Marktplatz zurück, wenn auch nur in geringer Zahl. Cantinas öffneten ihre Türen, und die schwarzen Trachten der Nonnen waren wieder auf den Straßen zu sehen. Die Angelusglocke der Kathedrale läutete, so schien es Eleanora, als sie mit dem Begleiter, den Grant ihr geschickt hatte, nach Hause eilte, mit einem weniger klagenden Ton, einem weniger scharfen und unheilverkündenden Klang.

Sie betrat eilig das Schlafzimmer, weil sie sich noch frisch machen wollte, ehe Grant nach Hause kam. Einen Moment lang blieb sie verwirrt stehen, als sie ihn bereits dort vorfand.

Er richtete sich mit einem Hemd in der Hand auf, mit dem er sich über das Bett gebeugt hatte, und drehte sich zu ihr um. Ihr Blick glitt auf die beiden Satteltaschen, die offen auf dem Bett lagen. Ohne ihr in die Augen zu sehen, wandte sich Grant wieder um, packte das Hemd ein und legte die Arzneitasche darauf. Dann begann er, die Laschen zu schließen und sie zuzuschnüren.

»Was soll das heißen?« fragte sie leise, während sie sich neben ihn stellte. Sie glaubte, unbewußt diesen Tag bereits erwartet zu haben.

»Wir ziehen ins Feld, ein nächtlicher Gewaltmarsch, die bevorzugte Form des Truppenmanövers von General Walker. Schlessinger und seine Männer sind in Santa Rosa auf eine Abordnung von Costaricanern gestoßen. Sie wurden offensichtlich schon erwartet. Es war eine Schlappe. Als Mora mit dem Hauptteil der Truppe gekommen ist, hat er alle Gefangenen, sogar die Verwundeten, die sie wegen zu schwerer Verletzungen hatten zurücklassen müssen, vor ein Pseudokriegsgericht gestellt und sie dazu verurteilt, erschossen zu werden.«

»Nein…« Es war ein tonloser Protest, als das Entsetzen ihr den Atem verschlug.

Grant antwortete nicht darauf. Er überprüfte die Ladung seines Revolvers und fing an, Munition in einen Patronengurt zu füllen.

»Wann brecht ihr auf?« fragte sie schließlich.

»Innerhalb der nächsten Stunde, sobald es richtig dunkel ist.«

»Gibt es irgend etwas, was ich tun kann? Lebensmittel... möchtest du vielleicht...«

»Dafür bleibt keine Zeit. Aber eins könntest du tun...« Er unterbrach sich, und seine Hände blieben still auf den Metallhülsen liegen.

»Was ist?« fragte sie, als er nicht weitersprach.

»Falls etwas passiert – wenn alles schiefgeht –, möchte ich, daß du das Geld nimmst, das ich im Kleiderschrank liegengelassen habe, und so schnell du kannst, in welcher Form auch immer, aus Nicaragua verschwindest.«

»Grant...«

»Es ist mein Ernst. Das hier ist kein Krieg, das ist Zerstörung. Falls Granada fallen sollte, wirst du als Freibeuterfrau, der Engel der Phalanx, eins der liebsten Opfer des Schlächters Mora sein. Was sie dir antäten – man darf gar nicht daran denken.«

»Ihr werdet siegen, und ihr werdet zurückkommen. Du mußt«, flüsterte sie mit bleichem Gesicht.

»Aber wenn es nicht klappt...«

Das tiefe Blau seiner Augen spiegelte dieselbe Vorahnung unerträglicher Schmerzen wider wie die Augen der Männer, die auf den Operationstisch gelegt wurden. Er umklammerte ihre Arme und flehte sie an: »Versprich es mir!«

Es gelang ihr, zu nicken, obwohl sie glaubte, an den zurückgehaltenen Tränen zu ersticken. Er zog sie an sich, küßte ihren Hals, ihre zarten Wangen und ihre Augen und suchte mit leidenschaftlicher Andacht die Süße ihrer Lippen.

»Mein Gott«, sagte er und hob sie auf das Bett, nahm sie in einem Gewirr aus Röcken und Petticoats und gelösten Locken. Und als es geschehen war, zog er sich eilig an und schnallte mit brutaler Endgültigkeit seinen Gürtel zu. Er kehrte noch zu einem letzten Kuß auf ihre Lippen und auf ihre Brüste zurück, und dann war er gegangen, ohne sich noch einmal umzusehen, und hatte sie mit trockenen Augen und dem peinigenden Trost seiner Worte zurückgelassen, die er in einem heiseren Stöhnen vorgebracht hatte: *»Ich hätte dich mehr lieben sollen...«*

Die Verwundeten von Santa Rosa trafen am frühen Morgen zu Fuß oder zu Pferde ein. Manche loderten vor Wut und Rachegelüsten und haderten immer wieder mit dem Los von Freunden, die von Mora abgeschlachtet worden waren. Andere waren stiller, und ihre Feindseligkeit war kalt und bitter, aber es bestand wenig Zweifel daran, daß für die Falangistas der Krieg über Nacht zu einer Blutsfehde geworden war.

Während Eleanora an der Seite des Stabsarztes arbeitete, Blei aus Wunden entfernte, sie säuberte und die Verletzungen behandelte, die Schwerter und Bajonette angerichtet hatten, weilten ihre Gedanken bei Grant auf dem Marsch nach Süden. Am späteren Morgen begann es zu regnen, ein düsterer Regenguß, der den Staub von den Häusern wusch und in Rinnsalen über die Straßen floß, in deren harten Lehm sie nicht einsickern konnten. Im Krankenhaus mußten die Lampen angezündet werden, weil es zu dunkel war, als die Läden gegen den Wind geschlossen wurden, der den Regen hineinwehte. Dennoch drang die Feuchtigkeit ein und verband sich mit der stickigen Hitze der niedrigen Räume und verwandelte sie in Dampfbäder. Das Wetter würde das Marschieren nicht gerade erleichtern.

Als sie einen Fensterladen öffnete, um ein Becken mit rotgefärbtem Wasser in die strudelnde offene Abwasserrinne auszuschütten, blieb Eleanora einen Moment lang stehen und atmete die frische Luft ein.

Da der Regen in ihren Ohren trommelte, hörte sie Luis nicht näher kommen, bis er direkt hinter ihr stand. Sie wirbelte verblüfft herum, als er ihr das Becken aus den Händen nahm und es einem vorübergehenden Sanitäter in die Hand drückte.

»Sie sind nicht mit den anderen fortgegangen«, sagte sie benommen, nachdem sie ihn begrüßt hatte.

»Man hat mich hier zurückgelassen, damit ich Granada verteidige«, sagte er und schnitt eine Grimasse, »und alle besonders unerfreulichen Aufgaben übernehme.«

»Ach?« Sie war gerade dabei gewesen, sich die Hände abzutrocknen, und jetzt umklammerten ihre Finger unfreiwillig ihre Schürze.

»Zum Beispiel die... Ihnen, Eleanora, zu sagen, daß Ihr Bruder heute bei Morgengrauen verhaftet worden ist und angeklagt wird, Informationen an den Feind weitergegeben zu haben.«

Sie starrte ihn an, und jede Farbe wich aus ihrem Gesicht. Ein solches Verbrechen bedeutete zwangsläufig, das er vor ein Exekutionskommando gestellt würde.

»Warum? Und wie?«

»Es ist gegen ihn ausgesagt worden. Er wird beschuldigt, im Palacio Informationen an sich gebracht zu haben, Grants Papiere durchgegangen zu sein und das, worauf er dabei gestoßen ist, an Vanderbilts Agenten verkauft zu haben, die derzeit in ihrem Bemühen, den General zu stürzen, Costa Rica unterstützen.«

»Aber... wer hat ihn dessen angeklagt? War es...« Sie konnte den Satz nicht beenden. Sie erinnerte sich daran, wie Grant gesagt hatte, Colonel Schlessinger und seine Männer seien von den Costaricanern bereits erwartet worden. Hatte er, als er von ihr fortgegangen war, schon gewußt, daß Jean-Paul verhaftet werden sollte?

»Es war nicht Grant, das versichere ich Ihnen. Der Befehl kam aus dem Büro des Generals und hat sich auf eine Anklage begründet, die die Frau erhoben hat, mit der Ihr Bruder zusammengelebt hat, Juanita.«

»Das darf doch nicht wahr sein«, sagte sie und starrte in die bedrückten Augen des Spaniers. »Jean-Paul würde doch nicht... so etwas kann er nicht getan haben. Er hat nie auch nur einen Blick in die Papiere geworfen, die Grant im Palacio herumliegen hatte. Ich habe ihn nicht einen einzigen Moment allein gelassen.«

»Ich wußte, daß Sie das sagen würden, *mi alma*, und genau das bereitet mir ja Sorgen. Diese Geschichte ist reiner Verrat. Ich habe Angst um Sie.«

»Was?«

»Denken Sie doch einmal nach. Diese Juanita haßt Sie. Sie läßt sich mit Ihrem Bruder ein, der Zugang zum Haus des Colonels hat. Sie zeigt ihn an. Warum? Ich fürchte ein Komplott...«

Er unterbrach sich, als in der Nähe der Eingangstür Tumult ausbrach. Major Neville Crawford trat ein, gefolgt von einem Sonderkommando von acht Mann mit gezückten Bajonetten. Er durchsuchte den Raum mit seinen Blicken, bis er Eleanora entdeckte. Mit einer Handbewegung bedeutete er den Männern, ihm zu folgen. Mit finsterem Gesicht nahm er eine stramme Haltung an.

»Es ist meine Pflicht, Sie, Miss Eleanora Colette Villars, darüber zu informieren, daß Sie unter Arrest stehen. Sie werden mit mir kommen.«

»Wie lautet die Anklage?« fragte Luis.

»Verrat. Unterstützung der Feinde der Republik Nicaragua.«

»Wer hat die Befehle unterschrieben?«

»Die Unterschrift stammt von General Walker.«

»Wann hat er sie unterschrieben? Er hat Granada längst verlassen«, stieß Luis durch zusammengebissene Zähne hervor.

»Ich befolge nur meine Befehle«, sagte Major Crawford, und die Wut und das Unbehagen röteten sein Gesicht.

»Und dazu haben Sie sich reichlich Rückendeckung mitgebracht«, schnaubte Luis und sah vielsagend die Männer an, die starr hinter ihm standen. »Was haben Sie denn von ihr erwartet, daß sie Sie angreift?«

Major Crawford hatte darauf keine Antwort parat. Er sah sich kurz in der Krankenhausstation um, in der es plötzlich still geworden war, als die Männer in den Betten begriffen, was hier geschah. Der Junge mit dem maisblonden Haar, der drei Betten weiter entfernt lag, warf seine Decke zurück und tat so, als wollte er aufstehen. Der Major schluckte. »Es tut mir leid, aber wenn Sie jetzt bitte mitkämen, Eleanora… Miss Villars?«

Ein weiterer Mann wälzte sich im Bett herum und suchte nach seiner behelfsmäßigen Krücke, die an der Wand lehnte. Sie durfte keine Auseinandersetzung zwischen kranken, unbewaffneten Männern und Soldaten zulassen, die mit Waffen in den Händen und dem ausdruckslosen Glanz entschlossenen Gehorsams in den Augen dastanden. In dem schwachen Licht schimmerten die Bajonette todbringend.

»Also gut«, sagte sie mit zugeschnürter Kehle. »Ich komme mit.«

»Versuchen Sie, sich keine Sorgen zu machen, *pequeña*«, sagte Luis und legte eine Hand tröstlich auf ihren Arm. »Ich werde etwas dagegen unternehmen.«

Sie lächelte ihn dankbar an. Der Sondertrupp bezog Stellung und gruppierte sich um sie herum. Sie gingen mit forschen Schritten auf die Tür zu, während in allen vier Ecken des Raums mißfälliges Murmeln zu hören war.

Auf der anderen Seite der Türöffnung prasselte der Regen wie silberne Lanzen in einem Turnier aus alter Zeit herunter und grub sich in den Lehm der Straße. Ohne stehenzubleiben, traten sie in den Regen hinaus.

Teil II

13. Kapitel

Die Zellentür schloß sich mit einem Knall und dem Rasseln von Schlüsseln hinter ihr. Eleanora trat zögernd einen Schritt weiter in die gräßliche Dunkelheit hinein. Als ihre Augen sich an die Finsternis gewöhnt hatten, sah sie die rauhen Wände, deren Tünche mit Zeichnungen, Nachrichten und Knittelversen beschmiert waren, die erdrückend niedrige Decke und die rostigen Schlafpritschen, auf deren harten Gestellen nur ein zerknäulter Fetzen von einer Decke lag. Da vor dem kleinen, hohen, vergitterten Fenster der Regen fiel, war die Luft stickig, und dazu kam noch der Gestank des Toiletteneimers, der in einer Ecke stand. Der einzige Vorteil bestand darin, daß dieses vergitterte muffige Loch nicht schon von anderen Personen belegt war.

»Eleanora…«

Das rauhe Flüstern, das vor Entsetzen bebte, drang aus der Zelle nebenan. Eleanora drehte sich langsam um, und ihre Röcke strichen naß an ihre Knöchel. Sie sah ihren Bruder an, der sich wie ein alter Mann erhob und die Kette festhielt, die dem Gestell Halt gab, auf dem er saß.

»Warum nur?« fragte er. »Warum?«

»Sie… sie haben es dir nicht gesagt?« brachte sie nach einem Moment hervor.

Er wandte den Blick ab. »Ich kann es nicht glauben. Schließlich waren Juanita und ich doch – ich kann es einfach nicht glauben.«

»Warum denn sonst?« fragte sie niedergeschlagen.

»Ich weiß es nicht. Ich weiß es nicht! Gerade das bringt mich ja um den Verstand. Alles ist schiefgegangen, aber auch alles, von dem Augenblick an, als wir aus New Orleans aufgebrochen sind. Du hast recht gehabt, Eleanora. Freut es dich, zu wissen, daß du recht hattest?«

»Wohl kaum.« Wenn sie in dem Moment geweint hätte, hätte ihr das vielleicht Erleichterung verschafft, aber es hätte nicht wirklich etwas genutzt. Sie wandte den Blick ab und bewegte sich behutsam durch den winzigen Raum. Vier Pritschen, zwei auf jeder Seite, wiesen darauf hin, daß die Zellen für vier Personen gedacht waren, obwohl kaum genügend Platz für zwei war, wenn sie standen. Es war ein Käfig, nicht mehr und nicht weniger, ein Käfig am Ende einer Reihe von Käfigen. Es gab drei solche Zellen. Hinter der ihres Bruders war noch eine Zelle, in der ein Trunkenbold seinen Rausch ausschlief. Die Männer, die sie hier eingeschlossen hatten, waren weggegangen und nicht mehr zu sehen, aber sie waren noch im Vorzimmer zu hören.

Der Regen ließ nicht nach, wurde durch das hohe Fenster hineingeweht und lief in einem dicken dunklen Rinnsal an der Wand hinunter. Bei jedem ihrer Schritte mußte Eleanora der Pfütze ausweichen, die sich in der hinteren Ecke dicht neben dem Toiletteneimer ausbreitete.

»Ich habe nicht im Haus des Colonels herumspioniert, Eleanora. Mir ist gleich, was über mich gesagt wird. So etwas täte ich nicht, darauf gebe ich dir mein heiliges Ehrenwort.«

»Ich glaube dir«, antwortete sie sachte, denn sie nahm die unterschwellige Verzweiflung in der Stimme ihres Bruders wahr.

»Ich... ich glaube kaum, daß du...«

Wut wogte über sie hinweg und legte sich dann. »Nein«, erwiderte sie mit möglichst ruhiger Stimme. »Die wenigen Skrupel, die ich noch habe, hindern mich daran, so tief zu sinken.«

»Verzeih mir. Ich weiß nicht, was ich sage. Es ist nur so, daß...« Er ließ sich wieder auf die Pritsche sinken und begrub das Gesicht in seinen Händen.

Das Gefühl der Fassungslosigkeit, das er ihr zu übermitteln versuchte, war Eleanora keineswegs fremd. Sie hätte gern an Luis' Beteuerungen geglaubt, Grant sei nicht für Jean-Pauls und ihre eigene Verhaftung verantwortlich, doch es gelang ihr nicht ganz. Sein plötzliches Verschwinden machte sie mißtrauisch. Hatte es ihm derart widerstrebt, sich mit ihr auseinanderzusetzen, sich anzuhören, wie sie sich für Jean-Paul einsetzte? Konnte es sein, daß er sich selbst nicht traute und befürchtete, wenn er mit ansehen mußte, wie sie fortgeschleppt wurde, seine eigenen Befehle wieder rückgängig zu machen?

Da sie ermüdete, setzte sich Eleanora endlich hin. Ein Floh sprang von der schmuddeligen Decke auf ihren Rock, und sie schüttelte ihn angewidert ab und stieß diesen armseligen Deckenersatz auf den Fußboden, ehe sie sich mit angezogenen Knien rücklings an die Wand lehnte.

Eins war offensichtlich. Jemand hatte Oberleutnant Schlessinger und seine Männer verraten und es so arrangiert, daß sie in Santa Rosa in eine Falle gelaufen waren. Wenn es nicht Jean-Paul oder sie selbst gewesen waren, wer dann? Jemand, der Zugang zu den Informationen hatte, die Truppenverschiebungen betrafen. Folglich entweder jemand im Regierungsgebäude oder im Palacio. Der General, Grant, Luis; keiner von ihnen schien zu Verrat imstande zu sein. Aber im Palacio wohnte Señora Paredes, und durch sie hatte Juanita Zutritt. Eleanora konnte sich nicht vorstellen, daß die Señora selbst einen solchen Plan ausgeführt hätte, aber ganz unschuldig konnte sie nicht sein. Die jüngere Frau hatte sowohl einen Grund als auch Gelegenheit, und sie allein war für die Verhaftung verantwortlich, die für sie der allerbeste Schutz war. Alles, was sie oder Jean-Paul gegen Juanita hätten sagen können, wurde durch ihre Position abgeschwächt, wohingegen sie eine ausgezeichnete Tarnung für ihre eigenen Motive geschaffen hatte, indem sie sich Jean-Paul zum Liebhaber genommen hatte.

Wenn William Walker da gewesen wäre, dachte Eleanora, hätte er sie vielleicht trotz seiner Unterschrift auf dem Haftbefehl angehört. Eine Nachricht von ihr konnte ihn immer noch rechtzeitig erreichen, wenn es ihr gelang, jemanden zu überreden, die Nachricht zu überbringen. Dazu brauchte sie Geld. Eine Sackgasse. Luis würde es tun, wenn sie ihn darum bat. Vielleicht war er schon unterwegs.

Wenn dieser Plan schiefging, blieb immer noch Niña Maria. Sie konnte mit Sicherheit mit dem General sprechen. Sie würde ihre persönliche Abneigung gegen Eleanora bestimmt nicht auf die Waagschale werfen, wenn es um zwei Menschenleben ging, oder doch?

Eleanora rang die Hände auf ihrem Schoß. Sie konnte nicht dasitzen und abwarten und nichts tun, bis sie kamen, um Jean-Paul und sie zu holen. Es mußte eine Möglichkeit geben, sich aus dieser furchtbaren Schlinge zu befreien. Gegen ihren Willen dachte sie an den entlegenen Winkel der Plaza, wo die Hinrichtungen durchgeführt wurden. Ob sie auch Frauen erschossen? Sie wußte es nicht. Und wenn sie es taten, wer gab dann den Befehl zum Feuern, wenn Grant nicht da war? Und wer gab dann den Gnadenschuß ab?

Der Abend senkte sich unmerklich hinter den dunklen Regenschleiern herab. Man brachte ihr eine Schale mit einer wäßrigen Mahlzeit, die sie hungrig, wenn auch ohne Genuß aß.

In der Wachstube wurde Licht angezündet, das einen matten

Schein in die hinterste Zelle warf. Eleanora saß da und schaute zu, wie die flackernden Schatten Muster bildeten, wenn die Männer sich durch den Raum bewegten. Der Regen ließ nach. Ein Pferd trabte draußen vorbei und lief dann im Schritt weiter. Das Kartenspiel wurde abgebrochen, und zwei Männer blieben zur Nachtwache zurück. Ihre Stimmen und der beißende Rauch ihrer braunen mexikanischen Zigarillos wehten zu Eleanora. Sie hätte die Männer gern gerufen und sie gebeten, Luis zu holen oder Niña Maria eine Nachricht im Regierungsgebäude zu überbringen. Ein Instinkt, der so tief saß wie ihr Selbsterhaltungstrieb, hielt sie jedoch davon ab.

In der Zelle nebenan wurde Jean-Paul unruhig und rief nach ihr.

Es dauerte einen Moment, ehe sie sich zu einem Flüstern durchringen konnte.

»Ja?«

»Was ist mit deinem Freund, dem Spanier? Glaubst du, er wird bei der Verhandlung zu unseren Gunsten aussagen?«

»Ich bin ganz sicher, daß er das tut, falls es dazu überhaupt kommt.« Sie war keineswegs sicher, aber sie wollte Jean-Paul diesen kleinen Hoffnungsschimmer lassen.

»Er hat Einfluß in Regierungskreisen. Er könnte uns enorm weiterhelfen.«

Eleanora stimmte ihm zu. Luis wußte auch mehr über Juanita, als er je gesagt hatte. Vielleicht konnte er ihre Geschichte entkräften, so daß sie ihre Freiheit wiedererlangten. Die Offiziere, die unter William Walker dienten, waren nicht gerade für ihre Mildtätigkeit bekannt. Eine Verhaftung bedeutete im allgemeinen die sichere Hinrichtung.

Eleanora stand auf und ging zu der Seite, die an Jean-Pauls Zelle grenzte. Sein Umriß ragte aus dem Schatten auf; er stand da und hielt mit den Händen die Gitterstäbe umklammert. »Was habe ich getan?« rief er voller Selbsthaß aus. »Was habe ich bloß getan, um das hier zu verdienen? Ich wollte doch nie etwas anderes als einen Neuanfang.«

Der Anblick seines Gesichts, das von der Anstrengung verzerrt war, die Tränen zurückzuhalten, war ihr unerträglich. Sie trat näher zu ihm und legte ihre Finger auf seine geballten Fäuste, die die Stäbe umklammert hielten. »Tu das nicht«, flüsterte sie. »Nein, tu dir das nicht an.«

»Ich halte es einfach nicht aus. Doch nicht Juanita, doch nicht meine Juanita. Mein Gott, wie süß sie war. Sie... sie hat für mich getanzt und gelacht und mit mir um die Wette... Gott im Himmel!«

Er lehnte die Stirn an seine geballten Fäuste und kniff die Augen fest zu. In ihrer Hilflosigkeit strich ihm Eleanora über das Haar.

»Ich kann es nicht glauben... ich kann einfach nicht glauben, daß sie mir das angetan hat, daß sie mich für ihre Zwecke benutzt hat, daß sie die ganze Zeit ihre Pläne hatte, sogar wenn... sogar als...«

Er warf sich mit einer solchen Wucht auf die Pritsche, daß sie laut quietschte. Er hatte einen neuerlichen frischen Schmerz bei Eleanora ausgelöst. Hatte Grant gewußt, was aus ihr werden würde, als er sie zum Abschied in den Armen gehalten hatte? *Ich hätte dich mehr lieben sollen...* Sie hatte diese letzten Worte wie einen Schatz gehütet, hatte ein Versprechen darin gesehen. Und jetzt hatten sie den Klang einer Totenglocke.

Stille senkte sich herab. Der Regen legte sich. Im Vorzimmer scharrten Stuhlbeine auf dem Fußboden, und das Licht der Lampe beschrieb einen Bogen und strömte in die Zellen, als einer der Wächter eine späte Runde drehte. Er lief langsam durch den schmalen Korridor und hielt dabei die Lampe hoch. Er blieb stehen und sah Jean-Paul an, der sich mit dem Rücken zur Tür in seine Decke gehüllt hatte. Der Mann war groß und dünn und hatte einen grauen Walroßschnurrbart. Als er zu ihr weiterging, richtete Eleanora den Blick auf den finsteren Winkel der Zellenrückwand und ließ ihn dort ruhen, solange er dastand und sie anstarrte.

Einige Zeit später vernahm sie das Hufgeklapper herannahender Pferde. Es mußten sieben oder acht sein, und sie bewegten sich ohne Eile. Vor dem Arrestlokal blieben sie stehen, und durch das offene Gitter des hohen Fensters drang das Quietschen von Sattelleder zu Eleanora, und sie hörte das Klirren von Sporen, als die Männer abstiegen.

Eine Aufforderung war zu vernehmen, und aus dem Vorzimmer kam eine Antwort, und daraufhin betraten mehrere Männer das Gefängnis. Worte wurden gewechselt, und darauf folgten die Geräusche eines Handgemenges. Stimmengewirr erhob sich und ebbte wieder ab. Eine einzelne Stimme übertönte klar und deutlich die anderen, und als sie sie erkannte, stand Eleanora langsam auf. Dieser leichte spanische Akzent erfüllte sie mit einer Mischung aus Hoffnung und Grauen. Was hatte Luis bloß vor?

»Stellt euch an die Wand, ihr Satansbraten«, hörte sie ihn schreien. »Wenn ihr euch von der Stelle rührt, werde ich euch persönlich mit eurem Vater bekannt machen!«

Licht glitt über die Wand. Luis tauchte auf und schritt mit einem Revolver in der einen Hand und rasselnden Schlüsseln in der anderen durch den Korridor. Ein weiterer Mann folgte ihm und hielt die Lampe hoch, und in dem Lichtschein konnte Eleanora das sorglose Lächeln sehen, das die Lippen des Spaniers verzog, aber auch die Aufregung, die seine Augen glühen ließ.

»Was ist denn los?« fragte Jean-Paul benommen und erhob sich auf die Füße.

»Ihr werdet befreit«, erwiderte Luis, der den Schlüssel in das Schloß steckte und es mit einer knarrenden Drehung öffnete.

Eleanora trat an die Zellentür. »Das dürfen Sie nicht tun, Luis. Das kann ich nicht zulassen – Sie dürfen es nicht für mich tun.«

»Zu spät, *pequeña*«, sagte er und hob dabei unmerklich die Schultern. »Es ist schon geschehen.«

»Sind Sie sich denn nicht klar darüber...«

Er riß die Tür weit auf. »Mehr als Sie, *cara*. Es ist die einzige Lösung.«

Vielleicht hatte er recht. Aber jetzt konnte sie darüber nicht nachdenken. Sie kam aus der Zelle und ließ es zu, daß sie eilig hinter Jean-Paul durch den Korridor gescheucht wurde. In der Wachstube wandte sie den Blick von den gefesselten Wächtern ab und lief auf das schwarze Rechteck der offenen Tür zu.

Die Nachtluft war frisch, und nur der Geruch nach verschwitzten Pferden hing darin. Als junges Mädchen hatte sie Reitunterricht bekommen. Sie ging auf das Pferd zu, das einen Damensattel trug, und hoffte, daß sie sich jetzt an diese Lektion erinnern würde.

Luis half ihr beim Aufsteigen und reichte ihr die Zügel. Um sie herum stiegen die Männer auf, sechs an der Zahl, wenn sie Luis und ihren Bruder nicht mitzählte. Eleanora zog an ihren Röcken und war bemüht, ihr Knie um das Sattelhorn zu schlingen, ohne von dem Pferd zu gleiten. Als aus der Ferne ein Ruf zu hören war, zuckte sie zusammen und wäre fast vom Pferd gefallen. Als sie einen Blick auf die Straße warf, sah Eleanora einen uniformierten Offizier auf sie zulaufen, der gerade den Revolver aus seinem Gurt zog.

Neben ihr zog ein Mann seine Waffe, legte an und gab einen Schuß ab. Der Offizier suchte hinter einer Hausecke Deckung und schoß von dort auf die kleine Gruppe, die gerade im Aufbruch war.

Ein Mann fluchte, sprang aus dem Sattel und wälzte sich über den Boden, um den Hufen auszuweichen, die sich von allen Seiten um ihn herum aufbäumten. Luis, der gerade beim Aufsteigen war, sah sich um und zog sich dann hoch. Ehe er auf dem Sattelleder saß, hatte er sein Pferd schon zum Galopp angetrieben und Eleanoras Pferd einen Hieb verpaßt, damit es mitkam.

Sie beugten sich tief über die Hälse der Pferde und galoppierten über die Straße aus der Schußweite des dröhnenden Marinerevolvers. Nachdem sie einige hundert Meter in schnellem Galopp zurückgelegt hatten, war das geschafft. Sobald das Arrestlokal nicht mehr zu sehen war, bogen sie von der Hauptstraße ab und in die Seitenstraßen ein, in denen es von zusammengekauerten Gestalten wimmelte, die in Hauseingängen schliefen; zahllose Katzen ergriffen die Flucht.

Südlich von Granada befanden sich Rivas, die Transitstrecke und die Truppen von Walker und Mora. Als sie die Stadt endlich hinter sich gelassen hatten, schlug Luis den Weg nach Norden ein. Im Norden lagen Honduras, die unerforschten Wälder und Dschungel jenseits des Managua-Sees, das Gebiet der alten Cookra- und Toaca-Indianerstämme und die imposanten Gipfel der Nueva-Segovia-Berge.

Hin und wieder blickte Eleanora zu Luis. Sie konnte jedoch nicht mehr als seinen dunklen Umriß erkennen, aber er saß aufrecht auf dem Sattel. Wenn seinen ruhigen Anweisungen auch die frühere Unbekümmertheit fehlte, so waren sie doch immer noch klar und deutlich.

Ihre Verfolger hatten sie schon bald abgeschüttelt, doch einer der Männer, ein Nicaraguaner, führte sie dessenungeachtet vorsichtshalber durch ein Labyrinth von gewundenen Pfaden, die kaum als Wege zu erkennen waren. Sie ritten an Zuckerrohr- und Maisfeldern vorbei, an Häusern – Haciendas –, die verriegelt und unbewohnt zwischen Bananen-, Brotfrucht- und Avocadobäumen standen. Der Wald wurde dichter und legte einen Teil seines Urwaldcharakters ab, an dessen Stelle hohe Eichenwälder und ab und zu vereinzelte Föhren traten. Sie ritten unentwegt weiter durch die Stunden vor der Morgendämmerung.

Als der Tag grau und neblig anbrach, ritten sie durch ein Kapokwäldchen. Luis hob eine Hand und ließ alle anhalten. Sie entfernten sich ein gutes Stück von dem Pfad, dem sie folgten, und stiegen dann ab. Erst als sie sich unter den Bäumen zu einem Grüppchen zusammenscharten, fiel Eleanora das unförmige Bündel auf, das über eines der Pferde geworfen worden war. Im Dunkeln hatte sie geglaubt, es handelte sich dabei um irgendwelche Vorräte; jetzt sah sie, daß es sich um eine Frau handelte. Sie war geknebelt und gefesselt, und das Haar hing strähnig in ihr gerötetes Gesicht, aber sie war als Juanita zu erkennen.

Jean-Paul streckte gerade die Hände aus, um Eleanora beim Absteigen zu helfen, als sich ein erstickter Laut aus seiner Kehle löste.

Mit fragendem Blick wandte sich Eleanora zu Luis um, dessen rechter Fuß gerade den Boden berührte, als er vom Sattel stieg. Er wankte und hielt sich am Sattel fest. Blut floß oben aus seinem Stiefel heraus und rann seitlich daran herunter. Sein Hosenbein schimmerte feucht und war in den Falten des weichen Leders verkrustet.

Die anderen hatten sich um Juanita herum versammelt, drei Nicaraguaner, ein großer, dünner Mann mit rotblondem Haar und dem sonnengegerbten Gesicht, das sie bei einem Soldaten aus den Prärien der Vereinigten Staaten inzwischen erwartete, und ein blonder Mann mit einer gutturalen Sprechweise. Eleanora erreichte als erste Luis.

Als sie eine Hand auf seinen Arm legte, drehte er den Kopf um. Das Lächeln, das um seinen Mund spielte, konnte den Schmerz in seinen Augen nicht ganz auslöschen. »Soviel zu der heroischen Rettung«, sagte er mit einem atemlosen reumütigen Lachen und fiel bewußtlos um.

Sie breiteten einen Stapel Pferdedecken unter einem Baum aus und legten ihn darauf. Der blonde Preuße wies die Neigung auf, das Kommando an sich zu reißen, aber Eleanora erhob keine Einwände, außer wenn er versuchte, sie von Luis fernzuhalten. Anfangs trat sie zurück, während die Männer Luis die Hose auszogen und das Blut wegwischten, aber als der Preuße nach einem Messer rief und in der Wunde herumstocherte, konnte sie sich nicht länger zurückhalten und kniete sich neben den Mann, der so viel riskiert hatte, um ihr zu helfen.

Es war eine häßliche klaffende Schlitzwunde. Die Kugel war von vorn in seinen strammen, muskulösen Oberschenkel eingedrungen und weiter in seine Lenden geschossen. Es schien keine gefährliche Verletzung zu sein, keine der großen Arterien war beschädigt worden. Aber er hatte während des langen Ritts sehr viel Blut verloren, und er würde noch mehr Blut verlieren, ehe die Kugel herausoperiert worden war. Ein Messer war ein plumpes Instrument; und sie mußte noch eine zweite Messerspitze in die Wunde stecken, damit sie die Bleikugel herausziehen konnte, die an seinen Beckenknochen drückte. Mit Roggenwhiskey reinigte sie die Wunde schließlich. Dann schnitt sie aus den Streifen ihrer Schürze einen Verband.

Innerhalb von einer Stunde kam Luis wieder zu Bewußtsein, lange ehe die Sonne den Nebel aufgelöst hatte. Er erwachte plötzlich, zog sich an dem Baumstamm hoch und setzte sich mit einem Ausdruck des Erschreckens in seinen dunklen Augen auf. Mit einer schnellen Armbewegung zog er einen Zipfel der Decke über seinen nackten Körper und wandte seinen Blick dann Eleanora zu, die neben ihm hockte.

Sie stand auf und füllte eine blaue Emailletasse mit dampfendem Kaffee, rührte mit einem kleinen Zweig einen großzügigen Schuß Roggenwhiskey und ein paar Klumpen braunen Kandiszucker hinein und brachte sie Luis.

Er bedankte sich bei ihr und fügte eine zärtliche Liebkosung hinzu. Mit ruhiger Hand nahm er die Tasse entgegen und verschüttete nicht einen Tropfen von der heißen Flüssigkeit, als er sie an seine Lippen führte. Eleanora stieß in lautloser Erleichterung den Atem aus. Sie ignorierte, wie sein Mundwinkel sich belustigt hochzog, und setzte sich neben ihn, bis er die Tasse leergetrunken hatte.

»Meine Hose?« fragte er, als er ausgetrunken hatte. Seine Stimme hatte einen zynischen Beiklang, der sich an die Männer hinter Eleanora zu richten schien. Als sie ihm die leere Tasse abnahm und ihm das Kleidungsstück reichte, stellte sie zu ihrem Verdruß fest, daß sie errötete. Sie ging zu ihrem Pferd, streichelte es und blieb dort stehen, bis Luis mit Hilfe von Jean-Paul auf sein Pferd gestiegen war.

Das Mittagessen kam aus den Satteltaschen und bestand aus zerquetschten Tortillas, die um fette Schweinefleischscheiben gerollt waren, und Obst mit Druckstellen. Nur die Orangen, die sie wildwachsend am Wegesrand gefunden hatten und zum Nachtisch aßen, wogen die andere Kost auf.

Luis setzte sich nicht. Er lehnte sich an einen Baumstamm und stemmte einen Fuß dagegen. Eleanora saß neben ihm auf einem Baumstumpf und schälte mit einem Klappmesser eine Orange.

Mit einer tiefen Falte zwischen den Augen beobachtete sie ihren Bruder. Ihr gefiel das grüblerische Schweigen nicht, in das er seit dem Morgen versunken war. Jean-Paul hatte eine Tasse mit Wasser aus der Feldflasche an seinem Sattel gefüllt und ging damit zu Juanita, die mit zusammengebundenen Händen an einem morschen Baumstumpf lehnte. Einer der Nicaraguaner vertrat ihm den Weg, als er an dem Grüppchen vorbeikam, das nah bei den Pferden stand, und riß ihm die Tasse aus der Hand. Ihr Bruder protestierte, doch das nutzte ihm nichts. Der Soldat schüttete das Wasser vor die Füße seiner Landsmännin. Lachend reichte er

Jean-Paul die Tasse wieder, doch in seinen Augen stand keine Spur von Humor oder Erbarmen. Der jüngere Mann setzte sich wieder hin und schaute starr ins Leere, ohne selbst etwas zu essen oder zu trinken.

Eleanora warf einen Blick auf Luis. Ehe er den Blick abwandte, spiegelten seine Augen dieselbe erbarmungslose Härte wider.

Behutsam schälte sie die Orange fertig, halbierte sie und reichte dem Mann, der neben ihr stand, eine der beiden Hälften. Sie bohrte ihr Messer in den Baumstamm und fragte mit ruhiger Stimme: »Wer sind diese Männer?«

»Freunde von mir, Männer aus meinem Regiment.«

»Und wie heißen sie?«

»Der Americano ist Jasper Quitman, aber allgemein als ›Slim‹ bekannt. Der Mann mit Narben ist Kurt – seinen Nachnamen kann ich beim besten Willen nicht aussprechen. Die anderen sind Sanchez, Molina und Gonzalez. Ich glaube, die drei letzten kennen Juanita schon von früher.«

»Ich... zweifle daran, daß sie meinetwegen hier sind.«

»Sie meinen, Sie hoffen, daß sie nicht Ihretwegen hier sind«, sagte er und lächelte einen Moment. »Nein, sie sind meinetwegen hier, und das aus ganz persönlichen Gründen, die ich nicht hinterfragt habe, als sie sich freiwillig gemeldet haben. Ihr Schicksal geht nicht zu Ihren Lasten.«

Sie reagierte trocken darauf. »Da Sie sich so gut in andere hineinversetzen können, frage ich mich, ob Sie die Wahrheit sagen oder nur das, wovon Sie glauben, daß ich es gern hören möchte.«

»Um Männer wie die brauchen Sie sich keine Sorgen zu machen. Ihre Loyalität gehört den Idealen der Democráticos, nicht etwa Walker oder den Falangistas. Sie sehen nichts Böses darin, wenn ich sie darum bitte. Was die anderen betrifft, die Gringos, so ist für sie Gefahr die Luft, die sie zum Atmen brauchen, und

Verrat ist für sie nichts weiter als ein Wort. Sie halten nur sich selbst die Treue und einer Unzahl von anderen Dingen, darunter auch William Walkers rotem Stern, aber nur in dem Maß, in dem diese Loyalität für sie selbst von Nutzen ist. Sie glauben, daß dieser Stern untergeht. Es war nur eine Frage der Zeit, wann sie abtrünnig werden.«

»Glauben Sie auch, daß der Stern untergeht?«

Seine Augen wurden etwas kleiner. »Glauben Sie etwa, deshalb hätte ich Sie aus der Zelle geholt?«

»Nein«, antwortete sie. »Ich glaube zu wissen, warum Sie das getan haben.« Als er nichts darauf erwiderte, fuhr sie fort. »Was ich dagegen nicht weiß, ist, wohin wir reiten.«

»In die Berge«, sagte er und wies mit einer Geste auf die Ausläufer, die sich im Nordosten erhoben. »Wir verstecken uns dort. Ursprünglich war das nicht meine Absicht. Ich hatte vor, meine Autorität als stellvertretender Kommandant in Abwesenheit von Grant und dem General zu nutzen, um zu erwirken, daß Sie freigelassen und meiner Obhut unterstellt werden. Dann hätte ich Sie vorgeblich unter Hausarrest gestellt, bis die beiden zurückgekommen wären und die Situation geklärt hätten. Aber ich wurde übergangen und überlistet. Die Wachen sollten der Anordnung des Generals zufolge meine Befehle hinsichtlich Gefangener mißachten, weswegen ich Gewalt anwenden mußte.«

»Sie müssen schon vorher den Verdacht gehabt haben, daß es sich als notwendig erweisen würde«, sagte sie und wies mit einer Kopfbewegung auf die anderen Männer.

»Ich konnte nicht sicher sein, daß alles nach meinen Wünschen verläuft. Niña Maria war sogar noch gründlicher, als ich erwartet hätte.«

»Niña Maria? Sie war dafür verantwortlich?«

»Wer denn sonst? Sie hatte ungehinderten Zugang zu allen Dokumenten und Gelegenheiten genug, die Unterschrift des

Generals nachzuahmen. Sie konnte Sie nicht ausstehen, und sie hat Sie für die Beliebtheit bei den Männern und bei der Presse gehaßt. Sie haben einen großartigen Sündenbock abgegeben.«

»Was soll das heißen?«

Es dauerte einen Moment, bis er antwortete. »Jemand hat den Streitkräften der Legitimistas in Costa Rica Informationen zukommen lassen. Juanita? Niña Maria persönlich? Ich weiß es nicht. Damit weiterhin Informationen, die uns schaden, in die anderen zentralamerikanischen Länder durchsickern können, mußte jemandem die Schuld an dem Verrat angelastet werden. Wenn Sie aus dem Weg geschafft werden, konnte Juanita wieder in den Palacio eingeschleust werden, und dann hätten sie ihre Sabotage des Regimes der Democráticos so fortsetzen können, wie es ursprünglich geplant war – falls Walker das Glück haben sollte, aus Rivas zurückzukommen.«

»Woher wissen Sie das?«

»Ich weiß gar nichts. Ich habe nur meinen Verdacht. Wir können unsere Gefangene dort drüben jedoch dazu bringen, diesen Verdacht zu erhärten. Mit diesem Wissen in der Hand können wir nach Granada zurückkehren, und dann wird alles wieder sein wie vorher.«

Eleanora bezweifelte das ebenso wie das, was Luis ihr erzählte. »Wie glaubte Niña Maria, meinen und Jean-Pauls Tod vor Walker rechtfertigen zu können?«

»Nun, da wäre immer noch Juanitas Aussage gewesen, und als zusätzlicher Beweis wäre angeführt worden, daß Sie und Ihr Bruder sich verraten und gestanden hätten – nachdem man Sie genügend gefoltert hatte.«

Eleanora wandte voller Unbehagen den Blick ab. »Es sieht so aus, als hätte ich Ihnen sehr viel zu verdanken. Ich bin Ihnen auch wirklich dankbar, mehr, als ich es Ihnen sagen kann. Ich weiß nicht, wie ich mich je dafür erkenntlich zeigen kann...«

Er schnitt ihr mit einer heftigen Geste das Wort ab. »Zwischen uns beiden soll von Bezahlung niemals die Rede sein. Was ich getan habe, habe ich für mich selbst und für keinen anderen getan. Wie könnte ich weiterleben, wenn meine Seele tot wäre?«

14. Kapitel

In der sengenden Sonne des frühen Nachmittags überquerten sie den schmalen Flußlauf, der sich vom Managua-See zum Nicaragua-See zog. Sie ließen ihre Pferde schwimmen, damit sie sich abkühlen konnten und um die Fährte weiter flußaufwärts zu meiden. Bald darauf begann das Land anzusteigen. Sie ließen die üppige Vegetation des Flachlands und die grasbewachsenen Savannen hinter sich und gelangten in das gedeckte Grün, Braun und Sandsteinrot von Kiefern- und Laubwäldern.

Eleanora hielt sich tapfer im Sattel. Ihr Rücken schmerzte so sehr, als hätte sie ein Messer zwischen den Schulterblättern stekken, und sie sah die Gestalten der Reiter, die sich vor ihr bewegten, in dem wankenden, tanzenden Licht des Hitzeflimmerns. Der einzige erträgliche Moment in den letzten Stunden war der Anblick eines Krappgewächses gewesen, eines großen immergrünen Laubbaums mit riesigen tulpenförmigen Blüten, die sich zwischen seinen ledrigen Blättern herausreckten. Sie dachte ständig daran, was Luis für sie geopfert hatte. Sie hätte gern ebensoviel Vertrauen in Walker gesetzt wie er, doch es gelang ihr nicht. Sie schwankte zwischen Hoffnung und Verzweiflung, zwischen der Freude darüber, frei zu sein, und der Niedergeschlagenheit, die ihre Schuldgefühle in ihr auslösten.

Sie ritten endlos weiter, machten einen Bogen um kleine Ortschaften und kamen ab und zu an den einzeln stehenden Häusern aus Baumstämmen und Lehm vorbei, in denen indianische Bauern lebten, die ihnen uninteressiert nachblickten. Ihre Kniekehle, die sie um das Sattelhorn geschlungen hatte, war aufgescheuert, und sie hatte kein Gefühl mehr im Fuß und in der Wade. Die grelle Sonne blendete ihre Augen. Unter dem Halstuch auf ihrem Haar hatte sie das Gefühl, ihr Schädel stünde in Flammen. Jeder Zentimeter Haut von ihrem Gesicht und ihren Armen, der nicht bedeckt war, war von der Sonne verbrannt. Kurz vor Sonnenuntergang stellte sie jedes Denken ein und nahm auch ihre Umgebung kaum mehr wahr.

Der plötzliche Schrei eines Pumas lies sie zusammenfahren. Ihr Pferd scheute und bäumte sich auf. Nur der schnelle Griff einer starken Hand in ihre Zügel verhinderte, daß sie abgeworfen wurde. Als das Pferd sich beruhigte, sah sie den Puma, einen verschwommenen rötlichgelben Streifen, der vor ihnen über einer Anhöhe verschwand. Sie richtete sich im Sattel auf und lächelte den preußischen Söldner dankbar an, der ihr Pferd gezügelt hatte. Doch der Ausdruck in seinen Augen, die sie eindringlich und abschätzend anblickten, weckte Unbehagen in ihr. Sie nickte kurz und freundlich. Er ließ ihre Zügel los und ritt hinter ihr her, bis sie ihr Nachtlager aufschlugen.

Jean-Paul half ihr vom Pferd. Sie überließ es ihm, sich um ihr Pferd zu kümmern. Sie verschwand zwischen den Bäumen und folgte den Biegungen des kleinen Flusses, an dem sie die Nacht verbringen wollten.

Als sie zurückkam, war ein Feuer angezündet worden, und Juanita, die von Sanchez sorgsam beobachtet wurde, traf die Vorbereitungen für das Abendessen.

Die Mahlzeit versprach keine Überraschungen. Da sie keine Vorräte hatten, hatten sie unterwegs Bohnen, Fleisch und Maismehl, ein paar Töpfe und die nötigsten anderen Utensilien bei der Frau eines Bauern gekauft und teuer dafür bezahlt.

Als Eleanora stehenblieb und überlegte, ob sie ihre Hilfe anbieten sollte, blickte die schwarzhaarige Frau von dem Feuer auf. Haß stieg in ihre Augen, und sie bedachte Eleanora mit einem vernichtenden Blick und spuckte dann provozierend auf den Boden. Eleanora zog unmerklich eine Augenbraue hoch und ging zu Luis, der an einem Felsblock lehnte. Als sie sich neben den Oberleutnant setzte, wurde ihr klar, daß das Gefühl der Erleichterung darüber, sich nicht um das Feuer und das Essen kümmern zu müssen, alle anderen Gefühle überwog.

Die von Juanita zubereitete Mahlzeit schmeckte erstaunlich gut. Die Männer verschlangen gierig die Bohnen und die Tortillas und hielten Ausschau nach mehr. Es gab jede Menge. Juanita teilte das Essen mit einem gleichgültigen Gesichtsausdruck aus.

Nach dem Essen räumte Juanita das schmutzige Geschirr zusammen und machte sich damit auf den Weg zum Fluß.

Sanchez legte die Hand auf den Revolver in seinem Halfter und schlenderte hinter ihr her. Einen Moment später folgte Eleanora.

Die Frau lief schnell. Als Eleanora sie einholte, scheuerte sie bereits einen Topf am Ufer des bräunlichgrünen Wassers mit Sand. Elcanora kniete sich hin und nahm einen Teller. Sanchez lehnte ein Stück weit entfernt mit dem Zigarillo zwischen zwei Fingern an einem Baumstamm. Juanita warf aus dem Augenwinkel einen Blick auf die beiden, schnaubte durch die Nase und begab sich ein paar Meter weiter flußabwärts.

Das Geschirr war bald gesäubert. Juanita packte es zusammen und machte sich auf den Rückweg durch ein dichtes Gestrüpp aus Zwergeichen und Amberschößlingen. Mit zusammengekniffenen Augen sah Eleanora ihr nach. Die Haltung der Nicaraguanerin irritierte sie. Für eine Gefangene benahm sie sich zu furchtlos und zu unvorsichtig. Sie strahlte ein Gefühl unterdrückter Vorfreude aus. Eleanora glaubte, Sanchez hätte nicht gezögert, mit Juanita zu gehen, wenn sie nicht dabeigewesen wäre. Sie sprang auf und lief hinter der anderen Frau her.

Der scharfe Geruch der Amberblätter hing noch in der Luft, weilte über dem Weg, den Juanita eingeschlagen hatte. Eleanora lief gebückt unter Ästen hindurch und stieg über faulende Baumstämme, auf denen Termiten herumkrabbelten. Vor ihr flog ein Vogel erschreckt auf. Sie beschleunigte ihre Schritte und riß ungeduldig an ihrem Rock, wenn er an kleinen Dornensträuchern und Kriechpflanzen hängenblieb, die ebenfalls Dornen hatten und sich an den Baumstämmen hochrankten. Als sie um den Stamm eines riesigen Rosenholzes herumgelaufen war, sah sie sich nach Juanita um. Keine Spur von ihr war zu sehen. Alles war still, zu still.

Sie horchte auf, als sie jemand leise Luft holen hörte. Sie drehte sich im Kreis, aber nicht rechtzeitig, und daher konnte sie dem Schatten eines Kiefernasts nicht ausweichen, der durch die Luft auf sie zuschwang. Er traf sie am Kopf. Sie sank zu Boden.

Sie konnte nur einen Moment lang ohnmächtig gewesen sein. Das Geräusch von Schüssen, drei in direkter Abfolge hintereinander, die Hilfe anforderten, drang in ihren benommenen Verstand vor. Sie setzte sich auf und wies Sanchez die Richtung, in die sie Juanita laufen gesehen hatte, als sie gestürzt war.

Sanchez lief los. Ehe seine Schritte aus ihrer Hörweite verschwunden waren, kamen die anderen in Sicht und ließen sich ebenfalls die Richtung weisen. Nur Luis war nicht dabei.

Eleanora tastete die Beule, die sich seitlich auf ihrem Kopf gebildet hatte, mit behutsamen Fingern ab. Wenn die Haut nicht aufgeplatzt war, dann war das eher auf ihr dickes Haar zurückzuführen als darauf, daß Juanita es an Kraft hätte fehlen lassen. Sie erhob sich und blieb dann still stehen, bis sie wieder klar bei Sinnen war und das Pochen hinter ihren Augen sich gelegt hatte. Langsam ging sie zum Lager zurück.

Da sie sorgsam darauf achtete, nicht von dem Trampelpfad abzukommen, der im Gras und auf der steinigen Erde noch zu sehen war, riß sie erschrocken den Kopf hoch, als sie in den Bäumen zu ihrer Linken ein Geräusch hörte. Sie wurde von dem Impuls gepackt fortzulaufen, als der Preuße namens Kurt zwischen den Eichen herauskam und auf sie zuging.

»Ich bin wieder zurückgekommen, um nach Ihnen zu sehen«, sagte er und legte eine Hand an die Hutkrempe. »Ich hoffe, ich habe Sie nicht erschreckt? Sie waren so blaß und so schwach, als wir sie allein gelassen haben.«

Er trat näher und blieb vor ihr stehen. »Ich bin nicht so sicher, daß Sie wirklich schon wieder ganz bei sich sind. Eine Frau wie Sie braucht einen Mann, der sich ihrer annimmt. Gestatten Sie mir, vorauszugehen und die Äste für Sie festzuhalten.«

»Ich bin sicher, daß ich es allein schaffe, wenn man Sie für die Suche braucht.«

Er lächelte, eine mechanische Bewegung zu fester Lippen. »Ich habe gehört, daß die Frau vor den Männern hergerannt ist wie ein Hase vor den Hunden. Es ist nur eine Zeitfrage, und die Nicaraguaner begeistern sich mehr für die Jagd als ich – oder zumindest für die Beute.«

Sie war nicht gewillt, ihn zu fragen, wie er das meinte. Sie warf durch die Lider einen Blick auf den derben Humor in seinen Gesichtszügen, ehe sie die Röcke lüpfte und weiterlief. Er unternahm keine Anstalten, sie zurückzuhalten, sondern lief im Gleichschritt neben ihr her.

»Sie haben Glück, sich auf einen so getreulichen Kavalier wie den Oberleutnant verlassen zu können. Es ist wirklich ein Jammer, daß er verwundet worden ist.«

Eleanora stimmte ihm finster zu.

Unter dem Vorwand, einen Ast aus dem Weg zu ziehen, versperrte Kurt ihr mit seinem ausgestreckten Arm den Weg. Er ergriff ihren Ellbogen und hielt sie kraftvoll fest, ohne ihr jedoch Schmerzen zuzufügen. »Verwundete können nicht immer beschützen, was sie gern beschützen möchten«, sagte er zu ihr mit leicht belegter Stimme, als seine Augen über den dünnen Stoff ihrer Bluse und in Höhe ihrer Hüften über den roten Rock glitten.

»Manchmal«, erwiderte sie mit bewußter Betonung und einem festen Blick ihrer grünen Augen, »ist es nicht nötig, etwas festzuhalten, wenn man es behalten will.«

»Das trifft nur zu, wenn sich keine Diebe herumtreiben.« In seinen graublauen Augen drückte sich größte Selbstzufriedenheit über seine kluge Entgegnung aus.

Ehe Eleanora antworten konnte, trat Luis vor sie hin und hielt den Revolver lässig in einer Hand. »Ich denke, es ist hilfreich«, sagte er leise, »wenn ich bekanntgebe, daß unter meinem Kommando auf Diebstahl die Todesstrafe steht.«

Die beiden Männer sahen einander fest in die Augen. Trotz des sanften und leisen Tonfalls, in dem Luis gesprochen hatte, war Kurt derjenige, der unruhig von einem Fuß auf den anderen trat und den Blick auf die Waffe senkte.

Als die Finger, die ihren Arm umklammert hielten, sich lösten, ging Eleanora auf Luis zu, stellte sich neben ihn und lächelte ihn an, während sie sich an seinem anderen Arm einhing. Er preßte den Arm an sich, ehe er seinen Kopf zu einer angedeuteten Verbeugung neigte und mit ihr in Richtung Lager verschwand.

Als sie die Decken erreicht hatten, die weit von denen der anderen ausgebreitet waren, stützte er sich auf Eleanora, weil er sich kaum noch auf den Beinen halten konnte. Sie war vollauf damit beschäftigt, ihm dabei zu helfen, sich bequem hinzulegen, und sich zu fragen, wohin Kurt wohl gegangen sein mochte, da er ihnen nicht zum Lager gefolgt war. Als sie bemerkte, daß ihre eigenen Satteltaschen neben denen des Oberleutnants lagen, wich sie einen Schritt zurück.

Luis erhob sich und stützte sich mit einem Unterarm auf seinen Sattel, den er anstelle eines Kissens benutzte. Dann streckte er den Arm aus und zog Eleanora neben sich auf den Boden. Sein Gesicht war ernst; nichts an seinem Benehmen versetzte sie in Sorge. Sie wehrte sich nicht, sondern zog die Beine an und setzte sich bequem hin.

Luis schnallte die Lasche seiner Satteltasche auf und holte Handschellen heraus. Ehe sie sich über seine Absichten im klaren war, ließ er einen der stählernen Armreifen um ihr Handgelenk zuschnappen. Mit bedächtigen Bewegungen schloß er den anderen Reifen um das Handgelenk seines rechten Arms. Erst dann sah er ihr in die Augen.

»Verzeihen Sie mir«, sagte er. »Ich sehe keine andere Möglichkeit, Sie sicher an meiner Seite zu haben, bis wir nach Granada zurückkehren können. Grant hat mir diese Handschellen gegeben. Sie sind wie die, die die Militärpolizei benutzt. Den Schlüssel, mit dem sie sich öffnen lassen, habe ich gut versteckt...«

»Sie haben doch nicht etwa vor, uns diese Dinger Tag und Nacht tragen zu lassen?« Sie fiel ihm betroffen ins Wort und blickte ihn entsetzt an, als sie sich über die aufgezwungene Intimität klarwurde.

»Es muß so sein.«

»Warum? Ich kann mich selbst verteidigen.«

»So wie eben? Was hätte Kurt davon abhalten sollen, Sie dort mitten im Laub zu nehmen?«

»Das hätte er doch nicht getan...«

»Ach nein? Vielleicht nicht – noch nicht. Aber es liegen noch viele Meilen vor uns. Wir reiten tief in den Dschungel hinein, und dort läßt die Hitze die kühlen Manieren des Gentleman schmelzen, und die Starken quälen die Schwachen nach Lust und Laune. Der Charakter von diesen Männern entspricht dem des Dschungels nur zu sehr.«

»Müssen wir durch den Dschungel?«

»Es ist möglich, daß der General sich erweichen läßt. Wenn nicht, dann werden wir durch das Gebirge und durch ein Gebiet gehen müssen, das noch kein weißer Mann betreten hat, um die Mosquito Coast am Atlantik zu erreichen. Die Briten führen Patrouillen an dieser Küste durch, da sie das Gebiet der Mosquito-Indianer als ein Protektorat der Krone beanspruchen und sie es nicht an William Walker abtreten wollen. Dort könnten wir vielleicht ein Schiff bekommen, das uns mitnimmt.«

Eleanora dachte schweigend darüber nach. Plötzlich ballte sie die Hand zur Faust und schlug sich damit auf das Knie.

»Nein!« rief sie laut aus. »Das kann und werde ich nicht mit mir machen lassen. Sie wissen nicht, was Sie von mir verlangen.«

Ohne etwas darauf zu erwidern, lehnte sich Luis zurück und verschränkte die Hände hinter dem Kopf. Dabei wurde sie von der Kette derart aus dem Gleichgewicht gebrachte, daß sie, wenn sie sich nicht auf einem Ellbogen abgefangen hätte, an seine Brust gezogen worden wäre.

»Ich fürchte«, sagte er lächelnd, »Sie müssen es mit sich machen lassen.«

»Bitte«, setzte sie mit gesenkter Stimme an.

»Wollen Sie versuchen, mich zu überreden?« erkundigte er sich. »Wenn mir das auch noch so großen Spaß machen würde, muß ich Ihnen doch in aller Aufrichtigkeit sagen, daß es Ihnen nichts nutzen wird.«

Sie sah in sein Gesicht, das so dicht vor ihrem war. War die Röte unter seiner Haut auf die Sonne zurückzuführen, oder kam sie vom Fieber? Ging es ihm schlechter, als er sich gab, und wollte er es vor ihr verbergen? Erklärte das diese verzweifelten Maßnahmen?

»Es wird unerträglich werden, das müssen Sie doch wissen.«

Seine Lippen bewegten sich mit einer Andeutung von Bitterkeit. »Ja, ich weiß, daß es nicht leicht wird. Aber Sie, *pequeña*, haben sich bereits an meinem nackten Körper zu schaffen gemacht. Warum sollte ich mich anstellen und davor zurückschrecken, ihn noch einmal zu zeigen? Nichts kann meine Gefühle Ihnen gegenüber je abschwächen, aber Sie haben von mir auch nichts zu befürchten. Ich kann zwar nicht behaupten, daß Ihre Nähe mich ungerührt läßt, aber ich bin im Moment nicht in der Lage, die Gelegenheiten zu nutzen.«

Sie hörte ihm schweigend zu. Nachdem sie forschend in sein Gesicht gesehen hatte, fragte sie schließlich: »Und wenn Sie es könnten, täten Sie es dann?«

»Das muß ich mit einem tausendfachen Ja beantworten, *mi alma*«, antwortete er trocken. »Weißt du denn nicht, daß ein Mann andere Männer an sich selbst mißt?«

Die Nacht brach herein, der Mond stieg am Himmel auf, und noch immer waren die Männer nicht mit Juanita zurückgekehrt. Eleanora war zu müde und sich ihrer eingeschränkten Bewegungsfreiheit zu bewußt, um gut schlafen zu können. Sie schlief immer wieder ein, erwachte aber von jedem Rascheln und jedem Ruf eines Tiers. Sogar im Schlummer nahm sie jede aufgescheuerte Stelle, jede Blase und jeden angestrengten Muskel, jedes Zweiglein und jeden kleinsten Stein unter ihrer Decke wahr. Als sie eine Zeitlang stillgelegen hatte, wurde ihr kühl, und sie streckte die Hand nach der Decke aus und zog sie sich über ihren Unterkörper.

Sie erwachte von mürrischen Stimmen. Neben sich spürte sie übermäßige Wärme. War Luis im Lauf der Nacht näher zu ihr gerückt, oder war sie ihm näher gekommen? Sie wußte es nicht, aber sie rückte von ihm ab und achtete dabei sorgsam darauf, ihn nicht zu wecken. Erst dann drehte sie den Kopf um.

Sie erstarrte. Zwei Männer halfen ihrem Bruder über die kleine Lichtung zu seinem Bettzeug. Jean-Paul wankte mit dem Kinn auf der Brust zwischen ihnen wie ein Mann, der zuviel getrunken hat. Sie ließen ihn auf den Bauch fallen, als sie vor seiner Decke standen, und er wälzte sich auf den Rücken und schlug sich den Arm vor die Augen.

Eleanora stieß die Decke von sich und versuchte aufzustehen. Luis hielt sie am Arm zurück. Sie wandte sich zu ihm um und sah dann in die Blickrichtung, in die er gebannt starrte, zum Waldrand, an dem die restlichen Männer auftauchten.

Sanchez, Molina und Gonzalez traten auf die Lichtung und trugen den unbekleideten Körper Juanitas. Ihr Fleisch schimmerte elfenbeinern im bleichen Mondlicht, aber obwohl ihre Augen fest geschlossen waren, erweckte sie nicht den Eindruck einer Toten.

Gonzalez mit dem Wanst und dem schlaff herunterhängenden Schnurrbart wies obszön lachend auf Jean-Pauls Decke. Sie warfen die Frau neben ihn und schmissen dann eine Handvoll Kleider auf sie. Sie blieb reglos liegen.

Gonzalez fischte eine Münze aus seiner Hosentasche heraus. Molina, der jüngste der Nicaraguaner, ein Mann mit indischem Blut und einem breiten Gesicht, der am Tag ihr Führer gewesen war, verlor, als sie die Münze in die Luft warfen. Mit einem resignierten Achselzucken nahm er seinen Platz nicht weit von der Decke ein, auf der die Frau lag.

Jean-Paul ließ sich durch nichts anmerken, daß er von der nackten Frau neben sich wußte. Nach einer Weile bewegten sich Juanitas Lider, und sie starrte mit dunklen und haßerfüllten Augen in die Dunkelheit, von der sie umgeben war. Als sie sah, daß alle sich schlafen gelegt hatten, setzte sie sich auf und zog ihre Kleider an. Ihre Bewegungen waren steif, als sie sich wieder hinlegte.

War ihr Bruder betrunken, oder war er verletzt? Hatte er versucht, die Vergewaltigung seiner früheren Mätresse zu verhindern und war er davon brutal abgehalten worden, oder hatte er sich mit einer Flasche Roggenwhiskey zurückgezogen? Eleanora wußte keine Antwort auf ihre Fragen. Als sie ihn beobachtete, sah sie, daß seine Brust sich stetig hob und senkte. Sie konnte augenblicklich nichts für ihn tun.

Mit der Morgendämmerung brachen sie auf und ritten weiter. Sie waren eine stumme Kavalkade, in Erschöpfung und Resignation versunken. Luis' Augen glühten vor Fieber, und seine Stimmung war unberechenbar, wenn es nicht um Eleanora ging. Obwohl das Rasieren mit einem scharfen Klappmesser und ohne Seife schwierig war, war er glattrasiert und sah nicht so schurkisch aus wie der Rest der Bande. Jean-Paul, unter dessen spärlichem Bartwuchs sich eine purpurrote Strieme bildete, sah besonders übel aus. Er zog sich ganz in sich zurück und bildete viele Meilen lang das Schlußlicht der Kolonne, und er redete mit niemandem, solange er nicht angesprochen wurde. Wenn er glaubte, von niemandem beobachtet zu werden, heftete sich sein grüblerischer Blick auf Sanchez und die Frau, die hinter ihm auf dem Pferd saß und sich mit gefesselten Händen am Sattel des Nicaraguaners festhielt. Sie hatte blaue Flecken, vor allem um den Mund und auf dem Hals. Ihre Augen waren verdrossen und voller dunkler Schatten, doch sie senkte den Blick nicht, wenn jemand in ihre Richtung sah.

Sie ritten noch höher hinauf, bahnten sich einen Weg durch die schroffen Hügel, die in einem blauen Dunst dalagen, und sie suchten ständig die Pässe und die abschüssigen Hänge, die sie nach Nordosten führten. Schwarze Geier kreisten am harten blauen Himmel mit einer besorgniserregenden Beharrlichkeit über ihnen, und Scharen von Enten und Gänsen flogen krächzend hoch über ihnen vorüber. Ein halbwüchsiger Jaguar verfolgte neugierig mehrere Stunden lang unbeirrt ihre Spur. Sie sahen viel Rotwild, große wilde Tiere, die Hauer wie Eber hatten und in Zentralamerika anstelle von Schweinefleisch verspeist wurden. Slim erlegte eins dieser Tiere in der Abenddämmerung mit seinem Gewehr. Er suchte die besten Stücke aus und ließ den Rest für die Geier zurück.

Menschen bekamen sie kaum zu sehen. Die Indianerdörfer, auf die sie stießen, waren meist verlassen. Die geflochtenen Körbe mit Mais, die sie zurückgelassen hatten, bereicherten ihre Vorräte und die Decken, die auch als Umhänge dienten, schützten sie vor der Kälte der Nächte. Luis hatte mit bedächtigen Bewegungen, die das Zittern seiner Hände überspielen sollten, mexikanische Dollar als Bezahlung zurückgelassen. Als sie sich noch einmal umschaute, sah Eleanora, wie Gonzalez das Geld einsteckte, doch sie sagte nichts. Das war nicht der rechte Zeitpunkt, um Luis auf etwas hinzuweisen, was einen Streit nach sich gezogen hätte, aus dem er nicht unbedingt als Sieger hervorgegangen wäre. Kurt, der direkt hinter ihr ritt, hatte es auch gesehen, und sein Blick verhärtete sich.

Die letzten Sonnenstrahlen fielen auf die Berggipfel, als sie Molina in das Zwielicht eines langen, schmalen Tals folgten, das ihnen einen Schlupfwinkel bot. Die stille Oberfläche eines kleinen Sees spiegelte die Gipfel wider und bot den Pferden Wasser. Fußspuren von Tieren zogen sich um die schlammige Böschung, aber darunter waren keine menschlichen Fußstapfen, obwohl an einem Sandsteinblock ein Haus aus gebrannten Lehmziegeln mit einem Strohdach lehnte, als wollte es mit seinem Hintergrund verschmelzen.

Molinas junges Gesicht wirkte begeistert, als er Luis beifallheischend ansah. Der Spanier nickte bedächtig. »Hier werden wir Rast machen«, sagte er, und seine schwache Stimme schien die Notwendigkeit zu bestätigen.

Juanita wurde nicht von ihren Fesseln befreit. Sie ließen sie unsanft zu Boden und banden sie an einen der Verandapfosten. Sie saß stocksteif da und spuckte trotzig auf den Boden, solange sie um sie herumstanden, doch sowie sie fortgingen, sank sie in sich zusammen und schloß die Augen.

Eleanora, die durch die Kette an ihrem Handgelenk derart in ihrer Bewegungsfreiheit eingeschränkt war, daß es sie fast um den Verstand brachte, bereitete die Maismehlkuchen zu, rührte das Mehl in Wasser und formte dünne Teigtaschen daraus, die sie am Rand des Feuers auf einer Eisenplatte bräunte. Gonzalez briet die Pekaristücke über den Kohlen.

Als sie zugesehen hatte, wie das Pekari getötet wurde, hatte Eleanora geglaubt, von dem Fleisch nichts essen zu können. Als sie jedoch den würzigen Geschmack roch, den die Rauchschwaden auf die Veranda wehten, bekam sie genauso großen Appetit darauf wie alle anderen auch und wartete mit der Tortilla in der Hand, bis das saftige Fleisch braun und durchgebraten war.

Der lange Ritt hatte sie nicht nur hungrig werden lassen, sondern auch sehr müde gemacht. Ihre Augen, die von der grellen Sonne und dem beißenden Holzrauch tränten, schlossen sich gegen ihren Willen. Luis, der darauf bedacht war, daß sie es bequem hatte, hatte Molina Süßgras holen lassen, auf das sie sich betten konnte. Sie hätte sich auf einen erholsamen Nachtschlaf freuen können, wenn die Kette an ihrem Handgelenk nicht gewesen wäre.

Eleanora seufzte. Luis warf einen Blick auf sie, und als er die Unzufriedenheit in ihren Augen sah, strahlte er über das ganze Gesicht, wenn er auch nicht gerade lächelte. Er stand auf, und sie tat es ihm notgedrungen gleich. Er hob die Decke hoch, auf der sie beide gesessen hatten, schüttete sie aus und wandte sich vom Feuer ab.

Eleanora hielt ihn zurück und fragte: »Wohin gehen wir?«

»Das wirst du ja sehen.« Er warf sich die Decke wie einen Poncho über die Schulter und trat in die Dunkelheit.

Ein leichter Wind, der von den Berggipfeln kam, machte den Abend angenehm kühl. Er ließ die Locken wehen, die sich aus Eleanoras Knoten gelöst hatten, und der schwache Duft nach Kiefern und Salbei berauschte ihre Sinne. Nachtvögel sangen melodisch und melancholisch.

Die Stille des Teichs wurde nur durch das Schilfgras durchbrochen, das sich an einer Stelle im Wind wiegte. Sie blieben auf der Böschung stehen. Luis zog die Decke von seiner Schulter und hielt sie ihr hin. »Ihre Umkleidekabine und Ihr Badekostüm, Milady.«

Eleanora nahm die Decke nicht. »Wie meinst du das?« fragte sie.

»Du wolltest doch baden?« Er wies mit einem Fingerschnalzen auf den Teich.

Sie starrte ihn an. »Woher weißt du das?«

»Ich kenne deine Gewohnheiten gut. Ich bin ein aufmerksamer Beobachter. Und was ich damit sagen wollte – in Europa lassen sie die Wagen von Pferden ins Wasser ziehen, um eine Dame vor vulgären und neugierigen Blicken zu schützen, während sie sich am Meer erfreut.«

»Ich würde die Decke naß machen«, warnte sie und war gegen ihren Willen hingerissen.

»Das macht nichts.«

»Aber was ist mit dir?«

»Was habe ich schon noch vor dir zu verbergen? Ah, du errötest. Es ist grausam von mir, dich wieder damit aufzuziehen. Ich verlasse mich einfach darauf, daß du den Blick abwendest, auch wenn es mir anders lieber wäre. Und ich verspreche dir, daß dein Vertrauen in dem Fall belohnt werden wird.«

Sie starrte ihn an, und ihr bereitete die Mattigkeit seiner Stimme viel mehr Sorge als das, was er sagte, während er sich derart anstrengte, heiter zu wirken. Aber warum hätte sie Einwände erheben sollen? Hatten sie nicht den ganzen Tag über bei jeder Rast gemeinsam geruht? Nein, sie hatte keinen Grund, an ihm zu zweifeln.

»Glaubst du mir nicht?« fragte er mit diesem Anflug von Herablassung, der darauf hinwies, daß sie seinen glühendem Stolz Schaden zugefügt hatte.

»Doch, natürlich«, murmelte sie.

»Also dann?« Er hielt ihr noch einmal die Decke hin.

Mit akrobatischen Verrenkungen entkleidete sich Eleanora unter der Decke. Da auch Luis nur eine freie Hand wegen der Kette zur Verfügung hatte, mühte er sich ebenfalls ab.

Das Wasser war so beißend kalt wie eine Gebirgsquelle, insbesondere ohne die Wärme der Sonne, die die Kälte abgeschwächt hätte. Sie wateten hinein und prüften mit vorsichtigen Schritten den Grund, auf dem sie standen, und die Tiefe. Nach ein paar Schritten blieb Eleanora unvermittelt stehen. »Was ist mit deinem Verband?« fragte sie, ohne den Kopf zu ihm umzudrehen.

»Er sitzt zu fest und müßte dringend gelockert werden«, erwiderte er.

»Nicht noch weiter«, protestierte sie, doch er schenkte ihr keine Beachtung und lief weiter, und die Kette zog sie hinter ihm her.

»Angenommen... angenommen, hier gibt es Haie und Alligatoren wie im Nicaragua-See?«

»Nicht in der Höhe«, versicherte er ihr.

»Bist du ganz sicher?«

»Nein«, antwortete er, »aber ich bin auch nicht sicher, daß die Sonne morgen aufgehen wird. Willst du dich von deinen Ängsten beherrschen lassen?«

Sie watete weiter und sparte sich die Mühe, ihm eine Antwort zu geben.

Es gehört zu den größten Freuden des Lebens, sauber zu sein, nachdem man eine lange Zeit über schmutzig gewesen ist, und es ist genauso schön, wie sich nach einer Fastenzeit satt zu essen oder sich aufzuwärmen, nachdem man fürchterlich durchgefroren war. Eleanora spritzte sich ein letztes Mal unter der Decke Wasser auf die Gliedmaßen und erkannte diese Wahrheit an, ohne sie in Frage zu stellen. Als sie aufgehört hatte, sich mit Wasser zu besprengen, hörte sie das Rasseln der Kette, die sie an Luis band.

Eleanora drehte den Kopf um. Luis, der bis zur Taille im Wasser stand, zitterte unbeherrscht. Ein Windstoß kam über den See und fächelte seiner Brust kalte Luft zu. Er erschauerte mit geschlossenen Augen und wurde von Krämpfen gepackt. Sie streckte die Hand aus und berührte ihn. Seine Haut glühte vor Fieber, und die Berührung ihrer kalten Finger ließ ihn noch mehr erschauern. Sein Atem ging in schnellen Stößen, kam durch leicht geöffnete Lippen, und sie wußte, daß er die Zähne zusammengebissen hatte, damit sie nicht klapperten.

»Mein Gott, Luis. Warum hast du mir nichts gesagt?« sagte sie. Sie machte augenblicklich kehrt und ging ein paar Schritte auf das Ufer zu. Als er ihr nicht sofort folgte, packte sie seinen Arm und zog ihn mit.

»Was habe ich bloß getan?« fragte sie sich und ging nicht darauf ein, als er ihr beteuerte, ihre Sorge sei unbegründet.

Als sie aus dem Wasser herauskamen, atmete sie kurz und stoßweise. Sie zog sich die Decke über den Kopf und preßte sie auf sein welliges braunes Haar. Auf der Brust und auf den Schultern war die Decke nicht naß; das sollte eigentlich ein wenig helfen.

Sie wandte sich ab, zog ihre Schuhe an und hob ihren Petticoat vom Boden auf. Sie zog ihn sich über den Kopf und band mit schnellen ungeduldigen Bewegungen die Bänder zu, ehe sie nach ihrer Bluse griff. Während sie mit den Händen nach den Ärmeln suchte, warf sie einen Blick auf Luis. Er hatte sich nicht von der Stelle gerührt und starrte sie an. Der zarte Schein des Sternenlichts auf ihren Schultern und auf den festen weißen Kugeln ihrer Brüste mit den nach oben gekehrten Brustwarzen machte sie für ihn unwiderstehlich. Er bewegte sich langsam auf sie zu und wand sich dabei die Kette um die Hand. Sie hätte ihm ausweichen können, wenn sie auch nur einen Funken Entrüstung in ihrem Innern gespürt hätte. Aber sie konnte es nicht. Das Gefühl von Dankbarkeit und hilflosem Mitgefühl saß zu tief. Sie widersetzte sich nicht, als er sie an sich zog, ihre Schultern umfaßte und die Hände über ihren nackten Rücken gleiten ließ. Sein Mund war warm und sachte und schmeckte nach Kaffee. Er war nicht darauf aus, sie zu verschlingen, sondern nur darauf, sie zu kosten, dieses eine Mal ein verbotenes Vergnügen auszukosten. Vielleicht war es dumm, aber einen Moment lang ging Eleanora darauf ein, denn sie konnte ihm nicht versagen, was ihm so viel zu bedeuten schien. Eine Sekunde lang schien ihre Nähe ihn zu wärmen, und dann setzte das Zittern wieder ein.

Sie hob eine Hand, legte sie auf sein Gesicht und zog sie dann langsam und entschlossen wieder zurück. Er ließ sie wieder los. Während sie sich vollständig ankleidete, schaute er mit dem teilnahmslosen Gesicht eines Blinden auf den See hinaus.

»Laß uns gehen«, sagte Eleanora und hob sein Hemd und seine Hose vom Boden auf. Er lief los, aber sie mußte ihn in die richtige Richtung weisen, zurück zu dem Lehmziegelhaus und dem Feuer, das wie ein Leuchtstrahl vor dem Haus flackerte.

Trotz der Benetzung durch das Wasser klebte der Verband noch an den Rändern der Wunde. Luis starrte mit gesenktem Kopf und fieberglänzenden Augen auf Eleanora und ließ ihr sachtes Zupfen an dem Verbandsmaterial über sich ergehen, bis er es nicht mehr aushielt. Er hob die Hand und riß den Verband ab, und sofort strömte Blut aus der klaffenden Wunde.

Slim, der über ihre Schulter sah und eine Fackel aus Kiefernholz hielt, das mit Pech eingeschmiert war, faßte ihre grimmigen Gedanken in Worte. »Brennen Sie die Wunde aus«, sagte er.

Eleanora holte tief Atem. »Es ist ein so langer Riß – der Schock.«

»Das ist immer noch besser, als eine Blutvergiftung riskieren.«

Eleanora hatte den leisen Präriebewohner inzwischen ins Herz geschlossen. Er erinnerte sie an Grant. Sie vertraute ihm, und ohne weitere Einwände nickte sie.

Slim war derjenige, der das lange Jagdmesser holte, mit dem sie das Fleisch für ihr Abendessen geschnitten hatten. Er säuberte es gründlich und steckte es in die rote Glut des Feuers, bis es heiß geworden war. Dann schenkte er Luis und sich selbst einen großzügig bemessenen Schluck Roggenwhiskey ein.

Wenn sie allein gewesen und es unvermeidlich gewesen wäre, hätte Eleanora vielleicht die Kraft gefunden, diese weißglühende Klinge in das Fleisch dieses Mannes zu pressen. Jetzt überließ sie diese Aufgabe jedoch nur zu gern Slim, während sie Luis' Hand hielt und sie gemeinsam das Geräusch und den Geruch versengten Fleischs ertrugen. Seine Finger umklammerten heftig ihre Hand, und sein ganzer Körper verspannte sich, aber der Ausdruck in seinen Augen, die sie fest ansahen, veränderte sich nicht. Er hatte sich ihrer Obhut überlassen.

Als die Wunde verbunden war, trugen sie Luis ins Haus und legten ihn auf das Gras, das in der Ecke angehäuft war. Sie deckten ihn mit Wolldecken zu. Dennoch bekam er in regelmäßigen Abständen Anfälle von Schüttelfrost, die ihn restlos erschöpften. Der Schüttelfrost legte sich erst, als Eleanora neben ihm unter die Decken geschlüpft war und sich eng an ihn geschmiegt hatte. Eine Zeitlang schien er kaum wahrzunehmen, daß sie da war, aber dann legte sich sein Arm um ihre Taille, um sie noch fester an seine Brust zu ziehen. Er küßte ihr Haar und schlief ein.

Eleanora hatte wach bleiben wollen, und sie merkte erst, daß sie eingeschlafen war, als das Donnern von Pferdehufen und warnende Rufe in ihre Träume vordrangen. Sie schüttelte die Träume von sich ab und sah versonnen in das Gesicht des Mannes neben ihr, wo eigentlich Grant hätte liegen sollen. Die Erinnerung an das eifersüchtige Feuer in seinen kobaltblauen Augen und an die erbarmungslosen Lockungen seines Mundes blieb ihr, wenn sie sich auch nicht daran erinnern konnte, wie sie wieder miteinander vereint worden waren.

Draußen wurde der Lärm lauter und weckte Luis. Er hob den Kopf, stützte sich auf einen Ellbogen und sah über Eleanora hinweg zur offenen Tür. Der einsame Reiter war abgestiegen. Die Männer hatten sich um ihn geschart, und ihre ernsten Stimmen sandten einen Schauer der Sorge über Eleanoras Rückgrat.

Luis holte tief Atem und rief: »Was ist los? Was geht hier vor?«

Ein Mann in den lose sitzenden Kleidungsstücken eines Dienstverpflichteten löste sich aus der Gruppe und kam mit dem Hut in der Hand zur Tür, wo er in dem dunklen Türrahmen stehenblieb. »Ich bitte um Verzeihung, Oberleutnant«, sagte er, und sein Tonfall klang äußerst respektvoll.

»Pablo!« rief Luis aus. »Du bist also noch davongekommen. Ich hatte dich aufgegeben, als du vor dem Arrestlokal vom Pferd gestürzt bist. Ich habe mir Sorgen um dich gemacht, mein Freund. Es ist schön, dich zu sehen.«

»Und Sie auch, Conde. Aber Sie hätten sich um mich keine Gedanken machen müssen. Es war abgemacht, daß jeder auf sich selbst aufpaßt.«

»Trotzdem ist es mir sehr schwergefallen, dich zurückzulassen. Wie bist du hierhergekommen?«

Der Soldat zuckte die Achseln. »Meine Verletzungen waren nicht so schlimm, ich habe nur einen Querschläger abgekriegt, der von meinem Sattelhorn abgeprallt ist und den Kolben des Revolvers getroffen hat, den ich mir in den Hosenbund gesteckt hatte. Puff, war die Luft weg, und ich bin gestürzt, aber ich habe Glück gehabt, oder etwa nicht? Ich habe mich im Haus eines Freundes versteckt, weil ich Angst hatte, man würde mich wiedererkennen. Und dann habe ich Neuigkeiten gehört, von denen ich annehme, daß sie von größter Wichtigkeit für Sie sind. Ich bin den ganzen Tag und die ganze Nacht durchgeritten, weil Molina mein Cousin ist und ich mir denken konnte, wohin er euch führt. Ich hatte zwei gute Pferde, als ich aufgebrochen bin, und jetzt habe ich nur noch eins. Das andere ist gestürzt und hat sich beide Knie gebrochen.«

»Du wirst dafür entschädigt«, versicherte ihm Luis. »Aber jetzt sag mir schon, was es Neues gibt.«

»Es geht um den kleinen General, Conde. Er hat Rivas nicht angegriffen. Direkt außerhalb der Stadt hat er erfahren, daß ganze Heere aus Honduras schon bereitstehen, um ihn anzugreifen. Da er Angst hat, seine Hauptstadt könnte eingenommen werden, hat er seine Männer umkehren und nach Granada zurückmarschieren lassen. Vielleicht ist er jetzt schon in der Stadt und erteilt wieder vom Regierungsgebäude aus seine Befehle. Vielleicht fragt er sich bereits, was aus der Frau des Colonels geworden ist, und vielleicht würde es ihn interessieren, Worte zu ihren Gunsten zu hören. In ein paar Tagen könnte seine Aristocrática-Hure seine Gedanken vergiftet haben, und die Pflichten des Kriegs könnten ihn alles vergessen lassen. Jetzt ist der richtige Zeitpunkt, um seine Aufmerksamkeit zu erringen.«

»Du hast recht«, sagte Luis, und ein grimmiger Tonfall schlich sich in seine Stimme ein. »Aber vorher muß die Information gesichert sein. Wir müssen den Beweis in der Hand haben.«

»Ich... ich verstehe, Oberleutnant. Das können Sie uns überlassen.«

»In Ordnung.«

Der Mann in der Tür, dessen Umriß sich in der sterbenden Glut des Feuers hinter ihm abzeichnete, nickte kurz, wandte sich dann ab und verschwand in der Dunkelheit. Luis sank wieder auf das Lager, und Eleanora legte sich auf den Rücken.

»Luis?« sagte sie zögernd. »Was hast du mit dem Beweis gemeint?«

Der Mann, der so still neben ihr lag, gab ihr darauf keine Antwort.

15. Kapitel

In ihrem Hinterkopf, außerhalb ihres Bewußtseins, wußte Eleanora selbst, wie die Antwort lautete. Juanita war nicht nur viele Meilen weit mitgeschleift worden, damit sie sich als Arbeitstier im Lager und bei den Dingen nützlich machte, die den Männern wichtig waren, wenn man sie von ihren Frauen trennte. Es mußte ein konkreter Zweck dahinterstehen, und der verächtlichen und sogar brutalen Art nach zu schließen, in der die Männer diese Frau mißbrauchten, stand es nicht gut für Juanita.

Eleanora fand keinen Schlaf. Sie lag still da und wurde von schmerzenden Muskeln gemartert, aber sie drehte sich nicht um, aus Angst, Luis zu wecken. Bilder aus der Vergangenheit suchten sie heim, und sie dachte mit leidenschaftlicher Sehnsucht an Grant in seiner scharlachroten Uniform mit den Goldlitzen und den Epauletten, die seine breiten Schultern betonten. Sie dachte an seine Nähe, als er sie auf seinen Armen in den Palacio getragen hatte, und an seine bronzene Gestalt, die sich in der Nacht, in der er sie zu der Seinen gemacht hatte, als ein dunkler Umriß gegen die Blitze im Hintergrund abgezeichnet hatte.

Als der Nachtwind den Schrei leise aus der Ferne hinübertrug, durchzuckte ein Schauer Eleanoras Nerven, aber sie konnte nicht behaupten, daß sie überrascht gewesen wäre. Mit angespannten Muskeln schluckte sie, und als die schrille Frauenstimme wiederholt zu vernehmen war, streckte sie die Hand aus und schlug die Decke zurück, unter der sie lag.

Luis legte eine Hand auf ihren Arm, und seine Finger waren heiß, aber kräftig. »Nein, Eleanora, du kannst nicht helfen, und ich werde auch nicht zulassen, daß du dich einmischst.«

»Ich kann doch nicht einfach hier liegenbleiben«, sagte sie mit angespannter Stimme.

»Du mußt.«

»Das ist barbarisch.«

»Wie das Exekutionskommando, was? Nein, *mi alma*, das ist Gerechtigkeit. Sollen wir diese Frau vielleicht mit Samthandschuhen anfassen und sie auf Knien um ein Geständnis anflehen? Hätten wir zulassen sollen, daß du, Eleanora, dein zartes Herz dem Exekutionskommando präsentierst? Nein, diese Frau wird die Informationen, die sie hat, rausrücken. Sie wird ihre Sünden gestehen und ihren Namen auf ein Blatt Papier setzen, das deine Unschuld klarstellt und dir deinen früheren Platz am Hofstaat des Generals wieder zurückgibt.«

Aus seinem Tonfall war Bitterkeit herauszuhören, und das mit Recht, dachte Eleanora. Es gab nur wenige Männer, die so viel riskiert hätten, um den Namen einer Frau reinzuwaschen, aus der sie sich etwas machten, insbesondere dann, wenn sie wieder den Platz als Mätresse eines anderen Mannes einnahm.

Eleanora fühlte sich elend. Wenn alles, was Luis gesagt hatte, auch noch so wahr sein mochte und das Vergehen von Juanita an Jean-Paul und ihr so schwer wog, fand sie es feige, keinen Versuch zu unternehmen, einem anderen Menschen beizustehen, dem Gewalt angetan wurde.

»Wie…«, setzte sie an und zauderte. Dann redete sie eilig weiter, da sie fürchtete, er könnte ihre Frage falsch interpretieren. »Wie können sie das bloß tun? Wie können sie sich dazu überwinden, so unaussprechlich grausame Dinge zu tun?«

Er seufzte und legte sich anders hin, weil sein Bein ihn schmerzte. »Ein Mann«, sagte er langsam, »kennt nie die Grenzen der Erniedrigung, die er erreichen kann – wenn er das Gefühl hat, im Recht zu sein. Ein einziger Augenblick kann einen Teufel aus ihm machen, dem nichts zu schändlich ist. Sogar ich…«

Er unterbrach sich, und sein Atem ging schnell in der Stille.

»Du brauchst es mir nicht zu erklären«, sagte Eleanora und verbarg ihre plötzlich aufkeimende Sorge.

»Sogar ich«, wiederholte er, als hätte sie kein Wort gesagt. »Ich habe dir einmal gesagt, ich hätte Grund, das Vergessen und die Gefahren des Krieges zu suchen. Du bist meine Seele, warum also solltest du den Grund nicht kennen? Es ist eine Geschichte, die in Spanien beginnt. Das Haus meines Vaters ist ein altes Haus, das auf den Hügeln zwischen den Olivenhainen über dem Tal des Guadalquivir thront. Der Stolz auf mein Zuhause, meine Familie und das maurische Blut, das in meinen Adern fließt, ist mir schon als Kleinkind eingehämmert worden. Mein Leben war schon festgelegt, ehe ich geboren wurde; ich sollte eine Ausbildung erhalten, die meinem gesellschaftlichen Status entsprach, ich sollte lernen, die Mutterkirche zu ehren, immer nur die Kleidung eines Gentleman zu tragen, mich im Fechten gut zu halten und bei vornehmen Gesellschaften ein Rapier zu tragen, ohne darüber zu stolpern. Meine Eheschließung mit einer standesgemäßen Frau wollte man für mich arrangieren, und am Hof von Königin Isabella II sollte ich meinen Platz unter den Konservativen einnehmen. Und so weiter und so fort. Mein ganzes Leben schien vorprogrammiert zu sein. Ich machte mir keine weiteren Gedanken darüber, bis ich Consuelo traf.«

Eleanora warf in der Dunkelheit einen schnellen Blick auf ihn. Er nahm diese Kopfbewegung wahr und lachte kurz und barsch. »Du brauchst nicht eifersüchtig zu sein, mein Täubchen«, sagte er voller Ironie, »obwohl sie wunderschön war. Ich habe sie eines Tages auf den Stufen der Kathedrale gesehen, als sie von der Messe kam. Sie trug eine weiße Mantilla über ihrem mitternachtsschwarzen Haar, und ihre *dueña* ist um sie herumgetänzelt wie ein Schmetterling um eine gar köstliche Blume. Ich hätte nicht mehr Ehrfurcht oder Ergriffenheit empfinden können, wenn eine der Heiligenstatuen aus ihrer Nische gestiegen wäre. Sie hat mich angelächelt, das Bild schüchterner Unschuld, und ich war verzaubert. Natürlich konnte ich nicht mit ihr sprechen, denn das war nicht erlaubt. Aber nichts konnte mich davon abhalten, ihren Namen in Erfahrung zu bringen oder eine so inbrünstige Leidenschaft für sie zu entwickeln, daß ich augenblicklich zu meinem Vater gegangen bin und von ihm verlangt habe, daß er eine Eheschließung arrangiert. So geschah es dann auch. Nichts stand der Verbindung im Wege; sie stammte aus einer guten Familie, war die Tochter eines Nachbarn, der nur gut zwanzig Kilometer von uns entfernt lebte, und sie hatte gerade erst die Klosterschule abgeschlossen. Ihr Vater war ein kleiner Beamter am Hof, aber ein Mann von großem Einfluß, da seine Frau entfernt mit der Königin verwandt war. Außerdem hatte sie einen Onkel, der General und Vorsitzender einer der politischen Fraktionen war. Die Verlobung wurde mit aufwendigen Feierlichkeiten bekanntgegeben, und dann begann, wie es Sitte ist, das Werben.«

Seine Stimme veränderte sich, wurde barsch. »Dazu muß ich dir sagen, daß Consuelo zwar nichts gegen mich als ihren Ehemann einzuwenden hatte, sich aber auch nicht für mich erwärmt hat. Davon habe ich mich jedoch nicht entmutigen lassen. Mit dem gesamten Optimismus eines gerade erst volljährig gewordenen Mannes hatte ich das Gefühl, die Hitze meiner Glut müßte eine entsprechende Flamme in ihrer Brust entfachen. Ich umzingelte ihr Herz mit jeder List, die einem Liebenden bekannt ist, und ich schrieb Verse auf ihre Schönheit, ließ ihr Ständchen bringen und begleitete sie in Gegenwart ihrer widerlichen Anstandsdame überallhin, ganz gleich, wohin sie gehen wollte. Ich schickte ihr unzählige Geschenke. Als ich erfuhr, daß sie gern ritt und eine geschickte Reiterin war, sandte ich Männer zu den Pferdeauktionen in ganz Spanien, damit sie ein Reitpferd suchten, das meiner Geliebten würdig war. Sie fanden eine Araberstute, die so weiß und so reinrassig war, daß sie nur Consuelo zugedacht sein konnte. An dem Tag, am dem sie ihr überbracht wurde, war ich der glücklichste Mensch auf Erden, denn ich war sicher, ich hätte endlich ein Geschenk gefunden, das ihr unweigerlich gefallen mußte. Ich führte die Stute an den Zügeln hinter mir her, als ich zum Haus ihres Vaters ritt und an der Tür vorsprach. Ich war wahnsinnig enttäuscht, als ich erfuhr, daß sie nicht zu Hause war, sondern in Begleitung ihres Stallknechts ausgeritten war. Ich war jedoch derart entschlossen, ihre Freude mitzuerleben, daß ich mich entschied, ihre Rückkehr abzuwarten. Da die Stute vom Laufen verschwitzt war und ich sie nicht einfach so stehenlassen konnte, wollte ich auch gleich den Staub von ihr bürsten lassen, ehe Consuelo sie zu sehen bekam. Vor dem Haus stand ein Diener, aber ich wollte selbst dafür sorgen, daß die Stute mit der Sorgfalt getränkt und gestriegelt wurde, die ich für notwendig erachtete.

Im Stall war es dunkel und roch nach altem Heu. Die heiße Sonne sandte gelbe Strahlen durch die Ritzen und Spalten des Gebäudes. Ich blieb einen Moment gleich neben der Tür stehen und wartete darauf, daß meine Augen sich an die Dunkelheit gewöhnten, als ich Stimmen hörte, die aus dem Geräteschuppen zu meiner Rechten kamen. Eine Frau lachte, und ich erkannte Consuelos Stimme. Mein Argwohn regte sich nicht, sondern mein einziger Gedanke war der, daß mein Warten vorüber war und ich meine Verlobte endlich sehen durfte.

Es ist merkwürdig. Jahrelang hat das, was ich an jenem Nachmittag gesehen habe, ausgereicht, um mir das Gefühl zu geben, daß meine Augen aus meinem Kopf heraustreten und das Herz in meiner Brust zerspringt. Jetzt erscheint es mir nur noch lachhaft, etwas, worüber man sich nur unflätig lustig machen kann. Consuelo hatte ihr Reitkostüm bis zur Taille hochgeschoben und saß auf einem Sattel, der an einem Ständer hing. Ihr Stallknecht stand mit heruntergelassener Hose zwischen ihren Beinen und grunzte unter den Peitschenhieben, mit denen sie seinen Rücken bearbeitete. Der Schock, den ich damals bekam, läßt sich mit Worten nicht beschreiben. Mein einziger zusammenhängender Gedanke war der, daß sie meine Liebe zu ihr entweiht hatte. Mein Stolz, der mein Leben lang so sorgsam kultiviert worden war, regte sich in meiner Wut. Ich zog das Schwert und schnitt den Stallknecht in Streifen, dabei verspürte ich nicht mehr Gewissensbisse, als wenn ich eine Ratte getötet hätte. Dann habe ich mir Consuelo vorgenommen. Für sie wählte ich die Strafe, die meine maurischen Vorfahren einer untreuen Frau auferlegt haben. Ich habe sie zwischen dem Zaumzeug in die Enge getrieben, ihr Kinn in die Hand genommen und ihr die Nase gespalten. Mit der Schwertspitze habe ich die eine Hälfte abgeschnitten und dann dagestanden und zugesehen, wie ihr Gesicht unter dem Blut verschwunden ist.«

»O Luis«, flüsterte Eleanora, und die Stimme schmerzte in ihrer Kehle. Ihr fiel nichts ein, was sie hätte sagen können, kein Wort des Trosts oder der Anklage.

Nach einem Moment des Schweigens redete er weiter. »Eine schreckliche Vergeudung – ihre Schönheit, ihr Leben... und auch mein eigenes. Und darüber hinaus noch zahllose Stunden der Reue und des Abscheus vor mir selbst, die niemandem genutzt haben, am allerwenigsten mir selbst. Vielleicht hatte ich es wirklich verdient, von meinen Freunden und meiner Familie abgeschnitten zu sein und mein Land nicht betreten zu können, aber es ist mehr als ein Jahrzehnt eine echte Strafe gewesen.«

Er schwieg, und Eleanora dachte über das Erzählte nach. Sie konnte Luis verstehen, wenn sie sein Verhalten auch nicht gutheißen konnte. Ihre Gedanken schweiften zu Juanita und den Männern, die ihr draußen Gewalt antaten. Hatte Juanita das herausgefordert und hatten die Männer das Recht dazu? Sie wußte es nicht. Inzwischen hatten die Schreie schon längst aufgehört. Kein anderer Laut war an ihre Stelle getreten.

»Luis? Glaubst du… daß sie tot ist?«

»Soweit würden sie nicht gehen«, antwortete er. »Sie ist eine zu wertvolle Zeugin.«

»Vielleicht für mich und Jean-Paul, aber nicht für die Männer.«

»Aber wenn du verloren bist, *pequeña*, dann ist auch ihre Hoffnung verloren, wiedereingesetzt zu werden.«

»Das ist wohl für niemanden außer dir von großer Wichtigkeit.«

»Ganz so ist es nicht«, beharrte er, doch seine Stimme entbehrte jeder Überzeugungskraft.

Es dauerte nicht lange, bis Leben ins Lager kam. Die Pferde wurden unter großem Lärm zusammengetrieben, und der Geruch nach Rauch und Kaffee und gebratenem Pekarifleisch stieg schwer in die feuchte Luft auf.

Luis erhob sich mühsam vom Lager und ging ins Freie. Dort setzte er sich auf die Veranda und lehnte sich an einen der Pfosten. Gonzalez hockte vor dem Feuer und bereitete das Frühstück zu. Er rührte Maismehl mit Wasser an und bereitete geschwind Tortillas zu, in die er gebratenes Pekarifleisch hinein wickelte. Slim, Kurt und ihr Führer Molina aßen bereits. Sie standen mit dem Frühstück in den Händen da und spülten es mit heißem Kaffee herunter. Jean-Paul war nirgends zu sehen, doch von der grasbewachsenen Savanne her, auf der sie die Pferde stehengelassen hatten, waren Stimmen zu hören.

Klappernde Pferdehufe, die sich im Schrittempo voranbewegten, kündigten das Eintreffen von Sanchez und Pablo an. Sie führten vier Pferde hinter sich her, ein Lasttier und drei Reitpferde, und auf einem von ihnen saß Juanita. Sie lag vorgebeugt auf dem Hals des Pferdes, eine jämmerliche Gestalt, deren Gesicht bis zur Unkenntlichkeit fleckig und angeschwollen war. Jemand hatte eine Decke über sie geworfen, aber sie war an ihr heruntergeglitten, und daher war ihre Bluse zu sehen, die in Fetzen um ihren Hals hing und an den roten Striemen und dem blutigen Fleisch ihres Rückens festklebte. Ein Lasso aus Rohleder war um ihre Taille und dann um das Pferd gebunden, damit sie nicht herunterfiel. Ihre Augen waren geschlossen, und sie schien bewußtlos zu sein.

Eleanora biß sich auf die Lippen und wandte die Augen ab. Slim kam mit federnden Schritten auf sie zu und brachte ihnen einen Teller und zwei Tassen Kaffee. Sie nahm die Tasse mit der heißen Flüssigkeit entgegen, lehnte aber das Essen ab. Luis nahm seine Tasse entgegen und wies mit einer Kopfbewegung auf Juanita.

»Sie hat das Geständnis unterschrieben?«

»Ja, allerdings«, sagte der Präriebewohner grimmig.

»Ihr solltet ihr besser etwas zu trinken geben, falls ihr die Absicht habt, sie nach Granada zurückzubringen.«

»Es gibt nur Kaffee.« Slim zuckte lakonisch die Achseln und warf aus den Augenwinkeln einen Blick auf Eleanora.

»Dann wird sie sich eben damit begnügen müssen«, sagte Luis zu ihm.

»Slim?« sagte Eleanora, als der Mann sich gerade abwenden wollte.

»Ja, Ma'am?«

»Mein Bruder. Haben Sie ihn gesehen?«

»Sie finden ihn auf der anderen Seite des Hauses, Ma'am, wo er sich die Eingeweide aus dem Leib kotzt, nachdem er die letzte Flasche Roggenwhiskey, die ich noch in Vorrat hatte, ausgetrunken hat. Aber ich rate Ihnen davon ab, nach ihm zu sehen. Er bietet keinen schönen Anblick. Er ist dort hingefallen, und wir haben ihn liegenlassen, damit er seinen Rausch ausschlafen kann. Unter den gegebenen Umständen schien es so das Beste zu sein.«

Eleanora wandte ihren Blick vor den graublauen Augen des Mannes ab, die Verachtung zu verhehlen versuchten. »Ja, ich denke, es ist wohl das Beste.«

Pablo, der den Sombrero verwegen schief auf dem Kopf sitzen hatte, führte die kleine Prozession aus dem Tal hinaus und zog das Packtier hinter sich her. Als nächstes kam Juanita, und Sanchez bildete mit einem grimmigen Ausdruck auf seinem scharfgeschnittenen Gesicht den Schluß. Sie hatten eine Ratsversammlung einberufen, von der sie nichts gewußt hatte, und entschieden, nur zwei der Männer sollten mit der Frau nach Granada zurückkehren. Wenn das strategisch auch noch so gut durchdacht sein mochte, sprach dieses Vorgehen zweifellos nicht gerade dafür, daß sie großes Vertrauen in ihre Mission setzten, dachte Eleanora, als sie ihnen nachsah. Würde William Walker sie anhören, oder hatte Niña Maria ihn so sehr unter der Fuchtel, daß sie ihm nicht gestatten würde, rückgängig zu machen, was sie getan hatte? Sie konnten nichts anderes tun als abwarten.

Die aufgehende Sonne stieg auf die Höhe der Berggipfel, die das Tal umgaben, und lugte rot und trüb darüber. Ihre Strahlen loteten den Dunst aus und warfen kupferne Streifen auf die Wasseroberfläche des Sees.

Eleanora wandte sich an Luis. »Du kannst ebensogut wieder reingehen und dich hinlegen. Weiter haben wir ja doch nichts zu tun.«

Er erhob keine Einwände.

Die erste Woche verging schnell und ohne ernstliche Zwischenfälle. Es war angenehm in dem Tal. Die Tage waren warm, die Nächte kühl. Unter anderen Umständen hätten sie sich entspannen und sich sogar ein wenig von ihrer Schwäche erholen können.

Es bestand kaum die Gefahr, daß sie verhungern würden. Slim nahm ein Lastpferd mit und ging auf die Jagd und kehrte mit Wildbret zurück, das nach dem Pekari eine willkommene Abwechslung war. Molina bereicherte ihren Speiseplan um wildwachsende Beeren und Wurzeln, doch sie machten nicht mehr mit, als er mit dem Leguan ankam, den er überrascht und bezwungen hatte, als er sich neugierig um die Hütte herumgeschlichen hatte. Enttäuscht zog er sich ans Seeufer zurück, um seine kostbare Beute dort zu kochen und allein zu verzehren.

Jean-Paul hatte die Nacht, in der Juanita gefoltert worden war, auf seine eigene Art überstanden. Da kein Schnaps mehr zur Verfügung stand, saß er einfach nur apathisch da, aß kaum was und redete nur, wenn er direkt angesprochen wurde. Manchmal sprang ein Ausdruck unbändigen Entsetzens in seine Augen, und dann erhob er sich eilig und lief durch das Tal, sogar in der grellen Mittagssonne.

Slim war derjenige, der ihm meistens nachlief. Jean-Paul lief gehorsam hinter ihm her und wirkte manchmal sogar beschämt über sein Verhalten, wenn sie zurückkamen, doch er erklärte sein Benehmen nie. Mehr als einmal bemühte sich Eleanora, mit ihm zu reden, aber er sah sie nur an, als hätte sie den Verstand verloren.

Gonzalez, dessen Magenknurren gegen seine angeborene Trägheit siegte, übernahm das Kochen. Das war besser, als darauf zu warten, wann Luis zufällig einmal wach wurde und Eleanora etwas Eßbares zubereiten konnte, denn sie weigerte sich, ihn zu wecken, und natürlich konnte sie solche Aufgaben nicht an einer Kette von sechzig Zentimetern Länge in der Hütte bewerkstelligen, während er ruhte.

Luis' Gesundheitszustand besserte sich kaum. Er hatte weiterhin Fieber, wenn auch nicht mehr ganz so hohes wie vorher. Er erlaubte ihr nicht, sich die Wunde anzusehen, eine Marotte, die sich bei ihm herausbildete, als der Heilungsprozeß so offensichtlich langsam voranschritt, doch sie glaubte, daß die Wunde äußerlich zufriedenstellend verheilte. Dennoch bereiteten ihr seine mangelnde Vitalität, seine graue Gesichtsfarbe und sein Fieber Sorgen. Es schien ihm gutzutun, wenn er sich auf der Veranda in die frische Luft und die Sonne legte, auch wenn es sich gesundheitlich kaum auswirkte.

Auch Kurt bereitete ihr Sorgen. Wenn sie sich aus der Lehmziegelhütte hinausbegab, folgte er ihr mit den Augen, und wenn sie nicht draußen war, setzte er sich oft so hin, daß er der offenen Tür gegenübersaß und ins Haus schauen und sehen konnte, wie sie neben Luis lag. Mit jedem Tag, der verging, nahm sie ihre Kette geduldiger hin und sah darin den Schutz, den Luis damit beabsichtigt hatte. Dennoch verspürte sie manchmal, wenn der Blick des Preußen auf Luis fiel, eine solche Furcht, daß ihre Kehle sich zuschnürte und sie nicht zur Ruhe kommen konnte.

Die Tage der zweiten Woche zogen sich länger hin. Angesichts der Langeweile hatte sie manchmal den kaum zu unterdrückenden Wunsch, ein Pferd zu satteln und allein loszureiten bis nach Granada. Gegenüber ihrem verzweifelten Verlangen zu erfahren, was geschah, schien die Gefahr von geringer Bedeutung zu sein.

In ihrem Bemühen, derart beunruhigende Impulse abzuschütteln, ließ sie ihre Gedanken noch weiter schweifen, über den See und flußabwärts nach San Juan del Norte und über den Golf hinaus nach New Orleans. Es mußte jetzt in der warmen Sonne und der prächtigen Fruchtbarkeit der Subtropen schwelgen und doch von einer köstlich kühlen Luft, die so berauschend wie Wein war, erfrischt werden. Die Fastnacht war vorüber. Die Blumen, die wilden Rosen, der Winterjasmin und die chinesischen Kamelien, die die Leute auf die maskierten jungen Kavaliere regnen ließen, die vorbeimarschierten, waren sicher schon lange in die Abflußrinnen gekehrt worden. Die Enthaltsamkeit der Fastenzeit würde jetzt in der Stadt herrschen, und die Leute würden dunkle Farben tragen und die Friedhöfe besuchen. Die Damen aus den prächtigen Häusern in der Royal Street und im Garden District spielten jetzt mit dem Gedanken, ihre Häuser für den Sommer dichtzumachen und auf ihre Plantagen auf dem Land zu ziehen, in das Kurbad von White Sulphur Springs oder sogar bis nach Saratoga in den Norden. Dieses Leben erschien ihr so unkompliziert und so sorgenfrei, daß es sie erstaunte, je ein Teil davon gewesen zu sein. Im Moment erschien es ihr unmöglich, je wieder ein Teil dieses Lebens sein zu können.

Manchmal, wenn sie versuchte, den Ausgang der Mission von Pablo und Sanchez zuversichtlich zu sehen, dachte sie auch an Mazie und die Schauspielertruppe. Was sie wohl taten? Spielten sie trotz des nahenden Krieges in ihrem provisorischen Theater weiter, oder waren sie fortgegangen, hatten den Dampfer nach New Orleans genommen?

Was mochte sich Mazie wohl gedacht haben, als sie von ihrer Verhaftung gehört hatte? Sie hatte bestimmt nicht an ihre Schuld geglaubt. Aber hatte sich die Schauspielerin gefragt, wo sie wohl stecken mochte und was aus ihr geworden war, nachdem sie von ihrer Flucht gehört hatte?

Wie standen die Dinge im Lazarett? Auch dieser Gedanke beschäftigte sie. War der flachshaarige junge Südstaatler entlassen worden? Wurde die Sauberkeit, die sie als Maßstab angelegt hatte, aufrechterhalten, oder würde sie alles, was sie erreicht hatte, noch einmal in Angriff nehmen müssen, falls sie jemals wieder in das Krankenhaus zurückkehren konnte? Sie war eingebildet, wenn sie glaubte, sie kämen dort nicht ebensogut auch ohne sie aus. Sie war nicht unersetzbar. Sie hatte zweifellos einen beachtlichen Beitrag geleistet und Gutes getan, aber Dr. Jones konnte und würde die Kranken und Verstümmelten weiterhin ohne sie heilen und sie als mehr oder weniger brauchbare Werkzeuge für Walkers Zwecke wieder fortschicken.

Ehrgeiz, Krieg, Eroberungen. Die Wichtigkeit all dieser Dinge entzog sich ihr. Derzeit waren Frieden, Sicherheit und Abgeschiedenheit bei weitem erstrebenswerter.

Als die zweite Woche sich dem Ende zuneigte und die beiden Männer immer noch nicht zurückgekommen waren, begann die Situation ernst auszusehen. Es wurde beschlossen, jemand müsse nach Granada reiten und herausfinden, was aus Sanchez und Pablo geworden war. Es war möglich, daß das bürokratische Getriebe der Regierung von Nicaragua ihre Rückkehr hinausgezögert hatte, aber wenn es eine andere Erklärung für das bisherige Ausbleiben der Männer gab, dann war es besser, wenn sie sie kannten.

Der naheliegendste Kandidat für diese Reise war Molina. Er würde schnell und sicher vorankommen, und mit seinem dunklen indianischen Gesicht war es weniger wahrscheinlich, daß er einem Offizier sofort ins Auge fiel, der Ausschau nach den Deserteuren hielt.

Er machte sich noch am selben Abend fertig und suchte sich einen Sattel und ein Pferd aus, mit dem er schnell und zügig vorankommen würde. Er hob die Hand zum Abschied, wandte sein

Pferd und galoppierte aus dem Tal. Trotz Heldenmuts lauerte dasseibe furchtsame Unbehagen tief in seinen Augen, das ihnen allen angst machte.

Vier Tage und drei Nächte war er fort. Er kam im Zwielicht des vierten Tages zurückgeritten. Schon ehe sein Pferd stillstand, sprang er ab und stand in der Lehmziegelhütte, ehe Eleanora wirklich auf den Füßen war.

Er zog sich den Sombrero vom Kopf und kniete sich neben Luis. Eine Staubschicht überzog sein Gesicht und seine Schultern.

»Oberleutnant, wir müssen fortreiten. Juanita ist tot. Ehe sie Granada erreicht hatten, hat sie versucht, Sanchez die Waffe abzunehmen, während er geschlafen hat. Sie haben miteinander gerungen, und dabei hat er sie erschossen. Walker und der Großteil der Falangistas sind noch einmal in Rivas einmarschiert, und dort toben im Moment wüste Kämpfe. Die *puta* des kleinen Generals herrscht jetzt an seiner Stelle in der Stadt. Das war die Lage, die Pablo und Sanchez vorgefunden haben, als sie vorgesprochen haben. Juanitas Geständnis ist ungelesen ins Feuer geworfen worden, so heißt es zumindest auf den Straßen, und die Männer, die es überbracht haben, sind gefoltert worden, damit sie das Versteck der anderen verraten, die mit ihnen geritten sind. Ich weiß nicht, ob sie es getan haben, aber nur wenige können das Wissen, das sie besitzen, für sich behalten, wenn sie den Zangen, der Peitsche und den heißglühenden Kohlen ausgesetzt werden. Man hätte den Männern nicht den Tod zugestanden, damit er ihre Schmerzen lindert, wenn sie nicht vorher die gesuchten Informationen preisgegeben hätten. Pablo und Sanchez sind vor drei Tagen auf der Plaza erschossen worden.«

In der atemlosen Stille, die plötzlich hereinbrach, starrte Eleanora Molina an. Sanchez mit dem finsteren Gesicht und Pablo, der solches Glück gehabt hatte. Gefoltert. Erschossen.

Luis streckte die Hand aus, damit Molina ihm dabei helfen konnte, sich aufzusetzen, und dann traf ein rauher Laut auf ihre Ohren, schnitt sich mit der zähen Beharrlichkeit eines stumpfen Messers durch die angespannte Luft. Es war Jean-Paul, der in der Tür stand und sich am Türrahmen festhielt, als sein Körper von einem rauhen und schmerzenden Gelächter geschüttelt wurde.

16. Kapitel

Ein Monat ist eine lange Zeit. Die Zeit verstreicht unwahrscheinlich langsam, wenn man ständig in Bewegung und gleichzeitig bemüht ist, sich verborgen zu halten. Die Müdigkeit und die Reizbarkeit tragen nicht gerade dazu bei, daß die Zeit schneller vergeht, noch der Druck der Sorge und die Monotonie. Molina führte nicht gerade ein fröhliches Grüppchen aus dem Tal.

Der Geruch nach Holzrauch war längst nicht mehr appetitanregend, und die immer gleichen Mahlzeiten wurden Anlaß zu ständigem Murren. Als sie eins der Pferde durch die Blähsucht verloren hatten, ehe sie das Tal verlassen hatten, erwies sich das als eine große Unannehmlichkeit, vor allem für Eleanora, die jetzt mit Luis gemeinsam auf dem kräftigsten Tier reiten mußte. Die Unsicherheit, ob sie verfolgt wurden oder nicht, setzte ihren Nerven zu. Kleine Zwischenfälle bauschten sich zu riesigen Katastrophen auf, gaben Anlaß zu Vorwürfen und Anschuldigungen, während echte Katastrophen mit der Ruhe der Verzweiflung hingenommen wurden. Kleine Unpäßlichkeiten wurden als Vorwand für eine Rast benutzt, während Luis, der ernstlich krank war, nur dem Tod gestatten wollte, sie an ihrem Vorankommen zu hindern. Beide Haltungen, die nörgelnde und die stoische, führten zu Spannungen.

Sie ritten nach Nordosten weiter, bahnten sich einen gewundenen Pfad durch die Hügel und Täler, überquerten zahllose kleine Flüsse und folgten manchmal Pfaden der Indianer oder wilder Tiere. Die Landschaft war jetzt weniger zerklüftet und ging in eine Reihe von hügeligen Hochplateaus über. Sie ließen die nach Kiefern duftende Kühle der Berge hinter sich und ritten wieder einmal in die Hitze und den Regen hinab. Die Laubwälder wichen tropischer Vegetation, Gummibäume und Palmen brüsteten sich vor dem blauen Himmel mit ihrem saftigen Grün, und die zähen Baumfarne, die doch so empfindlich wirkten, standen knietief in einem dichten Teppich aus kleinen rosablühenden Schlingpflanzen.

Im Regenwald befiel eine mysteriöse Krankheit die restlichen Pferde. Sie bewirkte, daß ihre Hufe faulten und Schicht für Schicht abfielen, bis sie vor Schmerzen nicht mehr laufen konnten. Es gab kein Mittel dagegen. Noch nicht einmal Molina mit seinem Wissen in der Tierkunde und seinem Glauben an die Heilkräfte von Wurzeln und indianischer Medizin konnte sich eine Alternative dazu einfallen lassen, die Tiere zu erschießen. Der Indianer sah keinen stichhaltigen Grund dafür, keinen Nutzen aus diesem Unglück zu ziehen und Pferdefleisch auf den Speisezettel zu setzen. Aber es erging ihm so wie mit dem Leguan – er mußte seine Pferdekeule allein zu sich nehmen.

»Und was tun wir jetzt?« fragte Slim und sprach damit die Frage aus, die unausgesprochen in der warmen, schwülen Luft hing. Sie saßen um ein Feuer herum, das sie angezündet hatten, damit die Feuchtigkeit aus ihren Kleidern verdampfte und um die Schwärme von Stechmücken und Moskitos fernzuhalten, die die Luft schwarz färbten. Die Sonne war noch nicht untergegangen, aber unter dem Baldachin von Ästen über ihnen herrschte bereits Zwielicht. Schatten von gigantischen Nachtfaltern bewegten sich geisterhaft in dem schwachen Licht, und unter den

Blättern funkelten ab und zu zwei Lichter dicht nebeneinander, die Augen von kleinen scheuen Affen, in denen sich das Licht des Feuerscheins brach.

Luis, der auf einer Tragbahre auf dem Boden lag, die sie aus einer Decke und Stangen hergestellt hatten, blickte auf. »Wir laufen natürlich weiter«, sagte er mit scharfer Stimme.

»Sogar ich bin klug genug, um mir das auszurechnen«, sagte der Präriebewohner in einem sanftmütigen Tonfall. »Aber wir werden nicht ewig durch den Dschungel laufen können. Früher oder später werden wir alle einer Art Sumpffieber erliegen, und das ist dann das Ende. Wir sollten zusehen, daß wir hier schnell rauskommen und eine Stadt erreichen.«

»Eine Stadt ist zu riskant«, sagte Kurt und wandte Slim von dem Baum aus, an dem er lehnte, sein Gesicht zu.

»Das hier etwa nicht?« erkundigte sich Slim. »Morgen werden wir durch Schlangen, Skorpione und Spinnen waten. Und wenn du glaubst, du seist jetzt schon zerstochen, dann warte nur, bis du zu Fuß durch dieses Grünzeug hier gelaufen bist. Obendrein wimmelt es auch noch in den meisten der Flüsse, die wir durchquert haben, von Blutegeln. Außerdem hat die Phalanx, wenn Walker so viel Ärger mit den Honduranern und den Costaricanern hat, wie ich annehme, schon alle Hände voll zu tun, ohne sich auch noch mit uns abzugeben, was, Molina?«

»Das mag wohl wahr sein, Señor«, stimmte der Indianer ihm zu und nickte.

Kurt hielt die Hand hoch. »Moment mal. Ich habe mir auch Gedanken darüber gemacht, und mir scheint es der beste Plan zu sein, wenn einige von uns vorauslaufen, sich so schnell wie möglich hier durchschlagen und den anderen Hilfe schicken.«

»Sie meinen, wir sollen Luis – und Eleanora – zurücklassen?«

Der Preuße warf einen Blick auf Eleanora und leckte sich die Lippen. »Nicht direkt.«

»Die Idee hat ihre Vorzüge«, mischte sich Luis ein und richtete den Blick dabei über Slims linke Schulter.

»Für einen von uns ja«, sagte Slim, »und dieser eine ist Kurt. Vergiß es. Du weißt, daß es das Schlimmste wäre, was wir tun könnten, wenn wir uns aufteilen. Das würde beide Gruppen schwächen.«

Eleanora, die auf einem Zipfel von Luis' Decke saß, nahm die Anspannung seines schmalen Körpers deutlicher wahr als die anderen. Sie teilte sich über die Kette mit, die sie wie eine metallische Rettungsleine miteinander verband, ein leichtes Vibrieren, das für die Nerven der Haut wahrnehmbar war, jedoch nicht für das bloße Auge.

»Ich könnte mich als eine größere Behinderung erweisen, als ihr es euch bisher vorgestellt habt«, hob der hagere Mann hervor.

»Wir werden es schon schaffen.«

»Aber ja«, fügte Molina hinzu und wandte respektvoll die Augen ab. Gonzalez, der etwas weiter abseits stand, nickte. Kurts Gesicht blieb starr vor Mißbilligung. Als sie ihren Bruder ansah, merkte Eleanora, daß er nicht zuhörte. Er reinigte sich mit emsiger Beflissenheit die Fingernägel mit einer Messerspitze.

Als keine weiteren Argumente vorgebracht wurden, sah Slim Molina an. »Das hier ist dein Land. Was sagst du? Wie sollen wir weiter vorgehen?«

Der Indianer ließ sich auf ein Knie sinken und räumte mit der flachen Hand das modernde Laub zur Seite und klopfte die Erde glatt. Ein paar schnelle Striche, und er hatte eine Landkarte gezeichnet, die die Trichterform Nicaraguas mit den beiden Ovalen der großen Seen aufzeigte, Managua und Nicaragua, und zwar ganz unten links, und in einer Diagonale darüber die gewundenen Sägezähne der Berge, die sie überquert hatten. Eine weitere gekrümmte Linie stellte den San Juan River dar, und dann zeichnete der Nicaraguaner in die offene Weite des unerforschten Territoriums zwischen den Bergen und dem Golf eine weitere Linie und pochte mit dem Fingernagel darauf. »Der Rio Escondido«, sagte er. »Er fließt von hoch oben im Norden zwei-, vielleicht auch dreihundert Meilen weit in die Lagune am Golf, die Bluefields heißt. Wenn wir ihm folgen, manchmal zu Fuß und manchmal auf dem Floß, das wir bauen werden, dann müssen wir zum Golf gelangen. Es ist nicht die Mosquito-Küste, aber die britischen Schiffe patrouillieren auch dort.«

»Und wenn wir nicht sofort ein Schiff entdecken, können wir immer noch an der Küste nach Norden in das Mosquito-Gebiet weiterziehen«, sagte Slim.

»Das ist richtig, Señor.«

»Luis?« fragte der Präriebewohner und wandte sich an ihn.

»Das klingt gut«, erwiderte er.

Es klang tatsächlich gut, aber ganz so einfach war es nicht. Sie mußten erst den Fluß erreichen, ein Marsch von etlichen Tagen, der all die Übel mit sich brachte, auf die Slim sie hingewiesen hatte. Als sie dort ankamen, hatten sie keine anderen Werkzeuge als ihre Messer, um ein Floß zu bauen, und es erwies sich als ein arbeitsintensives Vorgehen, Bäume zu fällen, indem sie die Stämme ganz unten anzündeten. Schlingpflanzen, um die Stämme damit zusammenzubinden, waren weitaus weniger zufriedenstellend als das billigste Seil. Und das grüne Holz, das noch saftig und schwer war, trieb nur langsam und träge auf dem Wasser dahin.

Eleanora löste Gonzalez als Koch ab, damit er seine Kraft in das Vorhaben einfließen lassen konnte, doch sonst gab es wenig, was sie hätte tun können. Luis wollte nichts davon hören, daß sie durch den Wald streifte, und noch viel weniger wollte er sie losbinden, damit sie es tun konnte. Sie war gezwungen, untätig dazusitzen und den Männern bei der Arbeit zuzusehen, wenngleich Luis es ihr gelegentlich erlaubte, Raupen zu sammeln, die sie als Köder zum Fischen benutzen konnten, und dann humpelte er zum Fluß, um ihr beim Fischen zuzusehen. Er konnte bisher noch nicht mehr tun, und noch schlimmer als die Untätigkeit war es für Eleanora, seine grüblerische Unzufriedenheit über seine anhaltende Entkräftung mit anzusehen. Oder vielleicht doch nicht. Ihre Untätigkeit ließ ihr zuviel Zeit, um an die Phalanx zu denken, die gegen die Costaricaner kämpfte. Die Schlacht in Rivas mußte inzwischen geschlagen sein. Wie war sie ausgegangen? Und was viel wichtiger war, wie war sie für Colonel Grant Farrell ausgegangen? Es schien ihr, als müßte sie wissen, als müßte sie es instinktiv fühlen, wenn er getötet oder verwundet worden wäre, aber sie setzte kein Vertrauen in diese Form von Intuition.

Stromschnellen, Untiefen, Felsen und Sandbänke, abgebrochene und verlorene Stangen; alles schien sich verbündet zu haben, um das Vorankommen des Floßes zu verzögern. An einem Punkt schien es das beste zu sein, die Idee aufzugeben und statt dessen zu Fuß am Flußufer entlangzulaufen, aber der Anblick einer Unmenge von Alligatoren und einer schwarzen, gelbgesprenkelten Schlange, die länger als ein Mann war, schaffte diese Idee schleunigst wieder aus der Welt.

Dennoch blieben sie nie lang an einem Ort. Stück für Stück bewältigten sie den langen, heimtückischen, schlammigen Escondido. Tag für Tag wurden die Schlingpflanzen und die Blumen an den Ufern üppiger, und die heiseren Schreie der Papageien und das Trällern kleiner Vögel, die ähnlich wie Meisen aussahen, brachten mehr Leben. Und dann, im Lauf eines Nachmittags, als alle erschöpft auf den glitschigen wassergetränkten Baumstämmen dösten bis auf die beiden, die an der Reihe waren, das Floß zu staken, zogen sich die Flußufer immer weiter zurück, und sie trieben sachte in die salzige Luft des Seewassers der Bluefields-Lagune.

Sie aßen Muscheln zum Abendessen, kleine saftige Mollusken, die sie auf dem gelblichbraunen Sandstrand kochten. Die unaufhörliche Liebkosung, mit dem das türkise Wasser des Golfs auf den Sand schwappte, lullte sie ein, und sie erwachten erst wieder, als die Sonne hoch am Himmel stand und die Möwen, die den Strand nach Aas absuchten, sie fanden.

Den Möwen konnte man ihren Irrtum nicht vorwerfen; sie boten nicht gerade einen einnehmenden Anblick. Ihr Haar war von Schmutz und Schweiß verklebt. Eleanora hatte ihre Haarnadeln eine nach der anderen verloren, und in ihrem Bemühen, ihre lange Mähne zu bändigen, hatte sie ihre Haare zu einem langen Zopf geflochten. Dieser Zopf, der seit Wochen nicht mehr gelöst worden war, wirkte so verknotet und widerspenstig wie Wolle. Schmutz hatte sich auf ihren Händen und Gesichtern festgesetzt, ein schmutziggrauer Film, der die roten Schwellungen der Moskitostiche und die Unmengen von Schnitten und Kratzern, die sie alle davongetragen hatten und die in verschiedenen Stadien der Entzündung waren, jedoch nicht ganz bedeckte. Unter der Schmutzschicht war ihre Haut so verbrannt, daß sie die Farbe von gegerbtem Leder angenommen hatte, und sie hatte auch in etwa dieselbe Struktur. Auf den Körpern hatten sie andere seltsame gerötete Hautstellen, dort, wo die Sonne durch Risse und Löcher in ihrer Kleidung hatte dringen können. Hemden, Blusen, Röcke und Hosen waren von der Sonne derart ausgebleicht, daß sie keine erkennbare Farbe mehr hatten, und dazu hatten noch die Verschmutzung und die grauen Schimmelflecken beigetragen, die sich überall gebildet hatten. Da der Schimmel das Gewebe zerstörte, war der Stoff auch noch leichter gerissen, und die Säume der Hosen der Männer und Eleanoras Rocksaum hingen in Fetzen herunter. Ihre Schuhe waren längst auseinandergefallen, weil die Nähte verfault waren, und sie hatte sich neues Schuhwerk aus Stücken von Decken gebastelt und sie mit Ranken um ihre Knöchel gebunden. Diese behelfsmäßigen Stiefel schützten ihre Fußsohlen, ließen ihre Zehen aber komisch herausschauen. Die Stiefel der Männer, die eher für einen derben Gebrauch bestimmt gewesen waren, hatten sich besser gehalten, aber auch sie waren wie jedes andere Stück Leder, das sie bei sich hatten – Patronengürtel, Enden von Hosenträgern und Luis' Lederhose – mit einer dicken Schicht von graugrünem Schimmel überzogen.

Die Flußreise hatte jedoch eine positive Auswirkung gehabt. Die Zeit, die sie erfordert hatte, und die vergleichsweise Mühelosigkeit, mit der sie gereist waren, hatten Luis, der nicht mehr auf seinem Pferd sitzen mußte, etwas mehr Kraft verliehen. Als es an der Zeit war, das Lager abzubrechen, brauchte er die Bahre nicht mehr, sondern konnte mit den anderen am Strand entlanglaufen, solange er einen langen gegabelten Stock als Krücke benutzen konnte. Während sie vorantrotteten, sahen sie auf das wogende blaue Wasser des Golfs hinaus, doch der Streifen am Horizont zeigte keine Umrisse, sondern traf auf den Himmel, ohne durch eine Ansammlung von Segeln oder den schwarzen Rauch aus einem Schornstein durchbrochen zu werden.

Ein weiteres Problem setzte ihnen zu. Das war das Wasser. Sie hatten drei gefüllte Feldflaschen dabei, und ihr Problem war noch nicht akut, aber wann immer sie auf Wasser stießen, war es entweder schlammig oder es handelte sich um Brackwasser. Es war entmutigend, sich vorzustellen, daß sie gezwungen sein könnten, sich ins Inland durchzuschlagen, ehe sie ein Schiff sichteten. Als erhöhte sich mit jeder Meile, die sie zurücklegten, die Chance, daß man sie aufgriff, beschleunigte Slim, der an der Spitze lief, das Tempo. Und als er sah, daß Luis immer noch nicht zurückfiel, trieb er sie noch mehr an.

Als der zweite Tag verging, an dem sie über den heimtückischen Sand liefen, der ihre Füße bei jedem Schritt in die Tiefe zog, schlich sich ein Gefühl der Hoffnungslosigkeit in Eleanora ein. Im Regenwald hatte sie sich zu sehr geängstigt und war zu besorgt gewesen, um apathisch zu werden, aber jetzt, da die Rettung nahte und Luis' Gesundheitszustand sich von Tag zu Tag verbesserte, konnte sie spüren, wie die Kraft und der Wille aus ihr wichen. Das grelle Silber der Sonne, das sich in den tanzenden kleinen Wellen des Golfs spiegelte, grub sich in ihre Augen und trieb Pfähle in ihren Schädel. Sie mußte sorgsam darauf achten, wohin sie trat, um damit eine zunehmende Neigung zum Taumeln auszugleichen. Sie wollte auch nicht zurückfallen und Luis eine Last sein. Er hatte schon ohne ihr zusätzliches Gewicht genug Schwierigkeiten damit, sich aufrecht zu halten. Gute Absichten genügten jedoch nicht, um sie auf den Füßen zu halten. Gegen Abend sackten die Knie unter ihr ein, und sie sank auf den Sand und hielt sich den Kopf mit den Händen.

»Eleanora«, sagte Luis eindringlich, »bist du krank?«

»Nein, das glaube ich nicht«, antwortete sie und war überrascht darüber, wie matt ihre Stimme klang. »Ich kann nur keinen einzigen Schritt mehr weiterlaufen.«

»Bist du sicher, daß das alles ist? Bist du wirklich ganz sicher?« beharrte er und sah mit einem besorgten Blick in ihr Gesicht. Er nahm die Schatten unter ihren Augen wahr, die wie schwarze Ringe wirkten, die allzu markanten Backenknochen und den Puls, der unten der glatten goldenen Haut an ihrem zarten Hals pochte.

»Mir geht es wieder gut, wenn ich mich ausgeruht habe«, sagte sie, und da er eine Spur von Kühle aus ihrem Tonfall heraushörte, drang er nicht weiter in sie.

Sie lag mit dem Unterarm auf den Augen da und versuchte, die allzu vertrauten Stimmen der Männer abzublocken, die um sie herumstanden. Einen Moment lang schien sie ihre ständige Gegenwart nicht mehr ertragen zu können. Als Luis ihr das Abendessen reichte, gebratene Schildkröteneier, wandte sie sich ab und entfernte sich von ihm, soweit es die Kette zuließ. Ein solcher Ekel konnte nicht lange anhalten, aber im Moment hatte sie das Gefühl, wenn er sie drängte, wenn er sie auch nur anrührte, würde sie laut schreien.

Nach einer Weile grub sie eine körpergerechte Aushöhlung in den Sand und schlief.

Ein leises raschelndes Geräusch weckte sie. Sie blieb einen Moment lang mit geschlossenen Augen still liegen und wartete darauf, daß es sich wiederholen würde, und dann hob sie millimeterweise die Lider und lugte durch die Schlitze.

Die Brandung war bis auf ein leises Rauschen zurückgegangen. Das blauschwarze Wasser lag so still da wie sonst kaum. Auf der Oberfläche war ein phosphoreszierender Pfad zu sehen, an dessen hinterem Ende der fliehende Mond stand. In diesem Licht glitzerte der braune Sand des Strandes wie Goldstaub. Er lag haufenweise da, massige Reichtümer, die nur darauf warteten, geplündert zu werden. Die Stille war gespannt und wies noch das Echo dieses behutsamen, verstohlenen Geräuschs auf, das sie geweckt hatte.

Plötzlich schlug sie die Augen weit auf. Ein Mann kroch über den Sand auf sie zu, und sein Gesicht war keinen Meter mehr von ihrem entfernt. Der Mondschein färbte sein Haar silbriggolden und brach sich auf der gewetzten Klinge des Messers, das er in der Hand hielt, aber seine Augenhöhlen lagen im Dunkeln. Es war Kurt. In dem kurzen Augenblick, in dem sie einander über den goldenen Sand hinweg anstarrten, wurde sich Eleanora über sein Vorhaben klar: Er wollte den Mann töten, der hinter ihr schlief.

Ohne ihre Reaktion abzuwarten, zog sich der Preuße mit gefletschten Zähnen auf die Hände und die Knie und wollte sich auf sie stürzen. Sie setzte zu einem Schrei an.

Ein Schuß ging neben ihrer Schulter los. Das Messer flog aus Kurts Hand, als er mit einem erstickten Aufschrei das klaffende Loch auf seiner Kehle umklammerte, aus dem Blut sprudelte. Er brach auf dem Sand zusammen, ein einziger Schauer durchzuckte ihn, und dann lag er regungslos da.

Ehe Eleanora sich von der Stelle rühren konnte, drangen zahllose Schüsse durch die Nacht, und man hörte Rufe und Befehle und die Geräusche von rennenden Füßen. Aus den struppigen und verkrüppelten Bäumen hinter den Dünen, die den Höchststand des Wassers bei Flut anzeigten, kamen Soldaten mit Bajonetten gerannt und hielten ihre Waffen im Anschlag. Es blieb keine Zeit zu entscheiden, ob sie sich den Weg freikämpfen oder sich kampflos ergeben sollten. Sie waren umzingelt und starrten zu denen auf, die sie gefangengenommen hatten.

Als sich nichts rührte und die Stille sich wieder herabgesenkt hatte, trat ein Offizier, ein Zambo, ein Mischling mit Negerblut und Indianerblut, der eine weiße Uniform mit goldenen Epauletten trug, zwischen den Bäumen heraus und lief mit hochgezogenen Hosenbeinen schnell über den Sand. Er erfaßte mit einem Blick ihre schlampige und ungepflegte Erscheinung, und mit einem abgehackten britischen Akzent sagte er: »Sie sind im Namen des Herrschers des Unabhängigen Königreichs Mosquito verhaftet.«

»Diese Frau«, sagte Luis mit einer Spur von kastilischer Arroganz in seinem Tonfall, »ist meine Gefangene. Sie ist die Mätresse eines sehr beliebten Mannes, des stellvertretenden Kommandanten der Armee von Nicaragua – nach General Walker ist er der Ranghöchste. Ich habe die Absicht, sie gegen ein Lösegeld gefangenzuhalten. Colonel Farrell wird den Mann großzügig belohnen, der sie zu ihm zurückbringt – unbeschadet.« Er zuckte die Achseln. »Leider haben meine Männer und ich uns verirrt.«

Der Kommandant des Stützpunkts, zu dem man sie gebracht hatte, lehnte sich auf seinem Stuhl zurück und sah mit einem unverhohlen skeptischen Blick in Eleanoras Richtung. Sie konnte es ihm nicht vorwerfen. Nachdem man sie mit gezückten Bajonetten eine Strecke hatte zurücklegen lassen, die ihr wie hundert Meilen vorgekommen war, hatten sie diese schmuddelige Ansammlung von strohgedeckten Hütten erreicht, die wie eine Sträflingsbaracke wirkten, ein Ort, an dem man in anderen Zeiten Sklaven gehalten hätte, die Sklaven, die mit der Zeit in die Gemeinde des indianischen Königreichs Mosquito eingegliedert worden waren. Man hatte sie in eine Hütte gesteckt, deren Größe und Gestank sich an einer Toilette messen konnten. Dort waren keine Schlafmöglichkeiten vorgesehen, noch nicht einmal ausreichend Platz, daß sich alle hätten hinlegen können, und selbst zum Sitzen reichte der Raum kaum aus. Seit dem Mittagessen am Vortag hatten sie nichts mehr zu essen bekommen, und vor Sonnenaufgang hatte das Verhör begonnen. Einer nach dem anderen wurden sie fortgeführt, bis nur noch Eleanora und Luis übrig waren. Jetzt kamen sie an die Reihe.

»Der Mann, den Sie getötet haben«, sagte der Zambo, der das Lager kommandierte, während er auf seinem Schreibtisch mit der Feder spielte, »hat Sie angegriffen, weil er diese Belohnung einkassieren wollte?«

»Ja, so war es.«

»Und was sagen Sie dazu?« fragte er Eleanora.

Es wäre nicht gut gewesen, wenn sie Luis' Angaben ausnahmslos bestätigt hätte, dachte sie sich, denn sie bemerkte deutlich, daß sich in den Augen des Kommandanten immer noch Zweifel widerspiegelten. »Ich bin nicht sicher«, sagte sie leise. »Er... er könnte auch andere Pläne mit mir gehabt haben.«

Er nickte kurz und ließ seine Blicke geringschätzig über ihre schlanke Gestalt gleiten. Einen Moment lang blieben sie auf ihrer schmalen Taille und der Kette an ihrem Handgelenk liegen, ehe er sich wieder an Luis wandte. »Sie waren doch ein Falangista, oder nicht?«

»Ja, das war ich.«

»Aber Sie haben beschlossen, statt der Shillinge des Generals lieber die Frau des Colonels an sich zu bringen?«

Luis gestattete sich ein Lächeln. »Das schien mir eine vielversprechendere Möglichkeit zu sein, meine Kasse aufzubessern.«

Der Kommandant nahm einen Palmwedelfächer in die Hand und wedelte träge damit. Zu Eleanora sagte er: »Wie heißen Sie?«

»Eleanora Colette Villars«, antwortete sie und reckte dabei unbewußt das Kinn in die Luft.

»O ja. Von Ihnen hat man schon gehört. In den Zeitungen, Sie wissen schon. Man muß über den Feind informiert sein. Vielleicht«, fuhr er versonnen fort, »geben Sie eine wertvolle Geisel ab.«

»Ich versichere Ihnen...«, setzte Luis an.

Der Kommandant schnitt ihm mit einer Stimme, die plötzlich scharf war, das Wort ab. »Ihnen ist klar, daß das Königreich Mosquito das Democrático-Regime in Nicaragua nicht anerkennt?«

»Ja, aber...«

»Wir sind mit den Legitimistas verbündet. Sehen Sie sich daher als politische Häftlinge an. Das wäre alles.«

Es wäre unklug gewesen, sich mit den bewaffneten Wachen anzulegen. Luis trat zurück und verbeugte sich steif, ehe er sich fortführen ließ. Eleanora blieb zwangsläufig an seiner Seite.

»Ich danke dir dafür, daß du dich so bemüht hast«, sagte sie, als die Tür der Hütte hinter ihnen geschlossen wurde.

Luis sah sie zwar nicht an, nahm aber ihre Hand und umfaßte sie fest. »Wir können nur hoffen, daß wir ein wenig Zeit schinden konnten und nicht zu dick aufgetragen haben.«

Am Abend bekamen sie einen Hinweis darauf, daß seine Bemühungen Früchte tragen könnten. Zwei Männer betraten mit einem Amboß, einem Hammer und einem Meißel ihr Gefängnis. Ihre Absichten waren offenkundig, und daher fügte sich Luis in das Unvermeidliche, zog den Schlüssel von einer Kette an seinem Hals und schloß die rostigen Handschellen auf. Als sie auf seinen gesenkten Kopf herunterschaute, während er sich an ihrem Handgelenk zu schaffen machte, staunte Eleanora über seine Voraussicht. Bisher hatte er den Schlüssel nicht um den Hals getragen.

Einen weiteren Hinweis auf den Eindruck, den sie auf den Kommandanten gemacht hatten, bot die Qualität des Essens, das ihnen am Abend vorgesetzt wurde. Doch der deutlichste Beweis zeigte sich am frühen Morgen des nächsten Tages. Kurz vor dem Morgengrauen brach Tumult in der Stadt aus. Ein Schiff war vor der Küste vor Anker gegangen, soviel hatten sie von den Wachen gehört, und kurz darauf sahen sie durch die Ritzen der Hütte eine Abordnung der Britischen Marine eintreffen, Männer in Uniformen, darunter auch ein ranghoher Offizier. Der Kommandant des kleinen Stützpunkts begrüßte die Besucher unter der Flagge von Mosquito, die mitten auf der Lichtung gehißt war, ehe er sie unterwürfigst und zeremoniell in sein Quartier führte.

Die britische Abordnung blieb keine Stunde, und niemand warf auch nur einen Blick auf die Hütte, in der Eleanora und die Männer gefangengehalten wurden. Ob es auf diese Sitzung zurückzuführen war, wie sie vermuteten, oder ob es schlicht und einfach daran lag, daß sie gemeinsame Sache mit den Democráticos gemacht hatten – jedenfalls wurden kurz darauf Eleanora und die früheren Falangistas aus ihrer Hütte geführt, auf einen Ochsenkarren verfrachtet und nach Norden gebracht, zur Grenze zu Honduras, und dabei hatten sie Geleitschutz von einer berittenen und bewaffneten Garde von zwanzig Mann, wenn nicht mehr.

Man sagte ihnen nicht, wohin es ging. Sie konnten natürlich Spekulationen anstellen, aber mehr auch nicht. Selbst das diente nicht lange dazu, ihnen die Monotonie der holprigen Fahrt zu verkürzen.

Nach einer Weile wandte sich Eleanora an Luis. »Was glaubst du, warum die Briten heute morgen gekommen sind? Welche Interessen stehen für sie hier auf dem Spiel?«

»Ihre Schlußfolgerungen begründen sich auf Mißtrauen«, erwiderte Luis mit einem matten Lächeln. »Man muß sich zwei starke Männer vorstellen, die einen Schwächling betrachten, der einen Kuchen an sich gebracht hat. Keiner traut dem anderen und verläßt sich darauf, daß er nicht doch zugreift. Großbritannien will nicht mit ansehen, wie die Vereinigten Staaten Zentralamerika ihrem Staatsgebiet angliedern, und die Vereinigten Staaten haben keine Lust mit anzusehen, wie dieser wertvolle Isthmus unter britischen Herrschaftsbereich fällt. Laut den Bedingungen des Vertrages, der vor ein paar Jahren unterschrieben worden ist, darf sich keiner von beiden in Nicaragua und in die Abläufe des freien Unternehmertums einmischen. Aber so einfach ist es nie. Die Briten sehen, daß ein Amerikaner in einem zentralamerikanischen Land an Einfluß gewinnt, und um ein Gegengewicht herzustellen, unterstützen sie seine Feinde, in dem Fall die Honduraner. Und dazu kommt noch, daß man Vanderbilts Einfluß in England nicht unterschätzen darf. Er will, daß Walker gestürzt wird – und Geld hat eine ziemlich gute Hebelwirkung, wenn man weiß, wo man ansetzen muß. Er hat in den letzten Jahren viel Zeit in England verbracht und dort viel Geld investiert. Schließlich bedeutet Geld wenig, wenn Rachegelüste einen reichen Mann anspornen.«

»Und daher haben die Briten dem Kommandanten von Mosquito aus rein politischen Gründen geraten, uns an den Feind auszuliefern«, sagte sie bitter.

»Das ist nur eine Vermutung«, rief er ihr ins Gedächtnis zurück. »Und selbst wenn es so ist, könnten wir immer noch feststellen, daß die Honduraner sich äußerst gastfreundlich verhalten, wenn wir ihnen erklären, wer wir sind.«

Eleanora lächelte ihn matt an, doch ihre Befürchtungen hatten sich keineswegs gelegt.

Das honduranische Gefängnis war früher einmal eine spanische Festung mit Wachtürmen zum Meer hin gewesen, die sich nach oben verjüngten. Die dicken Steinmauern bröckelten jetzt ab, doch es war immer noch imposant, wie es sich über die kleine Stadt im Hintergrund erhob.

Sie sahen keinen Beamten, ehe sie eingewiesen wurden. Sie wurden von einem Sonderkommando von Legitimista-Soldaten in blauen Uniformröcken mit roten Aufschlägen empfangen. Wenn sie auch nach schalem *aguardiente* rochen, dann wirkten die Revolver und die Patronengurte, die sie trugen, doch bedrohlich. Mit gezücktem Bajonett wurden sie durch die schweren, mit Eisen beschlagenen Holztüren geführt und ohne jeden Aufenthalt durch einen dunklen Korridor, in dem es nach altem Kalkstein und ungereinigten Abflüssen stank, in einen Gemeinschaftsraum getrieben.

Der Raum war zwar groß und hatte eine hohe Decke, die in dem Dunkel lag, das das Licht nicht mehr ausleuchten konnte, das durch die kleinen Fenster weit über dem Boden fiel, aber der Raum war überfüllt. Menschen, Männer und Frauen, vielleicht zweihundert an der Zahl, lagen überall herum, und ihre Gesichter, auf denen glühende Neugier stand, wandten sich der Tür zu. Als sie unter den Neuankömmlingen viele gesunde Männer sahen, wandten sie sich wieder ab, und ihre krallenartigen Finger zogen sich in ihrer rasenden Enttäuschung zusammen und öffneten sich dann wieder. Eleanora warf einen Blick auf Luis und sah in seinen bebenden Nasenflügeln und den zusammengepreßten Lippen ein Echo dessen, was sie argwöhnte. Man würde sie jetzt nicht angreifen, solange sie eine geschlossene Front darstellten und die Aussichten so schlecht waren, bei ihnen könnte etwas zu holen sein, doch man würde ihnen jeden kleinsten Wertgegenstand abnehmen, Stück für Stück, sowie sie voneinander getrennt wurden und man sich einzeln an sie heranmachen konnte.

Das waren keine gewöhnlichen Sträflinge. Nach dem Zustand ihrer Kleidung und nach der Länge der Bärte der Männer zu urteilen, vermutete Eleanora, daß sie schon viele Jahre hier eingekerkert waren. Ihre Gesichter spiegelten nur die primitivsten Gefühle wider: Haß, Angst, Neid und bei den Männern etwas noch viel Beunruhigenderes – unverhohlene Lust.

Als die Tür hinter ihnen zuschlug, beugte sich Slim zu Luis vor. »Was hältst du davon, uns eins dieser kleinen Zimmer zu nehmen?«

Eleanora erkannte augenblicklich, was er meinte. An einer Wand lagen etliche kleinere Räume ohne Türen. Sie waren zwar nicht groß, aber sie boten die einzige Sicherheit. Im Moment waren sie eine vergleichsweise starke Gruppe. Einen günstigeren Zeitpunkt als den jetzigen konnte es für Slims Vorschlag gar nicht geben. Hier waren Feingefühl und das Anerkennen der Rechte anderer unangebracht. Solche Gefühle stellten hier nur eine Belastung dar. Sie mußten sich nehmen, soviel sie konnten, solange sie noch die Kraft dazu hatten.

Luis humpelte vor ihnen her, als sie sich geschlossen auf die letzte Zelle am hinteren Ende der Gemeinschaftszelle zubewegten. Es kam nur zu einem kurzen Handgemenge mit denen, die sie in Beschlag genommen hatten, zwei Männern mit wüsten Bärten und ihren Liebchen.

Molina rieb sich die Hand, in die ihn eine der Frauen gebissen hatte, und sah sich um. »Sehr hübsch«, sagte er. »Besser als unsere letzte...«

»...unsere letzte Unterkunft?« beendete Luis den Satz für ihn. »Ja, da muß ich dir zustimmen. Wir müssen dringend daran denken, uns für die... die Gastfreundschaft zu bedanken.«

Sie konnten zwar nicht alle auf der Steinbank schlafen, die sich an der hinteren Zellenwand entlangzog, aber zumindest konnten sie alle darauf sitzen. Das war immerhin schon etwas. Wenn sie sich auf diese Schlafbank stellten, konnten sie durch das winzige vergitterte Fenster hinauslugen, das hoch oben in der Wand angebracht war, doch es gab nichts zu sehen. Man hatte einen Ausblick auf einen großen leeren Platz, der von Steinmauern umschlossen war. Das Licht, das durch das Fenster fiel, war tagsüber angenehm und tauchte die Zelle in ein erfreuliches Halbdunkel, doch nachts war es entsetzlich dunkel dort, weil die Fackeln ihren Schein nicht in den abgetrennten Raum warfen. Und durch eine verrückte Eigenwilligkeit in der Akustik wurde das Schreien und Kreischen, das Grunzen und Ächzen und die übrigen bestialischen Laute der natürlichen und unnatürlichen Geschehnisse draußen im Gemeinschaftsraum wie durch einen Trichter in ihre Zelle gefiltert und hallten dort zehnfach verstärkt wider.

Ehe sie auch nur eine Woche im Gefängnis verbracht hatten, hatten sie es gelernt, mit anderen Geräuschen und deren Bedeutung zu leben, zum Beispiel dem Klappern, das das Nahen einer der zwei Mahlzeiten ankündigte, die ihnen täglich vorgesetzt wurden. Sie wußten, wann sie besser aus der Reichweite der Bajonette der Wachen zurückwichen und wann sie sich nach vorn drängen mußten, um ihren Anteil von dem Essen abzukriegen. Sie kamen dahinter, wer von den anderen Gefangenen als der Anführer angesehen wurde und welche Regeln aufgestellt worden waren. Sie gelangten zu der Schlußfolgerung, daß sie sicher waren, solange die vier schwächsten Mitglieder ihrer Gruppe in der abgeschiedenen Zelle oder zumindest in der Nähe blieben und die beiden stärksten, Slim und Gonzalez, ihnen das Essen brachten.

Aber in allererster Linie lernten sie, daß man sich vor dem grauhaarigen Geistlichen, Vater Sebastian, hüten mußte, und ihnen graute vor seinem abendlichen Erscheinen, seinen Gebeten und seinem Segen, den er jeweils einem ganz bestimmten Mann zuteil werden ließ, denn damit war er unfehlbar als Todeskandidat bestimmt. Auf dem Gefängnishof wurden im Morgengrauen diejenigen hingerichtet, die Vater Sebastian gesegnet hatte.

An diesem Ort, der ständig in Fackelschein getaucht war, verlor die Zeit jede Bedeutung. Nachdem so viele Tage ohne Kalender vergangen waren, wußten sie nicht, ob es noch April war oder schon Mai. Es mochten zwei oder auch drei Wochen vergangen sein, seit sie zu Gast bei den Honduranern waren, als ein Aufruhr an der Eingangstür des Gemeinschaftsraums ihre Aufmerksamkeit auf sich lenkte. Es war keine Essenszeit, sondern heller Nachmittag, und es war auch nicht Vater Sebastians Uhrzeit. Molina sah Luis und Slim mit einer hochgezogenen Augenbraue an und schlenderte zur Tür, stemmte die Arme in die Hüften und sah nach, was los war. Plötzlich blieb er still stehen.

»Was ist los?« rief Luis. »Neuankömmlinge?«

»So könnte man es nennen«, antwortete Molina geheimnisvoll und kam in den Raum zurück. Dort blieb er mit dem Rücken an der Wand stehen und stemmte weiterhin die Arme in die Seiten.

Gonzalez saß mit Jean-Paul in einer Ecke, in der sie ihr endloses Spiel betrieben; sie spielten um ihre Essensrationen. Eleanora hatte mit Luis auf dem schmutzigen, sandigen Fußboden ein Muster gezeichnet, in dem sie herumhüpften. Sie warf einen Blick auf ihn und sah den resignierten Ausdruck, der auf sein Gesicht trat, und dann wandte sie sich zur Tür um.

Zwei Männer, denen zwei bewaffnete Wachen folgten, drängten sich in den winzigen Raum. Einer trug die Epauletten eines Offiziers der Legitimista-Armee mit den weißen Fransen, ein älterer Mann, dessen ergraute Koteletten in seinen Schnurrbart übergingen. Der andere Mann ragte weit über ihm auf, ein breitschultriger Riese in Zivilkleidung mit rotblondem Haar und blaßblauen Augen.

»Major Crawford!« rief Eleanora aus und sprang auf.

Der Mann antwortete nicht darauf. Er wandte sich an den Honduraner. »Das sind sie, die Villars und ihr Bruder und einer von Walkers Offizieren. Die anderen kenne ich nicht.«

»Sehr gut«, erwiderte der Offizier. Ohne ein weiteres Wort wandten sie sich ab und gingen, und was zurückblieb, war bestürztes Schweigen.

17. Kapitel

Major Neville Crawford. Verräter, Spion und Vanderbilt-Agent. Warum war sie nie darauf gekommen? Jetzt erschien es so naheliegend. Zuerst einmal war Mazie überrascht gewesen, daß er Soldat geworden war, als sie ihn an Bord der *Daniel Webster* getroffen hatte, und er hatte unverhohlen eingestanden, daß Geld sein Motiv war. Ihr hätte klar sein müssen, daß für einen Mann, der sich so äußerte wie er, ein paar hundert Morgen Land, die er sich hätte erhoffen können, keinen Reichtum darstellten. Mazies Zurückhaltung hätte ihr eine Warnung sein sollen. Die Schauspielerin, eine erfahrene Frau, mußte einen Verdacht gehegt haben, aber sie konnte nicht sicher gewesen sein, denn sonst hätte sie ihn irgend jemandem gegenüber geäußert. Wenn sie es sich genauer überlegte, mußte das nicht zwangsläufig zutreffen.

Mazie hatte wenig Grund, das Walker-Regime zu lieben. Eleanora glaubte, Mazie gut genug zu kennen, um zu wissen, daß sie um ihretwillen damit herausgerückt wäre – wenn ihr dafür die Zeit geblieben wäre. Diese Zeit hatte sie jedoch nicht gehabt, und somit waren alle Spekulationen, die sie anstellte, unnütz.

Eleanora erinnerte sich dumpf an ein anderes Gespräch, das sie zwischen der Schauspielerin und dem Major mit angehört hatte. Mazie hatte ihn gewarnt, er solle sich im Umgang mit Niña Maria vorsehen. Hatte hinter seinen Treffen mit Walkers Mätresse mehr gesteckt? Waren es nicht nur Höflichkeitsbesuche gewesen? Hatten sich zwei ein Stelldichein gegeben, die sich miteinander verschworen hatten? Wer hätte besser als die Aristokratin Niña Maria Informationen aus den Unterlagen der Amerikanischen Phalanx stibitzen können? Eine so wertvolle Position wie ihre mußte natürlich um jeden Preis geschätzt werden. Juanita, Jean-Paul, sie selbst und sogar Grant und seine Karriere konnten ungestraft geopfert werden. Die Feststellung, daß es einen stichhaltigeren Grund als bloße Eifersucht dafür gab, weshalb sie in all das hineingezogen worden war, schien in gewisser Weise angemessen zu sein. Was plötzlich monströs erschien, war, wie sehr Juanita ausgenutzt worden war und wie wenig Schutz sie für ihre Dienste erhalten hatte.

Der Drang, ihre Theorien zu bestätigen, war unwiderstehlich. »Slim?« Eleanora sprach leise, damit sie nicht die Aufmerksamkeit der anderen auf sich zog. »Juanitas Geständnis. Was hat sie gesagt? Wie hat sie es formuliert?«

Slim, der ein Stück weiter auf der Schlafbank saß und den Kopf an die Wand zurückgelegt hatte, drehte sich langsam zu ihr um. »Warum?«

»Aus reiner Neugier«, sagte sie eilig und umriß knapp den Grund für ihre Frage.

Slim schüttelte den Kopf. »Es war nichts dergleichen. Sie hat gestanden, die Schwester eines Jungen zu sein, der in der Schlacht von Virgin Bay umgekommen ist. Sie hat gesagt, sie hätte sich ursprünglich mit Ihrem Bruder eingelassen, weil sie glaubte, sie könnte ihn dazu überreden, ihr Unterlagen und Berichte vom Schreibtisch des Colonels mitzubringen. Sie hat ihn aus diesem Grund gedrängt, sie wieder häufiger zu besuchen. Aber später war sie dann der Meinung, er hätte zu viele Prinzipien, um das zu tun, was sie von ihm wollte, und deshalb hat sie ihn nie dazu aufgefordert; sie hat es einfach selbst getan.«

»Sie hat Niña Maria mit keinem Wort erwähnt?«

»Nein. Sie hat Ihren Namen reingewaschen und alles so hingestellt, als sei sie auf eigene Faust vorgegangen, weil sie sich dafür rächen wollte, daß ihr Bruder von der Phalanx getötet worden ist. Das war alles.«

Eine solche Loyalität hatte Niña Maria nicht verdient, denn trotz des Mangels an Beweisen konnte Eleanora keine andere Erklärung für die Tatsachen sehen, so, wie sie sich in ihren Augen darstellten. Sie wandte sich ab, und ihr Blick fiel zufällig auf das bleiche Gesicht ihres Bruders. Er saß so auffällig still da, daß sie ihn eingehender betrachtete. Bei genauerem Hinsehen sah sie im Licht des Nachmittags, das durch das Fenster einfiel, die Tränen stummen Schmerzes.

Der Tag schleppte sich dahin. Die Männer brachen ihre Spiele ab, plauderten nicht mehr und erzählten auch keine Anekdoten. Sie saßen still da, und wenn ihre Blicke sich zufällig trafen, wandte jeder schnell die Augen ab, weil er nicht wollte, daß der andere in seinen Augen las. Gelegentlich stand Slim auf und schlenderte zur Tür. Er ignorierte die Unflätigkeiten, mit denen er überschüttet wurde, blieb mit seinen weitsichtigen Augen stehen und ließ den Blick über den Gemeinschaftsraum gleiten.

Vater Sebastian hatte die Schultern unter dem schwarzen Leinen seiner Soutane gebeugt, als er bei Sonnenuntergang kam.

Seine Sandalen schlurften leise über den Boden, als er sich durch den Raum bewegte. Die Gefangenen wichen aus, um ihm in ihrer Dankbarkeit über ihre Gnadenfrist Platz zu machen, als seine feuchten alten Augen sie nicht auserwählten. Das Schlurfen wurde lauter und immer lauter, bis es durch die Zelle zu hallen schien. Slim, der aufrecht dastand, drehte sich langsam zur Tür um. Jean-Paul hob den Kopf, während Molina und Gonzalez einander fragend ansahen. Luis ließ Eleanoras Hand los und stand langsam auf. Als der alte Mann in der Türöffnung erschien, verbeugte er sich. »Guten Abend, Vater«, sagte er mit ruhiger Stimme. »Wir haben Sie schon erwartet.«

Beichte und Absolution. Ihre Sünden wurden voller Mitgefühl angehört und mit einer bebenden Würde vergeben, die weit tröstlicher war als der vorschnelle und bombastische Segen des Prälats in einer Kathedrale.

»Nicht du, meine Tochter«, sagte Vater Sebastian jedesmal, wenn Eleanora vortrat, doch auf ihr leises Flehen hin ließ er sich erweichen.

Und als er endlich fertig war, legte Luis eine Hand auf seinen Arm. »Noch eins, Vater, wenn ich Ihre Güte strapazieren darf.«

»Ja, mein Sohn?«

»Ich möchte, daß Sie diese Dame und mich trauen.«

Während er diese Worte sagte, nahm Luis Eleanoras Hand und zog sie dicht an seine Seite. Sie starrte ihn aus weit aufgerissenen Augen an und konnte keinen klaren Gedanken fassen.

»Die Dame möchte getraut werden?« fragte der alte Geistliche.

Luis drehte sich zu ihr um und nahm ihre beiden Hände in seine. »Schlag mir das nicht ab, Eleanora, ich flehe dich an. Es ist eine Kleinigkeit, die mir so viel bedeuten wird. Erlaube mir für diese kurze Zeitspanne zu wissen, daß du mir gehörst, und gestatte mir, dir jeden Schutz zu bieten, den mein Name dir bieten kann. Ich weiß, daß ich das Thema schon eher hätte ansprechen sollen, aber du hättest mir meinen Wunsch aus Stolz abschlagen können. Aber jetzt bitte ich dich ohne Scham, mir meinen letzten Wunsch zu erfüllen, meine Seele. Willst du für diese Nacht meine Frau sein?«

Wie hätte sie es ihm abschlagen können? Selbst wenn sie die Worte hätte finden können, dann fehlte ihr der Wille dazu. »Du erweist mir eine große Ehre«, flüsterte sie und sah, ohne auszuweichen in die Zärtlichkeit seiner braunen Augen. »Ja, ich bin bereit, dich zu heiraten.«

Das Zeremoniell war zwangsweise schlicht. Ihrer beider Namen hallten durch das steinerne Gemach. Luis' Siegelring, der das Wappen seiner Familie trug, war schwer und warm von der Glut seines Körpers, als er ihn ihr an den Finger steckte. Ihre Reaktionen waren gedämpft und von einer Ernsthaftigkeit überschattet, die unvermeidlich war. Eleanora kniete sich hin, um Vater Sebastians Segen entgegenzunehmen, und dabei waren ihre Sinne in eine tiefe Unwirklichkeit getaucht. Ihr Verstand weigerte sich, sich damit auseinanderzusetzen, was sie hier tat und warum sie es tat. Morgen war ein ferner Zeitpunkt, der keine Bedeutung hatte. Für den Moment reichte die Gegenwart. Der Sand auf dem Fußboden knirschte unter ihren Knien, Luis' Hand fühlte sich fest an, der Schein der Fackel, der durch die Tür fiel, traf flackernd auf das weiße Haar des Geistlichen, und ihr Publikum in der Zelle und im Gemeinschaftsraum, das von einem Fuß auf den anderen trat, bildete einen leisen Hintergrund für die Feierlichkeit des Augenblicks.

Und dann war es vorüber. Einen Moment lang herrschte Verlegenheit, nachdem Vater Sebastian gegangen war. Jean-Paul trat vor, um sie mit einem ernsten Lächeln zu zerstreuen. »Ich wünsche dir Glück«, sagte er. Er umarmte sie und küßte sie feierlich auf beide Wangen.

»Ich dir auch«, sagte sie und klammerte sich einen Moment länger als nötig an seinen Arm und sah ihm ins Gesicht, denn sie wußte, daß auch er Vater Sebastians Segen erhalten hatte. Slim drückte Luis die Hand und umarmte Eleanora. Gonzalez und Molina begnügten sich mit einer Verbeugung und küßten Eleanora die Hand. Dann verließen sie einer nach dem anderen übertrieben unauffällig die Zelle, als hätten sie sich abgesprochen.

Eleanora sah ihnen stirnrunzelnd nach. Luis, der wie immer ihre Gefühle wahrnahm, führte sie an ihrem Arm zu der Steinbank, auf der sie schliefen. »Mach dir keine Sorgen, *pequeña*. Sie werden die Tür bewachen, und dann, wenn die Frauen im Gemeinschaftsraum gütig sind und die Omen günstig stehen, werden sie vielleicht auch für sich das suchen, was der Unsterblichkeit näher kommt als alles, was Krieger im Krieg finden.«

Sie hatte sich daran gewöhnt, seine Hände auf ihrem Körper zu spüren. Die heutige Nacht unterschied sich nur insofern, als sie sich seinem Willen unterwarf und ihm nichts vorenthielt. Sein Kuß wärmte und erregte sie nicht, und er verlangte ihr auch nicht wie Grants Küsse eine Reaktion ab, die zu unterdrücken nicht in ihrer Macht stand, aber er war so hinreißend zärtlich, daß sie sich danach sehnte, ihm alles zu geben. Sie hielt ihn umschlungen und bewegte sich in einer quälenden Anspannung im Rhythmus mit ihm. Er zog sie enger an sich, immer enger, und seine Arme umschlossen sie fester, bis ihr der Atem aus der Lunge gepreßt wurde. Seine Finger, die vor Verzweiflung grausam waren, hielten sie an ihn gepreßt, bis sich ihr unwillkürlich ein leises gequältes Stöhnen entrang, weil er ihr weh tat.

Er ließ sie augenblicklich los, begrub das Gesicht an ihrer Kehle und lag still da, bis der Atem beider wieder ruhiger ging. Schließlich murmelte er: »Ich verzehre mich nach dir, Eleanora. In Gedanken genieße ich die Ekstase darüber, daß du dich mir hingibst. Ich will dich mehr als jede Hoffnung auf den Himmel.«

»O Luis«, flüsterte sie und preßte ihre Hand auf seine nackte Schulter. »Ich wünschte…«

»Nein. Tu das nicht.« Er hob den Kopf, und seine Augen waren bei dem schlechten Licht kaum zu erkennen. »Es mag sein, daß es unrecht von mir war, zu erwarten, der gütige Gott würde all meine Gebete erhören und mir all meine Wünsche gewähren. Es ist ein Sakrileg, einem Engel Gelüste aufzudrängen.«

»Bitte, sag das jetzt nicht.« Eleanora preßte die Worte durch ihre zugeschnürte Kehle.

»Du bist so wunderschön«, fuhr er fort und ließ seine Finger sachte über ihre Schulter auf die Wölbung einer Brust gleiten. »Es mag sein, daß es das beste für meinen Seelenfrieden ist, daß ich das, was ich für dich fühle, nicht entweihe. Und jetzt küß mich lieber, mein süßer Engel, und sag mir, daß du dir etwas aus mir machst, selbst wenn es gelogen ist.«

Sie hob die Hand, um diese letzten Worte auf seinen Lippen zum Verstummen zu bringen. »Ich liebe dich wirklich«, sagte sie, und ihre Stimme war ein wenig brüchig. »Bitte, glaub mir.« Und es war keine Unwahrheit. Es gab einen Teil ihres Wesens, der in der Reinheit ihres Mitgefühls auf ihn reagierte. Es war ein zartes Gefühl, nicht diese mächtige fleischliche Leidenschaft der Zusammengehörigkeit, die sie verspürte, wenn sie an Grant dachte – und doch war diese Empfindung nicht weniger echt.

Langsam senkte Luis seine Lippen zu einem Kuß auf ihren Mund, zu einem Kuß, der in den Tiefen seiner sanften Nachsicht einen Segen enthielt. Er hielt sie an sein Herz geschmiegt, eine lange Umarmung, die nicht endete, die ganze Nacht hindurch. Und als die ersten Sonnenstrahlen sich in den Raum vortasteten, half er ihr dabei, sich anzukleiden und ihr Haar wieder zu einem Zopf zu flechten.

Nachdem er ihren Zopf mit einem Stück Stoff zugebunden hatte, hing er ihn ihr sachte über die Schulter und glättete ihr seidiges Haar mit seinen rauhen Fingern. Ohne sie anzusehen, sagte er: »Ich fürchte um dich, wenn ich fort bin.«

»Bitte, mach dir keine Sorgen«, sagte sie und bemühte sich, zu lächeln, doch es glückte ihr nicht besonders gut.

»Vielleicht habe ich dir mit meiner vorlauten Zunge eine Falle gestellt.«

»Du hättest nichts anderes tun können. Ich bin dir dankbar für die Rücksicht, die du auf meine Sicherheit genommen hast.«

Er warf einen Blick auf den Gemeinschaftsraum, in dem Männer und Frauen in dem grauen Licht wie Brocken auf dem Boden lagen, und dann sagte er: »Vielleicht habe ich nicht mehr getan, als die Vergewaltigung hinauszuzögern. Gütiger Gott! Wie kann ich dich verlassen?« Er umschlang sie mit seinen Armen und schmiegte sie eng an sich. »Wie kann ich dich je verlassen?«

Sie standen lange Zeit so da und klammerten sich aneinander, und dann hörten sie vor der Eingangstür des Gemeinschaftsraums Schritte. Luis erstarrte, ehe er sich langsam wieder entspannte. Er fuhr mit den Händen über ihren Rücken zu ihren gerundeten Schultern und schob sie von sich.

»Hör mir gut zu«, sagte er. »Deine größte Hoffnung ist Major Crawford. Vertrau darauf, daß er dir wohlgesonnen ist. Er kann nicht erbarmungsloser sein als das Gesindel dort draußen.« Er wies mit einer Kopfbewegung auf die Tür.

Die Tür zum Gemeinschaftsraum wurde aufgerissen. Ein allgemeiner Aufschrei ertönte aus den Mündern derer, die von dem Sondertrupp des Exekutionskommandos aufgeschreckt worden waren. Ein Schatten tauchte in der Tür der Zelle auf, ein Schatten, der sich auflöste und die Gestalt des Präriebewohners annahm. Als er die beiden sah, nickte er und wandte sich ab, nahm mit einem Blick in den Gemeinschaftsraum eine aufrechte Haltung ein.

Hastig griff Luis in sein Hemd und nahm die Kette, die er trug.

Er zog sie sich über den Kopf und legte sie ihr behutsam um, rückte das Medaillon in den Spalt zwischen ihren Brüsten und hob dann seine braunen Augen, die vor Kummer schmerzten, zu ihr. »Der heilige Michael wird dich jetzt beschützen, denn ich habe versagt und dich im Stich gelassen, Eleanora. Verzeih mir«, sagte er.

»Nein, nein«, versuchte sie zu ihm zu sagen. »Es wird alles gut werden.« Aber selbst diese Worte, so unzureichend sie auch waren, wollten nicht über ihre Lippen kommen.

Ein letzter Kuß, der nach dem Salz ihrer Tränen schmeckte, und dann waren die anderen bei ihnen. Sie umarmte Jean-Paul, klammerte sich mit eisigen Fingern an seinen Arm und erforschte ungläubig die Ruhe seiner Züge. Sie konnte sich nicht mehr erinnern, was sie zu den anderen sagte, in welcher Form sie sich verabschiedete, welche Worte der Sorge sie äußerte. Sie küßten ihr die Hände und sprachen mit Stimmen zu ihr, die absolute Aufrichtigkeit ausdrückten. Es blieb ihnen noch ein Moment, um miteinander zu reden, und dann wurden sie abgeführt, mit strammen Rücken, zwischen zwei Reihen von Soldaten.

Eleanora umklammerte das goldene Medaillon, das Luis ihr gegeben hatte, und sah starr hinter den Männern her, bis die große Außentür zugeschnappt war. Sie blieb noch einen Moment lang stehen und rannte dann zu der Steinbank, auf der sie geschlafen hatten, stieg darauf und stellte sich auf die Zehenspitzen, um durch das winzige vergitterte Fenster hoch oben in der Wand schauen zu können. Wenn sie die Gitterstäbe mit den Händen umfaßte, konnte sie sich noch etwas höherziehen, obwohl dann das steinerne Fenstersims in ihre Handgelenke schnitt und die Wand kühl und klamm an ihrer Brust zu spüren war.

Der Exerzierplatz unten war menschenleer bis auf den alten Padre und einen Offizier in einer Uniform in Rot und Blau und Weiß, der eine aufgeklappte Taschenuhr in der Hand hielt. Die beiden standen lange Minuten so da. Schließlich wandten sie sich zu einem breiten Tor um, das in eine der Mauern eingelassen war, als hätte ein Geräusch ihre Aufmerksamkeit geweckt.

Das Tor schwang auf und ließ das Exekutionskommando ein. Die Männer marschierten über den Platz auf Eleanora zu. Zuerst kam Luis, gefolgt von Slim und Molina. Gonzalez, dessen Gesicht vor Entsetzen verzerrt war, ging als letzter. Sonst war niemand zu sehen.

Eleanora ließ den Blick noch einmal über die Männer gleiten. Sie hatte sich nicht getäuscht. Jean-Paul war nicht unter ihnen. Was hatten sie mit ihm angestellt? Ihre Kopfhaut prickelte vor Entsetzen, als sie sich ausmalte, sie hielten ihn irgendwo fest und folterten ihn, wenn ihr auch kein Grund dafür einfiel, weswegen sie das hätten tun sollen.

Jetzt banden die Soldaten den Männern die Hände auf den Rücken. Vater Sebastian schritt mit quälender Langsamkeit an ihnen vorüber und sprach mit leiser Stimme, und immer wieder machte seine Hand das Kreuzzeichen, und seine schwieligen zitternden Finger hielten den Männern das Kruzifix hin, damit sie es küssen konnten. Irgendwo hatte Slim einen Zigarillo aufgetrieben, und während die Gläubigen ihre Riten vollzogen, paffte er daran und ließ den Rauch mit einer stillen, fast versonnenen Courage aus seiner Lunge weichen.

Ihnen wurden die Augen mit schmutzigen weißen Taschentüchern, die unbeholfen gefaltet worden waren, verbunden. Luis lehnte die Augenbinde mit einem entschiedenen Kopfschütteln ab, und er war der einzige, der das tat. Eine schwere Hand auf ihren Schultern zwang die Männer auf die Knie, mit dem Rücken zum Exekutionskommando, das dreißig Schritte hinter ihnen seine Aufstellung bezogen hatte.

Der Offizier ließ das Gehäuse seiner Taschenuhr zuschnappen und steckte sie ein. Geräuschvoll zog er sein Schwert. Der Tag wurde unmerklich heller. Eine kühle Morgenluft wehte über den offenen Platz, zerzauste Luis' zartes braunes, welliges Haar und ließ kleine Staubwölkchen vom Boden aufsteigen.

Der Befehl ertönte. Die Soldaten hoben ihre Gewehre und legten an. Das Schwert des Offiziers blinkte, als es sich zu senken begann.

Unter ihr, keine zehn Meter von ihr entfernt, hob Luis den Kopf. Als er ihr Gesicht im Fenster sah, strahlten seine Augen vor Freude. Seine Lippen bewegten sich und bildeten ihren Namen. Doch der Laut ging in dem Dröhnen der Salve unter, die das Exekutionskommando abgab.

Der blaue Rauch des Schießpulvers legte einen Schleier über den Platz. Der strenge, beißende Geruch drang in die Zelle vor. Immer noch rührte sich Eleanora nicht vom Fleck. Ihr Blick heftete sich auf die vier Gestalten, die ausgestreckt im Sand lagen, und sie atmete kaum noch. Die Gewehre hatten gute Arbeit geleistet. Nicht ein einziger Schuß hatte die Mauer zu ihren Füßen getroffen. Es bestand nicht die Notwendigkeit, einen Gnadenschuß abzugeben. Aber es war grausam, daß die Einheit in den ersten Strahlen der aufgehenden Sonne stand, daß die Männer am Leben waren und ihre Waffen nachluden. Es war eine Erleichterung, als sie auf eine Reihe von gebrüllten Befehlen hin ihre tödlichen Waffen schulterten und den Platz Vater Sebastian und den Hingerichteten überließen.

Sogar die Geräusche hinter ihr vermochten Eleanora nicht aus ihrer Versunkenheit aufzurütteln. Es war, als könnte ihr das, was geschehen war, nichts anhaben, solange sie sich weigerte, das zu glauben, was sie mit eigenen Augen gesehen hatte. Ihre Muskeln waren so verkrampft, daß sie schon steif wurden, doch sie konnte sie nicht lösen, und vor allem durfte sie die Flut von Tränen nicht herausbrechen lassen, die hinter ihren Augen brannten. Wenn sie jetzt weinte, gestand sie ein, daß es einen Grund für ihren Kummer gab, und daher mußte sie ihre Tränen um jeden Preis zurückhalten.

Als sie Hände spürte, die an ihren Röcken zerrten und den verschlissenen Stoff zerrissen, wurde sie aus ihrer gefährlichen Versunkenheit aufgerüttelt. Plötzlich nahm sie einen übelriechenden, schmerbäuchigen Mann neben sich wahr, der an ihren Händen, die die Gitterstäbe umklammerten, mit schmutzigen Fingern zerrte, die in langen gelben Krallen endeten.

Schmerz explodierte in ihrem Kopf und brachte eine unbeherrschte Wut mit sich. Sie ließ die Stäbe los und schlug so fest in das grinsende Gesicht mit den Zahnlücken, daß sich in der Schmutzschicht, von der es bedeckt war, drei blutige Striemen bildeten. Weitere Hände streckten sich nach ihr aus und wollten ihr die goldene Kette vom Hals reißen. Sie packte das Medaillon und umschloß es mit einer schützenden Hand, als sie auf die Steinbank in die Ecke zurückwich. Ihr Magen verknotete sich vor Haß und Ekel, aber sie wagte es nicht, auf die Horde, von der sie umzingelt war, mit Füßen einzutreten, weil sie fürchtete, die Männer würden ihren Fuß festhalten und sie zu sich herunterziehen.

Ihre Bluse war zerrissen und hing von einer Schulter herunter. Der Rock baumelte in Fetzen über ihrem zerrissenen Petticoat. Sie hatte ihre behelfsmäßigen Schuhe für die Nacht ausgezogen und stand daher jetzt barfuß da, in die Enge getrieben, mattgesetzt.

Der heilige Michael möge dich beschützen. Luis hatte die Hilfe des Erzengels angerufen, des Schutzheiligen der Krieger, damit er ihr beistand, und jetzt, als sie von einem Meer von grinsenden brutalen Gesichtern umgeben war, ging ihr ein Gebet, das sie in einem fernen Kindheitsjahr einmal gehört hatte, unerwartet durch den Kopf. *Erzengel Michael, beschütze uns am Tag der Schlacht... und tu es, o Prinz des Himmlischen Horts, durch die*

Kraft Gottes, der Satan und all die bösen Geister in die Hölle geworfen hat, die sich auf Erden herumtreiben und auf den Untergang von Seelen aus sind...

Die Antwort, falls es eine Antwort auf ihr Gebet war, kam unerwartet, mit schockierender Plötzlichkeit. Ein Schuß hallte durch den Raum und brachte die gemurmelten Obszönitäten und die anspornenden Rufe zum Verstummen. Über dieses Meer aus hohlen, verblüfften Gesichtern hinweg sah sie die breitschultrige Gestalt Major Crawfords. Die rauchende Pistole in seiner Hand war noch auf die Decke gerichtet, als er die Menge nach Anzeichen absuchte, seine Autorität in Frage stellen zu wollen. Es gab keine Anzeichen dafür. Die Männer wichen ängstlich zurück und ließen ihn vortreten.

Als er näher kam, streckte er die Hand aus, und sein Gesicht war ernst, und seine blaßblauen Augen waren finster vor Sorge. Im ersten Moment war Eleanora geneigt, vor ihm zurückzuschrecken, auf ihrer Würde zu beharren und sich zu weigern, mit einem Mann zu verhandeln, den sie als ihren Feind ansah. Aber sie war nicht in der Position, auf ihrem Stolz beharren zu können. Dazu kam noch, daß ihr der Ratschlag wieder einfiel, den Luis ihr erteilt hatte, und die Erinnerung an seinen liebevollen Tonfall, der noch in ihren Ohren nachklang, barg größere Autorität für sie, als ein Befehl sie je hätte vermitteln können.

Mit den Bewegungen einer Schlafwandlerin gab sie dem Major die Hand. Seine Finger schlossen sich fest und warm und stützend um ihre Hand, als sie von der Steinbank stieg. Als er das Zittern ihres Körpers spürte, streckte er die Arme nach ihr aus und hob sie herunter. Er schien ihr Gewicht kaum wahrzunehmen, als er sie aus der Zelle durch die Dunkelheit des Gemeinschaftsraums und den Korridor in den heißen und wohltuenden Sonnenschein hinaustrug.

Eleanora lag mit zusammengekniffenen Lippen und kaltem Gesicht in der langen Kupferwanne. Major Neville Crawford war äußerst besorgt gewesen und hatte für sie ein heißes Bad in einer großen Wanne und Leinenhandtücher sowie reine kastilische Seife bestellt. Er hatte für sie sogar einen Umhang aus weißem Batist mit Seidenbesätzen von der Frau des Kommandanten des Forts geborgt, was Eleanora mißtrauisch zur Kenntnis nahm. Dieses Entgegenkommen, der Luxus, in dem der Major hier in Honduras lebte, die Räume, die ihm in einer Ecke des offiziellen Palacio zugeteilt worden waren, sein Umgang mit den Dienstboten des Hauses, denen er hemmungslos Befehle erteilte, die Wanne, die einem königlichen Gouverneur gemäß gewesen wäre, all die Annehmlichkeiten, die er anordnen konnte – all das wies darauf hin, daß er hier großen Einfluß hatte. Es schien aber auch das zu bestätigen, was sie ihm unterstellte. Sie zog die Stirn in Falten. Bis jetzt hatte es keinen Hinweis auf seine Absichten gegeben. Falls er vorhatte, sie nach Granada zurückzubefördern, damit sie dort vor Gericht gestellt wurde, dann erklärte das nicht seine Sorge um ihr Wohlbehagen. Sie hätte ebensogut in Schmutz und Lumpen zurückgebracht werden können. Andererseits hatte auch nichts darauf hingewiesen, daß er ein persönliches Interesse hatte. Er gab ihr Rätsel auf, aber in ihrer derzeitigen Verfassung hatte sie nicht die Energie, sich mit Rätseln zu befassen.

Sie ließ sich tiefer in das Wasser sinken und seifte sich gründlich ein. Als das Wasser abzukühlen begann, wusch sie sich das Haar, das sie immer wieder einseifte, weil sie bemüht war, den Gefängnisgestank zu entfernen. Sie spülte es ein letztes Mal mit dem frischen klaren Wasser aus, der in einem Krug zu diesem Zweck bereitstand, dann zog sie sich auf die Füße und stieg aus der Wanne.

Trotz der zunehmenden Hitze des Morgens fröstelte sie, und

daher trocknete sie sich eilig ab, schlang sich das Handtuch um das Haar und schlüpfte in den Morgenmantel, der auf dem Bett lag. Der einzige Kamm, der in Sicht war, lag auf dem wuchtigen Frisiertisch aus dunkler Eiche und gehörte dem Major, und mit einem matten Lächeln griff sie danach. Wenn er nicht wollte, daß sie sich des Kamms bediente, dann hätte er ihn nicht dort liegenlassen sollen.

Sie hob den Schildpattkamm zu ihrem Haar und hielt inne, da eine Erinnerung an Luis ihr einen Stich versetzte, wie er erst vor kurzem ihre zerzausten Locken mit seinen Fingern gekämmt und zu einem Zopf geflochten hatte. Einen Moment lang bekam sie keine Luft, und dann verbannte sie mühsam das Bild und verschloß sich davor.

Als das Haar ihr endlich glatt und naß über den Rücken hing, trat sie auf den kleinen Balkon des Zimmers und blieb an der Steinbalustrade stehen. Die Sonne, die ihr ins Gesicht schien, war wohltuend und trocknete in Verbindung mit einem Passatwind, der von dem blauen Golf in der Ferne kam, schnell ihr Haar.

Sie stand immer noch so da, als der Major zurückkam. Als sie hörte, wie die Tür sich hinter ihm schloß und seine schnellen Schritte näher kamen, drehte sie sich langsam um und legte die zwei kurzen Schritte zur Balkontür zurück.

Er war nicht allein. Ein junges Mädchen mit scheuen braunen Augen und einer strengen Frisur kam mit ihm. Sie trug eine Haube und war wie eine bessere Zofe gekleidet. Sie stellte ein Tablett auf die Frisierkommode, machte einen Knicks vor Eleanora und legte die Kleider ab, die sie über dem Arm trug: einen roten Rock mit dichten Rüschenbesätzen, die von den Knien herabfielen, einen Petticoat und ein passendes Miederjäckchen mit Lochstickereien und schwarzen Bändern und eine weiße Bluse mit Ärmeln, die ebenfalls Rüschenbesätze mit Lochstickereien aufwiesen. Ein schwarzer Umhang und schwarze Rehlederschuhe mit Satinbändern rundeten das Ensemble ab. Das Mädchen stellte die zierlichen Schuhe auf den Boden, hob Eleanoras abgelegte Lumpen auf, machte noch einen Knicks und entfernte sich würdig.

Der Major hatte noch kein Wort gesagt. Er stand mit einem erstarrten Gesichtsausdruck da und sah Eleanora gebannt an. In der grellen Sonne wirkte sie wie vergoldet. Ihr Haar, das die Elemente gebleicht hatten, wogte um sie wie Flammen mit goldenen Spitzen. Ihre Haut war nach den langen Wochen der Gefangenschaft zu einem zarten Goldton ausgeblichen, der ihren Augen das Aussehen von Smaragden verlieh, die im Kopf einer alten Maya-Göttin mit einem inneren Feuer glühten. Nach den Entbehrungen von Wochen war ihre Gestalt so schmal, daß sie schon ätherisch wirkte, und sie strahlte ein derart sublimes Leid aus, daß in seine Augen ein Ausdruck extremen Zweifels trat.

Ein Muskel in seinem Gesicht bewegte sich, als sein Kiefer sich spannte. »Wie geht es Ihnen?« fragte er.

»Sehr gut«, erwiderte sie äußerst unterkühlt. »Ich muß Ihnen dafür danken, daß Sie für mein Wohlergehen sorgen.«

»Das war ja wohl das mindeste, was ich tun kann«, antwortete er kurz und bündig. »Wollen Sie denn nicht reinkommen und sich setzen?«

Sie gehorchte, nahm den Platz ein, den er ihr zuwies, setzte sich auf einen von zwei brokatenen Lehnstühlen, zwischen denen ein Tischchen stand. Es war ihr jedoch unmöglich, sich zu entspannen, und sie saß aufrecht auf der Stuhlkante und hatte die Hände im Schoß gefaltet.

Der Major nahm den Platz ihr gegenüber ein. Anscheinend fehlten ihm die Worte, und daher suchte er in der Tasche seines Gehrocks nach einer langen dünnen Zigarre, und nachdem er ihre Genehmigung eingeholt hatte, rauchen zu dürfen, zündete er sie mit einem Schwefelstreichholz an. Der Rauchgeruch breitete sich im Zimmer aus und übertönte allmählich den Duft nach Seife.

»Ich nehme an, als erstes wüßten Sie sicher gern«, begann er, »daß die Anklage gegen Sie fallengelassen worden ist. Juanita Santamaria, die Frau, die Sie beschuldigt hat, ist, wie Sie vielleicht wissen, tot. Ihre Geschichte ist ihr nicht abgenommen worden. General Walker hat die Angelegenheit nach seiner Rückkehr aus Rivas im letzten Monat gründlich untersucht, und Sie sind freigesprochen worden.«

Eleanora hob den Kopf. »Der General – und die Phalanx – sind unbeschadet zurückgekehrt?«

Er nickte kurz. »Wieder einmal.«

»Waren sie siegreich?«

»Auf die eigentümliche Art des Generals«, gestand er ein. »Ich weiß nicht, ob Ihnen klar ist, daß er sich aus Rivas zurückgezogen hat, ohne die Costaricaner direkt anzugreifen, als er Anfang März seinen ersten Versuch unternommen hat, weil es gerüchteweise hieß, die Honduraner seien einmarschiert. Als sich die Gerüchte als unbegründet erwiesen haben, ist er noch einmal nach Rivas marschiert. Er hat sich gewaltsam einen Weg durch die Gefechtslinien der Costaricaner gebahnt, um das Stadtzentrum einzunehmen, aber die Costaricaner waren Walkers Männern zahlenmäßig weit überlegen, und er ist umzingelt worden. Die Position war unhaltbar, und es blieb ihm nichts anderes übrig, als im Schutz der Dunkelheit den Rückzug anzutreten und die Verwundeten in einer Kirche in der Nähe der Plaza zurückzulassen.«

»Und das war ein Sieg?« fragte Eleanora bestürzt.

»Es hat sich als ein Sieg erwiesen. Die Costaricaner, diese Dummköpfe, sind in die Kirche eingedrungen und haben die Verwundeten abgeschlachtet und ihre Leichen dann mit den übrigen Gefallenen am Stadtrand abgeworfen. Hinterher wollten sie dann eine Woche lang ihren Sieg über die Unsterblichen feiern. Wie unter diesen Umständen vorauszusehen war, ist die Cholera ausgebrochen, und die Seuche hat das costaricanische Heer bei weitem wirksamer ausgerottet, als Walker es sich je hätte erträumen können. Es sollen dort mehr als zehntausend Mann gestorben sein und noch weitere Todesfälle erwartet werden. Es wäre ein Wunder, wenn sie es fertigbrächten, in den nächsten zwei Jahren wieder eine Armee auf die Beine zu stellen.«

»Sie urteilen sehr hart über sie«, bemerkte sie, und ihre Augen wurden schmaler.

Er würdigte sie kaum eines Blicks. »Ich hasse Stümperei.«

»Es wäre Ihnen lieber gewesen, wenn die Costaricaner ein klareres Urteilsvermögen gezeigt hätten, sogar genug, um General Walker zu schlagen?«

Ein zynischer Ausdruck trat in seine blaßblauen Augen.

»Eine sehr scharfsichtige Vermutung«, sagte er. »Ich hatte ohnehin durchaus die Absicht, Sie in das Geheimnis meiner Sympathien einzuweihen. Verstehen Sie, für meine Pläne ist das erforderlich.«

Eleanora musterte ihn sorgsam. Sie durfte sich nicht einschüchtern lassen. Sie sagte nichts und wartete ab, daß er weiterreden würde.

Der Major zog an seiner Zigarre und ließ den blauen Rauch wie einen Schild vor seine Gesichtszüge ziehen. Dann stand er auf, als ekelte ihn plötzlich vor der Zigarre, trat ans Fenster und warf sie hinaus. Er stützte einen Arm auf den Fensterrahmen und sagte über die Schulter: »Aus allem, was ich Ihnen gesagt habe, sollten Sie schließen können, daß es Ihnen freisteht, nach Granada zurückzukehren. Es sollte nicht schwer sein, wenn Sie erst einmal dort sind, Ihre frühere Position bei Colonel Farrell wieder einzunehmen – und auch Onkel Billys Zuneigung wieder für sich zu gewinnen. Sie werden darauf versessen sein, an Ihnen wiedergutzumachen, was Sie durchgemacht haben.«

»Ich weiß nicht…«, setzte sie an, doch er schnitt ihr das Wort ab.

»Hier geht es nicht darum, was Sie wollen. Sie werden genau das tun, was ich Ihnen vorgeschlagen habe. Wenn Sie erst einmal wieder Ihren festen Stand dort haben, werden Sie die Augen und die Ohren offenhalten und mir persönlich Bericht über jegliche Information erstatten, die Sie bezüglich der Pläne der Democrático-Regierung an sich bringen können.«

»Sie fordern mich auf… für Sie zu spionieren?«

»Ich fordere Sie nicht dazu auf, ich schreibe es Ihnen vor.«

»Und wie kommen Sie auf den Gedanken, ich könnte mich einverstanden erklären?« fragte sie mit erhobener Stimme.

»Sie haben Grund genug, wütend zu sein. Sie sind zu Unrecht beschuldigt und gehetzt worden, haben Entbehrungen erdulden müssen, sind gefangengehalten worden, haben mit ansehen müssen, wie Ihre Freunde getötet worden sind. Und dann bleibt noch die Frage des Entgelts. Sie werden für diesen Dienst bezahlt werden, gut bezahlt werden.«

»Zweifellos. Von Vanderbilt.«

»Indirekt ja«, stimmte er ihr zu, und in seine Augen trat ein wachsamer Ausdruck, als er ihr sein Gesicht zuwandte.

»Es tut mir leid, Sie enttäuschen zu müssen, aber ich hege keinen Groll gegen William Walker. Ich bin der Überzeugung, daß er keine Schuld an dem trägt, was mir widerfahren ist. Wer sich meinen Haß zugezogen hat, das ist seine Mätresse.«

»Niña Maria?« fragte er und tat so, als zweifelte er.

»Ganz genau. Sagen Sie mir, falls Sie das können, daß sie nicht diejenige war, die es so eingerichtet hat, Sie nach Honduras zu schicken.«

Er schwieg, und sein Gesicht verriet nichts, als er ihr in die edelsteingrünen Augen sah. Plötzlich faßte er einen Entschluß und nickte. »Sie haben recht. Wir haben ein Angebot bekommen, Sie und Ihren Bruder gegen einen honduranischen Offizier auszutauschen, den Sohn eines reichen Plantagenbesitzers, der bei einem Grenzstreit gefangengenommen wurde und jetzt in Granada gefangengehalten wird. Die Behörden hier schienen zu glauben, Walker würde Sie mindestens so hoch einschätzen wie einen der honduranischen Offiziere. Sie hatten recht. Es ist beschlossen worden, auf die Bedingungen einzugehen. Niña Maria hat im letzten Moment entschieden, ich sollte hergeschickt werden, um Sie zu identifizieren, und falls das Angebot ernst ist, dafür zu sorgen, daß der Austausch zustande kommt.«

Eleanoras Lider senkten sich flatternd, als sie sich fragte, warum Grant nicht gekommen war – falls er Interesse an ihrer Rückkehr hatte. »Das... das muß eine ausgezeichnete Gelegenheit gewesen sein, sich mit den Abgesandten Vanderbilts zu treffen«, brachte sie mühsam heraus.

»Allerdings«, stimmte er ihr freimütig zu.

»Dann ist es wirklich ein Jammer, daß der untergeordnete Part Ihrer Mission zum Scheitern verurteilt ist. Niña Maria wird, das hoffe ich ernstlich, nicht mit Ihnen zufrieden sein.«

»Ich kann Ihre Gefühle verstehen«, sagte er gänzlich unerwartet, und sein Ausdruck war besorgt. »Aber ich kann nicht riskieren, einen meiner Arbeitgeber nicht zufriedenzustellen. Wenn Sie meinen Vorschlag nicht bereitwillig annehmen, zwingen Sie mich nur, einen Weg zu finden, wie ich Sie überreden kann.«

»Ich soll mich mit affektiertem Getue und Koketterie wieder in Colonel Farrells Bett einschleichen, damit ich in seiner Korrespondenz schnüffeln und seine Gespräche belauschen kann?« fragte sie angespannt. »Keine Geldsumme und kein Argument wird mich dazu bringen.«

Er stieß sich von der Tür ab und trat vor das Tablett mit dem Essen, das auf der Frisierkommode stand. Unter dem Leinentuch, mit dem das Essen zugedeckt war, fand er Hühnerbrust, knuspriges Weißbrot, Pfirsiche, Trauben und eine Flasche kühlen Weißwein mit zwei Kristallkelchen. Er entkorkte den Wein, füllte die Gläser und brachte ihr eins, das er ihr in die Hand drückte. Sie hob es automatisch an die Lippen. Etwas zu sauer, aber gar nicht schlecht, dachte sie teilnahmslos und sah zu, wie Neville Crawford sein Glas leerte.

Mit dem Rücken zu ihr füllte er es noch einmal nach. »Sie haben noch nicht nach Ihrem Bruder gefragt«, sagte er mit ruhiger Stimme.

Eleanora erstarrte. »Sie... Sie wissen, wo Jean-Paul ist? Sie wissen, was man mit ihm gemacht hat?«

»Man hat nichts mit ihm gemacht – noch nicht. Er ist hier in diesem Haus, in einem ähnlichen Zimmer.«

»Wissen Sie das auch mit Sicherheit?«

»So sicher, wie ich hier stehe. Ich gebe Ihnen mein Wort darauf.«

Eleanora schaute in ihr Glas. Die Flüssigkeit, die sich darin befand, bebte, und plötzlich nahm sie ihr heftiges Herzklopfen wahr. Behutsam stellte sie das Weinglas auf den Tisch, der neben ihrem Ellbogen stand. »Es war nett von Ihnen, daß Sie mir das gesagt haben«, sagte sie in einem ausdruckslosen Tonfall.

»Ganz und gar nicht. Ich muß Ihnen sagen, daß Ihr Bruder nicht von hier fortgehen wird, wenn Sie nach Granada zurückgehen. Wir werden daran festhalten, daß er von dem Exekutionskommando erschossen worden ist. Er wird hierbleiben als Gefangener, als Geisel, die uns dafür bürgt, daß Sie sich gut benehmen.«

»Und was heißt das?«

»Das heißt, wenn Sie meine Anweisungen nicht auf den Buchstaben getreu befolgen, wird Ihr Bruder wie die anderen auch als ein Feind von Honduras hingerichtet werden.«

Eleanora konnte spüren, wie ihr Gesicht vor Schock jeden Ausdruck verlor. Sie biß die Zähne zusammen und zog eine Augenbraue hoch. »Sie haben sich wirklich mit ganz reizenden Menschen eingelassen, Major Crawford. Mit Menschen, die Verwundete und Kriegsgefangene töten.«

»Ich sehe einen entschiedenen Reiz darin, auf der Seite der Sieger zu stehen«, erwiderte er ohne Groll. »Täuschen Sie sich nicht, diese Leute werden schließlich den Sieg davontragen.«

Sie wich seinem nüchternen Blick nicht aus, als ihr langsam dämmerte, in welch übler Klemme sie sich befand. Sie mußte es tun; es blieb ihr gar nichts anderes übrig. Luis hatte gefürchtet, sie würde vergewaltigt werden – und so würde es auch kommen, wenn vielleicht auch nicht ganz in der Form, in der er es sich ausgemalt hatte. War das denn wirklich so ungewöhnlich? Waren sie nicht alle – Luis, Grant, Jean-Paul, Mazie und sogar Neville Crawford – vom Leben vergewaltigt worden? Sie waren mit Zuversicht, Selbstachtung, Idealismus und einem Traum vom Glück geboren worden. Aber das Leben beraubte sie dieser Dinge und ließ ihre Seelen nackt und bebend vor Schmerz zurück.

Sie holte so tief Atem, daß er sich wie ein Messer in ihre Brust bohrte, dann seufzte sie und warf ihr Haar zurück. »Also gut«, sagte sie, und ihre Stimme klang vor Resignation stumpf. »Zuerst möchte ich jetzt Jean-Paul sehen. Dann können Sie mir sagen, wann und wie ich nach Nicaragua zurückkehren muß.«

18. Kapitel

Eleanora stieg von dem Ponykarren. In dem Moment, in dem ihre Füße den Boden berührten, zog sie ihre Hand von Major Crawfords stützendem Arm, bog die Schultern zurück und wartete, bis ihr Wachkommando um sie herum Stellung bezogen hatte. Ein geschnauzter Befehl, und sie begannen, sich in Bewegung zu setzen, und zwar in dem würdigen Tempo, das der zuständige Offizier diesem Anlaß gemäß fand. Die Morgensonne schien grell in ihre Augen und erschwerte es ihr, die Gruppe von Männern zu sehen, die auf sie zukam. Eine Brise vom Golf her, die warm war und stark nach Salz roch, koste ihr Gesicht und bauschte ihre Mantilla. Der Wind hob die Rüschen ihres mehrlagigen Rockes und ließ den Sand, den ihre Schritte aufwirbelten, hoch in die Luft fliegen. Oben am blauen Himmel flogen ein paar Möwen, und ihre Schreie hallten mit einem unterschwelligen Anklang von Verzweiflung in ihren Ohren. Das weiche nasse Dröhnen der Brandung, die die Flut mit sich brachte, erklang zu ihrer Linken, während weit draußen auf den violettgrünen Wogen ein Schiff vor Anker lag und sich sachte hob und senkte. Es war das nicaraguanische Kanonenboot *Granada*.

Die Mosquito-Küste, in einem gewissen Maß neutraler Boden, war als der Ort für den Austausch von Eleanora gegen den honduranischen Offizier ausgewählt worden. Für sie war es eine harte Prüfung, allein wieder auf diesen Landstrich aus heißem braunem Sand zurückzukehren, auf dem sie und die anderen gefangengenommen worden waren. Sie bemühte sich, an nichts zu denken und sich an nichts zu erinnern, doch das gelang ihr nur zum Teil. Das Hitzeflimmern, das dort von dem aufgewühlten Sand aufstieg, wo die See ihn nicht erreichte, war mit taumelnden Gestalten aus ihrer Einbildung bevölkert, zerlumpten Gestalten, die von der Sonne verbrannt waren und einen gepeinigten Ausdruck in den Augen hatten.

Eleanora blinzelte eilig und sah die nahenden Männer in ihren roten Hemden fest an. Ein großgewachsener Mann in der Uniform eines Offiziers hatte die Führung übernommen. Einen Moment lang stockte der Atem in ihrer Kehle, und ihr Herz begann zu hämmern. Dann erkannte sie die kantigen Züge eines der guten Freunde und Offizierskollegen Grants, ebenfalls einer der Unsterblichen, Colonel Thomas Henry. Er humpelte beim Gehen unübersehbar und stützte sich auf einen Stock; vielleicht eine Erinnerung an den Sieg bei Rivas.

Eleanora wankte, denn sie fühlte sich plötzlich ganz matt vor Erleichterung. Major Crawford ergriff stützend ihren Arm und ließ die Hand unter ihrem Ellbogen liegen. Sie wehrte sich nicht. Ihre Knie kamen ihr nach diesem Schrecken sehr weich vor, und ihre Finger zitterten so sehr, daß sie sie fest umklammerte. Sie war noch nicht soweit, Grant gegenüberzutreten. Die furchtbare Notwendigkeit, sich ihm wieder anzubieten, lähmte jedes Gefühl des Glücks oder der Vorfreude bei dieser Aussicht. Was sollte sie bloß tun, was sollte sie bloß sagen, um ihn dazu zu bringen, daß er sie wieder in seinem Bett aufnahm? Sollte sie ihn verführen, oder sollte sie an sein Mitgefühl appellieren, indem sie ihm mitleiderregend schilderte, was sie alles durchgemacht hatte? Beide Vorstellungen waren ihr verhaßt, und so oder so würde sie die Liebe herabwürdigen, die sie in den letzten Monaten in ihrem Innern gehegt und genährt hatte. Und doch mußte sie irgendwie wieder eine Position einnehmen, die ihr ein intimes Verhältnis zu Colonel Grant Farrell sicherte, einen Platz in seinem Palacio. Jean-Pauls Leben hing davon ab.

Sie war erschrocken gewesen, wie ihr Bruder ausgesehen hatte, als sie ihn verlassen hatte. Er hatte sich ihre Erklärungen angehört, ohne sie zu unterbrechen. Dann hatte er sie aus stumpfen Augen angesehen und gesagt: »Ich hätte gemeinsam mit den anderen sterben sollen.« Als sie ihn sprachlos angeschaut hatte, war er fortgefahren: »Das wäre richtig und angebracht gewesen. Dann bräuchte ich diesen lebendigen Tod nicht zu ertragen und dabei zu wissen, wie wenig ich es verdient habe zu leben, zu wissen, daß meine Existenz dich zwingt, dich zu prostituieren und dich in Gefahr zu begeben.«

»Sag das nicht«, flehte sie ihn an und war von seiner Verzweiflung erschüttert, doch sie hatte nicht die Worte finden können, um dagegen anzugehen.

»Warum denn nicht? Es ist doch wahr. Der Gedanke, daß du dich meinetwegen entehrst, lastet schwerer auf meinem Gewissen als meine eigene Entehrung.«

»Unsinn. Das hier ist nicht unser Krieg«, versuchte sie ihm einzureden.

»Wir haben ihn zu unserem gemacht«, erwiderte er mit unnachgiebiger Pedanterie, und Eleanora wandte nichts dagegen ein, weil sie wußte, daß er recht hatte. Als sie ihn sachte geküßt hatte, war sie gegangen, und er hatte durch die Gitterstäbe vor dem Fenster seines behaglichen Gefängnisses hinausgeschaut.

Colonel Thomas Henry kam näher. Sie konnte die vielen alten Narben auf seinem Gesicht sehen und seinen gebannten Blick aus zusammengekniffenen Augen, an denen nicht nur die grelle Sonne Schuld trug. Er war ein Mann, der besonders dazu zu neigen schien, sich Verletzungen zuzuziehen; als sie ihn das erste Mal gesehen hatte, hatte er den Arm in einer Schlinge gehabt. Aufgrund seiner vielen Verletzungen, darunter auch alltägliche Unfälle, war er häufig im Krankenhaus aufgetaucht. Vielleicht begründete es sich auf ihre früheren Zusammentreffen, jedenfalls hatte sich trotz aller Verschiedenheit eine Freundschaft zwischen ihnen herausgebildet, und auf seinem wettergegerbten Gesicht begann sich ein Lächeln auszubreiten. Das Sonderkommando kam immer näher. Hinter ihnen wurde das Boot, das die Männer ans Ufer befördert hatte, auf den Sand gezogen, und die Matrosen, die es bemannten, nahmen auf dem Dollbord Platz und schauten zu.

Als die Falangistas keine drei Meter mehr entfernt waren, hob Major Henry die Hand und zog seinen Hut zu einem Salut, den die Männer, die er anführte, nachahmten. Er humpelte weiter, blieb stehen, hielt sich den Hut auf das Herz und stützte sich auf sein Malakkastöckchen, als er eine tiefe Verbeugung machte.

»Eleanora – ich bitte um Verzeihung – Señora de Laredo, ich kann Ihnen gar nicht sagen, wie froh ich bin, Sie zu sehen. Kommen Sie mit uns, und Sie werden bald sicher zu Hause sein.«

»Ich danke Ihnen«, erwiderte Eleanora, aber ihr Lächeln war hohl. Für sie gab es keinen solchen Ort wie ein Zuhause.

Dennoch hielt Major Henry sein Wort. Innerhalb von Minuten waren die Formalitäten erledigt, und das Beiboot glitt über die Wogen zum Kanonenboot. Die Fahrt an der Küste entlang nach San Juan del Norte legten sie in wenigen Stunden zurück, eine kühle und mühelose Überfahrt im Vergleich zu der Reise mit dem Flußdampfer auf dem gewundenen San Juan mit seinen schlammigen Ufern, die in der Frühsommersonne ausgedörrt waren. Die ausgebrannten Transitbüros und die Werft in Virgin Bay, die erst kürzlich für mehr als hunderttausend Dollar von der Gesellschaft fertiggestellt worden waren, stellten eine grausige Erinnerung an den Krieg dar. Sie waren der costaricanischen Offensive zum Opfer gefallen. Das Büro war geplündert und die Arbeiter waren getötet worden.

Eleanora war auf der Reise mit all dem Zeremoniell behandelt worden, das einer Heldin gebührte; sie war am Tisch des Kapitäns als Ehrengast bewirtet und in der luxuriösesten Kabine untergebracht worden und entweder von Colonel Henry, Major Crawford oder einem oder mehreren der Männer, die den Ausschuß bildeten, mit dem der Austausch durchgeführt worden war, begleitet worden. Sie war dankbar dafür, da die ständige Gegenwart der Männer sie vom Denken abhielt, aber eine derart außergewöhnliche Aufmerksamkeit wie die, mit der man sie bedachte, schrieb sie dem Mitgefühl und der Sorge zu, weil sie soviel durchgemacht hatte, und nicht politischen Strategien. Sie rechnete jedenfalls nicht damit, daß es so weitergehen würde, wenn sie Granada erst einmal erreicht hatten. Daher war ihr Erstaunen echt, als der Dampfer in Granada einlief und sie auf der Werft eine große Delegation sah, die von Falangistas mit Waffen umzingelt war, die sie lässig schußbereit hielten.

Ihr suchender Blick fiel auf die Gestalt William Walkers in dem Gehrock, der für seine schlanke Figur maßgeschneidert war. Sein feines blondes Haar schimmerte wie Maisfasern in der Sonne. Dann sah sie einen anderen Mann in einem roten Uniformrock durch die Menge schreiten, die sich versammelt hatte. Sie konnte sein Gesicht nicht sehen, weil er sich den Hut tief in die Stirn gezogen hatte, und doch wußte sie, daß es Grant war. Diese muskulöse Gestalt und die geschmeidigen Indianerschritte waren unverwechselbar. Er stellte sich zu General Walker, und sie redeten einen Moment lang leise miteinander, ehe sie beide die Köpfe hoben, um die Menschen zu mustern, die an der Reling des Dampfers standen.

Eleanora wich augenblicklich zurück. Major Crawford, der neben ihr stand, legte eine Hand auf ihren Arm. »Laufen Sie nicht weg«, sagte er leise. »Sehen Sie darin eine Gelegenheit, die viel bedeuten kann – für Jean-Paul. Winken Sie. Ja, genau so, ganz sachte. Wir müssen schließlich auch daran denken, daß Sie die trauernde Witwe sind.«

Sie hätte das nicht vergessen können, doch Eleanora sagte nichts. Sie mußte sich konzentrieren, damit ihr Lächeln nicht zu einer Grimasse wurde und man ihr die innere Unruhe nicht ansah. Sie riß sich zusammen und schaute dann über die lärmende, brodelnde Menschenmenge hinaus.

Granada, das meilenweit vom Schauplatz der Kämpfe entfernt lag, hatte sich kaum verändert. Aufgrund des heißen trockenen Wetters hing eine Staubwolke über den Straßen. Die Gerüche nach dem Kot von Tieren und Abfällen waren ausgeprägter. Aber die Tauben kreisten immer noch über den hohen Palmen und den rotgekachelten Dächern, die Gebäude, die weiß und korallrot getüncht oder aus goldgelbem Stein gebaut waren, warfen immer noch blaue Schatten im grellen Schein der Nachmittagssonne. Die Leute lachten und redeten so, als hätten sie nie auch nur von diesem Krieg gehört.

Alles war so friedlich, daß es sie Mühe kostete, ihre mitgenommenen Sinne von dem Kriegsgeschehen loszureißen, als die Gangway endlich heruntergelassen wurde und Major Crawford ihr bedeutete, es sei an der Zeit, von Bord zu gehen. Am oberen Ende der wackligen Holzbohlen blieb sie stehen. Sie holte tief Atem und ging dann die zwölf Schritte, die sie in die Stadt Granada zurückführen und sie der Gerichtsbarkeit William Walkers wieder unterstellen würden und sie, so hoffte sie, zu Grant zurückbringen würden.

»Im Namen der Republik Nicaragua, des Präsidenten Rivas und meiner selbst möchte ich Sie wieder in Granada willkommen heißen, Señora de Laredo. Nehmen Sie mein aufrichtiges Beileid entgegen. Der tragische Tod von Oberleutnant Luis de Laredo sowie des Soldaten Jean-Paul Villars treffen uns tief. Nehmen Sie außerdem unsere Entschuldigungen aus ganzer Seele für das Mißverständnis entgegen, das zu Ihren leidigen Erlebnissen geführt hat, und mein demütiges Angebot, unsere Freundschaft zu erneuern und beizubehalten.«

Die grauen Augen des Generals sahen sie fest an, und sein Tonfall war freundlich und voller Mitgefühl. Eleanoras Mund verzog sich zu einem zaghaften Lächeln, und dann vergaß sie ihren Argwohn und gab William Walker die Hand.

»Uns ist klar, daß es keine Möglichkeit gibt, Sie für die Härten zu entschädigen, die Sie durchgemacht haben, oder für das Grauen, dem Sie ins Angesicht sehen mußten, aber wir würden es als eine Ehre erachten, wenn Sie es uns gestatten, Ihnen als Zeichen unserer Reue und unseres guten Willens diesen Tapferkeitsorden des Staates Nicaragua zu verleihen.«

Sie fühlte sich elend, als sie an Luis dachte, der sein Leben aufgrund der Macht, die die Mätresse dieses Mannes in Händen hielt, verwirkt hatte; aber Major Crawfords Hand unter ihrem Ellbogen genügte, und sie neigte den Kopf mit einer leisen Dankbarkeitsbezeugung und blieb still stehen, während der goldene Stern auf einem Band aus Rot und Schwarz ihr angeheftet wurde. William Walker beugte sich über ihre Hand, die uniformierten Männer nahmen zum Salut eine stramme Haltung ein, und das Zeremoniell war vorüber. Colonel Henry wurde mit einem Händedruck begrüßt, ebenso die Männer des Austauschkommandos, die hinter ihr an Land gingen und sich am Ende der Gangway drängten. Aber die Leute, die darauf warteten, hinter ihnen an Land gehen zu können, wurden ungeduldig wegen der Verzögerung.

»Meine Kutsche wartet«, sagte General Walker zu Eleanora. »Ich wäre stolz darauf, Sie an jeden Ort Ihrer Wahl bringen zu dürfen. Colonel Farrell hat sich zudem erboten, für eine angemessene Unterkunft für Sie zu sorgen.«

Während des offiziellen Empfangs hatte Eleanora sich nicht dazu durchringen können, Grant anzusehen, und auch jetzt tat sie es nicht. Sie wandte sich an Major Crawford. »Ich möchte mich dafür bedanken, daß Sie meine Freilassung veranlaßt haben«, setzte sie an, doch er schnitt ihr sofort das Wort ab, obwohl sie sich die Rede ganz genau eingeprägt hatte.

»Das ist nicht nötig. Ich habe nur Befehle befolgt.«

»Sie waren überaus freundlich. Ich wünschte, ich könnte mich Ihnen in irgendeiner Form erkenntlich erweisen.«

»Wenn Sie geloben, sich mir nicht zu versagen, falls ich zufällig bei Ihnen vorsprechen sollte, dann sehe ich mich reichlich belohnt«, erwiderte er mit vielsagender Galanterie.

»Ich... ich werde Sie immer mit Freuden empfangen«, sagte sie, doch ihr Lächeln verblaßte, und sie wandte sich schnell ab. Passiv gestattete sie dem General, sie zu seiner Kutsche zu führen, demselben klapprigen Zweisitzer, in dem sie schon gefahren war.

Nachdem sie sich gesetzt hatten, sagte Walker: »Noch etwas, Señora. Sie brauchen sich nicht verpflichtet zu fühlen, in Nicaragua zu bleiben. Wir werden es alle voll und ganz verstehen, falls Sie sich entschließen sollten, uns lieber doch zu verlassen, und wir werden mit Freuden die Kosten für die Beförderung zu dem Reiseziel Ihrer Wahl übernehmen. Das ist das mindeste, was wir tun können.«

War das eine Andeutung, daß sie – womit er und Niña Maria gemeint waren – es vorzögen, wenn sie fortginge? Das wäre nicht weiter verwunderlich gewesen. Sie stellte unwillkürlich eine Erinnerung an eine Episode dar, die die beiden gern vergessen hätten. Zweifellos würde Niña Maria jedoch anders darüber denken, nachdem sie mit Neville Crawford geredet hatte. Es sollte sie nicht wundern, sagte Eleanora sich mit einem Anflug von Zynismus, wenn sie über kurz oder lang eine enge Freundin der Mätresse des Generals wäre.

Der General erwartete ihre Antwort. »Ich weiß Ihre Sorge zu würdigen, Sir, und ich weiß auch Ihr freundliches Angebot zu schätzen, aber ich muß mich noch entscheiden, was ich tun will. Das könnte ein Weilchen dauern.«

»Das... verstehe ich ganz gut«, antwortete er und warf einen

Seitenblick auf das verbissene Gesicht Colonel Farrells, der ihnen mit dem Rücken zu den Pferden gegenübersaß. »Es hat keine Eile. Falls Sie der Ansicht sind, daß es sich mit Ihrer Trauerzeit vereinbaren läßt, wäre ich erfreut, wenn Sie zu einer kleinen Essensgesellschaft erscheinen könnten, die wir in drei Tagen, am nächsten Donnerstag, veranstalten. Wir sind – wie immer – begierig darauf, das schöne Geschlecht im Regierungsgebäude vertreten zu sehen.«

Es erschien ihr taktisch klug, sowohl das Kompliment als auch die Einladung anzunehmen, ungeachtet irgendwelcher sonstigen Abmachungen, die sie treffen könnte. Es war jedoch eine reine Formalität, denn der General schien nichts anderes als ihre klare Einwilligung zu erwarten.

»Eines Tages, Eleanora – wenn ich im privaten Umgang wieder auf eine vertraulichere Anrede zurückgreifen darf –, möchte ich mir gerne die Geschichte von Ihnen erzählen lassen, was Ihnen in den letzten drei Monaten zugestoßen ist. Wir waren natürlich außer uns vor Sorge, als wir die Nachricht von den Honduranern erhalten haben, aber ich bin sicher, daß noch mehr vorgefallen ist.«

Eleanora rang die Hände im Schoß, denn schon allein bei dem Gedanken packte sie ein quälender Schmerz. Sie schluckte schwer, dann sagte sie mit bebender Stimme: »Bei allem gebührenden Respekt, General, ich bezweifle, daß ich je in der Lage sein werde, über diese Vorfälle zu reden.«

Straßenlärm, die Schreie von Verkäufern, das ständige Murmeln leiser Stimmen, das Quieken von Hausschweinen, die im Schlamm der Gosse gestört wurden, all das drang in die Kutsche ein, als Stille sich herabsenkte. Eleanora warf einen Blick auf Grant und stellte fest, daß seine harten blauen Augen auf dem Siegelring ruhten, der an ihrem Finger blinkte und von einem dicken Band dort festgehalten wurde, das sie um den Ring geschlungen hatte, um ihn ihrer Fingergröße anzupassen. Langsam hob er den Blick zu ihren goldgesprenkelten grünen Augen.

Sie konnte ihm nicht ansehen, was er dachte oder fühlte. Seine Emotionen waren derart im Zaum gehalten, daß die bronzenen Flächen seines Gesichts starr wirkten.

Die Schwüle war drückend. Schweiß rann über ihr Rückgrat, wo es an den Samtpolstern lehnte. Der General hatte seine Aufmerksamkeit einem Stapel Papieren zugewandt, die so aussahen wie ein Bericht, den Colonel Thomas Henry ihm bei der Begegnung im ersten Moment schon in die Hand gedrückt hatte.

Eleanora wäre es am liebsten gewesen, weiterhin zu schweigen. Es war jedoch nicht ratsam, mürrisch und unfreundlich zu wirken oder zu deutlich herauszustellen, daß sie nicht geneigt war, höfliche Konversation mit Colonel Grant Farrell zu betreiben. Sie räusperte sich und sagte: »Ich muß Ihnen zu Ihrem Sieg bei Rivas gratulieren, General.«

»Der Applaus steht meinem großen Verbündeten, der Cholera zu, meine Liebe«, erwiderte er und wandte sich mit einem frostigen Lächeln zu ihr um, »aber ich weiß Ihre Gefühle dennoch zu schätzen.«

»Ich hatte trotz allem den Eindruck, daß Ihre Männer tapfer für Sie gekämpft haben und daß Sie Ihre Position hier gefestigt haben.«

»Für den Augenblick«, stimmte er ihr zu, und dann zogen sich seine hellen Augenbrauen zusammen, als er weitersprach. »Das, was ich vorhin über Ihren Bruder gesagt habe, war ernst gemeint. Er hatte die Anlagen zu einem guten Soldaten und zu einem aufrechten und feinen Mann. Ich möchte Sie nicht quälen, indem ich Sie an Ihren Verlust erinnere und auch daran, wie es dazu gekommen ist, aber Sie sollen wissen, daß die Phalanx weder zu groß noch zu unpersönlich ist, um das Hinscheiden eines vielversprechenden jungen Mitglieds nicht zu bedauern. Sie dürfen nicht glauben, daß unsere Wertschätzung seiner Person jetzt gesunken ist – aber nein, ich werde nicht mehr darüber reden. Wir sprechen ein anderes Mal darüber, wenn Sie ausgeruht sind.«

Eine konventionelle Antwort trat auf Eleanoras Lippen, als sie erbittert erkannte, daß nichts, was sie bisher gesagt hatte, wirklich zu William Walker durchgedrungen war, da er viel zu sehr mit sich selbst befaßt war. Er wollte informiert werden, und er erwartete von ihr, daß sie ihre Skrupel überwand, selbst wenn es noch so schmerzlich für sie war. Diese Erkenntnis half ihr nicht dabei, besser zu verstehen, warum er Jean-Paul für ein spezielles Lob erkoren hatte und nicht Luis, der bestimmt militärisch gesehen der Bessere von den beiden gewesen war. Sie hatte nicht die Absicht, ihn danach zu fragen. Sie akzeptierte, daß er seine Gründe hatte, wie sie gelernt hatte, in diesen letzten Monaten schon so viel anderes zu akzeptieren.

Die Kutsche hielt vor dem Regierungsgebäude an. In dem Moment, in dem der General ausstieg, umgaben ihn seine Wachen, die ihm auf Pferden gefolgt waren.

»Dann bis Donnerstag« sagte er mit seinem bedächtigen Lächeln und wandte sich ab.

Als die Kutsche sich mit einem Ruck wieder in Bewegung setzte, zerschnitt Grants Stimme kalt und höflich die Stille. »Wohin willst du?«

»Ich... ich weiß es nicht«, sagte sie und nahm geistesabwesend die Notwendigkeit wahr, sich dem Schutz dieses Mannes wieder anzuvertrauen, aber sie konnte sich nicht dazu durchringen, die Worte zu sagen, die dazu hätten führen können. »Vielleicht in ein Hotel?«

»Ich glaube, du bist schon einmal im Alhambra abgestiegen?«

Als sie nickte, streckte er den Kopf zum Fenster hinaus, um die notwendige Anweisung zu erteilen. Sie beobachtete ihn genau, als er sich wieder zurücklehnte, doch er schien keine neuen

Gefechtsnarben und auch keine sichtbaren Verwundungen aufzuweisen. Er schien so gesund und kräftig wie bei ihrer ersten Begegnung zu sein. Sie folgte dem Faden ihrer Überlegungen und sagte impulsiv: »Deine Schulter ist verheilt? Sie tut nicht mehr weh?«

Er drehte sich zu ihr um, sah sie durch dichte dunkle Wimpern an und antwortete brüsk: »Sie ist verheilt.«

»Hast du Walker begleitet, als er das zweite Mal nach Rivas marschiert ist?«

»Ja.«

Ihr gelang ein leichtfertiges Lachen. »Ich kann nicht glauben, daß du dort Verletzungen davongetragen hast. Du wirkst wirklich sehr gesund.«

»Was, zum Teufel, soll das alles?« fragte er, und in seiner Stimme schwang Hohn mit. »Aus dem Mund von jemand, der Wochen im Urwald verbracht hat mit einem anderen Mann, dessen Namen und Ring er jetzt trägt, finde ich diese geheuchelte Sorge unerträglich!«

»Ich weiß nicht, was du meinst«, sagte Eleanora mit unsicherer Stimme, denn die Plötzlichkeit seines Angriffs stürzte sie in Verwirrung.

»O doch, das weißt du sehr wohl«, entgegnete er und wartete. Dabei beobachtete er sie so eindringlich, daß es an ihren Nerven zehrte.

Eleanora gab ihren Versuch auf, ihre Beziehung zu Grant wieder auf eine vertraulichere Grundlage zu stellen. Ihre Sorge war nicht geheuchelt gewesen. Es war jedoch nicht damit getan, ihm das zu sagen, und daher schwieg sie und musterte mit aufgesetztem Interesse das Geschehen, das sich vor den Fenstern der Kutsche abspielte.

Grant versank für die kurze Fahrtstrecke, die ihnen noch blieb, ebenfalls in sich selbst, wenn Eleanora auch glaubte, daß er sie ein- oder zweimal mit einer nachdenklich gerunzelten Stirn ansah.

Das Alhambra war noch fast genauso, wie sie es in Erinnerung hatte. Möglicherweise war es ein wenig ruhiger, doch die Atmosphäre unaufdringlicher Behaglichkeit war unverändert. Es bereitete keine Schwierigkeiten, ein Zimmer zu bekommen, zumal sie General William Walkers Gast war.

Grant begleitete sie zu ihrem Zimmer und folgte dabei dem beflissenen Hoteldirektor, doch er kam nur mit bis an die Tür. Der Manager eilte umher, riß Fenster weit auf und zog Vorhänge zurück. Er überprüfte das Wasser in dem Krug und in der Karaffe und sorgte dafür, daß Handtücher und ein Stück Seife für den Waschtisch gebracht wurden, ehe er stehenblieb und die Zustimmung des Mannes suchte, der die Uniform der amerikanischen Phalanx trug. Grant erklärte sich mit einem Nicken, das den Mann gleichzeitig hinauskomplimentierte, mit allem einverstanden, und dann blieb er mit dem Hut in der Hand stehen, bis die Schritte des Mannes nicht mehr auf dem abgetretenen Läufer in dem langen Korridor zu hören waren.

»Danke...«, setzte Eleanora an.

»Du hast alles, was du brauchst?« fragte Grant.

Sie unterbrachen sich beide. Eleanora blickte gerade noch rechtzeitig auf, um in Grants Gesicht eine seltsame Sanftmut zu sehen, die sich mit einem Anflug von Humor verband, als er sie beobachtete. Der Eindruck verschwand so schnell, daß sie nicht sicher war, ob sie sich all das nicht nur eingebildet hatte. Im nächsten Moment sagte er bereits: »Ich werde mich um dein Gepäck kümmern, wenn es vom Dampfer abgeladen wird.«

»Es ist nicht viel, nur ein kleines Köfferchen.«

»Ich werde mich darum kümmern«, wiederholte er.

»Es... es könnte sein, daß ich ein paar Dinge brauche, die ich im Palacio gelassen habe.«

Er nickte. »Es ist noch alles da. Nichts ist aus dem Haus entfernt worden. Ich werde Señora Paredes bitten, die Sachen zu packen, und dann schicke ich sie dir.«

Sein Tonfall war wieder so barsch wie am Anfang. Eleanora lächelte ihn verzagt an, neigte ihren Kopf zu einer majestätischen Geste, und dann machte sie ihm die Tür vor der Nase zu.

In den folgenden Tagen wurde sie auf Trab gehalten. Der Redakteur von *El Nicaraguense*, ein junger Mann mit Tintenflekken auf den Fingern, einem gehetzten Gesichtsausdruck und grenzenlosem Enthusiasmus kam. Sein Interesse an den harten Zeiten, die sie durchgemacht hatte, war so echt und ungekünstelt, daß sie sich dabei ertappte, ihm weit mehr zu erzählen, als sie beabsichtigt hatte.

Sie erhielt außerdem Besuch von dem Stabsarzt Dr. Jones. Er berief sich auf Befehle von höchster Stelle und winkte ihre Einwände ab. Dann untersuchte er sie gründlich. Er gab ihr eine Salbe gegen die Schwielen auf ihren Händen und empfahl ihr Zitronensaft und Buttermilch gegen das, was er beharrlich als Verfärbung ihrer Haut durch die Sonne bezeichnete, und er erklärte sie für gesund, wenn auch fur seinen Geschmack zu mager. Er riet ihr, mehr zu essen, besonders viel rotes Fleisch und frisches Gemüse, und er erlaubte ihr ausdrücklich, all die kalorienreichen Desserts zu essen, die er sich selbst versagte. Natürlich kamen sie auch auf das Krankenhaus und auf die Verwundeten der letzten kriegerischen Auseinandersetzung zu sprechen. Ehe er sich schließlich verabschiedete, ertappte sich Eleanora bei dem Versprechen, sich die Station wieder einmal anzusehen, um ein oder zwei der Verbesserungen zu begutachten, zu denen er ihr Urteil gerne hören wollte. Ein Nachmittag ging dafür drauf, dieses Versprechen zu halten. Die Situation im Lazarett hatte sich enorm verbessert, und das erlaubte es ihr, sich unbeschwert zurückzuhalten und nicht ihren früheren Posten wieder einzunehmen, wenn sie auch nicht sicher war, wie lange sie dem aufrichtigen Flehen des Arztes und der Pfleger, die sich noch an sie erinnern konnten, widerstehen konnte.

Grant hielt Wort. Ihr Gepäck und die Kleidung aus dem Palacio trafen zur vorhergesehenen Zeit ein. Letztere war so ordentlich verpackt, daß sie Grant verdächtigte, ihr Kleid und ihre faltbare Krinoline persönlich verstaut zu haben. Diese Vorstellung stimmte sie heiter.

Sie faltete die Kleidungsstücke auseinander, damit sie nicht knitterten, und als sie sich darum gekümmert hatte, daß sie gewaschen und in den Schrank gehängt wurden, konnte Eleanora sich nicht entscheiden, welches der drei Ensembles, aus denen ihre bescheidene Garderobe sich zusammensetzte, sie für das Fest des Generals tragen sollte.

Als sie am Nachmittag des dritten Tages einem Soldaten die Tür öffnete, der einen Kleiderkarton in der Hand hielt, war das weniger eine Überraschung, sondern eher eine Erfüllung ihrer tiefsten Wünsche.

»Der Colonel läßt Sie grüßen, Ma'am, und er hofft, daß Sie dieses Kleid heute abend tragen werden«, sagte der junge Mann und hielt ihr den Karton hin.

Eleanora zögerte. Nur die Überlegung, daß das wahrscheinlich nur ein weiteres Beispiel dafür war, daß die Republik von Nicaragua ihre Unkosten zu bestreiten gedachte, erlaubte ihr, die Schachtel mit einem Lächeln und einem Ausdruck der Dankbarkeit entgegenzunehmen, die sie so freundlich wie möglich formulierte. Es wäre kleinlich gewesen, William Walker diese Gelegenheit, Dinge wiedergutzumachen, abzuschlagen.

Es war ein Kleid aus schwarzer Spitze über Ekrüseide, und bei näherer Betrachtung schien es dem grünen Musselinkleid nachgeschneidert zu sein. Die Maße, aber auch der Schnitt waren identisch; die Rüschen fielen in mehreren Schichten von der spitz zulaufenden Taille auf den Boden, und der breite Spitzenbesatz des Ausschnitts bedeckte die Schultern. Nachdem sie eine gute halbe Stunde lang mit den winzigen pechschwarzen Knöpfen auf dem Rücken gekämpft hatte, saß das Kleid recht gut; vielleicht war es in der Taille ein wenig zu weit geschnitten, aber so mußte es im Moment zweifellos auch um das grüne Kleid bestellt sein. Gegen diese Wahl war nichts einzuwenden, dachte sie, als sie sich vor dem Spiegel in alle Richtungen drehte. Da das tiefe Dekolleté so nackt wirkte, zog sie das Medaillon des heiligen Michael von seiner goldenen Kette, fädelte es auf ein schwarzes Band und hing es sich um den Hals.

Sie war fertig angekleidet und wartete bereits, als die Kutsche des Generals kam, um sie abzuholen, und falls sie Enttäuschung darüber verspürte, Major Neville Crawford als Begleiter zugeteilt bekommen zu haben, dann ließ sie es sich nicht anmerken.

Er seinerseits nahm jedoch weit weniger Rücksicht auf ihre Gefühle. In dem Moment, in dem sie in der Kutsche saßen, schlug er die Beine übereinander und sah ihr mit einem freundlichen Lächeln in das angespannte Gesicht. »Bislang kein Glück gehabt, was? Wenn er nicht zu Ihnen kommt, werden Sie eben zu ihm gehen müssen.«

»Was soll das heißen?« fragte sie mit gepreßter Stimme.

»Ich will damit sagen, daß wir nicht genug Zeit haben, um abzuwarten, bis der Colonel über seine Eifersucht und seinen halsstarrigen Stolz hinweggekommen ist.«

»Eifersucht?«

»Selbstverständlich. Überlegen Sie sich doch nur, wie Farrell sich gefühlt haben muß, als er herausgefunden hat, was Luis de Laredo für Sie getan hat. Nachdem der Mann jetzt tot ist, wird er mit der Zeit darüber hinwegkommen, aber wie ich schon sagte, so viel Zeit haben wir nicht.«

Es dauerte einen Moment, bis die Worte des Majors zu ihr

durchgedrungen waren. Als es soweit war, wurde ihr klar, daß er eine Äußerung von ihrer Seite erwartete. »Weshalb diese plötzliche Eile?«

»Wir haben gerüchteweise gehört, daß Walker die Absicht hat, Präsident Rivas und sein Kabinett als Verräter der Republik zu verhaften, weil Rivas mit den Staatsoberhäuptern von San Salvador und Guatemala korrespondiert hat. In Léon ist es zu antiamerikanischen Straßenkämpfen gekommen. Um es ganz offen zu sagen, ich habe Rivas in Verdacht, daß er die Gerüchte selbst in Umlauf setzt. *El Presidente* ist Anfang dieses Monats vor den Kopf gestoßen worden, als Walker in Léon wie ein Retter willkommen geheißen wurde, weil die costaricanische Armee sich zurückgezogen hat. Ich wette, Rivas will seine Popularität auf die Probe stellen und sich in dem Punkt mit Walker messen. Und dazu kommt noch, daß er jetzt, nachdem der kleine General den drohenden Einmarsch erfolgreich abgewendet hat, gern so viel Gefühle gegen ihn wachrufen möchte, daß die Amerikanische Phalanx aus dem Land verdrängt wird, ehe Walker aus seiner Hose herauswächst – und vielleicht sogar ein Auge auf den Job des Präsidenten wirft.«

»Schon wieder Verrat«, murmelte Eleanora.

Neville Crawford schüttelte den Kopf. »Das kann gut sein, aber für uns macht es keinen Unterschied, wo die Gerüchte ihren Ursprung nehmen. Wir wollen dasselbe wie Rivas, nämlich die Enthebung Williams Walkers aus seinem Amt.«

»Und was wird jetzt von... uns... erwartet?«

Neville ignorierte ihren Sarkasmus. »Offensichtlich kann Walker es sich nicht leisten, die Situation zu ignorieren. Es könnte dahin kommen, daß er gezwungen ist, genau das zu tun, was gerüchteweise behauptet wird, falls es ihm gelingt, für diesen Schritt die entsprechende Unterstützung zu bekommen. Wir müssen ganz genau wissen, was er vorhat und wann.«

»Warum muß ich in diese Geschichte hineingezogen werden? Warum kann Niña Maria das nicht für Sie herauskriegen?«

»Weil«, sagte er, nachdem er einen Moment lang gezögert hatte, »General Walker ihr seit dem Zwischenfall mit Juanita nicht mehr alles anvertraut und es sich angewöhnt hat, seine wichtigsten Treffen in den Unterkünften seiner Offiziere abzuhalten, gewöhnlich bei Farrell.«

»Allmählich verstehe ich«, sagte sie ausdruckslos.

»Gut. Ich glaube, wir können sicher sein, daß Walker diesen Entschluß nicht fassen wird, ohne sich mit Farrell abzusprechen – ganz gleich, ob er sich an seine Ratschläge hält oder nicht, aber er wird ihn vorher befragen.«

»Und was ist, wenn diese Konferenz bereits stattgefunden hat?« fragte sie.

»Meine Informationsquellen arbeiten schneller als die Walkers. Es kann sein, daß er bisher noch gar nicht erfahren hat, was ich Ihnen gerade mitgeteilt habe, aber wenn er es weiß, kann er es bestenfalls seit ein paar Stunden wissen. Ich glaube, daß Sie noch rechtzeitig dran sind, wenn Sie schnell handeln. Beispielsweise heute abend.«

»Ich bin sicher, daß Sie auch einen Vorschlag parat haben, wie ich dabei vorgehen soll.« Sie wandte den Blick von ihm ab und sah aus dem Fenster. Sie fuhren jetzt über die Plaza. Innerhalb von Sekunden würden sie vor der Tür des Regierungsgebäudes anhalten.

»Die wenigsten Männer können einem direkten Appell widerstehen«, sagte er, und seine Stimme ertönte leise in der Dunkelheit neben ihr. »Wenn Sie sich an mich wenden würden, Eleanora, wäre ich ziemlich sicher, daß ich nicht widerstehen könnte.«

Neville Crawfords Worte beunruhigten sie. Sie hatte geglaubt, er sei viel zu sehr darauf versessen, ein Vermögen zu machen, als sich mit ihrer Attraktivität zu befassen. Die Annahme, daß er für ihre Reize unanfällig war, hatte ihr eine seltsame Form von Sicherheit gegeben.

Das Regierungsgebäude war strahlend hell erleuchtet, und zuversichtliche Stimmen und Gelächter surrten durch die Luft, Anzeichen von Wohlstand. Eleanora schien es, als seien in den Kronleuchtern noch mehr Kerzen angezündet worden als beim letzten Mal, als sie in ihrem Schein getanzt hatte, und als seien in dem langgestreckten Saal, in dem der Empfang abgehalten wurde, mehr Frauen anwesend, die mehr funkelnde Edelsteine trugen. Der Essenstisch war mit kostbareren Speisen gedeckt, die Weingläser wurden mit größerer Häufigkeit herumgereicht, die Musik war lauter und die Walzerklänge schneller. Vielleicht war das nur ihr persönlicher Eindruck, da sie so lange Zeit von solchen Gesellschaften ausgeschlossen gewesen war, aber sie glaubte es nicht wirklich. Es hing eine Form von Hektik in der Luft, und als sie sich im Hintergrund hielt und den Männern und Frauen beim Essen und Trinken zusah, schien es ihr, als enthielten ihre Bewegungen die Gier, den Moment festzuhalten, gepaart mit einer unterschwelligen Angst vor dem nächsten Augenblick.

Obwohl Niña Maria mit finsterem Blick an seiner Seite stand, hielt William Walker Eleanora eine freundliche Ansprache, mit der er sie willkommen hieß, aber als sie am Empfangskomitee vorbeischritt, wurde ihr keine größere Aufmerksamkeit zuteil. Das überraschte sie nicht. Der General hatte viel zuviel mit ausländischen Würdenträgern und mit Gästen zu tun, die offensichtlich von großer Bedeutung waren, darunter auch ein Mann mit der selbstzufriedenen Ausstrahlung und dem Akzent eines New Yorker Industriemagnaten.

Wenn die Walzerklänge sie auch mitrissen, widerstrebte es Eleanoras kreolischem Gewissen doch, sich auf die Tanzfläche zu begeben, solange sie Schwarz trug, weil sie um Luis trauerte. Major Crawford war so entgegenkommend, mit ihr am Rand der Tanzfläche herumzuschlendern, bis er von Niña Maria als Tanzpartner beschlagnahmt wurde, solange der General anderweitig beschäftigt war. Eine Zeitlang leistete ihr Dr. Jones Gesellschaft. Später ging Colonel Thomas Henry mit ihr an die frische Luft und wankte auf seinem Stock neben ihr her. Ihnen folgte erst einer und dann ein weiterer von den Offizieren, die Luis gekannt hatten und sich noch an sie erinnerten, bis sie sich allmählich vorkam, als hielte sie Audienzen ab. Es tat ihr keineswegs leid, als die Offiziere sich wieder zerstreuten. Es war nicht gerade eine leichte Aufgabe gewesen, die vielen Beileidsbekundungen entgegenzunehmen, und den Fragen auszuweichen, die die Männer aus einer selbstverständlichen Neugier heraus stellten, war noch schwerer.

Sie stand allein an einem Erkerfenster, als sie ein leises Geräusch hinter sich hörte und sich umdrehte. Grant stand neben ihr und hielt ihr ein Glas Champagner entgegen.

»Trink das«, sagte er barsch. »Du siehst so aus, als könntest du es gebrauchen.«

Ein Gefühl der Verletztheit, das wenig mit Eitelkeit zu tun hatte, durchzuckte sie. Ihre Stimme klang zynisch und gereizt, als sie murmelte: »Wie rücksichtsvoll von dir.«

Er erwiderte nichts darauf, und um überhaupt irgend etwas zu tun, hob Eleanora einen Moment später das Glas an ihre Lippen und trank einen Schluck. Im selben Moment streckte Grant die Hand nach dem Medaillon des heiligen Michael an ihrem Hals aus.

Eleanora verschluckte sich, hustete erstickt und schlug sich die Hand auf den Mund.

Grant sah sich um, nahm ihr eilig das Glas aus der Hand und stellte es gemeinsam mit seinem eigenen Glas auf einen Tisch in der Nähe. Er stieß die halbgeöffnete Flügeltür hinter ihnen weit auf und zog sie eilig auf einen der kleinen Balkone, die sich über die Rückwand des Regierungsgebäudes zogen. Er wollte ihr auf den Rücken klopfen, doch inzwischen hatte sie sich soweit wieder erholt, daß sie heftig den Kopf schütteln und mit heiserer Stimme sagen konnte: »Danke, es ist schon wieder gut.«

»Bestimmt?«

Sie nickte, und die Lächerlichkeit ihrer Lage verzog ihren Mund zu einem Lächeln, ehe sie die Augen niederschlug. »Ich hoffe, ich habe keinen Champagner auf das Kleid geschüttet. Das könnte dem Stoff schaden, und das wäre mir gar nicht lieb. Würdest du daran denken, General Walker in meinem Namen dafür zu danken, daß er es mir heute nachmittag hat schicken lassen?«

Der Mann neben ihr wirkte so still, daß sie aufblickte. Sie erhaschte gerade noch den Ausdruck spöttischer Selbstverachtung, der über seine Züge huschte.

»Es... war nicht der General, oder?« sagte sie langsam. »Du warst es. Der Soldat hat gesagt... aber ich dachte...«

»Mach keine Tragödie daraus«, sagte er kurz. »Ich dachte, du könntest ein Kleid gebrauchen, und ich habe dir eins gekauft. Vergiß es.«

Sie wußte, daß mehr dahintersteckte als nur das. Ehe sie ihre Gefühle in Worte fassen konnte, wandte er sich um und ging davon. Eleanora trat einen Schritt zur Seite und sah ihm mit einem Beben in ihrem Herzen nach, als hätte sie sich gerade eine entscheidende Gelegenheit entgehen lassen. Sie beobachtete, wie Niña Maria mit ihren schlangenartigen Bewegungen voranglitt und eine Hand besitzergreifend auf Grants Arm legte. In dem Moment ging ihr auf, wie furchtbar hoch sie pokern mußte.

19. Kapitel

Es bereitete keine Schwierigkeiten, das Regierungsgebäude unbemerkt zu verlassen. Sogar die Soldaten, die an den Eingangstüren Wache hielten, schienen Eleanora nicht zu bemerken, als sie an ihnen vorbeischwebte.

Für tropische Maßstäbe war es nicht spät. Die Plaza war in den warmen Schimmer von Lampenlicht getaucht, das von drei Seiten des Platzes durch die offenen Türen fiel. Menschen – Paare, Familien und ältere Männer und Frauen – saßen und standen herum und genossen die Kühle der Nachtluft und die Musik, die aus den Fenstern des Hauses drang, das sie gerade verlassen hatte. Doch selbst bei tiefster Schwärze hätte Eleanora den Weg von der Plaza durch die Calle Santa Celia zum Palacio gefunden. Sie war schon so oft über dieses graue Kopfsteinpflaster gelaufen, so daß sie es als Heimweg empfand.

Unter dem vorgezogenen Dach der Galeria zögerte sie einen Augenblick und schaute den dicken hölzernen Stamm der Bougainvillea an, die am Ende des Hauses wuchs. Mit einem leichten Schauer schüttelte sie die Erinnerungen ab, die sie durchzuckten, wandte sich der Tür zu und klingelte.

Es konnte kaum ein Moment vergangen sein, als das Rasseln des Schlüssels im Schloß zu vernehmen war und Señora Paredes' hageres Gesicht in dem Türspalt auftauchte, doch Eleanora erschien es wie eine Stunde. Ihr Gesicht erstarrte, als sie die Tür aufstieß und an der alten Frau vorbeiging.

»Guten Abend«, sagte sie über die Schulter, als sie die schwarze Mantilla, die sie über dem Haar trug, zurückzog und durch die kühle gekachelte Eingangshalle lief.

Hinter ihr verschloß die Señora eilig die Tür. »Der Señor Colonel erwartet Sie?« rief sie Eleanora nach.

Eleanora drehte sich am Fuß der Treppe um. »Ich glaube, er wird sich freuen, mich zu sehen«, sagte sie mit sanfter Stimme.

Nichts war in dem Schlafzimmer verändert worden, in dem sie früher einmal gemeinsam mit Grant geschlafen hatte. Eleanora brauchte gar nicht erst das Licht einer Kerze, um das zu sehen. Der Mondschein, der durch die offenen Flügeltüren hereinflutete, reichte aus. Der Kleiderschrank, der Waschtisch, der Tisch, an dem sie ihre Mahlzeiten eingenommen hatten, das *cuadro* in der Ecke, die jungfräulich weißen Draperien des Bettes. Alles war noch so wie früher. Sogar die Teppiche, die auf dem Fußboden verteilt waren, lagen noch an denselben Stellen. Der einzige Unterschied bestand darin, daß das Gitter offenstand und beidseits der Flügeltür an den Außenwänden lehnte. Grants Habe war dieselbe wie vor dem Marsch nach Rivas. Seine ungetragenen Hemden und Hosen waren im Schrank gestapelt, sein Rasierzeug und die Bürsten mit den silbernen Rücken lagen auf dem Waschtisch. Sie legte ihre Mantilla dazu und berührte die Rückseite einer Bürste. Sie war violett angelaufen und hatte es dringend nötig, poliert zu werden. Im nächsten Moment schlenderte sie weiter.

Die wenigsten Männer können einem direkten Appell widerstehen, hatte Neville gesagt. Damit war gemeint, daß die wenigsten Männer einer Frau widerstehen, die sich ihnen an den Hals wirft. Das einzig Ärgerliche war, daß sie guten Grund hatte anzunehmen, daß Grant nicht nur widerstehen konnte, sondern es auch tun würde. Er hatte Juanita an jenem denkwürdigen Morgen mühelos widerstanden, ohne auch nur einen Moment zu zögern. Er war sogar mit äußerster Direktheit darauf eingegangen. Angenommen, er wies sie auf dieselbe Art zurück? Wenn sie sich der Señora gegenüber auch noch so vorlaut gegeben hatte, dann war das doch nicht ausgeschlossen. Wenn er das tat, würde sie vor Erniedrigung sterben.

Sie trat einen Schritt auf die Galeria hinaus und schaute auf die Straße hinunter, die ein gutes Stück unter dem Geländer lag.

Vielleicht fiel ihm der Widerstand schwerer, wenn sie keine Straßenkleidung trug. Dann mußte es ihm ja noch schwerer fallen, ihr zu widerstehen, wenn sie überhaupt nichts anhatte.

Sie zog die Unterlippe zwischen ihre Zähne, sah über das Geländer hinaus und hob dann langsam die Hände auf ihren Nakken. Sie wandte sich zu dem Zimmer um und öffnete die winzigen schwarzen Knöpfe, soweit sie es allein schaffte. Dann ließ sie die Arme sinken, und nach einer kurzen Pause verrenkte sie sich so weit, daß sie die restlichen Knöpfe auf ihrem Rücken auch aus den Knopflöchern befreien konnte.

Da sie ganz auf das konzentriert war, was sie gerade tat, nahm sie die verschwommene Bewegung in der Tür nicht wahr, die zur inneren Galeria führte, bis Grant das Zimmer betrat.

Als sie erstarrte, warf er seinen Hut auf den Kleiderschrank, packte ihren Ellbogen, drehte sie langsam mit dem Rücken zu sich und umschlang ihre Taille mit einem kräftigen, muskulösen Unterarm. Die Berührung seiner rechten Hand ließ die nackte Haut auf ihrem Rücken prickeln, und seine warme Stimme flüsterte tief in ihr Ohr. »Laß dir von mir helfen«, sagte er.

Erleichterung gab ihr wieder neue Kraft, und sie lehnte sich an ihn. Ihr Puls pochte, und ihre Brust hob und senkte sich schnell, weil der Nachhall der Furcht und die Erregung ihren Atem beschleunigten. Eine Spur von Schuldbewußtsein drängte sich in dem Aufruhr in ihrem Innern an die Oberfläche, legte sich aber wieder, als der Ansturm eines unbeherrschbaren Verlangens darüber hinwegspülte.

Grants Hand bewegte sich von dem letzten Knopf auf ihren Nacken. Seine tastenden Finger fanden die wenigen Nadeln, die ihren schweren Chignon hielten, und er zog sie eine nach der anderen aus ihrem Haar, bis es wie ein Wasserfall über ihren Rükken floß. Als er es ganz gelöst hatte, drehte er sie in seiner Umarmung um, ließ seine Hände unter die rotgoldenen Wellen gleiten, bog ihren Kopf zurück und suchte ihren zartgeformten Mund. Seine Lippen bewegten sich mit einer langsamen Eindringlichkeit auf ihren, die immer fordernder wurde. Ihre Arme, die jetzt befreit waren, hoben sich zu seinem Hals, und ihre Finger umklammerten das Tuch seines Uniformrocks, das sich auf seinen Schultern spannte. Sie spürte die aufkeimende Glut seines Verlangens. Seine Lippen glitten von ihrem Mundwinkel über ihre zarte Wange zur Wölbung ihres Halses direkt unter ihrem Ohr. Sie erhob keine Einwände, als er die Spitzen von ihrer Schulter strich, während sein Mund sich einen Weg auf ihre Kehle brannte und anstelle des kalten Medaillons einen sengenden Kuß plazierte.

Ihre Augen schlossen sich, und sie spürte, wie sie hochgehoben und auf das Bett niedergelassen wurde. Mit ein paar schnellen Bewegungen hatte er sie von den einengenden Stoffschichten befreit. Die Poren ihrer Haut schienen die warme Nachtluft einzuatmen und sich in einer wollüstigen Nacktheit auszuweiten, als warme Haut sich an ihrer eigenen rieb, sie die rauhe Decke unter sich spürte und drängende Liebkosungen fühlte. Mit gesenkten Wimpern ließ sie ihre offene Handfläche über seine Brust mit der dünnen tauähnlichen Schweißschicht gleiten und fuhr mit den Nägeln über seinen straffen, flachen Bauch. Die frischen Gerüche nach sonnengetrockneter Kleidung, Maisstärke und Pimentöl drangen in ihre Nasenflügel und vermischten sich mit den Ausdünstungen erhitzter Körper, die sich eng aneinanderschmiegen. Grants Hand nahm ihre Brust, und als sich sein Mund wieder auf ihre Lippen legte, erlebte sie, wie süß die Leidenschaft auf ihrer Zunge aufstieg. Seine Hände glitten tiefer auf ihre Hüfte, und sie nahm mit wachsender Lust das volle Gewicht seines Körpers hin, als er sie auf den Rücken preßte.

Das sichere Wissen, daß dieser Mann sie nicht erregen und unbefriedigt zurücklassen würde, vermittelte sich ihr durch Berührungen und Intuition und wirkte wie ein Aphrodisiakum, das ihr jegliche Hemmungen nahm. Von den sengenden Berührungen seiner Lippen angefacht, loderte ihre Glut auf. Das leichte Zittern seiner Arme verriet die Tiefe seiner Sehnsucht und seines Verlangens. Ihr Herz schlug schneller und rauschte in ihren Ohren. Sein keuchender Atem strich über ihre Wange und vermischte sich mit ihrem eigenen. Sie empfand ein schmerzliches Gefühl von Fülle in ihren Lenden, das Gefühl, immer voller zu werden, bis der Höhepunkt in einer Woge geschmolzenen Silbers über sie hinwegspülte, sich als flüssiges Feuer in ihrem ganzen Körper ausbreitete und einen pulsierenden metallischen Glanz in ihr Gehirn vordringen ließ.

Sie schlug die Augen auf, und als sie wieder klar sehen konnte, lächelte sie in tiefe meeresblaue Augen. Der Mann über ihr küßte ihren zitternden Mund, und sie seufzte leise und spürte das sachte Abebben ihrer Auflösung in die reine Stille der Liebe.

»Eleanora?«

Die Eindringlichkeit seiner Stimme holte sie aus einer Dunkelheit zurück, die so tief war, daß sie ihr wie Bewußtlosigkeit erschien. Sie blieb einen Moment lang still liegen und sammelte ihre Sinne, ehe sie sich zu ihm umwandte, und in dem Augenblick brach Scham, schwarz und abgrundtief, schlagartig über sie herein.

Wieviel von der Hingabe, die sie ihm gezeigt hatte, war ihrem eigenen freien Willen entsprungen, und wieviel davon entstammte dem hinterhältigen Ziel, für das sie herangezogen worden war? Was war erniedrigender – das zu tun, was sie wollte, und sich dabei vorzumachen, sie müsse es tun, oder das zu tun, was sie tun mußte, und sich dabei vorzumachen, es sei ihr eigener Wunsch? Hinter ihrer Schulter brannte sich das Medaillon des heiligen Michael wie ein Brandzeichen dort in ihre Haut, wo es an seinem schwarzen Band hingerutscht war. Die Gelübde, die sie mit Luis ausgetauscht hatte, mochten zwar vielleicht nicht bindend oder verpflichtend gewesen sein, aber ihre Trauer um seinen Tod hätte doch gewiß ausgedehnter und sorgsamer eingehalten werden können. Noch demütigender als diese Dinge war jedoch die Erkenntnis, daß sie im Vergleich zu der einzigen übermächtigen Frage keine Bedeutung besaßen: Was mußte Grant bloß von ihr halten?

Mit flammendem Gesicht setzte sie sich auf und griff nach ihrem Petticoat. Grant legte eine Hand auf ihren Arm, doch sie zog ihren Arm zurück und glitt aus dem Bett.

Ein schneller Zugriff, und er hatte ihr den Petticoat entrissen und sie wieder neben sich gezogen, und jetzt hielt er sie fest, bis sie aufhörte, sich zu wehren.

»Wohin wolltest du gehen?« fragte er träge und strich sich die Strähne ihres Haars aus dem Gesicht, die seine Lippen kitzelte.

Eleanora schluckte schwer. »Ich... wieder ins Alhambra.«

Ihre Antwort bestürzte ihn offensichtlich. Als er endlich etwas sagte, ließ sein Tonfall ihre Nerven vor Furcht beben. »Das glaube ich nicht – jedenfalls nicht, bis du mir gesagt hast, warum du hergekommen bist, wenn du nicht vorhast zu bleiben, und wenn du schon dabei bist, dann sag mir in Gottes Namen auch gleich, was dir zugestoßen ist und bewirkt hat, daß du plötzlich wie ein zerbrechliches Porzellanpüppchen mit weitaufgerissenen Augen aussiehst.«

»Grant...«

»Fang vorn an«, sagte er, und trotz all seiner Sanftmut klang sein Tonfall unnachgiebig.

Sie hielt den Atem an. »Wenn du wüßtest, was du verlangst...«

»Ich weiß es. Aber es nutzt nichts, so zu tun, als sei es nicht passiert. Oder möchtest du das lieber alles dem General erzählen? Das kann ich dir ersparen.«

»Ich glaube nicht, daß ich die passenden Worte finden kann«, sagte sie. Die Vorstellung, so viele Ereignisse, so viele Gefühle in kurze, sachliche Sätze zu packen, erfüllte sie mit Verzweiflung. Ihr hätte so unsäglich leicht ein Fehler unterlaufen können, und dann hätte sie ihm mehr erzählt, als für ihn gut zu wissen war.

»Versuch es«, riet er ihr, und sie versuchte es, so gut es eben ging.

Sie begann stockend mit ihrer Verhaftung im Krankenhaus, und die Worte kamen unter geringeren Schwierigkeiten über ihre Lippen, als sie angenommen hatte. Während sie ihm von der Flucht und den frühen Zeiten in dem Bergtal berichtete, in denen sie Luis gepflegt hatte und er sich so sehr um ihre Bequemlichkeit und Sicherheit gesorgt hatte, wurde ihre Stimme sicherer. Sie erzählte in lebhaften Worten, wie jede Hoffnung sie verlassen hatte, als sie von Juanitas Tod und der Hinrichtung der Männer erfahren hatten, die sie nach Granada zurückgebracht hatten. Von der Reise durch den Urwald, dem Anblick des Golfs, Kurts Tod, ihrer Verhaftung und dem Transport nach Honduras berichtete sie vergleichsweise mühelos. Sie stockte jedoch, als sie den Punkt erreichte, an dem Major Crawford im Gefängnis eingetroffen war, gefolgt von dem Segen Vater Sebastians und ihrer elfstündigen Ehe.

»Willst du damit sagen, daß Luis und die anderen noch am Leben waren, als Major Crawford euch erreicht hat?« sagte er und unterbrach sie in ihrem Bericht.

»Ja, das stimmt. Warum?« Seine Muskeln waren plötzlich so angespannt, daß sie merkte, wie groß die Gefahr gewesen war, sich von der Trägheit einlullen zu lassen, die sie in seinen Armen verspürte.

»Der Major war ermächtigt, die Freilassung sämtlicher Gefangenen auszuhandeln«, sagte er grimmig. »Ich werde seinen Bericht mit großem Interessse lesen. Erzähl weiter, es hat gerade angefangen, mich zu faszinieren. Erzähl mir alles über diese Ehe. Zweifellos eine Liebesheirat, die alle Hindernisse überwunden hat und im grandiosen Schmutz einer Gefängniszelle vollzogen worden ist?«

»Nein... nein«, sagte sie, während sie einatmete, und dabei bemühte sie sich, die Tränen, die in ihre Kehle aufstiegen, aus ihrer Stimme fernzuhalten. »So war es überhaupt nicht. Es war – eine großartige Geste, sonst nichts. Luis hat mir durch eine Verbindung mit ihm, die ein reiner Kavaliersakt war und... nie vollzogen worden ist, den Schutz seines Namens gegeben. Und zwar nicht etwa, das versichere ich dir«, fügte sie beherzt hinzu, »weil es von meiner Seite an Bereitwilligkeit gefehlt hätte, sondern weil er zu der Vereinigung nicht in der Lage war. Am nächsten Morgen habe ich mit angesehen, wie er mit meinem Namen auf den Lippen in den Tod gegangen ist – aber ich glaube, abgesehen davon, daß er mich zurücklassen mußte, war er froh darüber, sterben zu dürfen.«

Nach dem letzten Wort brach ihre Stimme mit einem erstickten Laut, und die bitteren Tränen, die sie so lange zurückgehalten hatte, quollen in ihre Augen und strömten sengend heiß über ihr Gesicht, rannen in ihr Haar. Sie bemühte sich um Selbstbeherrschung und versuchte, sich aus Grants Armen loszureißen, doch er wollte sie nicht loslassen. Das Gefühl, in seinem Schutz geborgen zu sein, riß ihre letzte Abwehr nieder, und sie bemühte sich nicht länger, den schmerzenden, hoffnungslosen Fluß ihrer Tränen aufzuhalten.

Grant schwieg einige Minuten, dann zerriß sein leiser Fluch das mondhelle Dunkel. Als verlangten seine Empfindungen, durch Taten ausgedrückt zu werden, setzte er sich im Bett auf, suchte ihren Petticoat und drückte ihn ihr in die Hand, damit sie sich damit die Tränen fortwischen konnte. Dann saß er mit den Armen auf den Knien da und starrte durch das Halbdunkel den Umriß des Kleiderschranks in der Ecke an.

Seine Sorge war eine durchschlagende Kraft, gleichzeitig Balsam und Salz in die Wunden, die ihrem Innern zugefügt worden waren. Sie verstärkte zudem noch ihr Schuldbewußtsein, und daher wurde der Drang, alles zu gestehen, übermächtig.

Sie holte tief Atem und setzte dazu an. »Jean-Paul...«

»Du brauchst nichts mehr zu sagen. Der Rest ist mir bekannt«, sagte er zu ihr, und seine Stimmgewalt konnte sich mühelos gegen ihren matten Ton durchsetzen. Seine nächsten Worte verbannten alles, was sie gerade zu sagen versuchte, aus ihren Gedanken. »Ich weiß alles – bis auf eins, und das ist, warum du heute nacht hierhergekommen bist.«

»Das ist doch wohl offensichtlich«, entgegnete sie nach kurzem Schweigen.

»Mir ist es nicht klar.« Er legte sich wieder neben sie und stützte sich auf den Ellbogen. Er berührte sie nicht, aber ihr war bewußt, wie sehr er seine Gefühle im Zaum hielt.

»Ich bin gekommen, weil... es mir leid getan hat, daß ich das mit dem Kleid falsch verstanden habe...«

»Du wolltest es mir zurückbringen?« fragte er trocken und ungläubig.

Eleanoras Wangen begannen zu glühen. Tränen beharrten darauf, aus ihren Augen zu sickern, und sie rieb sie geistesabwesend weg. »Nein«, antwortete sie in ihrer Entschlossenheit, die Halbwahrheit auszusprechen, wenngleich sie ihn dabei nicht ansehen konnte. »Ich wollte bleiben, und ich dachte, ich mache es dir schwerer, mich rauszuwerfen, wenn ich mich ausziehe.«

Sein Atem stockte, und dann streckte er eine Hand aus und strich mit einem Finger über die feuchte Wölbung ihrer Wange, und er sagte: »Das war sehr klug. Ich würde dir gern noch einmal zeigen, wie klug es war, aber ich glaube, es ist besser für dich, wenn du jetzt versuchst zu schlafen.«

Er glaubte ihr. Er hatte nichts, was sie ihm erzählt hatte, in Frage gestellt. Das war mehr, als sie von einem Mann erwartet hatte, der dem Leben so feindselig gegenüberstand, mehr, als sie verdient hatte. Angesichts der Sorte von Verdächtigungen und Fragen, zu denen Grant, wie sie wohl wußte, imstande war, hätte sie durchaus schwach werden können. Seine Haltung beschämte sie, aber dennoch bewirkte sie unwillkürlich, daß der lastende Druck auf ihren Nerven nachließ. Ihre grünen Augen schimmerten schwach im Dunkeln, als sie sich zu ihm umdrehte. »Es mag ja sein, daß ich zerbrechlich wirke«, sagte sie leise, »aber ich bin stärker, als du weißt, viel stärker.«

Der Mond war untergegangen, ehe sie endlich die Augen schlossen. Eleanora schlief tief und fest, denn sie war erschöpfter, als sie es sich selbst eingestehen wollte. Kurz vor der Dämmerung wachte sie jedoch von ihrem eigenen lauten Weinen und ihrem gepeinigten Schluchzen aus einem Alptraum auf, an den sie sich nicht mehr erinnern konnte. Grant, der ebenfalls davon wach geworden war, hielt sie in seinen Armen, bis sie sich wieder beruhigt hatte. Obwohl sie es versuchte, konnte sie ihm, als sie in der tröstlichen Geborgenheit seiner Umarmung dalag, nicht sagen, was sie geträumt hatte. Die Einzelheiten waren ihr entfallen, und nur das Gefühl eines unermeßlichen Verlusts war zurückgeblieben.

»Was hast du dir gedacht, als du aus Rivas zurückgekommen bist und feststellen mußtest, daß ich fort war?«

Sie saßen am Frühstückstisch. Fliegen krabbelten auf den Orangenschalen und den Speckrändern herum, die sie auf ihren Tellern liegengelassen hatten, und die Hitze erhob sich hinter dem vorgezogenen Dach der Galeria bereits wie eine Mauer.

Grants Kaffeetasse war leer, und Eleanora füllte sie aus der blauen Emaillekanne nach, damit sie ihn nicht anzusehen brauchte, wenn er ihr antwortete.

»Zuerst«, sagte er und nahm seine Tasse in die Hand, »war ich wütend darüber, daß die Anklage erhoben worden ist, wenn ich auch von Luis idiotisch fand, einfach auf diese melodramatische Art mit dir abzuhauen, ehe Walker zurückkommen und alles in Ordnung bringen konnte. Das war, ehe mir klargeworden ist, was man dir antun wollte. Nach einer Weile habe ich begriffen, daß Juanitas Plan weitgehend darauf aufgebaut hat, daß ich nicht in greifbarer Nähe war. Trotzdem hat es mir weh getan, daß Luis da war und ich nicht, als du mich gebraucht hättest – daß er gewußt hat, wo du warst, während ich nichts davon wußte – und daß er nachts bei dir war und nicht ich. Wenn ich dich zu dem Zeitpunkt gefunden hätte, hätte ich vielleicht sogar versucht, ihn zu töten. Solange ich unter Hausarrest gestanden habe, habe ich mich dann etwas beruhigt. Ich habe es sogar gelernt, ihm dankbar dafür zu sein, daß er sich deiner angenommen hat.«

»Unter Hausarrest?« fragte sie eilig.

Sein Mundwinkel verzog sich zu einem humorlosen Lächeln. »Zu meinem eigenen Schutz. Wenigstens hat Walker es so ausgedrückt. Real gemessen war es gar keine so lange Zeitspanne, weniger als zwei Wochen, aber es war doch lange genug, um dich meiner Reichweite zu entziehen und mir jede Hilfe unmöglich zu machen. Für Walker war der Zeitraum lange genug, um der Phalanx einen Offizier zu retten, ein Kampfwerkzeug, von dem er wußte, daß er es brauchen würde, wenn er wieder nach Rivas zieht, was schließlich sein mußte. Und es war auch lange genug, um ihn einen loyalen Anhänger zu kosten.«

Hatte er sich solche Sorgen um sie gemacht? Die Worte, mit denen sie ihm gern entlockt hätte, wieviel er sich aus ihr machte, drückten schmerzhaft in ihrer Kehle, aber sie hatte das Recht verspielt, solche Fragen zu stellen. Statt dessen sagte sie: »Ich glaube nicht, daß es etwas geändert hätte, wenn du uns eingeholt hättest, noch nicht einmal, wenn du statt Major Crawford nach Honduras hättest kommen können.«

»Honduras? Von dieser Mission habe ich erst erfahren, nachdem Crawford schon aufgebrochen war. Ich habe Onkel Billy guten Grund gegeben, an meiner Mitwirkungsbereitschaft zu zweifeln, wohl sogar an meinen guten Absichten, aber das ist auch etwas, was ich ihm vorwerfe. Diese ganze Geschichte stinkt zum Himmel wie der San Juan in der Trockenzeit. Die Information, daß du gefangengenommen worden bist, ist nicht durch die üblichen Kanäle zu uns durchgesickert, darauf würde ich meine Epauletten setzen. Und wir haben sie auch nicht über unsere üblichen Democrático-Kontakte erhalten, wie Walker behauptet. Wenn es so wäre, wüßte ich etwas davon. Nein, irgend etwas ist seltsam an dieser Situation. Ich bin immer noch nicht sicher, daß der General sein Informationsleck gestopft hat.«

»Luis und ich haben über diese Möglichkeit geredet«, sagte sie. »Wir haben uns gefragt, ob Señora Paredes nicht vielleicht daran beteiligt ist.«

»Mag sein. Sie ist allerdings eine vorsichtige alte Frau und hat so große Angst davor, das zu verlieren, was sie hat, daß sie nur gegen ihren Willen hineingezogen worden sein kann.«

»Ändert das etwas?« fragte Eleanora vorsichtig.

Es dauerte lange, bis er antwortete. »Vermutlich nicht.«

Sie schluckte schwer und fragte dann: »Dann denkst du also an jemand anderen?«

Er schüttelte den Kopf, kippte den warmen Kaffee in sich hinein und griff nach seinem Hut. »Es ist nur so ein Gefühl.« Er kam um den Tisch herum und zog sie auf die Füße. »Du solltest die Türen besser zumachen. Wenn man sie offenläßt, wird es derzeit höllisch heiß hier drinnen – aber eigentlich auch dann, wenn man sie zumacht. Ich glaube nicht, daß du es den Tag über hier aushalten wirst, und wenn mir das Kostüm, das du trägst, auch noch so gut gefällt«, fügte er hinzu und warf einen Blick auf das rote Hemd, das äußerst reizvoll an ihr herunterfiel, »glaube ich doch nicht, daß du darin Gäste empfangen möchtest. Ich denke, ich sollte mich mal wieder um Kleider für dich kümmern.«

»Macht es dir etwas aus?« fragte sie besorgt.

»Ich könnte sogar lernen, es gern zu tun«, antwortete er. »Wenn man sich mit den Knöpfen an Frauenkleidern ein wenig auskennt, ist das ab und zu gar nicht unpraktisch.«

»Solange du dich dabei ganz auf meine Kleider beschränkst«, sagte sie mit aufgesetzter Koketterie. Sie nahm seinen Abschiedskuß entgegen und verspürte einen Schmerz in der Gegend ihres Herzens, als sie ihn das Zimmer verlassen sah.

Ihre Sachen kamen eine Stunde vor der Mittagessenszeit auf einem Handkarren aus dem Alhambra – ein großartiges Beispiel für Organisation und nachdrückliche Überredungskunst in diesem Land des ewigen *mañana* und ein definitiver Hinweis darauf, daß Grant den Transport persönlich überwacht hatte. Eleanora lächelte in sich hinein, als sie an seine Äußerungen zu dem Thema dachte, und sie zog gerade den Rock und die Bluse an, die sie inzwischen ihr honduranisches Kostüm nannte, als unten geklingelt wurde.

Eleanora trat gerade noch rechtzeitig auf die Galeria, um zu sehen, wie die Señora eine dralle Frau mit einem unglaublichen Hut auf dem Kopf, an dem Unmengen von frischen magentafarbenen Hibiskusblüten steckten, auf den Patio führte. Beim Anblick der messingfarbenen Locken, die ihr in die Stirn hingen, fand Eleanora die Sprache wieder.

»Mazie!« rief sie aus und rannte die Treppe hinunter. Die Schauspielerin breitete die Arme weit aus, und Eleanora warf sich in sie.

»Ich bin doch willkommen, oder nicht?« fragte Mazie, als sie sich voneinander lösten.

»Das weißt du doch«, sagte Eleanora und lächelte mit einem seltsamen Schleier vor den Augen.

»Ich hatte meine Zweifel. Du bist schon seit Tagen wieder zu Hause, und ich habe noch nichts von dir zu sehen bekommen.«

»Ich weiß«, sagte Eleanora zerknirscht. »Ich habe Dr. Jones nach dir gefragt. Er hat gesagt, dir ginge es gut und du seist glücklich mit deinem John, dem Theater und deinen Waisenkindern. Das klang so idyllisch, daß ich nicht mit meinen Problemen auftauchen wollte.«

»Sei nicht albern. Wenn du mich auch nur ein wenig kennst, dann solltest du wissen, daß ich vor Neugier sterbe, solange ich nicht aus deinem eigenen Mund gehört habe, wie es dir geht und was dir zugestoßen ist. Ich hatte keine Ahnung, daß es so furchtbar war, bis ich heute morgen die Zeitung gelesen habe. Ich dachte, es hätte sich nur darum gedreht, daß Laredo dich fortgebracht und versteckt hat. Romantisch, aber wohl kaum die gefährliche und nervenaufreibende Zeit, die du durchgemacht haben mußt, wenn ich an die Andeutungen im *El Nicaraguense* denke. Alles andere ist hier in der Stadt unter Verschluß gehalten worden, regelrecht verschwiegen worden.«

»Ach – die Zeitungen«, sagte Eleanora und fragte sich plötzlich, was für einen Reim sich Grant darauf machen würde, daß sie mit dem Redakteur geredet hatte. Nicht etwa, daß das eine Rolle gespielt hätte. Dennoch war es ihr lieber, jede Anspannung zwischen ihnen zu vermeiden. »Komm mit, und setz dich«, fuhr sie fort. »Ich werde mal sehen, ob ich nicht eine Tasse Kaffee organisieren kann.«

Es gab jetzt keine Orangenblüten mehr an den Ästen am einen Ende des Patio, und nur da und dort hingen ein paar Früchte, doch das schimmernde grüne Laub spendete noch kühlen Schatten. Die Sonne schien grell auf die Steine, mit denen der Boden des Patio gefliest war, und Pfützen, die aus den Blumentöpfen der Señora sickerten, da sie gerade sämtliche Pflanzen gegossen hatte, verdunsteten vor ihren Augen.

»Ich habe eine seltsame Nachricht von Neville an dich«, sagte Mazie, als Eleanora das Kaffeetablett auf dem schmiedeeisernen Tisch vor ihnen abgestellt hatte.

»Ach?« Eleanora reichte Mazie eine Tasse und lehnte sich mit ihrer eigenen Tasse in der Hand zurück.

»Er hat gesagt, ich soll dir seinen ›Glückwunsch‹ ausrichten und dich vorwarnen, daß er dich morgen im Lauf des Tages besuchen wird.«

Eleanora zog amüsiert eine Augenbraue hoch. »Wissen denn schon alle, daß ich wieder mit Grant zusammen bin?«

»Du bist so etwas wie eine Berühmtheit. Natürlich interessieren sich die Leute für dich. Verbessere mich, wenn ich mich irre, aber ich glaube, Neville hat sich noch mehr für diese Neuigkeiten interessiert als die meisten anderen. Er war derjenige, der mir gesagt hat, daß du hier bist.«

Die Vorstellung, daß Neville Crawford über jede ihrer Bewegungen wachte, erfüllte sie mit Abscheu.

Mazie richtete ihre grünen Augen auf Eleanoras ausdrucksvolles Gesicht und sagte: »Wenn du ihn so widerlich findest, brauchst du ihn nicht zu empfangen – oder doch?«

»Ich weiß nicht, wovon du redest«, antwortete Eleanora und warf durch die Wimpern einen Blick auf Mazie, die ihr gegenübersaß.

»Meine Liebe, ich kenne Neville schon seit langem. Er hat seine guten Seiten. Er hat die Instinkte und die Erziehung eines Gentleman, und er kann dem Ego einer Frau guttun, aber wenn es um Geld geht, kennt er so gut wie keine Prinzipien. Ich weiß genug über seine früheren Geschäfte, um mir zu denken, daß er bis zum Hals in dem Tauziehen zwischen Walker und seinen Hintermännern und Vanderbilt und seinem Geld steckt. Und ich habe da so eine Ahnung, welche Fraktion für Neville die attraktivere ist. Wenn du willst, kannst du mir vormachen, daß du mit alldem nichts zu tun hast, aber ich warne dich, ich werde dir nicht glauben.«

Wenn sie sich ihres unerträglichen Geheimnisses entledigte, wenn sie Mazie die ganze Geschichte mit allen Einzelheiten erzählte, wenn sie mit all den Schwierigkeiten und Peinlichkeiten herausrückte, die nur eine andere Frau verstehen konnte – was konnte das schon schaden? Es war zu unwahrscheinlich, daß Mazie William Walker gewarnt hätte, selbst dann, wenn es nicht bedeutet hätte, ihre beiden Freunde, Neville und Eleanora, zu verraten. Dazu kam noch, daß die Frau Jean-Paul wirklich gemocht hatte. Informationen weiterzugeben, die alle drei vor ein Exekutionskommando gebracht hätten, war ein heimtückischer Akt, den Eleanora Mazie unter gar keinen Umständen zutraute.

Aber sie konnte es nicht tun. Das Risiko war zu groß. Sie hob den Kopf und sagte: »Es tut mir leid, Mazie, aber ich weiß einfach nicht, wovon du sprichst.«

Mazie starrte sie an. Die Blütenblätter auf ihrem Hut flatterten, als sie nickte. »Dann ist es also noch schlimmer, als ich dachte. Also gut. Wir werden nicht darüber reden. Merk dir nur eins: Wenn du einen Ort brauchst, an dem du unterschlupfen kannst, bist du bei mir immer willkommen, ganz gleich, wo ich bin.«

»Mazie, du…«

»Mach dir um mich keine Sorgen. Ich sehe nur die allergrößten Schwierigkeiten auf dich zukommen, Schätzchen. Ich möchte dir gern helfen, wenn ich kann. Wenn ich dir nicht helfen kann, dann will ich nichts weniger, als dir noch mehr Schwierigkeiten zu machen.«

Als Mazie aufstand, legte Eleanora eine Hand auf ihren Arm. »Es gibt etwas, was du für mich tun kannst.«

»Und was wäre das?«

»Sag Neville, daß ich ihn hier nicht sehen will. Ich treffe ihn an jedem anderen Ort, nur nicht hier.«

»Das ist alles?«

»Das ist alles.« Eleanoras Stimme war fest. Es mochte zwar sein, daß es schwieriger für sie war, Neville an einem anderen Ort zu treffen, doch das war es ihr wert. Ihr war der Gedanke unerträglich, er könnte in die ungetrübte Stimmung dieses Patio vordringen und sie zwingen, ihn hier im Palacio willkommen zu heißen, an dem Ort, an dem sie früher einmal ein flüchtiges Glück erfahren hatte.

Grant kam zwar nach Hause, um das Mittagessen mit ihr gemeinsam einzunehmen, doch er wirkte gedankenverloren und ließ sich keine Zeit. Als er wieder gegangen war und Señora Paredes, nachdem sie den Tisch abgeräumt hatte, in den unteren Regionen des Hauses verschwunden war, um ihre Siesta zu halten, schlenderte Eleanora über den Patio. Ihre Nerven waren so angespannt wie Korsettschnüre. Unter den gegebenen Umständen war es ihr unmöglich, keine Mutmaßungen zu den Gründen anzustellen, aus denen Grant so abwesend war. Hatten die Neuigkeiten über die Unruhen in Léon Granada erreicht? Hielt Walker soeben einen Rat ab, um seine Strategie zu umreißen, wie er auf den Zug von Präsident Rivas konterte?

Zweifellos hätte sie etwas unternehmen sollen, aber was? Sie konnte die Papiere durchlesen, die im Schlafzimmer lagen; im Kleiderschrank hatte sie einen ganzen Stapel Papiere gesehen. Nicht etwa, daß sie annahm, sie könnte dabei auf eine wertvolle Information stoßen. Wenn Neville recht hatte, hätte Grant oder sonstwer bisher kaum Zeit gehabt, etwas schriftlich niederzulegen.

Die nachmittägliche Hitze im Schlafzimmer war drückend. Eleanora zog die Vorhänge zurück, damit genügend Licht ins Zimmer fiel, und als der Schweiß aus ihrem Haaransatz zu rinnen begann, riß sie das Fenster weit auf. Die Sonne war jetzt auf die andere Seite des Hauses weitergezogen. Die Galeria zur Straße hin lag im Schatten; dort mußte es kühler sein. Selbst wenn es nicht kühler würde, war alles andere besser als diese drückende Schwüle in einem luftlosen Raum.

War wirklich alles andere besser? Es hatte etwas Beunruhigendes an sich, in einem Raum mit offenen Fenstern und Türen die Papiere eines Mannes durchzuwühlen. Ihr Herz schlug schneller, und ihre Finger zitterten, als sie die Bücher mit den Hunderten von Rekruten durchblätterte, die alle in ihrer eigenen gestochenen Handschrift aufgelistet waren. Der Stapel Papiere unter diesen Büchern schien sich um Vorräte und ihre Lagerung und um Truppenbewegungen in den Tagen des jüngsten Konflikts zu drehen, der gerade erst vorüber war. Sonst war dort nichts zu finden.

Sie hatte sich umgesehen. Es stellte eine Erleichterung dar, diese unangenehme Aufgabe hinter sich gebracht zu haben, die Bücher und Papiere wieder ordentlich zu verstauen und dabei zu wissen, daß sie sie kein zweites Mal anrühren mußte.

Da sie sich ganz darauf konzentrierte, alles wieder genauso zu verstauen, wie sie es vorgefunden hatte, bemerkte Eleanora nicht, daß die Tür im Erdgeschoß geöffnet und wieder geschlossen wurde. Ihre erste Warnung bekam sie, als sie Männerstimmen im Patio und kurz darauf Schritte auf der Treppe hörte.

Es konnte nur Grant sein. Niemand sonst hätte den Palacio betreten, ohne vorher zu läuten oder die Señora aus ihrem Mittagsschlaf zu wecken.

Hastig und leise legte Eleanora die letzten Papiere wieder in den Schrank, schloß die Tür und trat auf die Galeria hinaus. Falls ihr die Zeit blieb, wollte sie schnell verschwinden; wenn nicht, dann konnte sie so tun, als hätte sie Luft schnappen wollen. In ihrem Schuldbewußtsein kam sie gar nicht auf den Gedanken, einfach da zu bleiben, wo sie war und unverfroren die Mittagszeit als einen natürlichen Vorwand für eine Siesta vorzuschieben.

Jedenfalls gelang es ihr, mit annehmbarer Würde bis ans Ende der Galeria zu schlendern. Sie setzte sich unter den ungestutzten Ästen der Bougainvillea auf das Geländer und wartete darauf, ob man sie dort entdecken würde.

Sie blieb unentdeckt. Grant schien ihre Anwesenheit im Haus ganz und gar vergessen zu haben. Er führte seine Gäste in das Schlafzimmer und entschuldigte sich dafür, wie heiß es dort war, und während sie ihm versicherten, so heiß sei es gar nicht, war das Scharren von Stühlen zu hören, als die Männer sich um den Tisch herum hinsetzten.

Eleanora erkannte ohne jede Schwierigkeit die Stimme William Walkers. Einer der anderen Männer war Colonel Thomas Henry, dachte sie, wogegen sie den vierten nicht ganz einordnen konnte, obwohl seine Stimme ihr vage vertraut vorkam.

In ihrer Aufregung bei dem Gedanken, sie könnte entdeckt werden, dauerte es einen Moment, bis ihr klar wurde, was all das zu bedeuten hatte. Was, wenn nicht dringend notwendige Geheimhaltung, hätte diese Männer dazu gebracht, sich für ihre Konferenz ein enges, stickiges Schlafzimmer auszusuchen und nicht einen der großen offenen Säle im Regierungsgebäude? Und was anderes als die Krise in Léon hätte zu diesem Zeitpunkt eine solche Konferenz notwendig gemacht?

Von ihrem günstigen Standort aus konnte sie die tiefen Männerstimmen gedämpft hören, aber nur ab und zu konnte sie ein Wort verstehen. Für den Fall, daß jemand sie von der Straße aus beobachtete, wich sie an die Hausmauer zurück. Sie machte einen Bogen um die Gitter vor den Fenstern der anderen Zimmer, wählte sich ihren Posten aus und bezog ihn, die Schultern an den warmen goldgelben Stein der Hausmauer gelehnt. In ihrer Konzentration bemerkte sie nicht, daß sie der Bougainvillea, die sie gepflückt hatte, die Blätter ausriß und sie beim Zuhören auf den Boden fallen ließ.

»Mir scheint«, sagte Colonel Henry gerade in seinem gedehnten Tonfall, »daß es nur eine Zeitfrage war, bis Rivas verrückt spielt. Er ist als Präsident ein reines Aushängeschild, nichts weiter als eine Galionsfigur, und das mußte ihm zwangsläufig früher oder später gegen den Strich gehen, denn schließlich ist er Aristokrat und so weiter. Dieser Trick, jetzt unwahre Gerüchte in Umlauf zu setzen, scheint so ziemlich genau das zu sein, womit zu rechnen war. Es würde mich nicht überraschen, wenn er nicht bereits einen Plan für die Verhandlungen mit ihm längst ausgeklügelt hätte, General.«

Man konnte Walkers Stimme anhören, daß er zufrieden war. »Mag sein. Ich würde gern hören, was der Rest von Ihnen dazu zu sagen hat.«

»Ich sage, schaffen Sie ihn sich vom Hals!« sagte der Fremde in dieser Gruppe in einem grimmigen Tonfall. »Verhaften Sie ihn und seine Kollegen, verurteilen Sie sie, und richten Sie sie als Verräter hin. Tun Sie genau das, was der Mann Ihnen unterstellt. Sie können sich im Moment keine inneren Dispute leisten. Das sähe nicht nur in den Augen aller mächtigeren Länder schlecht aus, die geneigt sein könnten, Sie zu unterstützen, sondern es wäre zudem eine Aufforderung für San Salvador oder Guatemala, Sie anzugreifen. Costa Rica mag zwar verkrüppelt sein, doch alle anderen sind es nicht. Sie alle, sogar die Honduraner, die Neutralität heucheln, warten doch nur darauf, daß Sie ihnen den Rücken zukehren.«

»Das mag sein«, sagte Grant bedächtig. »Aber mir kommt es so vor, als wäre es wahrscheinlicher, daß wir einen Bürgerkrieg anzetteln, wenn wir gegen Rivas vorgehen, und daß wir damit nicht etwa die Unruhen unterdrücken.«

Colonel Henry schlug auf den Tisch. »Grant hat recht. Andererseits können wir nicht zulassen, daß dieser Rivas weiterhin für Aufruhr sorgt. Wir müssen praktisch denken. Niemand nimmt es gern hin, wenn Fremde in sein Land ziehen und Staatsoberhäupter einsetzen. Wir sollten auf die gute alte amerikanische Art eine Wahl einberufen. Es steht zehn zu eins, daß Sie Rivas schlagen und zu einem Stillhalteabkommen zwingen können, wenn man bedenkt, wie die meisten dieser Menschen im Moment zu Ihnen stehen, General.«

»Das ist nicht von der Hand zu weisen«, gab Walker zu.

»Denken Sie nur daran, wieviel praktischer es wäre, wenn Sie Präsident wären«, fuhr Colonel Henry fort, der sich für sein Thema erwärmte.

»Zuerst müssen wir etwas gegen den Aufstand unternehmen, den unser derzeitiger Präsident angezettelt hat«, erinnerte ihn Walker freundlich.

»Die einfachste Möglichkeit wäre die, ihn zu ermorden«, murmelte der Fremde, eine Bemerkung, die niemand ernst zu nehmen schien.

Als nächster sprach Grant, und seine Stimme war bedächtig. »Was halten Sie davon, General, wenn wir Rivas zu verstehen geben, daß wir beabsichtigen, genau das zu tun, was in seinen Gerüchten angedeutet wird, nämlich ihn und seine Verbündeten zu verhaften? Seine Reaktion sollte, soweit ich das beurteilen kann, darin bestehen, so schnell wie möglich aus dem Land zu verschwinden und den größten Teil der Opposition in Léon mitzunehmen.«

»Auf die Art werden wir ihn los, ohne ihm auch nur ein Haar zu krümmen«, rief Colonel Henry aus.

»Genau«, stimmte Grant ihm zu. »Wenn er erst einmal fort ist, können Sie, General Walker, einen provisorischen Präsidenten ernennen, jemanden mit geringem politischem Ehrgeiz, und nach einer angemessenen Frist könnte dieser Mann eine Neuwahl anberaumen.«

»Ferrer«, sagte Walker nachdenklich.

»Wie bitte?« erkundigte sich der Fremde.

»Fermin Ferrer, ein guter Mann und ein braver Democrático. Er gäbe einen beeindruckenden provisorischen Präsidenten ab.«

»Und was ist mit den Wahlen?« fragte Colonel Henry.

»Unter allen Umständen, wenn ich auch glaube, sie sollten so schnell wie möglich anberaumt werden.«

»Es wird Zeit erfordern, die Aufstände in Léon abflauen zu lassen«, wandte Grant ein.

»Léon ist eine Hochburg der *aristocráticos* und der Legitimista-Partei«, sagte Walker ruhig zu ihm. »Die sind es gewohnt, einen der ihren an die Macht zu bringen. Wenn dort Aufruhr herrscht, könnte es ihnen schwerfallen, die Wahl in diesem Bezirk zu organisieren – und das wäre doch wirklich ein Jammer, nicht wahr?«

Sie hatte genug gehört. Je länger sie dastand, desto gefährlicher wurde ihre Lage. Sie wartete, bis einer der Männer wieder das Wort ergriff, und dann trat sie an die Flügeltür des Schlafzimmers nebenan, zog sie behutsam auf und trat ein. Sie lief mit größter Vorsicht durch das Zimmer zur Tür, die auf die Galeria über dem Innenhof führte und offenstand. Sie lief auf der Galeria ein paar Schritte weit zurück, dann machte sie kehrt und setzte sich mit normalen Schritten in Bewegung. Dabei ließ sie ihre Hand über das Geländer gleiten. Es wäre nicht normal gewesen, wenn sie gar nicht aufgetaucht wäre, solange Gäste im Haus waren. Sie konnte sich natürlich auf den Standpunkt zurückziehen, sie hätte sich aus Verlegenheit verborgen gehalten, doch es war etwas zu spät, vorzugeben, als errötete sie um ihres Rufes willen.

Sie setzte ein freundliches und nichtssagendes Lächeln auf, stieß die Schlafzimmertür auf und blieb mit der Hand auf dem Türknopf in der Tür stehen. »Grant«, setzte sie an, »ich dachte, ich hätte deine Stimme gehört – es tut mir leid! Ich wollte nicht stören. Aber wenn ich schon da bin, könnte ich dann nicht gleich etwas für die Herren besorgen? Kaffee? Ich glaube, es gibt auch Limonade.«

Im nächsten Moment wurde ihr Blick unwiderstehlich von dem Mann angezogen, der rechts neben Walker saß, dem Mann, dessen Stimme sie nicht hatte identifizieren können. Es war der amerikanische Minister für Nicaragua, John Wheeler.

20. Kapitel

»Wie geht es Jean-Paul? Ist alles in Ordnung mit ihm?«

»Ihm geht es gut.« Neville Crawford beantwortete Eleanoras besorgte Frage mit einem Tonfall, der an Gereiztheit grenzte, und kehrte augenblicklich zu seinem Hauptinteresse zurück. »Sind Sie sicher, daß das alles ist, was sie gesagt haben?«

»Ich bin ganz sicher«, erwiderte Eleanora. Das war jetzt das vierte Mal, daß Neville dieselbe Frage wiederholte, und auch sie war nicht immun gegen Reizbarkeit. Es war schon schlimm genug, daß sie mit Mazie in stillschweigendem Einverständnis handeln mußte, um ihn zu treffen, ohne daß er sie auch noch verdächtigte, ihm Informationen vorzuenthalten. Was sie genaugenommen tatsächlich tat. Sie hatte das Wissen für sich behalten, daß die geplante Verhaftung von Rivas nichts weiter als eine List war. Es war unwahrscheinlich, daß Neville etwas Gegenteiliges herausfinden würde, und ohne diese kleine Information beschränkte sich der Rest auf das, was Grant und der General der

Legitimista-Fraktion ohnehin zu verstehen geben wollten. Sie hatte Neville auch von der Entscheidung berichtet, einen provisorischen Präsidenten zu ernennen, aber sie hatte bewußt seinen Namen unerwähnt gelassen. Das war der beste Kompromiß, den sie mit ihrem Gewissen treffen konnte.

Jetzt sagte sie so unterwürfig wie möglich: »Es tut mir leid, daß ich nicht hilfreicher sein konnte.«

»Mir tut es auch leid, und zwar für Jean-Paul«, sagte Neville.

Sorge schoß panisch durch ihre Adern, doch ihr Gesichtsausdruck veränderte sich nicht. »Wie meinen Sie das? Sie haben gesagt, es ginge ihm gut.«

»Das trifft für den Moment auch zu. Aber wir haben es hier mit ungeduldigen Männern zu tun. Sie wollen genaue und stichhaltige Informationen, Zeiten, Daten, die Anzahl von Männern, mit der bei der Verhaftung zu rechnen ist, solche Dinge.«

»Was soll ich denn tun? General Walker bitten, meine Neugier zu befriedigen? Ich habe getan, was ich konnte.«

»Glauben Sie mir, ich fühle mit Ihnen, Eleanora, aber ich muß mich auch vor diesen Männern verantworten.«

Sie hätte ihm seine Falschheit am liebsten in sein breites, gutgeschnittenes Gesicht zurückgeworfen. Statt dessen hielt sie ihre Zunge im Zaum. Es wäre nicht sehr intelligent gewesen, sich diesen Mann zum Feind zu machen. Zudem steckte ein Körnchen Wahrheit in seinen Worten. Sie war Mazie dankbar dafür, daß sie in diesem Augenblick ins Zimmer kam.

»Das ist das heimlichste Treffen, das ich je erlebt habe«, neckte die Schauspielerin die beiden. »Man könnte glauben, ihr beide wärt miteinander verheiratet, wenn man dieses Gekeife hört. Laßt es sein und gebt mir einen Rat zu der neuen Kulisse, die ich gerade entwerfe. Vielleicht könnte ich sogar einen Drink für dich auftreiben, Neville, zur Beruhigung deiner Leber. Du machst einen ziemlich gereizten Eindruck auf mich.«

»Ich bin nicht eins von deinen Waisenkindern«, murrte Neville, »also versuch nicht, mich zu bemuttern.« Seinen Worten fehlte jedoch der Nachdruck echten Zorns, und er legte einen Arm um Mazies üppige Taille, als sie ihn aus dem Dachboden des Theaters führte, in dem er und Eleanora miteinander geredet hatten. Das schaffte sie mit einer Mischung aus Schmeicheleien und dem Ziehen an seinem Arm.

»Du kommst auch mit«, sagte Mazie und sah Eleanora über Nevilles Schulter an, und als sie die Dankbarkeit in ihren grünen Augen schimmern sah, blinzelte die Schauspielerin ihr ermutigend zu.

Die Neuigkeit, daß Präsident Rivas überstürzt mit seinem Kabinett aus Léon verschwunden war, wurde schon bald an jeder Straßenkreuzung diskutiert. Ferrer trat innerhalb von Stunden nach der offiziellen Bestätigung der Räumung der Hauptstadt sein Amt an. Eine seiner ersten Amtshandlungen als Präsident bestand darin, eine Neuwahl anzuberaumen. Der Plan, der in Eleanoras Schlafzimmer ausgehandelt worden war, konnte bislang bewunderungswürdige Erfolge verzeichnen.

Zu diesem Zeitpunkt gab es drei Männer in Zentralamerika, die sich als Präsident von Nicaragua bezeichneten. Da war zum einen das ursprüngliche Staatsoberhaupt des Landes, ein Mann namens Estrada, der an dem Tag aus Granada geflohen war, an dem Walker vor neun Monaten die Stadt eingenommen hatte. Dann gab es Rivas, den gemäßigten Legitimisten, der in einer gemeinsamen Aktion des Heers der Legitimistas und der Falangistas Walkers anstelle von Estrada zum provisorischen Präsidenten ernannt worden war, und schließlich noch den neuernannten Präsidenten Ferrer. Die Amtsperiode des letzteren war kurz. Innerhalb von Tagen hatte Nicaragua seinen vierten Präsidenten, den Mann, der bei der Wahl die Mehrheit der Stimmen auf sich vereinigt hatte. Sein Name war William Walker.

Die Bevölkerung von Granada feierte den Wahlsieg ihres Befreiers mit einem großen Fest. Es wurde gegessen, getrunken und auf den Straßen getanzt. Früh wurden Laternen angezündet und an Konsolen von Hausmauern gehängt oder mit Seilen über die Wände von Patios geworfen und an den Ästen von Bäumen befestigt. Besondere Aufmerksamkeit wurde auf die Plaza vor dem Regierungsgebäude verwandt. Sie wurde mit Dutzenden von Lampen und Fackeln ausgestattet, die die rotweiße Flagge anstrahlten, mit der das Regierungsgebäude geschmückt worden war, aber auch Walkers Flagge mit den roten Sternen und die Kapelle, die später das offizielle Fest mit Musik untermalen sollte und ins Haus umsiedeln würde.

Die Musik und das Gelächter drangen leise zu Eleanora vor, als sie am Fenster ihres Schlafzimmers stand. Die warme Abendbrise trug auch die Gerüche von Staub und Rauch und Kerosin mit sich, roch nach würzigem Essen und dem süßen milchigen Duft von Konfekt, das in großen Bissen verzehrt wurde, ein Bestandteil jeder Feierlichkeit. Von der Kathedrale ertönte das melancholische Läuten der Angelusglocke. Wie immer scheuchte es die Tauben auf, die schlagartig wegflogen. Sie zogen als Staffel über den Himmel, eine graziöse, finstere Formation.

Es bestand die Gefahr, daß die Feierlichkeiten getrübt werden könnten. Draußen über dem See, hinter den Kegeln des Ometepe, zuckten plötzlich Blitze und verliehen dem dunklen weinroten Himmel ein bedrohliches Aussehen.

Sie hätte sich ankleiden sollen, ihr Partykleid und alles, was auf dem Bett hinter ihr bereitlag. Aber sie konnte die Energie nicht aufbringen. Niedergeschlagenheit lastete schwer auf ihren Gliedern und ließ es als eine zu große Anstrengung erscheinen, sich das Haar aufzustecken und sich in den schweren Petticoat, die Krinoline und das Kleid für das Fest zu zwängen, das zu besuchen sie keinerlei Verlangen verspürte. Sie überlegte sich einen

Vorwand für ihr Fernbleiben, doch es reizte sie noch weniger, allein im Palacio zu bleiben, während alle anderen ausgelassen und fröhlich waren, als sich in das Regierungsgebäude zu begeben.

Sie war in den letzten Tagen so oft allein gewesen. In gewisser Hinsicht erinnerte diese Zeit Eleanora an ihre erste Woche mit Grant. Wenn er bei ihr war, war er leidenschaftlich besitzergreifend, doch er war nur ganz selten mit ihr zusammen. Walker gehörte, wie schon immer, seine oberste Loyalität.

Es war eine hektische Zeit gewesen, in der Onkel Billy viele Entscheidungen hatte treffen müssen, das war nur zu wahr. Während der Wahlkampagne waren Reisen nötig gewesen. Außerdem glaubte sie, nach den wenigen Dingen zu urteilen, die sie zu verschiedenen Zeitpunkten gehört hatte, daß die Pläne für die Übernahme der Transitlinie ebenfalls Fortschritte machten. Dennoch ertappte sie sich dabei, daß Grants Pflichten ihr immer lästiger wurden. Sie wäre am liebsten irgendwo ganz mit ihm allein gewesen, frei von Verpflichtungen, frei von jedem Eingebundensein, frei von jeder Einmischung von außen; an einem Ort, an dem sie ungestört ihren eigenen Regungen folgen konnten.

Manchmal fragte sie sich unwillkürlich, ob Grant es bereute, sie wieder bei sich aufgenommen zu haben, wenn sie in seine tiefseeblauen Augen sah, die auf ihr ruhten. In anderen Momenten stellte sie in Frage, ob sie ihm mehr bedeutete als ihr praktischer Wert – eine Frau, die immer in der Nähe war, um seine Kleider zu flicken, sich um seine Wäsche und seine Mahlzeiten zu kümmern, seine Begierde zu stillen und ihn behaglich in einen traumlosen Schlummer zu versetzen. War es dumm von ihr, mehr als diese oberflächliche Intimität zu erwarten? Gab es denn überhaupt mehr als das?

Als sie einen Laut hinter sich hörte, drehte sie sich danach um und sah Grant zur Tür hereinkommen. Als er sie im Dunkeln vorfand, blieb er kurz stehen und ging dann auf sie zu. Als er näher gekommen war, streckte er die Arme über ihren Kopf, schloß das Fenster und zog die Vorhänge zu. Nachdem er ihr einen flüchtigen Kuß auf den Mund gedrückt hatte, trat er vor den Waschtisch, auf dem die Lampe unter seinen festen braunen Fingern ihren Schein entfaltete.

»Warum ziehst du dich nicht an?« fragte er mit dem Rücken zu ihr. »Fühlst du dich nicht gut?«

Das war ihre Gelegenheit. Sie ließ sie vorübergehen, sowie sie sie zur Kenntnis genommen hatte. »Doch, mir geht es gut. Ich habe nur auf dich gewartet.«

»Gut. Du könntest etwas mit meinem Fell anfangen. Ich sehe so zottelig wie ein Bär aus.«

Er drehte sich zum Kleiderschrank um, holte den Medizinkasten heraus, griff nach der Schere, die in dem Durcheinander herumlag, und warf sie auf das Bett.

»Ich soll dir das Haar schneiden?« fragte Eleanora, die ihn beobachtet hatte, unschlüssig.

»Ehe ich ein Bad nehme«, antwortete er und zog das Hemd aus seiner Hose.

Die Schuld lag allein bei ihr. Sie hatte den Fehler begangen, ihm zu erzählen, Luis, Slim und Jean-Paul das Haar geschnitten zu haben. Doch das war etwas ganz anderes gewesen. In ihrer Lage hatten sie von ihr lediglich erwartet, daß ihnen das Haar nicht mehr in die Augen hing und daß es im Nacken nicht zu lang war.

Grant nahm auf einem der hochlehnigen Stühle am Tisch Platz und wartete mit aufreizender Ruhe darauf, daß sie begann.

Seufzend ging sie zu ihm und nahm die Schere in die Hand. Sein dichtes schwarzes Haar war nahezu glatt, und es war schwer zu schneiden, weil man jeden kleinsten Längenunterschied gesehen hätte. Als sie jedoch anfing, daran herumzuschnippeln, stellte sie fest, daß es sich auf seinem Hinterkopf wellte und ein Eigenleben führte. Ganz gleich, wie sie die Strähnen schnitt, die sie zwischen die Finger nahm, sie fielen zurück und gingen übergangslos und unauffällig in sein restliches Haar über. Grant zappelte nicht herum, gab ihr keine Ratschläge und versuchte auch nicht zu beobachten, was sie tat, wie es Jean-Paul und sogar Luis getan hatten. Er saß vollkommen still und entspannt da. Nach ein paar Minuten begriff sie, daß seine Haltung seinem Vertrauen und nicht etwa seiner Arroganz entsprang. Ihre Hände wurden ruhiger, und sie machte ihre Sache gut. Als sie fertig war, nahm sie eine Bürste und frisierte ihn.

»Zufrieden?« fragte er, und seine Hände schlossen sich um ihre Taille, während sie zwischen seinen Beinen stand. Seine Finger glitten unter das abgetragene Hemd aus Armeebeständen, das sie als Morgenmantel trug.

»Ja«, antwortete sie, ohne ihn anzusehen, und sie bürstete ein letztes Mal seine dichten Koteletten und klopfte ihm die dunklen abgeschnittenen Haare von den nackten Schultern.

»Ich nicht«, sagte er, und seine Stimme ertönte gedämpft durch ihr Hemd, als seine Arme sich enger um sie schlossen und er sie dichter an sich zog.

»Das ist wirklich zu schade«, sagte sie zu ihm, und ihre Hände packten seine Schultern, um ihn von sich fernzuhalten. »Ich habe bereits ein Bad genommen, und das Haar...«

»Wir können doch noch ein Bad nehmen.«

»Wir werden zu spät zu Onkel Billys *levée* erscheinen. Und außerdem hättest du sonst Haare im Bett.«

Er zog die Knöpfe aus den Knopflöchern ihres Hemds, bis es ganz offen war, und fragte: »Wer hat denn vom Bett gesprochen?«

»Du willst doch nicht etwa...«

»Ach, nein? Ich glaube, mich zu erinnern, daß einer dieser

Teppiche schon ein angenehmes Schlaflager für dich abgegeben hat. Der große dort vor dem Fenster, der war es doch, oder nicht?«

Er hob sie hoch, zog den Teppich mit dem Fuß näher und legte sie darauf. Sie fühlte seinen Atem warm auf ihrem Hals, als er sagte: »Das ist eine meiner liebsten Erinnerungen.«

Das leise Klimpern einer Gitarre trieb über die Versammlung. Es wurde allmählich lauter, als der Spieler, ein attraktiver junger Mann mit stolzen, lachenden Augen und strahlendweißen Zähnen, durch die Türen und in den langgezogenen Empfangssaal des Regierungsgebäudes kam. Um den tosenden Applaus und die begeisterten Komplimente anzuerkennen, die ihm zugemurmelt wurden, neigte er den Kopf und begann dann zu singen, während er seine langsame Runde durch den Saal fortsetzte.

Er war gut, sogar sehr gut. Seine Gitarre begleitete das Liebeslied, das er mit einer tiefen und liebkosenden Stimme hervorbrachte, und bildete eine ideale Ergänzung dazu. Der Umstand, daß er sich seines eigenen außerordentlichen Könnens bewußt war, nahm ihm absolut nichts von seinem ungezwungenen Charme. Die Damen sahen einander mit einem verhohlenen Lächeln an. Die Herren setzten gelangweilte Gesichtsausdrücke auf. Nur Eleanora stand wie versteinert da.

Der junge Mann, ein Spanier, war Luis so unglaublich ähnlich. Das Lied, das er sang, die Serenade eines Liebenden, war das einprägsame Madrigal, das Luis ihr einmal ganz für sie allein auf der Galeria vorgespielt hatte. Zumindest hatte sie geglaubt, es sei ein privates Konzert gewesen.

Ein vernehmliches Rauschen von Seidenröcken hinter ihr sorgte dafür, daß Eleanora auf der Hut war. Sie drehte sich einigermaßen gefaßt um, als Niña Maria neben ihr stehenblieb.

»Wie gefällt Ihnen unser Troubadour?« erkundigte sich Walkers Mätresse durchtrieben. »Major Crawford hat mir versichert, daß Sie ihn... umwerfend finden werden.«

»Major Crawford ist einfach zu aufmerksam«, erwiderte Eleanora nach einem Moment, »und Sie sind einfach zu freundlich.« Die Verlogenheit dieser Bemerkung machte es ihr schwer, die Worte über die Lippen zu bringen. Sie gab die Heuchelei auf und hob ihre grünen Augen, die vor Schmerz dunkel waren, zu Niña Marias gehässigem, kaltem Gesicht. »Warum haben Sie bloß eine derartige Abneigung gegen mich? Was habe ich Ihnen denn je getan?«

Die Frau klappte einen Fächer aus fleischfarbener Seide auseinander, der mit Zeichnungen von rubensschen Nackten verziert war. »Das läßt sich ganz einfach beantworten. Seit dem Tag Ihrer Ankunft haben Sie mir nichts anderes als Schwierigkeiten, Ärger und Peinlichkeiten bereitet. Sie haben Juanita ausgestochen und Pläne vereitelt, die schon monatelang gereift waren und endlich hätten Früchte tragen sollen. Sie haben sich die Zuneigung meines William erschlichen, und er hat von Ihnen in einem so liebevollen Tonfall gesprochen wie zweifellos von keiner Frau mehr, seit diese Mademoiselle aus Milch und Wasser gestorben ist, die ihm in New Orleans das Herz geraubt hat.«

»Das kann nicht sein«, protestierte Eleanora, und ihre Augenbrauen zogen sich zu einem unwilligen Stirnrunzeln zusammen. »Es hat nie den geringsten Hinweis darauf gegeben...«

»Nein, wohl nicht in der Form, die Sie meinen. Aber der Gegensatz zwischen seiner freundlichen und zuvorkommenden Haltung Ihnen gegenüber und seinem Benehmen mir gegenüber war sehr auffällig – bis es zu der Episode mit Luis gekommen ist. Das hat dazu gedient, ihn davon zu überzeugen, daß Sie nicht so unschuldig sind, wie Sie tun. Nichtsdestoweniger hat schon Ihre bloße Anwesenheit meine Aufgabe mehr als nötig erschwert.«

Eleanora warf unwillkürlich einen Blick auf den General, der in einiger Entfernung dastand. Es bestand nicht die Gefahr, daß er oder irgend jemand sonst ihr Gespräch belauschen konnte, da es von der Musik übertönt wurde, und man konnte sie schon gar nicht in der Nische mit den Topfpflanzen hören, in der Eleanora stand.

»Noch schlimmer ist«, fuhr Niña Maria fort, »daß Sie den unbesiegbaren Eisernen Krieger auf die Knie gezwungen haben und er Sie jetzt wie der betörteste Freier anhimmelt. Meine Freunde hatten zu dem Zeitpunkt, zu dem Sie auf der Bühne erschienen sind, mit einer gewissen Belustigung darauf gewartet, daß ich seine Rüstung durchbohre, wie ich es ihnen fest versprochen hatte. Ihretwegen bin ich zum Gespött geworden. Unter den gegebenen Umständen verstehen Sie sicher selbst, daß ich wenig Grund habe, Sie zu mögen.«

»Sie meinen, Sie hatten die Absicht...?«

»Verführen ist das Wort, nach dem Sie suchen«, kam ihr die Frau mit einem spröden Lachen zuvor, ehe Eleanora ihren Satz beenden konnte. »Ja, sicher. Wer hätte sich besser geeignet als der faszinierende Colonel Farrell?«

»Was ist mit Ihnen und dem General?«

Niña Maria zuckte die Achseln, eine ausgefeilte Geste, die die Aufmerksamkeit auf ihre weißen Schultern lenkte, die ihr Kleid aus rotbraunem und schwarzem Brokat kaum bedeckte. »Der General ist ein mächtiger Mann, und das finde ich aufregend, aber wie Sie sich inzwischen wohl selbst denken können, ist meine Verbindung zu ihm ein strategischer Zug und keine freie Entscheidung. Ich sehe nichts Böses darin, wenn ich mich anderweitig amüsiere, wenn er nicht zugegen oder zu sehr beschäftigt ist, um es zu merken.« Bei diesen Worten hatte sie den Sänger beobachtet, der durch den Saal schlenderte. Ihre Augen waren zusammengekniffen, und ein Lächeln spielte um ihre Mundwinkel. Jetzt strahlte sie und wandte sich wieder zu Eleanora um.

»Aber das macht alles nichts. So, wie die Lage derzeit aussieht, ist ein Streit zwischen uns bedeutungslos. Seit der Episode in Honduras sind wir quitt miteinander, wie die Falangistas sagen würden. Ich gratuliere Ihnen zu Ihrem Entschluß, sich der Partei anzuschließen, die letztendlich in Nicaragua herrschen wird, und nebenbei beglückwünsche ich Sie auch zu Ihren Bemühungen in unserem Sinne. Ich bin sicher, daß es Sie interessieren wird zu erfahren, daß Präsident Rivas geflohen ist und sich jetzt in Chinandega aufhält, wo er eine Regierung gebildet hat, wenngleich das gesamte Kabinett abwesend ist. Er hat in seinem Bemühen, die amerikanischen Eindringlinge zu vertreiben, den Kontakt zu den Staatsoberhäuptern von San Salvador und Guatemala aufgenommen.«

»Da wir gerade offen miteinander reden«, fiel Eleanora ihr ins Wort, »möchte ich Ihnen auch gleich sagen, daß ich nicht das geringste Interesse an Präsident Rivas habe.«

»Ich verstehe. Dann sind Sie also froh darüber, daß der General gewählt worden ist?«

Eleanora lächelte. »Ganz richtig.«

»Wenn es so ist, dann sollte es Ihnen doch nicht schwerfallen, aus aufrichtigem Interesse das Datum herauszufinden, das für seinen Amtsantritt festgesetzt worden ist.«

»Das kann doch bestimmt kein Problem sein?« fragte Eleanora und starrte sie an. »Man sollte doch davon ausgehen, daß dieses Datum innerhalb von ein oder zwei Tagen in der ganzen Stadt an jeder Mauer und an jedem zweiten Baumstamm bekanntgegeben wird.«

»Sie täuschen sich«, sagte Niña Maria kühl. »Der General hat eine Morddrohung bekommen. Es war einer dieser albernen Zettel, die durch ein Fenster geworfen werden. Die meisten Personen, die im öffentlichen Leben stehen, bekommen solche Nachrichten, aber er nimmt die Drohung ernst.«

»Ich bin sicher, daß sein Verdacht sich nicht gegen Sie richtet«, sagte Eleanora ironisch und senkte die Wimpern.

Niña Maria sagte mit finsterer Miene: »Natürlich nicht! Der General wird diese Information niemand anderem als Colonel Farrell und Colonel Henry anvertrauen. Natürlich hätte ich auch davon erfahren, wenn diese dämliche Drohung nicht gewesen wäre. William hat den Cousin meiner Zofe nicht vergessen, der sich unangekündigt in unsere Wohnung eingeschlichen hat. Es war lediglich ein kleines Mißverständnis, aber er weigert sich, daran zu glauben oder einen großen Empfang zu riskieren.«

»Wie dumm von ihm«, murmelte Eleanora.

»Wir können diesen Mann schlagen, ohne auf kaltblütigen Mord zurückzugreifen«, sagte die Frau im kühlen Tonfall verletzten Stolzes. »Meine Hauptsorge gilt der praktischen Seite, wenn ich den Termin in Erfahrung bringen will; es wäre günstiger für mich. Ich habe noch eine Menge Arbeit zu erledigen, um alles für den Amtsantritt vorzubereiten, und es wäre hilfreich zu wissen, wie viele Tage mir noch bleiben, um den Ball zu organisieren. Wenn es Ihnen widerstrebt, das für mich herauszufinden, können Sie sich natürlich an Major Crawford wenden. Aber Sie werden feststellen, daß er Sie auffordert – nein, nötigt – zu tun, worum ich Sie bitte.«

»Ich bin mir über die Zusammenarbeit zwischen Ihnen und Neville im klaren«, sagte Eleanora, »und daher bin ich sicher, daß Sie recht haben.«

»Dann kann es ja keine Probleme mehr geben«, erwiderte Niña Maria abschließend.

»Es kann nur gut sein, daß Grant sich keineswegs genötigt fühlt, mir das zu sagen, was Sie wissen wollen.«

»Ich bin sicher, daß Sie einen Weg finden werden, diese Schwierigkeiten zu umgehen«, sagte die Frau und wandte sich ab. Dann drehte sie sich noch einmal zu Eleanora um, als folgte sie einem Impuls. »Das Kleid, das Sie tragen, ist wirklich ganz reizend. Und es steht Ihnen blendend, aber das war ja auch nicht anders zu erwarten. Meine Näherin überbietet sich selbst immer wieder.«

Ihre Näherin? Eleanora spürte, wie sich ihre Brust zuschnürte. Wenn Niña Maria bei der Auswahl des Kleides, das sie trug, die Hand im Spiel gehabt hatte, würde sie es nie wieder anziehen. Am liebsten hätte sie es in Fetzen gerissen und Grant ins Gesicht geworfen. Wie konnte er es wagen, dieser Hexe von einer Frau die Unzulänglichkeiten ihrer Garderobe zu enthüllen? Wie konnte er es wagen, sie Niña Marias Mitleid und Herablassung auszusetzen?

Sie umklammerte eine Hand mit der anderen und suchte den Saal mit Blicken nach Grants breitschultriger Gestalt ab. Ihr Herz schmerzte ein wenig, als sie ihn mit einer belanglosen Blondine in blaßrosa Satin sprechen sah. Der Lampenschein ließ seinen Haarschopf blauschwarz schimmern und brach sich in den goldenen Fransen seiner Epauletten. Trotz ihrer intimen Kenntnis seines Körpers war er auf diese Entfernung nicht mehr als ein Fremder, der auf eine primitive Art gut aussah, und sie erschrak wieder einmal darüber, wie wenig sie von seinen Gedanken und Gefühlen wußte.

Er blickte auf, sah sie und lächelte sie freundlich an. Seine Aufmerksamkeit wurde in dem Moment von dem spanischen Gitarristen abgelenkt, der gerade die letzten Töne seines Lieds verklingen ließ. Während ihm rasender Beifall gespendet wurde, sprach er dem Mädchen gegenüber offensichtlich eine Entschuldigung aus und kam durch die Menschenmenge auf sie zu.

Eleanora wollte ihn zwar an ihrer Seite haben, aber nicht allein von ihm vorgefunden werden. Als Major Neville Crawford in ihrer Nähe vorüberging, forderte sie ihn mit einer unauffälligen Geste auf, zu ihr zu kommen. Neville begab sich mit lässiger, grobknochiger Anmut an ihre Seite, obwohl auch er Grants Näherkommen aus dem Augenwinkel wahrgenommen hatte. Er beugte sich dicht zu ihrem Gesicht herunter und sagte mit mehr Scharfblick, als sie ihm zugetraut hätte: »Was für ein Spielchen spielen Sie hier, meine liebe Eleanora?«

Es blieb keine Zeit für eine Antwort. Grant nickte Neville unterkühlt zu und blieb vor den beiden stehen. »Können wir gehen?« fragte er und legte eine Hand unter ihren Ellbogen.

»Ja«, antwortete sie und zeigte sich betont bereitwillig. »Sowie ich mit Major Crawford den Walzer getanzt habe, den ich ihm versprochen habe.«

Sein Griff schloß sich fester um ihren Ellbogen. »Ein anderes Mal«, sagte er mit fester Stimme. »Ich bin sicher, daß Major Crawford das verstehen wird.«

Neville trat sofort zurück, und als sein Blick von Grant zu Eleanora glitt, stand in seinen Augen mühsam beherrschter Neid.

Als sie durch die Eingangstür ins Freie traten, erwiderte Grant das Salutieren der Wachen mit mechanischer Präzision. Seine Stimme klang ebenso mechanisch und präzise, als er zu ihr sagte: »Du scheinst dich gut mit Crawford angefreundet zu haben.«

»Er war nett zu mir, als ich in Honduras aus dem Gefängnis gekommen bin, und wir waren auf der Heimfahrt auf dem Schiff zusammen«, antwortete sie kühl.

»Aber du hast ihn schon vorher gekannt?«

Sein Benehmen behagte ihr ganz und gar nicht. »Wir sind mit dem Schiff aus New Orleans hergekommen, falls es das ist, was du meinst.«

»Man hat dich mit ihm durch die Stadt laufen sehen, sowohl früher als auch jetzt wieder.«

»Früher, wie du es nennst, war er so nett, mich ein- oder zweimal zum Lazarett zu begleiten. Im allgemeinen waren wir mit Mazie zusammen, da er ein Freund von ihr ist.«

»Ach ja, Mazie«, sagte er und nickte bedächtig.

Eleanora blieb stehen, als sie in die Calle Santa Celia einbogen. »Ich muß dich bitten, nicht in diesem Tonfall über Mazie zu reden«, sagte sie zu ihm, und ihre Stimme bebte wütend. »Sie hat ihre Schwächen, aber sie ist ein besserer Mensch und auch netter und weniger unmoralisch als viele deiner sogenannten Freunde.«

»Wer zum Beispiel?« fragte er, und seine Stimme war hart.

»Zum Beispiel Niña Maria«, verkündete sie und wandte sich eilig ab, weil sie fürchtete, sie hätte zuviel gesagt.

Mit einem einzigen großen Schritt hatte er sie eingeholt. »Ich nehme an, du meinst damit etwas Bestimmtes.«

»Nichts, was ich dir erklären müßte«, antwortete sie.

»Das glaubst du«, fauchte er und stieß die Tür des Palacio auf. Nachdem sie eingetreten waren, knallte er sie hinter sich zu.

Paß auf – flüsterte eine Stimme in Eleanoras Innerem, doch sie schenkte ihr keine Beachtung. »Deine Niña Maria«, sagte sie, und ihre Augen funkelten in der Dunkelheit des Patio, »war heute abend so nett, mir zu sagen, daß du vor meiner Ankunft in Granada Feuer und Flamme warst, ihren spanischen Reizen zu erliegen!«

In ihrer derzeitigen Gemütsverfassung war es ihr eine Freude zu sehen, wie entgeistert er war, doch es erschien ihr unklug, an seiner Seite zu bleiben, um dieses Spektakel auszukosten. Sie hatte die Hälfte der Treppenstufen schon zurückgelegt, als er die Stimme wiederfand.

»So ein hanebüchener Blödsinn! Das ist eine unverfrorene Lüge! Aber selbst wenn es so wäre, was ginge dich das an? Du warst nicht hier.«

Darauf konnte sie nichts antworten. Sie versuchte es mit einer anderen List. »Und ich soll wohl auch die Tatsache übersehen, daß diese Frau für das Kleid verantwortlich ist, das ich gerade trage?«

»Dem ist nicht so«, sagte er und folgte ihr ins Schlafzimmer.

»Dann bestreite auch noch«, sagte sie und wandte sich ihm zu, »daß es von ihrer Näherin angefertigt worden ist! In Windeseile, weil die Mätresse William Walkers eine wichtige Kundin ist.«

»Das kann ich nicht bestreiten«, sagte er zu ihr, und ein finsteres Stirnrunzeln zog seine Augenbrauen zusammen. »Es ist von ihrer Näherin genäht worden, weil ich vorher schon mit Walker bei ihr war und sie die einzige Näherin war, die ich kannte. Aber ich habe die Stoffe ausgesucht, und ich habe der Frau gesagt, welchen Schnitt ich mir wünsche, und es ist von meinem Geld bezahlt worden. Auch den Zuschlag für die Eilanfertigung, damit du das Kleid tragen konntest, als du es gebraucht hast, habe ich bezahlt. Niña Maria hat nichts damit zu tun gehabt. Wie sie das herausgefunden hat, kann ich nicht sagen, es sei denn, es ist ihr größtes Interesse, immer über die Angelegenheiten aller anderen informiert zu sein. Sie ist ein nicaraguanisches Miststück, und ich sähe zu gern, daß sie mit einem Tritt in ihr Hinterteil aus dem Regierungsgebäude entfernt wird. Sie hat einen guten Mann an der Nase herumgeführt und vielleicht sogar gefährdet, was wir hier zu tun versucht haben, aber solange Onkel Billy ihr aus der Hand frißt, muß ich sie ertragen.«

Seine blauen Augen, die vor Wut finster waren, erkundeten ihr Gesicht, das jetzt blaß war, da ihr Zorn sich gelegt hatte. »Natürlich«, sagte er und machte einen Schritt auf sie zu, der in seiner Geschmeidigkeit etwas Bedrohliches hatte, »brauchst du das Kleid nicht zu tragen, wenn es dir nicht gefällt. Du brauchst überhaupt nichts zu tragen!«

Er streckte die Hand aus und packte mit den Fingern den tiefen Ausschnitt.

»Nein!« schrie sie und legte beide Hände auf seine, als seine Absicht ihr klarwurde. »Das Kleid gefällt mir«, fuhr sie zerknirscht fort, und ihre Augen forschten in seinem Gesicht, als sie spürte, wie seine Spannung nachließ. »Es gefällt mir wirklich. Es ist das schönste Kleidungsstück, das ich je besessen habe.«

Etliche Herzschläge lang starrten sie einander an. Langsam lockerten sich Grants Hände, die ihren Ausschnitt noch gepackt hielten. Sie glitten über ihre Schultern und ihren Rücken und legten sich dann auf ihre Taille. Eleanora unternahm keinen Versuch, sich ihm zu entziehen.

»Würdest du schwören«, erkundigte sich Grant bedächtig und schaute dabei ihren zartgeschnittenen Mund an, »daß du eben gerade nicht ein klein wenig eifersüchtig warst?«

Obwohl sie sich bemühte, konnte Eleanora den Blick nicht höher als auf die goldenen Knöpfe seines Uniformrocks heben. »Warum nicht?« antwortete sie. »Wenn du mir dasselbe schwörst.«

»Nie eine direkte Antwort«, sagte er nachdenklich. »Ich frage mich, vor wem du Angst hast – vor mir oder vor dir selbst?«

Eine solche Einsicht konnte gefährlich sein. Sie warf den Kopf zurück und fragte: »Macht das einen Unterschied?«

»Nein. Nichts macht einen Unterschied, und nichts anderes zählt, solange du hier bist, in meinen Armen«, sagte er und senkte seinen Mund auf ihre Lippen.

21. Kapitel

Eleanora eilte durch die Straßen, und ihr Korb schwang leer an ihrem Arm. Als sie aus dem Haus gegangen war, war er mit Phenol und Salben gefüllt gewesen, mit Babylätzchen und Hemden, die sorgfältig mit der Hand gesäumt waren, aber auch mit Süßigkeiten und Kuchen, die die Señora bereitgestellt hatte. Mazie hatte eine Nachricht von Eleanora mit dem Vorschlag beantwortet, Eleanora solle Neville diesmal im Waisenhaus der Kirche von Guadelupe treffen, und das schien eine gute Idee zu sein. Angesichts der Tatsache, daß Grant über jeden ihrer Schritte unterrichtet wurde, waren zusätzliche Vorsichtsmaßnahmen vernünftig erschienen. Was konnte harmloser wirken als ein Besuch bei den Kindern im Waisenhaus? Gleichzeitig kam sie in den Genuß, die unvermeidlichen kleinen Verletzungen zu behandeln, die Vorräte der zuständigen Ordensschwestern aufzufüllen und in den Gesichtern dunkeläugiger Kinder die Freude zu sehen, wenn sie die Leckereien verschlangen, die sie mitbrachte.

Ihrer Meinung nach hatte dieser kleine Ausflug ansonsten kaum einen Sinn. Es hatte ihr nicht die geringsten Schwierigkeiten bereitet, den Zeitpunkt des Amtsantritts des Präsidenten in Erfahrung zu bringen. Sie hatte die Frage beiläufig am Frühstückstisch gestellt, und Grant hatte ihr ebenso beiläufig mitgeteilt, es käme am zehnten Juli dazu, in sechs Tagen. Warum Niña Maria das so hochgespielt hatte, war Eleanora unverständlich, obwohl sie den vagen Verdacht hatte, daß die Frau ihr nur deshalb die unnütze Mühe gemacht hatte, weil sie sie ärgern wollte. Nevilles Haltung war unverbindlich gewesen und hatte ihr nichts verraten, als sie ihm die Information gegeben hatte. Sie hatte ihm nicht ansehen können, ob er diese Information erwartet hatte oder ob er sie überhaupt haben wollte.

Als Eleanora sich dem Palacio näherte, verlangsamten sich ihre Schritte. Vor dem Gebäude stand eine seltsame Equipage. Sie wirkte wie eine Reisekutsche. Unter der Staubschicht war sie mit glänzender schwarzer Farbe angemalt. Die Beschläge waren aus blankgeputztem Messing und glänzten in der Sonne wie Gold. Seitlich war sie mit einem Wappen in Rot, Blau und Gold verziert. Die Insignien unter der dünnen Staubschicht konnte sie erst erkennen, als sie direkt vor der Kutsche stand. Die Röte, die die Hitze und die Eile in ihr Gesicht gezaubert hatten, wich, und sie wurde blaß. Das Wappen auf der Kutsche war dasselbe, das in ihren Siegelring geritzt war, den sie am Finger trug, das Wappen von Luis' Familie.

Señora Paredes erwartete sie schon in der Eingangshalle. Ihre Augen glänzten unter ihrem besten Spitzenhäubchen, und die wächserne Blässe ihrer Wangen wies eine leichte Färbung auf. »Sie werden von einem Besucher erwartet«, teilte sie Eleanora mit einer Stimme mit, die vor gedämpfter Erregung bebte. »Ich habe ihm Kaffee und ein paar von meinen Plätzchen in der *sala* serviert. Er sitzt jetzt schon seit einer Stunde da, und ich bin sicher, daß er allmählich ungeduldig wird.«

In der *sala*? Es mußte sich in der Tat um einen äußerst hochstehenden Besucher handeln. Nur den würdevollsten Ehrengästen wurde der Zutritt zu dem Salon gewährt, und das auch nur zu den offiziellsten Anlässen. Da die Señora selbst aus einer guten Familie stammte, war schon ein außergewöhnlicher Mensch vonnöten, um sie zu beeindrucken.

»Ich danke Ihnen«, murmelte Eleanora. Sie strich sich über das Haar, und als sie die Hand auf den Knopf der großen geschnitzten Tür legte, die von der Eingangshalle in die *sala* führte, spürte sie an ihrem Zittern, wie bang ihr zumute war.

Der Mann, der sich bei ihrem Eintreten erhob, war groß und dünn und hatte weißes Haar und einen silbernen Bart, der gepflegt war und spitz zulief. Seine Verbeugung war der Inbegriff größter Anmut und Zuvorkommenheit, obgleich er ihre Hand nicht nahm. Nachdem er sich wieder zu seiner vollen Größe aufgerichtet hatte, schaute er mit kühler und distanzierter Höflichkeit auf sie herunter. Kein Ausdruck verriet etwas in seinem adlerähnlichen Gesicht, doch Eleanora wußte, daß er sowohl überrascht als auch unerfreut über ihr äußeres Erscheinungsbild war.

»Sie sind Señora de Laredo, die Frau von Luis Andres Charles Emmanuel de Laredo y Pacquero?«

»Ja. Seine Witwe.«

»Natürlich. Entschuldigen Sie, bitte«, sagte er und senkte die Lider, die aber nicht ganz verbargen, daß seine Augen unter den dichten Wimpern über ihren Rock und ihre Bluse glitten.

Man hätte es Eleanora nicht übelnehmen können, wenn sie erbost auf seine Haltung reagiert hätte. Sie tat es aber nicht. Mit ruhiger Stimme sagte sie: »Sie brauchen sich nicht zu entschuldigen. Wenn Sie wissen, daß ich mit Luis verheiratet war, dann müssen Sie auch wissen, daß diese Ehe nur einige Stunden bestanden hat. Sie können jedoch nicht wissen, daß ich mich ihm wirklich eng verbunden gefühlt habe und Schwarz trüge, wenn es mir wirtschaftlich möglich wäre.«

Er starrte sie an, während sie seinen Blick mit ruhigen grünen Augen erwiderte. Nach einem Moment neigte er den Kopf noch einmal zu einer tieferen Verbeugung als der ersten. »Ich muß Sie ernstlich um Verzeihung bitten, Señora, weil ich die Tiefe Ihrer Gefühle unterschätzt habe. Gestatten Sie mir, mich vorzustellen. Ich bin Esteban de Laredo, der Onkel des Mannes, mit dem Sie verheiratet waren.«

Nachdem er sich vorgestellt hatte, bedeutete ihm Eleanora, sich zu setzen und ließ sich ebenfalls nieder. »Als ich Ihre Kutsche draußen stehen gesehen habe, hatte ich schon den Verdacht, Sie könnten mit Luis verwandt sein«, sagte sie schlicht. Sie zog sich den Siegelring vom Finger und hielt ihn ihm hin.

Er nahm ihn mit zitternden Fingern und hielt ihn in das Licht, das durch die Vorhänge und die Gitter vor den Fenstern gefiltert wurde. Er wischte sich über die Augen, als müsse er einen Schleier fortwischen, der sich darübergelegt hatte, und Eleanora wandte den Blick ab, als ihr plötzlich bewußt wurde, daß der Spanier ein alter Mann war, der ernstlich trauerte.

Es war stickig im Zimmer, aber nicht unerträglich heiß. Weiße Wände, die zu den dunklen Balken der hohen Decke aufragten, vermittelten einen Eindruck von Kühle. Dazu trug auch der Steinfußboden bei, der auf Hochglanz poliert war und auf dem nur ein einziger Orientteppich vor dem schlichten Kamin lag. Beidseits des Teppichs standen kleine Sofas aus Walnußholz mit Samtpolstern, und die Gemälde, unsaubere Kopien von spanischen und flämischen Meistern, die an allen Wänden hingen, waren ebenfalls in Walnußholz gerahmt.

»Es kann kein Zweifel daran bestehen, daß Sie diesen Ring von meinem Neffen haben«, sagte der Spanier, als er Eleanora den Ring endlich wieder reichte. »Ich war dabei, als mein Bruder, sein Vater, ihm diesen Ring zu seinem einundzwanzigsten Geburtstag geschenkt hat. Er war sehr stolz darauf. Ich kann mir nicht vorstellen, daß er sich davon getrennt hätte, wenn er sich nicht sehr, sehr viel aus Ihnen gemacht hätte.«

Eleanora schloß die Hand fest um den Ring und antwortete ihm nicht darauf. Sie saß auf der Kante des einen Sofas und konnte sich einfach nicht entspannt und gelöst geben, denn ihr war ihre ungepflegte und schmuddelige Erscheinung bewußt. Sie blickte auf und fragte: »Wollten Sie etwas Bestimmtes von mir? Kann ich Ihnen irgendwie helfen?«

»Ich hoffe, Señora, daß ich in der Lage sein werde, Ihnen zu helfen. Verstehen Sie, ich habe die Ehre, in der Eigenschaft eines *abogado* des Conde de Laredo aufzutreten – auf englisch würden Sie von einem Anwalt sprechen –, der die Ländereien verwaltet, die ihm und seiner Familie gehören. Vor sechs Monaten ist mein Bruder Don Carlos von seinem Pferd gestürzt und gestorben. Es war dringend notwendig, daß Luis nach Hause zurückkehrt, um den Titel seines Vaters zu übernehmen und seine Pflichten als Conde anzutreten. Ich habe die entsprechenden Vorbereitungen getroffen, darunter auch am Hofe Isabellas ein Gesuch eingereicht, in einer privaten Angelegenheit zu intervenieren, einer Streitigkeit zwischen Luis und einer Familie aus unserem Bekanntenkreis, falls es zu weiteren Auseinandersetzungen kommen sollte. Sowie das erledigt war, brauchte ich nur noch Luis zu finden. Das letzte Mal haben wir von ihm aus den Vereinigten Staaten von Amerika gehört, aus Kalifornien. Da ich keine Antwort auf meine Briefe erhalten habe, die ich an die letzte Adresse geschrieben hatte, die mir bekannt war, habe ich mich auf die Suche nach ihm gemacht. Meine vielen Irrfahrten haben mich schließlich auch nach San Juan del Norte an der Atlantikküste geführt. Dort sagte man mir, daß mein Neffe geflohen ist. Ich bin nicht gerade ohne Einfluß, noch nicht einmal in diesem gottverlassenen Land. Schließlich habe ich erfahren, daß er in Honduras ins Gefängnis gesperrt worden ist. Aber dort wurde mir die furchtbare Nachricht überbracht, daß Luis, mein Neffe, der Erbe des Titels, tot ist. Der Conde de Laredo ist wie ein gewöhnlicher Schurke von einem Exekutionskommando erschossen worden.«

Eleanora machte eine unabsichtliche Handbewegung, als wollte sie ihm ins Wort fallen, doch sie brachte keinen Ton heraus. Der Conde. So hatten die Falangistas Luis im Scherz genannt. Woher hatten sie das bloß wissen können? Die Antwort konnte nur lauten, daß sie es nicht gewußt hatten. Eine solche Geschichte wäre schnell in Umlauf gebracht worden und bald allseits bekannt gewesen. Vielleicht ließ sich gerade an seinem Stillschweigen die Güte seiner Herkunft und Erziehung ermessen?

Das traf jedenfalls mit Sicherheit auf den älteren Mann zu, der ihr gegenübersaß. Er besiegte die Gefühle, die ihn zu überwältigen drohten, und hob den Kopf.

»Verzeihen Sie mir«, sagte er mit ruhiger Stimme. »Es kann nur schmerzlich für Sie sein, an diese Zeiten erinnert zu werden. Ich wollte Ihnen gerade sagen, warum ich hier bin, nicht wahr? Zum Zeitpunkt meiner Ankunft hatte man Sie schon aus Hondurao fortgobracht. Von Ihrer Existenz habe ich durch den Geistlichen erfahren, der meinem Neffen die letzte Beichte abgenommen hat, einem gewissen Vater Sebastian. Er hat mir von Luis' letzten Tagen und von seiner Eheschließung erzählt. Er hat mir den offiziellen Trauschein gezeigt, die korrekte Eintragung im Kirchenregister und mir auch ein Dokument gegeben, das Luis ihm anvertraut hat. Es war sein Testament, das er auf das Vorsatzblatt der Bibel des Geistlichen geschmiert hat. Das ist gewiß unüblich, aber vollkommen rechtsgültig. Luis hatte den Geistlichen angewiesen, mir das Testament zu schicken, und das hätte er zweifellos auch getan, wenn er die Gewißheit gehabt hätte, daß es mich auch ganz bestimmt erreicht. Er war gewaltig erleichtert, als er es mir persönlich aushändigen konnte. In diesem Testament hat er Sie, Eleanora Colette de Laredo, geborene Villars, als Alleinerbin eingesetzt. Die Ländereien, das Schloß und das dazugehörige Land, die Olivenhaine, die Exportfirma und eine Anzahl von anderen Betrieben, all das bleibt natürlich Familienbesitz und wird nach der festgelegten Erbfolge weitergegeben. Darüber konnte er nicht verfügen. Luis besaß jedoch ein ansehnliches Vermögen, über das er frei verfügen konnte, eine Erbschaft von seiner Großmutter mütterlicherseits. Das gehört jetzt Ihnen.«

Gestatte mir... dir alles an Schutz zu geben, was ich dir mit meinem Namen geben kann – Eleanora schüttelte benommen den Kopf, und diese Worte rannen wie ein zarter Refrain durch ihren Geist.

»Es ist wirklich wahr«, versicherte ihr der alte Mann auf ihr ungläubiges Kopfschütteln hin. »Es kann ein Weilchen dauern, bis alles geregelt ist, aber diese Gelder werden auf der Bank Ihrer Wahl eingezahlt werden.« Er zögerte und fuhr dann fort. »Natürlich wird sich die Situation drastisch ändern, falls sich noch Nachkommen einstellen. Luis' Sohn wäre dann der neue Conde, der die Ehrentitel seines Vaters erhielte. Er würde natürlich in Spanien aufgezogen werden, und Sie würden dort als die verwitwete Condesa und als Mutter seines Sohnes selbstverständlich aufgenommen werden.«

Mit erstickter Stimme sagte sie: »Es besteht kaum eine Chance, daß es dazu kommen wird, Señor.«

Er nickte, als hätte er nichts anderes erwartet.

Eleanora sagte bedächtig: »Was wäre, wenn ich das Erbe ablehnte?«

»Es ablehnen – das kann nicht Ihr Ernst sein?«

»Aber wenn ich es täte?« beharrte sie.

Stirnrunzelnd antwortete der Spanier: »Es wäre ganz und gar untypisch für einen Laredo, eine Frau, aus der er sich viel gemacht hat, mittellos zu hinterlassen, und schon gar nicht eine Ehefrau. Selbst wenn Luis keine Vorkehrungen getroffen hätte, hätte ich mich verpflichtet gefühlt, Ihnen zumindest eine Unterstützung für den Rest Ihres Lebens zukommen zu lassen. Nein, das, was mein Neffe Ihnen zugedacht hat, sollen Sie auch haben. Was Sie hinterher damit anfangen, ist Ihre Angelegenheit, aber ich kann nur hoffen, daß Sie das Vermögen dazu nutzen, Ihre Zukunft abzusichern, wie Luis es sich gewünscht hat. Die Welt behandelt alleinstehende Frauen nicht immer gut.«

Da es nichts mehr dazu zu sagen gab, teilte ihr Don Esteban de Laredo seine Adresse mit und verabschiedete sich. Dann wartete er nur noch darauf, daß Señora Paredes ihm seinen Hut und seinen Stock brachte, und er versetzte sie in helle Aufregung damit, daß er ihr Komplimente über die Plätzchen machte, die sie ihm vorgesetzt hatte. Als sich die Tür hinter ihm geschlossen hatte, stand Eleanora fast so benommen wie die Señora da. Es wäre jedoch hartherzig gewesen, die Neugier der alten Frau gänzlich unbefriedigt zu lassen. »Der Gentleman«, sagte Eleanora, als die Frau sich zurückziehen wollte, um die *sala* aufzuräumen, »war ein Verwandter von Oberleutnant de Laredo. Er wollte nur mit mir über ihn reden.«

Es bedrückte sie eine Zeitlang, wie geschmeidig diese Halbwahrheit ihr über die Lippen gegangen war. Lüge, Verrat, Unzucht – mit der entsprechenden Rechtfertigung schien sie zu allem in der Lage zu sein.

Die Vorbereitungen für den Amtsantritt des Präsidenten schritten weiterhin rasch voran, und das, obwohl entgegen Eleanoras Erwartungen nirgends das Datum bekanntgegeben worden war. Von der Plaza ertönte ein ständiges Hämmern, während die Haupttribüne zusammengenagelt wurde. Vereinzelt wurden Flaggentücher vor die Fenster von Häusern gehängt, um den Blitzen zu trotzen, die nachts immer noch über den See zuckten. Berichte von Regenfällen im Süden liefen ein, doch kein Tropfen fiel auf Granada.

Sie hatte Grant nichts von dem Besuch Don Estebans oder von der Erbschaft erzählt. Er konnte ihr zwar nicht verbieten, das Erbe anzutreten, aber es würde ihm nicht passen, wenn sie auf das Geld zurückgriff, solange sie mit ihm zusammen war. Da Grant ihr keine dauerhafte Sicherheit angeboten hatte und durchaus ein Zeitpunkt kommen konnte, zu dem sie – und Jean-Paul – froh über die Freiheit und den Schutz sein würden, den Luis' Vermögen ihnen gewähren konnte, würde sie das Erbe wohl doch nicht ausschlagen.

Augenblicklich war es ohnehin nicht der richtige Zeitpunkt für private Vertraulichkeit und persönliche Geständnisse. Grant zog sich mit jedem Tag, der verging, mehr in sich selbst zurück, und er wurde sichtlich reizbarer. Eleanora schrieb es der Hitze und den langen Stunden zu, die er für den General arbeitete. Sie hatte eigentlich nicht das Recht, sich zu beklagen. Ihre eigene Stimmung war nicht gerade stabil. Da sie das Opfer einer entsetzlichen Ungewißheit war, schwankten ihre Launen zwischen Patzigkeit und grüblerischer Versunkenheit, und zwischendurch gab sie sich gezwungen heiter. In den Nächten lag sie lange Stunden schlaflos neben Grant und beobachtete mit weit offenen Augen den immer wieder aufblitzenden Schein des Wetterleuchtens, das die dunklen Wände des Zimmers erhellte.

Der Morgen des Zehnten dämmerte schwefelgelb und drükkend heiß. Nur die Notwendigkeit, ihre bleiernen Glieder zu stimulieren, ermöglichte es Eleanora, den dampfend heißen Kaffee zu trinken. Der Gedanke an etwas Eßbares war ihr gänzlich unerträglich. Sie saß am Tisch und beobachtete Grant, und dabei bemühte sie sich, nicht daran zu denken, wie es sein würde, wenn alle festlich herausgeputzt in der grellen Sonne auf der Haupttribüne stehen würden.

»Um wieviel Uhr beginnen die Feierlichkeiten?« fragte sie ihn.

Grant schob seinen Teller zur Seite und ließ die Hälfte dessen, was ihm zum Frühstück serviert worden war, unangerührt stehen. Er trug nur seine Hose, und als er sich streckte, spielten die Muskeln deutlich sichtbar unter seiner Haut. Er stieß seinen Stuhl zurück, trat vor den Waschtisch, nahm den Krug und brachte ihn mit an den Tisch zurück, wo er seine leere Tasse mit Wasser füllte. Dann antwortete er ihr.

»Das Fest fängt erst nach der Siesta an, wenn es kühler ist und die Haupttribüne im Schatten der Gebäude liegt. Die Kirchenglocken werden zu Beginn der Feierlichkeiten läuten. Mach dir darüber keine Sorgen. Ich komme schon und hole dich, wenn es an der Zeit ist.«

Sie nickte und schalt sich innerlich dafür aus, daß sie argwöhnisch geworden war. Er hatte lediglich darüber nachgedacht, wie er es so einrichten konnte, daß es für sie am einfachsten war.

Später, als er sich fertigmachte, um aus dem Haus zu gehen, küßte sie ihn länger als sonst. Er hob den Kopf, und sein Arm spannte sich um sie, so daß das Hemd, das sie anhatte, auf ihre Hüften hochgezogen wurde. Ihre Brüste und ihr Unterkörper waren an ihn gepreßt. Zwei Flammen des Verlangens brannten in den Tiefen seiner Augen, als er auf sie herabsah, doch sie wurden von einer seltsamen und unergründlichen Ernsthaftigkeit überschattet. Auf seinem Hals zuckte der Puls, und seine Kiefer waren zusammengebissen. Er küßte sie leidenschaftlich und schob sie dann von sich. Dann setzte er sich den Hut auf den Kopf und ging zur Tür hinaus.

Als sie allein war, kleidete Eleanora sich an, räumte das Frühstücksgeschirr ab und machte das Bett. Nachdem sie so viele ungewöhnliche Zugeständnisse an die äußere Ordnung gemacht hatte, verbrachte sie eine geraume Zeit vor dem Spiegel damit, sich das Haar für die Feierlichkeiten zu frisieren. So verging nicht nur der Vormittag schneller, sondern sie sparte auch noch kostbare Zeit, die ihr später hätte fehlen können, wenn Grant darauf wartete, daß sie sich fertigmachte. Sie befestigte sorgfältig eine letzte Haarnadel, als das Läuten der Klingel durch den Palacio zog. Sie lauschte und war schon fast sicher, es könnte nichts mit ihr zu tun haben, als die Señora, die die Treppe so eilig heraufgestiegen war, daß sie atemlos keuchte, an ihre Tür klopfte.

Die Señora, überlegte sich Eleanora, war aus reiner Neugierde selbst nach oben gekommen. Der Kleiderkarton, den sie trug, war schwer und unförmig, und sie hätte ihn ebensogut durch denjenigen, der ihn abgeliefert hatte, nach oben bringen lassen oder Eleanora rufen können, damit sie nach unten kam und den Karton selbst holte. »Das ist für Sie gekommen«, sagte sie, als sie jetzt schnaufend in der Tür stand und sie aus wimpernlosen Augen hoffnungsvoll und doch voller Zweifel ansah.

»Danke. Es ist nett, daß Sie mir die Sachen raufgebracht haben«, sagte Eleanora. »Stellen wir ihn doch auf das Bett. Vielleicht möchten Sie mir beim Auspacken helfen?«

Nachdem sie viele Schichten Seidenpapier entfernt hatten, fiel ihr Blick auf ein hellgelbes Tageskleid, das mit ganzen Büscheln von kühlem grünem Laub gesprenkelt war. Dazu gedacht war ein Hut aus weißem Strohgeflecht, dessen Krempe auf der Unterseite mit gelbem Stoff überzogen war und der einen Laubkranz aus grüner Seide anstelle eines Hutbands aufwies. Unter noch mehr Lagen Seidenpapier lag ein Ballkleid, das aus endlos vielen Lagen weißem Tüll angefertigt worden und mit rosafarbener Spitze eingefaßt war. Die Spitzenborte über den Schultern wurde von einer Corsage aus rosa Seidenrosen gehalten, die von grünen Blättern umgeben waren. Dazu gehörten noch zwei Kämme für das Haar, an denen Büschel von denselben rosa Seidenrosen steckten.

Die Señora stieß bei jedem neuen Gegenstand, den sie aus dem Karton holten und auf das Bett legten, Ausrufe des Entzückens aus und rang die Hände, doch gegen Ende wurde sie schweigsamer und stand nur noch da und starrte die wunderschönen Sachen mit verzückten Augen an.

Erneut läutete die Türklingel. Ehe die Señora die Stufen auch nur zur Hälfte hinuntergegangen war, hörten sie Mazies laute Stimme aus der Eingangshalle. Eleanora trat auf die Galeria und rief ihr zu, sie solle nach oben kommen, und dann blieb sie lächelnd stehen und beobachtete sie, wie sie die Treppe hinaufstieg. Mazie trug ein Herrenhemd, das am Hals offenstand und dessen Ärmel sie bis über ihre runden Ellbogen hochgekrempelt hatte. Sie hatte die Krinoline weggelassen und sich eine Schürze aus Sackleinen über ihren vollen Rock aus abgetragenem purpurnem Taft gebunden. Auf das Haar hatte sie sich einen ausrangierten Schal mit Fransen an den Enden gebunden.

Hänselnde Worte wollten schon über Eleanoras Lippen kommen, aber als sie das Gesicht der Schauspielerin sah, erstarben sie unausgesprochen. Sie war in dem Moment der Señora dankbar, deren Erbarmen Mazie nicht einschloß und die nach einem Nikken zur Begrüßung wieder in die Küche ging.

Als sich die Tür hinter ihnen geschlossen hatte, drehte sich Mazie um. »Ich muß dir etwas sagen. Was du damit anfängst, ist deine Angelegenheit, aber ich kann nicht einfach zusehen, wie du dich in Gefahr begibst.«

»Was soll das heißen?« fragte Eleanora.

»Das heißt, daß William Walker heute während der Feierlichkeiten zu seinem Amtsantritt ermordet werden soll!«

Eleanora atmete langsam und tief aus. »Ich weiß, daß er eine Morddrohung erhalten hat, aber da er sich der Gefahr bewußt ist, wird er wohl zu Schutzmaßnahmen greifen.«

»Es geht hier nicht um eine Drohung! Es handelt sich um eine stichhaltige Tatsache.«

»Darüber solltest du mir lieber doch Genaueres erzählen«, sagte Eleanora und trat ins Zimmer. Direkt unter ihren Rippen bildete sich ein fester Knoten, doch sie schenkte ihm keine Beachtung und löste die Augen nicht einen Moment lang von Mazies Gesicht.

Mazie setzte sich auf einen der hochlehnigen Stühle am Eßtisch. Sie stützte den Ellbogen auf den Tisch und den Kopf auf die Hand. »Vor zwei Tagen ist Neville ins Theater gekommen. Er hat eine Zeitlang mit mir geredet und dann darum gebeten, John allein sprechen zu können. Sie sind ins Freie gegangen, und nach einer Weile hörte ich sie mit erhobenen Stimmen reden. Ehe ich rausschauen und nachsehen konnte, kam John wieder ins Haus. Es war so ruhig, daß ich schon geglaubt habe, ich hätte mich geirrt und der Lärm sei von der Straße gekommen. Ich nehme an, ich sollte dir auch noch erzählen, daß John daheim in England, ehe er Schauspieler geworden ist, Bergmann war. Er hat in den Kohlenzechen mit Schwarzpulver gearbeitet und damit die Kohle gesprengt. Dann hat bei ihm eine Lungenerkrankung eingesetzt, und vor etlichen Jahren hat er damit aufgehört und mit der Schauspielerei angefangen. Irgendwann muß ich das Neville gegenüber einmal erwähnt haben, und jetzt hat er sich wieder daran erinnert. Jedenfalls hat John mir heute morgen gesagt, daß Neville von ihm verlangt hatte, er solle eine Ladung Schwarzpulver anbringen und alles vorbereiten – oder ihm zumindest sagen, wie sich all das vorbereiten läßt –, damit es zum festgelegten Zeitraum in die Luft geht. Neville wollte eine Explosion, die garantiert so heftig ist, daß sie die Tribüne in Splitter sprengt, und er war bereit, dafür ein kleines Vermögen hinzulegen.

John hat Neville gesagt, damit wolle er nichts zu tun haben. John macht sich ernsthafte Sorgen.«

»Neville wird... heute nachmittag die Haupttribüne mitsamt dem General... in die Luft sprengen?« Aber wo der General war, war auch Grant nicht fern. Eleanora schauderte.

Was sollte sie bloß tun? Natürlich Grant davon unterrichten, aber wie sollte sie ihm die Warnung zukommen lassen, ohne ihn wissen zu lassen, daß sie die Verantwortung dafür trug, wenn die Meuchelmörder das Datum kannten, das für die Feierlichkeiten festgesetzt worden war?

»Ich bin ja so erleichtert. Ich hatte schon gefürchtet, du könntest schon fort sein, wenn ich herkomme. Ich schwöre dir, ich bin zehn Jahre gealtert«, bekundete Mazie, die jetzt etwas entspannter war, nachdem der Zeitdruck nicht mehr auf ihr lastete und sie die Verantwortung anderen Schultern aufgebürdet hatte.

»Ich kann dir gar nicht sagen, wie dankbar ich dir bin«, sagte Eleanora, der ihre Manieren wieder einfielen. »Ich bin ganz sicher, daß Walker sich auch bei dir bedanken wollen wird.«

»Nein, nein«, sagte Mazie, und ihre Stimme drückte größte Besorgnis aus. »Ich will keinen Dank. Mir wäre es sogar sehr lieb, wenn in dieser Angelegenheit weder mein Name noch

Johns fällt. Je weniger ich mit diesen hohen Tieren zu tun habe, desto besser.«

Das konnte Eleanora verstehen. Ihr ging es ganz genauso, aber sie sah keine Chance, sich herauszuhalten. Es gab nur eine einzige Möglichkeit.

Keine Kuriere standen sich vor dem Regierungsgebäude die Beine in den Bauch; keine Marketender oder Händler warteten auf Kundschaft, keine kleinen städtischen Beamten liefen herum, um ihre großen Klagen loszuwerden. Alles war still, ein sicheres Zeichen dafür, daß der General nicht im Haus war. In ihrer Erleichterung, daß ihr das erspart blieb, erkundigte sich Eleanora gar nicht erst nach seinem Verbleib. Sie fragte augenblicklich nach Niña Maria. Ein junger Offizier in einem roten Uniformrock ohne Epauletten ließ sich ihren Namen nennen und forderte sie auf, in einem Vorzimmer zu warten. Sie betrat das Zimmer, in das er sie schickte, mit dem allergrößten Widerstreben, denn sie fürchtete, Grant könnte jeden Moment auftauchen und von ihr verlangen, daß sie sich für ihre Anwesenheit im Regierungsgebäude rechtfertigte.

Ein kleiner Spiegel hing über einem Tisch an einer Wand. Eleanora sah sich darin, als sie durch das Zimmer lief. Sie hatte sich eine Mantilla über das Haar geworfen. Jetzt stieß sie sich das Dreieck aus schwarzer Spitze als Tuch auf die Schultern, strich sich über die sorgfältig frisierten Locken und dachte geistesabwesend, wie unwahrscheinlich es jetzt war, daß sie eine derart kunstvolle Frisur heute noch brauchen würde. Ihre Augen waren dunkelgrün vor Sorge. Sie wandte sich von dem Spiegel ab und begann wieder, in dem kleinen Zimmer auf und ab zu laufen. Sie hatte gerade auf einem unbequemen Lehnstuhl Platz genommen, als der junge Offizier zurückkehrte und sie nach oben führte.

Die Gemächer, die von William Walker und Niña Maria bezogen worden waren, waren luxuriös eingerichtet, mit Brokat und Samt in kräftigen Farben behangen und mit schweren, kunstvoll verzierten Möbeln eingerichtet, die in Eleanora den Verdacht weckten, aus den Häusern einiger der Aristokraten geholt und beschlagnahmt worden zu sein, als diese Granada verlassen hatten, nachdem Walker die Stadt eingenommen hatte. Das Schlafzimmer war in Schwarz und Gold gehalten und wies darauf hin, daß eine fast orientalische Sorgfalt auf die Unmenge von Sitz- und Ruhekissen verwandt worden war, damit man es auch ja bequem hatte. Selbst der Perserteppich, der auf dem Boden lag, wirkte samtig weich. Niña Maria saß vor einer riesigen Frisierkommode, die Ablagen auf verschiedenen Höhen hatte und in die Fächer für Schmuck und Kosmetik eingebaut waren. Darüber ragte ein großer Spiegel auf, in dem das ganze Zimmer zu sehen war, darunter auch das vierpfostige Bett mit den Draperien aus Brokat und Satin.

Das Bett war mit Kleidern und Petticoats bedeckt, mit Hemden und Hosen und Hüten. Überall standen Kisten und Koffer auf dem Boden, und Seidenpapier war über allem großzügig ausgebreitet. Mit einer Bürste in der Hand schalt Niña Maria ihre Zofe aus, eine untersetzte Nicaraguanerin mittleren Alters, der sie genaue Anweisungen erteilte, wie man einen seidenen Unterrock zusammenfaltete. Sie nahm Eleanoras Erscheinen erst zur Kenntnis, als sie ihre Strafpredigt beendet hatte. Sie winkte ihr zu und bedeutete ihr, sich auf einen kleinen Hocker zu setzen, und dann sagte sie: »Ich hoffe, das ist nicht nur ein Anstandsbesuch. Wie Sie selbst sehen können, habe ich zu tun. Ich muß mit dem Packen fertig sein und alles aus dem Haus geschafft haben, ehe der General zurückkehrt.«

»Sie reisen ab?« fragte Eleanora, die sich vorübergehend von dem Grund ihres Besuchs hatte ablenken lassen.

»Es besteht die Möglichkeit. Aber das braucht Sie nicht zu interessieren. Sagen Sie mir, was ich für Sie tun kann – nein, du dumme Kuh! Pack die Schuhe in eine eigene Kiste und nicht auf den Samtumhang!«

Als Niña Maria sich ihr wieder zuwandte, sagte Eleanora: »Ich möchte Sie gern allein sprechen. Es ist äußerst wichtig.«

»Ich bin sicher, daß es keinen Grund gibt, melodramatisch zu werden. Meine Zofe ist schon seit Jahren bei mir beschäftigt. Sie können alles, was Sie zu sagen haben, in ihrer Gegenwart sagen.«

»Mir wäre es anders lieber«, beharrte Eleanora.

»Ich versichere Ihnen, daß sie jede meiner Gefühlsregungen kennt; keiner meiner Gedanken ist ihr fremd. Und außerdem habe ich nicht die Absicht, meine Abreise von hier um Ihretwillen zu verschieben. Wenn Sie mich sprechen wollen, dann reden Sie. Wenn nicht...« Sie zuckte die Achseln.

Der Tonfall, in dem diese Frau mit ihr sprach, machte Eleanora wütend. Ihr Gesicht wurde hart. »Also gut«, sagte sie. »Ich habe von einem Komplott erfahren, William Walker und alle, die mit ihm auf der Haupttribüne stehen, heute nachmittag während des Zeremoniells zu ermorden.«

»Was soll das heißen? Was für ein Komplott?« fragte Walkers Mätresse barsch.

»Es besteht die Möglichkeit, daß die Haupttribüne mit Sprengstoff in die Luft gejagt wird«, sagte Eleanora zu ihr und erklärte ihr in knappen Worten, wie ihr dieses Wissen zu Ohren gekommen war.

»*Madre de Dios!* Warum bin ich nicht gewarnt worden? Ich hätte auch getötet werden können, diese Schwachköpfe!«

»Ganz genau«, sagte Eleanora in ihrem trockensten Tonfall.

Die Zofe hatte mit dem Packen aufgehört, stand da und hörte zu. Mit einer gereizten Geste bedeutete Niña Maria ihr, sie solle ihre Arbeit fortsetzen. »Das könnte einiges an meinen Plänen ändern«, sagte sie, in erster Linie zu sich selbst.

»Wir müssen etwas unternehmen, um das zu verhindern«, sagte Eleanora, der langsam die Geduld riß.

»Wir? Sie meinen, ich muß etwas unternehmen, oder nicht? Aber was? Können Sie mir das sagen?«

»Warnen Sie den General. Sagen Sie ihm, was geplant ist, damit er auf der Hut ist und seine Männer darauf ansetzen kann, nach den Sprengstofflegern Ausschau zu halten.«

»Warum sollte ich das tun?« fragte Niña Maria und wandte ihre kalten schwarzen Augen Eleanora zu.

»Warum?« wiederholte sie verblüfft. »Um dem Mann das Leben zu retten, darum! Sein Leben und das aller anderen, die mit ihm auf der Haupttribüne stehen werden.«

»Für mich ist diese Angelegenheit nicht von Interesse«, sagte die Frau gleichgültig. »Ich habe mit diesem Komplott nichts zu tun, aber wenn die Vorkehrungen getroffen worden sind, habe ich nichts daran auszusetzen.«

»Sie haben doch gesagt, Sie könnten den General besiegen, ohne auf kaltblütigen Mord zurückzugreifen?« rief ihr Eleanora aufgebracht zu.

»Der Meinung bin ich immer noch, aber wenn die anderen nicht meiner Meinung sind, was kann ich dann schon tun?«

Eleanoras Nerven rieb diese vorgetäuschte Hilflosigkeit noch mehr auf als ihre Weigerung, etwas zu unternehmen. »Sie können zu Neville gehen und ihm damit drohen, Walker alles zu sagen, wenn er den Plan nicht aufgibt.«

»Das ist wirklich ein guter Gedanke«, sagte Niña Maria, als sei sie tief beeindruckt. »Ich gratuliere Ihnen dazu, und ich empfehle Ihnen, augenblicklich danach zu handeln. Nicht etwa, daß er auf Sie hören würde. Es wird schwer sein, ihn davon zu überzeugen, daß Sie bereit sind, sich bloßzustellen und daß Sie es riskieren, angeklagt zu werden, Sie hätten gemeinsame Sache mit dem Feind gemacht. Der General wird wissen wollen, woher Sie

Ihre Informationen haben, und was werden Sie ihm dann erzählen? Glauben Sie etwa, Sie können das erklären, ohne Major Crawford mit hineinzuziehen? Denken Sie auch an die Folgen. Wenn Major Crawford verhaftet würde, hätte er wohl kaum Bedenken zu enthüllen, welche Rolle Sie seit Ihrer Rückkehr aus Honduras gespielt haben. Auch die Leute, für die er arbeitet, würden seine Verhaftung wohl nicht gern sehen. Das könnte tragische Folgen für Ihren Bruder haben, meinen Sie nicht auch?«

»Dieses Risiko werde ich eben eingehen müssen. Ich kann nicht einfach dasitzen und nichts tun«, sagte Eleanora mit unerschütterlicher Ruhe. »Aber vielleicht wäre es besser, wenn ich mich gleich direkt an Grant und den General wende.«

Niña Maria sah sie aus zusammengekniffenen Augen an, und ihre Finger, die den Griff der Bürste umfaßt hielten, verfärbten sich an den Knöcheln weiß. Niña Maria schien doch nicht so zuversichtlich zu sein, wie sie vorgab.

Als Niña Maria sich wieder ihrer Zofe zuwandte und über Kleider zu sprechen begann, erkannte Eleanora, daß sie die Frau nicht zur Mithilfe bewegen konnte. Da sie schon nicht mehr beachtet wurde, ging sie grußlos aus dem Zimmer.

Als sie das Regierungsgebäude verließ und die Plaza überquerte, fiel Eleanora auf, daß die Arbeiten an dem Gerüst der Haupttribüne eingestellt worden waren und die Zimmerleute unter den Bäumen mit dem staubigen Laub dicht am Marktplatz Rast machten. Es würde noch eine Weile dauern, bis die Tribüne fertiggestellt war.

Eleanora machte sich auf die Suche nach Grant. Wenn sie ihm alles erklärte, konnte er gewiß den Mordversuch verhindern, und zwar so, daß niemand argwöhnte, daß sie etwas damit zu tun hatte, und somit konnte er auch Jean-Paul vor Gefahren bewahren. Er mußte es tun. Sie konnte keinen anderen Weg einschlagen.

Grant zu finden, war keine einfache Angelegenheit. Zuerst schlug sie den Heimweg ein und hinterließ bei den bewaffneten Wächtern vor der Tür des Regierungsgebäudes eine Nachricht. Dann lief sie schnell fort. Sie würde die Stadt durchstreifen. Irgendwo mußte es jemanden geben, der ihn gesehen hatte.

Sie suchte das Arrestlokal auf, die Kaserne und das Krankenhaus. Dort fand sie ihn nicht, doch sie hinterließ jedem, mit dem sie sprach, eine Nachricht an Grant. Auf dem Weg zur Werft begegnete sie Colonel Henry auf einem Pferd, und als sie vorgab, dringend Grant sehen zu müssen, weil mit den Vorbereitungen des Festes einiges unzufriedenstellend verlief, erbot er sich, die Festungen, die es um die Stadt herum gab, der Reihe nach abzureiten. Wenn dabei nichts herauskäme, sagte er lachend zu ihr, wäre es ihm ein Vergnügen, ein paar der Cantinas nach Grant abzuklappern. An einem so heißen Tag wie dem heutigen sei das genau der Ort, an dem er erwarten würde, einen halbwegs vernünftigen Mann anzutreffen...

Aufgeheitert blickte Eleanora dem weiterreitenden Colonel nach, blieb noch eine Zeitlang stehen und kostete den Hauch einer Brise vom See her auf ihrem erhitzten Gesicht aus, dann machte sie sich matt auf den Rückweg zum Palacio.

Als sie von der Straße aus, die am Wasser entlangführte, in die Calle Santa Celia einbog, sah sie einen Mann in dem Uniformrock eines Offiziers auf einem Pferd, der sich vom anderen Ende der Straße aus einen Weg durch die Straßenverkäufer und die Scharen von anderen Männern und Frauen bahnte, die sich anscheinend einmütig entschlossen hatten, die ruhige Gasse in eine Hauptverkehrsstraße zu verwandeln. Eleanora lief schneller, da sie die uniformierte Gestalt mit der tief in die Stirn gezogenen Mütze für Colonel Henry hielt, der bereits gekommen war, um ihr Bericht zu erstatten. Als der Mann näher kam, erbleichte sie, und ihre Schritte verlangsamten sich wieder. Es war Grant, und als er aufblickte und sie auf sich zukommen sah, bildete sie sich ein, jetzt schon die Verdammung in seinem Gesicht mit den streng zusammengekniffenen Lippen sehen zu können.

Er stieg vom Pferd und wandte sich nach ihr um. Gemeinsam gingen sie zum Palacio, dabei führte er sein Pferd an den Zügeln. »Als ich eben im Regierungsgebäude eingetroffen bin, hat man mir mitgeteilt, daß du mich sehen wolltest«, sagte er. »Was in Himmels Namen ist so wichtig, daß du bei diesem Wetter durch die Straßen läufst und noch dazu allein?«

»Ich... ich muß dich sprechen«, sagte sie. Sie blickte zu ihm auf und wandte dann die Augen schnell wieder ab.

Einen Moment lang musterte er ihr abgewandtes Gesicht, und dann sagte er mit ruhiger Stimme: »Schon gut.«

Als sie beim Palacio angekommen waren, banden sie Grants Pferd an den Ring, der in einen der Pfosten der unteren Galeria eingelassen war, und traten ins Haus. Eleanora ging in den Patio voran, denn im Schatten der Orangenbäume waren sie ungestört, so daß sie bedenkenlos sagen konnte, was gesagt werden mußte.

Sie setzten sich auf schmiedeeiserne Stühle, und der sorgenvolle Ausdruck, der Grants Augen verschleierte, demoralisierte Eleanora fast. »Erzähl mir, was los ist«, befahl er.

Schlichte Worte, unverhüllte, todbringende Sätze, die ausgesprochen werden mußten. Sie brachte sie mühsam einen nach dem anderen über ihre unwilligen Lippen. »Frag mich bitte nicht, woher ich es weiß«, bat sie, als sie ihren Bericht beendet hatte. »Nimm einfach hin, daß ich es weiß, und unternimm etwas, um dieses furchtbare Verbrechen zu verhindern, ehe es zu spät ist!«

Seine Sorge war verflogen, und an ihre Stelle war nachdenklicher Zorn getreten, in den sich Bedauern mischte. Er fuhr sich mit den Fingern durch das Haar und strich es zurück, nahm seinen Hut von den Knien und stand auf. Das Blau seiner Augen hatte die metallische Härte von Stahl angenommen, als er auf sie herunterblickte. »Fürs erste werde ich genau das tun«, sagte er bedächtig, »weil ich schnell vorgehen muß, wenn ich diese Männer noch auf frischer Tat ertappen und ihnen das Handwerk legen will. Aber ich werde zurückkommen, und dann werde ich weit mehr wissen wollen als das hier. Falls du mir eine erfundene Geschichte vorsetzen willst«, beendete er seine Ausführungen mit einem Hauch von Bitterkeit, »dann laß dir wenigstens eine gute Geschichte einfallen!«

22. Kapitel

Eine heiße Böe ließ den Vorhang wogen, der schnurgerade vor den Fenstern gehangen hatte. Vom Bett aus, auf dem sie mit den Händen hinter dem Kopf verschränkt lag, schaute Eleanora in die Richtung, aus der die Bewegungen kamen. Sie hatte stundenlang dagelegen, ohne zwischen der offenen Tür zur inneren Galeria und dem Fenster auch nur den geringsten Luftzug zu spüren. Ein Grollen, das wie ferner Donner klang, drang an ihre Ohren, und sie erstarrte. Nein, das Geräusch war zu leise. Es konnte keine Explosion gewesen sein. Es mußte sich um Donner handeln. Setzte endlich doch noch der Regen ein? Sie strengte die Augen an und hielt nach dem Zucken von Blitzen am Abendhimmel Ausschau. Sie sah nichts, vielleicht nur deshalb nicht, weil es noch zu hell war oder weil das Gewitter noch zu weit entfernt war. Wieder ließ ein Windzug die Vorhänge wogen und wehte sie wie in einem trägen Tanz durch die hohe Fensteröffnung hinein und wieder hinaus, in einem Tanz, der ein plötzliches Ende fand, als die Schlafzimmertür geschlossen wurde.

Eleanora spürte, wie ihre Nerven sich von Kopf bis Fuß anspannten, ehe sie den Kopf umwandte und Grant sah. Ihre langgestreckte Rückenlage war anzüglich und angreifbar zugleich, und sie weigerte sich, hinter einer der beiden Haltungen Schutz vor dem zu suchen, was ihr bevorstand. Sie setzte sich auf und suchte mit den Zehen nach ihren Hausschuhen, dabei ignorierte sie den zynischen Blick auf Grants Gesicht, als er seinen Hut zur Seite warf und anfing, seine Uniformjacke aufzuknöpfen, ohne sie dabei aus den Augen zu lassen.

»Ist... ist es vorbei?« fragte sie mit gesenktem Kopf, als sie einen Hausschuh unter dem Bett herauszog.

»Es hat nie angefangen«, antwortete er.

Sie schaute kurz auf. »Ich habe von der Feier zum Amtsantritt gesprochen.«

»Ich auch.«

»Das heißt doch nicht etwa...«, setzte sie an und verstummte dann, unfähig, weiterzureden.

In einem harten, fast unwilligen Tonfall sagte er: »Nein, das heißt es nicht. Der General ist bei bester Gesundheit. Die Möchtegernmeuchelmörder, zwei unselige nicaraguanische Arbeiter, die sich ein bißchen Geld zusätzlich verdienen wollten, sind schon mit dem Pulverfäßchen aufgegriffen worden, ehe sie die Plaza auch nur zur Hälfte überquert hatten. Sie konnten überredet werden, den Mann zu beschreiben, der sie beauftragt hat, und ich habe ein Sonderkommando ausgeschickt, das ihn sucht.«

Sie holte tief Atem und stieß ihn langsam wieder aus. »Es freut mich, daß der General in Sicherheit ist«, sagte sie mit ruhiger Stimme. »Obwohl mir wohler dabei zumute wäre, wenn die Feier stattgefunden hätte und jetzt alles vorbei wäre. Ich nehme an, wegen all der Aufregung konnten die Arbeiter die Tribüne nicht rechtzeitig fertigstellen?«

»Keineswegs. Das Datum, das für den Amtsantritt festgelegt worden ist, ist der Zwölfte, also übermorgen.«

»Aber du hast doch gesagt...«

Seine Augen waren dunkel und unergründlich, und seine Stimme klang trostlos, als er antwortete. »Ja, nicht wahr? Genau das habe ich gesagt. Der Zehnte. Und du, Eleanora, warst die einzige, der ich das gesagt habe.«

Das erklärte viele der Dinge, die sie nicht verstanden hatte. Sein distanziertes Schweigen, der Ausdruck seiner Augen, wenn sein Blick auf ihr geruht hatte, das Gefühl, daß er sich genau überlegte, was er zu ihr sagte und wie er es ausdrückte, und jede seiner Reaktionen ihr gegenüber kontrollierte. »Du hast also gewußt... was ich getan habe?« flüsterte sie.

Er griff in den Kleiderschrank und zog etwas aus einer Hose heraus. Er hielt es in der geballten Faust fest, griff mit der anderen Hand nach ihrer Hand und legte ihr das, was seine Faust umschlossen hielt, auf die Handfläche. Es waren die zerpflückten Blütenblätter einer magentaroten Bougainvillea – einer Bougainvillea im selben Farbton, wie sie am Ende der Galeria wuchs, genauso wie die, die sie in der Hand gehalten hatte, als sie an jenem Tag vor dem Fenster gestanden und Grant und die anderen belauscht hatte. »Sagen wir lieber, ich habe es mir gedacht«, sagte Grant zu ihr und ließ ihre Hand fallen. Die getrockneten Blütenblätter fielen auf den Fußboden.

»Und es war eine Art Prüfung, daß du mir den Termin der Feier mitgeteilt hast, den falschen Termin?« erkundigte sie sich seufzend. »Und ich bin durchgefallen?«

»Stimmt genau«, antwortete er in einem abgehackten Ton und trat dann einen Schritt näher auf sie zu und beugte sich über sie, während er eine Hand auf den Bettpfosten stützte. »Was ich nicht verstehe ist, warum? Was hat dich dazu gebracht? Ist es dir um das Geld gegangen? Oder um diesen doppelgesichtigen Halunken, diesen Crawford? Oder kam es daher, daß du mich haßt? Mich für das haßt, was ich dir angetan habe?«

»Nein – nichts von alledem!« rief sie aus und warf ihm einen entsetzten Blick zu. »Ich habe es für Jean-Paul getan.«

»Für Jean-Paul?« wiederholte er verständnislos.

»Ja. Er... er ist nicht mit den anderen vor das Exekutionskommando gestellt und hingerichtet worden. Er wird in Honduras als Geisel gefangengehalten, damit ich tue, was von mir verlangt wird. Wenn sie dort herausfinden, was ich heute getan habe, werden sie ihn töten!«

Grant wich zurück, und seine Augen wurden so hart wie Stein. »Versuch es noch einmal, aber mach es beim nächsten Mal besser«, fauchte er. »Du weißt genausogut wie ich, daß dein Bruder sich am Tag deiner Abreise aus Honduras mit dem Gurt seines Morgenmantels erhängt hat.«

Eleanora starrte ihn an, und langsam wich jede Farbe aus ihrem Gesicht. Das konnte nicht wahr sein, es durfte einfach nicht wahr sein. Doch Grants Gesicht war erbarmungslos. Seine Worte und sein Verhalten waren unerbittlich. So etwas täte Jean-Paul nicht, versuchte sie sich einzureden. Und doch erinnerte sie sich wieder an seine Verzweiflung, erinnerte sich wieder daran, daß er gestöhnt hatte, er hätte zusammen mit den anderen sterben sollen. Ihr wurde schwindlig, und um das vor Grant zu verbergen, wandte sie sich ab und biß sich auf die Lippe.

»Du hast es also nicht gewußt«, sagte Grant, und der barsche Tonfall war aus seiner Stimme gewichen, die jetzt nur noch müde klang.

Sie schüttelte betäubt den Kopf. »Sie haben mich in dem Glauben gelassen, er sei noch am Leben, und als ich nach ihm gefragt habe, hat man mir gesagt... es ginge ihm gut.« All diese Wochen der Anspannung und der Ängste, der Sorge um Jean-Paul in seinem Gefängnis, dem Zimmer, in dem er festgehalten wurde – alles umsonst. Für niemanden gut. Ihrem Bruder, dessen Körper jetzt kalt und leblos war, konnten ihre Opfer nicht mehr helfen, er hatte versucht, ihre Opfer überflüssig zu machen, indem er selbst ein noch größeres Opfer gebracht hatte. Es war nicht seine Schuld, daß man sie hereingelegt hatte. Der Schmerz über den Verlust und die Selbstvorwürfe brachen über sie herein. Sie dachte an sein Grab, das es schon so viele Wochen gab, ohne Segen, ohne Grabstein, ohne Trauer.

»Sie haben es dir vorenthalten, damit du tust, was sie von dir verlangen.« Es war eine Feststellung, in der sowohl Erleichterung als auch Enttäuschung mitzuschwingen schienen.

Eleanora nickte, und diese Bewegung bewirkte, daß die Tränen aus ihren Augen rannen, einfach überflossen, obwohl sie schnell das Kinn hob, um ihnen Einhalt zu gebieten.

»Ich hätte dir die Wahrheit nicht so einfach an den Kopf werfen sollen, aber ich mußte wissen, wie du darauf reagierst«, sagte er. Er machte eine Geste, als wollte er eine Hand auf ihre Schulter legen, doch er zog sie wieder zurück.

Eleanora verspürte ein fast übermächtiges Verlangen, Trost in seinen Armen zu suchen. Aber das war ausgeschlossen. Sie würde keine Reaktion wecken, außer vielleicht Mitleid, das ihr unerträglich war. Eine solche Schwäche konnte sie jetzt nicht gebrauchen. Sie mußte Kraft aufbringen, die Kraft, die sie brauchte, um das in Erfahrung zu bringen, was sie wissen mußte, und um ihm zu sagen, was er hören mußte, damit sie ihren Seelenfrieden wiederfand. Mit dünner Stimme fragte sie ihn: »Wie hast du davon erfahren?«

»Wir haben unsere Sympathisanten und unsere Informationsquellen. Zu ihnen gehört ein alter Geistlicher, der sich in der Gegend aufhielt, wo du warst. Er hat eine Botschaft an den Anführer unseres Austauschtrupps, Colonel Henry, geschickt. Darin standen die Neuigkeiten über deinen Bruder – und auch, daß du dich mit Crawford angefreundet hast.«

»Ich verstehe«, sagte sie. Bis zu dem Augenblick war sie nicht sicher gewesen, ob Grant wußte, wem sie Bericht erstattete. Sie fuhr behutsam fort: »Ich schwöre dir, daß ich Neville nichts gesagt habe, was der Phalanx schaden könnte. Ich habe ihm allerdings erzählt, was der General mit dem Präsidenten vorhat – mit dem früheren Präsidenten Rivas. Aber nur soviel, wie ihr ohnehin verbreiten wolltet, damit euer Plan funktioniert – oder wovon ich glaubte, daß Neville es ohnehin bald selbst erfahren würde. Später dachte ich dann, es könnte nichts schaden, ihm den Termin für die Feier mitzuteilen, denn ich bin davon ausgegangen, in wenigen Tagen würden überall offizielle Schilder angeschlagen. Ich hatte keine Ahnung, daß er vorhatte, dem General etwas anzutun. Ich hätte es ihm niemals gesagt, wenn ich das geahnt hätte. Mehr Informationen habe ich nicht an ihn weitergegeben. Darauf gebe ich dir mein Wort.«

»Ich glaube dir«, sagte Grant, »denn ich habe mich gewaltig angestrengt, daß du nicht mehr erfährst.«

Der selbstzufriedene Klang seiner Stimme, nachdem sie dieses schwierige Geständnis hinter sich gebracht hatte, ließ Wut und Scham zugleich in Eleanoras Brust aufkeimen. »War ich derart leicht zu durchschauen?«

»Nur für mich«, gab er zu und nahm ihren scharfen Tonfall und das Blitzen ihrer tränenden Augen mit einem seltsamen Lächeln zur Kenntnis. »Schließlich habe ich ja den Vorteil, mit dir zusammenzuleben.«

Sie musterte ihn argwöhnisch. Das war keine zufriedenstellende Antwort; sie hätte ihm vorwerfen können, daß er versuchte, ihre Gedanken in eine andere Richtung zu lenken. Sie war im Moment jedoch nicht in der Lage, Einwände zu erheben. »Sonst gibt es nichts, was ich dir noch sagen müßte. Du könntest noch dahinterkommen, daß Mazie meine Treffen mit Neville arrangiert hat. Da ich wußte, daß sie und Neville alte Freunde sind, habe ich sie gebeten, mir zu ermöglichen, daß ich ihn bei ihr treffen kann, denn ich wollte nicht, daß er herkommt. Ich schwöre dir, daß das die Wahrheit ist. Mazie war auch wirklich diejenige, die heute morgen die Dinge ins Rollen gebracht hat«, fuhr sie fort und erzählte ihm von der Rolle, die John dabei gespielt hatte, das schändliche Komplott gegen den General ans Licht zu bringen.

»Das ist interessant zu wissen«, sagte Grant, als sie ausgeredet hatte, »aber warum bist du so wild darauf, es mir zu sagen? Nein, laß mich raten. Du willst sichergehen, daß ich mir Mazie und ihren John nicht vornehme und sie vor das Exekutionskommando stelle. Nun, ich könnte die beiden nicht verhaften, ohne dich eines Vergehens zu bezichtigen.«

»Wenn Neville geschnappt wird, wird er mich sowieso in die ganze Geschichte hineinziehen.«

»Da scheine ich doch eine bessere Meinung von Major Crawfords Ehrgefühl zu haben als du. Ich glaube nicht, daß er deinen Namen nennen wird, wenn es nicht unbedingt sein muß. Auf jeden Fall haben wir ihn bisher noch nicht geschnappt.«

Langsam wandte Eleanora ihr Gesicht zu ihm. »Aber du hast gesagt, daß du ihn suchen läßt.«

Er ließ seinen Blick über ihre Schulter schweifen. »Die Männer, die heute nachmittag verhaftet worden sind, hatten gewisse Zweifel, was seinen Namen angeht. Sie haben ihn recht klar beschrieben; ein Amerikaner, groß, helles Haar, aber das war eine Beschreibung, die auf eine ganze Reihe von Männern in der Phalanx zutrifft, wenn sie keine Uniform tragen. Der Offizier, dem ich das Kommando des Suchtrupps übertragen habe, wird sein Bestes tun. Dennoch hat er keinerlei Informationsquellen. Wenn Crawford auch nur halb so gerissen ist, wie ich glaube, wird er morgen früh schon weit weg sein.«

»Ich dachte, du würdest ihn für das, was er versuchen wollte, am liebsten in Stücke reißen.«

»Das täte ich auch am liebsten, aber das heißt noch nicht, daß mir eine öffentliche Ermittlung lieb wäre.«

»Aber... warum?« Ihr Gesicht spiegelte ihre Bestürzung wider, und doch fühlte sie eine abwartende Stille in ihrem Innern.

»Ich glaube, du kannst es dir denken, Eleanora, aber wenn du willst, daß ich es ausspreche, dann werde ich es eben tun. Ich will nicht, daß dein Name in diese Sache hineingezogen wird. Niemand wird dich mir noch einmal wegnehmen.«

Ein Blitz zuckte vor dem Fenster und tauchte alles in ein seltsames gelbes Licht. In der Stille hörten sie das unheilvolle Grollen des Donners näher kommen. Eleanora schluckte schwer, denn ihre Kehle war zugeschnürt. »Grant, ich...«

Sie war nicht sicher gewesen, ob sie das, was sie empfand, in Worte fassen konnte. Er gab ihr keine Chance dazu. »Ja, ich weiß schon, du hattest gute Gründe, nach deiner Rückkehr von Honduras zu mir zurückzukommen, Gründe, die wenig mit dem zu tun hatten, was du fühltest oder wolltest. Das ändert nichts. Du bist gekommen, und jetzt wirst du hierbleiben, ganz gleich, was du willst, denn auch ich habe meine Gründe dafür. Ich habe dich in meinem Blut, und du gehst mir nicht aus dem Kopf. Wie du riechst, dich anfühlst und schmeckst – diese Dinge lassen mich keinen Moment lang in Ruhe. Du bist für mich so notwendig wie Fleisch und Brot. Ich kann nicht schlafen, wenn du nicht neben mir liegst, und ich kann nicht arbeiten, wenn ich nicht weiß, daß du irgendwo bist und mich bei meiner Rückkehr erwartest. Finde dich damit ab, daß du nie von mir fortgehen wirst, und wenn ich dich für den Rest deines Lebens hinter Schloß und Riegel halten muß. Ich werde dich nicht gehen lassen.«

Sein Gesicht war angespannt, als machte ihm der Kurs, den er eingeschlagen hatte, keinerlei Vergnügen. Und als er sie an sich zog und seinen Mund auf ihre Lippen senkte, glaubte sie, den Schmerz zu sehen, der sich in dem überschatteten Blau seiner

Augen mit einem schwachen Abscheu vor sich selbst im Streit befand.

Sein Kuß war hart und brandmarkte ihre Lippen, riß sie kopfüber mit sich in rasende Verzückung, als der aufkommende Wind von außen an dem Gebäude rüttelte. Da sie von der beklemmenden Last ihrer Schuldgefühle befreit war, gab Eleanora sich ihm hin und beantwortete sein Verlangen nach ihr mit ihrer eigenen fast schmerzlichen Ekstase, verschmolz mit ihm in bittersüßer Lust und einem tiefen, unerträglichen Verlangen, daß er nicht stillen wollte, weil er es nicht konnte. Sie wollte eine sachte und endlose Befreiung von ihrem Begehren, und er gab ihr die Glut seiner Leidenschaft. Sie wollte seine Liebe, und er gab ihr nichts anderes als seine Begierde. Sie wollte in den geheimsten Winkeln ihres Herzens seine Frau sein, und er machte sie zu seiner Besessenheit. Das genügte nicht.

Der Regen verfinsterte das Grau des Himmels zu einer rabenschwarzen Nacht. Er fiel in stetigen Strömen von den gekachelten Dächern, wie die silbernen Tränen des Kummers, und er spülte den angesammelten Staub und Schmutz fort, ebenso wie der Trennungsschmerz jeden Groll und jede Abneigung nimmt. Eleanora fand keine Erleichterung für den starken Druck der Tränen, die sie in sich verschloß, aber dennoch mußte sie gehen. Grant durfte nicht um ihretwillen sein ausgeprägtes Pflichtbewußtsein aufs Spiel setzen oder seinen Befehlshaber verraten. Wenn er das tat, würde er sie und auch sich selbst schon bald verachten. Das durfte sie nicht von ihm verlangen. Ebensowenig hatte sie das Recht, seine Liebe für sich zu fordern. Sie hatte ihre Liebe zu ihm mißbraucht, sie wie die liederlichste Hure für einen Gegenwert in Form von Informationen verschachert.

Entscheidend kam noch dazu, daß sie nicht gegen ihren Willen in einer lieblosen Sklaverei festgehalten werden wollte. Nicht noch einmal. Nie wieder. Wenn er sie mit den zarten Worten und der sanften Art, die er an sich haben konnte, gebeten hätte zu bleiben, wäre sie nicht in der Lage gewesen, sich seinem Wunsch zu widersetzen. Aber er hatte es nicht getan. Und da er es nicht getan hatte, sah sie sich durch ihren Stolz und die Abneigung gegen jede Form von unfreiwilliger Gefangenschaft dazu gezwungen, ihn zu verlassen.

Neben ihr bewegte sich Grant und zog sie enger an sich. Er preßte seine Lippen auf ihre Schulter und strich ihr das Haar aus dem Gesicht zurück. Eleanora schloß die Augen fest gegen den Ansturm der Tränen und atmete die Wärme seiner Haut in langsamen, ungleichmäßigen Zügen ein. Dennoch war sie selbst in seiner Nähe weit von ihm entfernt, als sie so dalag und den Mut zusammenraffte, einen endgültigen Bruch herbeizuführen und das durchzustehen, was dann folgte.

Die Ruder tauchten ein und spritzten Wasser auf, und das Geräusch hallte über die stille Oberfläche des Sees und breitete sich wie die Ringe auf dem Wasser aus, die das Boot bei seinem Vorankommen zurückließ. Eleanora, die im Heck des kleinen einheimischen Boots saß, kaum mehr als ein Kanu mit einem Segel, wünschte sich glühend, sie hätte den beiden Männern, die sich über die Ruder beugten, sagen können, sie sollten sich noch leiser bewegen. Es war eine dunkle Nacht, und die Gefahr, daß sie entdeckt wurden, war gering, da sich in Granada alle Aufmerksamkeit um die Feierlichkeiten zum Amtsantritt des Präsidenten drehte. Dennoch war sie nicht geneigt, das Schicksal herauszufordern. Nicht etwa, weil sie tatsächlich geglaubt hätte, die Soldaten, die die Werft und den Fahrkartenschalter in den beiden letzten Tagen bewacht hatten, hätten nach ihr Ausschau gehalten. Es konnte für Grant und für sie selbst nichts anderes als Peinlichkeiten nach sich ziehen, wenn sie in dem Netz gefangen wurde, das für Neville Crawford ausgeworfen worden war, und wenn sie dann gemeinsam mit ihm dem Chef der Militärpolizei, Colonel Grant Farrell, gegenübertreten mußte.

Es war merkwürdig, daß sie nach allem, was passiert war, ausgerechnet in Gesellschaft von Neville Crawford Nicaragua verließ. Sie erkannte durchaus, wie seltsam das war, doch sie fügte sich fatalistisch in diese Fügung des Schicksals. Sie hätte sich weigern können, seinen Zufluchtsort oder sein Boot gemeinsam mit Mazie für sich zu nutzen, aber wo hätte sie dann gestanden? Sie hatte niemand anderen als Mazie, an den sie sich wenden konnte, und sie hatte keine Ahnung, wie sie eine andere Beförderungsmöglichkeit hätte finden können, die ebenso schnell und unauffällig war.

Die gute Mazie, sie hatte noch nicht einmal überrascht gewirkt, als sie Eleanora in der frühen Morgendämmerung auf ihrer Schwelle hatte stehen sehen. Sie hatte sie ins Haus gezogen, sie ausgehorcht und dann Eleanoras Reisegepäck aufgestockt, besonders die kärgliche Kleidung. Nach anfänglichem Protest hatte sie Mazies Großzügigkeit dankbar angenommen.

Ihr Stolz hatte Eleanora die Kraft gegeben, standhaft zu bleiben und zu flüchten. Grant hatte sie heute morgen nicht eingeschlossen. Er hatte sie geküßt, bevor er das Haus verließ, und kurz danach war auch Eleanora gegangen.

Das war aber noch nicht das Ende. Grant war zu Mazie gegangen und hatte mit zusammengekniffenen Lippen und lodernder Wut an ihre Tür gepocht. Aber inzwischen war Eleanora nicht mehr im Haus. Mazie hatte sie bei einer nicaraguanischen Mutter unterbringen können, deren Kind zu denen zählte, die die Schwestern von Guadalupe mit Mazies und Eleanoras Hilfe gesund gepflegt hatten, als sie an Typhus erkrankt waren. Mazie hatte nicht den Fehler begangen, Grant zu erzählen, sie hätte Eleanora nicht gesehen. Wortgewaltig hatte sie ihm eine Strafpredigt gehalten, weil er ihre Freundin so schlecht behandelte, und dann hatte sie ihm mit sichtlichem Vergnügen mitgeteilt, Eleanora hätte Granada bereits verlassen und sei mit einem Pferd über Land geritten, um die Transitstrecke zu erreichen und einen Anschluß nach Kalifornien zu erwischen. Ihre Schauspielerfahrung mußte ihr gut zustatten gekommen sein, denn Grant war eilig fortgegangen, ohne sich auch nur noch die Zeit zu nehmen, sich bei ihr für diese Information zu bedanken.

Mazie erzählte Eleanora auf eine Art, als wollte sie jedem das Seine geben, daß Grant noch nicht einmal Nevilles Namen genannt und sich nach dessen Verbleib erkundigt hatte. Mazie hatte erwartet, der Colonel würde Eleanoras Herausgabe unter Androhung ihrer Verhaftung als Komplizin bei dem Mordversuch fordern. Mazie hatte auch Neville in einem sicheren Versteck untergebracht, und wenn sie auch keineswegs gewillt war, ihm das zu vergeben, was er vorgehabt hatte, dann verstand sie doch, wie Nevilles Geist arbeitete. Sie konnte es nicht über sich bringen, ihn dem Exekutionskommando auszuliefern.

Mazie war auch diejenige, die darauf beharrte, daß Eleanora sich hinsetzte und eine Nachricht an Don Esteban de Laredo verfaßte. Sie war so aufgeregt wie ein kleines Kind, als Eleanora ihr von ihrem großen Los erzählte, und sie nannte sie bei jeder sich bietenden Gelegenheit Condesa. Sie hatte keinerlei Verständnis für Eleanoras Widerwillen, sich groß herauszustellen, und ihr Zögern, ihr Erbe anzutreten. Eleanora hatte nachgegeben, eilig den Text verfaßt, das Schreiben mit Wachs versiegelt und es an die Adresse geschickt, die ihr Don Esteban hinterlassen hatte. Eines der Kinder war mit der Nachricht losgeschickt worden, ehe sie es sich noch einmal anders überlegen konnte.

Das Ergebnis, das ein Bote in der Livree eines privaten Dieners überbrachte, war eine Zahlungsanweisung, die als ein kleiner Vorschuß auf ihr Erbe ausgewiesen worden war, und eine Geldbörse mit Petitpoint-Stickerei, die ein Taschengeld für die Reise enthielt, mit dem sie in ihren Zeiten als Vermieterin ihre Pensionsgäste sechs Monate lang hätte durchfüttern können.

Als sie außer Ruf- und Schußweite der Stadt gerudert waren, zogen die Bootsleute ihre Ruder ein und hievten das Segel aus dünnem flatterndem Segeltuch. Danach kamen sie schneller vorwärts, da sie eine Brise im Rücken hatten. Die Lichter von Granada, die das Ufer wie ein Halbkreis aus gefallenen Sternen umringten, zogen sich immer weiter zurück. Nur die leisen Stimmen der Männer, das Schwappen des Wassers gegen den Schiffsrumpf und das Quietschen der Takelage waren noch zu hören.

Plötzlich stieß einer der Männer einen Ruf aus und deutete auf die Stadt. Als sie sich umschaute, sah Eleanora eine Feuerkugel in den Himmel aufsteigen und in einem orangenen Funkenregen wieder herunterkommen. Gleich darauf folgte eine weitere und dann noch eine, in leuchtendem Blau, Rot und Grün, Feuerfontänen, die goldene Funken versprühten und die Nacht verzauberten.

Das war das Feuerwerk, das Niña Maria für die Feier bestellt hatte, mit der William Walker sein Amt als Präsident von Nicaragua antrat. Der kleine General hatte seinen Triumph gefeiert. Sein *coup de main* war von Erfolg gekrönt. Jetzt war es an der Zeit, den Sieg zu feiern, sich ins Regierungsgebäude zurückzuziehen, dort zu speisen und zu tanzen, Zeit dafür, daß die Falangistas lachten und einander beglückwünschend auf den Rücken klopften und überschwenglich gute Laune versprühten.

Nichts von alledem war für sie von Bedeutung. Sie hatte mit diesem ganzen Irrsinn nichts mehr zu tun. Resolut wandte sie der Stadt den Rücken zu und sah starr vor sich hin. Es war schon merkwürdig, wie schwarz die Nacht und die Wasseroberfläche des Sees erschienen, der sich endlos vor ihr erstreckte, und wie verschwommen der Umriß der aufragenden Kuppen der Vulkaninsel Ometepe war.

In der späten Julisonne war es in New Orleans so heiß und drückend wie in dem Land, aus dem Eleanora gekommen war. Die Luft war dicker als in Granada, das Funkeln der Dächer schmerzte in den Augen, und schwarzumrandete Plakate an allen Anschlagsäulen führten die Opfer des Gelbfiebers auf. Dennoch liefen dort keine Soldaten in roten Uniformröcken durch die Straßen, und es waren nicht die Geräusche militärischer Übungen und Fahrzeuge zu vernehmen. Hier wurde auf den Straßen kein Spanisch gesprochen, und die Ladenbesitzer, die Straßenhändler und die Dienstboten mit ihren Herren und Herrinnen lächelten alle.

Eleanora verabschiedete sich am frühen Morgen auf dem Anlegesteg von Ex-Major Neville Crawford. Wenn sie ehrlich war, mußte sie zugeben, daß er die Reise für sie leichter gemacht hatte. Während der Bootsfahrt über den See nach San Carlos war er sehr zurückhaltend gewesen, da er, wie er es ausdrückte, nicht gewillt war, sie in ihren Gedanken und ihrer Trauer um ihren Bruder zu stören, und er wollte sich wohl auch nicht die berechtigten Vorwürfe anhören. Aber in San Carlos waren sie dann am Seeufer gelandet. Als er gesehen hatte, daß sie zögerte und unschlüssig war, ob sie das schwappende Wasser und den Schlamm, der zwischen ihr und dem trockenen Land lag, mit einem Sprung bewältigen konnte, hatte er sie hochgehoben und an Land getragen. In dem Moment, in dem ihre Füße den Boden berührten, hatte er sie losgelassen und sich abgewandt, nachdem er den starren Ausdruck der Dankbarkeit in ihrem Gesicht wahrgenommen hatte, doch das Eis war gebrochen.

Auf der Fahrt mit dem Flußschiff über den San Juan zum Atlantik war es nicht weiter erstaunlich gewesen, daß sie aufeinander zurückgeworfen wurden. Wenn sie zusammen waren, blieben sie von den Versuchen der anderen Passagiere, ein Gespräch zu beginnen, verschont. Sie reisten beide unter falschem Namen und waren daher nicht an neugierigen Fragen bezüglich ihrer Vergangenheit interessiert. Eleanora hatte einen enormen Schlafnachholbedarf, da sie wochenlang unter starker seelischer Anspannung gestanden hatte, und die Einzelkabine auf dem Schiff ermöglichte es ihr, viel zu schlafen. Neville erwies sich als ein aufmerksamer, unterhaltsamer und galanter Begleiter, der sich darum bemühte, sein Vergehen an Eleanora wiedergutzumachen, und sie zeigte sich verständnisvoll.

Eleanora begab sich vom Hafen aus direkt zum Hotel St. Louis, wo sie sich unter dem hochnäsigen und argwöhnischen Starren des Hotelangestellten mit ihrem vollen Namen und Titel in das Gästebuch eintrug. Unterwürfigkeit und prompter Service überboten alles, was sie sich nur hatte erhoffen können. Von diesem Stützpunkt aus brach sie am folgenden Tag zur Schneiderin und zur Modistin auf. Sie bestellte Kleider in Schwarz, Grau und Lavendel, was angemessen war und ihrer Stimmung entsprach. Dazu kaufte sie passende Hüte und Schals und Handschuhe und ein Dutzend weitere Accessoires, doch sie wies ohne zu zögern eine Mantilla zurück, die ihr als der letzte Modeschrei angepriesen wurde. Sie erstand eine neue Krinoline und eine Auswahl an spitzengeschmückten Petticoats und edle Unterwäsche aus Seide und Batist.

Das erste, was von ihrer neuerworbenen Garderobe geliefert wurde, war ein Tageskleid aus grauem Linon, das mit zahllosen Metern weißer Spitze geschmückt war, und dazu ein schwarzer Hut und ein Sonnenschirm mit Spitzenrändern. In dieser hinreißenden Aufmachung brach sie mit einer neuen Handtasche unter dem Arm, die aus kleinen Silberdrahtschlingen gefertigt war und ihre Goldbörse, ihren Fächer und ihr Etui für Visitenkarten enthielt, in einer Mietskutsche auf, um ihren Onkel Narciso und seinen Sohn, Cousin Bernard, in ihrem früheren Zuhause in der Royal Street zu besuchen.

Der Butler, der auf ihr Läuten hin die Tür öffnete, forderte sie auf, in der Bibliothek zu warten. Er nahm auf einem Silbertablett ihre Visitenkarte mit, auf die sie ihren Namen und das Wappen des Conde de Laredo hatte aufprägen lassen. Ihr Onkel kam und begrüßte sie herzlich, dann führte er sie in den Salon, wo Bernard sich erhob und vor ihr verbeugte. Auf seinem Gesicht stand ein gezwungenes Lächeln, doch er unterstützte die Einladung seiner Frau, ein Glas Ratafia mit ihnen zu trinken. Die Eltern seiner Frau, ein recht stämmiges und wohlwollendes Paar, hatten es sich auf dem Sofa bequem gemacht, und ihre Gegenwart verhinderte, daß das Verhör, dem sie unterzogen wurde, allzu streng und erbittert durchgeführt wurde. Eleanora hielt standhaft durch und erzählte ihnen, was sie freiwillig zu sagen bereit war, bog jedoch lächelnd die Fragen ab, die sie nicht beantworten wollte, und dabei fragte sie sich unablässig, warum sie sich diesen einzigartig stumpfsinnigen Menschen unterlegen gefühlt hatte, die derart von ihrer eigenen Wichtigkeit überzeugt waren, daß sie noch nicht einmal merkten, wenn sie sachte verspottet oder manipuliert wurden. Als sie gehen wollte, wurde sie gedrängt, eine Essenseinladung anzunehmen, nur in einer kleinen Gesellschaft, der niemand vorwerfen konnte, für einen Menschen, der Trauer trug, zu fröhlich zu sein. Sie nahm die Einladung mit der größten Zufriedenheit an, und als sie ging, stellte sie mit grimmigem Wohlgefallen fest, daß sie den ersten Schuß in der Schlacht abgegeben hatte, das Haus ihrer Großmutter wieder für sich zu gewinnen.

New Orleans wirkte zwar oberflächlich ruhig und friedlich, doch der Enthusiasmus für die kriegerischen Unternehmungen William Walkers war größer denn je. Daher war damit zu rechnen, daß die Nachrichtenblätter sie groß herausstellen würden, wenn Eleanoras Identität erst einmal bekannt wurde. Die Geschichte einer Schönheit aus New Orleans, die aus einer angesehenen Familie stammte und nahezu an die Front gereist war, dort als der Gnädige Engel der verwundeten Amerikaner in Nicaragua bekannt geworden war und dann als Frau eines spanischen Adeligen in die Stadt zurückgekehrt war, konnte man wegen der romantischen Komponente nicht einfach übergehen. Daß sie durch den Krieg in jenem fernen Land verwitwet war, verlieh der Geschichte auch noch Pathos, ebenso wie die Andeutung auf Reichtümer ihr einen unbeschreiblichen und unwiderstehlichen Glanz verlieh.

Eleanoras Zimmer im St. Louis wurde von Händlern belagert, die darauf aus waren, ihr Interesse an allen erdenklichen Gütern vom Gesundheitstrank zum Parfüm, über Schmuck zum Pferdegespann für die Kutsche zu wecken. Jedesmal, wenn sie das Hotel verließ, wies man mit dem Finger auf sie, und eine Schar von jungen Knaben, die lauthals miteinander um die Ehre stritten, ihre Einkäufe tragen zu dürfen, folgte ihr mit Abstand über die Straße.

Nach dem ersten derartigen Vorfall entschied Eleanora, es sei trotz ihres Status als verheiratete Frau unklug, ohne Begleitung auf die Straße zu gehen. Daher schickte sie eine Nachricht an ihren Onkel und bat ihn um die Dienste ihrer früheren Amme. Ihr Onkel überließ ihr kampflos die ältere Frau. Ihr kamen die Freudentränen, als sie das zerfurchte braune Gesicht ihres Kindermädchens wiedersah, und es bereitete ihr Vergnügen, die alte Frau in schwarze Seide mit elfenbeinerner Spitze und einem Turban aus elfenbeinfarbenem Satin einzukleiden, der mit pechschwarzen Perlen eingefaßt war. Ihre Züge erstarrten zu einer Maske uralter Würde, und wenn sie mit ihren Seidenröcken und den raschelnden Petticoats neben Eleanora herlief, dann reichte das aus, um die aufdringlichsten Neugierigen abzuschrecken.

Eleanora schlenderte durch die Stadt und suchte alte Schauplätze wie das Kloster und Cabildo auf, aber auch neue wie die

Statue von Andrew Jackson, die in jenem Frühjahr auf der kürzlich erst neugestalteten Place des Armes aufgestellt worden war, die damals in Jackson Square umbenannt wurde. Sie suchte auch die gerade erst fertiggestellten Wohnhäuser auf, die die Baroneß Pontalba gebaut hatte, und sie spielte mit dem Gedanken, in eine dieser eleganten Suiten zu ziehen, falls sie das Haus ihrer Großmutter nicht erwerben konnte.

Sie wandte sich mit verstärkter Aufmerksamkeit ihren Verwandten zu. Sie lud sie zu dem einen oder anderen stillen kleinen Essen ein und einmal sogar zu einem Theaterbesuch, und dabei bemühte sie sich um eine derartig überzeugende Ausstrahlung von duldsam ertragenem Herzeleid, daß sie gar nicht anders konnten, als ihren Verlust zu bedauern und zu versuchen, ihr die bedrückende Last zu nehmen. In dem Moment, in dem sie von dem Zahlungsbescheid erfuhr, der von einer spanischen Bank auf ihren Namen ausgestellt worden war, begab sie sich augenblicklich mit einem Angebot für das Haus in der Royal Street zu Onkel Narciso. Sie wußte, daß er im Vergleich zu dem, was er und Cousin Bernard Jean-Paul vor weniger als sieben Monaten dafür bezahlt hatten, einen beträchtlichen Profit machen würde. Wie sie gehofft hatte, konnte Onkel Narciso einem Appell an die Rührseligkeit und Cousin Bernard einem Aufbessern seines Brieftascheninhalts nicht widerstehen. Innerhalb von Stunden hatte sie den Schlüssel in der Hand. Ein paar Tage später konnte sie das Haus in Besitz nehmen, durch die leeren Räume und den Hinterhof mit den bewachsenen Spalieren laufen und endlich das Gefühl haben, zu Hause angekommen zu sein.

23. Kapitel

»Ich verlange eine Erklärung!«

Eleanora sah Bernard an, und ihre grünen Augen waren kalt. Sie hatte die Hände vor ihrer Taille umklammert, als sie in ihrer Witwentracht vor ihm stand, aber diese Geste entsprang weit mehr der Wut als der Furcht. »Mit welchem Recht?« fragte sie.

»Mit dem Recht eines Blutsverwandten! Deine Taten fallen auf alle zurück, die zu deiner Familie gehören. Ich verlange die Wahrheit über diesen Skandal zu hören, der mir zu Ohren gekommen ist. Es geht um dein Betragen, während du in Nicaragua warst.«

»Warum?« fragte sie grob.

Bernard starrte sie an, und sein schmales aristokratisches Gesicht gefror vor Ungläubigkeit. »Warum?« wiederholte er wie ein Echo.

»Genau. Eine Dame verteidigt nicht überstürzt ihren guten Namen. Ihre Freunde werden nicht glauben, was man über sie sagt, und ihre Feinde werden ohnehin das Schlimmste annehmen, ganz gleich, was sie sagt. Was nutzt es dir schon, wenn du weißt, ob ich zu Unrecht beschuldigt werde? Hast du etwa im Sinn, diese Angelegenheit auf dem Feld der Ehre auszutragen? Ich bitte dich, das bleibenzulassen. Sonst wird nur noch länger darüber geredet.«

»Das heißt, du weigerst dich, es mir zu sagen.«

»Ja«, sagte sie. »Ich spreche dir das Recht ab, dich in meine Angelegenheiten einzumischen.«

»Ich hätte mir ja denken können, daß du diesen Standpunkt beziehst«, warf er ihr an den Kopf.

»Ja, allerdings, wenn du dir je die Zeit genommen hättest, dich näher mit meinem Charakter zu befassen.«

»Das wäre ein Unternehmen gewesen, bei dem nichts herausgesprungen wäre, liebe Cousine. Du hast dich verändert, seit du New Orleans verlassen hast.«

»Das möchte ich aber auch hoffen.«

»Dir sind dein neuerrungener Status und dein Einfluß zu Kopf gestiegen«, nörgelte er. »Was du brauchst, ist ein Mann, der deine Ausschweifungen im Zaum hält. Es ist wirklich ein großer Jammer, daß Jean-Paul nicht hier ist und diese Verantwortung übernehmen kann.«

Eleanora spürte, wie ihr vor Zorn kalt wurde. »Ich bin ganz und gar deiner Meinung«, sagte sie bedächtig. »Es ist allein deine Schuld, daß er nicht hier ist. Du hast einen impulsiven Jungen ermutigt, sein Erbe und seine Zukunft wegzuwerfen und in seinen Tod zu ziehen. Wenn du ihm nicht das Haus zu einem Preis weit unter Wert entrissen hättest, dann hätte er vielleicht auf die Vernunft gehört und sich nicht mit William Walker eingelassen!«

»Jean-Paul hatte sich bereits dienstverpflichtet.«

»Ja, das hatte er getan. Aber du kannst mir nicht weismachen, du hättest diese Transaktion nicht schon vorher mit meinem Bruder besprochen.«

»Das mag sein, doch ich behaupte, daß er auch andernfalls nach Nicaragua gezogen wäre. Er war unbändig, und ich habe schon immer gesagt, daß das deine Schuld ist, weil du ihn nach Belieben hast verkehren lassen, mit wem er wollte, statt dafür zu sorgen, daß er seiner Verantwortung gerecht wird.«

»Ich verstehe. Jetzt bin also ich diejenige, die seine Ausschweifungen hätte im Zaum halten müssen«, sagte sie.

»Das habe ich damit nicht gemeint. Mir ist klar, daß das für eine nachsichtige Angehörige des schwächeren Geschlechts unmöglich ist, aber du hättest dich ja auf mich stützen können. Ich hätte mit Jean-Paul umgehen können.«

»Indem du ihn als Buchhalter in ein Kontor steckst?« fragte sie höhnisch.

»Dann wäre er zumindest noch am Leben«, brauste Bernard auf.

»Ein lebender Toter wie du!« gab sie zurück.

Beifallklatschen brach die Spannung zwischen ihnen. Neville trat aus dem Haus auf den Hof und applaudierte im Näherkommen. »Bravo«, sagte er, und in seinen Augen stand ein Lachen, als er auf Eleanora zuging. »Entschuldigen Sie die Formlosigkeit. Ihr Butler hat mich eingelassen. Ich habe Stimmen hier draußen gehört, und ich fürchtete schon, Sie könnten jemanden an Ihrer Seite gebrauchen. Ich hätte mir denken können, daß es nicht so ist.«

Eleanoras Lächeln war steif und nahezu so unfreundlich wie ihre Stimme, als sie die Männer einander vorstellte.

»Soll ich wieder gehen?« fragte Neville, nachdem er Bernard kurz zugenickt hatte. »Ich kann jederzeit später noch einmal vorbeikommen. Wir haben einander sicher einiges zu erzählen.«

»Keineswegs«, sagte Eleanora. »Cousin Bernard wollte ohnehin gerade gehen.«

»Ja, natürlich. Ich werde dich mit deinem … Freund allein lassen. Was jedoch deine halsstarrige Haltung angeht, muß ich dir sagen, daß ich es bedaure, dich wieder in die Familie aufgenommen zu haben und zugelassen zu haben, daß das Haus der Familie in deinen Besitz fällt. Ich kann nicht für meinen Vater sprechen, aber ich breche hiermit die Beziehung ab.«

»Danke«, sagte Eleanora in einem Tonfall tiefempfundener Dankbarkeit. »Ich bin sicher, daß dich jemand zur Tür begleiten wird, falls du den Weg nicht finden solltest.«

Als sie allein waren, zog Neville eine blonde Augenbraue hoch. »Worum ging es hier eigentlich?«

»Ach, nichts weiter«, sagte Eleanora und ging zu einer rebenbewachsenen Laube an einer Backsteinmauer an einem Ende des Hofs voraus. Ein kleiner Brunnen in Form eines eisernen Löwenkopfs, der in den Stein eingelassen war, plätscherte fröhlich und vermittelte ein Gefühl von Kühle. In der Feuchtigkeit war alles mit Moos bewachsen, und das zarte Grün verstärkte den Eindruck, auf einer behaglichen Lichtung Zuflucht gefunden zu haben. Eleanora setzte sich auf eine Holzbank und raffte ihre Röcke, um Neville Platz zu machen. Sie zwang sich zu einem Lächeln und fragte: »Wo sind Sie gewesen? Was haben Sie unternommen?«

»Ich war im Osten, in Washington und New York«, sagte er und schlug die Beine übereinander.

»Ach.« Eleanora machte sich nicht die Mühe, mehr dazu zu sagen.

»Ich hatte das Gefühl, Vanderbilt einen persönlichen Rechenschaftsbericht schuldig zu sein«, sagte er zu seiner Verteidigung. Als Eleanora daraufhin auch nichts sagte, mit gesenkten Wimpern dasaß und die Rüschen ihres Kleides glattstrich, sagte Neville: »Ein Mann muß eben sehen, wie er sich am besten durchschlägt. Ich bin dazu erzogen worden, von vererbtem Geld ein sorgloses Leben zu führen. Ich kann nichts dafür, wenn ich nach wie vor die Neigung habe, es mir leichtzumachen.«

»Ach nein?« fragte Eleanora ruhig.

»Vielleicht könnte ich dagegen an, wenn ich eine Frau wie Sie an meiner Seite hätte«, sagte er mit einem entwaffnenden Lächeln zu ihr. »Jetzt werden Sie nicht gleich starr und kalt. Jedenfalls war die Reise umsonst. Kapitän Vanderbilt hat sich geweigert, mich zu empfangen. Er hat gesagt, er hätte keine Zeit für Versager. Das war ein Tiefschlag, aber der Mann, der den Sieg in der Tasche hat, kann wohl sagen, was er will.«

»Den Sieg?« fragte Eleanora und hob ruckartig den Kopf.

»Die größtmögliche Annäherung an einen Sieg. Minister

Wheeler, der Walkers Regime nach der Wahl vorschnell anerkannte, ist vom Staatssekretär nach Washington zurückberufen worden, wo man ihn verwarnt und ihm nahegelegt hat, sein Rücktrittsgesuch einzureichen. Das war hart für den alten Wheeler, wenn man bedenkt, daß er bis vor ein paar Wochen allen Grund hatte zu glauben, daß die Regierung der Vereinigten Staaten ihn zu diesem Zug gratulieren wird. Die Flügel des amerikanischen Adlers haben sich über die früheren mexikanischen Gebiete von Texas und Kalifornien ausgebreitet; warum also nicht auch über Nicaragua – oder über ganz Zentralamerika, wenn wir gerade schon dabei sind? Ich werde Ihnen sagen, warum nicht; weil Spanien und Frankreich beide angekündigt haben, daß sie Kanonenboote ausschicken werden, um die Küsten von Mittelamerika zu bewachen. Chile und Peru haben den Staaten, die sich gegen Walker verbündet haben, finanzielle Unterstützung zugesichert, und England hat in diesem Augenblick ein Flottengeschwader von dreizehn Schiffen auf hoher See, die mit zweitausendfünfhundert Mann bemannt sind und in dieser Region die britischen Interessen wahren sollen. Das ist, wie Sie sicher selbst daraus entnehmen können, nicht das richtige Klima für eine Expansion. Walker ist von seinem Land im Stich gelassen worden.«

»Aber... er ist nicht auf dem Feld geschlagen worden?« erkundigte sich Eleanora mit einem besorgten Ausdruck in ihren smaragdgrünen Augen.

»Noch nicht. Ich muß sagen – wenn Sie den Ausdruck verzeihen, den man bei Hahnenkämpfen anwendet –, daß Walker sich wie ein draufgängerischer Zwerghahn gebärdet. Gerüchteweise heißt es, daß er die Sklaverei in Nicaragua für legal erklärt hat, ein offenkundiger Versuch, im Kongreß um die Gunst der Südstaaten zu werben, damit sie die Regierung zu seinen Gunsten umstimmen – oder, falls das scheitert, eine Sezession herbeizuführen, wie sie sie schon seit Jahren androhen, damit sie sich dann ihm anschließen. Er wird wohl feststellen müssen, daß das ein Fehler war. Sklaverei ist dort unten dreißig Jahre lang ungesetzlich gewesen. Großbritannien und Frankreich, von Washington erst gar nicht zu reden, werden sich mit einer Wiedereinführung der Sklaverei keineswegs einverstanden erklären. Nein, ich würde sagen, wir sind – verzeihen Sie – gerade noch im letzten Augenblick aus Nicaragua herausgekommen. Da unten wird es ziemlich heiß, nicht nur von den Temperaturen her!«

Neville redete weiter und sprach jetzt über andere Dinge, doch Eleanora schenkte ihm nur wenig Aufmerksamkeit. Als er ihre Selbstversunkenheit wahrnahm, verabschiedete er sich endlich, und sie saß noch lange Zeit da und starrte ins Leere. Sie dachte an Grant und an Mazie und John und die Truppe, an Walker und Colonel Henry und Dr. Jones und all die anderen, die noch in Granada waren. Sie fragte sich, was sie wohl taten und fühlten und ob sie manchmal an sie dachten. Und sie sehnte sich mit einer fast erschreckenden Eindringlichkeit danach, bei ihnen zu sein.

Es wäre nicht gerade der geeignetste Ort für sie gewesen. Vor ein oder zwei Tagen war ihr schwindlig geworden, als sie gerade auf einem Hocker gestanden und versucht hatte, eine neue Tapete für ihr Boudoir an die Gardinen zu halten, um zu sehen, ob es farblich paßte. Ihr altes Kindermädchen war in der Nähe gewesen und hatte sie festhalten und zu einem Stuhl führen können.

»Bleiben Sie still sitzen, Mam'zelle Eleanora«, hatte die alte Frau gesagt und sie so angesprochen wie in ihrer Kindheit. »Es wird gleich vorübergehen.«

»Ich komme mir so albern vor«, hatte Eleanora gesagt und zittrig gelacht. »Ich weiß gar nicht, was mit mir los ist.«

»Das gehört zu den üblichen Beschwerden unter verheirateten

Frauen, *chère*. Schon seit Wochen habe ich den Verdacht, Sie werden ein *bébé* bekommen.«

Ein Baby, Grants Kind. Wenn sie zurückdachte, wußte sie, daß ihr altes Kindermädchen recht hatte. In der Hast und dem Tumult ihres Aufbruchs aus Granada und in der Hektik der letzten Wochen, in denen sie hartnäckig ihre Ziele verfolgt hatte, hatte sie keine Zeit gefunden, sich Gedanken darüber zu machen.

Als sie allein war, hatte Eleanora langsam Luis' Ring von ihrem Finger gezogen und das Medaillon des heiligen Michael abgelegt. Wenn sie von einer trübsinnigen Stimmung befallen wurde, hatte sie schon oft gedacht, daß sie mehr Erinnerungen an Luis hatte als an den Mann, den sie liebte. Das stimmte jetzt nicht mehr.

Nach jenem Morgen war Neville ein häufiger Besucher. Da er viel herumkam und viele Bekannte hatte, wußte er oft Einzelheiten über den Stand des Krieges in Zentralamerika zu berichten, die in der Presse nicht erwähnt wurden. Als der Sommer zum Herbst wurde, hielt er sie über die Truppenbewegungen der Heere von Guatemala, Honduras und San Salvador auf dem laufenden. Eine Zeitlang sah es so aus, als würden interne Streitigkeiten einen gemeinsamen Angriff verhindern, und dann konnte sich Anfang November Costa Rica wieder einmischen.

Innerhalb von Tagen war die Nachricht eingetroffen, daß Walker, um die Transitstrecke zu schützen, über die seine Verstärkung in Form neuer Rekruten eintreffen würde, Granada evakuiert hatte. Da er die Stadt als eine Hochburg der alliierten Streitkräfte nicht übergeben wollte, hatte er seinen stellvertretenden Befehlshaber und ein Kommando von dreihundert Mann mit dem Befehl zurückgelassen, sie zu zerstören.

In ihrem Bestreben, der Zerstörung Einhalt zu gebieten, hatten die Alliierten die brennende Stadt bald angegriffen. Beim ersten Versuch waren sie zurückgeschlagen worden und hatten schwere Verluste erlitten, und dann war das Heer von Guatemala vorgerückt, um die Guadalupe-Kirche einzunehmen. Der kommandierende Colonel hatte die Kirche gestürmt und die Verteidiger verjagt, aber seine Männer waren gemeinsam mit mehr als hundert Frauen, Kindern, Kranken und Verwundeten von der überlegenen Macht der feindlichen Streitkräfte umzingelt worden. Neunzehn Tage lang hatten sie den Belagerungszustand durchgehalten und sich von Pferde- und Maultierfleisch und einer schwindenden Ration Mehl und Kaffee ernährt. Die Toten, die in den Kämpfen in der Kirche und in deren Umfeld gefallen waren, blieben unbegraben liegen. Mit dem gräßlichen Gestank der Verwesung kam auch die Cholera. Das Gelbfieber, Hitzschläge, Erstickungen durch eingeatmeten Rauch – es schien, als würden die Verteidiger durch Tod, Krankheiten und Schwächung dahingerafft, ehe man sie aus ihrer Belagerung befreien konnte. Am zwölften Dezember waren dann in der Nacht etwa zweihundertfünfzig neue Rekruten und die erfahrenen Veteranen, die sich freiwillig für diese Aufgabe gemeldet hatten, oberhalb von Granada mit dem Seedampfer *Virgin* eingetroffen. Sie stürmten die Barrikaden und schlossen sich den anderen in der Kirche an. Die Alliierten, die der Überzeugung waren, sie würden von Walkers gesamter Streitmacht angegriffen, traten den Rückzug an. Innerhalb von vierundzwanzig Stunden wurden alle, die in der Kirche noch am Leben waren, auf die *Virgin* geschafft und in Sicherheit gebracht. Hinter ihnen lagen die glühenden Trümmer der Stadt, und im Wind flatterte ein zerrissenes Banner aus ungegerbtem Leder, das die Aufschrift *Aqui fue Granada* trug: »Hier stand Granada.«

Etliche Tage lang trafen keine Nachrichten über die Toten ein. Die Leute standen vor dem Büro des *Crescent* Schlange und warteten darauf, etwas über Söhne, Ehemänner, Väter, Onkel und Cousins zu erfahren, die als »Kolonisten« nach Nicaragua gegangen waren. Eleanora wartete gemeinsam mit dem Rest der Einwohner. Als sie das Nachrichtenblatt in ihren zitternden Händen hielt, überflog sie schnell die Liste von mehr als zweihundert Namen. Grants Name war nicht darunter. Sie seufzte, las ganz unten weiter, und dann zog sich ein Tränenschleier vor ihre Augen. Unter den Frauen war der Name Mazie Brentwood Barclay abgedruckt, gestorben an Gelbfieber, während sie aufopfernd die Verwundeten und die Kinder pflegte, die in der Kirche von Guadalupe eingesperrt waren.

Die folgenden Monate waren für Eleanora eine Zeit des Wartens; sie wartete auf Nachrichten aus Nicaragua, sie wartete auf die Geburt ihres Kindes. Als die Wochen vergingen, legte sich der Rummel um ihre Identität und wurde von einem anderen aufregenden Skandal abgelöst. Der Umstand, daß sie nach Weihnachten aufgrund ihrer fortgeschrittenen Schwangerschaft nicht mehr draußen umherlief, trug sicher auch seinen Teil dazu bei. Sie verbrachte ihre Zeit damit, das alte Stadthaus neu einzurichten und es wohnlich zu machen, Sachen für ihr Kind zu nähen und auf die Stimmen der Zeitungsjungen auf der Straße zu horchen, damit sie einen Dienstboten aus dem Haus schicken konnte, der ein neues Nachrichtenblatt erstand.

Es liefen keine guten Nachrichten ein. Anfang Januar war der San Juan River erfolgreich abgeriegelt worden, und somit waren Walkers Zufahrtswege für Proviant und Männer abgeschnitten. Während die jungen Kavaliere von New Orleans in Fastnachtskostümen unter einem Banner, auf dem sie sich als die neu organisierte Mystic Krewe of Comus ausgaben, auf den Straßen ihren Schabernack trieben, standen Walker und seine Männer mit knappen Rationen und schrumpfender Munition den vereinten Streitkräften von Costa Rica, Guatemala, Honduras und San Salvador gegenüber. Walkers Heer setzte sich zu diesem Zeitpunkt aus weniger als tausend Männern zusammen. Ihnen stand das

Zwanzigfache dieser Anzahl gegenüber. Angesichts derart schlechter Karten begannen jetzt Deserteure die Phalanx zu schwächen.

Nevilles Angaben zufolge war Vanderbilt für den größten Teil von Walkers Kümmernissen verantwortlich. Er hatte ein Team von Berufssoldaten angeheuert und ausgerüstet, die die zentralamerikanischen Streitkräfte anführen sollten.

Er hatte sie im voraus bezahlt und ihnen Darlehen in Millionenhöhe zugesichert. Diese Führungsspitze war für die Flußblockade verantwortlich, aber auch dafür, daß sich die verschiedenen Truppen zu einer einzigen Streitmacht zusammengeschlossen hatten. Außerdem hatte Vanderbilt die Anführer der Alliierten davon überzeugt, daß es eine unkluge Strategie war, einen Krieg mit zu vielen Toten zu führen. Anschließend wurde Gefangenen und Deserteuren eine kostenlose Heimfahrt auf Vanderbilts Schiffen angeboten.

Es war ein nervenaufreibender Frühling mit endlosen alarmierenden Nachrichten, als die Freibeuter sich auf eine Reihe von kleinen Kämpfen einließen und den Feind immer wieder zurückschlugen. Im April waren die amerikanischen Frauen und Kinder, die noch mit Walker in Rivas waren, unter Geleitschutz von Marinesoldaten des amerikanischen Kanonenboots *St. Mary*, das schon seit zwei Monaten vor der Küste lag, herausgeholt worden. Das Ende, das räumten alle ein, stand dicht bevor.

Für Eleanora hatte das Warten in einer anderen Sache nun auch sein Ende. Am Abend des neunten April schleppte sie sich in ihr Bett. Vor Mitternacht wurde sie von den ersten Geburtswehen geweckt, und vor der Morgendämmerung, lange ehe der Arzt endlich eintraf, war sie von ihrem Kindermädchen von einem wunderschönen, kerngesunden, vollkommenen Sohn entbunden worden.

Für Eleanora wurde die Welt augenblicklich kleiner und engte sich auf die Wände ihres Schlafzimmers und die Wiege ein, die neben ihrem Bett stand. Sie empfing keine Besucher, und es trafen kaum Nachrichten ein. Ihre Zeit, ihre Gedanken und ihre Sorge galten ganz dem Wohlbefinden und der Sicherheit ihres Kindes. Er war so unendlich zerbrechlich. Manchmal, wenn sie dalag und sein kleiner warmer Körper sich an ihren schmiegte, verspürte sie eine so heftige Liebe zu ihm, daß es sie schmerzte.

Einen Monat später, am zwölften Mai, wurde das Baby in einer privaten Feier, die zu Hause stattfand, in aller Stille getauft. Nach langen Überlegungen wurde für ihn der Name Charles Michael de Laredo y Villars gewählt. Als Eleanora lächelnd das Wasser aus dem entrüsteten Gesicht ihres Sohns wischte, berührte sie das Medaillon des heiligen Michael, das sie ihm um den Hals gehängt hatte. Luis würde nichts dagegen haben, daß sein Name dieses letzte Mal als eine schützende Geste benutzt wurde. Das Kind war neun Monate und zweieinhalb Wochen nach seinem Tod geboren worden, vom medizinischen Standpunkt her keine Unmöglichkeit; Babys wurden oft etwas später als erwartet geboren.

Neville war ungeladen zur Taufe erschienen. Er hatte den traditionellen Silberkelch und den Priesterlohn unten in einer Schale mit gezuckerten Mandeln mitgebracht und die Rolle des Taufpaten ihres Kindes gespielt. Daraufhin war es unmöglich gewesen, ihn nicht aufzufordern, zu dem kleinen Essen im engsten Familienkreis zu bleiben, das nach der Taufe stattfand. Onkel Narciso erschien nicht zum Essen, obwohl er die Einladung angenommen hatte. Daher war sie Neville dankbar, denn ohne ihn wäre die kleine Feier ganz ausgefallen.

Er blieb nicht lange. Eleanoras Pflichten als Mutter riefen sie vom Kaffee nach dem Abendessen fort, als ihre Amme, die jetzt mit Herz und Seele Michaels Kindermädchen war, kam und sagte, daß er weinte und nach ihr verlangte.

Sie ließ sich gerade noch die Zeit, Neville zur Tür zu begleiten. Seine Hand lag auf dem Türknopf, als er fragte: »Ich nehme an, Sie haben die Neuigkeiten schon gehört?«

»Nein, was denn?« sagte sie geistesabwesend, denn in Gedanken war sie ganz auf die leisen Schreie eingestellt, die aus dem Schlafzimmer im oberen Stockwerk drangen.

»Über die Kapitulation?«

Jetzt galt ihm ihre ungeteilte Aufmerksamkeit. »Erzählen Sie es mir«, sagte sie, und ihre Stimme klang plötzlich gepreßt.

»Nach Verhandlungen, die Fregattenkapitän Davis von der *St. Mary* geführt hat, haben Walker und seine Männer die Waffen niedergelegt.«

»Wann?«

»Am ersten Mai. Er und seine Offiziere sind an Bord des amerikanischen Schiffs nach Panama gebracht worden. Ihre Ankunft hier in New Orleans wird täglich erwartet.«

Das Dampfschiff, das William Walker nach Hause brachte, lief am 27. Mai 1857 in New Orleans ein. Die Leute drängten sich in Scharen an der Anlegestelle und in den Straßen, die dort hinführten. Es hatte sich eine solche Menschenmenge von Schaulustigen versammelt, daß Eleanoras Kutsche nicht vom Fleck kam, und ihr Kutscher mußte sich gewaltsam den Weg zu einem günstigen Aussichtspunkt frei machen, von dem aus sie etwas sehen konnte, ohne aus der Kutsche aussteigen zu müssen.

Beim Anblick der roten Uniformröcke, vielleicht sechzehn an der Zahl, deren goldene Knöpfe und Fransen in der warmen Sonne hell leuchteten, schnürte sich ihr die Kehle zu. Sie mußte mehrfach zwinkern, ehe sie die schmächtige Gestalt des Generals ausmachen konnte. Und dann sah sie hinter ihm Grant, der aufrecht und mit finsterem Gesicht dastand und so ausgezehrt aussah wie damals, als er mit der Wunde in seiner Schulter krank im

Bett gelegen hatte. Die Sonne blendete ihn, als er über die Menge hinwegschaute. Als sein Blick über ihre Kutsche glitt, preßte sich Eleanora an die Polster, möglichst weit von dem Fenster entfernt, obwohl sie fast sicher war, daß der Schatten im Innern undurchdringlich war.

Beim Anblick Walkers erhob sich ein großes Getöse in der Menschenmenge, Laute des Willkommens, der Bewunderung und des Beifalls, als sei er als siegreicher Held und nicht als Besiegter heimgekehrt. Hurrarufe und hochgeworfene Hüte füllten die Luft. Kleine Jungen kreischten und plärrten, und Damen applaudierten mit behandschuhten Händen. Ein Dutzend Männer drängte sich vor, als der Präsident von Nicaragua, nachdem er gelächelt und der Menschenmenge zugewinkt hatte, auf die Gangway zuging. Sie hoben Walker auf ihre Schultern und trugen ihn die kurze Strecke bis zu seiner bereitstehenden Kutsche durch die Menge. Etliche seiner Offiziere drängten sich dicht hinter ihnen. Die übrigen zwängten sich in ein zweites Fahrzeug. Der größte Teil der enthusiastischen jubelnden Menge folgte der Kutsche, als sie sich in Richtung St.-Charles-Hotel in Bewegung setzte.

Walker wurde es auch jetzt noch nicht gestattet, sich nach dieser anstrengenden Reise auszuruhen. Die Leute standen vor dem Hotel und jubelten und forderten im Chor, er solle sich zeigen. Er war gezwungen, zwei Ansprachen zu halten, ehe die Menge sich endlich zufriedengab und allmählich auseinanderging.

Diejenigen, die ihn bei seiner Ankunft nicht hatten hören können, bekamen zwei Tage später die Gelegenheit dazu. Bei einer großen Versammlung in der Canal Street sprach Walker, auf der einen Seite von der amerikanischen und auf der anderen Seite von seiner eigenen Flagge mit dem roten Stern flankiert, zwei Stunden lang. Im Licht der Gaslaternen glitzerte der Schweiß auf seinem Gesicht, als er den Mut und die Kraft seiner Männer lobte und die Wärme und Gastfreundschaft der gewöhnlichen Leute in Nicaragua pries, als deren Wohltäter er sich ansah. Dann setzte er zu einer umfassenden Denunzierung all derer an, denen er die Schuld an seinem Sturz gab. Er wütete gegen die tyrannische Macht Vanderbilts, die Kurzsichtigkeit von Präsident Buchanan, der ihm nicht zu Hilfe gekommen war, und deutete an, wenn die offiziellen Kreise in Washington in dieser Angelegenheit den Standpunkt das Kapitäns bezögen, dann sei das auf Amtsmißbrauch und Schmiergelder zurückzuführen. Er übte Kritik an dem Fregattenkapitän und Ersten Offizier des Kanonenboots *St. Mary*, Charles H. Davis, und behauptete, bei den Verhandlungen mit den zentralamerikanischen Alliierten hätte er die Phalanx unter Preis verkauft. Weiterhin beschuldigte er den Fregattenkapitän, er hätte sich geweigert, seine übrigen Männer nach Panama zu befördern und sie sich selbst überlassen. Zuletzt griff er dann noch Morgan und Garrison an, die beiden Männer, die er bei der Übernahme der Transitlinie so sehr begünstigt hatte; er warf ihnen vor, daß sie sich nicht gewaltsam einen Weg durch die Blockade freigekämpft hatten, um Truppen und Proviant zur Unterstützung der Phalanx zu befördern.

Eleanora, die mit ihrem Kindermädchen, das ständig besorgt an ihrem Ärmel zog und sie zum Aufbruch drängte, in der Menschenmenge stand, konnte sich William Walkers leidenschaftliche Ansprache nicht bis zum Ende anhören. Doch das, was sie bisher gehört hatte, beunruhigte sie schon genug. Es war zuviel erwartet, wenn man von dem Mann verlangte, seine Erlebnisse unberührt überstanden zu haben. Gleichzeitig vermittelten seine schrille Stimme und die Unbeherrschtheit seiner Schmährede ihr den Eindruck von einem Mann, dessen Verstand gefährdet ist. Es ist nie angenehm zu verlieren, wenn der Sieg schon fast in Reichweite war, und sie dachte sich, Walker müßte ziemlich geschwächt sein. William Walker schloß seine Rede mit einem persönlichen Gelübde und versprach, nach Nicaragua und in die Schlacht zurückzukehren, sobald genügend Männer und Mittel zur Verfügung standen.

Während sie verblüfft und bestürzt dieser Ankündigung zuhörte, packte ihr Kindermädchen ihren Arm und zog Eleanora fort. Dabei murrte sie, daß der junge M'sieur Michael das Recht habe, anständig versorgt und gefüttert zu werden, ehe seine Mutter zu dem Ball für die Herren vom Militär rannte.

Der Ball, der sich an den Empfang für Walker anschloß, fand in dem öffentlichen Ballsaal des St.-Charles-Hotels statt. Es würde das größte Ereignis der Frühjahrssaison sein, und die Gästeliste umfaßte mehrere hundert Namen, darunter auch den des Gouverneurs des Bundesstaates, Robert Wickliffe. Auch die Baroneß Pontalba und Vertreter der besten kreolischen und amerikanischen Familien in der Stadt waren geladen.

Für diesen Anlaß hatte sich Eleanora ein neues Kleid aus weißem Tüll bestellt, dessen tiefer Ausschnitt ebenso wie die Ärmel mit breiten weißen Satinbändern eingefaßt war, und auch auf dem weiten Rock fanden sich die Satinbänder in Abständen wieder. Zwischen den Brüsten trug sie ein Ansteckbukett aus frischen roten Rosen auf einem Hintergrund von silbernen Blättern und direkt darunter eine breite Schärpe aus weißem Satin mit roten Rändern, die von ihrer rechten Schulter bis auf ihre linke Hüfte reichte. Darauf hatte sie sich ihr Verdienstabzeichen gesteckt, Walkers goldenen Stern auf einem schwarzen und roten Ordensband. Das Haar trug sie in der Mitte gescheitelt und zu einem Chignon aus Ringellöckchen zurückgekämmt. Daneben, direkt unter dem Ohr, hatte sie sich noch ein kleineres Sträußchen Rosenknospen gesteckt. Die roten Rosen hätten sich eigentlich mit ihrem Haar beißen müssen. Statt dessen schienen sie ihm den feurigen Schein zu nehmen und ihm den glänzenden Ton von frischgeprägten Goldmünzen zu geben.

»Die Condesa de Laredo!«

In Eleanoras Ohren hallte der Klang ihres Namens, als sie angekündigt wurde, wie ein Trompetenstoß. Sie nahm wahr, wie sich Köpfe umdrehten, als sie William Walker die Hand gab, doch sie beachtete sie nicht und begrüßte ihn mit der Ehrerbietung, die ihm zustand.

Ihre Finger zitterten leicht, obwohl sein Gesicht kein Erstaunen verriet, als seine grauen Augen auf ihr ruhten und sich auf das Abzeichen senkten, das sie trug, ehe sie sich hoben und in ihre klaren grünen Augen sahen. »Sie sehen gut aus, Eleanora«, sagte er mit ruhiger Stimme. »Es ist mir ein Vergnügen, Sie wiederzusehen.«

»Ganz meinerseits, Sir. Sie – sie alle – haben in diesen letzten Monaten meine Gedanken beschäftigt.«

»Wie Sie die unseren«, erwiderte er.

Für mehr blieb keine Zeit. Als sie sich von dem General fortbewegt hatte, holte sie tief Atem und stieß ihn langsam wieder aus. Er hatte sie nicht denunziert. Nichts in seinem Benehmen hatte darauf hingewiesen, daß er etwas von einem Makel wußte, der ihrem Namen anhaftete.

Sie schlenderte umher und fühlte sich ein bißchen verloren, als sie die Blumenarrangements betrachtete, riesige Buketts aus Rosen und Jasmin und die schwarzen und roten Girlanden, die von den Kronleuchtern hingen und mit Rosetten aus Bändern verschlungen an den Wänden befestigt waren. Die Eßtische waren bereits mit dem berühmten Goldservice des Hotels gedeckt, und auf der Mitte jeden Tisches standen Nougatgebilde in Form von einer Kanone, einer Flagge und einem fünfzackigen Stern. Etliche Witwen waren anwesend, Freundinnen ihrer Großmutter, die sie flüchtig kannte und denen sie zunickte. Sie traf ein oder zwei Freundinnen aus der Klosterschule, die sie neugierig mit Fragen über die Familie ihres adeligen Ehemanns löcherten.

Im Gegensatz dazu waren die brummigen und herzlichen Glückwünsche von Colonel Thomas Henry zur Geburt ihres Sohnes wie ein wohltuender frischer Lufthauch. Als sie sich eine Zeitlang unterhalten hatten, erbot sich der Colonel, ihnen beiden Punsch zu besorgen. Als er davongegangen war, öffnete Eleanora ihren Fächer und fächelte sich Luft zu. Ihr Blick schweifte durch den Saal, und dann entdeckte sie Grant. Er stand groß und aufrecht neben der Saaltür. Er trug keinen Hut, und sein Haar schimmerte im flackernden Lichtschein so blauschwarz wie der Flügel einer Krähe. An seinen Augenwinkeln hatten sich neue Falten eingeritzt, und wenn sie es auch für unmöglich gehalten hätte, wirkten seine Schultern schmaler und gerader.

Als fühlte er sich von der Intensität ihres Blickes angezogen, wandte er sich ihr zu. Seine Augen verengten sich, und sie bemerkte, wie er leicht erblaßte.

Ihre Lippen verzogen sich zu einem leichten Lächeln, als sie langsam das Kinn hob. Kein Atemzug bewegte die Rosen auf ihrer Brust, als er langsam auf sie zukam.

Dann versteifte er sich plötzlich, und das schwarze Feuer seines Blicks schien durch sie hindurchzudringen. Er blieb starr stehen, drehte sich um, als hätte er einen Befehl erhalten, und ging eiligen Schrittes aus dem Ballsaal.

Eleanora stand still da und hielt die elfenbeinernen Stäbe ihres Fächers in der Hand; sie verbogen sich unter ihren Fingern. Als sie das Geräusch hörte, mit dem einer der Stäbe zerbrach, riß die Spannung in ihrem Innern. Dann drehte sie sich um, und ihre Wangen waren flammendrot, als sie den Mann sah, der unbemerkt neben sie getreten war.

»Sehen Sie nur, was Sie getan haben«, sagte Neville Crawford gedehnt. Er streckte die Hand aus und nahm den Fächer, der an ihrem Handgelenk baumelte. »Er ist kaputtgegangen.«

24. Kapitel

Eleanora empfing Neville offiziell im Salon. Sie hatte mit dem Gedanken gespielt, ihm den Einlaß zu verweigern, den Gedanken aber gleich wieder verworfen. Sie wollte ihn persönlich fühlen lassen, welches Mißvergnügen ihr sein Benehmen auf dem Ball bereitet hatte.

Neville war kein Dummkopf. Die Nuancen gesellschaftlichen Umgangs waren ihm vertraut. Er sah sich in dem eleganten Raum um, als er eingetreten war, sah sich die blaßgrün gestreiften Seidentapeten an den Wänden an, die weißen Brokatsofas, den Aubussonteppich, der eierschalfarben, grün und rosé gemustert war, und die roséfarbenen Draperien. Dann sagte er: »Ihre neue Vornehmheit beeindruckt mich gebührend, meine Liebe, aber mir ist der schlichte Komfort des Hofs lieber – es sei denn, versteht sich, Sie hätten mir etwas sehr Privates zu sagen?«

Sein Lächeln war dazu gedacht, sie zu betören, doch sie blieb ungerührt. Sie kam ihm nicht entgegen, sondern blieb in einem Morgenkleid aus weißem Batist mit Orchideen darauf steif neben dem marmornen Kaminsims stehen. Neville mußte gezwungenermaßen ebenfalls stehen bleiben.

»Sie wissen, worüber ich mit Ihnen reden will«, sagte Eleanora herausfordernd. »Nach unserer Diskussion zu diesem Thema kann für Sie kein Zweifel mehr daran bestehen, warum Grant davonging, als er Sie an meiner Seite gesehen hat. Es mußte für ihn so aussehen, als seien wir die Verschwörer, als die er uns in Verdacht hat, wenn nicht gar mehr. Warum nur? Warum haben Sie sich eingemischt?«

»Soll ich aufrichtig sein?« fragte er und neigte den Kopf zur Seite. »Ich denke, ja, da ich bezweifle, daß etwas anderes auch nur den geringsten Nutzen hat. Ich habe an Ihnen, meine Liebe, eine beklagenswerte Neigung wahrgenommen, unserem Colonel Farrell entgegenzukommen. Ich habe Anzeichen dafür bemerkt, daß Sie inzwischen den impulsiven Schritt bereuen, mit dem Sie ihn verlassen haben, Anzeichen dafür, daß Sie geneigt sein könnten, den kleinen Michael dafür zu nutzen, Ihre frühere Beziehung weiterzuführen, da Walker jetzt am Ende ist. Das konnte ich nicht zulassen.«

»Ein Mann hat ein Recht darauf, zu erfahren, daß er einen Sohn hat!« verteidigte sie sich.

»Sie hätten ihm eine schriftliche Nachricht zukommen lassen können«, sagte Neville trocken. »Aber das hätte bei weitem nicht die Durchschlagskraft einer persönlichen Begegnung gehabt, stimmt's? Es würde einem Mann schwerer fallen, die Pflicht zu ignorieren, für das Kind und vielleicht auch für seine Mutter zu sorgen, wenn er beiden von Angesicht zu Angesicht gegenübersteht.«

»Diese Andeutung ist niederträchtig«, sagte sie. »Ich brauche keinen Mann, der für mich sorgt.«

»Das mag sein. Aber streiten Sie ab, wenn Sie das können, daß Sie einen Mann brauchen...«

Eleanora hob das Kinn und nahm das wollüstige Blitzen in Nevilles Augen wahr. »Sie beleidigen mich.«

»Ach, wirklich? Ich sage nichts anderes als die Wahrheit. Ich dachte in diesen letzten Monaten, Sie begännen, in mir einen passablen Ersatz für Ihren hochgeschätzten Colonel zu sehen. Bis zu Colonel Grant Farrells Rückkehr habe ich geglaubt, wir beide, Sie und ich, könnten uns zusammentun. Wir gäben ein gutes Team ab. Mit Ihrer Schönheit und meinem Verstand könnten wir aus dem Hungerlohn, den Luis Ihnen hinterlassen hat, ein Vermögen machen. Wir könnten fürstlich leben und uns in den feinsten Kreisen des Ostens und Europas bewegen.«

»Ich habe nicht...«

»Nein, warten Sie! Ich lege Ihnen kein verstohlenes Abkommen nahe. Ich will für Sie sorgen, Sie heiraten. Ich bitte Sie, meine Frau zu werden.«

Eleanora starrte ihn an, und ihr grüner Blick war fest; als sie sprach, war ihr Tonfall schneidend vor Verachtung. »Sie sind der arroganteste, eingebildetste, heimtückischste und unmoralischste Mann, der mir je begegnet ist! Sie haben bewirkt, daß mein Bruder und ich angeklagt und verhaftet worden sind, was zu unser beider Tod hätte führen können; Sie haben zugelassen, daß Männer, die Ihre Freunde waren, vor ein Exekutionskommando gestellt worden sind, obwohl Sie sie hätten retten können; Sie haben mich belogen und erpreßt; Sie haben mir den Selbstmord meines Bruders verschwiegen, um einen politischen Mord einzufädeln, und doch erwarten Sie von mir, daß ich Ihnen und Ihrer liebevollen Fürsorge mein Geld und mich selbst anvertraue? Sie müssen mich für die dümmste Frau auf Erden halten! Ich habe Ihre Intelligenz höher eingeschätzt. Ich dachte, Ihnen sei klar, daß ich nichts anderes von Ihnen wollte als die Informationen, die Sie mir über Walker und die Phalanx geben konnten. Falls Sie sich etwas anderes gedacht haben, falls Sie Ihre Gläubiger in der Erwartung hingehalten haben, mein Vermögen würde demnächst zu Ihrer Verfügung stehen, dann tut es mir leid für Sie. Ich empfehle Ihnen, die Stadt zu verlassen, ehe man Ihnen auf die Schliche kommt. Sie haben nichts zu gewinnen, wenn Sie sich noch länger hier herumtreiben, das versichere ich Ihnen!«

Er lächelte und verzog dabei zynisch die Lippen, doch seine Augen blieben kalt. »Ihr Stolz spricht aus Ihnen. Frauen haben in unserer Gesellschaft allein einen schlechten Stand, vor allem eine Frau wie Sie. Mit der Zeit werden Sie es sich anders überlegen, und wenn es soweit ist, werde ich warten – voller Ungeduld.«

Er war bei diesen Worten schrittweise näher gekommen. Beim

letzten Wort packte er ihre Schultern und zerrte sie an seine Brust. Seine Finger legten sich auf ihren Nacken, bogen ihr Gesicht gewaltsam zu ihm hoch, und seine Lippen senkten sich auf ihren Mund. Er schlang einen Arm um ihre Taille und erkundete mit der freien Hand die Wölbungen unter ihrem weichen Batistkleid.

Eleanora riß angewidert die Hand hoch, formte sie zu einer Kralle und ging mit den Nägeln auf sein Gesicht los. Als sein Griff sich lockerte, riß sie sich los, umklammerte mit einer Hand den Kaminsims und zog mit der anderen fest an den Troddeln der Glocke, die neben ihr hing.

Neville richtete sich entrüstet auf. Er holte ein Taschentuch heraus und preßte es sich aufs Gesicht. »Wenn Sie nicht ein ganzes Haus voller Bediensteter hätten, würde ich Ihnen ein paar Dinge über sich selbst klarmachen.«

»Ach, wirklich?« fragte Eleanora und blickte auf, nachdem sie die Rüschen am Hals ihres Kleides glattgestrichen hatte. Jetzt fuhr sie sich mit einer Hand über das Haar. »Ein schönes Benehmen für einen Gentleman. Ich frage mich, wer Ihnen das beigebracht hat, etwa Niña Maria?«

»Sie hat wenigstens genug Verstand besessen, um zu wissen, wie man sich einen Gewinner schnappt«, entgegnete er und rückte unter den Ärmeln seines Jacketts die Manschetten seines Hemds zurecht. Dann setzte er hinzu: »Es dürfte Sie übrigens interessieren, daß Ihr Colonel seinem galanten Anführer nach Memphis gefolgt ist.«

In dem Moment wurde die Tür geöffnet, und der Butler trat mit Nevilles Bibermütze in der Hand hinein. Neville nahm sie ihm ab, warf einen letzten Blick auf Eleanora, einen Blick, in dem Haß und Frustration und angestacheltes Verlangen standen, und sagte dann mit knappen Worten: »Ich finde allein zur Tür«, ehe er sich den Hut auf den Kopf drückte und den Raum verließ.

Memphis, Louisville, Cincinnati, Washington, New York; es war möglich, Grants jeweiligen Aufenthaltsort an Walkers Seite aus den Nachrichtenblättern zu entnehmen. Onkel Billy wurde überall mit Beifall begrüßt. In Wallack's Theater in New York spielte die Kapelle zu seinem Erscheinen »Hail Columbia«, und er war gezwungen, von seiner Loge aus eine Rede zu halten. Er war zu einem ergreifenden Wiedersehen mit seiner restlichen Armee in die Stadt gekommen, denn seine Männer trafen jetzt verstreut aus Panama ein.

Es waren ihm jedoch keineswegs alle wohlgesonnen. Seine Klagen über Fregattenkapitän Davis wurden von vielen übel aufgenommen. Dazu kam noch, daß Vanderbilt keine Zeit hatte, entweder Komplimente oder Vorwürfe mit ihm auszutauschen, und seine Gesuche, mit denen er ein Treffen mit Präsident Buchanan erbat, blieben unbeantwortet. Es dauerte nicht lange, bis er sich dem empfänglicheren Klima des Südens zuwandte und mit seinem Hofstaat nach Charleston zog.

Eleanora saß um ihrer eigenen Selbstachtung willen nicht herum und blies Trübsal. Das war großenteils Colonel Henrys Bemühungen zuzuschreiben, sich gewaltsam umbringen zu lassen. Aus abgrundtiefer Langeweile heraus hatte er sich sturzbetrunken mit Major Joe Howell, der manchmal sein Freund, manchmal sein Feind, manchmal sein Gegner in Faustkämpfen und manchmal sein Zechkumpan war, auf eine Wette eingelassen. Es war um das kämpferische Geschick von zwei Zeitungsjungen gegangen, und die Wette war unbefriedigend ausgegangen. Der Streit, der daraufhin zwischen den beiden Männern ausgebrochen war, hatte zu einem Duell geführt, bei dem Colonel Henry verletzt wurde. Als er mit einem Loch im Arm und einem zweiten Loch im Unterleib in seinem Bett lag, hatte er den Arzt verflucht, der sich um ihn kümmern sollte, und nach Eleanora geschickt. Als er transportfähig war, hatte sie ihn in ihr

Haus bringen lassen und ihn in einem ihrer elegantesten Schlafzimmer untergebracht.

Da er bei seinen Männern sehr beliebt war, lockte der Colonel Besucher an wie Fliegen, darunter viele Männer von der Phalanx, die auf dem Rückweg von Panama nicht nach New York weitergefahren waren, sondern sich entschlossen hatten, in New Orleans an Land zu gehen. Eleanoras Haus wurde zu einem Mekka für die Männer, die sich im großen und ganzen, ob zu Recht oder zu Unrecht, als rechtmäßige Bürger der Republik Nicaragua ansahen. Einige von ihnen hatten kleine Verletzungen erlitten, die sie zu ihr führten, aber die meisten brauchten nur etwas zu essen und einen Schlafplatz für ein oder zwei Nächte und eine kleine Geldsumme, damit sie den Heimweg antreten konnten. Eleanora, die zur Genüge wußte, was es hieß, körperlich und seelisch erschöpft zu sein und ohne Geld und ohne Essen dazustehen und keinen Ort zu haben, an den man gehen konnte, tat gern alles für die Männer, was ihr möglich war. Sie wurde ausnahmslos mit dem größten Respekt behandelt. Eleanora durfte sich gar nicht erst vorstellen, was für Geschichten in der Stadt im Umlauf sein mußten, weil ein ständiger Strom von Männern in ihrem Haus ein und aus ging, und sie konnte sich nicht dazu durchringen, sich ernstlich etwas daraus zu machen. Sollten sie doch alle glauben, was sie wollten.

In den letzten Augusttagen nahmen die Männerbesuche ab, und Mitte September hörten sie ganz auf. Nun war nur noch Colonel Henry Gast in ihrem Haus, und bald würde sie wieder allein sein.

Natürlich nicht ganz allein. Sie hatte ja noch ihren Sohn. Michael mit seinem feinen schwarzen Haar und der Haut, die so aussah, als hätte er immer einen Sonnenbrand, mit Augen, die so braun schimmerten wie polierte Kastanien. Mit seinen fünf Monaten war er ein braves Kind, das selten schrie, es sei denn, er hatte Hunger oder war naß, und das, obwohl er ein wenig von all der Aufmerksamkeit verwöhnt war, die er von den Männern bekommen hatte, die es einfach nicht lassen konnten, ihn hochzuheben und auf die Arme zu nehmen.

Eleanora kniete an einem milden Septembernachmittag mit ausgebreiteten Röcken auf seinem kleinen Lager und wechselte seine Windeln. Es hing etwas Herbstliches in der Luft. In der ganzen Stadt fiel das Laub von den Bäumen. Die Blätter einer Sumpfeiche aus einem Hof in der Nähe waren auf dem Lager des kleinen Jungen gelandet, und sie entfernte eins der Blätter aus der entschlossen geballten Hand des Babys, ehe sie den Kleinen wieder auf seine aufgeschüttelten Kissen legte. Er lernte gerade, sich allein aufzusetzen, und er schaffte es schon, mehrere Minuten hintereinander sitzen zu bleiben. Sie hatte ihn gerade aufgesetzt und beide Hände ausgestreckt, um ihn aufzufangen, falls er umfiel, und ein mütterliches Lächeln verzog ihre Lippen, als ein Laut ihre Aufmerksamkeit auf sich lenkte.

Sie hatte niemanden läuten gehört. Als sie aufblickte, rechnete sie damit, Colonel Henry oder ihr altes Kindermädchen zu sehen, das gekommen war, um Michael für seinen Mittagsschlaf abzuholen. Der Mann, den sie sah, war jedoch Grant, und neben ihm stand ein weißhaariger Gentleman, den sie augenblicklich wiedererkannte. Es war Don Esteban, der Conde de Laredo.

Die beiden Männer blickten sie grimmig an, und Panik floß durch ihre Adern. Instinktiv streckte sie die Arme nach Michael aus, hob in hoch und preßte ihn an sich. Mit dem Kind in ihren Armen stand sie mühsam auf, da sie durch sein Gewicht und die heimtückische Fülle ihres weiten Rocks behindert wurde. In ihrem Erstaunen und der Aufregung ließ sie jede höfliche Vorrede weg. »Wie sind Sie hier reingekommen?« fragte sie. »Und was wollen Sie von mir?«

Don Esteban antwortete ihr: »Ein Gentleman, der gerade aus

dem Haus ging, hat uns mitgeteilt, wo wir Sie finden können, und er hat uns versichert, willkommen zu sein. Wir wollen meinen Großneffen, den neuen Conde, mitnehmen.«

Eleanora sah Grant an. Sein Gesicht verriet keine Regung, und er schien kein Wort gehört zu haben, als er das Gesicht seines Sohnes teilnahmslos und flüchtig musterte. Es kostete Eleanora Mühe, mit ruhiger Stimme zu sagen: »Sie sind falsch informiert worden.«

»Das glaube ich nicht, Señora. In meinem Besitz ist eine Abschrift der Taufurkunde dieses Kindes. Ich habe mit Ihrem Geliebten Crawford korrespondiert. Er hat es gewagt, mir die Abschrift mit der Drohung zuzuschicken, dafür zu sorgen, daß die Geburt des Jungen allgemein bekannt wird, wenn ich ihm keine Bestechungsgelder zahle. Ich fürchte, Sie beide haben sich in dem Mann getäuscht, mit dem Sie es zu tun haben. Ich würde niemals den rechtmäßigen Erben seines Titels berauben. Ich bin jedoch der Überzeugung, daß Sie nicht der geeignete Mensch sind, das Sorgerecht für ein Kind von so hohem Rang zu haben, wenn Sie einwilligen, den Jungen derart zu mißbrauchen. Deshalb möchte ich ihn nach Spanien mitnehmen. Sie können natürlich um das Kind kämpfen – ich erwarte nichts anderes, wenn ich bedenke, wie groß das Vermögen ist, das hier auf dem Spiel steht –, aber ebendieses Vermögen kann und wird gegen Sie verwendet werden...«

»Einen Moment«, unterbrach ihn Eleanora, und ihre Stimme war hart, weil es sie große Anstrengung kostete, das Beben daraus zu verbannen. »Ich weiß nichts von einer solchen Drohung. Ich streite uneingeschränkt ab, je etwas damit zu tun gehabt zu haben. Weshalb sollte ich Sie erpressen, wenn ich so stichhaltige Beweisstücke in der Hand habe? Warum sollte ich dann nicht einfach den Titel und das Geld für mich fordern, den hohen gesellschaftlichen Status der verwitweten Condesa und die Vormundschaft, die mir die Verwaltung der Ländereien anvertraut? Warum sollte ich mich mit weniger begnügen – es sei denn, dieses Kind ist nicht Ihr Großneffe?«

»Die Taufurkunde...?«

»Eine Ausflucht, damit mein Kind nicht als Bastard dasteht«, sagte sie und kümmerte sich nicht weiter um die Wahl ihrer Worte, solange sie die erforderliche Wirkung zeigten.

»Wollen Sie damit etwa sagen, daß Ihr Kind ein uneheliches Kind ist, nach dem Tod meines Neffen gezeugt? Das kann ich Ihnen einfach nicht glauben. So, wie ich Ihren Charakter einschätze...«

»Es tut mir leid, daß sie umsonst so weit gereist sind. Sie sind mit meinem Sohn nicht verwandt, denn der Vater meines Kindes ist nicht Luis de Laredo.«

Der alte Mann schaute sie zweifelnd an, dann sagte er: »Nun, dann muß ich Sie bitten, mir die Identität des Vaters dieses Knaben zu verraten.«

Unwillkürlich sah Eleanora Grant an und rechnete fast damit, er würde die Vaterschaft für sich beanspruchen. Er erwiderte ihren Blick mit unbewegter Miene. Sie konnte nicht erkennen, was er sich dachte, was hinter diesen unergründlichen blauen Augen vorging. Sie hatte ihn nie ganz durchschauen können. Es war seltsam, daß er sich damit zufriedengab, sie von Don Esteban ins Verhör nehmen zu lassen, aber andererseits hätte es ihm auch nicht ähnlich gesehen, ihr in Gesellschaft eines anderen Mannes Vorwürfe zu machen.

Die Aufforderung, die in der atemlosen Stille hing, wurde von einem dritten Mann beantwortet. »Diese Frage gefällt mir nicht«, sagte Colonel Thomas Henry mit heiserer Bedächtigkeit, »und ich habe den Eindruck, daß sie der Dame auch nicht gefällt. Ich denke, ich sollte ein paar Dinge dazu sagen, die ein anderes Licht auf dieses Thema werfen. Ich bin froh darüber, daß ich mich entschlossen habe, hierher zurückzukommen und mir ein Bild davon zu machen, ob Miß Eleanora euch Geier wirklich sehen will.« Er machte eine Pause, dann fuhr er fort: »Ich bin in der letzten Woche etwa um diese Tageszeit immer ins Halfway House gegangen, gewissermaßen, um Miß Eleanora eine Zeitlang meinen Anblick zu ersparen. Diesen Crawford habe ich mehrfach dort gesehen. Vor ein paar Tagen habe ich gehört, wie er Miß Eleanoras Namen erwähnt hat. Wir sind ins Gespräch gekommen und haben miteinander getrunken und immer weitergeredet, und je mehr Crawford getrunken hat, desto wilder hat er geprahlt und desto übler sind die Drohungen geworden, die er ausgestoßen hat. Er hat gesagt, entweder er macht einen Fang, der so groß ist, daß er fürderhin wie ein Lord leben kann, oder er zahlt Miß Eleanora heim, daß sie ihn aus ihrem Haus geworfen hat. Er war außer sich vor Wut, weil sie nichts mit ihm zu tun haben wollte, ganz gleich, wie er es auch angestellt hat. Er hat gesagt, ihr würde es gewaltig leid tun, wenn sie ihr geliebtes Baby an seine reichen Verwandten in Spanien verlor. Er hat noch viel mehr gesagt und derb rumgeflucht. Gestern abend war er wieder da. Ich rechne damit, daß er heute abend auch wieder dort auftaucht – falls ihn zufällig jemand treffen möchte.«

Als Colonel Henry seinen Bericht beendete, sah er Grant fest an, und in seinen Augen stand eine deutliche Aufforderung.

Grant wandte sich an Eleanora, und sein Mund war finster zusammengekniffen. »Ist es so gewesen?«

Sie nickte, da sie kein Wort herausbrachte, und wünschte sich inbrünstig, er würde ihr glauben.

Er sagte kein Wort. Sein Blick senkte sich auf das Kind herab, das sie in den Armen hielt. Er wandte sich ab und verließ mit langen, entschlossenen Schritten den Hof.

Colonel Henry zögerte nicht länger. »Entschuldigen Sie mich, Ma'am«, sagte er und lief eilig hinter Grant her.

»Wohin gehen Sie?« rief sie ihm verzweifelt nach.

»Zum Kampf natürlich. Den möchte ich mir nicht entgehen lassen, noch nicht einmal für ein Morgan-Pferd und zwei neue Navy Colts!«

»Señora?« fragte Don Esteban bestürzt.

»Ich fürchte«, erwiderte Eleanora mit einem schwachen Lächeln auf den Lippen, »daß Colonel Farrell losgezogen ist, um Mr. Crawford zum Duell zu fordern.«

Michael suchte sich diesen Augenblick aus, um vehement dagegen zu protestieren, wie fest er umklammert wurde. Eleanora erinnerte sich wieder an ihre Pflichten, und als sie ihr Kindermädchen in der Nähe der Schlafzimmertür herumlungern sah, bedeutete sie der Frau, zu ihr zu kommen. Sie vertraute das Baby ihrer Obhut an. Dann wandte sie sich an Don Esteban und lud ihn ein, mit ihr Kaffee zu trinken, denn sie hatte den Eindruck, daß er ihr dringend noch etwas sagen wollte. Wenn sie sich das bei einem Kaffee oder einer Ratafia anhörte, würde die Zeit schneller verstreichen, bis sie erfuhr, was sich zwischen Grant und Neville zugetragen hatte.

»Nein, vielen Dank«, sagte Don Esteban zu ihrem Erstaunen. »Es ist äußerst liebenswürdig von Ihnen, mir etwas anzubieten, nachdem ich mich so benommen habe, denn daran ist viel auszusetzen. Ihr Freund hat wirklich recht gehabt, ich könnte eine Lektion in Manieren gebrauchen.«

Angesichts dieser Entschuldigung konnte Eleanora nicht weniger großmütig sein als der ältere Herr. »Ich bin sicher, wenn mein Sohn tatsächlich der Erbe wäre, wüßte ich Ihren Eifer und die Selbstlosigkeit sehr zu schätzen, die Sie dazu gebracht hat, an ihn heranzutreten. Es gibt nicht viele Männer, die den Titel nicht für sich selbst beansprucht hätten, ungeachtet des Preises, den sie dafür zahlen. Es ist schön zu wissen, daß Luis einen so würdigen Nachfolger hat.«

»Sie schmeicheln mir, Señora. Meine einzige Hoffnung besteht darin, daß ich einen Teil des Schadens, den ich angerichtet habe, vielleicht dadurch wieder abgegolten habe, daß ich Colonel Farrell heute mitgebracht habe. Verstehen Sie, ich wohne im St. Charles, in dem der ehemalige Präsident Walker und der Colonel sich erst vor wenigen Stunden eingetragen haben. Selbstverständlich habe ich Erkundigungen bei Señor Walker eingezogen, da dieser Crawford einer seiner Männer war und ich den Halunken besser kennenlernen wollte, mit dem ich es hier zu tun habe. In dem Gespräch, das sich daraufhin entwickelt hat, ist deutlich geworden, worum es mir bei alldem geht, und der Colonel hat allergrößtes Interesse daran gezeigt.« Don Esteban sah sie zaghaft an. »Ich meine mich zu erinnern, daß ich Sie in Granada in dem Palacio gefunden habe, der dem Colonel gehörte. Und jetzt zieht er wutentbrannt los, um diesen Crawford für seine Heimtücke zu bestrafen.« Er zog mit einer Hand an seinem Spitzbart. »Das erklärt doch alles.«

Noch ein paar Komplimente, eine letzte Entschuldigung und gute Wünsche für die Zukunft, dann war der Mann, der der rechtmäßige und einzig wahre Conde de Laredo war, gegangen.

Eleanoras Gedanken kreisten wieder um Neville und Grant. Als sie die Unruhe und Angst nicht mehr ertrug, traf sie einen schnellen Entschluß. Sie ließ die Kutsche bereitstellen, teilte ihrem Kindermädchen mit, daß sie zum Half House zu fahren gedächte, warf sich einen Umhang über das Kleid und eilte nach draußen, wo sie in die bereitstehende Kutsche stieg, und schon fuhren sie los.

Das Halfway House trug seinen Namen, weil es am Ende der Canal Street lag, auf halber Strecke zwischen dem Mississippi und dem Pontchartrain-See. Bei den grobschlächtigeren Amerikanern in New Orleans war der Saloon beliebt. Hinter dem Haus erstreckte sich ein freies Feld, das von den anderen Seiten nur von Wäldern eingegrenzt wurde und sich perfekt für Duelle eignete. Dort hatten sich Colonel Henry und Major Howell gegenübergestanden. Eleanora hatte während der Zeit, in der Colonel Henry genesen war, alle Einzelheiten über diese Lokalität erfahren.

Sie erreichte das wenig einnehmende graue Gebäude gerade noch rechtzeitig, um zu sehen, wie Männer ans hintere Ende des Saloons strömten. Sie lachten und riefen einander mit der freudigen Erwartungshaltung von Kindern im Zirkus allerlei zu. Sie stieg aus der Kutsche und lief in Richtung der anfeuernden Rufe.

Als sie um die Ecke des Hauses bog, sah sie zwei großgewachsene Männer, Grant in seiner Uniform mit Knöpfen, die wie Leuchtziele blinkten, und Neville in einem weißen Hemd und einer weißen Hose und einem schwarzen Alpakajackett. Sie standen einander in einem Abstand von zehn Schritten gegenüber und hielten die Pistolen nach unten gerichtet. Abseits der Menschenmenge von nahezu hundert Schaulustigen standen Colonel Henry und ein anderer Mann, den sie nicht kannte. Offensichtlich fungierten die beiden als Sekundanten. Bei ihnen stand außerdem noch ein junger Mann mit einem Drink in der Hand und einer Ärztetasche vor den Füßen, der Arzt, den sie hinzugezogen hatten. Als sie näher kam, sagte Colonel Henry gerade: »Ihre Pistolen sind geladen. Sie dürfen nach Belieben schießen, wenn das Zeichen gegeben wird, verstanden?«

Beide Männer nickten. Stille senkte sich herab.

»Fertig?«

»Feuer!«

Mit angehaltenem Atem schloß Eleanora die Augen, als beide Pistolen gleichzeitig losgingen. Als sie die Augen wieder öffnete, stand Grant unversehrt da. Neville hielt sich den linken Unterarm.

»Das«, sagte Grant mit ruhiger Stimme, »ist für Luis und dafür, daß Sie ihn vor ein Exekutionskommando haben stellen lassen, obwohl man Sie hingeschickt hat, um ihn zu retten.«

Neville hob mit verzerrtem Gesicht die Pistole. Wieder ertönten Schüsse. Ein roter Fleck, der schnell größer wurde, war auf Nevilles weißer Hose zu sehen.

»Das war für Jean-Paul, den Jungen, den Sie dazu gebracht haben, sich das Leben zu nehmen«, erklärte Grant, und seine Stimme war unversöhnlich. Blut tropfte von seinem Ohrläppchen, doch er schien es nicht zu spüren.

Eine merkwürdige Stille hielt die Menge jetzt im Bann, als die Männer begriffen, daß sie keinem gewöhnlichen Duell zusahen. Neville, dem man die Schmerzen ein wenig ansah, starrte Grant an. Hinten in seinen Augen lauerte Angst, die ihn den Revolver wieder heben und sagen ließ: »Der Teufel soll dich holen, Farrell!«

Sein Schuß ließ die Erde vor Grants Füßen aufstieben. Grants Kugel bohrte sich in den Oberschenkel des anderen und ließ ihn wankend mehrere Schritte nach hinten machen.

Seine Stimme war ausdruckslos, als Grant sagte: »Für Walker und für Ihren feigen Anschlag auf sein Leben.«

»Bastard!« schrie Neville taumelnd. Ob es eine Reflexhandlung war oder ein weiterer Versuch, seinen Gegner zu töten – seine Finger gaben den nächsten Schuß ab.

»Und die hier«, sagte Grant und hob seinen Revolver, »ist dafür, daß Sie versucht haben, das Geburtsrecht meines Sohns zu verkaufen.«

Neville ließ seine Pistole fallen, als die letzte Kugel durch seinen rechten Arm drang, und er fiel nach vorn und blieb längelang auf dem grünen kleedurchwachsenen Gras liegen. Grant sah mit grimmigem Gesicht auf ihn herunter, kehrte ihm dann langsam den Rücken zu und ging davon.

Der Mann, der am Boden lag, lebte noch und schlug vor

Schmerz um sich. Der Arzt ging mit weißem Gesicht auf ihn zu, und er winkte zwei Männer herbei, damit sie Neville ins Haus trugen.

Und dann brüllte ein Mann: »Seht nur! Er will schießen!«

Neville, der sich auf dem Boden wand, hatte seine Pistole wieder an sich gebracht. Er hielt sie mit zwei zitternden Händen und hatte sie auf Grants breiten Rücken gerichtet.

Colonel Henry, der neben Grant herlief, versetzte ihm einen Stoß und riß ihm die Pistole aus der Hand und gab einen Schuß ab.

Männer liefen in alle Richtungen auseinander, denn in dem ganzen Durcheinander waren sie unsicher, wer hier eigentlich von wo schoß. Als Eleanora wieder etwas sehen konnte, lag Neville noch am Boden. Die Pistole war aus seinen matten Fingern gefallen, und seine offenen Augen starrten blicklos. Er würde die Dienste des Arztes nicht mehr benötigen.

Eleanora saß in ihrem verdunkelten Schlafzimmer. Die letzten Strahlen der untergehenden Sonne ergossen orangefarbenes Licht in den Hof, drangen aber nicht in diesen Raum vor, dessen Läden geschlossen waren. Genauso wollte sie es haben. Als sie nach Hause zurückgekommen war, hatte das Baby geweint und nach ihr geschrien. Jetzt schlief der Junge satt an ihrer Brust, als sie auf einem hochlehnigen Stuhl schaukelte. Sie hätte Michael in seine Wiege legen und langsam daran denken sollen, sich für das Abendessen umzuziehen, doch sie konnte sich nicht dazu überwinden. Sie schöpfte einen allzu süßen Trost daraus, mit der Wange auf Michaels Kopf dazusitzen und nicht zu denken. Nein, nur nicht nachdenken.

Sie verspürte nicht den geringsten Wunsch, daran zu denken, wie Grant dagestanden hatte, als nähme er Nevilles Schüsse gar nicht wahr, und wie er seine Schüsse sorgfältig und gekonnt plaziert hatte, und sie verspürte auch keinen Wunsch, an die Worte zu denken, mit denen er seinen Sohn für sich beansprucht hatte, oder an den qualvollen Moment, in dem sie geglaubt hatte, er würde doch noch getötet werden. Sie wußte nicht mehr, wie sie nach Hause zurückgekommen war, sondern hatte nur eine vage Erinnerung daran, daß jemand, wahrscheinlich ihr Kutscher, sie zu der Kutsche zurückgeführt hatte. Es tat ihr nicht leid, daß sie hingegangen war. Es wäre ihr unerträglich gewesen, nach all der Zeit immer noch dazusitzen, nichts zu wissen und zu warten. Aber wenn sie nie erfahren hätte, wie nah Grant dem Tod gewesen war, dann hätte sie jetzt nicht dieses Zittern tief in ihrem Innern oder den Druck der ersten Tränen hinter ihren Augen gespürt.

Ein Aufruhr unten auf dem Hof lenkte ihre Aufmerksamkeit auf sich. Es klang wie ein gewöhnlicher häuslicher Tumult. Zweifellos hatte sich eine der Stallkatzen heimlich in die Küche geschlichen und war dort erwischt worden oder etwas Ähnliches. Als sie die Schritte mehrerer Personen die Treppe hinaufkommen hörte, sah sie zur Tür, verärgert darüber, daß jemand sie um diese Zeit in einen Streit hineinzog. Sie geriet allmählich in Panik, als sie die Stimme ihres Kindermädchens aus dem lauter werdenden Stimmengewirr heraushörte.

»Da können Sie doch nicht einfach reingehen, M'sieur«, sagte die alte Frau. Gleich nach ihren Worten wurde die Schlafzimmertür weit aufgerissen, und Grant trat ein.

Hinter ihm kamen nacheinander der Butler, der Kutscher, die Spülerin und das Kindermädchen.

»Es tut mir leid, Madame«, sagte die alte Frau, die im Namen aller sprach. »Er ist einfach durch die Dienstbotentür hinten im Hof gekommen. Wir konnten ihn nicht aufhalten. Soll ich die *gendarmes* holen lassen?«

»Nein, nein, schon gut, danke«, sagte Eleanora, nachdem sie

die Sprache wiedergefunden hatte. »Es ist alles in Ordnung. Ihr könnt jetzt alle gehen.«

Das gefiel ihnen gar nicht. Das Kindermädchen, das sich die Freiheiten der Dienstboten herausnahm, die lange Jahre im Dienste der Familie gearbeitet hatten, blieb zurück, bis die anderen sich verzogen hatten. »Er ist ein Barbar, Mam'zelle. Ich bleibe hier, bis ich ihn an die Tür begleiten kann.«

»Das wird nicht nötig sein«, sagte Eleanora mit sanfter Stimme. »Dieser Mann ist Michaels Vater.«

Da die alte Frau während der Geburt und in den langen Monaten, die diesem Ereignis vorausgingen und darauf folgten, für Eleanora gesorgt hatte, war ihr schließlich doch nicht verschlossen geblieben, was ihrem Schützling zugestoßen war. Sie verstand augenblicklich. Mit einem leisen gemurmelten »Pardon, Mam'zelle« streckte sie die Hand nach der Tür aus und schloß sie behutsam, ehe sie davonschlurfte.

Nicht ohne guten Grund hatte ihr Kindermädchen Grant für einen Barbaren gehalten, gestand sich Eleanora ein, als sie ihn betrachtete. Er hatte die Uniform abgelegt. An ihrer Stelle trug er eine Rehlederhose, ein Lederhemd mit Fransen und auf dem Hut anstelle eines Hutbandes die Haut einer Klapperschlange. Die Pistole steckte in einem Halfter an seiner Taille, in der Hand trug er ein Gewehr.

»Ich wollte dich nicht stören«, sagte er, als er reglos und aufrecht neben der Tür stand. »Ich dachte, ich schleiche mich ins Haus, während du beim Abendessen sitzt. Jetzt sehe ich, daß ich den Haupteingang hätte benutzen sollen. Du wirst gut beschützt hier.«

»Ja. Würde es dir etwas ausmachen, eine Lampe anzuzünden?« fragte sie und war wütend auf sich selbst, weil ihre Stimme vor Nervosität zitterte.

Der Umriß der Lampe war auf der Kommode zu sehen. Er

ging darauf zu, lehnte sein Gewehr ans Bett und zog sich den Hut vom Kopf, den er dann über den Lauf hängte, als sei ihm das erst nachträglich eingefallen. Als er die Glaskugel wieder auf die Flamme steckte, schaute er sich stumm im Zimmer um und sah sich das vierpfostige Bett mit dem Betthimmel und den Vorhängen aus meergrünem Brokat und dem gebauschten blaßgrünen Moskitonetz an, den Waschtisch aus Rosenholz und die Frisierkommode mit den versilberten Spiegeln, den weichen Orientteppich unter seinen Füßen.

»Viel Ähnlichkeit mit Nicaragua hat das nicht gerade«, bemerkte er, und ein schiefes Lächeln zog über sein Gesicht.

»Nein«, antwortete sie schroff und fügte hinzu: »Wenn du mich nicht sehen wolltest, warum bist du dann gekommen?«

»Nicht aus dem Grund, den du annimmst«, antwortete er und richtete seinen ironischen Blick auf ihre Arme, die sich unbewußt enger um das schlafende Baby geschlungen hatten. »Ich bin gekommen, um mich von meinem Sohn zu verabschieden.«

»Verabschieden? Wohin gehst du denn?«

»Nach Texas. Im Tal des Rio Grande habe ich eine Farm. Sie ist vom Geld meiner Mutter gekauft worden unter der Voraussetzung, daß sie an ihre Kinder fällt, das heißt an mich, wenn der Mann, mit dem sie verheiratet war, gestorben ist. Als ich heute morgen in New Orleans eingetroffen bin, habe ich die Nachricht von seinem Tod hier vorgefunden. Jetzt hält mich nichts mehr davon ab, dorthin zurückzugehen.«

»Noch nicht einmal William Walker?« fragte sie leise.

Grant schüttelte den Kopf. »Onkel Billy hat sich vor mehr als einem Jahr alles bei mir verscherzt. Ich glaube, du kennst die Gründe. Ich habe dieses letzte Jahr weitergedient und die Hölle durchgemacht, um loyal zu bleiben, und ich bin in seinen Diensten geblieben, bis der Traum aus war. Nicaragua ist jetzt verloren, und es ist aus und vorbei. Es ist an der Zeit, woanders einen

Neuanfang zu machen, aber das will Walker sich nicht eingestehen. Er wird es sich nie eingestehen, solange er nicht vor einem Exekutionskommando kniet. Sein Wunschbild ist zu stark in ihm geworden.«

»Es tut mir leid, daß ich nicht bis zum Ende dasein konnte«, sagte Eleanora und ließ den Blick auf Grants Stiefelspitzen sinken.

»Mir nicht«, sagte er zu ihr, und seine Stimme war grob. »Ich wußte nicht, wo du bist, aber das war besser, hundertmal besser, als mir Sorgen zu machen, du könntest in Granada verletzt werden oder während der Belagerung die Kranken und die Verwundeten pflegen. Du hast von Mazie gehört…«

Eleanora nickte stumm. Nach einem Moment fragte sie, während sie ihre Wange an dem zarten Haar auf Michaels Kopf rieb: »Hätte es denn für dich einen so großen Unterschied gemacht, wenn es nicht Mazie gewesen wäre, sondern ich?«

»Einen Unterschied?« sagte er mit einer seltsamen Stimme, und seine dunklen Augen ruhten auf der rosigen Röte ihrer Wangen. »Nur den, daß ich mein Herz und meine Seele verloren hätte. Du bist der Pulsschlag meines Bluts und die Luft, die ich einatme. Du bist meine größte Kraft und meine gefürchtetste Schwäche, die einzige Freude, die ich je gefunden habe, und der einzige Schmerz. Ich liebe dich, Eleanora.«

Sie hatte Grant vor so vielen Monaten aus Stolz und Angst und Scham heraus verlassen. Sie brauchte keinen Stolz, solange er sie liebte. Ihre Angst war die gewesen, er würde sie mit der Zeit dafür hassen, daß sie ihn zwang, zwischen ihr und seiner Loyalität gegenüber William Walker und der Phalanx zu wählen. Dieses Schreckgespenst brauchte sie nicht länger zu beunruhigen. Für die Scham, die ihr schandbarer Verrat ausgelöst hatte, hatte sie mit den Qualen bezahlt, die es mit sich gebracht hatte, den Mann zu verlassen, den sie liebte, sein Kind allein auszutragen und täglich zu fürchten, sie würde hören, daß er in dem heißen und brutalen Land, das sie verlassen hatte, umgekommen war. Genügte das etwa nicht?

Die goldenen Sprenkel leuchteten in ihren grünen Augen, als sie Grant in die Augen sah. »Wärst du bereit, mich und Michael mitzunehmen – wohin du auch gehst?«

»Dich mitnehmen? Was hat das alles zu bedeuten?« fragte er zögernd und wies auf das Haus und seine Einrichtung. »Und was ist mit dem verdammungswürdigen Geld, das Luis dir hinterlassen hat?«

»Das Haus möchte ich gern als mein Privateigentum behalten, als einen Ort, den wir aufsuchen können, wenn wir die Zivilisation dringend nötig haben. Die Dienstboten sind Farbige, freie Männer und Frauen, die für Lohn angestellt sind – bis auf Michaels Kindermädchen, das, fürchte ich, mit uns kommen muß.«

»Ihr alle drei?«

Sie nickte matt. »Was das Geld angeht, sieht es so aus, als hätte ich es in bemerkenswert kurzer Zeit verplempert...«

»Du brauchst nicht zu glauben, du könntest mich zum Narren halten«, sagte er und zog eine Augenbraue hoch. »Henry hat mir erzählt, was du für die Männer getan hast, die von Nicaragua nach Hause zurückgekommen sind.«

»Sie waren alle so hungrig...«

»Ich weiß«, antwortete er knapp. »Bist du sicher, daß das alles ist? Keine Rumtreiber, Verwundeten, streunenden Katzen oder...«

»Ich habe Colonel Henry ganz vergessen!« rief sie aus.

»Zum Teufel mit Colonel Henry. Er kann sich eine andere Krankenschwester suchen – und ein anderes Biwak, wenn wir gerade schon dabei sind.«

»O Grant«, sagte sie, und ihre Augen füllten sich mit Tränen.

Er kam auf sie zu und ließ sich neben ihrem Stuhl auf ein Knie sinken. »Also gut, wenn es dir so viel bedeutet, kann Henry auch mitkommen«, sagte er.

»Das ist es nicht«, sagte sie lächelnd. »Es ist nur so, daß ich dich schon seit so langer Zeit liebe, und ich hatte solche Angst.«

»Wovor?« fragte er und berührte sachte die Tränen, die wie Juwelen auf ihren Wangen lagen.

»Daß du mich nicht willst – daß du nicht glauben würdest, daß mein Kind unser Sohn ist.«

»Ich werde dich immer wollen«, sagte er und sah ihr fest in die Augen. »Ich werde dafür sorgen, daß du an jedem einzelnen Tag meines Lebens in meiner Nähe bist, wenn du es mir erlaubst – und wenn du es ertragen kannst, mit einem Mann verheiratet zu sein, der indianisches Blut in den Adern hat.«

»Ich kann mir nichts vorstellen, was mir lieber wäre«, antwortete sie mit ernstem Nachdruck.

In dem Ausdruck seiner Augen stand die Wärme einer Liebkosung, ehe er auf Michael in ihren Armen herunterblickte, der von ihren Stimmen wach geworden war und Grant mit ernster Neugier betrachtete. Er legte dem Baby seinen Zeigefinger in die winzige Hand und sagte: »Und jetzt dazu, daß das mein Kind ist – du hattest nie die Ehre, den Apachenhäuptling Rennendes Wildpferd kennenzulernen. Wenn du ihm begegnet wärest, wüßtest du, daß ich seinen Enkel niemals verleugnen könnte.«

Das Baby, das von seinem illustren Vorfahren ganz und gar nicht beeindruckt war, führte den Finger in seiner Hand unbeirrt zu seinem Mund. Als er das Salz der Tränen seiner Mutter auf der schwieligen Fingerspitze schmeckte, nagte es gierig mit den beiden Zähnen daran, die gerade durch den Kiefer brachen.

Grant zuckte zusammen, unternahm jedoch keine Anstalten, seinen Finger zurückzuziehen. Er blickte zu Eleanora auf und sagte mit einem verschmitzten Lächeln: »Ich glaube, für einen so wilden kleinen Krieger ist Texas der einzig richtige Ort.«

Nachwort

Dieses Buch ist zwar ein Roman, aber William Walker war eine wahre historische Persönlichkeit, eine der faszinierendsten, wenn auch recht unbekannten Gestalten der Epoche, in der er gelebt hat. Seine Kampagne in Nicaragua wie auch sein früheres Leben und sein Versuch, Baja California zu annektieren, verliefen im wesentlichen so, wie es hier geschildert wird. Seine Entschlossenheit, das, was er als sein Los in Nicaragua ansah, zu verwirklichen, endete nicht mit dieser ersten Niederlage, die ihm die zentralamerikanische Koalition zufügte. Zwischen 1857 und 1860 unternahm er vier weitere Expeditionen nach Nicaragua. Bei seinem zweiten Versuch wurde er von Fregattenkapitän Hiram Paulding von dem amerikanischen Dampfschiff *Wabash*, der auf Befehl von Präsident Buchanan handelte, aufgehalten und zurückgeschickt. Bei seinem dritten und vierten Anlauf mißlang es ihm, durch Stürme über dem Meer und andere widrige Umstände, in Nicaragua zu landen. Der fünfte Versuch im August 1860 verlief erfolgreicher. Er landete in Honduras und wollte die Festung Truxillo einnehmen, der erste Schritt in einem Plan, die honduranische Insel Roatan zu einem Stützpunkt zu machen, von dem aus er seinen Angriff gegen Nicaragua starten wollte. Das war ein Fehler. Truxillo, das aufgrund einer Schuld an die britische Regierung verpfändet worden war, wurde zu einem Protektorat Großbritanniens. Am 19. August lief das britische Kanonenboot *Icarus* unter dem Befehl von Flottenkommandant Norvell Salmon in den Hafen ein. Kommandant Salmon ließ die Kanonen an Bord des Schiffs auf die Festung richten und befahl Walker, sich zu ergeben.

Walker, der Zeit gewinnen wollte, zögerte seine Antwort bis Mitternacht hinaus. Im Schutz der Dunkelheit ließ er die Festung und seine Verwundeten im Stich, darunter auch Colonel Thomas Henry, der ein paar Tage später seinen Verletzungen erlag und starb. Walker marschierte über Land, schüttelte seine honduranischen Verfolger ab und wandte sich der Küste zu. Seine Flucht wurde ihm jedoch am Rio Negro von der *Icarus* und einem Schoner abgeschnitten, der eine zweihundertfünfzigköpfige honduranische Verstärkung beförderte. Angesichts seiner chancenlosen Lage gegenüber dieser Übermacht ergab sich Walker wieder einmal, nachdem man ihm für seine Männer und ihn selbst ein sicheres Geleit zugesichert hatte. Sie kehrten nach Truxillo zurück, und dort brach Kommandant Salmon das Wort, das er gegeben hatte, und lieferte Walker den Honduranern aus. Nach dem Fiasko von einer Verhandlung am 11. September 1860 wurde William Walker zum Tod durch Erschießen verurteilt. Das Urteil wurde am kommenden Morgen bei Tagesanbruch vollstreckt.

In dem Jahrzehnt nach Walkers Tod war die Transitroute durch Nicaragua im Besitz einer Reihe von verschiedenen Gesellschaften. Die fortgesetzten politischen Unruhen im Land machten es unmöglich, die Route gewinnbringend zu betreiben. Bei jedem Regierungswechsel wurde die Route, der einzige einträgliche Aktivposten im ganzen Land, beschlagnahmt und wieder verkauft. Da es beim Betreiben dieser Route immer wieder zu Störungen und Zwischenfällen kam, der Dienst zwischendurch ganz eingestellt wurde und somit keine Zuverlässigkeit geboten werden konnte, war die Route im Konkurrenzkampf gegen die Panama-Passage nie mehr wettbewerbsfähig. Die Fertigstellung des transkontinentalen Eisenbahnnetzes, die einen schnellen und kostensparenden Transport von der Atlantikküste zum Pazifik sicherstellte, besiegelte endgültig den Untergang der Transitroute durch Nicaragua. 1868 stellte sie offiziell ihren Betrieb ein. Fünfzig Jahre später lebte ein gewisses Interesse an der Transitstrecke wieder auf, zu der Zeit, zu der über den geeignetsten Ort für die Konstruktion eines Kanals diskutiert wurde, der die beiden Weltmeere miteinander verbinden sollte. Schließlich fiel die Wahl auf Panama, und die nicaraguanische Route fiel wieder der Vergessenheit anheim.

Für diejenigen, die sich für solche Einzelheiten interessieren: Die anderen Personen in diesem Buch, die neben William Walker wirklich existiert haben, sind Thomas Fisher, der Agent in New Orleans, der die Rekruten anwarb; Colonel Thomas Henry; sein Gegner in dem Duell in New Orleans, Major Joe Howell (der Bruder von Varina Howell Davis, der zweiten Ehefrau von Jefferson Davis) und natürlich Cornelius Vanderbilt. Alle anderen Personen sind frei erfunden. Die Charakterzüge von Mazie Brentwood und, in einem gewissen Maß, auch der Charakter Eleanoras begründen sich auf flüchtige Erwähnungen, die ich bei meinen Nachforschungen gefunden habe, als ich einer wahren Heldin des Feldzugs in Nicaragua nachgegangen bin, Mrs. Edward Bingham. Als Ehefrau eines invaliden Schauspielers kam sie mit ihrem Mann und ihren Kindern nach Nicaragua, um sich dort auf zugewiesenem Land anzusiedeln, Land, das Walker amerikanischen Siedlern zugesprochen hatte. Für ihre Dienste im Militärkrankenhaus von Granada gewann sie die tiefste Dankbarkeit der Soldaten der Phalanx. Während der Belagerung der Kirche von

Guadalupe kümmerte sie sich unermüdlich um die Kranken und Verwundeten, bis sie schließlich ermattet und geschwächt selbst von der Cholera dahingerafft wurde.

Patricia Maxwell